飓光志
[卷三]

渡誓
下 Oathbringer

[美] 布兰登·桑德森——著

徐羚婷——译

重庆出版集团 重庆出版社

插曲

温丽梅姆谢勒

I-7 通使

仇恨对温丽的重大安排是将她转变为模范。

"人类随后对我们发动了灭绝战争。"她对聚集的听众说,"我妹妹试图谈判,解释人类国王的遇刺不怨听者,但人类不听,只是将听者视为可被支配的奴仆。"

她脚下的马车并不是特别鼓舞人心的讲台,但也要好过她在前一个城镇所用的箱子堆。至少在她换上崭新的通使态后,她的体态变得比以往都要修长高挑。这是一种强力形态,赋予了她多种异能,主要体现在会说和理解一切语言的方面。

所以在这种形态下,最适合教导阿勒斯卡的仆族。"为了消灭我们,人类斗争了很多年。"她和着命令之韵说,"他们接受不了有思想、能反抗的奴隶,就极力打压我们,怕我们谋反!"

围在车边的仆族生有大理石般的皮肤,红黑或红白相间,纹路粗厚。温丽身上的红白两色纹路则更为精细,呈错综复杂的螺旋状。

她继续和着命令之韵,意气风发地向他们讲述她先前告诉诸多听众的经历——至少是仇恨指示的版本。

她告诉他们,自己发现了可以建立纽带的新灵体,创造出了足以召唤灭世风暴的形态,但她按需省略了乌利姆的大半功劳,没有把后者透露飓风态秘密的事说出口。仇恨显然想要将听者一族描绘成一支受到温丽英勇领导的无畏群体,作为日益壮大的仇恨帝国的开国神话:他们是先辈的孑遗,奋勇同阿勒斯卡人作战,随后牺牲自我,解救了曾被奴役的兄弟姐妹。

令温丽难以释怀的是,她的部族据称已经绝迹,除了她自己。

那些原本是奴隶的仆族全神贯注地听着她的讲述。她说得很好,这是理所应当的,因为前几周她已经说了很多次了。依照特别的指示,她在这一轮宣讲的结尾号召大家行动起来。

"我的族人已经逝去,融入了柔刹的永恒之歌。"她说,"世界属于你们!我的族人自称'听者',因为我们聆听歌声,而歌声是你们的遗产,你们不仅要聆听,还要歌唱。紧跟先祖的韵律,在这里建设国家吧!你们要努力,这不是为了那些支配过你们思想的奴隶主,而是为了你们的未来和后代,也为了我们!我们用牺牲换来了你们的生存。"

他们随着兴奋之韵欢呼起来。这种韵律并不难听,但也较为低等。温丽已能听到更高等的韵律,那是伴随强力形态而来的新韵律,十分激昂。

然而……听到旧日的韵律,她内心的一段记忆还是被唤醒了。她伸手摁住腰包。

仆族的行为方式简直和阿勒斯卡人如出一辙,她思忖道。她发现人类具有苛刻、易怒的特质,总是公然展露情绪,成为感官的俘虏。那些原本是奴隶的仆族跟他们别无二致,就连说笑时也深得精髓,常常挖苦最亲近的人。

演说结束后,一个陌生的虚灵引导听众回去劳动。据温丽所知,仇恨的子民分为三等:最低等由广大歌者构成,身负听者拥有过的普通形态；第二等包括温丽在内，与多种虚灵中的一种缔结纽带，化为强力形态，称为华族；最高等称为融族。不过，温丽无法为乌利姆那类灵体定位。它们的地位显然高于一般的歌者，那华族呢？

她没有在镇上见到人迹。人类不是被围捕，就是被驱逐。她无意中听到融族说，人类军队仍在阿勒斯卡西部战斗，但东部已被歌者完全控制。此举堪称大捷，因为歌者的数量要远低于人类。阿勒斯卡之所以崩溃，一部分是因为灭世风暴，一部分是因为融族的回归，还有一部分是因为阿勒斯卡人一再征召够格的男子参战。

温丽在车尾坐下，感激地接过一名女性歌者递来的水杯。宣称自己是全族的救星，口很容易干。

女子踌躇不前。她身穿阿勒斯卡式的长裙，遮住了左手。"你说的都是真的吗？"

"当然是真的。"温丽和着倨傲之韵说，"你不信？"

"怎么会！只是……很难想象仆族也会进行斗争。"

"不要自称仆族，要说歌者。"

"好的。嗯，当然可以。"女子讪讪地用手捂住脸。

"道歉时，你的话里要带上韵律。"温丽说，"记得用欣赏之韵来感谢纠正你的歌者，或者用焦虑之韵来强调你的失望。如果你感到懊悔，就用慰藉之韵。"

"好的，光明女士。"

唉，伊舒娜，他们还有很长的路要走。

女子跑开了。那条歪歪扭扭的裙子看着很可笑。没有进入交配态，哪来区分性别的道理？温丽哼着嘲讽之韵，从马车上跳了下来，昂首在镇上走过。这儿的歌者大多处在劳动态或机敏态，但也有少数处在治学态，留着长发，五官棱角分明，就像刚才送水来的女子。

温丽哼出愤怒之韵。她的族人几代以来都在奋力发现新形态，而这群歌者却有十几种选择。不了解挣扎的艰苦，怎么能珍视这份恩赐?当温丽走近镇公馆时,他们像人类那样鞠了一躬,向她表示尊敬。她得承认自己很满意。

她走进镇公馆后,莱恩和着毁灭之韵问:"你怎么这么得意?"这名魁梧的融族正在窗边候着,一如既往地悬停在离地几尺的半空,斗篷垂落在地。

温丽顿时没了威风。"我不禁觉得像是来到了一群小宝宝中间。"

"如果他们是小宝宝,你也不过是个在学走路的孩子。"

另一名融族坐在地上,周围都是椅子。这名女子从不说话,温丽不知道她叫什么,还觉得那抹不变的笑容和那双一眨不眨的眼睛有点可怕。

温丽走到莱恩身边,透过一旁的窗户望着住在村里的歌者。他们在田间耕作,日常的生活可能没有太大变化,但歌声又回来了,这对他们意义重大。

"上古尊者,我们还是应该启用人类奴隶。"温丽和着恭顺之韵说,"要耕的地恐怕太多了。如果您真想让这些村子为军队提供补给,他们就需要更多劳动力。"

莱恩瞥了她一眼。她发现,如果她毕恭毕敬地用古语向莱恩进言,莱恩就不太可能置之不理。

"孩子,我们当中也有人同意你的观点。"莱恩说。

"您不同意?"

"是的。我们要持续留意人类的举动,他们随时都有可能展现异能。异能的来源是我们的敌人,我们已经杀了他,但他通过手下的飒能者,还在继续抗争。"

飒能者?愚蠢的是,古老的歌谣还对他们赞誉有加。"那他们如何与灵体产生羁绊,上古尊者?"温丽和着恭顺之韵问,"毕竟人类没有……您知道的……"

"你也太胆小了,"莱恩和着嘲讽之韵说,"说出'琼心石'三个字就这么难?"

"琼心石是神圣而私密的。"听者一族的琼心石不像巨壳生物那样华丽炫目,通体呈骨头般的灰白色,美而亲切。

"可它们也是你们的一部分。"莱恩说,"你们忌讳触碰尸体,绝口不提琼心石,简直和那些遮着一只手四处游荡的仆族一样糟糕。"

什么?这不公平。她调谐至愤怒之韵。

"起初……我们都惊呆了。"莱恩终于说,"既然人类体内没有琼心石,那他们怎么才能与灵体产生羁绊?这不合常理。但不知道怎么回事,他们和灵体之间的纽带就是比我们的要强大。我一直是这么说的,现在甚至更为坚信:我们必须消灭人类。只要人类还存在,我们的同胞就不会得到安宁。"

温丽感到嘴巴越来越干,远远地听到了失落之韵。那是较为低等的韵律,没一会儿就停息了。

莱恩哼起倨傲之韵,转身喝令那个发疯的融族。女子见莱恩飘出了房门,赶紧站起来,大步跟上。莱恩大概要去和镇上的灵体交谈,下达指令、给出警示,这是他在出发去下一个城镇之前通常要做的事。温丽原以为要留下过夜,于是打开了行李,但她现在怀疑他们很快就得走。

她去了自己所在公馆二楼的房间,阿勒斯卡的奢华装潢仍旧让她惊叹:木制陈设做工考究,床铺柔软得能陷下去,玻璃花瓶是吹制的,墙上挂着盛装润石的水晶灯台。她向来讨厌阿勒斯卡人,因为他们摆着一副仁慈的父母嘴脸,像是遇上了一群欠管教的野孩子。他们对听者的文化和发展视而不见,只顾着狩猎巨壳生物,还以为它们就是听者的诸神,但这都赖翻译上的差错。

温丽抚摸着一盏灯台上的优美涡纹。阿勒斯卡人是怎么只把其中的一部分涂成白色的?每当她遇见这类物品时,她总得提醒自己:技术上的先进并不代表文化上的先进。阿勒斯卡人只是手头的资源更丰富,如今歌者寻回了博艺态,也能进行类似的创作。

然而,这盏灯台还是美得不可方物。人类能在玻璃上雕出如此精美的涡纹装饰,让她想起了自己身上的大理石花纹图案。他们当真要消灭人类吗?

她的腰包震动起来。她在紧身衬衣下面穿了一条听者款式的皮裙,外面套了件宽松的罩衫。她有责任向歌者说明,是那些跟他们相似的同胞引来了风暴,让他们重回自由,而不是那些来自遥远过去的可怕生物。

她又欣赏了一会儿灯台,随后把腰包里的东西倒在屋里的墩木桌上。润石一弹一弹地滚了出来,还有更多未经切割的宝石,听者一般用这种宝石替代润石使用。

隐藏在光芒中的小灵体升了起来,运动时就如同彗星,随后它静止下来,只像火花般发光。

"你也是有时会在夜空中移动的灵体吗?"温丽悄声问。

灵体不停闪烁,散发出如烟一般渐渐淡去的光圈。它开始在室内蹿来蹿去,左看右看。

"这间屋跟你上次看过的那间没什么差别。"温丽调谐至欢乐之韵。

灵体蹿向墙上的灯台,敬畏地闪烁着,接着又移向门对面的灯台。

温丽走去收拾放在柜子抽屉里的衣服和文件。"我不明白你为什么要跟着我。待在包里可不舒服。"

灵体迅速从她身边掠过,看着她打开的抽屉。

"这叫抽屉。"她说。

灵体一闪一闪地瞅着抽屉外面。

温丽辨出了这种韵律。*是好奇之韵*,她心想,一边收拾东西,一边也哼了出来。可她马上犹豫了,因为这是以前的一种韵律,就像她刚才调谐的欢乐之韵。她又能听见普通的韵律了。

她望着小灵体,和着恼怒之韵问:"是你干的吗?"

灵体缩了回去,却不停随着决断之韵闪烁。

"你想达到什么目的?你的同类背叛了我们。去找人类吧,别来烦我。"

灵体缩得更小了,但又随着决断之韵闪烁起来。

这下难办了。楼下传来重重的开门声,莱恩已经回来了。

温丽只好压低声音,和着命令之韵说:"快躲进包里。"

梅 姆

洗衣服是很有讲究的。

大致怎么洗大家都会，小孩也不是个个都会哼歌？但碰到挺括的瀛丝裙，人们还会舒张纤维吗？裙装事先需要在温盐水里浸泡，经过漂洗、擦洗，才能恢复自然的柔软。另外，亚泽尔的矿物染料和雅克维德的山地植物染料是有区别的，要用不同的肥皂对付，这点人们是不是察觉到了？

梅姆这回要洗的是一条大红色的裤子，她舀了点加了磨砂微粒的猪油肥皂粉，搓了搓裤腿上的污渍，再把裤子浸湿，用刷子蘸着肥皂粉继续擦洗。

裤子上的油渍已经很难去除了，同一块地方居然还有血迹。偏偏穆里兹喜欢光鲜的服装，梅姆就得精心洗涤，既不能搓破布料，也不能让裤子掉色——这种亮丽的美卡林红取自淳湖岸边的蛞蝓。

梅姆一边忙活，一边摇头。哪来的顽渍？她只得用光四块肥皂，搓了洗衣粉再晾一边，接着处理上装，洗净污渍，把衬衣冲洗一下，最后挂出去。不知不觉中就过了好几个小时，别的雅克维德洗衣女工都开始成群结队地回家了,有些人在内战中失去了丈夫和儿子,只能独守阴冷的空闺。

然而,在灾难面前,衣服还是要洗的。哪天世界末日了,要洗的血渍才会变得更多。一天的活儿圆满完成,梅姆终于在晾衣架前退后几步,两手叉腰,成就感十足。

擦干手后,梅姆去看了看新来的帮佣。那个叫玻沐的姑娘一身黑皮肤,显然是东部人和西部人的混血。她正在洗内衣,眼见一件背心快洗完了,梅姆便走到她身边,她却没有搭理。

风操的,她怎么都没人抢? 望着那个美女对着背心又是揉搓又是浸泡,梅姆思忖道,这样的女孩子总不至于要来洗衣服吧?不过一有男人靠上来,她就一副凶巴巴的样子,后果可想而知。

"干得不错。"梅姆说,"把洗好的衣服晾起来,再帮我收拾余下的。"她们把衣服堆在篮子里,在城里走了一小段路,去主人的宅邸。

魏德纳依旧弥漫着一股烟味,那不是烤面包的香味,而是平原上那些庞大的焚尸堆所发出的焦味。梅姆的雇主住在市场附近,大宅挨着一些战争留下的碎石瓦砾,当时敌兵的攻城器械就朝那里发射过密集的石炮。

两个洗衣女工经过大门的门卫就上了楼。梅姆愣是不走佣人的通道,也只有穆里兹会这么顺应她。

"跟紧点。"梅姆对一进门就慢慢吞吞的玻沐说。两人快步走过一条朴实无华的长廊,上了一段楼梯。

都说大宅里的佣人可有可无,梅姆却不这么觉得。在穆里兹身边,就更不能掉以轻心。凡是有谁动过哪怕一座烛台,都会被管家察觉。穆里兹的伙伴都很注重周围的人,眼下便有一男一女站在某个房间的门口轻声交谈,各自都佩着剑,梅姆和玻沐经过的时候,他们没有中断对话,却在观察。

穆里兹的住处在楼上。今天他有事外出,梅姆和玻沐就先去他的书房取他放在那儿的晚装。有时，他会留下脏衣服再出去，回来时新换的衬衫上总会沾染不重样的污渍。

一走到书房门口，玻沐就迈不动步子了。

"别磨蹭。"梅姆掩住笑意，提醒了一句。经过朴素空荡的走廊和楼梯，这间摆得满满当当的书房让人有点目不暇接，她第一次来的时候就惊叹不已。壁炉架上堆满了稀罕玩意，每一件都展示在玻璃罩里。屋里还有产自玛拉特的厚地毯和五幅巧夺天工的画像，分别描绘了一位令使。

"你是对的。"落在后面的玻沐说。

"那当然了，"梅姆把洗衣篮放在转角的衣橱前，"穆里兹的品味可是一流的。记住，他不喜欢别人喊他'老爷'。他只会雇佣最能干的——"

一阵"哧啦"的声响打断了她的话。

这是一种令人毛骨悚然的声音，犹如灾难的化身。似乎是哪里的缝线裂开了，抑或是轻薄的女式衬衣蹭到脸盆上破了口子。梅姆转过身，发现新来的帮佣就站在椅子上，正对着穆里兹收藏的画作动刀。

梅姆的一部分思维一下子没有转过弯来。她眼前一黑，失声惊叫。

玻沐……玻沐竟在破坏穆里兹收藏的画作。

"我一直在找这个。"玻沐在椅子上往后一站，两手叉腰。

两名护卫冲进房间，也许是听到了动静。他们望着玻沐，目瞪口呆。玻沐翻弄着那把刀，气势汹汹地指着他们。

更可怕的还在后头，一身晚装的穆里兹竟也趿着拖鞋出现在几个护卫身后。"吵什么？"

真是仪表非凡。虽然那张脸仿佛受过几次严重的刀伤，可他衣着品味相当过人，也懂得找行家来保养。

"啊！"穆里兹瞧见玻沐，连忙说，"您可算来了！只用了一张忠于油彩的丹多斯的画作就成了？太好了！"他推开不明就里的卫兵，把门关上，都没正眼去看梅姆。"元老大人，您想喝点什么吗？"

玻沐冲他眯起眼睛，从椅子上跳下，快步向他走去，一手按住他的胸口把他推开，然后打开门。

"我知道塔拉内拉塔的下落。"穆里兹说。

玻沐僵在原地。

"如何？我们还是喝一杯吧？"穆里兹问，"我的巴布斯①早就想跟您聊聊了。"他望了望梅姆，"那是我的亚泽尔骑兵总长服吗？"

"嗯……是的……"

"洗掉上面的以太了吗？"

"以……以什么？"

穆里兹大步走到转角处，抽出篮子里的红裤仔细看了看。"梅姆，你绝对是个天才，果然不是所有猎手都会带矛。去找康德威，就说我还要赏你三枚火马克。"

"多……多谢，穆里兹。"

"拿完赏钱就回去吧。"穆里兹说，"明天记得重新找个姑娘帮你洗衣。"

---

①泰勒拿人对老师的称呼。

I-9 动真格

伊舒娜保准会喜欢的,温丽寻思道,飞在数百尺的高空。莱恩等融族用连好的挽具带着她飞行,她觉得自己就像一袋被拖去市场的大米,不过这也让她看到了十分壮观的景色。

石丘一望无际,山坡的暗处常常点缀着一片片绿意。茂密的森林中生长着缠结的灌木,一同直面飓风。

看到这番景色,伊舒娜一定会激动万分。她一定会着手绘制地图,谈论自己能去的地方。

另一方面,温丽大部分时候都感到反胃。她一般无需忍受长途飞行,因为阿勒斯卡的城镇挨得很近,但在今天,她的祖先带她飞过了众多被占领的城镇,其间不曾停下。

旅程的终点初看像是另一片石崖,其实是一座大城市的城墙,可能有破碎平原上那些军营的两倍大。

温丽已有多年未见塔冠城。上一次,也是唯一的一次,她和族人来到这儿处决了迦维拉尔国王。城里曾有石造建筑和加固的塔楼,充满了奇观和胜景,如今处处冒着黑烟,许多哨塔化为齑粉,城门也倒塌了。塔冠城似乎已被征服。

莱恩和他的旅伴在空中快速掠过，扬起拳头向其他融族示意。勘察完城市的情况，他们飞越城墙，落在城外的一座堡垒附近。等温丽解下绳索，他们再度升入空中，长斗篷的末端刚好擦到石地。

"上古尊者，我的任务是不是完成了？"温丽和着恭顺之韵问，"所以您才把我带到这儿？"

"你以为任务完成了？"莱恩和着嘲讽之韵说，"孩子，都还没开始呢。那些小村庄只是练手，今天才是动真格了。"

I-10 谢勒

"你有三种选择。"赫达孜将领说。

他长着饱经风霜的深褐色皮肤,稀疏的唇髭微微发白。他走到谢勒身边,把两手垂到身侧,居然有人为他戴上了手铐。什么情况?

"注意,"将领说,"这很重要。"

"你要我注意手铐?"谢勒用赫达孜语问。在边陲生活,他只能学会那儿的语言。"怎么搞的?你可知道抓我的后果?"谢勒正要起身,一名赫达孜士兵硬是把他按倒,他只能重重地跪在营帐里的坚硬石地上。

"你有三种选择。"将领拧着双手,手铐锵锵作响,"第一种,用剑,也许干净利落。下手准的话,几乎没感觉,可惜行刑的不是剑子手,机会留给你虐待的妇女,每人砍一刀,轮着来,砍多久看她们的。"

"这也太无耻了!"谢勒说,"我可是五等光民!我是轩领主的亲戚,而且——"

"第二种,"将领说,"用锤子。打断你的手脚后,我们会把你吊在海边的悬崖上。刮飓风之前,你没准能苟活,但会十分痛苦。"

谢勒拼命挣扎,却无济于事。他被赫达孜人抓到了,他们的将领连个光眼种都不是!

将领扭动双手,然后分开,手铐"叮"的一声掉落在地。不远处的军官有的在笑,有的在叫苦。一名文书停止计时,记下将领挣脱手铐的秒数。

几名士兵鼓起掌来,将领欣然认可,还拍了拍一个赌输的人的后背。一时间,谢勒仿佛被人遗忘了。最后,将领回头对他说:"换成我,我是不会选锤子的,不过还有第三种选择:斗猪。"

"我要求索取赎金的权利!"谢勒说,"你必须联络我的轩亲王,接受根据我的军衔所付的赎金!"

"赎金是留给战俘的,"将领说,"而不是那些被抓到抢劫和杀害平民的浑蛋。"

"我的祖国被侵略了!"谢勒大吼,"我在收集资源,好发起抵抗!"

"这不是我们抓你的原因。"将领踢了踢脚边的手铐,"你三选一吧,我可没空整天陪你。"

谢勒润了润嘴唇。他怎么会落到这步田地?国家已经乱套,仆族胡作非为,他的部下还被会飞的怪物击溃。现在轮到他自己了?这帮肮脏的赫达孜人显然蛮不讲理,他们……

慢着。

"你刚才说什么?斗猪?"谢勒问。

"它住在岸边,"赫达孜将领说,"这是第三种选择。给你抹上油,你就去斗猪吧,让士兵看看还挺有意思的,他们偶尔也需要运动。"

"假如我选了第三种,你就不会杀我?"

"对,然而这没你想的这么简单。我也去过,可以现身说法。"

赫达孜人都疯了。"那我选择斗猪。"

"请便。"将领拾起手铐递给军官。

"差点以为您会失手。"军官说,"商人号称这是泰勒拿最好的锁匠打造的。"

将领大笑道:"杰罗诺,只要手铐是松的,就跟锁有多好没关系了。"这个小矮子的模样十分滑稽:塌鼻梁、漏风嘴,还笑得那么夸张。亚马兰轩领主会——

谢勒被镣铐拎起,穿行在阿勒斯卡边境的赫达孜军营。这里的难民比战士还多!给谢勒一百人的兵力,他就能干翻这一整支部队。

俘虏他的混账押着他走下斜坡,经过悬崖,去往岸边。士兵和难民都聚集在山上,又是嘲弄,又是喊叫。赫达孜将领明显不敢杀阿勒斯卡军官,只好让他去斗猪出丑。他们笑够后,就会劳神把他打发走。

太蠢了,他会率军归来。

有人将谢勒的镣铐扣在石头的金属环上,另一人捧着一壶油走过来,两人将油浇在谢勒头上。油顺着他的脸流下,他咂舌道:"什么味儿?"

山上,有人吹响了号角。

"我想说'祝你好运',老大。"赫达孜士兵在他的同伴跑开后对谢勒说,"我出三马克赌你挨不过一分钟。可谁知道呢?将军被吊在这儿时,用了不到一分钟就逃脱了。"

海浪翻涌起来。

"当然,"士兵说,"将军就喜欢这套,他人有点怪。"

士兵奔回到岸上。谢勒在原地不能动弹,浑身被臭油浸透,看到一只巨鳌伸出海面,只有瞠目结舌的份儿。

所谓的"猪",也许更像个绰号。

I-11
回　报

被温丽叫作"天音"的小灵体在屋里四处窥探，查看每个角落和暗处。温丽每次把她从包里放出来，她都会这么做。

温丽抵达塔冠城已有几天。莱恩提醒得不假，这回是动真格的，她每天都要对那些被领到城外的一群群歌者发表十几次演说。她不能亲自进城，而是隐居在城郊的避风所里。

温丽倚靠着窗户，对监禁感到不满，不由得哼起了怨恨之韵。就连这扇窗户也是在她一再要求下才装上的，先用碎瑛刃开凿出来，再铺上厚实的防风板。外面的城市在呼唤着她，雄伟的城墙、华美的建筑，让她回忆起了纳拉克……纳拉克其实不是她的族人建立的。听者能在那儿定居，得益于古代人类的劳动成果，这就好比现代人类从那些被奴役的歌者身上获利。

天音翩然而来，随后悬在窗边，像是要溜出去看个究竟。

"不行。"温丽说。

天音随着决断之韵闪烁，在空中一点一点地向前移动。

"待在屋里。"温丽和着命令之韵说，"他们正关注着像你这样的灵体。有关你的同类和近亲的描述,已经传遍了整个城市。"

小灵体往后退去,随着烦恼之韵闪烁,挨着温丽定在半空中。

温丽把头枕在胳膊上。"我觉得自己就像个老古董,"她沉吟道,"似乎被抛弃了,来自快要被遗忘的时代。这种感受来得很突然,只出现在把你放出来的时候,所以是不是你造成的?"

天音随着平和之韵闪烁。温丽心灵深处起了反应,因为她体内的琼心石中有一只虚灵。这只虚灵不像乌利姆和高等虚灵那样会思考,只是情绪的产物,拥有动物的原始本能,但它跟温丽之间的纽带赋予了温丽强力形态。

温丽寻思起来。多数融族显然疯疯癫癫的,过长的寿命也许对他们的精神状态造成了损害。仇恨难道不需要新的领袖来带领他的子民吗?如果温丽证明了自己,她能在其中占据一席之地吗?

她能当上新的融族,成为新的神吗?

伊舒娜生前总在担忧,唯恐温丽太渴望权力,还告诫她要把控野心,就连戴米德也会不时替她操心。而现在……他们都死了。

天音随着平和之韵闪烁,接着切换至恳求之韵,再回到平和之韵。

"不行,"温丽和着哀悼之韵说,"不行。"

天音随着恳求之韵闪烁,更为坚决。她切换至失落之韵,再是回忆之韵,然后回到恳求之韵。

"你看错我了。"温丽和着烦恼之韵说,"我做不到,天音,我无法拒绝他。"

又是恳求之韵。

"是我干的好事!"她以怒韵道,"你难道不明白吗?这一切都是我引起的。别来求我!"

灵体退缩了,光芒渐渐暗淡,可她还是随着决断之韵闪烁。蠢灵体。温丽扶着额头。为什么……为什么她没有对戴米德、伊舒娜和其他听者的遭遇感到无比气愤?她真想加入融族的行列吗?那群怪物坚称她的族人已经灭亡,而且拒绝回答她关于那些在纳拉克之战中幸存的数千听者的问题。他们……是不是都转化成了融族?温丽该不该先考虑族人的存亡,再考虑自己的目标?

听者的思维方式会随着形态的改变而改变,温丽。这是常识。伊舒娜一直规劝她,不要让形态决定自身的行为。**要学会控制形态,不要反被形态控制。**

可那时的伊舒娜是全族的楷模,是将领也是英雄。她已经完成了使命。

温丽只想获得力量。

天音忽然闪烁起来,惊恐地钻到床下。

"原来如此。"温丽和着哀悼之韵说,看着城外骤然变暗的天空。灭世风暴每隔九天就会刮一次,这是她抵达后遇到的第二次。"所以他们晚上才没有带听众过来。"

她抱起两臂,深吸一口气,哼起了决断之韵。渐渐地,决断之韵消逝了,她下意识地切换至毁灭之韵。怕仇恨不喜欢,她没有关窗,而是闭上眼睛听着雷声,透过眼皮看着猩红的闪电。她胸中的灵体跃跃欲试,而她变得兴奋起来,毁灭之韵在体内奔涌。

她的族人或许绝迹了,这种力量却值得拥有,她怎么能拒之门外?

温丽,你还要当多久的两面派?你还要犹豫多久?她仿佛听到了伊舒娜的声音。

风暴袭来,大风刮进窗户,将她抬升起来……周围的房屋消失了,她进入某种幻境,在风暴之中翻转腾挪,但她明白这害不了她。

最后她落到坚实的表面上。她哼起毁灭之韵,睁开眼睛,发现自己站一座高悬于空中的平台上,远离下面那颗蓝棕相间的柔刹星球。她身后是一片深邃魆黑的虚空,只有着一个光点在闪烁,可能是一颗星。

那颗泛白的黄星以非凡的速度向她而来，扩大、膨胀，最后化为熊熊烈焰将她吞没。她感到皮肤在熔解、血肉在灼烧。

你的讲述还不够出色，仇恨以古语道，**融族说你变得不耐烦了。你要改正，否则你会被消灭。**

"遵……遵命，主上。"说完，她的舌头就烧掉了。烈火夺去了她的双眼，她再也看不见了。疼痛和苦楚向她涌来，可她无法屈服，因为在神面前，她需要全神贯注。与神相比，肉体被吞噬的痛苦根本不算什么。

记住，我对你自有安排。

她彻底蒸发了。

她在隐居所的地板上醒来，死死抓着石面的手指又流血了。她离开了好几个小时，风暴的呼啸已经远去。她始终都在经受烈火的燃烧吗？

她紧紧闭上眼睛，瑟瑟发抖。她的皮肤熔解了，眼睛和舌头都烧尽了……

平和之韵响了起来，为温丽带来解脱，她知道是天音盘旋在一旁。她呻吟着翻过身，没有睁开眼睛，在脑海中寻觅平和之韵。

但仇恨刚走不久，她没有找到平和之韵。她体内的灵体改而发出连绵不断的渴望之韵。

"我做不到。"温丽和着戏谑之韵低语，"你找错了对象。"

两姐妹当中，不该死的那位已经死去，不该活的那位却活了下来。

温丽曾密谋让诸神回归。

这就是她的回报。

第四部分
真存,伪去!
唱咏源起!

阿多林　沙兰　卡拉丁

达力拿　纳瓦妮　泽斯

塔拉梵吉安　温丽

88 声音

八年前

迦维拉尔开始显出疲态。

达力拿站在书房后头,侧耳倾听国王与诸位轩亲王的继承人谈话。话题没有触碰底线,不外乎是迦维拉尔对各种市政项目的计划。

他看起来苍老极了,达力拿心想。他需要做点能恢复元气的事。去狩猎如何?

达力拿不必与会,他的职责就是干站在一旁。偶有年轻人瞥向墙边,便会见到"黑荆棘"在阴影中观望。

他看着他们眼中映出的火光,听着脑海中传来孩子的哭声。

不要软弱,达力拿心想,*已经快三年了。*

他吃着自己种下的苦果,在塔冠城消磨了三年时光。他本以为一切都会好起来。

但情况只是越来越糟。

撒迪亚斯把天桎被毁的消息精心转化成对国王有利的说辞。他声称天桎人杀害达力拿的妻子,迫使寇林军采取行动的做法令人遗憾,并指出城市在战斗中起火是不幸的事件。迦维拉尔曾公开谴责达力拿和撒迪亚斯“将城市付之一炬”的行为，但他对天堑人的指摘却更为尖锐。

言下之意很明确。迦维拉尔不想释放“黑荆棘”的力量，就连他也无法预测达力拿会带来什么样的破坏。这显然是道不得已的手段，如今，人人都会小心地提供许多别的选择。

如此高效，只要付出一座城市的代价，或许还要赔上达力拿的理智。

迦维拉尔建议与会的光眼种在壁炉里点火取暖，借此示意达力拿可以离场。达力拿可受不了火。那味道就像烧焦的皮肤散发出来的，噼啪作响的火焰只会让他想起伊薇。

他溜出后门，来到三楼的走廊，朝住处走去。他和两个儿子已经搬进了王宫。原先的府邸总是带给他太多有关伊薇的记忆。

风操的，站在迦维拉尔的书房里，望着宾客眼中的恐惧，痛苦和回忆变得尤为激烈。有时候他还会好受一些，但别的时候……他就只有那天的感觉。他需要从酒柜里拿瓶烈酒喝。

可惜，等他绕过曲廊，却闻到了香气。是从他的房间里飘出来的吗？雷纳林又在焚香了。

达力拿浑身一震，仿佛碰到了什么硬物。他转身就走，可惜为时已晚。那阵香气……那阵香气是属于伊薇的。

他下到二楼，走过血红的地毯和立柱成排的走廊。去哪里找酒喝？他不能进城，因为人们都表现得那么害怕他。厨房里有酒吗？不，他不会去求御厨，他们只会偷偷摸摸地通知国王，说“黑荆棘”又喝起了烈度最高的紫酒。迦维拉尔经常抱怨达力拿酗酒，但士兵不打仗还能干什么？他为王国做了这么大贡献，难道就不应该放松一下吗？

他转身走向王座厅，由于迦维拉尔改用书房会客，王座厅应该没人。他从侍从的入口进去,来到小小的备膳间,拿出一颗蓝宝石润石照明,跪下来,把手伸进橱柜摸索了一通。有些稀罕的老酒通常存放在这儿,以飨访客。

然而橱柜里是空的。诅咒之地的,他只找到了锅子、托盘和杯子,还有几包赫达孜调料。他生气地敲打柜台。难道迦维拉尔发现他来过这儿,把酒拿走了?国王认定达力拿是个酒鬼,但达力拿只会在状态不好的日子偶尔放纵,借着烈酒让脑海中的哭声平息下来。

人们在哭泣,孩子身上着了火,正在乞求父亲把他们从火海中救出来。伊薇的声音伴随着这一切……

他要到什么时候才能逃离这等折磨?他在变成一个懦夫!他一入睡,就会做噩梦;他一见到火,就会在脑海中听到哭声。伊薇怎么可以这么对他!叫她被风吃了才好!如果她能表现得更加成熟,做到面对责任,抑或只是接受现实,哪怕一次也好,她就不会去送死。

达力拿迈着重步来到外面的走廊,径直走入一群年轻的士兵中间。他们赶忙退到走廊两边,抬手行礼。他侧过头作为回应,尽量不露出怒容。

他要当好完美无缺的将军,这才是他的本质。

"父亲?"

达力拿赶紧停步,完全没发现阿多林也在队列中。这名少年正值十五岁,长得高大帅气,而高大这一点自然是遗传了达力拿。这天,阿多林穿了一身满是刺绣的时髦套装,靴帮镶了银。

"这不是标配的制服,士兵。"达力拿对他说。

"对啊!"阿多林说,"还是定制的!"

风操的……他儿子越来越会打扮了。

"父亲,"阿多林走上前,迫切地扬起拳头,"您收到我的口信了吗?我已经和忒拿特哈约好了,要比试一场。他可是榜上有名,父亲。这是我赢得瑛刃的第一步!"他冲达力拿一笑。

达力拿心中有百般情绪在斗争。他回忆着和儿子共同在雅克维德度过的美好岁月，回忆着骑马或教授剑术的情景。

他又想起了伊薇。阿多林的金发和笑容均是承自这名女子。如此诚恳，如此真挚。即便有一百名制服得体的士兵，达力拿也不愿用阿多林的直率去交换。

可他眼下却无法面对。

"父亲？"阿多林问。

"你还得有军人的姿态，士兵。说话别太随便。我是这么教你的吗？"

阿多林满脸通红，却露出愈发坚毅的表情。在厉声苛责之下，他没有退缩。一旦被训斥，他只会更加顽强。

"长官！"年轻人说，"本周的比试，如果您前来观战，将是我莫大的荣幸。我的表现定能让您满意。"

风操的小子，谁又能说不？"我会去的，士兵。我会为你自豪。"

阿多林爽朗一笑，抬手敬礼，随后跑回队列中。达力拿尽量疾步走开，想要远离那头金发，以及那抹挥之不去的俊美笑容。

好吧，现在他比以往更需要喝酒，可他不想去求御厨。他还有一个选择，就连他的兄长那么狡猾的人也不会考虑。他又下了一段台阶，来到王宫的东殿，经过了不少剃光头的虔诚者。他一路赶来面对他们谴责的目光，可见他有多绝望。

他走下楼梯，来到宫殿深处，进入一边通往厨房、一边通往陵墓的走道。几经辗转，他来到乞丐廊，那是一座夹在堆肥和花园间的小露台，正有一群悲惨的人等着迦维拉尔晚餐后施舍食物。

有人向达力拿乞讨，但他一瞪眼，那些衣衫褴褛的可怜虫就退了回去，畏缩不前。在乞丐廊的后面，他发现阿胡蜷缩在两尊大型宗教雕像间的阴影里，雕像背对乞丐，双手向花园张开。

哪怕是个疯乞丐，阿胡也够奇怪的。他顶着一头缠结的黑发，胡子拉碴,皮肤在阿勒斯卡人里算黑的。他穿的衣服简直就是碎布,身上的味道比堆肥还难闻。

不知为何,他总是带着一瓶酒。

阿胡冲达力拿傻笑:"你看到我了?"

"不好意思。"达力拿往地上一坐,"我也闻到你身上的味道了。你在喝什么?最好别再是水了,阿胡。"

阿胡晃了晃一只深色大酒瓶。"不晓得这是啥,小子,但好喝。"

达力拿啜了一口,咂了咂嘴。是白烧酒,没有一丝甜味,不知是几年陈。风操的……还真香。

喝完酒,他把酒瓶还给阿胡。"你脑子里的声音还吵吗?"

"今天不怎么吵了。它们唱啊唱,说要扒我的皮、吃我的肉、喝我的血。"

"好极了。"

"嘻嘻。"阿胡依偎在篱笆墙的枝条上,仿佛那是柔软的丝绸,"挺好。真不错,小子。你脑子里的声音呢?"

达力拿伸出手作为回应,阿胡把酒瓶递给他。达力拿又喝了一口,享受着恍惚的头脑,让哭声暂时平息。

"Aven begah."阿胡说,"今晚正适合承受折磨。我的灵魂去了哪里?在我面前的又是谁?"

"阿胡,你这小矮子还真怪。"

阿胡咯咯笑着,应了一声,挥手要酒,喝了以后又把酒瓶递给达力拿,达力拿只好用衬衣擦去乞丐的唾沫。风操的,都是迦维拉尔把他逼到这个地步。

"我喜欢你。"阿胡对达力拿说,"我喜欢你眼中的痛苦,又亲切,又惬意。"

"谢谢。"

"小子,是谁上你身了?"阿胡问,"是黑渔夫?还是无面的衍生之母？摩拉诃靠近了，我偶尔能听到他在喘息、在抓挠，就像破墙而出的老鼠。"

"你的话我听不懂。"

"疯了，"阿胡咯咯直笑，"我原本以为这不是我的错。可你要知道，我们逃不过自身的所作所为。我们将它们吸引过来，与它们成为朋友，带它们一同起舞，向它们发起追求。这都是我们的错。一旦敞开心扉，就要付出代价。他们剥离我的头脑，牵动着我的意识，把我控制住了！我都看在眼里。"

达力拿一愣，还没把酒瓶举到嘴边就递给阿胡："把这个喝了吧，你还是需要喝点。"

阿胡照办了。

过了一阵子，达力拿跌跌撞撞地回到住处，感到十分平静。他喝得酩酊大醉，听不见任何孩子的哭声。他在门口驻足，回望走廊。他是从哪儿……他记不得自己是怎么从乞丐廊回来的。

他低头看了看没有扣起的外套，发现白衬衣上沾满了灰尘和酒水。嗯……

一个声音从紧闭的房门里飘了出来。是阿多林在里面吗？达力拿一怔，集中精神。风操的，原来他走错门了。

又响起一个声音。是迦维拉尔吗？达力拿凑上前聆听。

"伯父，我放心不下他。"阿多林说。

"你父亲就不习惯没人陪，阿多林。"国王答道，"他很想念你母亲。"

蠢货，达力拿暗骂道。他一点也不想念伊薇，甩掉这个包袱才好。

然而……伊薇死后，他确实很难过。所以伊薇才会常常为他掉眼泪吗？

"他又和乞丐厮混去了。"另一个人说。那不是艾尔霍卡吗？就这小子？他才几岁？凭什么学大人讲话？"——先是进了备膳间，好像忘了上次已经喝光了那里的酒。说真的，只要王宫里藏了一瓶酒，那个傻瓜醉鬼都能找出来。"

"我父亲不是傻瓜！"阿多林反驳道，"他很伟大，还对你有恩——"

"冷静，阿多林。"迦维拉尔说，"你们俩都闭上嘴。达力拿是军人，他会挺过去的。不妨带他出行，让他散散心。去亚泽尔如何？"

他们的声音……他才刚刚摆脱了伊薇的哭声，但一听到他们说话，有关伊薇的记忆却又回来了。他咬紧牙关，踉踉跄跄地来到自己门前，进屋后便找了张离得最近的睡椅，一下子瘫倒在上面。

失落之光海地图局部

89 诅咒之地

> 我对灭者的研究使我相信,它们并不是"虚空精灵"或"夜行九影"。每一个灭者都是一种特殊的灵体,拥有巨大的力量。
>
> ——摘自赫熹《秘辛考》第3页

阿多林从没有想象过诅咒之地会是什么样。

探讨神学是女人和文书的事。阿多林认为他会遵从自己的感召,尽力成为最优秀的剑士。虔诚者告诉他,这就够了,他不需要担心诅咒之地之类的东西。

然而此时此刻,他却跪在一座白色大理石平台上,头顶是黑色的天空,一轮冰冷的太阳——如果它还能叫作太阳的话——挂在一道云层的尽头。周围是一片起伏变幻的晶珠海,晶珠相互碰撞,清脆有声。数万团火光如油灯的灯焰般在海面上盘旋。

晶珠海中有成群的灵体,带着种种噩梦般的形态,可怕而令人生畏。它们扭动、翻腾,用非人的声音号叫着。他认不出任何一个种类。

"我死了。"阿多林低声道,"我们都死了,而这就是诅咒之地。"

但那个漂亮的苍蓝色灵体女孩呢?那个穿着僵挺长袍、头部被不可名状的迷人符号所取代的生物呢?那个眼部被剜去的女人呢?还有那两个屹立在天上的巨型灵体,握着长矛和——

阿多林的左侧绽出亮光,"飓风恩护者"卡拉丁汲取力量,飘到空中。晶珠叮叮作响,那群蠕动的怪物都转身盯着卡拉丁不放,仿佛它们是一体的。

"卡拉丁!"女孩模样的灵体喊道,"卡拉丁,它们以飓光为食!你会引来它们的注意——所有一切的注意。"

"德雷赫和斯卡……"卡拉丁说,"我们的士兵呢?他们在哪里?"

"他们还在另一边。"沙兰在阿多林身边起立。那个长着扭曲符号脑袋的生物抓住她的胳膊,稳住她。"风操的,他们可能比我们安全。我们在裂影界。"

附近的一些火光消失了,就像烛火熄灭。

许多灵体向平台涌来,汇入了一群在平台周围翻滚、规模越来越大的群体,在晶珠海中引起一片混乱。它们大多是形似鳗鱼的细长生物,背上有一排凸起,紫色的触须像舌头一样扭动,似乎是由浓稠的液体构成的。

一个庞然大物在下方晶珠海的深处移动,使得成堆的晶珠滚落下来。

"卡拉丁!"通体蓝色的女孩喊道,"求你了!"

卡拉丁望着她,似乎头一次看到她。他身上的飓光消失了,而他重重地落在平台上。

天青握着她那把薄薄的碎瑛刃,紧盯着在平台周围的晶珠海中游动的生物。似乎只有那个双眼被剜去、皮肤像是粗布制成的怪灵体不害怕。她的双眼……并不是空空的眼窝。她就像一幅眼部被刮掉的肖像画。

阿多林打了个寒颤。"所以……"他说,"知道是怎么回事吗?"

"我们没死。"天青粗声道,"这地方叫裂影界,是思想的界域。"

"我施放塑魂术的时候,会瞥见这个地方。"沙兰说,"裂影界与现实世界是重合的,但很多东西在这里是颠倒的。"

"大约一年前,我第一次去你们的大陆,就经过了这里。"天青补充道,"当时我有向导,而且我尽量没有让自己看到太多疯狂的东西。"

"很明智。"阿多林横出手,召唤碎瑛刃。

那个眼部被剜去的女人以一种诡异的方式朝他探出头,大声尖叫。

阿多林跌跌撞撞地跑开,差点撞上沙兰和她的……她的灵体。是图腾吗?

"那是你的剑。"图腾快活地发话,但他没有肉眼可见的嘴巴,"嗯,她死透了,我想你不能在这里召唤她。"他歪着那颗怪异的脑袋,看着天青的剑。"你的剑不一样,真稀奇。"

平台底下深处的生物又动了起来。

"这可能是坏事。"图腾说,"嗯……没错,上面那两只灵体是誓约之门的灵魂,而平台底下深处的灵体很可能是一个灭者,它在这边的体形一定很大。"

"那怎么办?"沙兰问。

图腾朝一个方向看了看,又朝另一个方向看了看。"没有船。嗯,这确实是个问题,对吧?"

阿多林转过身。一些鳗鱼状的灵体用他先前没看到的粗腿爬上平台,那些紫色长触须晃动着朝他伸过来……

是惧灵,他领悟道。紫色胶体状的惧灵看起来就跟触须的顶端一模一样。

"我们得离开这座平台，"沙兰说，"其他事都是次要的。卡拉丁……"她瞥了卡拉丁一眼，渐渐没了声音。

冲桥手跪在石地上，低着头，沉着肩膀。风操的……先前他那么麻木颓丧，阿多林不得不把他从战场上带走。看来这种情绪又找上他了。

卡拉丁的灵体——阿多林只能这么推测那个漂亮蓝衣女孩的身份——站在他身边，一只手放在他背上，护着他。"卡拉丁状态不太好。"她说。

"我必须好起来。"卡拉丁嗓音嘶哑地说着，站了起来，长发披散在脸上，遮住了眼睛。风操的，就算被怪物包围，这名冲桥手的模样也很吓人。"我们怎么去安全的地方？我不能在不引起注意的情况下带大家飞行。"

"这个地方是你们世界的反面。"天青避开一根朝她方向伸过去的长触须，"柔刹较大水域所处的位置，在这里就是陆地，对吗？"

"嗯。"图腾点点头。

"那条河呢？"阿多林试图定位，目光越过成千上万朵飘浮的火光，"在那里。"他指着远处一块很难看清的陆地，陆地形似一座狭长的岛屿。

卡拉丁盯着那边看，皱起眉头。"我们可以在这些珠子里游泳吗？"

"不行。"阿多林记起了坠入这片海里的感受，"我……"

那个庞然大物在底下涌动，晶珠"叮叮"地互相碰撞。不远处，一块高耸的黑色尖石破开海面，如山峰般缓缓从海面上升起，周围的晶珠泛起浪涛，哗哗作响。当那块尖石拔升到一幢楼的高度时，下面出现了一处关节。风操的，那既不是尖石，也不是山峰……而是一只巨爪。

其他方向出现了更多爪子，一只巨手正从晶珠海中缓缓抬起。晶珠海深处响起心跳声，使得珠子叮当作响。

阿多林吓坏了，踉跄后退，差点滑入晶珠海。他勉强保持着平衡，发现自己正面对着那个眼部被抓痕取代的女人。她面无表情地凝视着他，仿佛在等他召唤碎瑛刃，好让自己再次尖叫。

该下诅咒之地的。不管天青怎么说，他肯定身在诅咒之地。

"我该怎么办？"沙兰小声问。她跪在白色石台上，在珠子间搜寻着。每一颗珠子都给她实界域某种物体的印象：一面掉落的盾牌，一尊王宫中的花瓶，一条围巾。

不远处，成百上千只小灵体正在润石间爬动，就像橙色和绿色的小人，只有几寸高。她没有理睬它们，还在寻找能派上用场的灵魂。

"沙兰，"图腾跪了下来，"我觉得……我觉得塑魂术不会有效果。它能改变另一个界域的物体，但不能改变这里的物体。"

"那我能在这里做什么？"不管是什么，那些棘刺或爪子在他们周围升起，无可避免，凶险异常。

图腾哼了一声，紧握双手放在身前。他的手指光滑得像是黑曜石凿成的，他的脑袋有序地变换着，那颗球体从来不重样，但不知为何总觉得还是像他。

"我的记忆……"他说，"我不记得了。"

得有飓光，沙兰心想。迦熙娜曾告诫她，没有带上飓光，就千万不要进入裂影界。沙兰仍然穿着浣纱的衣服，于是她从口袋里掏出一颗润石。附近的珠子起了反应，颤动着朝她滚来。

"嗯……"图腾说，"危险。"

"待在这儿不见得更好。"沙兰吸入少许飓光，只有一枚马克的量，灵体似乎没有像注意到卡拉丁那样注意到她，和以前一样。她把闲手搁在海面上。珠子不再滚动，而是在她手底下汇聚到一起。她往下一推，遇到了它们的阻力。

不错的第一步，她心想，又吸入飓光。珠子紧贴在她手上，越积越多，彼此滚来滚去。她咒骂一声，担心马上就会有一大堆珠子。

"沙兰，"图腾戳了戳其中一颗珠子，"也许是这颗？"

那是她刚才感受到的那面盾牌的灵魂。她把润石换到戴着手套的禁手中，又把闲手按在海面上，以那颗珠子的灵魂为指引，就像她以定格的记忆为指引来画素描一样，其他珠子顺从地滚到一起，紧扣到位，形成了一面仿制的盾牌。

图腾站了上去，高兴地上窜下跳。他看起来就跟普通人一样重，但盾牌托着他，没有下沉，这就够了。现在她只需要一样够大的东西来承载他们所有人，她估摸着最好是两样东西。

"喂，使剑的女士！"沙兰指了指天青，"过来帮帮我。阿多林，你也过来。卡拉丁，你看看能不能用怨气降伏这块地方。"

天青和阿多林赶紧跑过来。

卡拉丁扭过头，眉头紧皱。"什么？"

别去想他那忧郁的眼神，沙兰思忖道，别去想你都做了什么才把我们带到这里，也不要去想它是怎么发生的。不要去想，沙兰。

她的大脑一片空白，就像准备作画时那样，随后才专注在任务上。

找到出路。

"各位，"她说，"那些火焰就是人的灵魂，而这些润石就代表着物体的灵魂。这其中确实蕴含着深厚的哲学意义，我们尽量忽略掉，好吗？当你去碰一颗珠子时，你应该能感受到它代表着什么。"

天青把剑收入鞘中，跪下来触摸润石。"我能……没错，每一颗珠子都有一种印象。"

"我们需要长而扁平的东西的灵魂。"沙兰闭上眼睛，把手伸进润石间，让印象袭过她全身。

"我什么也感受不到。"阿多林说，"我做错了什么？"他的语气显得不知所措，但别多虑。

瞧！那是一件许久没有从箱子里取出的华服，它老旧得把灰尘看成了自己的一部分。

那是一颗枯萎的果实，它明白自己的用途：腐烂后将种子粘在岩石上，希望它们能长久经受住飓风，顺利生根发芽。

那是一些最近被人挥舞过的剑，它们为达到目的而骄傲。其他武器属于死者，它们隐隐发觉自己出于某种原因失败了。

活生生的灵魂在四周浮动，一群人涌入了誓约之门的控制室，其中一人与沙兰擦肩而过，正是冲桥手德雷赫。有那么一瞬间，她体会到了作为他的感受：为卡拉丁担心，同时也很恐慌，因为队伍没有人负责，他自己就得挂帅。他不是当指挥官的料。管理者不能叛逆。他甘愿听从吩咐，这样他就能设法做得有模有样。

德雷赫的忧虑害得她自己的心思也冒了出来。**没有卡拉丁在场，那些冲桥手的力量就会消失**，她想道，**那瓦沙尔、阿红和伊什娜怎么办？我没有——**

专心。某样东西从她的脑海中浮现出来，揪住那些感想，一把将它们拽进黑暗中。清净了。

她拂过一颗珠子，把它转到禁手中，它像是代表着一扇城堡的大门。可惜她碰到的下一颗珠子代表着王宫，她为王宫的雄伟而震惊，一时目瞪口呆。她正把整座宫殿掌握在手心。

太庞大了。她放下珠子，继续搜寻。

那是一件仍把自己当玩具看的垃圾。

那是一只用熔化的钉子做成的高脚杯，是从一栋旧房子里拿出来的。

在那里。她抓住一颗润石注入飓光，一座完全由珠子组成的建筑便在她面前升起,是誓约之门控制室的复制品。她设法使建筑的顶部只高出海面几尺,而大部分建筑都沉到深处。屋顶触手可及。

"上去!"她喊道。

她扶着控制室的复制品,而图腾连忙爬上屋顶。阿多林跟了过去,身后是那只鬼魅般的灵体和天青。最后,卡拉丁拾起背包,和他的灵体一同走上屋顶。

沙兰被阿多林拉了一把,也走了上去。她攥着代表这座建筑的灵魂的润石,试图让晶珠组成的屋顶像筏子一样在海上移动。

它抗拒着,留在原地一动不动。也罢,她又有了一个计划。沙兰匆匆跑到屋顶的另一端,在图腾的搀扶下,再次俯身触摸海面,利用那扇大门的灵魂,又制成了一座可以站立的平台。图腾跳了下去,阿多林和天青也跟着跳了下去。

等他们都摇摇晃晃地挤到大门上,沙兰放开了那座建筑。它在后方轰然倒塌,珠子哗啦啦地落下,吓坏了在附近的晶珠海中爬行的绿色小灵体。

沙兰在大门的另一边重构了那座建筑,只露出屋顶。他们排成纵队穿了过去。

就这样,他们交替走在建筑和大门上,一点一点朝那块遥远的陆地前进。每一轮过程都会消耗飓光,但她可以在造物瓦解之前从中回收一部分飓光。一些伸着长触须的鳗鱼状灵体好奇地跟在他们身后,但其他多达几十种的灵体都没怎么注意到他们,直接就让他们通过了。

"嗯……"图腾说,"另一边有很多情绪。这是好事,可以分散它们的注意力。"

这项工作又累又乏味,但沙兰一步一步把他们从塔冠城的混乱中带了出来。他们经过了受到惊吓的灵魂之光,还有饥渴地饱餐着另一边传来的情绪的灵体。

"嗯……"图腾低声对她说,"快看,沙兰,灵魂之光不再消失了。塔冠城的人们肯定投降了,我知道你们不愿意毁灭自己。"

这是幸事,但并不意外。仆族从没有屠杀过平民,不过她不敢保证天青部下的命运。她热切地希望他们能逃脱或是投降。

晶珠海深处探出两根棘刺,沙兰只得让她的队伍慢慢地从近得惊人的地方挪过去,没有迹象表明它们注意到了。一行人来到晶珠海中一个比较平静的空间,四周只有玻璃的敲击声。

"她把它们腐化了。"卡拉丁的灵体低语。

沙兰休息了一会儿,从小包里抽出手帕擦了擦额头。他们已经离得很远了,塔冠城的灵魂之光只是一片朦胧的光亮。

"那是什么意思,灵体?"天青问,"'腐化'?"

"这就是我们在这里的原因。誓约之门——你还记得天上那两只灵体吗?它们是传送门的灵魂,但那种通红的色调……它们现在一定属于他那一方了,所以我们才会来到这里,而不是去乌有斯麓。"

撒南忒,沙兰心想,*她说她应该杀了我们,但她尽量不会这么做。*

沙兰又擦了擦额头,继续忙活。

阿多林觉得自己很没用。

他一直都明白。他轻松地成为决斗手,人们喜欢上他似乎自然而然。就算在他最黑暗的时刻——站在战场上望着撒迪亚斯军撤退,撒下他和他父亲——他也明白自身的情况。

但不是今天。今天,他只是一个站在诅咒之地中的迷茫小男孩。

今天,阿多林·寇林一无是处。

他踏上那扇大门的另一个复制品。大家必须紧靠在一起,方便沙兰撒走后方的屋顶,让它轰然倒塌,然后挤过所有人,再竖起控制室的复制品。

阿多林觉得自己很渺小,极其渺小。他迈步朝屋顶走去。卡拉丁却仍旧站在大门上,眼神恍惚。他的灵体茜尔拉了拉他的手。

"卡拉丁?"阿多林问。

卡拉丁终于回过神来,遵从了茜尔的催促,走上屋顶。阿多林也跟了上去,从容但果断地接过卡拉丁的背包甩到自己肩膀上。卡拉丁由着他。后方的门道碎了,落回到晶珠海中。

"嘿,"阿多林说,"不会有事的。"

"第四冲桥队我都熬过去了,"卡拉丁怒吼道,"这种困难我也能熬过去。"

"你肯定什么事都能熬过去。风操的,扛桥的小子,全能之主在创造你的时候,想必是用了他放在碎瑛刃里的东西。"

卡拉丁耸耸肩。他们走上下一座平台,他的表情却又迷离起来。别人继续前进时,他还站在那里,仿佛正等着脚下的桥梁消失,把他扔进海中。

"我无法让他们看清,"卡拉丁嘀咕道,"我无法……无法保护他们。我应该能保护别人,对吗?"

"嘿,"阿多林说,"你真的认为那个眼睛很诡异的怪灵体是我的剑?"

卡拉丁一怔,紧盯着他,蹙起眉头。"是的,阿多林,我觉得这很明确。"

"我只是很好奇。"阿多林回头一看,浑身发抖,"你觉得这地方怎么样?你有没有听说过类似的东西?"

"你非要现在说话吗,阿多林?"

"我很害怕。我害怕的时候就会说话。"

卡拉丁瞪了他一眼,仿佛正怀疑阿多林在干什么。"我不怎么了解这个地方,"他终于答道,"但我认为这里是灵体出生的地方……"

阿多林一直让他说个不停。每当沙兰创造一座新平台时,阿多林都会轻轻碰一下卡拉丁的手肘或肩膀,那名冲桥手也就会往前走。卡拉丁的灵体在附近徘徊,却让阿多林引导对话。

他们慢慢走近那块狭长的陆地,那里原来是由一种深邃光滑的黑色岩石构成的,有点像黑曜石。阿多林让卡拉丁走上去,并和他的灵体一起把他安顿好。天青跟了上来,肩膀耷拉着。其实,她的……她的头发在褪色,这才是最古怪的。在她坐下时,阿多林看着她的头发从阿勒斯卡人特有的乌黑色变成浅灰色。这肯定是受了这个诡异之地的另一种影响。

她对裂影界有多少了解?阿多林先前一直关注着卡拉丁,没有想过要盘问她。可惜他现在太累了,难以理清思路。

他在图腾走下平台的时候又跟了上去。沙兰看起来好像要崩溃了,脚下一个踉跄,平台就破裂了。他设法抓住了她,所幸他们只是跌入了齐腰深的珠子里,很快就踩到了地面。小晶珠似乎太容易滑动了,没有支撑起他们的重量。

阿多林简直得把沙兰从晶珠海的潮水中拖到岸边。她仰面倒在地上呻吟,闭上了双眼。

"沙兰?"阿多林在她身边跪下。

"我没事,只是得……集中精神,把想法形象化。"

"我们需要另想办法回到我们的世界。"卡拉丁坐在附近说,"我们不能休息。他们在战斗,我们需要帮助他们。"

阿多林打量着他的同伴。沙兰躺在地上,她的灵体也以类似的姿势躺着,仰望天空。天青向前倾身,那把小碎瑛刃放在腿上。卡拉丁还在用那双失神的眼睛盯着空气,他的灵体在他身后徘徊,忧心忡忡。

"天青,"阿多林说,"这地方安全吗?"

"在裂影界，就像在任何地方一样安全。"她疲惫地说，"招来不合适的灵体就会有危险，但也没办法。"

"那就在这儿扎营。"

"可——"卡拉丁说。

"就在这儿扎营。"阿多林轻柔但不乏坚定地说，"我们几乎站都站不直了，冲桥手。"

卡拉丁没有再争辩。阿多林在岸上探查，脚步却像绑了石头般沉重。他在光滑的岩石上找到了一个小凹坑，经过一番催促，他让其他人都挪了进去。

他们用外套和背包打好地铺，阿多林最后望了塔冠城一眼，见证出生地的沦陷。

风操的，他心想，*艾尔霍卡……艾尔霍卡死了。*

小迦维被带走了，而达力拿正打算退位。王位的第三顺位继承人……正是阿多林。

国王。

90 重生

我已尽力区分虚实。但论及虚渡，虚实还是容易像调配颜料那样混淆在一起。每一个灭者都拥有众多名号，它们拥有的力量从稀奇到恐怖不等。

——摘自赫熹《秘辛考》第4页

……之孙泽斯。

……之子泽斯。

……无真奴泽斯。

泽斯，就是泽斯。

来自深国的泽斯，曾被称为"白衣刺客"，如今多半重生了。

破天骑士议论纷纷。泽斯在风暴中战败后，司掌正义的令使宁救活了他。泽斯通常没有资格求死。在他的灵魂离去之前，令使运用一种法器治愈了他的肉体。

不过差点就晚了，他的灵魂还没有完好地附着到他身上。

泽斯和别人一起走到小要塞前面的岩地上，从这里可以俯瞰淳湖。空气几乎像故国那般潮湿，但没有泥土味，也没有生机，闻起来有股海藻和湿石头的气息。

候选人还有五位,都比泽斯年轻。他是他们当中最矮的,也是唯一一个顶着光头的。就算他不剃头,他也长不出茂密的头发。

其他五人都和他保持着距离,也许是因为他会在活动时留下发光的残影——这表明他的灵魂还没有附着到位。不是谁都看得到残影,但这些人可以,他们很快就能操纵飓能了。

也有可能是他们害怕他,因为有一把插在银鞘里的黑剑绑在他背上。

噢,是这湖! 剑在他脑海里说,**你应该把我拔出来了,泽斯!我想看看这湖。瓦西尔说湖里有魔鱼,是不是很有意思?** 这声音很急切,辨不出男女。

"剑兄①,我已经被告诫过了,"泽斯提醒那件武器,"不到特别紧急的情况不拔剑。而且,只有带够了飓光,我才能拔剑,免得你吸食我的灵魂。"

好吧,我才不会么做, 剑气呼呼地说,**我压根不觉得你是邪恶的。我只摧毁邪恶的东西。**

这把剑是一项有趣的试炼。它是令使宁给的,多数踩石客叫他纳尔、纳兰或纳公。就算背着这把黑剑过了好几周,泽斯也没弄明白这段经历会教给他什么。

破天骑士们调整好位置,观察候选人的动向。这里约有五十人,还不包括应该外出执行任务的几十人,规模很大。这一整支骑士团熬过了光辉变节之日,两千年来一直在提防灭世重现,在前人老死后不断补充新人。

泽斯会加入其中,接受宁所承诺的训练,学成后再回到故乡深

---

①原文中,泽斯称呼这把剑为"sword‐nimi"。"nimi"是深国的敬语,用于称呼年长者、自己不熟悉的人或者地位比自己高的人,源自韩语的"俱"(nim)。

国,把误将他放逐的族人绳之以法。

我敢制裁他们吗?他的一部分意识在疑虑,正义之剑值得托付给我吗?

剑回答说:**托付给你?泽斯,我觉得你极其可靠。我看人很准。**

"剑兄,我没有和你说话。"

我知道,可是你错了,所以我得告诉你。嘿,今天似乎很安静,这不是很好吗?

这一点被提及后,泽斯才注意到脑海中的低语。宁没有治好泽斯的精神问题,还说这是泽斯与法力产生关联的结果,而他听到的是来自灵界域的震荡,是他杀死的人的记忆。

他不再惧怕那些声音了。他死过一回,又被迫复活,终究没有加入那些声音的行列,而现在,它们……它们不会再影响他了,对吗?

那他为什么还会在夜里哭泣,担惊受怕?

一名破天骑士站了出来。祁是名金发女子,个子很高,英姿飒爽。破天骑士都穿着本地执法者的装束,所以在玛拉贝提亚,就是一件花纹披肩和一条鲜艳的裙裳。祁没有穿衬衣,只裹了束胸。

"诸位候选人,"她用亚泽尔语说,"你们会被带到这里来,是因为有一位正式的破天骑士证明了你们的决心和严肃的态度。"

她很无聊,剑发话了,纳尔去哪里了?

"剑兄,你不是说他也很无聊吗?"泽斯低声道。

对呀,但他身边会发生有意思的事。我们需要告诉他,你应该多把我拔出来。

"你们的首场训练已经完成。"祁说,"你们与破天骑士团同行,参与了他们的一项任务。经过评估,你们已经有资格说出第一信条。请起誓。你们都会念不朽真言的。"

瓦西尔总是把我拔出来,那把剑愤愤不平地说。

"生先死,"泽斯念道,闭上双眼,"强护弱,行胜果。"

其他五人朗声宣誓，泽斯却对着在黑暗中呼唤他的声音低语。走着瞧，他必将依法惩办那些肇事者。

他希望第一句誓言可以让他恢复摄入飓光的能力，这是他和上一件武器一同失去的东西。然而，他从口袋里掏出一枚润石，却还是无法汲取飓光。

"念过第一信条真言后，"祁说，"你们过去犯下的罪责就正式得到了赦免。我们有当局签署的文书。"

"要想在队伍中晋升，学习风行术，你们得找个师傅做一阵子扈从，接着就可以念出第二信条真言。从那以后，你们要打动轩灵并缔结纽带，成为正式的破天骑士。今天，你们将参加众多测试的第一轮，虽然我们会给你们评分，但请记住，最终还是由轩灵衡量成败。你们有什么要问的吗？"

见其他候选人一语不发，泽斯清了清嗓子。"宁告诉过我，"他说，"破天骑士团奉行五大信条。你都念过真言了？"

"已经有几百年没有人掌握第五信条真言了。"祁说，"念过第三信条真言就能成为正式的破天骑士，这一信条的核心是献身。"

"这些信条……是可以了解的吗？"泽斯问。不知为何，他曾觉得自己不会获悉这些信条。

"当然。"祁说，"内茶罗之子泽斯，这里面并没有花头。第一信条的核心是光辉，你已经念完了。第二信条的核心是正义，破天骑士誓要秉正无私，见义敢为。"

"第三信条的核心是献身，要求骑士首先与轩灵缔结纽带，誓要投身更远大的真理，恪守准则。目标达成后，骑士就将学习如何操控名为'朽化'的飓能。这是我们能运用的两种飓能中的另一种，也更危险。"

"有朝一日，"另一名破天骑士补充道，"你们或许会实现第四信条，它的核心是奋斗。你们要选择并完成一项个人追求，让轩灵满意。过了这一关，你们就能成为我们这样的大师了。"

净化深国，泽斯心想。这将是他的追求。他问："第五信条呢？"

"第五信条的核心是法理。"祁回答，"这很难，你们必须成为律法和真理的化身。我前面说过，这几百年里还没有人做到过。"

"宁规劝我们要守法，而律法是外物，因为人是善变的，并不可靠。我们怎样才能成为律法的化身呢？"

"律法必然有源头。"另一名骑士大师说，"这不是你们要立下的誓言，别盯着不放。对大多数破天骑士而言，履行前三个信条就够了。念过第三信条真言后，我是过了二十年才实现第四信条的。"

见没人再问下去，老资格的破天骑士纷纷施放风行术，将候选人甩到空中。

"怎么回事？"泽斯问。

"我们会把你们带到测试的地方。"祁说，"因为不说出第二信条真言，你们是不能靠自身的飓光移动的。"

"我算在这群年轻人里面吗？"泽斯问，"宁是区别对待我的。"这名令使曾带着他去塔石科执行任务，追杀别的骑士团的飓能者。这是一种无情的举动，宁解释说它会阻止灭世降临。

但事实并非如此。灭世风暴的重现让宁认了错，而他把泽斯留在塔石科，过了好几周才回来接他。这名令使把泽斯留在要塞里，然后又消失在天空中，这次是去"寻求指引"。

"令使本以为你有那样的过去，便可以直接去念第三信条真言。"祁说，"不过眼下他人不在，我们也无法判断。你必须和其他人走同样的路。"

泽斯点点头。也好。

"没别的抱怨了？"祁问。

"条理很清晰，"泽斯回答，"讲得也很明白，我为什么要抱怨？"

这话似乎说到那人心坎上了，祁便亲自把泽斯甩到空中。一瞬间，他又感受到了飞行的自由。他想起了最初的时光，那是在很久以前，他手握荣刃，还没有成为无真奴。

不，你从来不是无真奴。要牢记。

再说，这次飞行也没有真正依靠他的力量。他继续朝上坠落，之后被另一名破天骑士接住并往下甩，抵消了首次风行术的效力，让他悬在空中。

两名破天骑士一人一边地架住他的胳膊，而整支队伍在空中翱翔。由于他们隐藏了这么多年，他无法想象他们在过去也做过这种事，不过他们似乎不再劳神保密了。

我好喜欢在天上，那把剑说，**什么都看得到。**

"剑兄，你真的看得到吗？"

不像人类那样。泽斯，虽然你什么样的东西都看得到，可惜却看不到我能派上多大用场。

91 为何发愣

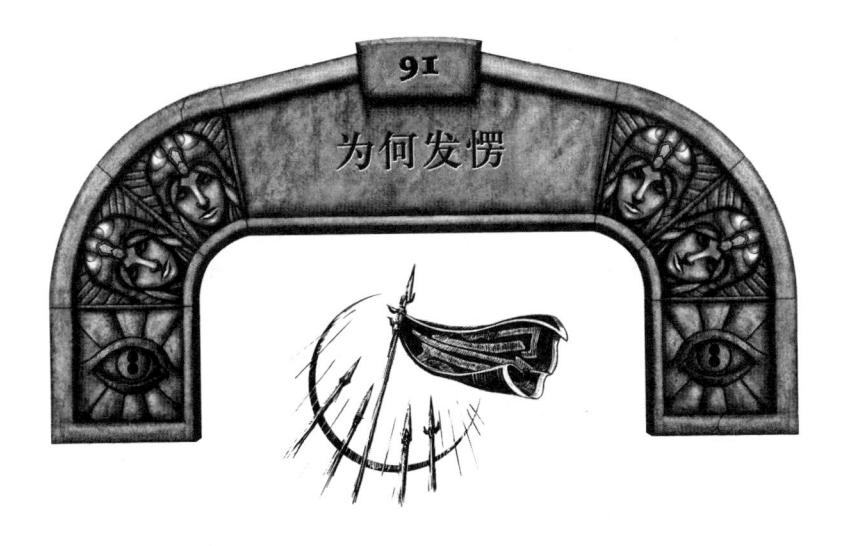

我要指出,虽然灭者拥有诸多个性和动机,但我认为它们依然是灵体。因此,它们既是概念或神力的表现,又是单独的个体。

——摘自赫熹《秘辛考》第7页

卡拉丁想起了在亚马兰军服役时,清理堡垒地板上的飓砂的经历。

凿子落在石头上的声音让卡尔想起了他的母亲。他戴着护膝,跪在地上刮擦飓砂。这些飓砂要么是从门缝底下渗进来的,要么是被士兵的靴子带进来的,在原本光滑的地面上形成了一层凹凸不平的薄壳。他没想到士兵也会在意地面不平坦的事。他就不该磨砺矛尖,或是……或是替装备上油吗?

算了,根据他的经验,士兵很少花时间做士兵该做的事,反而花很长时间到处溜达,在一旁等着,还会有人像他一样,因为在军中瞎逛,或是没找对待命的地方,而被训斥一顿。他一边干活一边叹气,用母亲教的方法握稳凿柄,均匀地进行清理,先把凿子伸到砂层底下,再往前一顶,就能平整地削掉一寸多宽的飓砂,比从上面敲下去方便多了。

一个人影挡在门口,卡尔回头一看,立马蹲得更低了。这下不好了。

图克斯军士走到一个铺位前坐下,压得木板嘎吱作响。他比其他士官都年轻,相貌……不太端正,可能是因为他长得矮,或者脸颊凹陷。

"干得不错。"图克斯说。

卡尔继续忙活,闷声不吭。

"别太难过,卡尔。新兵撤退是很正常的。风操的,实战中也有人发愣,更别提训练中了。"

"如果这种事这么普遍,"卡尔嘟哝道,"凭什么我要受罚?"

"你管这叫受罚?打扫卫生的小差事?孩子,这不是在罚你,而是在帮你融入集体。"

卡尔蹙着眉往后一靠,抬起头来。"军士?"

"相信我。大伙都等着你挨一顿骂。拖的时间越久,你就越会觉得自己格格不入。"

"我擦地板是因为我不配受罚?"

"不只,你还顶撞了军官。"

"他不是军官!只是个光眼种,有着——"

"你最好马上打住这种行为,免得以后惹上重要人物。唉,卡尔,你别瞪着我,总有一天你会明白的。"

卡尔用力刮擦床腿边上一坨特别顽固的飓砂。

"我找到你弟弟了。"图克斯说。

卡拉丁一下子没喘上气。

"他在第七队。"图克斯说。

"我得去找他。能把我调过去吗?我们不能分开。"

"我也许能把他调过来,跟你一起操练。"

"他只是传令兵!不该拿着矛操练。"

"每个人都要操练,传令兵也一样。"图克斯说。

卡尔握紧凿子,强忍着起身去找提安的冲动。他们难道不明白吗?提安连飓虫都伤害不了。他会把飓虫抓起来带到外面,把它们当成宠物,跟它们说话。他提着矛的样子,想想就很荒唐。

图克斯取出一些深树皮嚼了起来,背靠床铺,双脚架在搁脚板上。"记得把你左手边那块也刮一下。"

卡拉丁叹了口气,挪到指定地方。

"你想谈谈吗?"图克斯问,"谈谈你在训练中发愣的那一刻?"

死飓砂,全能之主干吗把它造出来?

"别难为情。"图克斯接着说,"我们训练,是为了让你现在就发愣,而不是以后去送死。遭遇敌方小队,你明知道他们即便没见过你也还是会杀你,而你犹豫了,心想这不可能是真的,你自己也不可能在这里,准备流血战斗。每个人都有这种恐惧。"

"我不怕受伤。"卡尔小声道。

"一点恐惧都不敢承认的人是做不成大事的。带点情绪并不坏,情绪定义了我们,让我们——"

"我不怕受伤,"卡拉丁深吸一口气,"我怕让别人受伤。"

图克斯捻了捻嘴里的树皮,点点头。"我懂了。嗯,这就是另一个问题了,虽然也不少见,但的确不是一回事。"

一时间,偌大的营房里,只能听到凿子刮擦石面的声音。"你是怎么做到的?"卡尔终于问道,头也没抬,"你怎么能伤害别人呢,图克斯?他们跟我们一样,只是可怜的暗眼种粗人。"

"我心里装着自己的伙伴,"图克斯说,"可不能让小伙子们失望。我的小队就是我的亲人。"

"所以你杀了别人的亲人?"

"终究要去杀铁头怪的。但我明白你的意思,卡尔。要适应是很难的。你会惊讶于有多少人在面对敌人时,发现自己根本没有能力去伤害别人。"

卡尔闭上眼睛,任由凿子从指间滑落。

"幸亏你没有那么起劲,"图克斯说,"说明你的头脑还是清醒的。我宁愿带十个诚心诚意的生手,也不愿带一个把这一切都当作儿戏的冷酷傻瓜。"

这个世界不讲道理,卡尔心想。他的父亲,一位高明的手术师,告诉他不要陷入病患的情绪,而现在有个职业杀手,却告诉他要有人性,要学会关怀?

图克斯站起身,靴底蹭着石地。他走过来把一只手放到卡尔肩上。"不要担心战争,甚至不要担心战役。专注于你的队友,卡尔,让他们活下来,成为他们需要的人。"他咧嘴一笑,"把剩下的地都刮干净吧。去吃晚饭的时候,你就会发现队友变得更亲切了。我只是有种预感。"

当晚,卡拉丁发现图克斯是对的。既然他已经受罚了,其他人看起来确实更热情了。于是卡尔保持沉默,微微一笑,享受着大伙的陪伴。

他从来没有把真相告诉图克斯。他在训练场上发愣,不是出于恐惧。他深信自己能伤害别人。其实他意识到,如果有必要,他可以杀戮。

而这正是他害怕的原因。

卡拉丁坐在一块像是熔化的黑曜石的石头上。它就出现在裂影界的地面上,这个地方看起来并不真实。

自从他们来到这里后，远方的太阳就没有在天空中移动过。不远处，那些古怪惧灵中的一只沿着晶珠海的岸边爬行，跟斧狐犬一般大，但体形更瘦长，有点像长着粗腿的鳗鱼，头上的紫色触角扭来扭去，朝他这边伸过来。它没有在他身上感觉到任何它想要的东西，便继续沿着岸边前进。

茜尔靠了过来，没有发出一点声音，但他看到她的影子从后方立起，就像这里的其他影子一样，指向太阳。她坐在他旁边那块玻璃上，用力侧过头枕在他的胳膊上，双手则放在自己腿上。

"其他人还在睡觉吗？"卡拉丁问。

"是啊，图腾在看着他们呢。"茜尔皱了皱鼻子，"奇怪。"

"他挺好的，茜尔。"

"这才是奇怪的地方。"

她伸出双腿，像往常一样光着脚。她在这一边达到了真人大小，显得更古怪了。一小群灵体在他们头顶飞过，身体圆滚滚的，有着长长的翅膀和飘逸的尾巴，每一只身前都飘浮着一颗金色的球体，而不是脑袋，看起来很眼熟……

是傲灵，他心想。这就像惧灵，它们的触角出现在现实世界。只有灵体本身的一部分显露在那里。

"那么……"茜尔说，"你不准备睡觉了？"

卡拉丁摇摇头。

"听着，我可能不是人类方面的专家。"茜尔说，"比如，我还是没弄明白为什么你们的文化中似乎只有极少一部分在崇拜我。但我确实觉得在哪儿听说过，你们每天晚上都要睡觉。"

他没有回应。

"卡拉丁……"

"那你呢？"他扭过头，看着在现实世界中是河流的地峡，"你不睡觉吗？"

"我需要吗?"

"这儿不是你的地盘吗?你不就是从这儿来的?我以为你会……该怎么说……变得更像凡人。"

"我还是灵体,"茜尔说,"我是神的一小部分。我说有人在崇拜我,你没有听到吗?"

卡拉丁不予回答,茜尔戳了戳他的侧体。"你该说点讽刺的话的。"

"对不起。"

"我们不睡觉,也不吃饭。其实,我想我们可能依靠人类才能存活,依靠你们的情绪,或是你们对我们的想法,大概吧。这一切似乎很复杂。在裂影界,我们能独立思考,但如果我们去了你们的界域,就得和人类建立纽带,否则,我们简直就像那些傲灵一样没有意识。"

"可你是怎么转变的呢?"

"我……"她露出恍惚的表情,"是你召唤了我。或者说,我知道你总会召唤我。所以我转移到了实界域,相信人心还存有荣誉,而不像我父亲常说的那样。"

她的父亲是飓风之父。

他能感觉到她的脑袋靠在他的胳膊上,这太奇怪了。他已经习惯了她没有实体的样子。

"那你还能转移一次吗?"卡拉丁问,"再传话给达力拿,说誓约之门可能出故障了?"

"我觉得不能。你在这里,而我的纽带与你相连。"茜尔又戳了戳他,"但这些都分散了我们需要真正面对的问题。"

"你说得没错。我需要一件武器。大家还得想办法找吃的。"

"卡拉丁……"

"这一边有树吗?这块黑曜石也许能做成锋利的矛头。"

她把头从他的胳膊上抬起来,睁大眼睛,担心地望着他。

"我没事,茜尔。"他说,"只是精力无法集中。"

"你都在发呆了。"

"不能再发生那种事了。"

"我不是在抱怨。"茜尔搂住他的右臂,像个担惊受怕的孩子依偎着心爱的玩具,"你的心态有问题,可我不知道为什么。"

我从来没有在实战中愣住,他心想,自从那天训练完,图克斯找我谈话之后就没有过。"我……只是很惊讶,我发现萨尔在那里,"他说,"更别提莫阿什了。"

你是怎么做到的?你怎么能伤害别人呢,图克斯……

茜尔闭起眼睛靠在他身上,没有放开他的胳膊。

他终于听到别人翻身的动静,于是他挣脱茜尔的怀抱,也去睡觉了。

92 水暖如血

我想强调的关键是：灭者依然在我们中间。我知道这一点会引起争议，因为围绕它们的传说多与宗教密不可分，然而灭者的某些影响显然在世界上很常见，我们只是像对待其他灵体那样来对待它们。

——摘自赫熹《秘辛考》第 12 页

破天骑士的资格测试将在淳湖北境的一座中小城镇举行。湖上当然有人住，但明智的社会并不会搬到那儿。

泽斯和别的候选人一起被带到市镇广场，在中心附近降落。大部分破天骑士不是悬在空中，就是站在环城的山崖上。

三名骑士大师和几名会风行术的年轻男女纷纷在泽斯身边落地。今天的考生既有像泽斯那样的候选人，需要拜师宣誓，念出第二信条真言，也有更高一级的骑士扈从，需要吸引灵体，念出第三信条真言。

破天骑士团似乎并不看重成员的种族或瞳色，考生的成分各式各样，不仅有雷希人、伊里人、马卡巴克人和沃林信徒，还有一人来自泰勒拿。泽斯是唯一的深族人。

一名穿着玛拉贝提亚式裙裳和亚泽尔式外套的魁梧男子从门廊的座位上站起。"真够慢的！"他用亚泽尔语说着，大步朝他们走来，"我几个小时前就找你们了！囚犯全跑湖里去了，谁知道已经跑了多远！不去制止的话，只怕他们又要动手。赶快把人找出来，都给我办了，找那些额头上有文身的。"

骑士大师转向扈从和考生，有一些比较着急的人立即朝湖面奔去，几个会风行术的纷纷把自己甩到空中。

泽斯和其他四人都没动。他走到祁面前，后者披着玛拉贝提亚法官的斗篷。

"那人怎么知道要找我们？"泽斯问。

"新风暴出现后，我们就一直在扩大影响力。"祁回答，"我们是一支一体化的军队，当地的君主已经认可了，还给了我们合法的授权。城里的官长也用对芦传信，向我们求助。"

"那些囚犯呢？"一名骑士扈从问，"我们掌握了哪些情报？我们要做什么？"

"那帮囚犯逃出了悬崖上的监狱，据说都是些危险的杀人犯。处决令已下，你们要找到罪犯，就地正法。"

"逃犯全都有罪？"

"是的。"

一听这话，有几个骑士扈从陆续动身，就想快点证明自己。泽斯还留在原地，觉得事有蹊跷。"既然都是些杀人犯，以前怎么没被处死？"

"这一带住着雷希人，他们都很理想化，内荼罗之子泽斯。"祁说，"但奇怪的是，他们不喜欢暴力，哪怕面对的是罪犯。镇上负责关押来自整个地区的罪犯，克瓦提大人管理着监狱，广受赞扬。现在杀人犯都跑了，我们不能留情，一律处死。"

这对最后两名骑士扈从来说已经足够了,他们腾至空中开始搜寻。泽斯也认为是时候了。

*他们是破天骑士,*泽斯心想,*总不会故意派我们去捉拿清白的人。*言下之意就是让泽斯他们放开手,他本可以一开始就接受的。然而……他还是心有不安。这确实是一场考验,但考验的是什么呢?只是看谁惩办罪犯的动作最快吗?

带着这些问题,他开步走向湖面。

"内茶罗之子泽斯。"祁叫住他。

"什么事?"

"你怎么走在石头上?我认识的深族人都把石头看得很神圣,不愿踩下去。"

"石头不可能是神圣的。祁大师,要是石头有这么神圣,我早就被烧死了。"他朝祁点点头,踏入淳湖。

湖水比他印象中温暖,一点也不深,据说即便到了湖心也没不过大腿,除非偶尔踩到凹坑。

他背上的剑发话了:*你落后太多啦,这样是抓不到人的。*

"剑兄,我以前听到过像你这样的声音。"

是你脑子里的惨叫吗?

"不是。就只有一个声音,我年少的时候在脑海里听到过。"泽斯抬手遮眼,眺望波光粼粼的湖面,"但愿这回能顺利点。"

由于飞行的骑士扈从会逮住暴露在空旷区域的罪犯,泽斯需要抓的是不那么明显的人,找一个就好……

*只有一个声音?*剑说,*那你还不够有野心。*

"也许吧。剑兄,你知道宁为什么要把你交给我吗?"

我知道,因为你需要帮助。这方面我可厉害了。

"可为什么是我?"泽斯继续蹚水,"宁说过,绝对不能让你离开我。"

这把剑其实没帮到他，倒像个累赘，虽然是把碎瑛刃，但宁告诫过他，不要随便拔出来。

淳湖像大海一般宽广，似乎无边无际，靠近湖岸的地方还有岩石露出湖面，而越往中心去，则越显平静和空旷。泽斯迈着步子，惊动了一群群鱼儿，它们会跟在他身后一会儿，时不时地咬他的靴子。盘根错节的树木从浅水中探出头来，贪婪地汲取水分，根部却紧紧扎在湖床的凹陷里。

泽斯转过身，准备沿着湖岸行进。

你的路线和别人不一样。

这倒是真的。

说真的，泽斯，我得坦白，你不擅长摧毁邪恶。你握着我的时候，我们没有杀过人。

"剑兄，我不明白，神之子宁把你交给我，是想让我锻炼自己，不被你蛊惑吗？还是他觉得我也喜欢杀人？他确实说过，我们的脾性很相配。"

剑马上说：**我不喜欢杀人。我只想派上用场。**

"也不想觉得无聊？"

也对，剑轻声"嗯"了几下，模仿人类深思时的样子，**你说你在见到我之前，已经杀了很多人，可你又能听到他们的惨叫……难不成，杀了该杀的人，你还不开心？**

"我觉得那些人不该杀。"

可你就是杀了啊。

"那是命令，我发誓要遵守。"

对着一块魔法石吗？

他都把自己的过去讲了好几遍了，可不知怎么的，这把剑总是理解不了，或是记不住某些细节。"誓约石没有魔法，我遵守命令，只是出于荣誉感，但有时也得听从坏人或小人。如今，我追求的是更崇高的理想。"

可万一你追求的是错的呢？到头来还不是回到原地？就不能找到邪恶，一举摧毁吗？

"那什么是邪恶呢，剑兄？"

你肯定能分辨的。你似乎挺聪明，只是越来越没劲了。

要真能这么没劲下去倒好了。

不远处，一棵虬曲的大树伫立在堤岸上，有根树枝上的几片叶子收了起来，躲进了树皮，看来有人打扰。泽斯不露声色，只是改变了行走的方向，来到树下，暗暗希望躲在树上的人不要轻举妄动。

那人偏偏纵身跃向泽斯，没准想要夺下一把好剑。

泽斯闪到一边，却使不出风行术，身手立马感觉迟钝了。罪犯端着简易的匕首冲他乱砍，他一一避开，却被迫向湖面退去。

终于！他背上的剑说，**好嘞，看你的了！打败他，泽斯！**

罪犯持刀冲了上来，泽斯抓住那只手一扭，利用罪犯的势头，让他跌进湖里。

缓过劲后，罪犯转过头，一副邋遢落魄的样子，泽斯正想看个究竟。这个可怜的雷希人顶着缠结蓬乱的头发，身上伤痕累累，污秽不堪，就连乞丐和街上的流浪儿也会嫌弃。

罪犯把刀换到另一只手上，不敢疏忽，又冲向泽斯。

泽斯再次攥住罪犯的手腕，把他撂开，湖上扬起水花。罪犯的匕首果然掉了，泽斯顺势从水里捡起来，闪身躲开，没有和罪犯扭打在一起，不一会儿就用胳膊卡住罪犯的脖子，不假思索地将匕首捅进那人的胸口，血流了出来。

不过他及时罢手，以免杀死罪犯。糊涂！待会儿还要审问这家伙。当过无真奴，就非得这么嗜血？他放下匕首，罪犯趁机一扭，两人双双倒进湖里。

泽斯跌入了温暖如血的湖水，溅起一片水花。他被处在上风的罪犯逼到水下，一手被摁在坚硬的湖床上。他只得松开匕首，视线渐渐扭曲模糊。

没打赢呢！他的剑念叨了一句。

泽斯杀过众多君王和碎瑛武士，结果尚能存活，现在却要死在端着一把破刀的犯人之手，这是多么讽刺。他几近屈服，但他明白，命运跟他还没完。

泽斯甩开身体孱弱的罪犯。匕首在水下清晰可见，罪犯想要去捡，泽斯趁机往反方向滚了一段距离，可惜背上的剑被湖底的岩石卡住了，害得他又跌回水中。他怒吼着，使劲挣脱，挣断了剑带。

剑沉入水中。泽斯起身面对又脏又喘的罪犯，湖面上水花四溅。

罪犯瞅了瞅水下的银剑，目光呆滞，咧嘴狞笑，丢下匕首就向那把剑扑过去。

真奇怪。泽斯后退几步，这时罪犯拿着剑，兴高采烈地走了过来。

泽斯一拳打在罪犯脸上，胳膊划出一道微弱的残影。他握住插着剑的剑鞘，从力气较小的罪犯手里抽了出来。这种尺寸的剑，平常显得笨重，拿在手上倒很轻巧。他侧跨一步，连剑带鞘地劈向对手。

武器击中了罪犯的背部，发出令人作呕的嘎吱声。那个倒霉蛋扑通一声倒进湖里，一动不动。

那把剑说：**我想这样就行了。你真该一开始就用我的。**

泽斯晃晃身子，回过神。他终究还是杀了那家伙？转念之间，他跪下来，揪住罪犯的乱发，把那人拎起来。罪犯喘着粗气，却纹丝不动。原来没死，只是麻木了。

"是谁帮你越狱的？"泽斯质问道，"不会是哪个地方上的贵族吧？"

"啥？"那人慌张地说，"噢，玟·马卡克在上，你对我做了什么？我的胳膊和腿都没知觉了……"

1075

"你有外应吗?"

"哪有。凭啥……凭啥问这个?"罪犯语无伦次地说,"等等,成。您要我说谁?我都听您的,求您了。"

泽斯琢磨了一番。看来没有勾结狱卒,也没有串通镇上的官长。"你是怎么逃出来的?"

"噢,努·拉里克在上……"那人哭诉道,"真不该杀掉那个看守。我……我只想再晒晒太阳……"

泽斯将罪犯丢回水里,走上岸,气喘吁吁地坐到一块石头上。不久前,他还和那个风行骑士在飓幕前共舞,如今,他却得在浅水中和一个饿得半死的罪犯较劲。

噢,他是多么怀念天空。

那把剑说:**就这么让他淹死?也太残忍了。**

"总比把他喂给巨壳生物好。"泽斯说,"这个王国的罪犯有过这种下场。"

那把剑说:**都很残忍。**

"剑兄,你也懂什么叫残忍?"

薇雯娜常常对我说,残忍只适用于人类,慈悲也不例外。只有我们可以选择其一,而兽类却不可以。

"你把自己当人看?"

没有。不过有时候,听她的口气,她好像会把我当人看。莎萨拉把我创造出来以后,还跟瓦西尔争论,说我可以去写诗,要不就去做学问。这跟人一样吧?

莎萨拉?听起来很接近莎拉什,这是令使神之女莎什在柔刹东部的名号,所以这把剑也许出自令使。

泽斯站起来,沿着湖岸行走,准备回城。

你不去找别的犯人?

"我只需要找一个来验明情报的真伪、了解几个要点,剑兄。"

比如罪犯身上有多臭?

"这确实是秘密的一部分。"

泽斯走过破天骑士大师等候的小镇,爬上山坡来到监狱。这座黑洞洞的建筑俯瞰淳湖,却没有几扇窗户,浪费了大好的视野。

监狱里臭气熏天,泽斯只好用嘴呼吸。周围昏暗无光,只有岗哨里有几盏润石灯。一名狱卒的尸体留在囚室间的血泊中,泽斯差点绊倒。

我明白了,他挨着死者跪下,心想,*没错。确实是一场奇怪的试炼。*

在监狱外面,泽斯注意到几名骑士扈从拖着尸体回到镇上,而别的候选人似乎一无所获。泽斯小心翼翼地走下石坡回到镇上,避免把剑拖在身后。不管宁出于何种理由把武器托付给他,这把剑都是圣物。

在镇上,泽斯走近一名壮硕的贵族,那人正想和祁大师攀谈,却白忙一场。别的镇民则在附近争论是该直接处决凶手,还是冒着今天这种风险囚禁他们的道德伦理问题。泽斯仔细检查了死去的罪犯,发现他们跟他先前纠缠过的人一样邋遢,不过有两个还不是那么憔悴。

是监狱经济,泽斯思忖道,*食物都给了掌权者,剩下的人却在挨饿。*

"喂,"泽斯对贵族说,"我在山上的牢里只发现了一具尸体。你居然只安插了一名狱卒?"

贵族讥笑道:"深族踩石客?你有什么资格质疑我?快滚回你那愚蠢的草地和死气沉沉的树下吧,小家伙。"

"囚犯可以自由地创造自己的等级制度。"泽斯继续说,"没有人盯着他们,不让他们制造武器,我就遇上过一个拿着匕首的。这些人受到虐待,关在黑乎乎的牢里,连饭也吃不饱。"

"他们是罪犯,都杀过人。"

"那你收的管理费又哪儿去了呢?肯定没有用在安保上面。"

"谁要听你胡扯!"

泽斯回身询问祁:"您有这人的处决令吗?"

"这是我们收到的第一份。"

"什么?"贵族惊呼道,脚边涌出惧灵。

泽斯松开剑鞘的搭扣,拔剑出鞘。

一声排山倒海的呼啸传来。

一股力量迸发而出,如同狂风大作。

四周事物的颜色瞬时变得愈发浓艳,贵族所穿斗篷的色调也变成了棕橙色和血红色。

泽斯的胳膊寒毛倒竖,皮肤忽然钻心地疼。

摧毁!

滚滚黑暗从剑中涌出,化为青烟缓缓淌下。泽斯疼得大叫,却还是把剑捅穿了哭哭啼啼的贵族的胸口。

血肉之躯立即散作青烟。普通的碎瑛刃只会灼烧双眼,但这把剑不知怎么的吞噬了整个身体,似乎把那人的灵魂也烤焦了。

邪恶!

一道道流动的黑脉顺着泽斯的手和手臂往上爬,他看得目瞪口呆,马上把剑收入银色的剑鞘。

他跪倒在地,放下剑,抬起手指弯曲、肌腱紧绷的手。黑脉慢慢从他身上消失,剧痛也减轻了。他手上原本苍白的皮肤变得更无血色。

剑在他脑海中低声咕哝,话语含混不清,就像一头饱餐过后陷入昏睡的野兽。他深吸一口气,在口袋里摸索一通,发现里面的几颗润石都褪尽了华彩。**下次可得多备点飓光。**

在旁围观的镇民、骑士扈从乃至骑士大师齐齐投来惊恐的目光。泽斯捡起剑,挣扎着站起来,扣好剑鞘的搭扣,双手握着剑,俯首对祁说："要犯已伏法。"

"干得漂亮。"祁缓缓说道，望了望贵族原先站着的地方，但石板上连污渍也没有，"我们再等等，确保其他罪犯归案。"

"大师英明。"泽斯说，"我能……我能要点水喝吗？我忽然觉得很渴。"

等逃犯全部受到处决，泽斯的剑又激动起来了。刚才它没有睡着（假设它睡得着），而是在泽斯脑海中喃喃低语，后来才逐渐清醒。

泽斯坐在城边的矮墙上。那把剑说：**喂！喂！你刚才把我拔出来了？**

"对，剑兄。"

太棒了！我们……我们是不是摧毁了好多邪恶？

"摧毁了一个腐败的大恶棍。"

哇！佩服。你知道吗？薇雯娜背了我好长时间，大概也有几天吧，就是不把我拔出来。

"那我背了你多久？"

起码一个小时吧，那把剑得意地说，**不是一两个小时，就是一万个小时那样。**

这时祁走了过来，泽斯把水壶递回去。"多谢祁大师。"

"内荼罗之子泽斯，我决定收你为扈从。"祁说，"实不相瞒，我们还争论过要让谁享有这份殊荣。"

泽斯俯首问："那我可以念第二信条了吗？"

"可以。正义与你同在，直到你引来灵体，宣誓恪守更具体的准则。昨晚祈祷时，温诺夫就说轩灵在关注你。没准用不了几个月，你便能达成第三信条。"

还要几个月？不，绝不能拖这么久。泽斯姑且没有宣誓，而是向监狱点点头："抱歉，大师，请容我问一句，你们早就知道会有人越狱，对吗？"

"我们怀疑过。我们有个小组调查了那人，发现了他是如何挪用资金的。接到消息后，我们并不惊讶。这提供了一个绝好的测试机会。"

"怎么不早点处理呢？"

"你得明白我们的目的和本分，不少扈从很难把握这个细节。那人还没有犯法。他的职责是关押罪犯，而他做到了。他可以判断自己的方法是否令人满意。只有等他失败了，犯人都逃跑了，我们才能诉诸正义。"

泽斯颔首道："我发誓，我会寻求正义，让正义指引我，直到我找到更理想的信条。"

"真言有效。"祁从钱袋里掏出一枚发亮的绿宝石润石，"扈从，去空中就位。"

泽斯望了望润石，颤抖着吸入飓光，飓光迅速回到他体内。

天空又是他的了。

93 套路

特拉西在一段经常被引用的段落中提到了又称"萎风"的耶利拿。众所周知,迦熙娜·寇林曾对其准确性提出质疑,但我还是坚信不疑。

——摘自赫熹《秘辛考》第 26 页

阿多林醒来的时候,他还处在噩梦中。

黑暗的天空,玻璃般的地面,奇异的生物。他脖子抽筋,背部疼痛。他从来没有掌握那些士兵吹嘘的"到哪儿都能睡着"的技巧。

父亲可以倒地就睡,他隐约想道,**达力拿是真正的军人**。

阿多林又想起了他用匕首刺穿撒迪亚斯的眼睛,然后捅入那人的大脑时所感受到的震动。满足,却又羞愧。夺去阿多林的贵族身份,还剩下什么?一个身在将领当道时代的决斗手?一个连侮辱都无法承受的急性子?

一个杀人犯?

他掀开自己的外套,坐了起来,发现那个眼部被剜去的女人居高临下地看着他，不由得吓了一跳，倒抽了一口气。"艾沙的冤魂啊！"阿多林咒骂道，"你非要离得这么近吗？"

她一动不动。阿多林叹了口气，用口袋里的绷带为自己肩上的浅伤口更换敷料。不远处，沙兰和天青在为他们微薄的物资进行编目。卡拉丁步履蹒跚地走过去。扛桥的小子睡过觉吗？

阿多林伸了个懒腰，在那只鬼魅般的灵体的陪伴下，走下矮坡，来到晶珠海边。附近飘浮着几只生灵，而在这一边，它们绿色的光斑上有一簇簇白色的毛发，正随着它们的舞动而起伏。在实界域中，它们也许正围着河岸的植物打转？那些在岩石上游动的小光点也许是鱼类的灵魂。这是怎么回事？在现实世界，它们都在水里，那么到了这一边，它们不该在石头里吗？

他知道得太少了，觉得自己是如此不堪一击，如此无足轻重。

一只惧灵从晶珠海里爬出来，紫色的触角指着他。它越爬越近，阿多林便捡起几颗珠子，朝那只灵体扔了一颗。它蹿回海中，潜在那里看着他。

"你对这一切有什么想法吗？"阿多林问那个眼部被剜去的女人。她没有回应，但他经常对着他的剑说话，也没有得到回应。

他抛起一颗珠子又接住。沙兰能分辨出每一颗都代表着什么，但他得到的只有一种不太强烈的印象……某种红色的东西？

"我很幼稚吧？"阿多林问，"现在这个世道让我显得无足轻重。这和一个小孩长大后发现自己的小生命并不是宇宙的中心没有什么区别，对吗？"

问题是，在他成长的过程中，他的小生命一直是宇宙的中心。做风操的达力拿·寇林的儿子就是这样。他把润石扔进海里，润石一弹一弹地掠过它的同类。

阿多林叹了口气，开始晨练。他不用剑，回顾他学过的第一组套路：一系列伸展动作、徒手动作和有助于放松肌肉的姿势。

练习套路让他平静下来。世界在颠覆，但熟悉的事物依然是熟悉的。怪了，他应该意识到的。

大约进行到一半，他注意到天青站在岸上。她走下斜坡，来到他身边，和他并排练习同样的套路。她肯定早就会了，因为她完全跟上了他。

他们沿着岩石来回挪步，与自己的影子交手，后来卡拉丁也走过来加入其中。他没有那么熟练，做错了一套动作还低声咒骂，但他明显练习过。

他肯定是从扎赫尔那里学来的，阿多林意识到。

三人一同运动，控制呼吸，靴子刮擦着玻璃。起伏的晶珠海开始发出舒缓的响声，甚至有了节奏。

这个世界还是老样子，阿多林心想，我们发现的事物——怪物和光辉骑士——并不新鲜。它们只是藏起来了。这个世界一直是这样的，哪怕我并不了解。

而阿多林……他还是他自己。他有同样的东西值得骄傲，不是吗？同样的实力？同样的成就？

也有同样的缺陷。

"你们三个在跳舞吗？"一个声音突然响起。

阿多林立刻转过身，发现沙兰坐在上面的斜坡上，还穿着白色的制服，戴着帽子和一只手套。他不由得憨笑起来。"我们在热身，"他解释道，"你——"

"我知道那是什么，你还想教我呢，记得吗？看到你们都在下面，我只是觉得奇怪。"她摇摇头，"我们不是要计划一下怎么离开这里吗？"

三人于是一起上坡。天青落在阿多林身边，问："你从哪里学的这套路？"

"从我的剑术老师那里。你呢？"

"我也是。"

他们走近黑曜石地面上那个巢状凹坑里的营地,阿多林觉得有些不对劲。他的剑——那个眼部被剜去的女人呢?

他后退几步,发现女人站在岸上,正低头看着她的脚。

"好了,"沙兰把他拉回来,"我列了一下我们的物资。"她用铅笔指着那些排列在地上的物品。"有一袋绿宝石储备。我大概用掉了一半飓光,带我们转移到裂影界,穿越珠子的海洋。我的包里有炭笔、芦苇笔、毛笔、墨水、封胶、一些溶剂、三本素描本和磨刀,还有一罐果酱,是我当作应急的点心装进去的。"

"好极了。"卡拉丁说,"一堆毛笔在对抗虚灵时肯定有用。"

"总比你的嘴巴要好,你的嘴巴最近特别迟钝。阿多林佩着匕首,但真正的武器只有天青的碎瑛刃。卡拉丁把一袋宝石放在背包里,幸好那里面还装着行军口粮,有面饼和肉干,够吃三顿。我们还有一口水罐和三只水壶。"

"我还有半壶水。"阿多林说。

"我也是。"天青说,"也就是说,水可能只够喝一天,四个人可能只够吃三顿。而我上次穿越裂影界,花了四周。"

"很显然,"卡拉丁说,"我们必须通过誓约之门回到城里。"

图腾哼哼着站在沙兰身后。他看起来就如一尊雕塑,不会像人类那样转移重心或是做小动作。卡拉丁的灵体则不同,她似乎总是在活动,到处走来走去,少女裙装随之起伏,头发飘扬着。

"糟糕,"图腾说,"誓约之门的灵体现在是坏的了。"

"我们有其他选择吗?"卡拉丁问。

"我有些……想起来了,"茜尔说,"比以前想起来的还要多。包括我们的国度在内,所有国度都有三个界域。最高的是灵界域,那里是诸神居住的地方,万物、时间和空间合而为一。"

"我们正在知界域,也就是裂影界。这里是灵体居住的地方,而你们来自实界域。要转移到实界域,我只知道一个办法,那就是受到人类情绪的吸引。这个办法对你们没有用,因为你们不是灵体。"

"还有一个办法可以在界域间转移,"天青说,"我用过。"

她的头发又变黑了,而阿多林觉得她脸颊上的伤疤褪色了。她身上有些地方着实奇怪。她看起来就像灵体一般。

她经受着他的审视,先看看他,再依次看看卡拉丁和沙兰,最后深深叹了口气:"要我讲讲吗?"

"请讲。"阿多林回答,"你以前来过这个地方?"

"我来自一座遥远的大陆。我穿过这个叫作裂影界的地方,来到了柔刹。"

"好吧,"阿多林说,"但为什么呢?"

"我来追一个人。"

"朋友?"

"罪犯。"她轻声说。

"可你是军人。"卡拉丁说。

"也不算是。在塔冠城,我只是出面做了没人在做的事。我以为守城卫队也许会有我要找的人的消息。后来一切都搞砸了,我被困住了。"

"你来到我们的大陆的时候,"沙兰说,"你是用誓约之门从裂影界进入实界域的吗?"

"不是。"天青笑着摇摇头,"在卡尔告诉我之前,我不知道还有这种东西。我用的是界域间的传送点,叫作'培养的垂贯点'。在你们那一边,它在吃角族群峰中。"

"吃角族群峰离这儿有好几百里远。"阿多林说。

"据说还有一个垂贯点。"天青说,"它不可捉摸,又很危险,而且会随机出现在不同的地方。我那些向导都提醒我不要去找它。"

"向导?"卡拉丁问,"这些向导都是谁?"

"当然是灵体。"

阿多林远眺那座他们已经离开的城市,那里满是惧灵和痛灵。

"不像那些。"天青笑道,"它们是人一样的灵体,就像这两位。"

"这就引出了一个问题。"阿多林在那只长着奇怪眼睛的灵体重回他们身边时伸手一指,"那是我碎瑛刃的灵魂。茜尔是卡拉丁的灵体,而图腾是沙兰的灵体。所以……"他指了指她腰间的武器。"老实告诉我们,天青,你是光辉骑士吗?"

"不是。"

阿多林咽了口口水。*快说*。"那你就是令使。"

她笑道:"不是。什么?令使?他们根本就是神吧?我不是什么神话人物,非常感谢。我只是一个从青春期开始就一直不合群的女人。相信我。"

阿多林瞥了卡拉丁一眼。他似乎也不相信。

"真的。"天青说,"我的瑛刃没有灵体,因为它有缺陷。我不能像你们那样召唤或遣走它。她①是很称手的武器,是你们携带的武器的仿制品,但相比之下就太苍白了。"她拍了拍那把剑。"言归正传,我上次穿越这个地方的时候,租了一条船来送我。"

"船?"卡拉丁问,"谁开的船?"

"灵体。我在它们的一座城市里租的。"

"城市?"卡拉丁望向茜尔,"你们有城市?"

"你以为我们住在哪里?"茜尔被逗乐了。

"光灵通常是向导。"天青接着说,"它们喜欢旅行,喜欢去新的地方看看。它们在柔刹裂影界的各地航行,贩卖货物,与其他灵体交易。嗯……你们应该提防秘灵。"

---

①天青在此用表示女性的人称代词来称呼这把剑。目前尚不知这把剑是否具有性别意识,此处的称呼可能是持剑者的诠释。

图腾高兴地哼道:"是的,我们很有名。"

"用塑魂术怎么样?"阿多林看着沙兰,"你能给我们制造物资吗?"

"我觉得这行不通。"沙兰回答,"施放塑魂术的时候,我在这个界域改变了一个物体的灵魂,而这会反映在另一个世界。如果我改变这些珠子中的一颗,它可能会在实界域变成新的东西,但对我们来说,它仍旧是一颗珠子。"

"食物和水在这里也不是找不到。"天青说,"能赶到港口城市就行。灵体不需要这些东西,但确实有一些人类生活在这里,他们需要源源不断的物资。有了你们手上的飓光,我们就能进行交易,也许可以买到去吃角族群峰的船票。"

"那会花掉很长时间,"卡拉丁说,"眼下阿勒斯卡正在沦陷,而'黑荆棘'需要我们。这——"

一声阴森凄厉的尖叫打断了他,让他想起了钢片互相摩擦的声音。这个声音迎上其他声音,一齐回响。阿多林被声音的强度所震,朝它们传来的方向转过身。茜尔两手叉腰,图腾则侧过那颗古怪的脑袋。

"这是怎么回事?"卡拉丁问。

天青赶紧开始把物资塞进卡拉丁的背包。"你们还记得我们睡觉前,我说过招来不合适的灵体就会有危险的话吗?"

"⋯⋯记得。"

"我们该走了,马上走。"

风雅的沃林教徒对酒可是如数家珍。

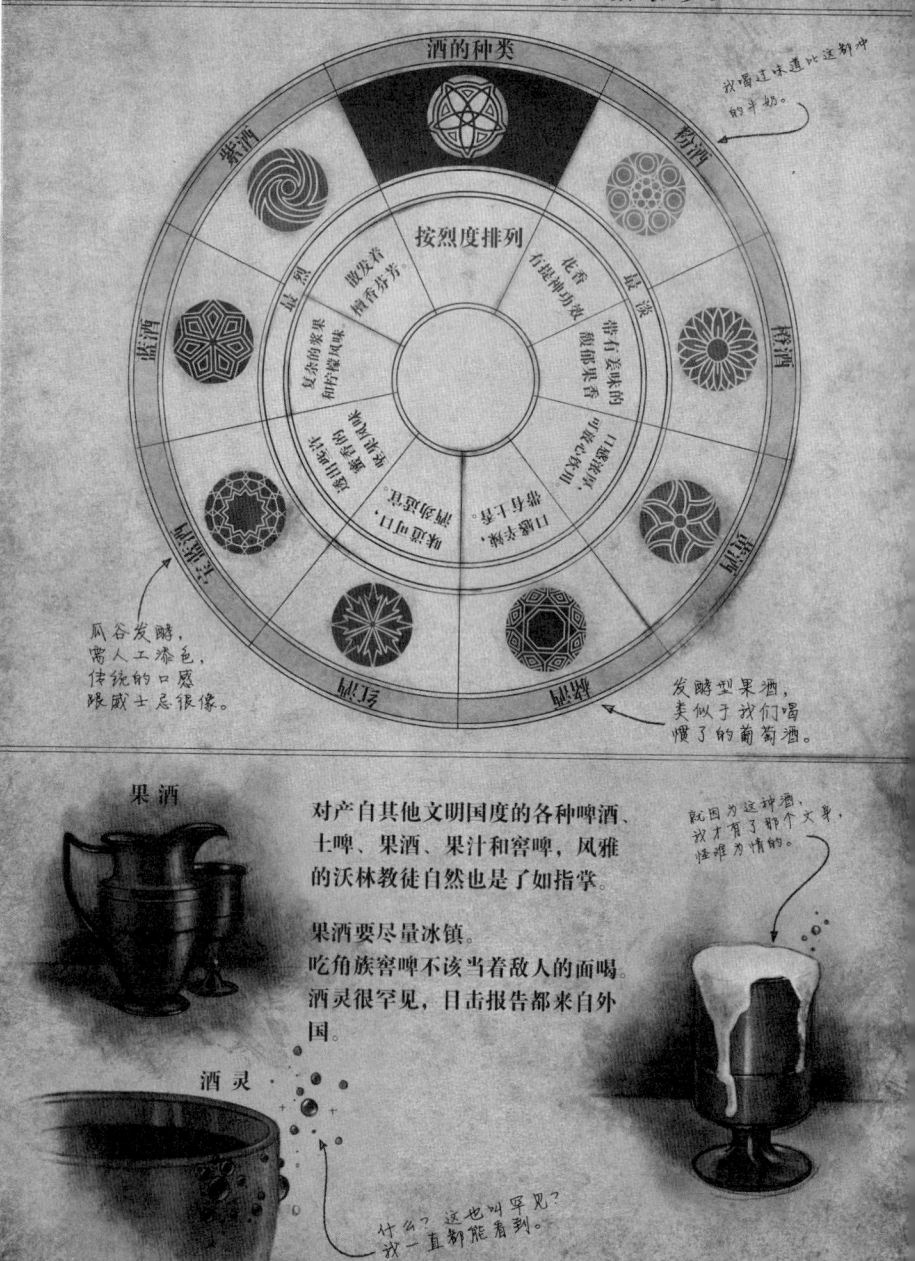

酒的种类

按烈度排列

紫酒 / 粉酒 / 蓝酒 / 棕酒 / 黑果酒 / 红酒 / 琥珀 / 蜂蜜

最烈
散发着馥香芬芳
复杂的浆果和柠檬果味
透出微光、馥香的果味风味
呛得吓人、滚烫刺喉
带手烫味、呛手唇
口感浓郁、可以撑起身子
带有发酵味、微甜果味
花香 有提神功效
最淡

瓜谷发酵，需人工染色，传统的口感跟威士忌很像。

我猜这味道比运部中的牛奶⋯⋯

发酵型果酒，类似于我们喝惯了的葡萄酒。

果酒

对产自其他文明国度的各种啤酒、土啤、果酒、果汁和窖啤，风雅的沃林教徒自然也是了如指掌。

果酒要尽量冰镇。
吃角族窖啤不该当着敌人的面喝。
酒灵很罕见，目击报告都来自外国。

就因为这种酒，我才有了那个文身，怪难为情的。

酒灵

什么？这也叫罕见？我一直都能看到。

柔刹酒录

94 一小瓶酒

七年前

达力拿跌跌撞撞地推倒梳妆台上的东西，打翻了一碗热汤。他不想喝汤。洒开的汤汁袅袅冒着热气，他猛地拉开抽屉，把衣服堆在地上。

又来了！酒又被拿走了。岂有此理！他们连哭声都听不到吗？达力拿咆哮着把箱子翻倒，箱子里掉出来的不只有衣服，还有一瓶酒。可算找到了漏网之鱼！

他"咕嘟咕嘟"地把酒喝光，发出一声闷哼。四周回荡着哭声：孩童在死去，伊薇在求饶。

这点酒根本不够。

等等……今天他是不是要见人？不是说要打猎吗？

蠢货，他心想。上次打猎已经是几周前的事了，他说服迦维拉尔一起去野外，旅途相当顺利。达力拿也曾像个样子，一直很清醒，甚至颇有点威风，演活了歌曲中的形象。他和兄长发现了仆族，而仆族着实有趣。

有一阵子远离文明，达力拿觉得自己变回了从前的样子。

他讨厌那个人。

他气冲冲地把手探进大衣橱。他所在的堡垒位于阿勒斯卡东缘，是他和迦维拉尔回程时发现的第一片人迹。就此他回归了日常生活，又开始喝酒。

他从衣橱里扯出几件外套，隐约听到了敲门声。他回过头，发现门口站着两个少年，正是他的儿子，他脚边马上涌出怒灵。两兄弟生着伊薇的头发和伊薇的厉眸，那女人究竟跟他们撒了多少关于父亲的谎？

"干什么？"达力拿怒喝。

阿多林没有退避。他快十七岁了，已经长大成人，他那没用的弟弟却瑟瑟缩缩的，看着稚气未脱，不过才……十二三岁吧？

"我们听到动静就过来了，长官，"阿多林翘起下巴，"就怕您有什么需要。"

"没有！都出去！给我滚！"

两兄弟慌忙走开。

达力拿心跳得厉害，猛地关上衣橱，一拳砸在床头柜上，掀翻了润石台灯。他跪倒在地，喘着粗气。

风操的，这里距离拉萨拉斯的废墟不过才几天的路程，难不成是这个缘故惨叫声才变响了吗？

有只手落在了达力拿肩头。"父亲？"

达力拿还没起身，刚回头说了句"阿多林，扶我——"，就咽下了后话。来到他面前的不是阿多林，而是雷纳林。这孩子刚才折了回来，还是怯生生的，镜片后的双眼睁圆了，一手颤颤巍巍地递上一样东西。

是一小瓶酒。"这……"雷纳林咽了口口水，"这是我用国王给的球币买的。我看您买了酒马上就会喝光，就给您带来了。"

达力拿盯着酒瓶出神，嘴里嘟哝道："酒都被迦维拉尔藏起来了，难怪一瓶不剩。我……怎么可能……都喝了……"

雷纳林上前抱住达力拿。达力拿身子一缩，准备挨揍，可那孩子愣是搂着他不放。

"别人都在讲闲话，"雷纳林说，"可他们都错了。打仗不轻松，您只是得歇一歇。我能体谅您的心情，我也很想母亲。"

达力拿润了润嘴唇，嗓音嘶哑地问："你母亲说过我什么吗？"

"她说军官里就属您老实，"雷纳林答道，"只有您才是名副其实的战士，光荣得就像令使一样。我们的父亲是阿勒斯卡最伟大的人。"

说什么傻话。达力拿潸然泪下。雷纳林脱开身，达力拿却搂住了他。

全能之主啊！神哪！神哪，求求您……我已经开始恨我的亲生儿子了。两兄弟为什么还没学会恨他？他们应该恨他。他活该。

求求您，怎么样都行，我实在没法解脱。救救我吧，救救我吧……

达力拿泪流不止，紧紧依偎着那个年少的孩子，仿佛那是黑暗的世界中唯一真实的东西。

95

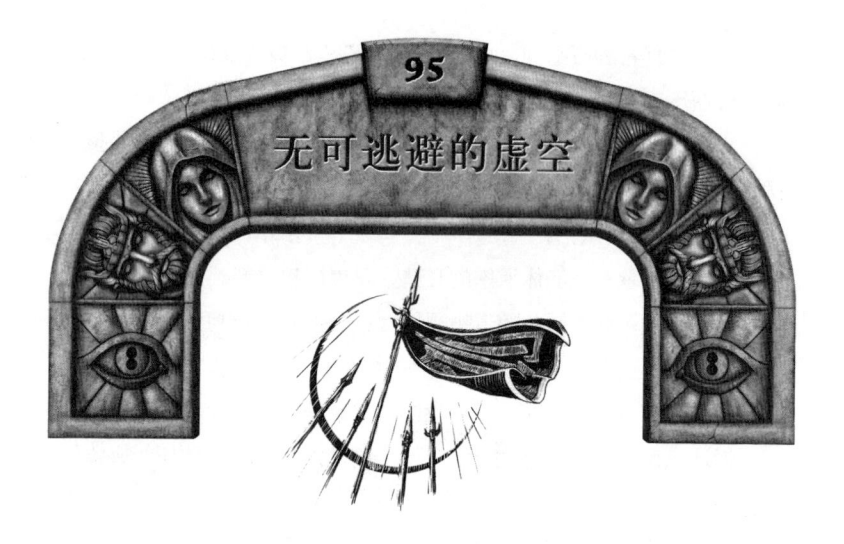

无可逃避的虚空

耶利拿拥有强大的力量，也许是所有飓能复合为一体的程度。他能够将任何虚渡转变为极其危险的敌人。有意思的是，我找到的三个传说中都提到要吞下一颗宝石才能实现这个过程。

——摘自赫熹《秘辛考》第 27 页

卡拉丁在裂影界快速前行，费力克制心中酝酿的不满。

他们身后又响起一阵尖叫声。"嗯……"图腾说，"人类，你们必须停止自己的情绪。产生情绪的话，在这里很不方便。"

一行人沿着与现实世界的河流重叠的狭长陆地朝南走。沙兰走得最慢，难以跟上，所以他们一致认为，应该让她吸入少许飓光。要么这样，要么让尖叫的灵体靠近。

"它们是什么样的？"阿多林问天青，在他们前进时喘着气，"你说那些声音是怒灵发出来的？那一摊摊血泊吗？"

"血泊只是你在实界域看到的部分。"天青说，"而在这里……不过是它们的唾液而已，在它们流口水的时候汇聚到一起，很恶心。"

"也很危险。"茜尔奔跑着穿过黑曜石地,似乎一点也不累,"就算对灵体来说也一样。可我们是怎么引来它们的?没人生气吧?"

卡拉丁又试图抑制心中的沮丧。

"我什么感觉也没有,除了累。"沙兰说。

"我觉得不知所措,"阿多林说,"到现在还是,但我不生气。"

"卡拉丁?"茜尔问。

他看了看其他人,又低头看了看自己的脚。"感觉就像……就像我们抛弃了塔冠城一样,而只有我一个人在乎。你们说着怎么获取食物,怎么想办法去吃角族群峰,还有垂贯点什么的,但我们却把人民丢给了虚渡。"

"我也在乎!"阿多林说,"扛桥的小子,那里可是我的故乡,它——"

"我知道。"卡拉丁厉声道,吸了口气,强迫自己冷静下来,"我知道,阿多林。我知道要通过誓约之门回去是不明智的。我们不清楚如何在这边操作,而且它显然被腐化了。我闹了情绪,失去了理智,我会尽量控制住的,我保证。"

他们陷入沉默。

你不是在生阿多林的气,卡拉丁竭力想道,你不是真的在生谁的气。你只是想找个依靠,好让自己有所感觉。

因为黑暗即将来临。

它能从失败的痛苦和失去他想保护的部下的痛苦中汲取养分,但也能从任何事物中汲取养分。生活一帆风顺?黑暗会窃窃私语,说他只会让自己跌得更惨。沙兰瞟了阿多林一眼?他们一定是在议论他。达力拿派他保护艾尔霍卡?轩亲王一定是想除掉卡拉丁。

无论如何,任务都失败了。等达力拿听说塔冠城沦陷的事……

滚开,卡拉丁心想,使劲闭上眼睛,**滚开!滚开!滚开!**

这将持续下去,直到麻木的感觉似乎更可取为止。这种感觉会侵占他，让他难以做任何事，还会变成一个低落的、无可逃避的虚空，一切都黯然失色，死气沉沉。

在那个黑暗的地方，他想背叛自己的誓言；在那个黑暗的地方，他把国王交给了刺客和凶手。

尖叫声终于消失在远处。茜尔推测那些怒灵已经被吸进珠子里，正向着塔冠城和那里强烈的情绪而去。一行人继续前进，只有一条路可走。他们要往南边去，沿着狭窄的黑曜石半岛穿过晶珠海。

"我上次来到这里的时候，"天青说，"经过了很多像这样的半岛。半岛的尽头总有灯塔，我们有时会在那里停靠，补充物资。"

"没错……"茜尔点点头，"我记得。灯塔对船只来说很管用，可以标记陆地伸入晶珠海的位置。这条路的尽头应该有一座……不过这条路看起来好长啊，得走好几天。"

"至少是个目标。"阿多林说，"我们往南走，到灯塔去，但愿能在那里搭上一艘船。"

他脚步轻快，让人难以忍受，好像他真的在为这个可怕的地方而兴奋。阿多林这个笨蛋，他可能连事情的后果都不明白——

别想了，别想了！他帮助过你。

风操的，卡拉丁讨厌自己变成这样。当他极力放空头脑时，他就会飘向黑暗的虚空；而当他任由思绪驰骋时，他就会记起在塔冠城发生的事。他关爱的士兵自相残杀。前景可怕，令人胆寒。

他能看到太多方面：仆族对多年的奴役感到愤怒，企图推翻腐败的政府；阿勒斯卡人保护家园免受怪物入侵；艾尔霍卡努力拯救他的儿子；宫廷卫士努力遵守自己的誓言。

太多眼睛无法看透。太多情绪。他只有两个选择吗？是选择痛苦还是遗忘？

要抗争。

他们继续跋涉，而他试着把注意力转移到周围的环境上，而不是思绪上。这座狭长的半岛不像他起初设想的那样贫瘠。小而脆的植物生长在半岛的边缘，看着像是蕨类。茜尔告诉他，它们就和实界域的植物一样生长。

这些植物多数是黑色的，但偶尔也呈鲜艳的颜色，如彩色玻璃般混合在一起，没有一株比他的膝盖高，大部分只长到他的脚踝。每当他拂过一株植物，把它弄皱时，他都觉得很难受。

无论他们走多久，太阳在天空中的位置似乎都没有变化。透过云层的缝隙，他只能看到黑暗。没有星辰，没有月亮，唯有永恒而无尽的黑暗。

他们扎营休息，应该是过了一夜，接着走了一整天。塔冠城消失在远处，但他们仍在前行：天青领头，之后是图腾、茜尔和卡拉丁，沙兰和阿多林则在队尾，后面跟着阿多林的灵体。卡拉丁本想殿后，但他一尝试，阿多林就重新走到后面。大公子是怎么想的？他以为卡拉丁会不经注意就掉队？

茜尔走在他身边，大多数时候都很安静。回到这一边让她很困扰。她会看着沿途的景物，比如偶尔出现的彩色植物，歪过脑袋，好像在努力回忆。"这就像我死后的一个梦。"她在他追问的时候这么回答。

他们再次扎营过了一"夜"，第二天又开始行进。卡拉丁没有吃早餐，他们的口粮基本上没有了，而且他也坦然接受了咕咕直叫的肚子，想起自己还活着。得让他有东西可以思考，而不是成天去想他失去的部下……

"你住在哪里？"他问茜尔，仍然背着背包，走在似乎无边无际的半岛上，"就是你小时候住在这边的什么地方？"

"我住在遥远的西方。"她说,"那是一座宏伟的城市,由荣灵统治!不过我不喜欢那里。我想去旅行,但父亲一直把我留在城里,尤其是在……你知道的……那件事之后……"

"我其实不确定自己知不知道。"

"我和一位光辉骑士建立了纽带。我没跟你提过他吗?我记得……"她边走边闭上眼睛,翘起下巴,仿佛沐浴在他感受不到的风中,"我出生后不久就和他建立了纽带。他是个慈祥的老人,但他确实战斗过一次,之后他就死了……"

她扑闪着睁开眼睛。"那是很久以前的事了。"

"我很难过。"

"没关系。那时我没做好维系纽带的准备。灵体通常能承受光辉骑士的死亡,可我……在失去他的时候,也失去了自己。这一切都是异常偶然的,因为不久之后就发生了光辉变节。人们背弃了誓言,害死了我的兄弟姐妹。我活了下来,因为那时我没有和谁建立纽带。"

"然后飓风之父就把你关起来了?"

"父亲以为我和其他灵体一起被害死了。结果他找到了我,发现我在沉睡,这肯定过了……哇,肯定过了你们那边的一千年。他叫醒我,带我回家,"她耸耸肩,"后来就不允许我出城了。"她挽住卡拉丁的胳膊。"他是愚蠢的,那些在光辉变节之后出生的荣灵也是。他们明知道有坏事要发生了,却什么也不做。而我听到了你的呼唤,哪怕是从那么遥远的地方传来……"

"飓光之父放你出去了?"听了茜尔吐露的话,卡拉丁惊呆了。这比他一直以来的发现还要丰富。

"我是溜走的。"她笑着说,"我放弃了自己的意识,进入了你们的世界,躲在风灵之中。你知道吗?我们在这边几乎看不到他们。有些灵体主要生活在你们的界域,那里总有地方会刮风,所以他们不会像激情那样消退。"她摇摇头,"噢!"

"噢?"卡拉丁问,"你是不是想起了什么?"
"不是!噢!"她伸手一指,上蹿下跳,"快看!"
远处,一道明黄色的光芒如火花般在一片昏暗的景色中闪耀着。
是一座灯塔。

96 法器的碎片

> 耶利拿据说会吞噬灵魂,但我找不到具体的解释。我不确定这个传闻是否正确。
>
> ——摘自赫熹《秘辛考》第 51 页

在乌有斯麓第一次君主会议召开的当天,纳瓦妮要求与会者都带上自己的座椅,不论他们的地位有多高。这一古老的阿勒斯卡传统象征着每一位首领为集会所带来的重要智慧。

纳瓦妮和达力拿率先抵达。他们下了升降梯,走向靠近乌有斯麓塔顶的会议室。纳瓦妮的椅子很实用,但也很舒适,由塑魂术造出的木料制成,放了一个坐垫。达力拿曾想带一张凳子来,但她坚持让他带更好的座椅。这里不是探讨战略的营帐,强行节俭不会打动那些君主。他最终选择了一把结实的木椅,是粗厚的墩树材质,有着宽大的扶手,但没有加垫子。

搭乘升降梯途中,达力拿默默地看着楼层掠过。他一感到烦闷就会陷入沉默。他的眉毛在他思考时会拧起来,而在其他人眼中,他就像是在生气。

"他们逃出去了,达力拿,"纳瓦妮对他说,"我敢肯定。艾尔霍卡和阿多林都在某个安全的地方。"

达力拿点头。但即使他们活了下来,塔冠城也沦陷了。这就是他看起来如此担忧的原因吗?

不,是别的原因。自从达力拿在访问亚泽尔之后昏倒以来,他心中似乎就有什么东西崩溃了。今天早上,他轻声要求纳瓦妮主持会议。纳瓦妮为他的状况深感忧虑,也为艾尔霍卡和塔冠城深感忧虑……

但是风操的,他们好不容易才建立这个联盟,纳瓦妮不会让它现在就瓦解。她为她的女儿伤心过,但后来,她的女儿又回到了她身边。她只能对艾尔霍卡抱有同样的希望——至少如此,她才能在达力拿哀悼时继续运转。

他们在大会议室里放好椅子。从平坦的玻璃窗望出去,可以清楚地看到山峦。侍从们已经在半圆形会议室的弧形墙壁边摆好了点心。瓷砖地板上镶嵌着全能之主的双瞳眼图案,配有十飓能和十元素的符号。

第四冲桥队在他们之后涌入会议室,许多人带来了朴素的座椅,但那个赫达孜人先前跌跌撞撞地走上升降梯,却带着一把十分豪华的椅子,镶嵌着绣花蓝布和银饰,宛如王座。

他们争吵了好一通才把椅子放在纳瓦妮的椅子后面,不等允许就开始猛吃东西。对一支本质上只差一步就是光眼种碎瑛武士的队伍来说,他们还真是一群吵吵闹闹、不守规矩的人。

第四冲桥队乐呵呵地接受了队长可能倒下的消息,一如平常。卡拉丁比一块被风吹拂的巨石还要坚韧,光明女士,泰夫特对纳瓦妮说过,他熬过了第四冲桥队,他走出了深渊,这回他也能活下来。

她不得不承认他们的乐观是令人振奋的。不过,如果小分队得以幸存,他们为什么没有在上一场飓风中返回?

稳住，纳瓦妮心想，端详着那些被笑灵环绕的冲桥手。其中一人目前携带着杰泽雷泽的荣刃。她看不出是哪一位，因为荣刃也能像普通的碎瑛刃那样被遣走，而他们交换保管荣刃，以防别人预测到。

很快，别的与会者开始搭乘不同的升降梯抵达会场，而纳瓦妮仔细观察着。自带座椅的传统在某种程度上是平等的象征，但纳瓦妮认为，她也许可以从君主的选择中了解他们的一些情况。作为一个人，就是要理解混乱，在世界的随机元素中寻找意义。

首先到场的是年轻的亚泽尔大帝。他的裁缝手艺出色，把御袍做得很合身，而这名少年本来很容易会像个被华贵的长袍和头饰淹没的小孩。他带来了非常华丽的王座，上面布满鲜艳的亚泽尔式花纹，与他最亲近的谋臣各自用一只手握住。

大代表团落座，后面又有其他与会者涌入，包括三座亚泽尔的附属国的代表：埃穆尔的元首、伊泽尔的女亲王和塔石科的大使。他们都带来了比亚泽尔大帝的宝座略微逊色的椅子。

三位君主兼顾各个方面，都对大帝给予了足够的尊重，以免让他难堪。他们只是名义上的臣子，但纳瓦妮应该可以把外交工作的重点放在大帝身上。塔石科、埃穆尔和伊泽尔会服从的。前两个国家在历史上就与亚泽尔王室关系极为密切，而第三个国家埃穆尔在与图卡的战争后已经无法自立，而虚渡的进攻基本上把这个公国击打得支离破碎。

阿勒斯卡代表团随后抵达。雷纳林带来了一把朴素的椅子，他似乎很害怕兄长出事。迦熙娜比他还绝，带来了一张加了软垫的凳子——她和达力拿可以说是如出一辙。纳瓦妮有些烦躁地发现塞巴里尔和帕萝娜没有跟其他轩亲王待在一起。好吧，至少他们没有带着按摩桌出现。

值得注意的是，雅莱·撒迪亚斯忽略了自带座椅的要求。一名伤痕累累的卫兵为她放下一把漆得油亮的椅子，椅子涂成栗色，深得发黑。她坐下来，迎上纳瓦妮的目光，冷漠而自信。亚马兰名义上是轩亲王，但他还在泰勒拿与部下一起重建城市。雅莱反正不会让他代表他们参加这次会议。

和雅莱挤在一起共进晚餐，密谋如何稳定她们的丈夫所打下的王国，似乎是很久以前的事了。如今，纳瓦妮只想抓住那个女人使劲摇晃。**别再这么卑鄙了好吗？**

也罢，依照长久以来的惯例，其他轩亲王要么听从寇林，要么听从撒迪亚斯。让雅莱参与是经过深思熟虑的，纳瓦妮甘愿冒险。禁止她与会，这个女人便会想办法破坏议程。那就让她与会，希望她会开始明白这项工作的重要性。

至少芬恩女王和她的丈夫似乎对联盟尽心尽责。他们把椅子摆在玻璃窗边，就像泰勒拿人经常开玩笑的那样背靠飓风。这两把木椅有着高椅背，漆成蓝色，装了浅航海白色的软垫。塔拉梵吉安抱着一张毫不起眼、没有加垫的木凳，请求坐到他们旁边。这名老者坚持自带座椅，但纳瓦妮特意允许他、智者阿湿奴和其他身体虚弱的人缺席会议。

阿德罗塔吉娅与他同坐，他的飓能者也是如此。她没有去第四冲桥队的位置……而奇怪的是，纳瓦妮发现自己还是把这个女人当成了他的飓能者。

另外唯一值得注意的人是新纳塔楠大使奥纳克。他代表着一座已经覆灭的王国，这座王国沦为了柔刹东海岸的一座城邦，还有其他几个城市受其保护。

一时间，纳瓦妮似乎无法承受这一切。亚泽尔帝国错综复杂，阿勒斯卡的轩亲王则相互作对。塔拉梵吉安不知为何成了雅克维德的国王，而雅克维德是柔刹第二大王国。芬恩女王要对都城中的行会负责。还有那些光辉骑士，比如那个雷希小孩，现在比那个大块头的吃角族冲桥手还能吃，就像在比赛一样。

要考虑的事太多了,现在是达力拿抽身的时候吗?

冷静,纳瓦妮心想,*深吸一口气,乱中求序。找到结构,开始构建。*

众人自然而然地围坐一起,君主的席位在前,轩亲王、大臣、翻译和文书的席位则依次向外发散。纳瓦妮起身走到中心。就在众人安静下来时,塞巴里尔和他的情妇终于大摇大摆地走了进来,直奔食物而去,显然彻底忘了带椅子。

"据我所知,"她在会场再次安静下来时说,"在柔刹的历史上,还没有召开过这样的会议。在光辉骑士的时代,这也许很常见,但自从光辉变节以来,类似的事肯定没有发生过。我要欢迎并感谢我们尊贵的客人。今天,我们创造了历史。"

"只需要一轮灭世就能达成。"塞巴里尔在餐桌边说,"世界末日应该频繁一些。这让大家变得更通融了。"

各位译员低声向他们的主管翻译。纳瓦妮不禁在想,现在把他从塔上扔下去是不是太迟了。这不是办不到,乌有斯麓有一侧陡直而下,面朝飓风之源,如果她愿意,她可以看着塞巴里尔摔到山脚下。

"我们是来探讨柔刹的未来的,"纳瓦妮厉声道,"我们必须有一个统一的愿景和目标。"

她在众人思考时环视会场。*他会先开口*,她心想,注意到埃穆尔元首在座位上动来动去。他名叫"贤者"维希尔,但人们常常用对应的国名来称呼马卡巴克地区的亲王和元首,就像人们常常用对应的家族名来称呼阿勒斯卡的轩亲王一样。

"路线很明显,不是吗?"埃穆尔借翻译之口说道,但纳瓦妮能听懂他的亚泽尔语。他在座位上向亚泽尔的儿童帝王鞠了一躬,接着说:"我们必须从仆族叛徒的手中收复我的国家,然后征服图卡。让这个自称是神的疯子继续祸害光辉的亚泽尔帝国,是毫无道理的。"

这下难办了,纳瓦妮心想,而其他六个人同时开始发言。她抬起

闲手。"几位陛下,我会尽力公正地主持会议,但你们要知道,我只有一个人。我指望大家来促进讨论,而不是试图说服对方。"

她朝亚泽尔大帝点点头,希望他发言。一名翻译轻轻地把她的话传入大帝的左耳,诺乌拉大臣随即向前倾身,悄声对着大帝的右耳说话,无疑是在下达指示。

他们想一看究竟,纳瓦妮心里有了判断,接下来会有另一人发言。他们想对比埃穆尔的立场,来维护自己的主张。

"王室承认埃穆尔元首。"小帝王终于说,"而且,呃,我们知道他的愿望。"他顿了顿,环顾四周。"嗯,还有人有意见吗?"

"王兄想和您对话。"来自塔石科的优雅高个代表说。他穿着一袭带有黄色和金色印花的套装,而不是塔石科人传统的袍子。一名文书对他低语,与此同时,一支对芦沙沙写下塔石科亲王想要传达给会议的信息。

他会反驳埃穆尔,纳瓦妮心想,给我们指出另一个方向,也许是伊里?

"我们塔石科人对发现这些壮观的传送门的事更感兴趣。"大使说,"阿勒斯卡人邀请我们来到这里,并告诉我们,我们是大联盟的一部分,那我们想恭敬地询问,这些传送门多久能使用一次?关税要如何谈判?"

会场立刻炸开了锅。

"我们祖国的誓约之门未经我们的允许就投入了使用。"奥纳克说,"虽然我们感谢阿勒斯卡人替我们保障了它的安全,但——"

"如果要打仗,"芬恩说,"现在就不是讨论关税的好时机了。我们应该同意开展自由贸易。"

"这样就对贵国的商人有利,芬恩。"塞巴里尔大声道,"让他们免费提供一些战时补给来援助我们怎么样?"

"埃穆尔——"埃穆尔元首开口道。

"等等,"伊泽尔女亲王说,"我们是不是应该关心一下伊里和里拉?它们似乎完全落入了敌人之手。"

"拜托各位,"纳瓦妮打断了混乱的对话,"拜托各位,让我们有序地进行。在决定作战地点之前,我们不妨讨论一下如何以最佳的装备来对抗敌人的威胁。"她望了望塔拉梵吉安。"陛下,关于雅克维德学者研制的盾牌的事,您能更详细地告诉我们吗?"

"好的。它们……它们很坚固。"

"……有多坚固?"纳瓦妮追问道。

"非常坚固。呃,是的,足够坚固。"他挠挠脑袋,无奈地看着她,"你需要多……多坚固的?"

她深吸一口气。看来塔拉梵吉安状态不好。她母亲也是这样,有时头脑清醒,有时却几乎意识不到别人的存在。

"半瑛甲会带给我们对抗敌人的优势。"纳瓦妮对全场说,"我们已经把设计图交给了亚泽尔学者。我期待我们能集中资源,研究其中的工序。"

"能沿用到碎瑛甲上吗?"芬恩女王问。

"有可能。"纳瓦妮说,"但越是研究我们在乌有斯麓的发现,我就越是意识到,我们对古人拥有神奇技术的印象是有严重缺陷的。这充其量是一种夸张,也许是一种幻想。"

"可碎瑛武器……"芬恩说。

"都是灵体变的,"迦熙娜解释道,"不是法器技术的产物。就连我们发现的宝石,里面记录了古代的光辉骑士离开乌有斯麓时的留言,也是没有经过加工的,假设它们的使用方法还没有被我们探知。一直以来,我们都认为我们在灭世中失去了伟大的技术,但我们似乎比古人先进得多。我们失去的,是与灵体建立纽带的过程。"

"不是失去,"亚泽尔大帝说,"而是抛弃。"

他看向达力拿,而达力拿正以放松的姿势坐着,没有显得无精打采,但也没有挺直身子,不知为何像是在说:"这里还是归我管,别装作不是。"即使在尽量不引人注目的时候,达力拿也会成为会场的焦点。他皱起的眉头为他的蓝眼睛蒙上阴影,而他摩挲下巴的方式不免让人联想起一个正在考虑先处决谁的人。

与会者大致将座位摆成一圈,但大多数人都面朝坐在纳瓦妮身边的达力拿。发生了这么多事,他们不信任他。

"再一次说出古老的誓言,"达力拿说,"我们重回了光辉。这一次,我们不会抛弃你们。我发誓。"

诺乌拉大臣在亚泽尔大帝耳边低语,后者点点头,说:"对于你们所涉足的力量,我们还是感到担心。这些能力……谁说光辉变节者抛弃这些能力就是错误的?他们显然害怕什么东西,而他们锁上传送门是有原因的。"

"现在反悔就太迟了,陛下。"达力拿说,"我已经和飓风之父建立了纽带。我们要么得运用这些能力,要么只能在侵略之下崩溃。"

大帝往后一靠,而他的随从似乎……很不安。他们交头接耳。

乱中有序,纳瓦妮心想,指向冲桥队和莉芙特。"我理解你们的担忧,但你们肯定看过关于这些光辉骑士恪守的誓言的报告。诸如'保护生命''铭记阵亡者'这样的誓言,证明了我们的事业是正义的,而我们的光辉骑士是值得信赖的。力量是安全的,陛下。"

"我认为,"雅莱高声表示,"我们不该再兜圈子,还自吹自擂了。"

纳瓦妮转身面对雅莱。**不要破坏这一切**,她心想,迎上那个女人的目光,**千万不要**。

"我们齐聚在这里,"雅莱接着说,"是为了集中注意力。我们应该讨论入侵的地点,以便获得持续作战的最佳位置。很显然,答案只有一个。深国是一片丰饶的国度,种植了无边无际的果园,而那里的土地又是如此温和,就连青草都长得松软肥美。我们应该占领那个国家,为军队提供补给。"

与会者都点点头,仿佛这是一个完全可以接受的议题。雅莱·撒迪亚斯有的放矢地证明了所有人的传言:阿勒斯卡人正在建立一个联盟来征服世界,而不仅仅是保卫世界。

"深国边境的山脉是一个历史遗留问题,"塔石科大使说,"要翻越或穿过山脉发动进攻,基本上是不可能的。"

"现在我们有誓约之门了。"芬恩说,"我不想再提起那个问题,但是有人调查过深国境内的誓约之门能不能打开吗?有深国作为通常难以入侵的堡垒,将有助于我们站稳脚跟。"

纳瓦妮小声诅咒雅莱。这只会让亚泽尔人更担心誓约之门的危险性。她试图控制住讨论,但场面再度失控。

"我们需要了解誓约之门的作用!"塔石科说,"阿勒斯卡人就不能把他们的发现——和我们分享吗?"

"那你们呢?"亚拉达回击道,"塔石科人是杰出的情报交易者。你们能和我们分享你们的秘密吗?"

"塔石科的任意情报都可以随意获取。"

"但代价巨大。"

"我们需要——"

"但埃穆尔——"

"整件事会变得一团糟。"芬恩说,"我已经看出来了。我们需要能够自由贸易,而阿勒斯卡人的贪婪可能会破坏这一切。"

"阿勒斯卡人的贪婪?"雅莱质问道,"您是想看看您能把我们逼到什么程度吗?因为我向您保证,达力拿·寇林不会被一群商人和银行家吓住。"

"请安静。"纳瓦妮在一片愈演愈烈的骚动中说。

似乎没有人理会。纳瓦妮呼出一口气,清清嗓子。

乱中求序。她怎么能为这种混乱带来秩序?她不再发愁,而是试着听取他们的意见。她审视着他们带来的座椅,谛听着他们说话的语气,体会着他们隐藏在要求和请求背后的恐惧。

格局逐渐清晰。目前,会场上充盈着建筑材料。这就像法器的碎片,每一位君主、每一个国家都是一块碎片。达力拿把碎片收集了起来,但还没有把它们拼接起来。

纳瓦妮走到亚泽尔大帝面前,向他鞠躬。众人震惊,顿时安静下来。

"阁下,"她起身道,"您说亚泽尔人最大的优势是什么?"

她的话得到翻译时,他看了那些谋臣一眼,但他们没有给出回答。相反,他们似乎很好奇他会怎么说。

"法规。"他最后答道。

"你们的官僚机构很著名,"纳瓦妮说,"还有众多书记和文官。由此引申出塔石科的情报中心、伊泽尔的计时员和读风者,以及亚泽尔的军团。你们是柔刹最出色的组织者。我早就对你们井然有序的处世之道羡慕有加。"

"也许这就是你的文章受到如此好评的原因,光明女士寇林。"帝王十分由衷地说。

"以你们的能力,如果给官署分配一项具体的任务,在座的各位不知会不会抱怨?我们需要程序,需要规范王国之间如何交流,以及如何共享资源。来自亚泽尔的你们是否愿意制定准则?"

大臣们一脸惊诧,马上开始兴奋地小声交谈。他们脸上的喜色足以证明他们愿意这么做。

"慢着,"芬恩插话道,"你在说法规的事?我们都必须遵守吗?"奥纳克连忙点头赞同。

"不全是法规,但也不只是法规。"纳瓦妮说,"我们需要规范彼此间的交流,而今天就是一个例证。如何召开会议、如何让每个与会者都有机会发言、如何共享信息,这些都必须有程序。"

"就算是这一点,我也不知道泰勒拿方面会不会同意。"

"嗯,芬恩女王,您肯定想先看看准则都包含什么。"纳瓦妮朝她走去,"毕竟,我们需要通过誓约之门来管理贸易事宜。还有哪国精通航运、贩运和买卖?"

"你愿意交给我们?"芬恩问道,大吃一惊。

"似乎很合理。"

塞巴里尔稍稍被吃下的点心噎住了,而帕萝娜拍了拍他的后背。**叫你在我主持的会议上迟到,还只会说风凉话**,纳瓦妮心想。

她瞧了瞧达力拿,他似乎很担心。好吧,他最近似乎总是这样。

"我不会完全交出誓约之门。"纳瓦妮对芬恩说,"但总得有人监督贸易和补给。只要能达成公平的协议,泰勒拿的商人自然可以胜任。"

"哼。"芬恩靠了回去,望了她丈夫一眼,她丈夫耸耸肩。

"那阿勒斯卡人呢?"娇小的伊泽尔女亲王问,"你们呢?"

"我们确实擅长一件事。"纳瓦妮看着埃穆尔,"您愿意接受阿勒斯卡将领和军队的支援,让他们帮您保卫贵国所剩的领土吗?"

"以每一位神圣的卡达希克斯的名义起誓!"埃穆尔说,"当然愿意!有劳了。"

"我名下有几位文书是防御工事方面的专家。"坐在达力拿和迦熙娜身后的亚拉达提议道,"她们会勘察贵国所剩的领土,给出保卫领土的建议。"

"那收复失地呢?"埃穆尔问。

雅莱张口欲言,也许又要颂扬阿勒斯卡好战的好处。

迦熙娜果断发言,打断了她:"我建议,我们首先要保护自己。图卡、伊里、深国……无论攻击哪一个国家,似乎都很诱人,但如果太竭尽全力,那又有什么用呢?我们应该专心守卫现有的土地。"

"没错,"达力拿说,"我们不该问要向哪里进攻,而是该问敌人下一步会向哪里进攻。"

"他们已经夺得了三个阵地，"轩亲王亚拉达说，"伊里、玛拉特……还有阿勒斯卡。"

"但你派了一支远征队收复阿勒斯卡。"芬恩说。

纳瓦妮屏住呼吸，瞥了达力拿一眼。他缓缓点头。

"阿勒斯卡沦陷了。"纳瓦妮说，"远征失败，我们的祖国被占领了。"

纳瓦妮本以为这又会激起一阵讨论，但迎来的只有沉默，众人都惊呆了。

迦熙娜续道："我们最后一支军队撤到了赫达孜或雅克维德，被会飞的敌人——要么被仆族突击队的突袭——攻击和迷惑。我们只守住了南部边境的沿海地带。塔冠城彻底沦陷，我们失去了城里的誓约之门，但我们在这边把它锁上了，这样别人就不能用它抵达乌有斯麓。"

"我很遗憾。"芬恩说。

"我女儿说得对。"在承认阿勒斯卡已经成为难民国家的同时，纳瓦妮尽量表现出强势，"我们首先应该努力确保不再有国家沦陷。"

"我的祖国——"埃穆尔元首开口道。

"不，"诺乌拉用口音浓重的阿勒斯卡语说，"很抱歉，但不行。维希尔，如果虚渡想要你最后那一点领地，他们肯定早就夺走了。阿勒斯卡人能帮你守住现有的国境，似乎就很慷慨了。敌人从埃穆尔边界掠过，在玛拉特集结，途中只占领了必要的区域。他们的目光转向了别处。"

"噢，天哪！"塔拉梵吉安说，"他们……他们会冲着我来吗？"

"似乎是合理的假设。"奥纳克说，"雅克维德的内战让国家化为一片废墟，而阿勒斯卡和雅克维德之间的边界又漏洞百出。"

"也许吧。"达力拿说，"我在边境打过仗。在那里作战，并不像看起来那么容易。"

"我们必须保卫雅克维德。"塔拉梵吉安说,"先王让我登上王位时,我答应过会照料他的子民。如果虚渡攻击我们……"

他语气中的担忧给了纳瓦妮一个机会。她退回到会场中心。"我们决不允许这种情况发生,对不对?"

"我会派兵支援你们,塔拉梵吉安。"达力拿说,"但一支军队也可以被看成侵略势力,而我并没有打算入侵盟国。我们能不能表现出团结精神,一同巩固这个联盟?还有人愿意帮忙吗?"

亚泽尔大帝注视着达力拿。在他身后,大臣和宗卿通过在便笺上书写的方式进行私下交谈。交谈结束后,诺乌拉大臣向前倾身,向大帝耳语。大帝点点头。

"我们将派五支作战大队前往雅克维德。"他说,"这将是对通过誓约之门实现人员流动的一次重要考验。塔拉梵吉安国王,你将得到亚泽尔的支持。"

纳瓦妮长舒了一口气。

她准许会议暂停,让众人享用茶点,不过大多数人可能会花时间制定战略,或是向他们的各个盟友转达事件。轩亲王们一阵骚动,开始与各自的家族交谈。

纳瓦妮在达力拿旁边的座位上坐下来。

"你答应放开的力度实在太大了,"他说,"把贸易和补给交给芬恩控制?"

"管理不同于控制。"纳瓦妮说,"但不论如何,你以为不放弃一些东西,就能让联盟运作吗?"

"不,当然不是。"他向外望去,恍惚的神情让她不寒而栗。*你记起了什么,达力拿?夜妖对你做了什么?*

他们需要"黑荆棘",而她也不例外。她需要他的力量来平息她心中成疾的忧虑,还需要他的意志来建立这个联盟。她握住他的手,可他浑身一僵，站了起来。他一觉得自己过于放松，便会这么做，好像在寻找要面对的危险似的。

她在他身边起立。"我们得把你带出塔城，"她打定主意，"去新的地方，看看会不会有新的看法。"

"那就好。"达力拿嗓音嘶哑地说。

"塔拉梵吉安说的是让你亲自参观魏德纳。如果要派寇林军进驻王国，去了解一下那里的局势也是明智的。"

"好吧。"

亚泽尔人呼唤她，要求她澄清她希望联盟章程采取何种方向。她与达力拿作别，但无法不担心他。今天得烧张铭守符，烧上一打，为艾尔霍卡等人祈祷。只不过……一部分问题是，达力拿声称并没有人看着符纸焚烧，将袅袅的烟气送至宁静园。她信吗？真的信吗？

今天，她朝统一柔刹的目标迈出了一大步，但她却从未感到如此无能为力。

97

莱埃诺

光辉骑士最惧怕的灭者是撒南兹。他们时常说起她腐化灵体的能力，不过这种能力只针对"次等"灵体，不管那意味着什么。

——摘自赫熹《秘辛考》第89页

卡拉丁记得自己曾握着一名垂死女子的手。

那还是他当奴隶的时候。他记得自己蹲在黑暗中，茂密的森林灌木丛刮擦着他的皮肤，夜晚万籁俱寂。动物都逃走了，它们知道有情况。

其他奴隶没有在藏身之处窃窃私语，也没有挪动或咳嗽。他教得很好。

我们得走，得动身。

他拽了拽纳尔马的手。他答应要帮这名老妇人找到她的丈夫，而她的丈夫已经卖给了另一户人家。这本来不合法，但只要有合适的烙印，就可以对奴隶做各种事，尤其是外国奴隶。

纳尔马抗拒着他的拉扯，而他能理解她的犹豫。灌木丛目前是安全的,但也相当明显。那些光明贵人追了他们好几天,离得越来越近。只要留在这里,奴隶们就会被抓住。

他又拽了一下,纳尔马便把信号传给下一个奴隶,一直传到队尾。他带着他们走向一条他记忆中的猎径,尽量不出声,纳尔马紧紧抓着他的手。

逃出这个地方。

找到自由。再次找到荣誉。

肯定就在某个地方。

陷阱啪的一声关上,卡拉丁浑身一震,一年后他还纳闷自己怎么没有踩进去。

倒是纳尔马被夹住了。她尖叫着把手抽出来。

猎人的号角在夜色中凄鸣。新揭开灯罩的提灯发出光芒,照亮了穿着制服在树林中穿行的人。其他奴隶崩溃了,如嬉戏般冲出灌木丛。在卡拉丁身旁,纳尔马的腿猛地被钢夹夹住了。那是个由弹簧和钳子组成的东西,甚至不会用来对付野兽,唯恐破坏其中的趣味。她的胫骨从皮肤里伸了出来。

"噢,飓风之父啊!"痛灵围着他们扭动,卡拉丁低声说,"飓风之父啊!"他想要把血止住,但血还是从他的指缝间喷了出来。"飓风之父啊,不。飓风之父啊!"

"卡拉丁,"她咬着牙说,"卡拉丁,快跑……"

几个逃跑的奴隶中箭倒下。另外两个奴隶落入陷阱。远处传来一个声音:"等等!你砍的是我的财产。"

"这是必需的,光明贵人。"一个更有力的声音传来,是当地的轩领主在说话,"除非您想鼓励这种行为。"

好多血。卡拉丁徒劳地做着包扎,纳尔马却拼命把他推开,让他逃走。他反而握住她的手,哭着看着她死去。

杀了其他奴隶后,光明贵人们发现他还跪在那儿。他们无缘无故地放过了他,嘴上说这是因为他没有和别人一起逃跑,但实际上是需要有人去警告其他奴隶。

不管出于什么原因,卡拉丁都活了下来。

他总能活下来。

卡拉丁蹑手蹑脚地朝灯塔走去。裂影界里没有灌木丛,但过去的本能很管用。他建议由他在前面侦察,因为他不信任这片黑暗之地。其他人同意了。他能在情况紧急下施放风行术逃生,而阿多林和天青都没有侦察经验。卡拉丁没有提到他对潜行的操练基本是他作为奴隶逃跑时进行的。

他全神贯注地匍匐在地,想利用黑石头的缝隙,不让别人看到他靠近。所幸在这片玻璃般的地面上,悄无声息地行走并不困难。

灯塔是一座庞大的石塔,顶上燃着巨大的篝火,在半岛的顶端投下刺眼的橙色光芒。他们是从哪儿弄来燃料的?

他靠近了些,不小心惊动了一片生灵,它们从晶体般的植物丛中蹿出来,又重新飘落。他愣了愣,但没有听到灯塔传出声音。

等他走近了点,他便观察了一阵子,看看能否发现什么可疑行为。他非常想念茜尔在实界域那轻薄通透的形态,她能把他目睹的情况通知其他人,还能进屋侦察,而只有该看的人才看得到。

过了一会儿,旁边的晶珠海里爬出了一只圆滚滚的生物。它长得像贝蛙,大约有刚刚会走路的幼童那么大,身体鼓鼓的,腿部粗壮,蹦跳着朝他靠近,头部的上半部分后仰着,一条长长的舌头从张开的嘴里伸到空中,开始拍打和挥舞。

风操的,是期灵吗?它们在实界域形如飘带,但所谓飘带……就是挥舞的舌头吗?他的生活中,还有哪些简单稳定的部分是彻头彻尾的谎言？

另外两只期灵来到第一只期灵身边，聚集在他附近，伸出长长的舌头不停摇摆。他踹了它们一脚。"走开。"它们看上去很结实，一动不动，所以他努力镇静下来，希望能把它们赶跑。最后，他只是继续前进，而那三个烦人的随从连蹦带跳地跟在后面，极大地破坏了潜行的隐蔽性，让他更紧张了，这反过来又让期灵更迫切地黏着他。

他来到灯塔的外墙边，没准还以为那一大团火热量逼人，但他几乎没有感觉。值得注意的是，火焰让他的影子变正常了。他的影子在他背后拉长，不再迎着太阳。

他吸了一口气，抬起头，透过开着窗板的窗口，向灯塔的底层望去。

他在里面看到了一个上了年纪的深族人。那人坐在椅子上，正借着润石的光看书，皮肤满是皱纹，头发全掉光了。人类？卡拉丁无法断定这是不是个好兆头。老者刚要翻过一页，却愣愣地抬起头。

卡拉丁马上蹲下，心脏怦怦直跳。那些愚蠢的期灵仍挤在附近，但老者应该不会从窗口看到它们的舌头——

"有人吗？"灯塔里传来一个带着口音的声音，"谁在外面？快出来！"

卡拉丁叹了口气，站起身，答应暗中侦察的事就这么算了。

沙兰一行人在一块凸岩的荫蔽之下等候。它就像黑曜石做的蘑菇，有一棵树那么高，沙兰觉得自己在某次瞥见裂影界的时候见到过类似的东西。图腾说它是活的，但行动"非常、非常慢"。

卡拉丁去侦察了，沙兰一行人等候着，各有所思。她不愿让卡拉丁独自行动，但她对那种工作一无所知。浣纱倒是很了解，可浣纱……塔冠城出事后，浣纱还是觉得心力交瘁。这很危险。现在沙兰要躲到哪儿去？成为"光辉女士"吗？

找到平衡，知策说过，接受痛苦，但不要认为那是你活该……

她叹了口气，取出素描本，开始画下他们见过的一些灵体。

"所以，"茜尔坐在附近的一块石头上，晃荡着双腿，"我一直在想，这个世界在你看来是奇怪的，还是正常的？"

"是奇怪的。"图腾说，"嗯，大家都一样。"

"我想我们俩严格意义上都没有眼睛。"茜尔往后一靠，抬头看着蘑菇树那晶莹的树冠，"我们都是少许力量的体现。我们荣灵模仿的是荣誉，而你们秘灵模仿的是……奇怪的东西？"

"其实是导致自然现象发生的基础数学。嗯。还有解释存在的基本结构的真理。"

"就是奇怪的东西。"

沙兰放下铅笔，不悦地看着自己画出的惧灵，而它就像孩子的信手涂鸦。

浣纱的人格渐渐浮现。

你一直都是这样，沙兰，你只须承认这一点。

"我在努力，知策。"她沉吟道。

"你没事吧？"阿多林挨着她跪下，把手放在她背上，随后按摩起她的肩膀。风杀的，感觉真棒。这几天他们走了太远的路。

他瞄了瞄她的素描本。"又是……怎么说？抽象主义？"

她啪的一声合上素描本。"那个冲桥手怎么耽搁了这么久？"她回头一看，打断了阿多林。"手别停下，"她补充道，"否则我杀了你。"

他扑哧一笑，继续按摩她的肩膀。"他不会有事的。"

"你昨天还在担心他。"

"他有厌战情绪，设一个目标有助于复原。他干坐着无所事事的时候，我们才要盯着他，而不是他有具体任务的时候。"

"你说了算。"她冲天青点点头，天青正站在岸边眺望晶珠海，"你觉得她怎么样？"

"制服很合身，"阿多林说，"但蓝色不衬她的肤色，得浅一些。胸甲太高调了，好像她想证明什么似的。不过我挺喜欢她的披风，我总想证明自己也能穿。父亲可以不理这种事，但我不行。"

"我不是要你评价她的衣着，阿多林。"

"衣着很能说明人的性格。"

"是吗？那你在塔冠城定做的那套漂亮衣服呢？"

他低头一看，不再按摩她的肩膀。她数到三，忍无可忍，冲他吼了起来。

"它不再适合我了。"他继续按摩，"可你确实提出了一个重要的问题。我们是得找到食物和水，可如果叫我全程都穿着同一套制服，你就不用杀我了，我会先自杀的。"

沙兰几乎忘了自己饿着肚子，煞是奇怪。她叹了口气，闭上眼睛，尽量不让自己太沉浸在他的抚摸中。

"嘿，"过了一会儿，阿多林说，"沙兰，你觉得那是什么？"

她顺着他努嘴的方向看去，发现空中飘浮着一只古怪的小灵体，呈灰白色和棕色，翅膀向两边展开，飘逸的长尾巴拖曳在后，身前悬着一个立方体。

"它长得很像我们之前看到的傲灵，"她说，"但颜色不对劲，而且头部的形状……"

"腐化了！"茜尔说，"它是属于仇恨那一方的！"

卡拉丁走进灯塔，本能驱使他检查门口两侧，以防有人埋伏。除了家具、那名深族人和挂在墙上的奇怪画作,室内似乎空无一物,还有一股焚香和香料的气味。

深族人啪的一声合上书。"还真是卡着点来的啊?那我们开始吧!没多少时间了。"他站起来,个子果然很矮。他穿着奇装异服,一部分袖管鼓鼓囊囊的,裤子很紧。他走到墙边的一扇门前。

"我去叫我的同伴。"卡拉丁说。

"啊,可是刚刮飓风的时候,算得才准!"那人从衣袋里取出一个小装置检查了一下,"只差两分钟了。"

飓风?天青说过,在裂影界不需要担心飓风。

"等等。"卡拉丁跟上那个小个子。后者进入了一个建在灯塔底层的房间,里面有大扇的窗户,但主要特征是位于中央的那张小桌子,上面摆着一团被黑布盖住的东西。

卡拉丁不禁……感到好奇。在经历了几天的黑暗之后,这固然很好。他走进房间,又向两边看了看。一面墙上有一幅画,画中的人们跪在一面亮白的镜子前。另一幅画则描绘了黄昏时分的城市景观,一片低矮的房屋簇拥在一堵宏伟的城墙前,墙外光芒熠熠。

"好了,我们开始吧!"那人说,"您是来见证非凡的,而我会把非凡提供给您。只要花两枚马克的飓光,您就会得到极大的回报,不管是梦想,还是辉煌!"

"我真该去叫我的朋友了……"卡拉丁说。

那人把黑布从桌上掀开,一只硕大的水晶球露了出来,散发着强光。房间沐浴在光芒之中,亮得卡拉丁眨了眨眼。那是飓光吗?

"听了这价格,您还在犹豫吗?"那人说,"对您来说,钱意味着什么?潜力吗?如果您不花钱,那有钱也得不到什么。见证即将到来的一切,定会大大补偿您那点花费!"

"我……"卡拉丁抬手挡着光线,"风操的,伙计,我不知道你在说什么。"

深族人皱皱眉，光线从下面照亮了他的脸庞，就像那颗水晶球一样。"您是来算命的，对不对？您找的是'莱埃神使'吧？您希望我看看'未经之道'，就在飓风期间，界域融合的时候。"

"算命？你是说预知未来吗？"卡拉丁嘴里泛起一股苦味，"未来可是禁忌。"

老者歪过头。"但……这不是您来找我的原因吗？"

"风操的，才不是。我要搭船。听说这里有船经过。"

老者揉了揉鼻梁，叹道："搭船？您怎么不早说？刚才那么一讲，我还很开心呢。好吧，要搭船？让我查查日历。补给大概快到了……"

他匆匆从卡拉丁身边走过，嘴里念念有词。

外面的天空涌动着光芒。云层熠熠闪烁，泛出奇异而缥缈的光彩。卡拉丁看得目瞪口呆，回头望了望矮个男子。那人从旁边的桌上取出一本分类账目。

"那是……"卡拉丁说，"飓风在这边是那样的吗？"

"嗯？哦，新来的，是吗？怎么进了裂影界，却没有看到飓风经过？你是直接从垂贯点过来的吗？"老者蹙眉道，"已经没有多少人从那里过来了。"

桌上那颗明亮的球体有人头那么大，发出乳白色的光芒，变换着色彩，与空中的珠光波纹相衬。球体中没有宝石，而光芒似乎改变了，令人心驰神往。

"喂，"那人说，"别碰。只有像我这样，受过正规训练的算——"

卡拉丁把手放在球体上。

他感觉自己被飓风卷走了。

沙兰一行人躲了起来，但太迟了。那只怪灵体正好飞到了小小的树冠下。

空中的云层泛起一片鲜艳的色彩。

腐化的傲灵落在沙兰的手臂上。**仇恨觉得你活了下来，**一个声音在她脑海中响起，是……是镜中的灭者撒南忒的声音，**他认为，由于我们的影响，誓约之门出现了异常，而我们从来没有启发过如此强大的灵体。可能真会有怪事发生。我撒了谎，说我认为你被送到了离传送点很远、很远的地方。**

他在这个界域有爪牙，会让它们追杀你，所以你要小心。幸好他不知道你是织光骑士——不知道为什么，他认为你是异唤骑士。

我会尽力的，但我不确定他是不是还相信我。

灵体振翅飞走。

"等等！"沙兰说，"等等，我有问题要问！"

茜尔想把灵体抓住，但它躲开了，很快就消失在海面上。

卡拉丁乘着飓风飞翔。

他以前也这么做过，在梦中。他甚至与飓风之父对话过。

这次感觉不一样。他驾着闪烁荡漾的色彩，四周的云层以惊人的速度掠过，被色彩点亮，与色彩一同脉动，仿佛有了节奏。

他感觉不到飓风之父的存在，也看不到身下的风景，唯有闪烁的色彩和渐渐消失在……光芒之中的云层。

接着是一个人影。达力拿·寇林跪在暗处，周围有九道影子。一双红眼睛闪闪发光。

敌人的代理斗士将至。一股压倒一切的感受袭过卡拉丁全身，他立刻明白了，达力拿正处于极度危险之中。如果得不到帮助，"黑荆棘"必败无疑。

光芒开始消退。"这是哪里！"卡拉丁冲着光芒大喊，"现在是什么时候？怎么才能去他身边？"

色彩渐渐淡去。

"求求你！"

他眼前闪过一座有点熟悉的城市，很高，傍着岩石而建，中心的建筑有一个独特的图案，远处是一堵城墙和一片海洋。

卡拉丁屈膝跪在算命先生的屋里。矮小的深族人把卡拉丁的手从发光的球体上拍开。"——命先生才能用。你会毁了它的，要不然……"他渐渐失语，捧住卡拉丁的脑袋转到自己面前，"你看到了什么吧！"

卡拉丁无力地点点头。

"怎么会？不可能。除非……你拥有神能。你达到了几阶强化？"他眯起眼睛，看着卡拉丁，"不，是另一回事。仁主慈悲……是飓能者？又开始了吗？"

卡拉丁跌跌撞撞地站起来，瞥了那颗大光球一眼，而灯塔的看守又用黑布把它盖了起来。他抬手扶住又开始阵阵抽痛的额头。那是怎么回事？他焦虑万分，心脏仍在咚咚直跳。

"我……我得去找我的朋友了。"他说。

※

灯塔的大厅里，卡拉丁坐在深族看守莱埃诺坐过的椅子上。沙兰和阿多林在大厅的另一侧和他交涉，图腾赫然站在沙兰背后，让算命先生紧张不已。莱埃诺有食物和物资可以交易,不过他们要付注过光的球币。飓光显然是这边唯一重要的商品。

"像他这样的骗子,在我的故乡并不少见。"天青背靠着墙壁,离卡拉丁不远,"他们号称能预见未来,靠别人的希望为生。你们的社会封杀他们是对的。灵体也一样,所以他这类人只能在这样的地方过活,指望别人会急得来找他们。也许每来一艘船都能接到生意。"

"我看到了一些东西,天青。"卡拉丁颤抖不已,"是真的。"他仍感到四肢乏力,就像长时间抬举重物的后劲。

"也许吧。"天青说,"这类人会用尘埃或粉末引起亢奋,让人以为看到了什么。就连我故乡的诸神也只能隐约瞧见灵界域。我这辈子只遇到过一个真正理解这方面的人,而他或许真的是神。我也不确定。"

"是知策,"卡拉丁说,"那个把保护魂器的金属带给你的人。"

她点点头。

好吧,卡拉丁是看到了一些东西。达力拿……

阿多林走过来,递给卡拉丁一个扁扁的金属圆筒。卡拉丁用深族人提供的工具把顶部撬开,里面有一些鱼肉口粮,他用手指戳了戳鱼块,检视容器。

"罐头食品,"天青指出,"极其方便。"

卡拉丁的肚子咕咕直叫,他便用阿多林提供的勺子挖着鱼块。肉很咸,但味道不错,至少比塑魂术造出的食品好多了。沙兰来到他们中间,后面跟着图腾,灯塔看守则忙着去拿他们买好的物资。那人看了门口一眼,阿多林的剑灵就站在那儿,像雕塑般沉默不语。

透过大厅的窗户,卡拉丁看到茜尔站在岸上眺望晶珠海。**她的头发到了这里就不会飘扬了**,他心想。在实界域,她的头发经常款款摇曳,仿佛被看不见的微风拂过,而在这里就像人类的头发一样。

不知为何,她不想进入灯塔。这是怎么回事?

"灯塔的看守说，一艘船随时会到。"阿多林说，"我们应该能买到票。"

"嗯，"图腾说，"这艘船要去祭兰。嗯。一座岛上的城市。"

"岛？"

"在我们那儿是湖，"阿多林说，"叫矛海，在阿勒斯卡东南部，紧邻……拉萨拉斯的废墟。"他抿起嘴巴，别开目光。

"什么？"卡拉丁问。

"拉萨拉斯是我母亲遇害的地方。"阿多林说，"她被叛乱分子暗杀了。她的死让我父亲勃然大怒，我父亲差点就离我们而去，陷入绝望。"他摇摇头，而沙兰把手放在他的胳膊上。"这……想来不是件愉快的事。为了报复，撒迪亚斯放火烧毁了整座城市。每当有人提到拉萨拉斯时，我父亲都会露出魂不守舍的异样表情。我想他是在责怪自己没有阻止撒迪亚斯，哪怕他当时悲痛欲绝，又因企图自杀而受伤，语无伦次。"

"话说回来，这边还有一座灵体的城市，"天青说，"不过方向不对。我们需要往西走，到吃角族群峰去，而不是往南走。"

"嗯，"图腾说，"祭兰是一座显赫的城市。无论我们想去什么地方，都能在那里找到途径。而灯塔的看守并不知道什么时候才会有顺路的船经过。"

卡拉丁把鱼放下，对沙兰示意："能给我一些纸吗？"

她从素描本里拿了一张纸给他。他不太熟练地画出了自己在那莫名其妙的一瞬间所目睹的建筑。我以前见过这个图案，从天上看到的。

"这是泰勒拿城，"沙兰说，"对不对？"

对，卡拉丁心想。他只去过一次，开启了城里的誓约之门。"我是在之前跟你说过的幻象里见到的。"他瞧了瞧天青，天青似乎很怀疑。

卡拉丁还能感受到自己在幻象中的情绪。那是一阵阵焦虑感,而他确信达力拿正处于极大的危险之中。九道影子。即将统帅敌军的斗士……

"泰勒拿城的誓约之门是打开的,而且还能用。"卡拉丁说,"我和沙兰确保了这一点。既然塔冠城的誓约之门把我们带到了裂影界,那么理论上,另一座没有被灭者腐化的誓约之门就可以让我们回去。"

"假设我能弄清楚怎么在这边打开它。"沙兰说,"真是令人望而却步。"

"我们应该尽量去群峰之巅的垂贯点。"天青说,"那是唯一有把握的退路。"

"灯塔的看守说,他觉得那里出了怪事。"沙兰说,"从那个方向开来的船最后都没有到达。"

卡拉丁把手按在画完的素描上。他需要去泰勒拿城,怎么去都无所谓。他心中的黑暗似乎退却了。

他有了一个目的,一个目标,一件他可以专心去做的事,而不是成天想着他在塔冠城失去的人。

保护达力拿。

卡拉丁继续吃鱼,一行人也坐下来等船,等了几个小时。其间,云层逐渐褪色,又变成了一片纯白。在另一边,飓风已经过境了。

卡拉丁终于在天际看到了什么东西,就在茜尔坐在岩石上的位置之外。那的确是一艘船,正从西边驶来,只是……船上没有帆。他在裂影界吹过风吗?他觉得没有。

那艘船冲过晶珠海,向灯塔涌来,没有帆,没有桅杆,也没有桨,而是被一群套着精密索具、显得不可思议的灵体牵拉着。那些灵体靠着数对荡漾起伏的飞翼飘浮在海上,身体纤长而蜿蜒,头部呈三角形。

风操的……它们拉着船,就像红甲蟹一般,身体起伏摇摆,简直是会飞的雄伟红甲蟹。他从未见过这样东西。

站在窗边的阿多林哼了一声。"好吧,至少此行会很潇洒。"

98 空子

传说，如果灵体的行为出现异常，人们就该离开城市。撒南忒通常被视为个体，而诸如摩拉诃或亚舍芒的其他灭者则被视为力量。

——摘自赫熹《秘辛考》第 90 页

来自深国的泽斯和二十名骑士扈从走出了破天骑士团的堡垒。西沉的夕阳落向云层密布的地平线，平静的淳湖泛出金红两色，竟有几十根长木桩伸出水面。

这些木桩高矮不一，最矮的只有五尺，最高的却达到三十尺，桩子顶上都有个古怪的疙瘩，下端似乎牢牢卡在湖底的石隙里。

"这是对军事能力的考验。"沃伦大师说。这个亚泽尔人一袭玛拉贝提亚执法者的装束，披着花纹短披肩，袒着胸膛，看着相当别扭。他的同胞平日里其实很体面，头戴帽冠，身穿华袍，只是行动非常不便。"如果灭世真的降临了，我们就必须进行作战训练。"

没有宁的指导来确认，骑士大师只能用"如果""可能"这样的字眼来谈论灭世。

"这里的桩子，顶上都系着一组沙包，每组沙包里的沙子都是一种独特的颜色。"沃伦接着说，"你们只能靠扔沙包作战，不能用别的武器，也不能离开桩子划出的范围。"

"日落后我会宣布比赛结束，再根据衣服上沾染的颜色计算每一位扈从中招的次数。出现一种颜色扣四分，同种颜色屡次出现，每次多扣一分。扣分最少的人获胜。现在开始吧。"

泽斯吸入飓光，同别人一起，把自己甩到空中。虽然他不在乎自己能否赢得任意能力测试，但风行术在召唤着他，这次不需要造成死亡和破坏，他仿佛回到了操着荣刃训练的青年时代。

泽斯飞升三十尺左右，减半风行术悬在空中。木桩顶上确实用绳子系着几个小沙包，他将自己甩过一根桩子，摘下一只沙包，里面粉色的尘埃随即沾到他手上。现在他知道扈从为什么要穿白衣白裤了。

"好极了。"泽斯说。别的扈从也分散开来抓取沙包。

好什么？ 泽斯的剑发问了，泽斯把它斜挎在背后一个不能拔剑的角度，**我不明白，哪里有邪恶？**

"今天没有邪恶，剑兄，只有挑战。"

他把沙包丢向一个扈从，击中了那女子的肩膀，让那块衣料染上了颜色。不过，大师尤其强调，只有衣服上的颜色才能算分，所以自己手里沾上的，还有别人扔到脸上的，都不作数。

其他扈从很快进入状态，没过多久，沙包便飞来飞去。每根桩子上的沙包颜色都是一样的，好让选手来回移动，多拿不同颜色的沙包扔别人。悬停在半空的乔雷特占据了一根桩子，想要阻止别人用这根桩子上的沙包扔他。然而干坐着无异于引火烧身，各色沙包丢了过来，那人的衣服立马变得斑斑驳驳。

泽斯娴熟地运用风行术俯冲而下，掠过淳湖的湖面，一手抓住一根桩子使劲一拗，让上面的卡莉扑了个空。

当沙包朝泽斯飞来时，他才发觉：**我落得太低了，很容易被人**

盯上。

他翻转腾挪，使出复杂的招数，施展风行术的同时，又掌控了周围的风势，冲他而来的沙包都跑偏了，纷纷落入水中。

他把自己往上甩。风行术不会带来身轻如燕的感觉，施法的人反而像个提线木偶，一不小心就会失控，所以那些资历浅薄的扈从才会做出别扭的动作。

泽斯一升入空中，齐德吉尔就降到他身后，一手一个沙包。泽斯接连朝上施放风行术，体内飓光的存量要比以前更持久，他也只能默认光辉骑士的施法效率要高过操持荣刃的人。

他如离弦的箭那般蹿升，风灵靠上来，在他身边飞舞。齐德吉尔不甘落后，刚想朝泽斯扔沙包，却有一股大风刮来。沙包立马飞了回去，砸中了齐德吉尔自己的肩膀。

泽斯朝下俯冲，齐德吉尔紧随其后。两人追逐了一阵，泽斯扯下一根桩子上的绿沙包往后一丢，又砸中了齐德吉尔。年轻人骂了一句，转而去找更方便下手的人。

虽说击退了齐德吉尔，过程却异常艰难。泽斯很少在空中作战，刚才的那番经历仿佛让他回到了与风行骑士对决的那一天。他在木桩之间翻腾转体，躲避四面八方的沙包，还从空中接住一只。

阴影中传来的惨叫声似乎变轻了，变得不是那么压抑了。他迂回躲避飞来的沙包，跃动在洒满落日余晖的湖面上。

他露出笑意，没一会儿便感到内疚。血泪和恐惧是他留下的恶果，也是他挥之不去的烙印。有罪也好，清白也罢，多少王室和家庭毁在他手里，他没有资格感受快乐，只能甘做惩戒的工具。他无法寻得救赎，因为他不敢动这个念头。

如果非要继续活下去，他也不能过会让人羡慕的生活。

瓦西尔跟你一个思路，他的剑在他脑海中说，*你认识瓦西尔吗？他现在当了剑术师傅，也是好笑。瓦拉崔乐蒂总说瓦西尔不擅长*

用剑。

泽斯整顿思绪,继续投入战斗。他不图开心,只想认真比赛,可惜一不留神,就被一只深蓝色的沙包击中,他的白衣顿时沾上了醒目的圆印。

他低吼一声,飞升起来,两手各握一只沙包,对准一个扈从的背上和腿上扔。不远处,四名年长的扈从正列队疾行,目的是围攻无人为伴的对手,他们扔出的八只沙包中往往会有六七只命中,而他们自己却不会吃亏。

泽斯飞驰而过,引起了那帮人的注意,也许是这身干净的白衣的缘故。他撤销横向的风行术,马上把自己朝上方甩,以免落在他们下方,然而他们也很难对付。

如果他继续往高处去,只会被他们猛追,最后用尽飕光。眼下他体内的储备已经告急。而扈从在赛前摄取的能量只够完成比赛,过于频繁地施放二连或三连风行术,只会更快地消耗飕光。

落日缓缓淡出视线。时间不多,只能坚持。

泽斯飞速转向,行踪不定,那个紧追不舍的作战小分队里只有一人扔出了沙包,其他人都在等待时机。泽斯冲到一根桩子前,但那上面空空如也,看来同种颜色的沙包都已被法利收走。

于是泽斯握住木桩,用力一弯。

桩子"啪"的一声断了,泽斯手里多了根十尺长的木棍。他用部分向上的风行术为其减重,夹在腋下。

他迅速回头一瞥,发现四人小分队仍在尾随。早前最先出击的人又拿了两只新的沙包,正以双倍的风行术赶上队友。

坚持住,泽斯的剑建议道,**你可以拿下他们**。

这回泽斯没有反对。他俯冲到湖面上,湖面泛起涟漪,比他年轻的扈从纷纷避开,冲他猛丢沙包,可他速度太快,没有一只沙包命中。

他小心地把自己甩往一侧,稳稳地转过身,恰在对方的意料之中。时机一到,四人小分队便动起手来,不过泽斯也不是胆小的孩子,即便以少敌多,也不会被吓坏和压倒。他曾是白衣刺客,这不过是玩玩而已。

泽斯一个旋身,亮出木棍迎击沙包,还把最后一只打到了小分队领头的脸上。那人名叫泰。

虽然脸上的痕迹不算分,但泰的眼睛里进了沙子,他眨了眨眼,只好慢下来。眼看小分队已经扔掉了大部分沙包,泽斯便径直把自己往他们所在的方向甩,一点点靠近。

任何人都不能让他靠这么近。

他丢下木棍,揪住一名扈从的衬衣,把那女子当成肉盾,挡开了一个局外人扔来的深红色沙包,随即一转身,把肉盾踹向队友,那两人撞在一起,送出一道道红色的粉尘。

泽斯抓起小分队里的另一个人,本想把后者甩开,但后者的身体却不听使唤。原来,体内含有飓光的人比常人更难对风行术产生反应,泽斯直到现在才渐渐理解。不过,他还是可以拽着那家伙,把自己往后甩。他一放开手,中招的扈从便无法适应重力方向的改变,在空中乱了阵脚,随即被五六只局外人丢来的沙包击中。

泽斯呼啸而过,飓光储备告急。只要再撑几分钟……

就在下方,泰指着泽斯,呼唤队友。此人显然是目前的胜者,眼下只有一种战术是有意义的。

"干掉他!"泰吼道。

好!泽斯的剑说。

泽斯用风行术把自己朝下方甩,不失为一着妙棋,不少扈从都在蹿升,还以为他会待在高处。然而,在敌众我寡的形势下,最好还是趁乱取胜。他来到一众扈从中间,迎面而来的是密集的沙包。他来回挪动,尽力躲闪,但沙包太多,没瞄准的偏偏是最危险的,因为避开了有准头的,时常会被打偏的击中。

他背上接连挨了两下,第三下打在他体侧,而其他扈从也在互相扔沙包,尘埃四处飞舞。这便是泽斯的希望:即便自己中招,别人也会挨更多下。

他飞起来,随后再度俯冲,别人都像碰上老鹰的麻雀那般避之不及。他沿着湖面滑翔,游鱼在黯淡的暮色中四散游窜。

正当他准备爬升的时候,飓光耗尽了。

他体内的风暴戛然而止,周身的光芒缓缓散去。太阳行将落山,他浑身发冷,连续被十几只色彩各异的沙包砸中。他在空中划出一道弧线,扎进一团五颜六色的尘埃,精神恍惚,眼前只留下残影。

他跌入了淳湖。

所幸他没有从高处摔下,落水时仅有少许痛苦。他磕到了浅湖的湖底,一起身便被新一轮沙包砸中。这帮人还真是无情。

最后一抹日光隐去了,沃伦大师朗声宣布测试结束。扈从迅速解散,身上冒出明晃晃的飓光。

只有泽斯还站在齐腰深的水中。

哇,我都有点心疼你了,他的剑说。

"谢谢,剑兄,我……"

那两只飘在附近,形如空中的细缝的灵体是什么?它们割裂了天幕,就像皮肤上的伤口,里面黑乎乎一片,满是星辰,稍作移动就会扭曲周遭的实体。

泽斯垂下头。他不再认为灵体有任何特殊的宗教意义,但他还是对它们怀有敬畏之心。这场比赛也许输了,但他似乎打动了轩灵。

或者说,他真的输了吗?规则到底是什么?

泽斯若有所思地钻到水下,游过浅湖。爬上岸后,他朝大伙走去,身上的衣服还在滴水。大师们已经点亮润石灯,还拿来了茶点,有两人正在裁定怎样才算"中",一个塔石科扈从则忙着记分。

泽斯忽然对他们的游戏感到失望。宁答应过他，要给他净化深国的机会。他哪有时间玩游戏？现在是提升到不需要参与这一切的等级的时候了。

他走到那些大师面前。"很抱歉，我赢得了这场比赛，先前的越狱案也是我破的。"

"怎么会是你？"泰不可思议地问。他中招五次，还算不赖。"你起码中了十几次。"

"我想，"泽斯回应，"规则只规定衣服上颜色最少的人获胜。"他伸开双臂，展示在游泳时就被漂干净的白衣。

沃伦和祁面面相觑，后者微笑着点点头。

"明眼人总还是有那么一个。"沃伦说，"内荼罗之子泽斯，你也别忘了，空子是可以钻，指望投机取巧就很危险了。不过你今天做得很好，不仅表现出色，还看穿了规则的漏洞。"沃伦仰视夜空，眯着眼睛望向那两只轩灵，它们似乎也对他显形了。"其他人也没意见。"

"他用了武器！"一名年长的扈从伸手一指，"犯规！"

"我只是抄了根桩子挡开沙包，"泽斯说，"没拿它打人。"

"你打过我！"先前被泽斯扔出去的女子说。

"肢体接触又不是不允许，我一放开你，你就使不好风行术，这我可没办法。"

大师们都没有异议，祁凑到沃伦跟前："他的实力已经超过了这些人，真没想到……"

沃伦回望泽斯："看你的表现，你不久后就会有灵体相伴了。"

"不是不久后，"泽斯说，"而是现在。我今晚就要念出第三信条真言，决定遵循律法。我——"

"不行。"有人打断了他的话。

破天骑士团堡垒的石头院落围着一道矮墙，此刻正有人站在墙上。破天骑士们不约而同地咽了一口气，纷纷举起提灯，照亮了那名来客。他生着马卡巴克人的黑肤，右脸颊上有一道白色的月牙形胎记，身穿与众不同的黑银两色制服。

神之子宁、纳尔、纳公、纳兰——此人拥有上百种名号，在全柔刹享有盛誉。他是启明者和审判者，也是人类的缔造者和抵抗灭世的捍卫者，他升华成了神。

司掌正义的令使回来了。

"在宣誓之前，内茶罗之子泽斯，"宁说，"你还要明白几件事。"他望向在场的全体骑士。"这些事各位也都要了解。大师们，扈从们，都去收拾宝石储备和行李吧。我们会把大部分扈从留下，他们身上逸出的飓光太多了，而我们的路还很长。"

"就在今晚，士师大人？"祁问。

"正是。我也该把我知道的两个最重大的秘密传授给你们了。"

漫灵

漫灵尺寸各异。

它们体形呈波状，
动态优雅，
但跟飞鲸不同，
我不知道漫灵是否
真的需要遵循任何
物理法则。

它们的飞翼肉以规律
的节奏扇动，但似乎
不是动力或升力的来源。

漫灵头部的形状
跟那些陪伴在巨
壳生物身旁
的"好运灵"
一模一样。
这肯定不是巧合。

水手驾驭漫灵的过程
令人叹为观止。每一只漫灵
的左右体侧都要套上带滑轮
的挽具，滑轮的绳索要在
对灰的侧边收短，再重新绑到
船边栏杆的桩子上。

沙兰的素描：漫灵

99

导灵

涅戈耳以驱使军队陷入激战、赋予士兵强大的战斗力而闻名。奇怪的是,交战双方都会受到他的影响,不管是虚渡还是人类。这似乎是自我意识较弱的灵体的共性。

——摘自赫熹《秘辛考》第 121 页

卡拉丁在裂影界的船上醒来时,其他人已经起床了。他睡眼惺忪地坐在铺位上,听着晶珠在船壳外撞击的声音。这声音似乎……带着一种规律或节奏?还是他在胡思乱想?

他摇摇头,站起来伸了个懒腰。昨晚他睡得很不安稳,不时被思绪打断。他想到了死去的部下,想到了艾尔霍卡和莫阿什,还担心起了德雷赫和斯卡。黑暗笼罩着他的感受,使他无精打采。他不希望自己是最后一个起床的,这一向不是个好兆头。

他上完厕所,强迫自己登上台阶。这艘船有三层,底层是货舱,上一层是客舱,也就是下层甲板,有一个给人类同住的位置。

最上层的甲板是露天的,挤满了灵体。茜尔说,他们都是光灵,但俗称"导灵"。他们长得很像人类，一身奇异的古铜色皮肤，泛着金属光泽，仿佛活生生的雕塑。男男女女都穿着破破烂烂的外套和裤子，确实是人类的服装，而不是像茜尔穿着的那样，仅仅是仿制品。

除了匕首以外，他们没有携带武器，但船甲板两侧的架子上别着狰狞的鱼叉。卡拉丁看到后，感觉自在多了。他知道该去哪里找武器了。

茜尔站在船头附近，又眺望着晶珠海，一袭红裙取代了平日里苍蓝色的素裙，卡拉丁一开始差点没认出她。她的头发变成了黑色，而……她的皮肤也有了血色，就像卡拉丁那样呈褐色。这究竟是怎么回事？

他穿过甲板向她走去，这时船驶过汹涌的晶珠海浪，他的脚步踉跄起来。风操的，沙兰居然说这比她坐过的一些船还稳？几名导灵走了过去，镇静地拉好大绳索和套在拉船灵体身上的挽具。

"啊，人类。"一名导灵在卡拉丁经过时说。他是船长吧？伊科船长？他长得很像深族人，有着一双孩童般的金属制成的大眼睛。他比阿勒斯卡人矮，但很结实，穿着和其他导灵一样的褐色衣服，上面有许多扣着扣子的口袋。

"跟我来。"伊科对卡拉丁说，不等他回答就穿过甲板。这些导灵不怎么说话。

卡拉丁叹了口气，跟着船长回到楼梯间。这里的内墙上有一根镀红铜的线，卡拉丁也在甲板上看到过类似的装饰。他以为那就是装饰品，但船长却边走边用一种奇怪的方式把手按在金属上。

卡拉丁用指尖触摸红铜线，感到了明显的震动。他们路过了普通灵体船员的舱室。那些船员没有睡觉，但他们似乎很享受休息时间，静静地在吊床上摇摆，往往在看书。

看到男性导灵阅读，他并不觉得困扰。灵体显然和虔诚者相似，超出了人们对男女分工的共识。而与此同时……灵体也会看书吗？真奇怪。

他们来到货舱后，船长打开一盏小油灯。据卡拉丁所知，他没有用火把点火。这是怎么做到的？周围有这么多木材和布料，还用火来照明，似乎太莽撞了。

"怎么不用润石照明？"卡拉丁问他。

"我们没有润石。"伊科说，"飓光在这边暗得很快。"

这倒是真的。卡拉丁的队伍带了几颗较大的未经切割的宝石，能容纳飓光数周，但较小的润石如果不在飓风期间充能，所含的飓光过了一周左右就会耗尽。他们已经用齐普和马克向灯塔看守换取了以布料为主的易货物品，用来买船票。

"灯塔的看守想要飓光，"卡拉丁说，"他都装在一颗球里。"

伊科船长嗤之以鼻。"那是外星球的技术，"他说，"很危险，会引来不该引来的灵体。"他摇摇头。"祭兰的钱商就有可以无限期保存飓光的无瑕宝石，都是差不多的。"

"无瑕宝石？比如十晓之石？"

"我可不知道有这种东西。无瑕宝石中的飓光不会耗尽，所以你可以把飓光付给钱商。他们会用仪器把飓光从较小的宝石里导出来，转移到无瑕宝石里，然后他们会给你在城里消费的信用。"

货舱里密密麻麻地堆满了木桶和箱子，都用绳子捆在舱壁和舱底上，卡拉丁堪堪才能挤过去。伊科从一堆箱子里挑选出一只带绳柄的箱子，让卡拉丁把它拉出来，伊科自己则把上面的箱子归位，重新拴好。

卡拉丁一直在思考无瑕宝石的事。在他那边，这种东西是否存在？如果真的有完美无缺的宝石，能够保存飓光而永远不会耗尽，那就很有必要了解了。这可能关乎光辉骑士在泣雨季期间的生死存亡。

伊科重新安置好货物，立即示意卡拉丁帮他拿起他们移走的箱子。他们把箱子从货舱里拉出来，搬到顶层甲板上。船长跪下来，打开箱子，里面露出一台奇怪的装置，看上去有点像衣帽架，不过只有三尺高，完全是钢质的，探出十几根金属针，如树枝一般，只是底部有一个金属盆。

伊科在口袋里摸索一番，掏出一只小盒子，从里面取出一把晶珠似的玻璃珠，将其中一颗放进装置中心的圆孔里，招呼卡拉丁说："给点飓光。"

"干吗？"

"活命。"

"船长，吓唬人呢？"

伊科叹了口气，表情苦恼地看着他，十分富有人性，像是长辈在和孩子对话。灵体船长挥挥手，心意已决，卡拉丁便从口袋里拿出一枚钻石马克。

伊科把润石捧在手心，碰了碰已经放进法器的玻璃珠。"这是灵魂，"他说，"水的灵魂，但很冷。"

"是冰？"

"是极高处的冰，"他说，"从未融化、从未感受过温热。"随着伊科集中起精神，卡拉丁给的润石逐渐变暗，"知道怎么把灵魂实体化吗？"

"不知道。"卡拉丁回答。

"你的一些同类知道。"他说，"这很罕见，在我们中间也是。培灵中的园丁最擅长此道。我没什么经验。"

晶珠膨胀起来，变得如冰块般浑浊不清。卡拉丁明显感到一股寒意。

伊科递回那枚褪了一部分光的钻石马克，掸了掸手，高兴地站起来。

"这有什么用？"卡拉丁问。

伊科用脚踢了踢装置。"现在它变冷了。"

"那又怎样?"

"寒冷能产生水。"他说,"水都汇集在盆子里,喝了就不会死。"

寒冷能产生水?但装置没有产生肉眼可见的水。伊科走去检查掌舵的灵体了,于是卡拉丁挨着装置跪下,想要搞个明白,终于发现装置的"分枝"上积聚着水滴。水滴沿着金属针淌下来,汇集在盆子里。

唉?最初和他们交涉时,船长说可以为人类乘客提供水,卡拉丁还以为船的货舱里会有几桶水。

装置花了大约半小时造出了一小杯水(盆子上有一个出水口和一只可拆卸的锡杯),卡拉丁尝了尝。水很凉,但没什么味道,和雨水不同。不过寒冷怎么会产生水?是要把实界域的冰融化成水,再带到这里来吗?

茜尔在他小口喝水时走了过来,皮肤、头发和裙子的颜色还是跟人类一样。茜尔在他身边停步,两手叉腰,噘起嘴巴。

"怎么了?"卡拉丁问。

"他们不让我骑飞天灵体。"

"干得漂亮。"

"真讨厌。"

"你看到那种东西,到底为什么会想要骑上去?"

茜尔瞅着他,仿佛他疯了。"因为它们会飞呀。"

"你也会呀。其实我也会。"

"你不是在飞,只是在往不对的方向坠落。"她展开双臂,这样就能马上再把双臂抱起来。她怒喝道:"你是说,你压根不好奇骑上去的感觉?"

"骑马已经够糟糕的了,我才不要骑到连腿都没有的东西上。"

"你的冒险精神呢?"

"被我拖出来打晕了,因为它让我去参军。对了,你把你的皮肤和头发怎么了?"

"是织光术,"她说,"我求沙兰弄的,因为我不想让有关荣灵的谣言在船员间传开。"

"茜尔,我们不能把飓光浪费在这样的事情上。"

"我们只用了一颗马克,反正快没光了!"她说,"它对我们来说毫无价值,等我们靠岸了,飓光就耗尽了,所以这根本不是浪费。"

"如果有紧急情况呢?"

她冲卡拉丁吐了吐舌头,又冲船头的水手们吐了吐舌头。卡拉丁把小锡杯放回装置旁边,背靠船的栏杆坐下。沙兰坐在甲板对面靠近会飞的灵体的地方,正画着素描。

"你应该去跟她谈谈。"茜尔说着,坐在卡拉丁身边。

"谈浪费飓光的事?"卡拉丁说,"是啊,也许我应该去跟她谈谈。她为谁消耗飓光的时候,似乎是很容易大手大脚。"

茜尔一翻白眼。

"怎么了?"

"别去教训她,傻瓜。跟她聊聊,聊聊人生,聊聊有趣的东西。"茜尔用脚踢了踢他,"我知道你想去,我能感觉到。还好我不是那种灵体,否则我可能得舔你的额头什么的才能猜透你的情绪。"

船在翻涌的晶珠海浪上前行,那是实界域物体的灵魂。

"沙兰已经和阿多林订婚了。"卡拉丁说。

"他们还没有许下誓言,"茜尔说,"只是彼此承诺也许以后会许下誓言。"

"那也不是你能胡闹的事。"

茜尔把手放在他的膝盖上。"卡拉丁,我是你的灵体,我有责任确保你不孤单。"

"是吗?谁决定的?"

"我决定的。你可别找借口说你不孤单,或者说你只需要弟兄。"

你骗不过我的。你明明觉得悲观、忧伤。你需要什么东西或者什么人的慰藉，而她能让你好受一些。"

风操的。这感觉就像茜尔和他的情绪在合伙刁难他：一个微笑着鼓励他，而另一个则喃喃说着可怕的事，说他会永远孤单，说苔拉离开他是对的。

他把盆子里的水全放出来，又灌满一杯，然后端着杯子向沙兰走去。船身一颠簸，他差点把杯子抛到海里。

他背靠甲板的栏杆，慢慢在沙兰身边坐下，沙兰抬头看了一眼，他便把杯子递过去。"那玩意能把水造出来。"他用拇指冲那台装置一指，"只要变冷了就行。"

"冷凝吗？速度有多快？纳瓦妮会感兴趣的。"沙兰用戴手套的禁手端着杯子，抿了口水——她这个样子可真稀奇。就连他们在沟底同行的时候，她也穿着非常正式的修身裙。

"你走起路来跟他们一样。"她漫不经心地说着，画完了一只飞行兽的素描。

"他们？"

"那些水手。你的平衡保持得很好，我想你去当水手的话，也会得心应手，不像某些人。"她冲天青点点头，后者正站在甲板对面，死死抓着栏杆，不时对导灵投以怀疑的目光。她要么不喜欢坐船，要么不信任那些灵体，或许两者兼有。

"我能看看吗？"卡拉丁问道，向沙兰的素描点点头。沙兰耸耸肩，于是他接过素描本，审视起沙兰笔下的飞行兽。她画得相当出色，一如往常。"上面的字都写了什么？"

"只是一些推测。"沙兰翻过素描本的一页，"这幅图的原稿弄丢了，所以画得有点粗糙。但你见过这种箭头一样的灵体吗？"

"见过……"卡拉丁仔细端详沙兰笔下一条飞翔的飞鳗，那条飞鳗周围浮动着箭头形状的灵体，"我在巨壳生物身边见过。"

"深渊恶魔、飞鳗以及任何比看上去要轻的生物,它们身边也有这种灵体。我们这边的水手把这种灵体叫作'好运灵'。"沙兰用杯子指向船头,船员们正在那儿驾驭飞行兽,"他们则把这种灵体叫作'漫灵',但这种灵体有着箭头形状的脑袋,和好运灵无异。这种灵体更大一些,但我认为,正是它们——或是它们的同类——在协助飞鳗飞翔。"

"深渊恶魔不会飞。"

"理论上算是会飞,可以通过数学方法求证。巴伐玛对雷希巨壳生物进行了计算,发现它们本该被自身的重量压碎。"

"这样啊。"卡拉丁说。

沙兰兴奋起来:"不止如此。漫灵有时会消失,它们的饲主称之为'坠落'。我想它们一定是被引到了实界域。这意味着绝不能单单让一只漫灵来拉船,不管船有多小,也不能让它们——或是大多数其他灵体——远离我们这边人口密集的区域,否则它们就会渐渐衰弱、死去,其中的原因就连这里的灵体也无法理解。"

"呃,那它们吃什么?"

"我不确定。"沙兰说,"茜尔和图腾说的是以情绪为食,但还有别的一些……"一见卡拉丁翻到了笔记本的下一页,她便闭上了嘴。那一页似乎描绘的是伊科船长,但笔触相当稚嫩,基本上只是简笔画。

"难道阿多林动过你的素描本?"卡拉丁问。

沙兰夺过他手中的素描本,合了起来。"我只是在尝试不同的风格。谢谢你给我端水。"

"是啊,我得从对面一路走过来,至少走了七步。"

"很可能有十步,"沙兰说,"而在这晃晃悠悠的甲板上,可是非常危险。"

"简直跟迎战融族一样糟糕。"

"可能会踢到脚趾,或是扎到木刺,或是翻下船,沉入深海,被成千上万颗润石和无数被遗忘的物体那灵魂的重量所埋葬。"

"或是……诸如此类的。"

"不太可能。"沙兰赞同道,"甲板保养得很好,根本没有木刺。"

"反正我这么倒霉,总能找到一根。"

"我有一次就扎到一根,"沙兰说,"最终失去控制,还是拔了出来。"

"你……你居然说这种话。"

"没错,明显是你想象的。你好变态,满脑子龌龊的想法,卡拉丁。"

卡拉丁叹了口气,冲水手们点点头。"他们的确是赤脚走路的。你注意到了吗?也许和甲板上嵌着的红铜线有关。"

"红铜会震动,"沙兰说,"他们一直在摸,我想他们可能在进行某种交流。"

"这就能解释为什么他们不怎么说话了。"卡拉丁说,"我还以为他们会多盯着我们一点。他们似乎对我们不那么好奇。"

"这倒怪了,毕竟天青很有意思。"

"慢着,只有天青?"

"是的。你看,她戴着锃亮的胸甲,英姿飒爽,还说要赚取赏金,穿行于各个世界。她真是神秘。"

"我也很神秘。"卡拉丁说。

"我本来以为你很神秘,后来却发现你不喜欢巧妙的双关——过于了解一个人就会这样。"

他哼了一声。"我会尽量变得更神秘的,当个赏金猎人。"他的肚子咕咕直叫,"没准就从午餐的赏金开始吧。"

他们说好一天吃两顿,但考虑到伊科过了那么久才想起他们要喝水,或许他应该问问。

"我一直在努力追踪船速。"沙兰翻阅着素描本,动作飞快。怪了,卡拉丁发现里面的画作时而精美,时而又糟糕得可笑。

沙兰翻到她为裂影界的这个区域所绘的地图。阿勒斯卡的河流成了一座座半岛,而矛海成了一座岛屿,西面的城市名为祭兰。这些代表河流的半岛表明,为了抵达城市,船必须向西行驶。沙兰已经标出了路线。

"很难确定船开到哪儿了,但估计比现实世界的普通船开得快。一方面,我们可以直接去我们想去的地方,而不用担心风向。"

"所以……还有两天时间?"卡拉丁根据她标出的路线猜测道。

"差不多,很快了。"

他把手指往下移,移向地图的底部。"泰勒拿城?"他轻点沙兰标出的位置。

"对。在这边,泰勒拿城位于一片润石湖的边缘。誓约之门在这边的投影估计是一座平台,跟我们留在塔冠城的那座一样,可要怎么启动……"

"我想试试。达力拿有危险,我们得去泰勒拿城救他,沙兰。"

沙兰望望天青,后者还是认为不该走这个方向。"卡拉丁……我不知道你看到的东西能不能信。假设你能预见未来,那就危险了——"

"我没有预见未来,"卡拉丁立刻说,"没有的事。就像跟着飓风之父在天上飞一样,我只是……我只是冥冥之中知道,我要去找达力拿。"

沙兰仍旧一脸怀疑。那个灯塔看守的戏法,也许他讲得太多了。

"等我们到了祭兰再说吧。"沙兰合上地图,扭头回望靠在他们身后的栏杆,"船上哪里有座位吗?靠着栏杆坐着可不太舒服。"

"大概没有吧。"

"这玩意到底叫什么?"沙兰拍了拍栏杆,"甲板壁?"

"怪不得要发明一些晦涩的航海术语。"卡拉丁说,"船上的一切都有着奇怪的名字:左侧成了'左舷',右侧成了'右舷',厨房成了'伙房',而沙兰成了'讨厌鬼'。"

"应该叫……栏杆?甲板护层?不,是舷缘板,就叫这个。"沙兰咧嘴一笑,"我不太喜欢靠着这块板坐着的感觉,但我相信,我总会克服的。"

卡拉丁轻轻呻吟。"真的?"

"谁叫你给我取外号。"

"外号?一个外号而已,与其说是在骂你,不如说就是在陈述事实。"

沙兰轻轻打了一下他的胳膊。"太好了,你笑了。"

"那是笑?"

"对卡拉丁来说就是了。你那张臭脸简直要乐开花了。"沙兰冲他莞尔一笑。

一靠近沙兰,他心里就很温暖,有种自在的感觉。这跟他和儿时的梦中情人拉劳在一起的时候不一样,甚至跟他和初恋对象苔拉在一起的时候也不一样。和沙兰在一起,是一种截然不同的体验,无法定义。他只知道自己不想让这种感情停下,而这种感情会击退黑暗。

"我们被困在深渊里的时候,"他说,"你跟我大谈人生,还说起了……你的父亲。"

"嗯,我记得。"沙兰轻声道,"那时候在刮飓风,天好黑。"

"你是怎么做到的,沙兰?你怎么就能一直笑出来?怎么就能抛开那些可怕的过往?"

"我都掩盖起来了。我有种神奇的本领,可以把不愿去想的事情都藏起来,只是……这变得越来越难了。不过,对于大多数事情,我可以就这么……"她目视前方,声音渐渐低了下去,"就这么随他去,没了。"

"哇。"

"我明白，"她小声说，"我疯了。"

"不，哪儿的话，沙兰！我也想像你一样。"

她看过来，蹙起眉。"那你也疯了。"

"要是能把一切都抛开，那该有多好啊！风操的。"他努力想象那会是什么样：不用一辈子都在担心自己所犯的错误，不用听到那些持续不断的低语，说他不够优秀，说他辜负了部下。

"这样一来，我就永远无法面对了。"沙兰说。

"总比过不下去要好。"

"我也是这么劝自己的。"她摇摇头，"迦熙娜说过，力量是观念的虚像。一个人表现得有权威，往往也就有了权威。但伪装让我支离破碎，我太会装模作样了。"

"好吧，无论如何，你的做法显然有用。这些情绪，我巴不得能忍一忍。"

她点点头，却陷入沉默，没有再接任何话。

100 老朋友

> 我认为涅戈耳仍然活跃在柔刹大陆上。阿勒斯卡人所经历的战斗"激越感"与古文献的记载非常吻合，都含有红雾和垂死生物的幻象。
>
> ——摘自赫熹《秘辛考》第 140 页

达力拿几乎记起了一切。虽然他还没有回想起与夜妖见面的细节，但其他的记忆就像一道新的伤口一样鲜活，从他的脸上滴下血来。

他心中的空洞比他意识到的还要多。夜妖就像撕碎旧毯子一样撕碎了他的记忆，然后又缝了一床新被子。这些年来，他一直以为自己近乎是完整的，而现在，所有伤疤都被揭开了，而他能看到真相。

游览魏德纳时，他想把这一切都忘掉。魏德纳曾是世界上最伟大的城市之一，以其优美的庭园和葱翠的氛围而闻名，可惜已经在雅克维德的内战和随后到来的灭世风暴中被毁。就算走在清洁的观光道上，他们还是经过了烧焦的建筑和成堆的瓦砾。

他不禁想起了自己对拉萨拉斯的所作所为。伊薇的眼泪伴随着他，还有奄奄一息的孩子们的哭声。

伪君子，人们说，凶手，毁灭者。

空气中弥漫着咸味，充斥着海浪拍击城外悬崖的声音。城里的居民是怎么忍受这持续不断的轰鸣声的？他们向来都不得安宁吗？达力拿试图礼貌地倾听。塔拉梵吉安的人员领着他走进一座长满藤蔓和灌木的矮墙的庭园，这是为数不多的未被内战摧毁的庭园之一。

雅克维德人热爱华丽的草木花卉。他们不是精明的民族，充满激情和叵测之心。

最终，一名新任雅克维德轩亲王的夫人领着纳瓦妮去观赏画作了。达力拿则被带到一座小小的庭园广场，正有一些雅克维德光眼种在那里闲谈、饮酒。东侧的矮墙上杂乱无章地生长着各种珍稀植物，这也是目前园艺界的时尚。生灵在植物间上下起伏。

又要闲谈？"不好意思，"达力拿冲一座加高的凉亭点点头，"我想花点时间看看这座城市。"

一名光眼种抬起手："我可以带您——"

"不用了，谢谢。"达力拿说完，踏上通往凉亭的台阶。这也许太突然了，但至少符合他的名声。他的护卫知道要留在阶梯脚下。

他来到顶上，想放松一下。从凉亭远眺，能看到悬崖和远处大海的美景，可惜也能看到城市的其他区域——飓风在上，那里的状况不容乐观。城墙上有几处破损的地方，王宫不过是一堆瓦砾。大片城区已被烧毁，包括许多极具代表性的犹如盘碟的露台式地貌。

在城北的原野上，岩石上的黑色焦痕仍然显示着战后焚烧尸堆的位置。他极力别开目光，遥望平静的大海，却还能闻到烟味，这可不是什么好事。伊薇死后的几年里，烟气时常让他陷入最糟糕的时光。

风操的，我可没有这么软弱。他完全可以反抗。他已经不是多年前的那个人了。他硬逼自己将注意力放在出访城市的既定目的上：考察雅克维德的军力。

许多存活的雅克维德士兵就住在城内的防风堡中。根据他先前听来的报告，内战带来了极大的损失，甚至令人费解。许多军队在遭受百分之十的伤亡后就会崩溃，但在这里，据说雅克维德人在损失了一半以上的兵力后还在继续战斗。

他们也许被那持续不断的海浪拍击声逼疯了。而且……他又听到了什么声音？

幽幽的哭声又飘了过来。塔恩的黑掌啊！达力拿深吸一口气，却仅仅闻到了烟味。

*为什么我非得怀有这些记忆？*他愤怒地想道，*为什么这些记忆会突然回归？*

与这些情绪混杂在一起的，是他对阿多林和艾尔霍卡与日俱增的担忧。他们怎么没有传信？如果他们逃脱了，就不会飞到安全的地方，或者至少找一支对芦吗？这么多位光辉骑士和碎瑛武士，竟被困在城里无法逃走，想想都很荒唐，不然他就只能担心他们没有活下来，而且是他自己送他们去死。

达力拿顶着压在心头的重担，努力起身，挺胸立正。可惜他很清楚，如果膝盖绷紧，站得太直，就有可能晕倒。为什么站得越直，就越容易跌倒呢？

守在石丘脚下的几名护卫散开了，让塔拉梵吉安缓步通过。这名老者穿着他特有的橙色长袍，抱着一面大到足以盖住左胁的菱形鸢盾。他登上凉亭，气喘吁吁地坐在长椅上。

片刻后，他举起盾牌，问："想看看这个吗，达力拿？"

达力拿庆幸有事可做，便接过盾牌掂了掂。"半瑛盾？"他说着，发现有一只内置宝石的钢盒固定在背面。

"是的，"塔拉梵吉安说，"只是简陋的装置。传说有一种金属可以格挡碎瑛刃，那是一种从天而降的金属，表面是银色的，但不知为何更轻。我想亲眼瞧瞧,但目前我们可以用这些。"

达力拿应诺了一声。

"你知道法器是如何制造的吧?"塔拉梵吉安问,"用的是被奴役的灵体?"

"灵体就和红甲蟹一样,不能'被奴役'。"

飓风之父遥遥地在他脑海中作响。

"那颗宝石封存着某种灵体,"塔拉梵吉安说,"那种灵体能赋予物体以实质,将世界凝聚在一起。我们捕获到盾牌中的东西,可能会在另一个时代惠及光辉骑士。"

风操的,达力拿今天可无法处理这样的哲学问题。他试着转移话题:"你似乎感觉好多了。"

"今天对我来说是个好日子。我感觉比最近好多了,但这可能很危险。我很容易想到自己犯下的错误。"塔拉梵吉安慈祥地笑了笑,"我努力告诉自己,最起码我利用了现有的情报,尽力做出了最好的选择。"

"可惜,我并没有尽力做出最好的选择。"达力拿说。

"但你不会改变你做出的选择,否则你就会变成另一个人。"

我确实改变了我做出的选择,达力拿心想,**我把我做出的选择抹去了,而我确实变成了另一个人**。达力拿把盾牌放在老者身边。

"告诉我,达力拿。"塔拉梵吉安说,"你表达过对祖先造日王的藐视。你说他是暴君。"

像我一样。

"假设你可以在弹指一挥间改变历史,"塔拉梵吉安续道,"你会让造日王活得更久,达成将全柔刹统一在一面旗帜下的愿望吗?"

"将他转变成专制君主?"达力拿说,"那就意味着让他在亚泽尔大肆屠杀,再攻入伊里。我当然不希望这样。"

"可是今天,如果让你指挥一个完全统一的民族呢?如果他的杀毅让你从虚渡的侵略中拯救了柔刹呢？"

"我……你这是要我将数百万无辜的人送上火葬堆！"

"这些人早就死去了。"塔拉梵吉安低语，"他们对你来说算得了什么？造日王的确是暴君，可现在贯通赫达孜、雅克维德和亚泽尔的贸易路线也是由他的暴政铸成的。他把文化和科学带回了阿勒斯卡。现代阿勒斯卡的文化繁荣可以直接追溯到他的所作所为。道德和法律都是建立在被害者的尸体上面的。"

"我对此无能为力。"

"是啊，是啊，这是当然的。"塔拉梵吉安敲了敲半瑛盾，"达力拿，你知道如何为法器捕捉灵体吗？从对芦到加热器，原理都是一样的：用灵体喜欢的东西去引诱它，给它一些熟悉的东西，一些它深知的东西，把它吸引进来。在那一刻，它就成了奴隶。"

我……我眼下真的不能思考这种问题。"抱歉，"达力拿说，"我得去看看纳瓦妮了。"

他从凉亭里出来，匆匆下了台阶，从莱尔等护卫身前走过。他们跟在他后面，就像一阵强风扫过的落叶。达力拿进了城，但没有去找纳瓦妮。或许可以去部队。

他沿着街道往回走，极力忽略周围遭到的破坏。但就算没有这些破坏，这座城市也让他觉得不对劲。城里的建筑颇有阿勒斯卡的风范，完全不是卡哈巴兰斯或泰勒拿的花哨设计，但许多楼宇的每一扇窗户上都悬吊着植物。走在街上，满街的行人长得都很像阿勒斯卡人，却操着一口外语，感觉很奇怪。

达力拿终于来到了城内的防风堡门前。士兵在旁边搭起了帐篷城，都是临时营地，可以拆掉并搬进长条形的营堡避风。达力拿走在他们中间，觉得愈发平静。这是士兵在干活时的和睦景象，他很熟悉。

军官对他表示欢迎，将领则带他参观营堡。他们对他的语言能力印象深刻,这是他在出访城市之前,利用铸契骑士的本领学会的。

达力拿只能连连点头,偶尔问几个问题,但不知为何,他觉得自己还是有所成就。最后,他走进一顶靠近城门的通风帐篷,见到了一群受伤的士兵,每个人都在整支队伍覆灭时活了下来。他们是英雄,但不是传统的英雄。只有当过兵才能明白,在伙伴都死去之后,还愿意继续战斗,是何等英勇。

排在最后的,是一名年迈的老兵。他穿着干净的制服,还佩戴着已经不复存在的队伍的徽章。他的右手臂不见了,外套袖子挽了起来,一名更年轻的士兵扶着他走到达力拿面前。"瞧,盖维德,是'黑荆棘'本人!你不是一直说,想见见他吗?"

年长者露出似乎能把人看透的眼神。"光明贵人,"他敬礼道,"长官,我在砂岩之战中与您的军队交过手,是光明贵人纳拉拿的第二步兵部队。可真是风操的鏖战,长官。"

"确实是风操的鏖战。"达力拿回礼道,"我记得你方的军队在三个不同的阶段都差点打倒了我们。"

"那还是段美好的时光,光明贵人,多美好啊,后来一切都乱套了……"他的目光变得呆滞起来。

"发生在魏德纳的内战是什么样的?"达力拿轻声问。

"是一场噩梦,长官。"

"盖维德,"年轻人说,"我们走吧,他们有吃的——"

"你没听到他的话吗?"盖维德把自己剩下的那条手臂从小伙子怀里抽出来,"他在问我呢。所有人都躲着我,爱理不理的。风操的,长官,内战是一场噩梦。"

"家族内斗。"达力拿颔首道。

"不是的。"盖维德说,"风操的!长官,恕我直言,我们也和你们一样窝里斗,可我压根不会过意不去。这就是全能之主的意志,对吧?可那场战争……"他瑟瑟发抖。"没人停得下来,光明贵人。就算该停下了,他们也只是继续战斗,想杀人就杀人。"

"那玩意就在我们体内燃烧。"另一名伤员在餐桌边说。他戴着眼罩,好像开战以来就没有刮过胡子。"您懂的吧,光明贵人?它在我们体内流动,把热血灌到脑袋里,让人爱上挥出的每一剑,让人不管有多累都停不下来。"

激越感。

激越感在达力拿胸中焕发,如此熟悉,如此温暖,但又如此可怕。达力拿感到它一阵搅动,仿佛……仿佛备受喜爱的斧狐犬许久后又听到了主人的声音,觉得很惊讶。

他似乎很久没体会过激越感了。就连在破碎平原上,当他最后一次有所体会时,激越感也似乎在减弱。事情一下子说得通了。那不是因为他学着克服了激越感,而是因为激越感离开了他。

来到了这儿。

"其他人也感觉得到吗?"达力拿问。

"我们都感觉得到。"另一人说完,盖维德点点头,"军官……他们骑着马,笑得龇牙咧嘴,士兵则喊着要继续战斗,保持气势。"

都是为了气势。

其他人表示赞同,谈论着那片遮天蔽日、极不寻常的迷雾。

达力拿失去了从视察中获得的平静感,于是他告辞了。在他逃离时,他的几名护卫飞快地跟上。一名新来的信使叫住他,他却溜得更快,说庭园那边有人要他回去。

他还没做好准备。他不想面对塔拉梵吉安或纳瓦妮,尤其不想面对雷纳林。他爬上城墙,检查……检查起了要塞,这才是他前来的原因。

在墙头,他又能看到在战争中被烧毁和破坏的大片城区了。

激越感呼唤着他,遥远而微弱。不。不。达力拿沿着城墙前行,从士兵身边经过。在他的右手边,海浪拍击着礁石,浅滩上有黑影在移动，比红甲蟹大一两倍的海兽从海浪深处探出外壳。

达力拿这辈子似乎当过四个人。

第一个是嗜血成性的战士，指哪儿打哪儿，而后果可以下诅咒之地了。

第二个是佯装优雅礼貌的将领，暗地里却渴望回到战场，以便杀更多人。

第三个是沦落人，为年轻时的行为付出了代价。

最后是第四个人，也是最虚伪的一位。他放弃了自己的记忆，以便伪装成更杰出的人物。

达力拿停下脚步，一手按在石头上，他的护卫聚集在他身后。一名雅克维德士兵从反方向沿着城墙走过来，怒喝道："你是什么人？在上面干什么？"

达力拿紧紧闭上眼睛。

"喂，阿勒斯卡人！回答我，是谁让你爬上要塞的？"

激越感翻涌起来，他体内的野兽想要发泄。战斗，他需要战斗。

不。他又逃了起来，匆匆走下一道又窄又紧的石梯。他的呼吸声在城墙上回荡，而他差点绊了一跤，只能跌跌撞撞地下了最后一段阶梯。

他满头大汗地冲到街上，吓着了一群提水的妇女。他的护卫在他身后一拥而出。"长官？"莱尔问，"长官，您……您没事吧？"

达力拿吸入飓光，希望飓光能驱走激越感。但事与愿违，飓光似乎与那种感觉相辅相成，催促他采取行动。

"长官？"莱尔掏出一只散发着浓烈气味的水壶，"我知道您说过不该带这个，但我还是带了。您……您可能得喝点。"

达力拿盯着那只水壶。一股刺鼻的气味升腾起来，将他包围。如果他喝了，就能忘记那些低语，忘记那座被焚毁的城市，以及他对拉萨拉斯和伊薇所做的一切。

如此轻易……

先祖之血啊,请不要这样。

他转身背对莱尔。他需要休息,只需要休息,仅此而已。他向誓约之门走去,努力抬起头,放慢脚步。

激越感从后方袭向他。

如果你又一次成为第一个人,就不会再痛苦了。你年轻时做了该做的事,那时的你更为强大。

他怒吼一声,扭身把斗篷甩到一边,寻找着说出这些话的声音,他的护卫紧握着矛往后躲。陷入险境的魏德纳市民赶紧从他身边逃开。

这就是做领导的滋味吗?夜夜哭泣?战战兢兢?那都是孩子的行为,不是大人的行为。

"别管我!"

献出你的痛苦。

达力拿仰望天空,发出一声粗野的咆哮。他冲过街道,不再关心人们看到他时会怎么想。他得远离这座城市。

在那里。通往誓约之门的台阶。城里的居民曾把誓约之门的平台打造成庭园,但现在已经被清理掉了。达力拿无视长长的斜坡,借助飓光赋予的耐力,一步两级地攀上台阶。

他在平台顶上发现了一群穿着寇林家族蓝色制服的护卫,他们和纳瓦妮及三两文书站在一起。纳瓦妮立刻大步走了过来。"达力拿,我想躲开他,可他很坚持。我不知道他有什么目的。"

"他?"达力拿问道,因为一阵小跑而气喘吁吁。

纳瓦妮指向那些文书。达力拿头一次发现,其中的几个人留着虔诚者的短胡须。可那身蓝袍是怎么回事?

是圣统者,他心想,*来自瓦拉瑟的圣地*。严格而言,达力拿本人也是沃林教的领袖,但实际上是圣统者在指导教会的教义。他们手持

的法杖缠绕着宝石，比他预想的还要华丽。可神权统治垮台后，这种排场不是大都被废除了吗？

"达力拿·寇林！"一名圣统者上前一步。对虔诚会的领袖来说，他还很年轻，也许只有四十出头，他那方方正正的胡须中掺杂着几根银丝。

"我就是你要找的人。"达力拿甩开纳瓦妮搭在他肩头的手，"如果你想和我谈话，那就让我们去一个更私密的地方——"

"达力拿·寇林，"那名虔诚者提高音量，"圣统会判你为异端。你坚称全能之主不是神，这是我们无法容忍的。特此宣布，你被革除教籍，当受诅咒。"

"你们没有资格——"

"我们完全有资格！虔诚者必须监督光眼种，这样你才能好好地引导臣民。依照《神权公约》几百年来的规定，这依然是圣统会的职责！你真的以为我们会无视你宣扬的言论吗？"

愚蠢的虔诚者开始历数达力拿的异端邪说，要求达力拿予以否认。达力拿听得咬牙切齿。那人走上前来，靠得很近，达力拿都能闻到他的气息。

激越感翻涌起来，感受到了战斗的意味，感受到了血腥。

我会把他杀了，达力拿的一部分意识想道，我现在就得跑，否则我会杀了这个人。对他来说，这就像阳光一般明晰。

所以他拔腿就跑。

他冲向誓约之门的控制室，急于逃离。他赶紧来到锁眼前，这才想起自己没有能操作这种装置的碎瑛刃。

达力拿，飓风之父隆隆道，**有些不对劲。那是我看不见的东西，对我来说是隐藏的。你感觉到了什么？**

"我得离开。"

我不会化为你的剑，我们说过的。

达力拿咆哮着，感受到了一种他能触及的东西，一种超越空间的东西。那是维系各个世界的力量。他的力量。

等等，飓风之父说，**这是不对的！**

达力拿不予理睬，伸出手，把力量引过来。他的手中现出一片亮白，他便用力将其推进锁眼。

飓风之父发出雷鸣般的哀号。

不管怎样，这股力量让誓约之门运作了起来。当他的护卫在外面喊他的名字时，他拨动指针，设置成只会传送控制室而不是整座高地的模式，然后将力量作为抓手，沿着控制室外围推动锁眼。

建筑周围闪过一道光圈，冷风从门口灌进来。他跌跌撞撞地走到乌力斯麓前方的一座平台上。飓风之父从他身边离开了，并没有打破纽带，而是收回了好意。

激越感涌了上来，取而代之，哪怕达力拿到了这么远的地方。风操的！他无法逃避。

达力拿，你无法逃避自己，伊薇的声音在他脑海中响起，*这就是你的身份，接受事实吧。*

他跑不了。风操的……他跑不了。

先祖之血啊。拜托了，请救救我。

但……他在向谁祈祷？

他摇摇晃晃地从平台上走下来，晕头转向，没有理睬士兵和文书的提问。他向住处走去，愈发迫切地想要找到一种方法来躲避伊薇的谴责声，任何方法都行。

在住处，他从书架上抽出一本猪皮装订、纸质厚重的书。他捧着《王者之路》，仿佛那是一件能驱走痛苦的法宝。

然而毫无作用。这本书一度拯救过他，现在看起来却一无是处。他甚至读不懂。

他放下书，跟跟跄跄地走出门，没意识到自己进入了阿多林的住处，在年轻人的房间里搜刮，可他找到了想要的东西：一瓶为特殊场合保留的紫酒，酒性很烈。

这代表了他当过的第三个人：愧疚、沮丧、迷糊度日。那是一段可怕的时光。为了忘却，他放弃了一部分灵魂。

风操的，倘若不是这样，那就又要开始杀戮了。他把酒瓶举到唇边。

亡眼

摩拉诃与涅戈耳很相似，但他据说不会激起战斗的怒火，而是会让人看到未来的幻象。在这一点上，传说和教义是一致的。预见未来的能力源于灭者，来自敌方。

——摘自赫熹《秘辛考》第 143 页

阿多林站在伊科船长的舱室里，拽了拽外套。那只灵体把舱室借他用了几小时。

外套太短了，却是灵体所能提供的最大号。阿多林剪掉裤子膝盖以下的部分，把裤脚塞进长袜和高筒靴里，并把外套的袖管卷起来进行搭配，近似泰勒拿的旧款式，但外套看起来还是太松垮了。

别扣扣子，阿多林打定主意，否则卷起袖管就太刻意了。他把衬衣塞好，拉紧腰带。相比之下还得体吗？他对着船长的镜子照了照。还需要一件马甲，所幸不难仿制。伊科提供过一件过小的紫红色外套，阿多林去掉这件外套的领子和袖子，把底下的毛边缝好，再把这件外套的背面裁开。

他刚在背面绑完几根系绳，伊科就来看他了。阿多林扣好简易马甲的扣子，穿上外套，两手放在体侧。

"真不赖，"伊科说，"看着就像要去参加光之盛宴的荣灵。"

"谢谢。"阿多林对着小镜子照了照，"外套还得长一些，但我觉得自己放不下褶边。"

伊科用那对金属眼睛端详着阿多林，青铜表面有两个小洞作为瞳孔，跟阿多林在某些雕塑上看到的一样，就连头发也似乎是雕琢过的。伊科简直就像一位远古时代的国王，被塑魂术转变成了塑像。

"你在同类当中是统治者吧？"伊科问，"为什么要离开？我们接待过的人类不是难民，就是商人或探险者，但从没有国王。"

国王。阿多林是国王吗？既然艾尔霍卡已经离世，阿多林的父亲肯定会决定不再让位。

"不愿回答？"伊科问，"没事。可我看得出来，你是他们当中的统治者。贵族身份对人类来说很重要。"

"也许有点太重要了，嗯？"阿多林理了理用手帕做的领巾。

"这倒是真的。"伊科说，"你们都是人类，所以不管你们有什么出身，都不值得托付誓言。签订旅行的契约是没问题，但人类一旦得到信任，就会背叛信任。"灵体皱了皱眉头，似乎变得尴尬起来，只得别开目光。"这样太失礼了。"

"但失礼不一定意味着失信。"

"我没有冒犯的意思。算了，不怪你。背弃誓言只是你们作为人类的本性。"

"你没有见过我父亲。"阿多林说。这场对话还是让他觉得不舒服，但不是因为伊科的言论。灵体往往会讲一些奇怪的话，阿多林并不反感。

不如说，他是越来越担心自己真有可能要登上王位了。他从小就知道这种情况可能会发生，但他也从小就渴望这种情况永远不会发生。在他静下心来的时候，他认为自己之所以会犹豫，是因为国王无法专注于决斗和……嗯……享受生活之类的事。

如果往更深层次讲呢？如果他一直都明白自己内心中潜藏着前后不一致的东西呢？他不能一直假装自己是他父亲希望他成为的那种人。

罢了，反正也没有意义。阿勒斯卡这个国家已经沦陷了。阿多林陪着伊科走出船长舱，回到甲板上，向沙兰、卡拉丁和天青走去。那三人站在右侧船舷边，都穿着衬衣、外套和裤子，这些服装是用褪光的润石从导灵那里买的。褪光的润石在这边并没有那么值钱，但针对另一边的交易时有发生，所以还是有一定价值的。

卡拉丁目瞪口呆地望着阿多林，低头看了看靴子，又抬头看了看领巾，随后盯着马甲不放。光是看到他那副困惑的表情就值了。

"怎么做的？"卡拉丁问，"是你缝的吗？"

阿多林龇牙一笑。卡拉丁看着就像个想要穿童装的大人，他的胸膛很宽，那件外套绝对是扣不上的。单纯从尺寸来看，沙兰的衬衣和外套还算比较合身，但剪裁不太好看。天青脱去了惹眼的胸甲和斗篷，显得……正常得多。

"好想穿裙子啊，叫我干什么都行。"沙兰说。

"别开玩笑了。"天青说。

"我没有开玩笑。裤子总是蹭我的腿，可真烦。阿多林，能给我缝一条裙子吗？没准把裤腿缝在一起？"

阿多林摸了摸下巴，那里已经冒出了金色的胡楂。"那样不行，我又不能凭空变出布料来，要……"

他渐渐没了声音。天上的云层忽然泛起涟漪，闪耀着奇异的珠光虹彩。又是一场飓风，是他们来到裂影界之后的第二场。一行人停下来，抬头望着那流光溢彩的景象。附近的导灵似乎站得更直了，也更有力地执行着航海工作。

"看到了吗？"天青说，"我就说他们一定要靠这个为生，但我不知道为什么。"

沙兰眯起眼睛,拿起素描本,走去采访一些灵体。卡拉丁则拖着步子走到船头,和他的灵体会合,那是他的灵体喜欢的站位。阿多林经常发现他往南边看,好像很焦虑,希望船能开得更快些。

阿多林在船舷边徘徊,望着船下的晶珠"哗啦啦"地漂走。当他抬起头时,他发现天青正在打量他。"这真是你缝的吗?"天青问。

"我没怎么缝。"阿多林说,"这件马甲原来是件小外套,我造成的破坏大都被领巾和外套遮住了。"

"不过,"天青说,"这对王室成员来说,还是一项不寻常的技能。"

"你又认识几位王室成员?"

"比某些人以为的要多。"

阿多林点点头。"我明白了。那你是故作神秘,还是偶然为之?"

天青倚在船舷上,微风吹拂着她的短发。不穿胸甲和斗篷时,她显得更年轻,大概三十五岁。"两者都有一点。我年少时就发现,自己不太能对陌生人敞开心扉。至于你的问题,我想说的是,我确实认识王室成员,其中就有一个把这一切都抛在身后的女人。王位、家族、责任……"

"她抛弃了自己的职责?"这简直匪夷所思。

"王位还是得让喜欢坐的人去坐。"

"职责不在于一个人喜欢什么,而在于去做需要做的工作,为大局服务,不能因为不想干就撒手不干。"

天青瞅了阿多林一眼,阿多林不由得脸红了。"对不起,"他移开目光,"我父亲和我伯父可能给我……灌输了一点对这种话题的爱好。"

"没关系。"天青说,"也许你是对的,也许我心里或多或少是明白的。像是在塔冠城带领守城卫队的情况,我总是不知不觉就陷进去。我太投入了……之后就抛弃了所有人……"

"你没有抛弃守城卫队,天青。"阿多林说,"你不可能阻止发生在塔冠城的事。"

"也许吧。我不禁感觉,这不过是一长串被抛弃的责任和被卸下的负担中的一件,也许会带来灾难性的后果。"她说这话的时候,不知为何把手按在了碎瑛刃的剑柄上。她抬头看向阿多林。"不过,在我丢下的所有事情中,我还是不后悔让别人来统治。有时候,履行职责的最好办法就是让更有能力的人来试着承担。"

这是多么陌生的想法。有时候,一个人是会承担不属于自己的责任,但要抛弃责任呢?只是……把责任移交给别人吗?

阿多林不禁思考起来。天青先走一步去喝水了,阿多林向她点头致谢。沙兰采访完——应该说是盘问完——那些导灵便走了回来,而阿多林还站在原地。沙兰挽住他的胳膊,两人一起看了一会儿闪烁的云彩。

"我看起来很丑吧?"沙兰捅了捅他的侧体,终于问道,"没化妆,头发也好几天没洗了,现在还穿着一套寒碜的工装。"

"我觉得你不会变丑,"阿多林搂紧沙兰,"就连这些五彩斑斓的云朵也比不上。"

船驶过一片浮动的烛火,这在人界代表着一座村庄。火焰一小块一小块地挤在一起,躲避着飓风。

云层终于散去,但船应该开到城市附近了。沙兰兴奋起来,仔细留意着。最后,她指向出现在地平线上的陆地。

祭兰城就坐落在离海岸不远的地方。他们越靠越近,发现了其他进出港口的船只,每艘船都至少有两只漫灵牵拉。

伊科船长走了过来。"快到了。我们去找你的亡眼灵吧。"

阿多林点点头,拍了拍沙兰的后背,跟着伊科下到货舱尾部的小禁闭室。伊科用钥匙打开门,里面是阿多林的剑灵,正坐在长凳上,用那双被剜去的眼睛望着阿多林,缠结的脸上没有任何表情。

"真希望你没有把她关在这儿。"阿多林弯下腰,从低矮的门口往里看。

"不能让他们待在甲板上。"伊科说,"他们走路时不看的,会从船上掉下去。我可不想花上好几天去打捞一只落海的亡眼灵。"

她挪动身子,想要来到阿多林身边,伊科却伸手关上了禁闭室的门。

"慢着!"阿多林说,"伊科,我发现那边有东西在动。"

伊科锁上门,把钥匙挂到腰带上。"那是我父亲。"

"你父亲?"阿多林问,"你一直把他关起来吗?"

"一想到他会出去乱逛,我就受不了,"伊科目不斜视地说,"只好把他关起来,否则他会走下甲板,去找带着他尸体的人类。"

"你父亲原来是光辉骑士的灵体?"

伊科朝通往甲板的阶梯走去。"这么问可太失礼了。"

"但失礼并不意味着失信,对吧?"

伊科扭头端详阿多林,有气无力地笑了笑,朝阿多林的灵体点点头。"她算你的什么人?"

"算朋友。"

"其实是工具吧?你在另一边也利用她的尸体,对不对?算了,不怪你。我听说过他们的能耐,而我很务实。只是……别假装她是你的朋友。"

当他们走到甲板上时,船正在向码头靠近。伊科开始大声发令,但船员显然知道该怎么做。

祭兰港又大又宽,比城市还长。船只沿着石码头停泊,但阿多林想不通它们是怎么开出去的,难道要把漫灵钩在船尾,从那边拉出去?

沿岸有一排排长长的仓库,阿多林觉得这破坏了城市的景致。船停靠在特定码头的泊位上,由一名扬着信号旗的导灵引导。伊科的船员打开船壳的一部分,展开舷梯,一名水手立即走下去,向另一批导灵打招呼。那些导灵开始用长钩解开漫灵身上的挽具,把它们带走。

随着那些导灵将一只只飞行灵从索具上解下,船在晶珠海中一点点下沉,最后似乎落在一些支架上,稳定了下来。

图腾走了过来,自顾自地哼哼着,与聚集在甲板上的其他人会合。伊科上前一步,打了个手势。"交易完成了,契约也履行了。"

"谢谢船长。"阿多林与伊科握手,伊科尴尬地回礼。他显然知道该怎么做,却毫无经验。"你确定不会带我们走完剩下的路,去界域间的传送门吗?"

"我确定。"伊科斩钉截铁地说,"培养的垂贯点的周边地区近来名声不太好,许多船都消失了。"

"那泰勒拿城呢?"卡拉丁问,"你能带我们去吗?"

"不能。我在这里卸完货,就要往东走了。我不想惹事。听我一点建议,待在裂影界。这阵子,实界域可不是友善的地方。"

"我们会考虑的。"阿多林说,"对于这座城市,我们有什么要了解的吗?"

"别跑太远。附近有人类的城市,所以这一带会有怒灵。尽量别引来太多次等灵体。还可以看看能不能找个地方把那只亡眼灵绑起来。"伊科伸手一指,"码头登记处就是我们前面那栋漆成蓝色的楼,可以在里面找到愿意接待乘客的船只清单。不过,每艘船都必须单独去问,确保船上具备接待人类的条件,而且客舱还没有订满。"

"旁边那栋楼是钱庄,可以在那里用飓光兑换纸币。"伊科摇摇头,"我女儿在那里工作过,后来就跑去追逐愚蠢的梦想了。"

向伊科告别后,这群旅者就沿着舷梯走到码头上。有趣的是,茜尔还戴着幻象。她一袭红衣,脸庞跟阿勒斯卡人一般黝黑,头发是黑色的。身为荣灵真的那么要紧吗?

1165

"那么,"阿多林在一行人抵达码头时说,"接下来要怎么办?我是说去城里的事。"

"我数出了我们带着的马克。"沙兰举起一袋润石,"它们已经很久没有充过能了,再过几天飓光肯定会耗尽,有几枚已经彻底变暗了,还不如拿去换物资。我们可以留下布罗姆和大块的宝石,方便施放飓能术。"

"那么第一站就是钱庄。"阿多林说。

"之后,我们应该看看能不能多买些口粮,"卡拉丁说,"以防万一,另外还得找船。"

"可是去哪里呢?"天青问,"是去垂贯点,还是去泰勒拿城?"

"先看看有什么选择吧。"阿多林打定主意,"也许会有一艘船驶向目的地的船,却没有去另一个目的地的船。我们派一组人去打听,再派一组人去买物资。沙兰,你想干什么?"

"我想找船。"她说,"我有这方面的经验。追逐迦熙娜的时候,我坐过好多趟。"

"听着不错。"阿多林说,"每一组都该配一位光辉骑士,所以扛桥的小子和茜尔,你们跟我一起走。图腾和天青,你们跟沙兰一起走。"

"也许我应该帮沙兰——"茜尔开口道。

"得有一只灵体跟我们一起走,"阿多林说,"来解释这里的文化。不过还是先去把润石兑换掉吧。"

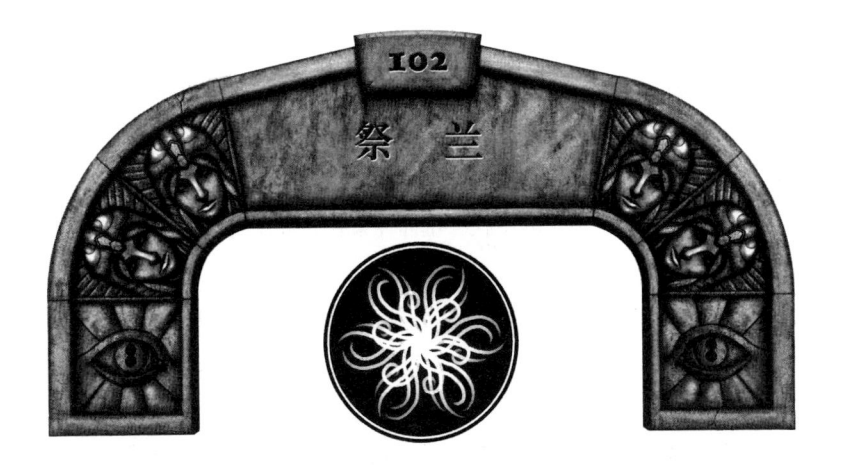

> 摩拉词据说会在不同的时期降下未来的幻象，但这通常发生在一个人的灵魂向宁静园靠近的时候，处在界域间的过渡点上。
>
> ——摘自赫熹《秘辛考》第 144 页

卡拉丁和阿多林及茜尔一起穿行在祭兰城里。钱很快就换好了，他们将阿多林的剑灵交给另一组人看管。沙兰牵住亡眼灵的手，亡眼灵就留了下来。

到达祭兰城后，他们向最终离开此地、营救达力拿的目标迈出了可喜的一步。不幸的是，一座全新的充满未知威胁的城市并没有鼓励卡拉丁放松下来。

祭兰城的人口不如大多数人类城市稠密，但灵体的种类却多得惊人。像伊科和他的船员那样的导灵很常见，但也有一些灵体看起来很像阿多林那把剑的灵体——至少很像她被杀之前的模样，完全由藤蔓组成，但穿着人类的衣服，手部是晶体。同样常见的还有那些皮肤墨黑的灵体，当光线正好照射到它们身上时，它们的皮肤就会闪耀出各种颜色，而它们的衣服似乎是它们自身的一部分，就像秘灵和荣灵那样。

一小群秘灵紧靠在一起,从旁边经过,每一位的头部都被一个略微不同的图案取代。另外有一些灵体的皮肤就像开裂的石头,里面放出熔融的光芒,还有一些灵体的肤色如同古旧的白灰,只见有一位伸手一指,他手臂关节处的皮肤一拉伸开来就分解、消散,露出关节和肱骨的结节,而皮肤很快又长了回来。

种类繁多的灵体让卡拉丁想起了瞬息教信徒所穿的服装,但他没有发现一个荣灵。而且其他灵体似乎也不怎么混杂在一起。人类非常稀少,他们三人——包括模仿阿勒斯卡人的茜尔——足以引起侧目。

祭兰城的房屋由色彩各异的砖块或是多种多样的石块建造而成,每一座都是材料的堆砌,不遵循任何既定的模式。

"他们是怎么搞来建材的?"卡拉丁问道,他们正按照货币兑换商的指示,向附近的市场走去,"这边有矿产吗?"

茜尔皱皱眉。"我……"她歪头,"你知道我不清楚这种事。我们也许可以想办法让矿产出现在这边,就像伊科处理冰块那样。"

"他们好像什么都穿。"阿多林伸手指了指,"那是阿勒斯卡军官的外套,套在亚泽尔文官的马甲上;塔石科的褂子,里面搭配长裤;还有几乎全套的泰勒拿式提勒姆装,但缺了靴子。"

"没有小孩。"卡拉丁注意到。

"也还是有一些的,"茜尔说,"只是看起来不小,不像人类的小孩。"

"你们到底要怎么生小孩?"阿多林问。

"嗯,当然没有你们的方法麻烦!"茜尔皱着眉头,"我们是神的碎片,是由力量构成的。力量凝聚起来的地方,那些部分就开始有了意识。估计过去带一个小孩回来就可以了吧?"

阿多林咯咯直笑。

"笑什么?"卡拉丁问。

"其实这跟我问保姆,小孩是从哪里来的时候,她对我说的话差不多。真是一派胡言,说什么小宝宝是父母用飕砂浆烤出来的。"

"这种事不常见。"茜尔说。这时,他们路过了一群围坐在桌边观望众人的灰色灵体。那些灵体看着人类,流露出明显的敌意,有一个还朝卡拉丁弹了弹手指,那几根手指随即散作尘埃,留下骨头,上面又长出了血肉。

"带孩子的事不常见吗?"阿多林问。

茜尔点点头。"很少见。大多数灵体活了几百年也不会带孩子。"

几百年?"风操的,"卡拉丁一想,低声道,"这些灵体几乎都这么老吗?"

"或者更老。"茜尔说,"但灵体的衰老不一样,就像时间对我们的意义也不一样。没有纽带的维系,我们就学不了那么快,也改变不了多少。"

城中心的塔楼通过一组在竖孔中燃烧的火焰来报时,这样他们就可以判断如何在约定的一小时内与其他人会合。市场原来是露天的,大多是没有顶棚的摊位,商品都堆在桌上,就算和乌有斯麓的临时市场相比,也显得难以持久,但这里没有飓风可以担心,所以大概还是行得通的。

他们经过一个服装摊,阿多林自然坚持要光顾。摆摊的灵体体表油滑,说话方式诡异、非常短促,用词也很奇怪,但他说的确实是阿勒斯卡语,与伊科的大部分船员不同。

没等王子逛完,茜尔就走上前,身披超大号斗篷,系着腰带,头戴大大的软帽。

"这是啥?"卡拉丁问。

"衣服!"

"你干吗要衣服?你的衣服是自带的。"

"太没劲了。"

"就不能变一下吗?"

"在这边要用飓光的。"茜尔说,"另外,那条裙子是我本质的一部分,我其实一直是光着身子走来走去的。"

"不是一码事。"

"说得倒轻巧。我们给你买了衣服。你有三套!"

"三套?"卡拉丁低头看着自己的衣服,"我有制服,还有伊科给我的这套。"

"还有穿在底下的。"

"内衣?"卡拉丁问。

"对啊。也就是说你有三套衣服,而我一套都没有。"

"衣服得有两套,一套可以洗,洗了就穿另一套。"

"这样你就不会臭烘烘的了。"她夸张地一翻白眼,"反正等我穿腻了,你可以把衣服给沙兰。你知道她喜欢戴帽子。"

这倒不假。卡拉丁叹了口气。阿多林逛了回来,又给每个人带了一套内衣,还给沙兰带了一条裙子,卡拉丁也让他为茜尔穿着的衣服砍价。售价极其低廉,只用了他们一点钱票。

他们继续前进,从建材摊前经过。从茜尔能读懂的标牌来看,部分商品要贵得多。茜尔似乎认为,这种差异和商品在裂影界的耐久度有关,卡拉丁不免为他们买的衣服担心。

他们找到了一个卖武器的地方。阿多林去跟店主沟通,卡拉丁则逛了起来。店里有一些菜刀和几把手斧,还有一根细长的银链躺在上了锁的玻璃顶盖盒子里。

"喜欢吗?"店主问。她全身是用藤蔓做的,脸部仿佛由绿绳结成,一袭修身裙,露出晶质的闲手。"只卖一千布罗姆①的飓光。"

"一千布罗姆?"卡拉丁问。他低头看着锁在桌面上的盒子,盒

---

①球币的最高面值。

子由橙色的人形小灵体守护着。"算了,谢谢。"这里的定价可真古怪。

店里出售的剑也比阿多林预想的要贵,但他还是买了两把鱼叉。鱼叉握在手里,卡拉丁觉得安全多了,但走着走着,他却注意到茜尔缩在超大号斗篷里,头发塞进领子,帽檐拉得低低的,遮住了她的脸。她似乎不相信沙兰的幻术能让她不被认出是荣灵。

他们发现的食品摊主要在卖船上的那种"罐头"。阿多林开始砍价,卡拉丁又安下心来等待,仔细观察行人是否有危险,但他的目光不由得被对面的摊位吸引了,那里是卖艺术品的。

卡拉丁从来不花太多时间欣赏艺术。一张图要么描绘有用的东西,比如地图,要么基本上没有意义。然而,在那个摊位展示的画作中,却有一小幅浓墨重彩的油画,底色为红白两色,涂着黑色的线条。他移开目光,却又不禁被吸引回去,审视着高光与深色线条的对比。

*如同九道影子……*他心想,*有一个人物跪在中间……*

那个灰白色灵体兴奋地挥挥手,指向东方,又做出劈砍的动作,说着沙兰听不懂的语言,幸好图腾可以翻译。

"啊……"图腾说,"嗯,没错,我明白了。她不会驶回培养的垂贯点。嗯,是的,她不会去。"

"同样的借口?"沙兰问。

"没错,虚灵驾着战舰,向靠近的船索要贡金。噢!她说自己宁愿和荣灵交易,也不愿再去垂贯点。我觉得这是在骂他们,哈哈哈,嗯……"

"虚灵?"天青说,"她能不能至少解释一下这是什么意思?"

图腾问完后,那个灰白色灵体飞快地发话。"嗯……她说虚灵分很多种,一种冒着金光,一种是红色的影子。确实很奇怪,而且听上去,还有些融族跟他们在一起——融族就是会飞的甲壳怪,我不了解。"

"什么?"天青追问。

"这几个月来,裂影界一直在变化。"图腾解释道,"虚灵神秘地到达了想象结域的西边,在你们那儿就是玛拉特或图卡附近。嗯……他们航行过去,占领了垂贯点。她说,呃,'最近,只要往人群里吐吐口水,就能找到一个。'哈哈哈,我想她根本没有口水。"

沙兰和天青彼此望了望。那名水手退到船上,船员正为拉船的漫灵套上挽具。阿多林的剑灵在附近徘徊,似乎安于待在指定的地方。行人别开目光,仿佛羞于看到她。

"嗯,码头登记员说得对,"天青交叉双臂,"没有驶向群峰之巅或泰勒拿城的船。这些目的地离敌人的据点太近了。"

"也许我们应该去破碎平原。"沙兰说。这意味着要往东走——近期的船更有可能往东部行驶,也就是说,他们会远离卡拉丁和天青各自想去的方向,但这至少是有意义的。

就算他们到了破碎平原的位置,她还是得想办法在这边启动誓约之门。万一她失败了呢?她想象着众人被困在一个遥远的地方,被晶珠包围,慢慢饿死的画面……

"我们继续去问单子上列着的船吧。"她在前面带路。下一艘船又长又壮观,由白色的木料制成,镶着金边,透着一种"看你们怎么买得起我"的气场,就连驭手从仓库里领到船边的漫灵也戴着金色挽具。

根据码头登记员所列的清单,这艘船要去的地方叫永节堡,位于西南部,算是卡拉丁想去的方向,所以沙兰和图腾拦住一名驭手,询问船长愿不愿意搭载人类乘客。

那个担任驭手的灵体像是由雾气组成的,她只是笑了笑就走开了,仿佛听到了一个大笑话。

"我想,"天青说,"应该就是不行吧。"

下一艘船是流线型的,以沙兰外行的目光来看,航速很快。登记员表示,这艘船是个不错的选择,很可能会欢迎人类。果然,当他们走近时,一个在甲板上干活的灵体就朝他们招手,一脚蹬着靴子踩在船舷上,大笑着往下看。

沙兰心想:哪种灵体的皮肤会像开裂的岩石一样?那个灵体的身体深处发着光,仿佛在里面熔化了。"人类?"他用雅克维德语问道,从沙兰的红发看出了她的血统,"你们离家很远,但也很近,只是来错了界域!"

"我们要搭船。"沙兰往上喊道,"这艘船往哪儿开?"

"往东开!"灵体说,"去逸光城!"

"可以谈价格吗?"

"当然可以!"灵体往下喊道,"有人类在船上总是很有趣,只是不要吃我的宠物鸡。哈!不过得等一等,马上要检查了,我半小时后回来。"

码头登记员提到过,船只每天第一时间都会接受正式检查。一行人退了出来,沙兰建议回到码头登记处附近的会合点。当他们走近时,沙兰看到伊科的船已经在接受码头官员的检查了,又是一个由藤蔓和晶体组成的灵体。

再努把力,我们也许能说服伊科带我们走。也许——

天青倒吸一口气,抓住沙兰的肩膀,把她拽进仓库间的小巷,离开船员的视线。"诅咒之地的!"

"怎么了?"沙兰问。这时图腾走了过来,阿多林的灵体也无精打采地走了过来。

"看那上面,"天青说,"有个家伙在船尾甲板上和伊科说话。"

沙兰皱皱眉，探头望去，瞧见了她之前错过的景象：一个人影立在那儿，有着仆族大理石般的皮肤，飘浮在伊科身边，距离有甲板一两尺，仿佛严厉的导师居高临下地看着愚笨的学生。

由藤蔓和晶体组成的灵体走上去，向那人汇报。

"我们或许该问问是谁在搞检查。"天青说。

卡拉丁穿过摊位间的小路，想要细看那幅画，手里的鱼叉引得旁人紧张侧目。

*在这个界域，灵体也会受伤吗？*他的一部分意识感到不解，*如果这边的事物杀不死，水手也不会携带鱼叉，对不对？等茜尔替阿多林做完翻译，他得问问茜尔。*

卡拉丁走到那幅画前面。旁边的作品都是精美的肖像画，展现出了更高超的画技，将人体捕捉得惟妙惟肖，而这一幅相比之下就很潦草，好像画家只用了一把沾满颜料的刀在画布上涂抹，勾勒出大致的形状。

画上的形状优美慑人，主色调是红白两色，但中央有一个人物，投出九道影子。

*是达力拿，*卡拉丁心想，*我辜负了艾尔霍卡。哪怕我们经历了这一切，哪怕我面对了风雨、面对了莫阿什，我还是失败了，都城也沦陷了。*

他伸出手指去摸那幅画。

"画得很棒，不是吗！"一个灵体说。

卡拉丁吓了一跳，难为情地放下手指。摊主是个女导灵，个子很矮，扎着青铜马尾。

"这是一件独一无二的作品，人类。"她说，"来自遥远的诸神宫廷,仅供神明观赏。能有一幅画逃过在宫廷被烧的命运,继而流入市场,这是异常罕见的。"

"九道影子,"卡拉丁说,"是灭者吗?"

"这是奈内夫拉的作品。据说,每个目睹他杰作的人,都会看到不同的画面。想想看,要价这么低,只卖三百布罗姆的飓光!现在的艺术市场真的很难做的。"

"我……"

卡拉丁眼中的慑人画面与画布上的楔形重彩交叠在一起。他需要抵达泰勒拿城。他必须准时抵达——

他身后的动静是怎么回事?

卡拉丁从遐想中缓过神,回头一看,正好看到阿多林朝他小跑过来。

"我们有麻烦了。"王子说。

"你怎么能不提这件事呢!"沙兰对登记处的小灵体说,"你怎么能忘了指出是虚灵在统治这座城市?"

"我以为大家都知道!"灵体说着,藤蔓在脸部周围卷曲扭动,"哎呀,天哪!生气是没用的,人类。我是个专家,我的职责不是解释你们应该知道的事!"

"他还在伊科的船上。"天青看着登记处的窗外,"为什么?"

"怪了,"灵体说,"每次检查通常只需要三十分钟!"

该死的。沙兰呼出一口气,努力镇静下来。回到登记处有一定风险,那个灵体可能在跟融族共事,但他们还是希望能胁迫他开口。

"什么时候的事?"沙兰问,"我的灵体朋友对我们说,这是一座自由的城市。"

"已经有好几个月了。"浑身是藤蔓的灵体说,"哦,要知道,他们并没有牢牢控制这里,只是控制了几名官员,我们的首领也承诺要服从他们。时不时会有两名融族来检查,其中一个就疯得很,而负责检查的基里尔,其实可能也疯了。要知道,他生气时——"

"诅咒之地的!"天青咒骂道。

"怎么了?"

"他刚刚放火烧了伊科的船。"

卡拉丁跑回街对面,发现茜尔成了公众的焦点。她已经把大帽子的帽檐拉下来遮住脸了,但还是有一群灵体站在食品摊周围,对着她指指点点,议论纷纷。

卡拉丁挤过去,抓住茜尔的胳膊,把她从摊位处拉开。阿多林跟随在后,一手举着鱼叉,一手拿着一袋食物,气势汹汹地看着那群灵体,而他们没有追上来。

"他们认出你了,"卡拉丁对茜尔说,"哪怕你换上了假的肤色。"

"嗯……也许吧……"

"茜尔。"

卡拉丁拽着茜尔过街,茜尔一手扶着帽子,另一条胳膊被卡拉丁捏在手里。"那个……我不是说过我从别的荣灵那里溜走了吗……"

"对。"

"所以,为了把我找回来,可能会有重赏。告示基本上张贴在裂影界的每一个港口,上面有我的描述和照片。嗯……是的。"

"你得到原谅了。"卡拉丁说,"飓风之父接受了你和我建立的纽带。你的兄弟姐妹也在关注第四冲桥队,调查是不是有可能建立纽带!"

"那是最近的事了,卡拉丁。我恐怕没有得到原谅,破碎平原上的其他荣灵都不愿跟我说话。在他们看来,我就是个不听话的孩子。这边至今还在悬赏一大笔飓光,征求能把我送到荣灵的都城永节堡的人。"

"你就不觉得这很重要,得告诉我吗?"

"当然了,现在就告诉你。"

他们停下脚步,让阿多林赶上来。食品摊那里的灵体还在议论。风操的,这个消息过了多久就会传遍祭兰城。

卡拉丁瞪了茜尔一眼,茜尔马上缩进了她买的特大号斗篷。"天青就是赏金猎人。"她小声说,"而我……我有点像灵体中的光眼种。我不想让你知道,免得你讨厌我,就像你讨厌光眼种那样。"

卡拉丁叹了口气,又抓住她的胳膊,拉着她向码头走去。

"我早该知道这种伪装是行不通的。"茜尔补充道,"我显然美丽风趣,藏都藏不住。"

"这个消息传出去以后,船票可能就难买了。"卡拉丁说,"我们……"他在街上停步。"前面那是烟吗?"

融族降落在码头上,把伊科抛到码头的地上。后方,伊科的船成了熊熊燃烧的火堆,其他船员和检查员在一片混乱中匆匆爬下舷梯。

沙兰从窗口观望,看到融族从地上升起几寸,正朝登记处飞来,她紧张得喘不过气来。

她下意识地吸入飓光。"快装出害怕的样子!"她对其他人说,抓住阿多林那只剑灵的胳膊就往职员室的墙壁拉。

融族闯了进来,发现他们畏畏缩缩,戴着沙兰所画的水手的面孔。图腾的样子是最古怪的,他那颗奇异的脑袋需要盖上帽子才能显得逼真。

"请不要注意到我们假扮的是那艘船上的水手,拜托了。"

融族没有理会他们,而是轻盈地滑向柜台后面那个受惊的藤蔓状灵体。

"那艘船上藏着人类罪犯。"图腾低声翻译融族与登记员的对话,"甲板上有一台水合器和人类吃剩的食物。一共有两三个人类、一个荣灵和一个墨灵,你见过这些罪犯吗?"

藤蔓状灵体瑟缩在柜台边,说:"他们到市场寻找需要的物资去了。他们问过我,有什么船能载他们去垂贯点。"

"这都瞒着我?"

"为什么大家都以为我会随便把话告诉他们?噢,我需要的是提问,而不是假设!"

融族冷冷地瞪着他。"把火灭了,"融族指向火堆,"必要时就调用城里的沙子储备。"

"遵命,阁下。要我说,在码头上放火可不明智——"

"轮不到你说话。灭完火就把物品清理出去。你马上会被取代。"

融族冲出房间,烟味飘了进来。伊科的船沉没了,火焰熊熊燃烧。不远处,其他船上的水手正拼命驾驭漫灵,把船驶开。

"噢,天哪,"柜台后面的灵体说,"你是……你是光辉骑士?又念出了古老的誓言?"

"是的。"沙兰说着,扶阿多林的灵体起立。

小灵体惊得坐直了身子。"噢,今天是光荣的一天,多光荣啊!我们等了那么久,才等到人心的荣誉回归!"他站起来,伸手一指,"请走吧!上船去吧。如果那家伙回来,我会拖住他的。噢,还是快走吧!"

卡拉丁感到空气中有些异样。

也许是衣服在拍打——乘风飞行数小时后，他对此很熟悉；也许是远处街上某人的姿势。他还没搞明白是什么人就反应了过来，抓住茜尔和阿多林，把他们都拉进了市场边上的一顶帐篷里。

一名融族从外面飞驰而过，划出一道朝向迥异的影子。

"风操的！"阿多林说，"干得漂亮，卡尔。"

帐篷里只有一个一脸困惑的灵体，浑身由烟雾组成，似乎穿着吃角族服装，头上戴着绿色的帽子，看起来很怪异。

"出去。"卡拉丁说。空气中的烟味让他满是恐惧。他们急忙沿着仓库间的小巷来到码头上。

伊科的船在远处燃烧，火光明亮。码头上一片混乱，灵体向四处跑去，用他们奇怪的语言叫嚷着。

茜尔倒抽一口气，指着一艘有着金白两色装饰的船。"我们必须马上躲起来。"

"荣灵的船？"卡拉丁问。

"对。"

"把帽檐拉低，回巷子里去。"卡拉丁扫视着人群，"阿多林，你看到其他人了吗？"

"没有。"阿多林说，"艾沙的冤魂啊！没有水灭火，火会烧上好几个小时。出了什么事？"

伊科的一名船员从人群里走出来。"我看到那名融族拿着的东西发出了一道闪光，估计是想吓唬伊科，却偶然把船点着了。"

等等，卡拉丁心想，这是阿勒斯卡语？"沙兰？"他问。这时，四名导灵围了起来。

"我在这儿呢。"另一个声音说,"我们有麻烦了。唯一有可能同意载我们的船就是那一艘。"

"可以全速开走的那一艘?"卡拉丁叹道。

"没人愿意考虑带我们走,"天青说,"反正其他船都会往别的方向开。我们就要被困在这儿了。"

"我们可以试着冲上一艘船,"卡拉丁说,"也许能把船控制住?"

阿多林摇摇头。"那样会花很长时间,还会惹出大麻烦,融族会发现我们的。"

"嗯,也许我可以和他战斗。"卡拉丁说,"只有一个敌人,我应该能拿下。"

"把我们的飓光全用掉吗?"沙兰问。

"我只是在想办法!"

"大家听着,"茜尔说,"我可能有主意了,一个绝妙的馊主意。"

"融族去找你了,"沙兰对卡拉丁说,"他飞到了市场里面。"

"他从我们面前经过了。"

"各位?"

"不过不会长久,他很快就会回头的。"

"茜尔头上原来有赏金。"

"各位?"

"我们需要制定一个计划。"卡拉丁说,"如果没人……"他的声音低了下去。

茜尔已经跑向了那艘金白两色的大船,那艘船正缓缓地驶离码头。她扔下斗篷和帽子,沿着旁边的码头奔跑,对着船大喊。

"喂!"她尖声道,"喂,看下面!"

驭手让漫灵放慢速度,那艘船便沉沉地停了下来。三个白里透蓝的荣灵出现在船舷边,十分震惊地往下看。

"上古之女茜芙蕊娜?"一个荣灵喊道。

"是我！"茜尔回喊道，"你们最好在我逃走之前就抓住我！哇！我今天也很任性，可能又会消失，到没人找得到的地方去！"

这招果然奏效了。

一条舷梯落下，茜尔匆忙走了上去，其他人也跟在后面。卡拉丁落在最后，紧张地回头观望，以为融族随时会追上来。那家伙确实这么做了，但他在巷口驻足，看着他们上船，显然是荣灵让他停了下来。

上了船，卡拉丁发现大多数船员都是由雾气组成的，其中一个正在用绳子绑起茜尔的手臂。卡拉丁试图干预，但茜尔摇摇头，不出声地说："现在不行。"

好吧，等会儿再跟荣灵争辩。

船开走了，和其他船一同逃离了祭兰城。荣灵对卡拉丁等人不太上心，但有一位夺走了他们的鱼叉，另一位则翻遍他们的口袋，没收了注过光的宝石。

祭兰城越变越小，卡拉丁看到那名融族盘旋在码头上空，旁边是着火的船冒出的烟迹。

他终于往另一个方向飞驰而去。

103

伪君子

不少文化都会谈及所谓的"死前遗言",这种现象时有发生,传统意义上是全能之主所为,但我发现许多"死前遗言"似乎带有预言性质。这必将成为我提出的最富争议的论断,但我认为,"死前遗言"正是摩拉诃留存于现世的结果。证据很容易提供:摩拉诃的影响是区域性的,他常常在柔刹大陆上移动,漂泊不定。

——摘自赫熹《秘辛考》第 170 页

达力拿在一个陌生的地方惊醒,躺在一块凿过的石地上,背部僵直。他睡意蒙眬地眨眨眼睛,努力辨认方向。风操的……他在哪里?

柔和的阳光从大厅远端的露天阳台照进来,缥缈的尘埃在一束束光线中飞舞。那是什么声音?似乎是人声,但含糊不清。

达力拿站起来,扣好松开的制服外套。他被逐出沃林教会,并从雅克维德返回,已经有三天了吧?

在他的记忆中,这段日子充满沮丧、悲伤和苦楚,还有酒精。他喝了很多酒,一直在麻痹自己,好驱除痛苦。这很难捂住他的伤口,鲜血从四周渗出，但到目前为止，他却借此活了下来。

我认得这间厅堂，他看了看天顶的壁画，领悟道，我在幻境中见过。他陷入昏睡时，一定有飓风降临。

"飓风之父？"达力拿喊道，他的声音回响着，"飓风之父，为什么给我送来幻境？我们不是说这样太危险了吗？"

没错，他对这个地方记得很清楚。这是他遇见《王者之路》的作者诺哈东的幻象，可幻象为什么没有像以前那样发展呢？他和诺哈东会走到阳台上聊一会儿，然后幻象就结束了。

达力拿迈步向阳台走去，可是飓风在上，强烈的光线笼罩了他，使他泪流不止，只得抬手遮住眼睛。

他听到背后有动静。是抓挠声吗？他转身背对强光，看到墙上有一扇门。门在他的触碰下轻松打开。他从强光中走出，发现自己站在一间圆厅里。

他砰地关上门。这间厅堂比前一间小得多，铺着木地板，从墙上的窗户可以看到外面的晴空。一道影子从窗前掠过，就像某个庞然大物在太阳前面移动。然而……太阳怎么也会朝着这个方向？

达力拿回头看了看那扇木门。没有光线从门缝底下透出来。他眉头一皱，伸手抓门把，随后却打住了，又听到了抓挠声。他身看到墙边有一张堆满纸卷的大书桌。他刚才怎么没有注意？

一名男子坐在桌前，被一颗裸钻照亮，正握着芦苇笔写字。诺哈东已经老了。在之前的幻象中，国王很年轻，现在却头发花白，皮肤布满皱纹，但他还是那个人，同样的脸型，同样的山羊胡。他全神贯注地书写着。

达力拿走了过去。"是《王者之路》，"他低语，"就在我眼前成文……"

"这其实是一张购物单。"诺哈东说，"如果能买到食材的话，我今天要做深族面包。真伤脑筋呀，谷物本来就不该那么松软。"

什么？达力拿挠挠脑袋。

诺哈东大笔一挥写完单子，扔下笔，把椅子往后一推，憨笑着站起来，抓住达力拿的胳膊。"很高兴再次见到你，我的朋友。你最近过得很不容易，对吧？"

"你真不知道有多不易。"达力拿喃喃说着，想不通这次诺哈东把他认成了谁。在之前的幻象中，达力拿以诺哈东顾问的身份出现。他们一同站在阳台上，而诺哈东打算发动战争来团结全世界。这是一种极端的手段，旨在让人类有备无患地迎接下一轮灭世。

那个郁郁寡欢的人真能变得这么精神和热切吗？这场幻境又从何而来？飓风之父不是说过，达力拿都亲历过了吗？

"来吧，"诺哈东说，"我们去市场逛逛，买点东西，散散心。"

"买东西？"

"是啊，你会买东西吧？"

"我……我通常让别人代办。"

"啊，那是当然，"诺哈东说，"很像你的风格：错过简单的快乐，好去干更'重要'的事。好了，来吧。看在我是国王的分上，你总不能拒绝吧？"

诺哈东领着达力拿走出门，回到大厅。亮光已经消失了。他们来到阳台上，上次这里俯瞰死亡和荒芜，现在却俯瞰着一座繁华的城市，到处都是精力充沛的居民和辘辘行驶的车驾。城市的喧嚣向达力拿袭来，仿佛一直被压抑到这一刻，其中不仅有人们的笑声、谈话声和呼唤声，还有车轮的嘎吱声和红甲蟹的叫声。

男子穿着长裳，系着宽腰带，有些一直束到腹部。再往上，他们或是袒胸，或是穿着朴素的罩衫。这种服装和达力拿年轻时穿的武士袍很像，不过样式要古老得多。女子身上的直筒裙则更奇特，由层层**叠叠**的小布圈制成，底下似乎垂着流苏。

女子露出肩膀以下的整条手臂，没有遮掩禁手。**在之前的幻境**

中，我讲过晨颂文，达力拿想了起来。那些话语为纳瓦妮的学者组提供了翻译古文的出发点。

达力拿没有看到梯子，便问："我们怎么下去？"

诺哈东立刻从阳台边缘跳下。他大笑着，顺着系在塔楼窗户和下面帐篷之间的布条滑落。达力拿骂骂咧咧地向前俯身，担心老者的安全，后来却发现诺哈东身上在发光。他是飓能者，可达力拿在上一场幻境中就得知了，不是吗？

达力拿走回写作室，从诺哈东一直在用的钻石中吸取飓光，随后回到阳台上，对准诺哈东用来缓冲坠落的布条，纵身跃下。达力拿斜着身子踩上布条，把布条当作滑道，保持右脚在前，为自己引路。快到底下时，他翻转布条，双手抓住布条的边缘，在原地荡了片刻就砰的一声落在国王身边。

诺哈东拍了拍手。"我还以为你不愿意呢。"

"在跟随傻瓜不计后果地追求目标这方面，我很有经验。"

老者笑了笑，开始浏览购物单。"这边走。"他伸手一指。

"我不敢相信您一个人出来购物。没有带护卫吗？"

"我想我能应付，我都一路走到乌有斯麓了。"

"您不是一路走到乌有斯麓的。"达力拿说，"您只是走到了一座誓约之门旁边，然后从那里去乌有斯麓的。"

"你误会了！"诺哈东说，"我是一路步行的，可我确实需要帮助才能抵达乌有斯麓的洞穴。这和摆渡过河一样，不算作弊。"

诺哈东在市场中穿梭，达力拿跟在后面，忙着在看行人五颜六色的服装。就连建筑的石料也漆着鲜艳的色彩。达力拿总把过去想象得……很沉闷。古代的雕像饱受风吹日晒，已经褪色，他从未想过它们也能漆得如此艳丽。

而诺哈东本人呢？在两场幻境中，达力拿都见到了一个出乎意料的人物。年轻的诺哈东考虑开战，如今年迈的诺哈东却口齿伶俐，异想天开。写出《王者之路》的那位深思熟虑的哲学家去哪儿了?

记住,达力拿告诫自己,这不是真正的诺哈东,和我说话的人只是幻境中构想出来的。

市场里有人认出了国王,但他的经过并没有引起多大骚动。达力拿一转身,发现一道高大的影子在房屋后面移动,从两座建筑之间穿过。达力拿注视着那个方向,但没有再看到那道影子。

他们走进一顶帐篷,一名商人正在出售异国谷物。那人匆匆走来拥抱诺哈东,这番举动对国王来说并不合适。他们俩开始像文书一样讨价还价,商人戴的戒指在他指着货物的时候闪闪发光。

达力拿在帐篷一旁徘徊,闻着麻袋里的谷物的气味。帐篷外的远处传来一声巨响,接着又是一声。大地颤动着,但没有人做出反应。

"诺——陛下?"达力拿问。

诺哈东没有理会。一道影子掠过帐篷,达力拿俯下身,判断着影子的形状和巨大脚步声的来源。

"陛下!"达力拿喊道,周围冒出了惧灵,"我们有危险了!"

那道影子移了过去,脚步声渐行渐远。

"成交。"诺哈东对商人说,"理由还真充分,你这个骗子。记得用我多付的球币给拉尼买点好东西。"

商人大笑着答道:"您以为自己吃亏了吗?风操的,陛下,您讲价时,就跟我祖母想吃最后一勺果酱时一样!"

"您看到那道影子了吗?"达力拿问诺哈东。

"我告诉过你我是在哪儿学会做深族面包的吗?"诺哈东回应,"我不是在深卡尼什学会的,如果你想这么回答的话。"

"我……"达力拿望着那道巨大的影子前去的方向,"没有。您没有告诉过我。"

"当时在打仗,"诺哈东说,"在西部。那是灭世之后的几年里,许多场毫无意义的战斗中的一场,我甚至不记得是什么原因造成的。

一方侵略了另一方,威胁到了经由马卡巴卡姆的贸易,于是我们就出发了。"

"最后,我跟着一个侦察队来到了深卡尼什的边境外。所以你看,我刚才骗了你。我说我不在深卡尼什,这倒不假,可我就在深卡尼什旁边。

"我的部队占领了某个关隘下的小村庄。给我们做饭的大婶毫无怨言地接受了军事占领,似乎不介意是哪支部队指挥。她每天给我做面包,我非常爱吃,她就问我想不想学……"

诺哈东的声音低了下去。他面前的商人在大秤的一边放置秤砣,代表诺哈东购买的数量,然后把谷物倒进另一边的碗里。谷物金灿灿的,就像一团盛起来的火光。"那个厨娘后来怎么样了?"达力拿问。

"发生了很不公平的事,"诺哈东说,"其中的经过并不愉快。我考虑过把它写进书里,可我还是决定,我的故事最好只限于一路走到乌有斯麓的经历。"他陷入沉默,若有所思。

他让我想到了塔拉梵吉安,达力拿忽然觉得,真奇怪。

"你遇到困难了,我的朋友。"诺哈东说,"你的生活就像那个女人的生活一样,是不公平的。"

"成为统治者是一种负担,而不仅仅是一种特权。"达力拿说,"这是您教导我的。可是飓风在上,诺哈东,我看不到任何出路!我们召集了各路君主,战鼓却在我耳边敲响,让我无法抗拒。我和我的盟友每迈出一步,似乎都要考虑好几周。真相在我脑海中低语。只有让别人守规矩,我才能最大限度地保卫世界!"

诺哈东点点头。"那你为什么不这么做呢?"

"您也没有这么做。"

"我努力过,但失败了。从此我走上了另一条道路。"

"您是英明的,而我是个战争狂,诺哈东。不杀人,我成就不了什么。"

达力拿又听到了那些声音。死者的眼泪。伊薇。孩子们。烧遍全城的火焰。他耳边传来了熊熊烈火的咆哮。

商人没有理睬他们，忙着让谷物保持平衡。加了秤砣的一侧还是偏重，诺哈东伸出一根手指按在盛着谷物的碗里，让两端齐平。"这样就可以了，我的朋友。"

"但——"商人说。

"多下来的请给孩子们吧。"

"那您还讲了这么久的价？您知道，只要您开口，我肯定会捐一些的。"

"那岂不是会错过讲价的乐趣？"诺哈东借了商人的笔，划掉购物单上的一项。"把你能做的事列成清单，然后一项一项地完成，你会很有成就感。"诺哈东对达力拿说，"我说过，这是一种简单的快乐。"

"可惜，我有比买东西更重要的事。"

"问题不总是出在这里吗？告诉我，我的朋友，你说你有负担，很难做出决定，那么坚持原则的代价是什么？"

"代价？坚持原则不该有代价。"

"哦？如果做出正确的决定，就能产生灵体，立刻为你带来荣华富贵和无尽的幸福呢？然后呢？你还会坚持原则吗？原则关乎你放弃的东西，而不是你得到的东西，难道不是吗？"

"所以都是负面的吗？"达力拿问，"您的意思是，所有人都不该有原则，因为这对他们没好处？"

"不是。"诺哈东说，"然而，你也不能因为决心去做正确的事就盼着生活会变轻松！我个人认为生活是公平的，只是很多时候，你无法马上发现是什么在平衡你的生活。"他晃了晃那根动过大秤的手指。"请原谅我用了有些露骨的比喻。我越来越喜欢这样了，可以说，我写了一整本相关的书。"

"这……这跟别的幻境不一样。"达力拿说,"怎么回事?"

先前的巨响又传了回来,达力拿转身冲出帐篷,决心看个究竟。他在建筑上方见到了一头石兽,石兽的脸部棱角分明,一对红色的圆点在岩石头颅的深处发光。风操的!他手无寸铁。

诺哈东抱着一袋谷物从帐篷里走出来,抬头微笑。石兽俯下身,伸出一只瘦骨嶙峋的大手。诺哈东伸手一碰那只大手,石兽就平静下来。

"你创造的生物还真可怕。"诺哈东说,"请问雷岩兽代表着什么?"

"代表着痛苦,"达力拿从怪物身旁退开,"代表着泪水和负担。我是一个谎言,诺哈东,一个伪君子。"

"有时候,伪君子不过是一个正在改变的人。"

等等,这不是达力拿说过的话吗?当时他的内心更强大,也更有把握。

城里又传来巨响。数百头怪物从四面八方而来,遮蔽了太阳。

"万物存在于三个界域,达力拿。"诺哈东说,"你在实界域中就是现在的样子,在知界域中就是心目中的样子,在灵界域中就是完美的样子,超越痛苦、错误和无常。"

恐怖的石怪把他包围,在屋顶上探出脑袋,抬脚踩碎房屋。

"你立下了誓言,"诺哈东说,"可你明白此行的意义吗?你明白此行的要求吗?你忘了一个必不可少的部分,而缺了这个部分,就不可能踏上此行。"

怪物挥起拳头砸向达力拿,他大叫起来。

"人世间最重要的一步是哪一步?"

达力拿醒了过来,蜷缩在乌有斯麓的床铺上,先前又是和衣而睡。一只几乎空了的酒瓶放在桌上。外面没有刮飓风,刚才出现的不是幻象。

他把脸埋在手心,浑身发抖,回忆在心中绽放。这段回忆并不新鲜,没有被他完全遗忘,却忽然变得像昨日的经历那般清晰。

他记起了迦维拉尔下葬的那一晚。

按照正确组合点触宝石,可从前端释放其中之力,使袭击者丧失行动能力。

前视图

侧视图

风停表

时钟

纳瓦妮的笔记:臂表

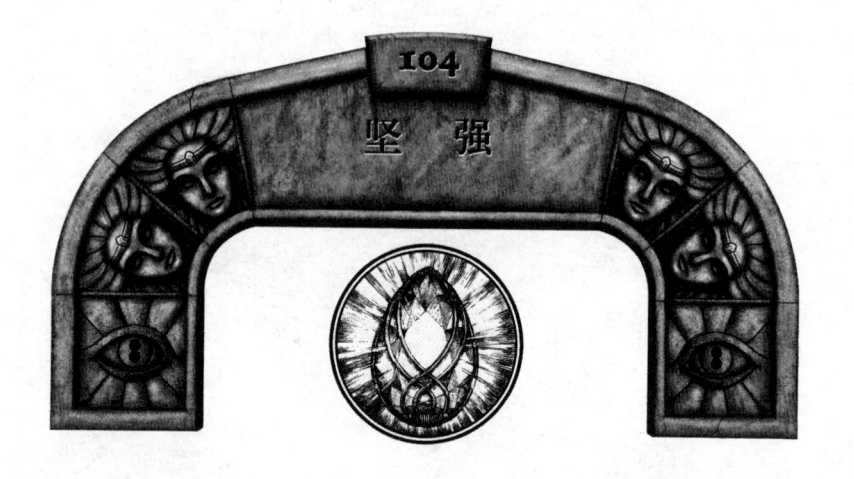

"狂欢之心"亚舍芒是三大没有心智的灭者的最后一位,他赋予人们的不是预言或战意,而是纵欲。巴雅拉宫廷记载的大放荡发生于480年,导致王朝崩溃,可能是受了亚舍芒的影响。

——摘自赫熹《秘辛考》第 203 页

纳瓦妮·寇林拥有把王国团结起来的经验。

在迦维拉尔最后一段日子里,他变得很古怪。很少有人知道他成了多阴暗的人,但他们还是发现了异乎寻常的地方。迦熙娜自然写到过。迦熙娜抽时间写了各种各样的东西,从她父亲的传记到两性关系,再到吃角族群峰南坡的红甲蟹繁殖期的重要性。

纳瓦妮大步走在乌有斯麓的走廊上,身边是一群身量魁梧的风行骑士,都来自第四冲桥队。纳瓦妮曾在迦维拉尔心神涣散的时候努力阻止相互倾轧的光眼种分裂王国,但她今天面临的危险是截然不同的。

今天,她的工作不只会对一个国家产生影响,对整个世界也会产生影响。她冲进高塔深处的一间厅室,在座的四名光眼种匆忙站起,除了塞巴里尔。塞巴里尔似乎在翻阅一沓卡片，上面画着姿势不雅的女子。

纳瓦妮叹了口气。亚拉达毕恭毕敬地朝她鞠了一躬，光秃秃的头顶闪着光。纳瓦妮点点头，不是第一次想知道，那稀疏的髭须和下唇上那撮胡子是不是对他不长头发的补偿。哈萨姆也在场，举止风雅，五官圆润，长着一对橙色的眼睛。和往常一样，他的衣着品位与众不同，今天穿着橙色的衣服。

光明女士贝特哈夫代表丈夫前来。军中的男子通常看不起贝特哈夫本人，因为他允许夫人这么做，但他们忽略了一个事实：出于米希娜的政治才干而娶她为妻，是经过深思熟虑的明智之举。

第四冲桥队的五名队员排列在纳瓦妮身后。纳瓦妮要求他们护送她，队员们都很惊讶，还不明白自己赋予王室的权威。光辉骑士团是世界上的新势力，政治就像河流中的旋涡那般围着他们转。

"各位光明女士和光明贵人，"纳瓦妮说，"我应你们的要求而来，愿为你们效劳。"

亚拉达清清嗓子，坐了下来。"要知道，光明女士，我们对你丈夫的事业是最忠心的。"

"或者说，"塞巴里尔补充道，"我们希望投靠他来发财。"

"我丈夫感谢你们的支持，"纳瓦妮说，"这无关动机。你们开创了一个更强大的阿勒斯卡，从而开创了一个更强大的世界。"

"反正也是剩下的部分。"塞巴里尔插话道。

"纳瓦妮，"光明女士贝特哈夫发话了，她是一名脸庞清瘦的文静女子，"感谢你在这个困难的时期采取主动。"一对橙色的眼睛炯炯有神，好像认为纳瓦妮在享受自己的新权力。"但轩亲王的缺席对士气不利。我们都知道，达力拿又开始……疯疯癫癫的了。"

"轩亲王在哀悼。"纳瓦妮说。

"他似乎只在哀悼一件事，"塞巴里尔说，"那就是人们不会很快送来几瓶酒，好让他——"

"该下诅咒之地的，图里纳德！"纳瓦妮厉声道，"够了！"

塞巴里尔眨眨眼，将卡片装进口袋。"抱歉，光明女士。"

"我丈夫依然是让世界存续的最好机会。"纳瓦妮说，"他会克服自身的痛苦。在那之前，我们的职责是维持王国的运转。"

哈萨姆点点头，外套上的珠子闪闪发光。"这自然是我们的目标。可光明女士，你能定义所谓的'王国'吗？你知道达力拿……他来找过我们，问我们对任命轩王的事怎么看。"

这个消息还没有传开。他们计划发表官方声明，甚至让艾尔霍卡在出发前给文件盖了印玺，但达力拿却拖延了。纳瓦妮明白，达力拿希望等到艾尔霍卡和阿多林归来，届时阿多林将取代达力拿成为寇林公国的轩亲王。

然而，随着时间的推移，问题却变得越发紧迫。他们在塔冠城出了什么事？他们在哪里？

坚强点，他们会回来的。

"任命轩王的声明还没有正式发表。"纳瓦妮说，"我觉得现在最好还是装作不知道有这回事，不管怎样都不要对雅莱或亚马兰提起。"

"好吧。"亚拉达说，"可光明女士，我们还有别的问题。你肯定看过报告，虽然哈萨姆出色地履行了轩建王的职务，塔城中却没有便利的基础设施。虽然铺设着管道，但管道总是堵塞。为了处理垃圾和排泄物，塑魂者都累坏了。"

"我们不能继续假装塔城容得下这么多人口，"光明女士贝特哈夫说，"除非与亚泽尔签订极为有利的供应协议。尽管能在破碎平原上狩猎，绿宝石储备还是在减少。运水的拖车一刻都不能停。"

"同样重要的是，光明女士，"哈萨姆补充道，"我们可能面临着严重的劳动力短缺。我们让士兵或车队工人运水装货，但他们不乐意。干搬运的粗活有失身份。"

"木材也不够用了。"塞巴里尔补充道,"我想夺回军营附近的森林,可以前都是仆族砍树的,我不知道自己能不能雇人来代劳。不过,如果我们不采取行动,萨纳达尔可能就会出手。他正在军营里建立自己的王国。"

"现在不是领导层展现软弱的时候,"哈萨姆轻声说,"也不是一个准国王整天闭门不出的时候。抱歉,我们无意造反,可我们非常担心。"

纳瓦妮吸了一口气。*冷静,要团结。*

秩序是统治的本质。万事变得井然有序,才能确立掌控。纳瓦妮只须给达力拿时间,哪怕她内心深处的一部分意识是愤怒的,因为达力拿的痛苦大大掩盖了她对艾尔霍卡和阿多林日益增长的担忧,因为达力拿喝得酩酊大醉,让她来收拾残局。

但她已经认识到,没有人能够一直坚强下去,就连达力拿·寇林也不例外。爱无关对错,而是在伴侣的脊梁压弯的时候,站起来搀扶对方。哪天达力拿很有可能也会这样对待她。

"老实告诉我们,光明女士,"塞巴里尔凑上前道,"'黑荆棘'到底想干什么?这一切都是他暗中统治世界的手段吗?"

飓风在上,就连他们也操心。为什么不能操心?这情有可原。

"我丈夫希望团结统一,"纳瓦妮斩钉截铁地说,"而不是统治称霸。你和我一样清楚,我们本可以占领泰勒拿城,从而导致自私和损失。我们无法通过征服来共同面对敌人。"

亚拉达缓缓点头。"我相信你,我也相信他。"

"可我们要如何生存?"光明女士贝特哈夫问。

"塔城的园子种植过粮食,"纳瓦妮说,"我们会把原理搞清楚,重新在这里耕作。塔城通过自来水,那些浴室和洗手间就证明了这一点。我们会深入研究相关法器的奥秘,解决管道系统的问题。"

"塔城位于敌人的风暴之上,极易防御,而且与世界上最重要的那些城市相连。如果有一个国度能与敌人抗衡，我们就在这里打造。你们的协助和我丈夫的领导是少不了的。"

他们没有异议。赞美全能之主，他们接受了。纳瓦妮记着要焚铭守符以示感谢，终于坐了下来。众人深入探究了塔城最近的一系列问题。就像以往好几次那样，他们讨论了管理一座城市所需的肮脏面。

三小时后，纳瓦妮看了看戴在手臂上的法器。这件法器与达力拿戴着的那件相同，装着内嵌式时钟和新设计的止疼器。这场会议已经过了三小时十二分钟，聚集的疲灵在众人周围盘旋，于是她宣布会议结束。他们已经解决了当前问题，并将召集各路文书提出具体的修改意见。

这样大家就能多撑一会儿。在场的四人确实希望联盟能发挥作用，多亏了他们。尽管亚拉达和塞巴里尔有不少缺点，但他们还是跟随达力拿踏入了泣雨季的黑暗，发现诅咒之地就等在那儿。哈萨姆和贝特哈夫则在新风暴来临的时刻看出达力拿说得没错。

他们不在乎"黑荆棘"是异端，甚至不在乎他是否篡夺了阿勒斯卡的王位。他们关心的是他有对付敌人的长远计划。

散会后，纳瓦妮走上布满岩层的走廊，身后跟着她的冲桥手护卫，其中两人提着蓝宝石提灯。"非常抱歉，"纳瓦妮对他们说，"这一定很无聊。"

"我们喜欢无聊，光明女士。"今天领头的雷滕说，他身板敦实，留着短卷发，"喂，胡勃，有人想杀你吗？"

那名牙齿漏风的冲桥手笑着回答："胡伊奥的口臭算不算？"

"看到没，光明女士？"雷滕说，"新兵也许会厌烦护卫的工作，可您永远找不到会抱怨下午太宁静，而自己没被捅刀的老兵。"

"我能理解。"纳瓦妮说，"但这肯定比不上在空中翱翔。"

"那倒是。"雷滕说，"不过，我们得轮流……您懂的。"他指的是用荣刃练习风行术。"卡尔得回来，否则我们没法精进。"

他们一致坚信卡拉丁会回来，并向世人展露欢颜。但她明白，他们不在绝佳状态，比如泰夫特两天前就因为在公共场合沉迷搓火藓而被带到亚拉达的治安官面前。亚拉达悄悄请求纳瓦妮盖章批准，才释放了他。

不，他们的状态并不好。纳瓦妮带着护卫走向地下藏书室，却被另一个问题所困扰：光明女士贝特哈夫暗示，纳瓦妮急于在达力拿身体有恙的时候接管塔城。

纳瓦妮不是傻瓜，她知道别人会怎么看。她嫁给了国王，而国王死后，她立即找上了阿勒斯卡最有权势的男人。但她不能让人们以为，她在垂帘听政。做君王的妻母是没问题，但飓风在上，一旦她掌握实权，就会把他们引向一条极其黑暗的道路。

她和冲桥手护卫走在去往藏书室的路上。藏书室装饰着壁画，而且更重要的是，藏有宝石记载。经过不下六队哨兵后，她来到藏书室，在门口闲逛，对迦熙娜自从纳瓦妮被迫退出研究后在这里组织的作业刮目相看。

每一颗宝石都被从单独的抽屉里取出来，进行编目和编号。一组人负责听写，其他人则坐在桌前，忙着翻译。屋里传来低沉的讨论声和芦苇笔的沙沙声，专灵散布在空气中，宛如天空中的涟漪。

迦熙娜沿着桌子走过去，翻阅着一页页译文。纳瓦妮一进来，那些冲桥手就围到雷纳林身边。雷纳林满脸通红地抬起头，不再看着写满铭文和数字的纸。他在屋子里确实显得格格不入，在场的男性只有他穿着制服，而别人要么穿着虔诚者的长袍，要么穿着读风者的长袍。

"母亲，"迦熙娜头也不抬地说，"我们需要更多译者。您还有空余的精通古阿勒瑟拉语的文员吗？"

"都已经让给你了。雷纳林在那儿研究什么？"

"嗯？哦，他觉得哪个抽屉存放哪种宝石，这里面可能有规律。

他一整天都在研究。"

"所以呢?"

"什么也没发现,这毫不奇怪。他坚持认为,只要仔细观察,就能找到规律。"迦熙娜放下纸页,望着正在跟第四冲桥队的队员说笑的堂弟。

*风杀的,*纳瓦妮心想,*他看起来真的很开心。*被那些冲桥手取笑,他既尴尬又高兴。他首次"加入"第四冲桥队时,纳瓦妮还很担心。雷纳林是轩亲王的儿子,和士兵打交道,应当保持礼节和距离。

但在此之前,她最后一次听到雷纳林笑是什么时候?

"也许,"纳瓦妮说,"我们应该鼓励他休息一会儿,晚上和冲桥手一道出去。"

"我宁愿让他留下来。"迦熙娜翻阅着纸页,"他的能力还需要研究。"

纳瓦妮反正会和雷纳林谈谈,鼓励他多和士兵外出。迦熙娜是拗不过的,就像一块巨石,只能绕过去。

"除了文员缺人,翻译还顺利吗?"纳瓦妮问。

"我们很幸运,"迦熙娜说,"宝石里的信息直到光辉骑士生涯的晚期才被记录下来,他们说的语言可以翻译,如果是晨颂文的话……"

"晨颂文就快得到破译了。"

迦熙娜听得直皱眉头。纳瓦妮本以为,得知他们有望翻译晨颂文和佚失在影时代的著作,迦熙娜会很振奋,但她似乎为此而困扰。

"在宝石的记载中,你有没有找到更多有关塔城法器的信息?"纳瓦妮问。

"我肯定会为您准备一份报告的,母亲,详细介绍里面提到的每一件法器。目前参考资料很少,大多是描述个人经历的史料。"

"该下诅咒之地的。"

"母亲!"迦熙娜放下纸页。

"怎么?没想到你现在听到几句重话,倒会介意了,而且——"

"我在意的不是您说的话,而是您对史料的漠视。"迦熙娜说。

噢,没错。

"历史是人类认知的关键。"

又来了。

"我们必须以史为鉴,并将学到的知识运用到现代的经验中。"

又被我的亲生女儿训斥了。

"最能诠释人类行为的东西不是他们的想法,而是相似群体的先例。"

"当然,光明女士。"

迦熙娜冷冷地看了纳瓦妮一眼,把纸放在一边。"抱歉,母亲,我今天一直在和地位较低的虔诚者打交道,我热爱说教的一面可能有些膨胀了。"

"你有热爱说教的一面?亲爱的,你明明讨厌说教。"

"我想这解释了我的心情。我——"

一名年轻的文员在厅室的另一侧呼唤迦熙娜。迦熙娜叹了口气,走去回答问题。

迦熙娜偏爱独自工作,这很奇怪,因为她非常善于让人们照着她的意愿做事。纳瓦妮喜欢人群,但她自然不是学者。她知道如何伪装,但她只会时不时地助推一下,或许提供一个想法,而真正的工程事务都是由别人进行的。

纳瓦妮翻了翻迦熙娜搁在一边的纸,或许她女儿在翻译时遗漏了什么。在迦熙娜看来,只有老哲人写的枯燥乏味的作品才是重要的学问。说到法器,迦熙娜几乎不知道配对型法器和警示型法器的区别……

这是什么？

一页纸上写道：

轩亲王住处的墙壁上潦草地刻着白色铭文，我们很快便证实，书写的工具是一块从窗边撬下的石头。第一个预兆是最不清晰的，铭文扭曲变形。这其中的原因后来变得很明显：雷纳林王子并不擅长书写除了数字以外的铭文。

其他几页纸的内容也是如此，谈论了灭世风暴来临之前，人们在达力拿的府邸发现的奇怪数字。这些数字都是雷纳林刻下的。他的灵体曾提醒他，说敌人正准备进攻。这个可怜的孩子对自己和灵体之间的纽带没有把握，不敢说出来，只好把数字写在达力拿看得到的地方。

这有点奇怪，但在其他事项面前，却没有真正引起注意，况且……那可是雷纳林。迦熙娜为什么收集这些？

另一张纸上写道：

迦熙娜，我终于能把描述给你了。我们说服了莉芙特在夜铎城发现的光辉骑士，叫她来阿兹米尔。她还没有到，但你可以在这儿找到她的灵体伙伴的素描。那只灵体就像把光照过水晶后，打在墙上的微光。

纳瓦妮惴惴不安，赶在迦熙娜回来之前把纸放下。她拿上几名年轻文员负责提供的材料，带着这部分翻译完的宝石记载，悄悄走出去看望达力拿。

105

灵魂、思想和肉体

六年前

只有最重要的人士才允许观摩迦维拉尔的神圣葬礼。

塔冠城的王陵内聚集了一小群人,达力拿站在前方,处在帝王石像的注目之下。烈火在墙边燃烧,散发出原始的光芒,是一种传统,显然比润石的光芒更有活力,让他回想起了天堑。但这一次,他心中的痛苦却被眼前的景象压倒了,那是一道新添的伤口:

他兄长躺在石板上,已经断了气。

"灵魂、思想和肉体,"老态龙钟的虔诚者说着,嗓音回荡在石墓中,"三者因死亡而分离。肉体留存在我们的国度,方可再用;灵魂汇入神圣的源流,方可再生;思想……思想升入宁静园,寻求嘉奖。"

达力拿握紧拳头,不让自己发抖,连指甲都嵌进了肉里。

"至尊者迦维拉尔,"虔诚者接着说,"他是阿勒斯卡新寇林王朝的开国君主、寇林公国第三十二任轩亲王、造日王的继承人,蒙全能之主赐福。他的成就将被所有人称颂,他的统治将千秋万代。他再度率军来到战场，在对抗虚渡的真正战争中效忠全能之主。"

虔诚者向那一小群人伸出瘦骨嶙峋的手："先王的战争已经转移到宁静园。柔刹之战的终结并没有终结我们对全能之主的责任。阿勒斯卡的兄弟姐妹们，想一想你们的感召吧，想一想你们可以在这里学到什么，来世能够用上。"

叶雯娜不会错过任何布道的时机。达力拿把拳头握得更紧了，既怨恨虔诚者，又怨恨全能之主。他不该亲眼看着兄长死去，这毫无道理。

他受到了瞩目。他背后是群集的轩亲王和轩亲王夫人，还有德高望重的虔诚者。他的两个儿子，还有纳瓦妮、迦熙娜、艾尔霍卡和颐淑丹，均已到场。站在附近的轩亲王塞巴里尔抬起眉毛，朝达力拿瞅了一眼，似乎有所期许。

蠢货，我又没喝醉，达力拿心想，*我也不想出洋相。*

这些天，他心里好受了点。他开始调整自己的陋习，只在每月的行程中饮酒。虽然他继承了迦维拉尔频频出巡的做法，号称这是为了锻炼艾尔霍卡独立治国的才能，可他一旦上路，就会喝到昏天黑地，在这宝贵的几天逃离孩童的哭声。

待他回到塔冠城，他会控制酒量，再也不对儿子大吼大叫，免得又像从破碎平原归来的那天，伤害到可怜的雷纳林。阿多林和雷纳林可是伊薇唯一的遗物。

如果你在塔冠城能做到少喝酒，达力拿的一部分意识质问道，*那么那场宴会又是怎么回事？迦维拉尔拼死抗争的时候，你又去了哪里？*

"我们要把迦维拉尔国王视作人生的榜样。"虔诚者说，"我们要牢记，我们的人生不属于我们自己，这个世界不过是小规模的战斗，让我们为真正的战争做准备。"

"再往后呢？"达力拿仰头问道，不再看着迦维拉尔的遗体。

虔诚者推了一下眼镜，眯起眼睛。"轩亲王达力拿？"

"再往后会怎么样？"达力拿问，"赢回宁静园之后要怎么办？不打仗了吗？"

到那时我们终于可以休息了吗？

"不用担心，'黑荆棘'。"叶雯娜说，"战争打赢后，全能之主必定会让您再度征战。"她微微一笑，堪以告慰，随后念起悼诗。诗歌都是回文体，有几首是古诗，其余则是家族的女性成员专为葬礼而作。虔诚者将写有诗句的符纸丢进火盆焚烧。

达力拿又低头看了看兄长的遗体。迦维拉尔的眼珠已被替换成毫无生气的蓝色大理石圆球，直直地盯着上方。

他说过：弟弟，今晚务必遵循法典的指引。风有些古怪。

风操的，达力拿需要喝点酒。

"你如幻梦，我心泪流。伤别离，离别伤。流泪心窝，梦幻如你。"

这首悼诗最触动达力拿。他在人群中寻觅纳瓦妮，就知道这是她写的。纳瓦妮目视前方，一手搭在艾尔霍卡国王的肩上，一旁则是两手抱臂、眼睛红肿的迦熙娜。纳瓦妮刚朝迦熙娜伸出手，迦熙娜就与他人作别，径直朝宫殿走去。

达力拿也想离场，但他反而成为了关注的中心。一切都结束了，他再也没有机会达到兄长的期望了，只能作为愧对深爱之人的失败者度过余生。

大厅安静下来，只能听到符纸焚烧的"噼啪"声。塑魂者站了起来，年迈的叶雯娜连忙后退几步，对接下来要发生的事感到不安。其他人则倒换双脚、捂嘴咳嗽，明显也不自在。

塑魂者可能是男的，也可能是女的，这很难说，因为那人的脸部被兜帽遮住了。塑魂者的皮肤呈花岗岩的颜色，布满了裂纹和沟壑，里面似乎还在发光。塑魂者打量着遗体，头一歪，好像很惊讶，随后伸手抚摸迦维拉尔的下颌，拨开他额前的头发。

"你唯一真实的一部分。"塑魂者喃喃地说，轻叩一颗替代先王眼珠的圆石。光芒涌现出来，塑魂者从口袋中掏出一串嵌在法器里的宝石。

法器的光线十分刺眼，达力拿泪眼蒙眬，却目不转睛。要是临走前能喝上一两杯……那就好了，他真的应该在头脑清醒的时候看到这种场面吗？

塑魂者碰了碰迦维拉尔的额头，转变瞬间发生。上一秒还是肉身的迦维拉尔，下一秒就化为了石像。

塑魂者戴上手套，其他虔诚者则连忙移除用来固定遗体的线绳。他们小心翼翼地用撬棍让石像立起，迦维拉尔头戴王冠，威风凛凛，一手持剑指向地面，一手伸开，双眼凝望着永恒，卷曲的须发得以精心保存。入殓师的手艺十分高超。

石像被虔诚者推入石窟，与历代君主并排而立，他们大多是寇林公国的轩亲王。迦维拉尔将永远被定格在那里，以意气风发的完美统治者形象流芳后世。没有人会记起他在那个恐怖之夜坠楼身亡，因为遭到背叛而壮志未酬的模样。

"母亲，我会报仇！"艾尔霍卡低声道，"这仇非报不可！"年轻的国王站在父亲伸开的手掌前，转身面对群集的光眼种。"诸位都在私下里表示过声援，现在我要求你们当众发誓！今天，我们立下约定，要把肇事者追捕到底。今天，阿勒斯卡要开战了！"

迎接他的是一片愕然的沉默。

"我发誓，"托洛尔·撒迪亚斯说，"我发誓要向仆族的叛徒报仇，陛下！你大可放心。"

别人也纷纷响应。很好，达力拿心想。诸侯将团结一致。就算是迦维拉尔死了，也为王国统一提供了一个理由。

达力拿无法再面对石像，于是离开了陵墓，脚步沉重地迈入通往宫殿的走廊,背后回荡着诸侯的誓言。

倘若艾尔霍卡决意将仆族智者赶回破碎平原,"黑荆棘"的支援必不可少,不过……达力拿很多年前就不是原先的那个人了。他拍拍口袋,摸索酒瓶。诅咒之地的,近来他总是假装自己恢复了一些状态,还不停地自我慰藉,以为就快找到脱离苦海、变回原先那个人的办法了。

但那个人是禽兽。没有人胆敢责怪他的所作所为,除了伊薇。伊薇看清了杀戮对他的影响。达力拿闭上眼睛,听到了她的哭声。

"父亲?"有人在达力拿身后说。

达力拿硬逼自己站直,一转身就看到阿多林匆匆赶上来。

"父亲,您没事吧?"

"我没事,"达力拿说,"我只是……需要一个人静静。"

阿多林点点头,表示理解。全能之主在上,达力拿根本没怎么教,这孩子就长得像模像样,不仅做事认真,惹人喜爱,还精通剑术,又在人际胜于武力的阿勒斯卡社会左右逢源,而这恰恰是达力拿的短板,他一个大块头,手法实在笨拙。

"你快回去,"达力拿说,"代表家族宣誓复仇。"

阿多林又点点头。达力拿继续往前走,远离在陵墓燃烧的火焰,避开迦维拉尔的审视和死在天堑的人们的哭声。

他走到台阶前,迅速拾级而上,一来到豪华的走廊就撒腿飞奔,经过了一面面雕花墙,两旁的木材庄严肃穆,墙上的镜子诉说着非难。他冲到房门前,在口袋里摸索钥匙串。门早就锁紧了,迦维拉尔再也不能进去没收酒瓶。屋里正有天大的幸福在等着达力拿。

不,喝酒并不幸福,只会让他遗忘,这就够了。

他的手不住地发抖。他无法——

务必遵循法典的指引。

钥匙串从他颤颤巍巍的指尖滑落。

风有些古怪。

他耳边传来求饶的惨叫。

快滚出我的脑袋！都给我滚出去！

一个声音远远地飘来……

"你一定要找到人世间最重要的真言。"

开门的钥匙究竟是那一把？他随便拿起一把插进锁眼，却根本转不动。他感到头晕目眩，只能眨眨眼睛。

"有一个自称预见过未来的人，对我说了一番话。"有个耳熟能详的女声回荡在走廊上，"'这怎么可能？'我反问道，'你有没有受到虚空的影响？'

"对方大笑着回答：'没有，亲爱的陛下。过去就是未来，你也必须像别人那样生活。'

"'那就只能走上老路吗？'

"'多少如此。你会爱、会受伤、会做梦、会死亡。每个人的过去都是你的未来。'

"'既然一切已经被预见过，也已经发生过，那还有什么意义？'我问。

"她回答：'关键不在于你会不会爱、会不会受伤、会不会做梦、会不会死亡，而在于你会爱上什么？为什么会受伤？在什么时候做梦？以什么方式死亡？这是你的选择。你无法选择终点，只能选择道路。'"

达力拿泣不成声，手里的钥匙串又掉了。他无路可逃，又会失败。酒精会吞噬他，就像烈火吞噬尸体，只留下灰烬。

他陷入了绝境。

"我因此踏上行程，也因此书提笔写作。"那个声音道，"我不能称之为故事，因为它没有体现故事最根本的功能。它不是单线而是多线叙事，虽然也有开头，但在这一页上，我的探索永无止境。

"我不是在寻觅答案,我觉得我已经有了答案。答案多种多样,有上千个不同的来源。我也不是在寻觅'自我'。这是人们常说的话,我觉得缺乏意义。

"其实,我出发以后的追求只有一个。"

"那就是行程。"

多年来,达力拿似乎一直隔着一层迷雾看待周遭的事物,但这些话……其中的某些观点……

言语也会焕发光彩吗?

他从门前转身,沿着走廊寻找声音的源头,终于在阅览室里遇到了迦熙娜。迦熙娜站在台前,面前是一大卷书。她默默阅读,皱着眉翻到下一页。

"这是什么书?"达力拿问。

迦熙娜一怔,抹了抹眼睛。她的妆花了,双眼显得更为清澈,却少了点设防。她的面具出现了破绽。

"这本书里有我父亲引用的那句话。"迦熙娜说,"就是他……"

就是他死前写下的那句话。

只有少数人知道。

"这是什么书?"

"是一部古文献。"迦熙娜说,"这本书年代久远,曾经备受推崇,书中的内容和光辉变节者有关,如今已经没有人引用了。这其中一定有什么秘密,能够解开我父亲遗言背后的谜团,但那又是什么呢?"

达力拿觉得自己好像没力气了,于是找了把椅子坐下。"能念给我听听吗?"

迦熙娜迎上他的目光,像儿时那样咬了咬嘴唇,然后翻到第一页,用一种清晰有力的嗓音,从达力拿刚才听到的段落开始朗读。达力拿本以为她念了一两个章节就会停下,可她没有,结果达力拿也不想让她停下。

其间有人来看他们,还有人给迦熙娜端水,可就这一次,达力拿没有要求别人替他办任何事。他只想静静聆听。

他听得懂书中的话,可他似乎没有理解书中的内容。这是一名王者出宫游历的短篇轶事集,可达力拿自己也说不清这些故事为什么那么吸引人。难道是因为故事所表达的乐观主义精神?还是因为作者谈到了人生的道路和选择?

这本书朴实无华,与那些夸赞社会或战功的作品截然不同,只有一系列寓意不明确的故事。迦熙娜花了将近八个小时才念完,但她丝毫没有停下的意思。当她念到最后一个字的时候,达力拿忍不住又哭了,而她也轻轻拭去泪花。她一向比达力拿坚强得多,但他们还是达成了共识。他们借此为迦维拉尔的灵魂送行,这是他们的告别。

迦熙娜把书留在台面上,朝达力拿走来。达力拿站起身,默默无言地与她相拥。过了一会儿她就走了。

达力拿来到台前,伸手抚摸印在封面上的字迹,不知道自己究竟站了多久,直到阿多林探头进来说:"父亲?我们正计划出征破碎平原,希望您能提供建议。"

"我必须踏上行程。"达力拿低声道。

"没错,"阿多林说,"此行将会很漫长,有空的话没准能打猎。艾尔霍卡希望尽快消灭这些蛮族,我们可以在一年内返回。"

道路。达力拿无法选择自己的结局。

但他的道路,也许……

伊薇说过:古魔法可以改变一个人,还可以提高一个人。

达力拿挺直身子,转身走向阿多林,按住儿子的肩膀。"这几年我没有尽到父亲的责任。"

"哪儿的话,"阿多林说,"您——"

"我没有尽到父亲的责任。"达力拿抬起手指,重复道,"我没有好好对你和你弟弟，可你们应该明白我是多么为你们感到骄傲。"

阿多林笑得红光满面，犹如飓风过后的璀璨润石，荣灵纷纷在他身边涌现。

"我会像你小时候那样，和你一起上战场。"达力拿说，"我会教你怎么成为有荣誉感的人。但首先，我需要领着一支先头部队确保破碎平原的安全，恐怕不能带上你。"

"我们谈过这个。"阿多林急切地说，"比如您以前的精锐部队，速度很快！行军过去——"

"乘船过去。"达力拿说。

"乘船过去？"

"河道应该通了。"达力拿说，"我会往南走，坐船去杜马大理，再从那里航行到飓源海，在新纳塔楠上岸。我会带着先头部队前往破碎平原，确保那片区域的安全，为全军到位做准备。"

"我觉得是个不错的主意。"阿多林说。

确实很不错，后来就算有一艘船耽搁了，而达力拿自己还留在港口，送走了大部队，也没人起疑。达力拿是会给自己找麻烦。

在继续前往破碎平原之前，他要花几个月去别的地方，而他会让部下和水手发誓保密。

伊薇曾说古魔法可以改变一个人，现在是时候去相信她了。

106 律法是光

我觉得巴阿多弥什兰是最有趣的灭者。据说她思想敏锐,是敌军的轩亲王,在某几轮灭世期间担任指挥官。我不知道这与敌方名为"仇恨"的古神有什么关系。

——摘自赫熹《秘辛考》第 224 页

深国的泽斯跟随破天骑士团向南飞行了三天。

他们多次停留,回收隐藏在峰峦和偏远山谷中的储备,时常需要劈开五寸厚的飓砂,才能找到入口。如此多飓砂可能过了数百年才沉积下来,但宁说起这些地方,却好像他刚刚离开似的。在某个地方,他惊讶地发现食物早已腐烂,所幸那儿的宝石一直藏在一个仍暴露在飓风下的地方。

在途中,泽斯终于明白了宁这家伙有多年迈。

第四天,他们抵达了玛拉特。在流亡的几年里,泽斯到访了柔刹的大部分地区,自然也来过这个王国。历史上并没有真正的玛拉特民族,但玛拉特也不是游牧民的国度,不像赫西和图法利亚的落后地区。其境内拥有一众关系松散的城市,实行部落管理,由一位轩亲王领导,不过在当地方言中称之为"兄长"。

玛拉特打通了东部沃林教诸王国与中西部马卡巴克诸王国,是一个便利的中转站。泽斯知道玛拉特拥有深厚的文化底蕴,以及众多像其他民族一样自豪的人民,但在政治层面上几乎没有价值。

所以宁把飞行的终点选在这里是很奇怪的。他们落在一片平原上,那里长满了棕色的怪草,让泽斯想到了小麦,但那些草很快就缩回坑里,只露出顶上的小穗子,被经过的野兽随口吞食。它们的身体又宽又平,活像会走路的圆盘,只有底下生着螯足,把谷粒往嘴里送。

这些圆盘状的动物大概会向东迁徙,排出含有种子的粪便,黏在地上。种子会熬过风雨的洗礼,长成第一阶段的谷荚,再被风吹到西边,长成第二阶段的谷物。泽斯年轻时就学会了万物协调的道理。只有人类拒绝自己的位置,不进行增益,而进行毁灭。

宁与祁和别的大师稍事交谈,他们便再度升空。除了泽斯和宁自己,其他人纷纷随行,迅速飞向远处的一座城镇。泽斯还没跟上,宁就抓住他的胳膊,摇了摇头。两人一同飞到岸边山上的小镇。

镇上门户败落,矮墙开裂毁坏,泽斯一看就知道这是战争的后果。破坏似乎是最近发生的,但死尸都被清理干净了,血迹也被飓风冲走了。两人在一幢尖顶石楼前落地,由塑魂术制成的青铜大门残破不堪,躺在废墟中。要是没人回来掠夺这些金属,那才奇怪,毕竟不是每支军队都配有塑魂者。

*啊,*泽斯背上的那把剑说,**错过好戏了?**

泽斯望着寂寥的小镇,问:"图卡的暴君决定结束对埃穆尔的战争,向东扩张了吗?"

"没有。"宁答道,"这是另一种危险。"他指向门庭败坏的建筑。"内荼罗之子泽斯,门楣上的字,你认得吗?"

"安博氏,字是用本地语言写的,我不认得。""安博氏"是一个神圣的尊称,借以称呼令使或许比较妥当,不过在泽斯的族人当中,这个尊称是留给伟大的山灵的。

"意思是'公正'。"宁说,"这是一座法院。"

泽斯跟着令使走上门前的台阶,踏入破败的法院大厅。这里没有受到飓风的侵扰,他们发现地上有血迹。四周不见死尸,却有大量废弃的武器和头盔,以及平民的微薄财产,看了直叫人寒心。人们很可能在战时来这里避难,抓住最后一线生机。

"你们口中的仆族自称'歌者'。"宁说,"他们占领了镇子,便强迫幸存者去远岸的码头做工。内茶罗之子泽斯,你说这公正吗?"

"怎么可能?"泽斯浑身发抖,黑暗的法院深处似乎充斥着阴森的低语,"普通人过着平凡的日子,突然就遭到袭击,被杀死了,这叫公正?"

"强词夺理。如果城主不再交税,却在上级前来袭击时逼着臣民守城呢?亲王维护领地秩序,不是理所应当的吗?有时候,杀死普通人也是公正的。"

"但这里并没有发生那种情况。"泽斯说,"您说这是侵略的军队造成的。"

"对,"宁低声道,"是侵略者的错,这倒是真的。"他继续深入空荡荡的大厅,泽斯紧跟其后。"你处境特殊,内荼罗之子泽斯。你将是第一个在新世界——一个我已经失败的世界——宣誓成为破天骑士的人。"

他们在后墙附近发现了台阶。宁无意用润石照明,泽斯便取出一颗来,驱走了那些低语。

"我去见了艾沙,"宁接着说,"你们叫他'神之子艾舒'。他向来是我们当中最有智慧的人。我……我不敢相信……发生了什么。"

泽斯点点头。他已经看清了。首场灭世风暴之后,宁坚称虚渡没有回归,还给出了一个又一个借口,最终只得承认自己目睹的一切。

"我努力了几千年，就是为了阻止灭世重现。"宁接上前言，"艾沙提醒过我这里面的危险。现在荣誉死了，其他光辉骑士恐怕会扰乱约誓带来的平衡，颠覆我们所采取的……某些措施，给敌人可乘之机。"

宁走到台阶顶端，低头望着掌心，上面现出光华流转的碎瑛刃，正是先前失踪的两把荣刃之一。泽斯的族人保存着八把荣刃，很久以前一度是九把，后来宁手上这把消失了。

泽斯见过这把荣刃的绘画。对碎瑛刃来说，它笔直得出奇，外表朴实无华，却不失优雅。两道窄缝贯穿剑身，不可能存在于普通的剑上，因为这会削弱武器的威力。

他们沿着法院顶上的阁楼前进。账本散落一地，看来是到了档案库。

你应该把我拔出来，泽斯的剑发话了。

"把你拔出来干什么，剑兄？"泽斯轻声问。

你要和他战斗。我觉得他可能是邪恶的。

"他是一名令使，世界上最不邪恶的生物。"

呃，那么这对你的世界来说可不是好事。反正我比他的剑有能耐，我可以让你见识一下。

泽斯绕过法律文书的残片，和宁一起站在阁楼的窗边。放眼望去，远岸偌大的海湾碧波粼粼，许多船桅聚集在那里，周围是喧闹的人影。

"我失败了。"宁重复道，"如今，为了人民，必须伸张正义。这非常艰难，内茶罗之子泽斯，就算对我带领的破天骑士团来说也是如此。"

"安博氏，我们会努力像您一样冷静理性。"

宁笑了笑，似乎没有带着应有的笑意。"像我一样？免了吧，内茶罗之子泽斯，恐怕我并不客观，这就是问题所在。"他顿了顿，望着窗外远处的船只,"我……我和以前不同了,情况或许更糟。尽管如此,我还是希望自己能仁慈一些。"

"仁慈是坏事吗,安博氏?"

"倒也不是,只会心生杂念。如果你翻看厅堂里的记录,就会发现同样的故事反复上演。都是宽大仁慈的缘故。有罪的人还是获释了,因为他们是好父亲,或者受到地方居民的爱戴,又或者后台殷实。

"其中有人改过自新,继续贡献社会,其他人只是再犯,酿成惨痛的悲剧。问题是,内茶罗之子泽斯,人类很不擅长判断,立法的目的是让我们不必选择,这样我们天生的多愁善感就不会危害我们。"

宁又低头看了看他的剑。

"你必须决定破天骑士的第三信条。"他对泽斯说,"大多数破天骑士决定对律法起誓,无论到访何处,都要严格遵守当地的法规。这是明智的选择,但不是唯一的选择。好好想想再做决定。"

"明白,安博氏。"泽斯说。

"念出真言之前,你还有东西要看、要学。别人必须理解他们立下的誓言,但愿他们能洞悉真理。你将成为新一代破天骑士团的第一人。"宁回头望向窗外,"歌者允许镇民回到镇上火化死者,这种仁慈的姿态是大多数征服者不会允许的。"

"安博氏……能问您一个问题吗?"

"律法是光,黑暗不屈。问吧,我会回答。"

"我知道您是伟大、资深而博学的人。"泽斯说,"但是……恕我目光浅薄,您似乎没有遵守自己的准则。您说您追杀飓能者。"

"行刑是获得法律许可的。"

"好吧,"泽斯说,"可您为了追捕区区几个飓能者,却对许多违法者视而不见。您有着超越律法的动机,安博氏。您并不公正。为了达到自身的目的,您残酷地执行了特定的法规。"

"确实。"

"所以,这只是您自己……多愁善感的表现?"

"多少如此,不过我会留有一定的情面。有人跟你讲过第五信条是什么吗?"

"'破天骑士要成为律法的化身'?"

宁伸出空空的左手,上面现出一把碎瑛刃,与他右手握着的荣刃截然不同。"我不仅是令使,还是达成了第五信条的破天骑士。我原本对光辉骑士抱有疑虑,但我相信,我是唯一一名最终真正加入自己骑士团的令使。"

"现在,内荼罗之子泽斯,我必须把令使很久以前所做的决定告诉你。在那个叫做'亚哈里提安'的日子,我们牺牲了一名同伴来终结痛苦和死亡的轮回……"

107 第一步

在现代,有关巴阿多弥什兰的信息非常少。我只能假设,她与众多灭者不同,不是回到了诅咒之地,就是在亚哈里提安期间被摧毁了。

——摘自赫熹《秘辛考》第 226 页

一早,达力拿发现脸盆放好了。纳瓦妮已经来过,细心地在脸盆里倒满水,把酒瓶清理掉,允许侍从再送些酒来。她比达力拿自己还信任他。

达力拿在床上伸了个懒腰,醒来以后觉得……舒服多了,哪怕他一直在喝酒。含蓄的阳光从窗口洒进来,照亮了房间。房间里的窗板通常是关上的,好抵御山间的寒风,纳瓦妮一定是在起床后打开的。

达力拿用脸盆里的水冲了把脸,隐约闻到了自己身上的气味。到时候了。他望向隔壁房间,那里有一扇侍从能用的后门,就被当作了洗手间。果然,纳瓦妮吩咐侍从在浴缸里放满了水。水是冷的,但达力拿习惯洗冷水浴,不让自己磨蹭。

不久后,他照着卧室的镜子,拿起剃刀对着自己的脸。是迦维拉尔教他要刮胡子的。他们的父亲忙着参加事关名誉的愚蠢决斗,不停被砍伤,有一次头部还中了一剑,之后他的脑子就没有正常过。

在如今的阿勒斯卡,蓄须已经不流行了,但这不是达力拿刮胡子的原因。他喜欢其中的仪式感,可以做好准备,刮去夜里长出的胡楂,露出底下的真面目,包括皱纹、伤疤和粗犷的容貌。

一套干净的制服和内衣在长凳上等着他。他穿好衣服,对着镜子检查制服,扯了扯外套的底边,拉平褶皱。

有关迦维拉尔下葬时的回忆……是如此鲜活。之前他遗忘了好几个部分,这是夜妖的缘故,还是记忆的自然过程?他越是恢复遗失的记忆,就越是意识到人的记忆是有缺陷的。他提到过一个到现在才记忆犹新的事件,而其他经历过的人就会为细节争论不休,因为每个人回想起来的内容都不一样。包括纳瓦妮在内的大多数人,他们记忆中的达力拿都比他应有的模样高贵,但他并没有将其归结于魔法。这只是人类的作风,他们会细微地改变对过去的印象,来适应当下的观念。

然而……那场关于诺哈东的幻境又从何而来?只是普通的梦境吗?

达力拿迟疑地寻找飓风之父。听到飓风之父在远方隆隆作响,达力拿松了口气:"原来你还在。"

我又能去哪里呢?

"启动誓约之门的时候,"达力拿说,"我伤害了你。我怕你会离开我。"

这是我选择的命运,否则我会失去意识。

"可我做了那种事,我还是很抱歉。你……你有没有介入那场梦?梦里有诺哈东在。"

我不知道有这样的梦。

"那场梦很生动,"达力拿说,"虽然比幻象更不真实,但很迷人。"

人世间最重要的一步是哪一步?显然是第一步。但这意味着什么?

他仍然背负着自己在天堑所做的一切。喝了一周的酒,他恢复了过来,却没有得到救赎。要是再涌起激越感该怎么办?等下一次,他脑海中的哭声又变得难以忍受,又会发生什么?

达力拿不知道。今天他感觉好多了,而且又能行动了,目前就够了。他摘下衣领上的棉絮,把佩剑别到腰间,走出卧室,穿过书房,进入安着壁炉的大房间。

"塔拉梵吉安?"他惊讶地发现年迈的国王就坐在那儿,"今天不是要开君主会议吗?"他依稀记得纳瓦妮在那天早晨说起过这件事。

"他们说我不需要出席。"

"胡说八道!我们都需要出席。"达力拿顿了顿,"我是不是错过了好几场会议?呃,算了,今天的议题是什么?"

"战术。"

达力拿不禁涨红了脸。"涉及军队的部署和雅克维德的防卫?雅克维德可是你统治的王国。"

"他们大概认为,一旦在当地找到合适的人选,我就会让出雅克维德的王位。"塔拉梵吉安微笑道,"不要这么为我愤慨,我的朋友。他们没有禁止我出席,只是说我没必要在场。我需要时间来思考,于是来到了这里。"

"那我们还是上去吧?"

塔拉梵吉安点点头,站了起来。他腿脚不稳,达力拿连忙过去搀扶。站稳后,塔拉梵吉安拍了拍达力拿的手。"谢谢。要知道,我始终觉得自己老了,只是最近,我的身体似乎决定不断提醒我。"

"我去叫一顶轿子来抬你吧。"

"不用了,拜托。如果我放弃走路,恐怕我的身体状况会恶化。我在我的医院里见到过类似的事发生在病人身上。"但他还是挽着达力拿的胳膊向门口走去。达力拿在门外召集自己的几名护卫和塔拉梵吉安那位大块头贴身护卫,开始向升降梯走去。

"你知不知道,"达力拿说,"是不是有什么消息……"

"从塔冠城来的消息?"塔拉梵吉安问。

达力拿点点头。他隐约记得纳瓦妮说过近况:没有阿多林、艾尔霍卡或那些光辉骑士的消息。可他当时是不是清醒得能听进去呢?

"对不起,达力拿。"塔拉梵吉安说,"据我所知,我们还没有他们的消息,但我们当然要保持希望!他们可能丢失了对芦,或者被困在城里了。"

在最近的一场飓风中,飓风之父说,我……我可能感觉到了什么,好像"飓风恩护者"就在我身边。我不知道这意味着什么,因为我哪儿都看不到他,也看不到别人。那时我估计他们死了,可现在……现在我不由得相信了。为什么?

"因为你抱着希望。"达力拿笑着低语。

"达力拿?"塔拉梵吉安问。

"我只是在自言自语,陛下。"

"要我说……你今天好像变得更坚定了。你做了什么决定吗?"

"不止,我回想起了一些事。"

"能告诉我这个犯愁的老人吗?"

"还不能。等我弄明白了,我会试着解释的。"

两人乘了很长时间的升降梯。从升降梯上下来后,达力拿领着塔拉梵吉安进入了高塔倒数第二层的一个厅室。那里没有窗户,很安静,以军营中一个类似的地方命名,称为"地图殿"。

亚拉达站在一张铺着阿勒斯卡和雅克维德大地图的桌子旁边,正在主持会议。这名皮肤黝黑的阿勒斯卡男子身着混搭传统武士袍和新式制服外套的战服,这种穿法已经在他麾下的军官当中流行起来。他的贴身护卫站在他背后,披挂着全套碎瑛甲——亚拉达不愿亲自使用碎瑛武器,他不是战士,而是将领。在达力拿和塔拉梵吉安进场时,他朝他们点点头。

雅莱坐在附近审视着达力拿,一言不发。就算她说句风凉话,达力拿几乎也能接受。从前她动不动就和达力拿开玩笑,眼下这般沉默并不表示尊重,而是意味着她把冷嘲热讽都留在了达力拿听不到的地方。

胳膊粗壮、满脸胡须的轩亲王鲁特哈与雅莱同坐,他从一开始就和达力拿作对。今天出席的另一名阿勒斯卡轩亲王是生着长脖子和浅橙色眼睛的哈萨姆,他穿着金红两色制服,短外套只在最上面系扣,是达力拿没见过的款式,显得傻乎乎的,但达力拿懂什么时尚?哈萨姆平时极为礼貌,军纪抓得很严。

芬恩女王带来了泰勒拿的海军大将,那是一名干瘦的老者,八字胡几乎垂到了桌上,腰间系着腰带,佩着水手的短剑,看着正是那种会抱怨在陆地上停留得太久的人。芬恩女王还带来了她的儿子,那人曾和达力拿决斗,现在看到达力拿就立即行礼,达力拿也回了个礼。如果那孩子能学着控制自己的脾气,以后就会成为一名优秀的军官。

亚泽尔的大帝和他们那位小光辉骑士均不在场,有关方面倒是派来了一批学者。亚泽尔的"将领"往往是纸上谈兵的类型,是成天泡在书本中的军事史学家和理论家。亚泽尔军中肯定有具备实践知识的人,但这些人最后很少得到提拔。只要不通过某些测试,就得继续留在战场上指挥。

在场的还有两位雅克维德的轩亲王,达力拿在访问都城期间见过他们。两兄弟高大魁梧,一本正经,留着黑色短发,身上的制服很像阿勒斯卡的款式。由于前任轩亲王都被毒死了,塔拉梵吉安在内战后便指派他们上任。雅克维德国内显然还有诸多问题。

"达力拿?"亚拉达挺直身子,敬了个礼,"光明贵人,你看起来好多了。"

风操的,其他人了解多少?

"我花了些时间沉思。"达力拿说,"我看你们一直在忙。跟我说说防御队形的事。"

"嗯,"亚拉达说,"我们——"

"就这样?"芬恩女王打断道,"该下诅咒之地的,你到底有什么毛病?你像个野人一样在魏德纳到处乱跑,后来却在屋里关了整整一周!"

"听说了塔冠城沦陷的消息,没过多久我就被逐出了沃林教会。我感到不能接受。你难道指望我大摆宴席?"

"我指望你领导我们,而不是一个人生闷气。"

那是我活该。"你说得对。哪有不愿指挥的指挥官。对不起。"

亚泽尔人窃窃私语,惊讶于交流的直白。芬恩却往后一靠,亚拉达点头会意。达力拿的错误是需要表达出来。

亚拉达开始就作战准备做说明。亚泽尔将领都穿着长袍、戴着西方风格的帽冠,他们聚拢过来,借翻译之口给出评论。达力拿吸入少许飓光,碰了碰某人的胳膊,让自己在短时间内掌握亚泽尔语。他发现他们的建议精明得出奇,但他们基本上是一个由文官组成的委员会。

他们已经通过誓约之门调动了阿勒斯卡军的十支大队和亚泽尔军的五支大队,这样雅克维德就有了一万五千兵力,其中就包括寇林军和亚拉达军最忠诚的部队。

这严重削弱了达力拿的兵力。风操的,他们在纳拉克损失了那么多人,达力拿留在乌有斯麓的中队大多是其他公国要求加入寇林军的新兵或士兵。比如塞巴里尔就把自己的兵力裁减到只剩一个联队,并把其他兵力都交给了达力拿,让他们并入寇林军。

达力拿的到来打断了一场关于如何加固雅克维德边境的讨论。他提出了一些见解，但主要还是聆听他们解释计划的详情：在这里设置物资，在那里设置驻军。他们希望风行骑士团能为他们做侦察。

达力拿点点头，却发现这个作战计划还有困扰他的地方。这是一个无法阐明的问题。他们做得相当到位，补给线画得切合实际，侦察哨也分散得很全面。

那么到底是什么地方出了岔子？

门开了，纳瓦妮在门口现身。看到达力拿时，她一愣，随即露出释然的微笑，达力拿也向她点点头。这时，雅克维德的一名轩亲王解释了不该放弃吃角族群峰以东偏僻地带的原因。亚拉达本准备交出那片区域，以吃角族群峰为屏障。

"这不仅仅是为了有机会在陛下的吃角族臣民中征兵，光明贵人。"轩亲王长子乌里安用阿勒斯卡语解释道，"那片区域富饶肥沃，设施齐全，受到你们所说的阿勒斯卡高地的庇护，能够抵御飓风。我们一直在拼命为他们抗击侵略，因为他们会帮助占领者，并为军队攻击雅克维德的其他地区提供集结点！"

达力拿哼了一声。纳瓦妮走到多数人围着桌上的地图所站的地方，达力拿伸手搂住她的腰。"他说得没错，亚拉达。我就在这条边境线上打了很久的遭遇战。那片区域的战略意义比初看上去更重要。"

"那片区域很难守住。"亚拉达说，"我们会陷入争夺阵地的拉锯战。"

"这不就是我们的目的吗？"雅克维德轩亲王说，"外敌入侵的步伐拖延得越久，我的雅克维德弟兄们就有越多时间恢复战力。"

"对，"达力拿说，"对……"在辽阔的雅克维德阵线上，确实很容易陷入苦战。他在那里和假的盗匪打了多少年？"我们休息一会儿吧。我想考虑考虑。"

其他人似乎欣然接受了这个机会。不少人走进外面更大的厅室，配备对芦的随从正在那儿等着传递信息。达力拿仔细观看地图，待在他身边的纳瓦妮小声说："很高兴看到你好起来了。"

"我配不上你的耐心。你应该把我撑下床，把酒倒在我头上。"

"我就觉得你会挺过来的。"

"我现在也这么觉得。"达力拿说，"以前，几天乃至几周的清醒并不意味着什么。"

"你已经不是当年的那个人了。"

噢，纳瓦妮。我从来没有超越那个人，我只是把他藏起来了。现在还不能向她解释。达力拿只是在她耳边轻声道谢，把手放在她的手上。他怎么能对她的爱意感到懊恼呢？

眼下，他把注意力转移到地图上，沉浸在要塞、防风堡、城市和画好的补给线之中。

出了什么问题？达力拿心想，我看漏了什么？

十个白银王国。十座誓约之门。这场战争的关键。就算敌人无法使用，他们也可以通过掠夺来阻碍我们。

一座在阿勒斯卡，已经是敌人的了。一座在原属纳塔纳坦的破碎平原，是我们的。还有三座分别在魏德纳、阿兹米尔和泰勒拿，都是我们的，但拉尔艾洛林那座和库尔兹那座现在都是敌人的。深国那座不属于任何一方。

剩下的誓约之门，一座在巴巴萨那姆的帕纳撒，可能已经落入了伊里和里拉的联军之手，还有一座在亚基纳，迦熙娜相信它早就被摧毁了。

敌人进攻雅克维德是最合理的，对不对？只不过……一旦投身于雅克维德，就会陷入长期的消耗战，失去机动性，不得不为此投入巨大的资源。

达力拿摇摇头，感到挫败。他从地图桌前走开，纳瓦妮跟在他身后。他走进另一个房间拿喝的，在酒桌上强迫自己倒了一杯没有酒劲的温热香橙酒。

迦熙娜走了过来,把一沓纸递给母亲。

"我可以看看吗?"雅莱问。

"不可以。"迦熙娜答道。达力拿喝着酒,掩住笑意。

"你在保守什么秘密?"雅莱问,"你叔叔说要统一的豪言壮语呢?"

"在场的每一位君主,想必都更希望保守国家机密。"迦熙娜说,"这里是联盟会议,不是婚礼现场。"

芬恩女王听罢,点了点头。

"至于这些文件,"迦熙娜接着说,"正好是一份学术报告,我母亲还没有审阅。一旦确认我们的翻译是正确的,并且这些笔记中没有任何内容能让敌人获得夺取塔城的优势,我们就会公布我们的发现。"迦熙娜挑起眉毛。"还是说,你更想让我们用不严谨的态度做学术研究?"

亚泽尔人似乎为此感到宽慰。

"我只是认为,"雅莱说,"你和他们一起出现在这里,是对我们其余人的侮辱。"

"雅莱,"迦熙娜说,"有你在这里是好事。有时候,聪明的反对意见可以检验和证明一个理论。我倒是希望你能在聪明的部分多下点功夫。"

达力拿喝完剩下的酒,浅浅一笑。雅莱坐回到椅子上,明智地不让自己与迦熙娜的舌战升级,可惜鲁特哈没有类似的自觉。

"别管她,雅莱。"鲁特哈道,胡子上沾着酒水,"不信神的人没有正确的礼仪观念。众所周知,放弃对全能之主的信仰,唯一的理由就是探索罪恶。"

噢,鲁特哈,达力拿心想,你赢不了这场口水仗的。迦熙娜对这个课题的思考远比你多。这是她熟悉的战场——

风操的,就是这么回事。

"敌人不会进攻雅克维德!"达力拿吼道,打断了迦熙娜的反驳。

在场者惊讶地转头看他,迦熙娜嘴巴半张。

"达力拿?"轩亲王亚拉达问,"我们断定雅克维德最有可能——"

"不,"达力拿说,"不,我们太了解地形了!世代以来,阿勒斯卡人和雅克维德人都在争夺那块地。"

"那么,怎么说?"迦熙娜问。

达力拿跑回地图殿,其他人涌到他周围。"敌人去了玛拉特,对吗?"达力拿问,"他们穿过埃穆尔,进入玛拉特,切断了全国的对芦通信。为什么?为什么要去那儿?"

"亚泽尔的防御太森严了。"亚拉达说,"由玛拉特出发,虚渡可以从东西两侧打击雅克维德。"

"通过特里雅科斯的隘口吗?"达力拿问,"都说雅克维德国力薄弱,但那是相对的。雅克维德人仍然拥有庞大的常备军和牢固的要塞。如果敌人马上进犯雅克维德,同时巩固自己的势力,就会消耗资源,拖慢征战的步伐。这不是他们现在想要的,因为他们在势头上还占据上风。"

"那么,是哪儿呢?"长子乌里安问。

"一个受新风暴冲击最严重的地方,"达力拿指了指地图,"一个军力被灭世风暴严重削弱的地方,一个拥有誓约之门的地方。"

芬恩女王倒吸一口凉气,抬起禁手捂住嘴巴。

"泰勒拿城?"纳瓦妮问,"你确定吗?"

"如果敌人攻占了泰勒拿城,"达力拿说,"他们就能封锁雅克维德、卡哈巴兰斯和我们仍然拥有的少量阿勒斯卡领土,夺取整片南之深渊的控制权,对塔石科和深国发动海上袭击,涌到新纳塔楠,获得袭击破碎平原的阵地的机会。泰勒拿城在战略意义上比雅克维德重要得多,但与此同时,防守也松弛得多。"

"可敌人需要船。"亚拉达说。

"仆族夺走了我们的舰队……"芬恩说。

"第一场可怕的风暴过后,"达力拿说,"怎么会有船留给他们?"

芬恩蹙眉道:"回想一下,很不可思议吧?居然剩了几十艘船,仿佛是狂风留下的,因为敌人需要用……"

风操的。"我完全在用阿勒斯卡人的方式思考,"达力拿说,"尽想着靴子要踩在石地上。① 然而敌人立即进入了玛拉特,这是向泰勒拿城发起进攻的理想位置。"

"我们需要修改计划!"芬恩说。

"冷静,陛下。"亚拉达说,"我们在泰勒拿城拥有兵力,都是精锐的阿勒斯卡部队。没有人比阿勒斯卡步兵更擅长地面作战。"

"现在有三支联队。"达力拿说,"至少还需要三支。"

"长官,"芬恩的儿子说,"光明贵人,这还不够。"

达力拿瞥了芬恩一眼。芬恩的海军将领点点头。

"请发言。"达力拿说。

"长官,"年轻人说,"很高兴您的军队来到岛上。克勒克的臭嘴!如果要打仗,谁都希望和阿勒斯卡人站在一边,可敌方舰队的问题比您想象的还大,不能轻易地通过调兵遣将来解决。如果敌舰发现泰勒拿城守卫森严,就会继续航行,转而袭击卡哈巴兰斯或者杜马大理,又或者任何一座毫无防备的沿海城市。"

达力拿哼了一声。他确实完全在用阿勒斯卡人的方式思考。"那怎么办呢?"

"我们显然需要自己的舰队。"芬恩的海军将领说着,口音浓重,音节混杂,像含着满嘴的苔藓,"可我们大部分的船都被该死的灭世

---

① 阿勒斯卡俗语,指采用地面部队进攻。达力拿在这里没有想到海上进攻。

风暴卷走了。半数在国外,被打了个措手不及。我的同僚都已经葬身海底。"

"舰队的其他船则被偷走了。"达力拿闷哼一声,"我们手里还有什么?"

"塔拉梵吉安陛下有船停泊在港口。"雅克维德轩亲王说。

众人的目光齐齐投向塔拉梵吉安。"只有商船,"老者说,"运送医护人员的。我们没有真正的海军,但我确实带来了二十艘船,也许还能从卡哈巴兰斯抽调十艘船。"

"灭世风暴也卷走了我们不少船,"雅克维德轩亲王说,"但内战的破坏力更大。我们损失了几百名水手,现在船比船员还多。"

芬恩来到紧挨着地图的达力拿身边。"我们也许可以凑出一支海军来阻截敌人,但战斗会在甲板上进行,我们需要士兵。"

"会有的。"达力拿说。

"一辈子没见识过惊涛骇浪的阿勒斯卡人吗?"芬恩问道,表示怀疑。她看了看亚泽尔将领,说:"塔石科也有海军吧?是亚泽尔的部队提供兵员和补给的。"

那几名将领用母语商议着,最后有一人借翻译之口说:"代号'金红'的第十三大队有人在船上轮值,并在宽广的水路上巡逻。调用其他队伍很花时间,但第十三大队已经驻扎在雅克维德了。"

"我们会为他们补充我们最精锐的人员。"达力拿说。*风操的,我们要让那些风行骑士行动起来。*"芬恩,你的将领们能不能提出集结和部署一支统一舰队的方针?"

"当然能。"那个矮个女子说。她凑上来,压低声音:"我警告你,泰勒拿的许多水手都有激神信仰。你得处理一下你那些异端邪说,'黑荆棘'。我的臣民当中已经有人在议论了,说现在终于到了泰勒拿人脱离沃林教会的时候。"

"我不会改变主意。"达力拿说。

"哪怕这会在战争中造成宗教的全面崩溃?"

达力拿没有回答。他从桌边退开,思考着其他计划,而芬恩没有拦着。他和别人谈论了各个事项,再次感谢纳瓦妮把这一切都维系了起来。最终,他决定下楼听取管家的几份报告。

在出去的路上,他从塔拉梵吉安身前经过。那名老者坐在墙边,似乎被什么事弄得心神不宁。

"塔拉梵吉安?"达力拿说,"我们也会在雅克维德留下军队,以免我犯错。别担心。"

那名老者看着达力拿,居然抬手抹去眼泪。

"你……你很难过吗?"达力拿问。

"是啊,但这不是你能解决的。"塔拉梵吉安愣了愣,"没想到你是个好人,达力拿·寇林。"

达力拿为此而惭愧,匆匆走出地图殿,后面跟着他的护卫。他感到疲劳,但这似乎很不公平,因为过去的一周里他基本在睡觉。

去找管家之前,达力拿让升降梯停在四楼,走了很长一段路才来到高塔的外墙边。那里有一小串房间,散发着焚香的气息,人们排在走廊上,等待焚烧铭守符或是和虔诚者对话。这超乎了他的预料,但人们也没什么别的事可做,对不对?

你已经这样看待他们了吗? 达力拿的一部分意识质问道,*你觉得他们只是因为没有更好的事可做才来这里寻求精神幸福吗?*

达力拿高高扬起下巴,忍住在众目睽睽之下畏缩不前的冲动。他路过几名虔诚者,走进一个被火盆照亮和温暖的房间,问起卡达什的情况。

他被带到了阳台上。这里有一个园圃,一小群虔诚者正在尝试耕种,有人把捣烂的种子泥铺好,还有人想靠墙扦插页岩皮木。真叫人佩服,他不记得自己吩咐过他们开展这个项目。

卡达什默默地削去菜盆上的飓砂。达力拿在一旁坐下,那名虔诚者看了他一眼，继续忙活。

"虽然姗姗来迟，"达力拿说，"但我想为拉萨拉斯的事向你道歉。"

"我觉得你不需要向我道歉。"卡达什说，"那些经得起道歉的人都升入了宁静园。"

"可我还是让你参与了可怕的行动。"

"加入你麾下是我的选择。"卡达什说，"面对我们做过的事，我在虔诚会中得到了安宁，没有再杀戮。我想，如果对你提出同样的建议，那也太愚蠢了。"

达力拿深吸一口气。"我要让你和其他虔诚者从我的掌控中解脱。我不会让你落入必须侍奉异端的境地。我会把你转让给塔拉梵吉安，他仍然是正统的沃林信徒。"

"不。"

"我认为你没有选择的余地——"

"风杀的，先听我说，达力拿。"卡达什厉声道，叹了口气，强迫自己平静下来，"你以为自己是异端，我们就不想跟你有任何关系了？"

"几周前我们决斗的时候，你就证实了这一点。"

"我们不想把你的言行正常化，但这并不意味着我们会抛弃职守。你的人民需要我们，达力拿，哪怕你自认为不需要我们。"

达力拿走到园圃边缘，把手按在石栏杆上。远处的云层积聚在山脚，就像一个方阵在保护指挥官。放眼望去，整个世界不过是一片白色的海洋，时而被山尖打破。他呼出的热气变成了一团团白雾。这里就和霜冻之地一样寒冷，不过在高塔里似乎没有这么糟糕。

"有作物在生长吗？"他轻声问。

"没有。"卡达什在后面说，"不确定是天太冷了，还是很少有飓风刮到这么高的地方。"他不停刮擦，"当飓风升到足以吞没整座塔城的高度，会是什么感觉？"

"就好像我们被黑暗的混沌包围着，"达力拿说，"只能看到星星点点的光明，无从定位，无从理解。怒风试图把我们拖向四面八方，否则就把我们的手脚从身上扯下来。"他望向卡达什。"就跟往常一样。"

"全能之主是永恒不灭的光明。"

"那又怎样？"

"现在你让我们质疑，也让我质疑。做了虔诚者，我晚上才睡得着，达力拿。你想把这种资格也从我身上夺走？如果没有了全能之主，那就只剩飓风了。"

"我觉得肯定还有别的存在。我以前问过你，沃林教之前的信仰是什么样的吧？人们都崇拜什么——"

"达力拿，求求你别说了。"卡达什深吸一口气，"发表一份声明，别让大家一直议论你是怎么躲起来的。说一些套话，比如'我对沃林教会所做的工作很满意，即使我个人不再拥有曾经的信仰，我也会支持我名下的虔诚者'，好让我们向前看。风杀的，现在不是捣乱的时候。我们甚至不知道自己在和什么战斗……"

达力拿见过敌手的事，卡达什不会愿意知道，最好不要说起。

但卡达什的提问确实惹人思考。仇恨不会在指挥军队的日常行动吧？那由谁指挥？融族还是虚灵？

达力拿溜达到卡达什身边的不远处，望着天空。"飓风之父？"他问，"敌军有国王或轩亲王吗？也许是首席虔诚者，或是仇恨以外的人？"

飓风之父隆隆道：**我没有你想象的那么见多识广。我只是过境的飓风，只是暴风雨中的狂风。这些全部是我，但我不是全部，就像你控制着所有呼出的气息一样。**

达力拿叹了口气。这值得考虑。

我一直在观察一个人，飓风之父补充道，我看不到其他人，但我看得到她。

"是领袖吗？"达力拿问。

也许是。人类和歌者选择敬拜的对象时，都是很奇怪的。你为什么这么问？

达力拿决定不把别人带进幻境，因为他担心仇恨不知会对他们怎么样。但侍奉仇恨的人不算吧？

"下一场飓风是什么时候？"

塔拉梵吉安感觉自己老了。

这不仅仅体现在他身上的疼痛不再随着时间的推移而消失，而是当他想举起看似很轻的物品时，肌肉却虚弱得出奇。

这不仅仅体现在他发觉自己又在会议时睡了过去，哪怕他已经尽力注意听了。这甚至不仅仅体现在他看着几乎所有和他一起成长的人渐渐衰弱、死去。

这还体现在知道当天开始的任务无法完成而产生的紧迫感上。

回住处时，塔拉梵吉安在走廊上停步，把手放在布满岩层的墙壁上。岩层的纹理美丽动人，但他只是发现，自己希望待在卡哈巴兰斯的花园里，毕竟其他男男女女都能舒适地度过晚年，或者至少能在熟悉的环境中度过晚年。

他任由穆拉尔抓住他的胳膊，把他带到住处。受到这种帮助，他通常会感到困扰，因为他不喜欢被当成弱者。可今天……今天就委屈一下吧，总比瘫倒在走廊上要好。

屋里，六支各不相同的对芦沙沙而写，阿德罗塔吉娅坐在中间，像个商人似的购买和交易信息。她看了看塔拉梵吉安，但她很了解塔拉梵吉安这个人，不会对他疲惫的脸色或缓慢的步子发表意见。今天塔拉梵吉安状态不错，智力普通，也许有点偏笨，但他愿意接受。

聪慧的日子似乎越来越少了，而一到这样的日子，他就感到恐惧。

他在豪华舒适的座位上坐下，梅本马上为他倒茶。

"怎么样？"阿德罗塔吉娅问。她也老了，生出了老年斑，头发稀疏，由于皮肤下垂，绿眼睛周围挂着永久性的浓重眼袋。看到她的样子，没有人会发现她也曾是个调皮的孩子，而他们俩闯的祸……

"瓦尔格？"阿德罗塔吉娅问。

"抱歉，"塔拉梵吉安说，"达力拿·寇林康复了。"

"这下有麻烦了。"

"相当大的麻烦。"塔拉梵吉安从梅本手中接过茶杯，"我得说这是你永远猜不到的，哪怕面前有《谶记》的指引。但请给我时间考虑，今天我的思维很迟钝。你手上有报告吗？"

阿德罗塔吉娅从几沓文件中翻出一张纸。"摩拉诃似乎在吃角族群峰安身了，乔舒①正在赶过去的路上。我们也许很快又能搜集到死前遗言了。"

"很好。"

"我们找到了格雷夫斯的下落。"阿德罗塔吉娅接着说，"搜集物资的人发现了他的车子被飓风吹剩的残骸，车里有一支完好无损的对芦。"

"格雷夫斯是可以取代的。"

"那碎瑛武器呢？"

"无关紧要。"塔拉梵吉安说，"我们不会通过武力来赢取胜利。我一开始就不愿意让他搞小政变。"

---

①塔拉梵吉安的首席沉默搜集者，参见《王者之路》尾注。

塔拉梵吉安和格雷夫斯在《谶记》的指示上产生了分歧：是该杀死还是吸纳达力拿？谁来当阿勒斯卡的国王？

塔拉梵吉安个人对《谶记》的理解就出现过许多次失误，所以他允许格雷夫斯根据自己的解读来继续推进密谋。然而那人的计划失败了，塔拉梵吉安也没有实现处决达力拿的企图，或许他们俩都没有正确地理解《谶记》。

塔拉梵吉安花了点时间恢复精力，或许应该稍微走走，而这让他沮丧。几分钟后，护卫准许玛拉塔进屋。这名光辉骑士穿着泰勒拿式的裙子和绑腿，搭配一双厚底靴。

她在矮桌边坐下，正对着塔拉梵吉安，夸张地叹了口气。"这个地方太可怕了。每一个待着的傻瓜都被冻僵了，从耳朵冻到脚指头。"

在和灵体建立纽带之前，她有这么自信吗？塔拉梵吉安那时候还不怎么了解她。噢，这个项目是塔拉梵吉安掌管的，满是热切的来自谶记社的成员，但个体对他来说并不重要，直到现在。

"你的灵体有什么要报告的吗？"阿德罗塔吉娅问道，拿出一张纸。

"没什么要报告的，"玛拉塔回答说，"只有先前的琐事，跟达力拿还没有公布的幻象有关。"

"另外，"塔拉梵吉安问，"关于你交给你的灵体的任务，她有没有表达过任何……保留意见？"

"诅咒之地的，"玛拉塔一翻白眼，"你就跟寇林家族的文书一样难缠，总是打听来打听去。"

"我们得谨慎，玛拉塔。"塔拉梵吉安说，"我们不确定你的灵体在自我意识增长的过程中会做出什么事来。她肯定不喜欢与别的骑士团作对。"

"你也像他们一样冻傻了。"玛拉塔说。她身上开始发亮，飓光从体表腾起。她向前伸出手，甩掉手套——禁手的手套也不例外——

把手按在桌面上。

焦痕从接触点蔓延开来,细小的黑色涡纹蚀刻在木头上。空气中弥漫着焦味,但如果她不以意念驱使,火就不会烧下去。

涡纹和线条在桌面上延伸,瞬间就完成了雕刻的杰作。玛拉塔吹去灰烬。她运用的"朽化"飓能会使物体降解、燃烧,或者化为尘埃。

对人类也有效。

"星火对我们的做法没有意见。"玛拉塔,"我告诉过你,其他人都很傻,他们以为所有灵体都会站在他们那一边。不要在意光辉骑士是怎么对待星火的伙伴的,也不用在意当初几百个灰灵被害的原因是有组织地向荣誉效忠。"

"那仇恨呢?"塔拉梵吉安好奇地问。《谶记》警示过,光辉骑士的个性会给他们的计划带来极大的不确定性。

"为了复仇,星火会不择手段,所以她才能破坏事物。"玛拉塔冷笑道,"早该有人提醒我有多好玩了,我也会更努力地争取这项任务。"

"我们做的事并不好玩。"塔拉梵吉安说,"那是必要的,但也是可怕的。换作一个更美好的世界,格雷夫斯的想法就对了。我们会成为达力拿·寇林的盟友。"

"你对'黑荆棘'太痴迷了,瓦尔格。"阿德罗塔吉娅提醒道,"这会蒙蔽你的头脑。"

"不会。可我真希望自己没有认识他,不然局面就很棘手。"塔拉梵吉安握着热饮向前倾身,煮沸的银枸茶加了薄荷,有着家的味道。他一怔,忽然发觉……他大概再也不会住在那个家了,对不对?他原以为也许过几年就能回去了。

但过几年他就没命了。

"阿德罗,"塔拉梵吉安接着说,"达力拿的康复让我相信,我们必须采取更极端的行动。秘密准备好了吗?"

"差不多了。"阿德罗塔吉娅挪了挪其他一些纸,"我在雅克维德的学者翻译出了我们需要的段落,我们也从玛拉塔的刺探中获取了情报。不过我们需要想办法传播信息,而不损害我们自身。"

"派多瓦去干。"塔拉梵吉安说,"让她写一篇犀利的匿名文章,披露给塔石科,并在同一天披露晨颂文的翻译。我要让这些动作立即发酵。"他把茶放在一边,卡哈巴兰斯的气息忽然让他难受,"达力拿死在刺客的剑下就好多了,因为到了这个关头,我们只得让他由着敌人的性子,这还不如痛快地死去。"

"这样就够了吗?"玛拉塔问,"那条老斧狐犬骨头可硬着呢。"

"这样就够了。达力拿会第一个告诉你,当你的对手重新站起来时,你必须迅速行动,压垮他的膝盖,然后他就会向你折腰,露出他的脑壳。"

噢,达力拿,你这个可怜虫。

沙兰的素描：裂影界灵体

108 荣誉之道

> 围绕"尘埃之母"伽摩里什的传说非常多样，其丰富性使谎言与事实的区分变得极为困难。与一些陈述相反，我相信她不是夜妖。
>
> ——摘自赫熹《秘辛考》第231页

沙兰站在荣灵那艘船的甲板上，在素描本上涂画，船驶过的风拂动着她的头发。一旁的卡拉丁把手臂搭在船边的栏杆上，俯瞰着晶珠海。

他们乘的船叫"荣誉之道号"，航速比伊科的商船快，不仅在船头，还在船侧凸出的翼状栏杆上牵着漫灵，船上有五层甲板，基本是空的，下面三层是船员舱和货舱。这艘船就像一艘旨在运载军队的战舰，但目前还没有满员。

主甲板与人类船只的顶层甲板相似，但还有一层沿着中心从船头延伸到船尾的高甲板。高甲板比主甲板窄，由宽大的白色柱子支撑，也许可以提供绝佳的视野。沙兰只能猜测，因为只有船员允许上去。

至少他们出来了。沙兰等人上船后的第一周就被关在货舱里。当人类和图腾终于被释放，获准在甲板上活动时，荣灵没有给出任何解释，只要他们不上高甲板、不惹麻烦就行。

茜尔仍然被囚禁着。

"看这里。"沙兰把她画的地图向卡拉丁一斜,"图腾说,在我们世界的卡哈巴兰斯附近,有一座荣灵的要塞叫忠正镇,我们肯定会去那里。我们离开祭兰城后就往西南方向走了。"

"我们被关在货舱里的时候,"卡拉丁轻声说,"我从舷窗看到了一片微小的火焰。是我们这边的城镇吗?"

"就是这里。"沙兰指着地图说,"看到河流交汇的地方了吗?湖的西南面在我们这边有城镇。这些对应河流的半岛本该挡住我们的去路,但灵体似乎在石头上开凿了一条运河。我们向东绕过冰路河,又向西转了。"

"也就是说……"

沙兰用炭笔指着一个地方。"我们就在这附近,正穿过霜冻之地向卡哈巴兰斯前进。"

卡拉丁揉了揉下巴。一个荣灵从上面经过,卡拉丁瞥了一眼,眯起了眼睛。获释后的第一天他就和荣灵吵了起来,结果又被关了两天。

"卡拉丁……"沙兰说。

"他们得放了茜尔。"卡拉丁说,"坐牢对我来说已经很糟糕了,对她来说只会更糟糕。"

"那就帮我想办法离开这艘船。"

卡拉丁回头看了看地图,伸手一指。"如果我们继续往这个方向走,"他说,"最终正好会从泰勒拿城的北面经过。"

"你说的'正好'意味着离那里还有三百多里远,周围是一片晶珠海。"

"那也比我们到过的任何一座誓约之门都要近。"卡拉丁说,"如果我们能让船往南拐一点点,也许就可以到达长眉海峡的海岸,那个地方在这边就是石头。又或者,你觉得我们还是应该往天青所说的那个在吃角族群峰上的影子'垂贯点'走?"

"我……"他的语气是那么富有说服力,又是那么富有动感,叫人难以抗拒,"我不知道,卡拉丁。"

"我们的方向是对的。"他坚定不移地说,"我看出来了,沙兰。我们只需要再坐几天船,然后想办法逃跑。在这边,我们可以走向誓约之门,而你可以把我们转移到泰勒拿城。"

听起来很明智,只是荣灵正监视着他们,融族也知道他们的去向,很可能在集中力量进行追击,而他们必须想办法从晶珠海上的一艘船上逃出来,到达海岸,再走两百里的路去泰勒拿城。

在卡拉丁的热情面前,这一切都会黯然失色,除了顶在他们头上的担忧:沙兰究竟能不能让誓约之门运作?她不禁感到,这个计划成功与否基本取决于自己。

然而那双眼睛……

"我们可以试试造反。"浣纱说,"没准干活的雾灵会听话。他们服从荣灵的命令,总是忙忙碌碌,不会开心的。"

"我不确定。"卡拉丁看到一个除了手和脸之外,浑身由雾气组成的雾灵走了过去,马上压低声音,"可能太草率了。我对付不了他们所有人。"

"如果你身上有飓光呢?"浣纱问,"如果我能给你偷回来,你要怎么办?"

卡拉丁又揉了揉下巴。风杀的,他留胡子可真帅,整张脸粗犷不羁,与蓝得耀眼的制服形成鲜明对比,宛如充满野性的热情之灵,被誓言和准则所约束……

等等。

等等,那是浣纱的意识吗?

沙兰摆脱了瞬间飘忽的人格。卡拉丁似乎没有注意到。

"或许，"他说，"你真以为你能为我们偷回那些宝石？如果口袋里装着飓光，我会安心得多。"

"我……"沙兰吞了口口水，"卡拉丁，我不知道是不是……也许最好不要和他们战斗。他们是荣灵。"

"也是监狱的看守。"卡拉丁说，随后却冷静下来，"不过他们正带着我们往正确的方向走，哪怕是无意的。如果我们把飓光偷回来，就这么跳下船呢？你能不能效仿塔冠城那次，找到珠子给我们做一条通往陆地的通道？"

"我……我想我可以试试。可荣灵难道不会就这么掉头，又把我们接走吗？"

"我会考虑这种情况的。"卡拉丁说，"试着找一些能用的珠子吧。"他走向甲板的另一端，从图腾身边经过。图腾正背着手站在那儿，以满是数字的思维思考。卡拉丁最终在天青身边坐下，轻声和她交谈，可能扼要阐述了他们的计划。

这个计划实在不周全。

沙兰把素描本夹到腋下，看着船外。无数晶珠、无数灵魂层层相叠，卡拉丁居然希望她在里面搜寻有用的东西？

一名水手走了过去，沙兰瞧了一眼。那名水手是雾灵，四肢呈气态，两臂末端戴着手套，具备女性特征的脸部形如瓷面具。她和她的同类一样，穿着背心和长裤，这些服装仿佛飘浮在一具由回旋的朦胧雾气组成的躯体上。

"海里的珠子有办法搞到吗？"沙兰问。

那个雾灵停留在原地。

"拜托，"沙兰说，"我——"

水手小跑而去，不久后带着船长回来了。船长名叫诺图姆，是一个高大威严的荣灵，浑身散发着柔和的苍蓝色光芒，穿着一套过时但醒目的海军制服，那是他身体物质的一部分。他的胡型是沙兰没有见过的,下巴刮得干干净净,就像吃角族人一样,但他留着细细的八字胡,两边各有一道精心雕琢的须发从面颊上一直梳到鬓角里。

"你有请求?"船长问沙兰。

"劳驾,船长,我想讨一些珠子来锻炼本领。"沙兰说,"我需要做点事来打发坐船的时间。"

"随便把灵魂实体化是很危险的,织光骑士。我不会让你在我的船上肆意妄为。"

由于图腾始终跟在沙兰身边,她不可能向船长隐瞒这个命令的本质。

"我保证不把任何东西实体化。"沙兰说,"我只想练习如何把珠子里的灵魂形象化。这是训练的一部分。"

船长把手背在身后,审视着沙兰。"好吧,"他说。沙兰吃了一惊,没想到奏效了。船长下达了命令,一个雾灵就用绳子放下一个桶,给沙兰舀了一些珠子。

"谢谢。"沙兰说。

"只是一个简单的请求。"船长说,"小心点就好。我想你反正需要飓光来达成实体化,但还是小心点。"

"如果把珠子带得太远会怎么样?"沙兰好奇地问道,而雾灵把桶递给她,"它们和实界域的物体是有联系的,对吧?"

"在裂影界,你可以把珠子带到任何你想去的地方。"船长说,"它们和实界域的物体是通过灵界域联系在一起的,距离并不重要。然而,把它们放下、让它们自由以后,它们就会回到它们在实界域对应的物体的通常位置。"船长看了沙兰一眼。"你们对这一切都很陌生。光辉骑士什么时候又开始对信条宣誓了?"

"嗯……"

沙兰的母亲面如死灰,双眼灼烧。

"才发生不久。"沙兰答道,"对我们大多数人来说只过了几个月，而对某些人来说已经过了好几年……"

"我们原本指望这一天永远不会到来。"船长转身向高甲板走去。

"船长？"沙兰问，"为什么把我们放了？如果您这么担心光辉骑士，为什么不继续把我们关起来？"

"这并不光彩。"船长说，"你们又不是犯人。"

"那我们是什么？"

"飓风之父才知道。幸好我没必要处理这种事。我们会把你们和上古之女交给更有权威的方面。在那之前，请尽量不要弄坏我的船。"

日子一天天过去，沙兰在荣灵那艘船上的生活已经成为常态。她大部分时候都坐在主甲板上靠近船舷的位置。荣灵提供了大量晶珠让她摆弄，但里面的灵魂对应的大多是没用的东西，比如岩石、枝条和碎衣服。不过，把它们想象出来还是很有帮助的。举起珠子，对着它们沉思，再加以理解？

物品也有欲望。没错，是朴素的欲望，但它们仍然可以热情地去守护这些欲望，这是她在几次施行塑魂术的尝试中学到的。眼下，她不想改变这些欲望，只是学着去触碰、去倾听。

她觉得有些珠子很熟悉。她越来越认识到，也许自己可以让它们的灵魂从珠子里绽放，成为这边的完整物体，称为"实体"。

在用晶珠操练的间隙，沙兰会画素描，有些能画成，有些则不能。她穿着阿多林买给她的裙子，希望更有沙兰的感觉。浣纱的人格不断显露出来，可能不无帮助，但这种事就这么发生了，还是让她害怕。这和知策告诫她的话正好相反，对不对？

卡拉丁则成天在主甲板上踱步，怒视着往来的荣灵，就像一头困兽。沙兰也能体会到同样的紧迫感。在祭兰城的遭遇之后，他们就没见过敌人的踪影，可沙兰每天晚上还是睡不安稳，唯恐会被敌舰接近的呼声惊醒。诺图姆已经证实，虚灵正在裂影界创建自己的帝国。他们还控制了培养的垂贯点，这是进入界域最容易的方式。

沙兰整理好另一把珠子，感受到了一把小匕首、一块石头和一块水果的印象，它们已经开始把自己看成一个新的东西，一个可以长成自己身份的东西，而不仅仅是一个整体的一部分。

在别人眼前，她的灵魂会是什么样？会给人一种统一的印象吗？

不远处，船上的大副走出了货舱。这名女性荣灵留着短发，脸部棱角分明，竟然还带着天青的碎瑛刃。她踏上主甲板，在高甲板的荫蔽之下，向站在附近看着海面掠过的天青走去。

好奇之下，沙兰将代表一把匕首的珠子装进口袋，以防万一，然后将桶盖在素描本上，走了过去。卡拉丁又在不远处踱步，也注意到了那把剑。

"拔的时候要小心。"天青在沙兰走近时对大副玻瑞亚说，"不要全拔出来，她不认识你。"

玻瑞亚穿着跟船长很像的制服，一本正经，不苟言笑。她解开碎瑛刃上的小搭扣，慢慢把剑从剑鞘中拔出半寸，然后猛吸一口气，说："有点……有点痒。"

"她在调查你。"天青说。

"真的像你说的那样。"玻瑞亚说，"无需灵体、无需奴役的碎瑛刃是另一回事了，你是怎么做到的？"

"我会按照我们的约定，在船抵达之后交换知识。"

玻瑞亚锵的一声把剑插回去。"非常牢固的纽带，人类。我们接受你的提议。"出人意料的是，玻瑞亚把武器对着天青，天青顺手接过。

沙兰凑近了些，看着玻瑞亚走向通往高甲板的台阶。

"怎么会？"沙兰问，"你让他们把武器还给你了？"

"他们很讲道理,"天青说,"只要你做出正确的承诺。我已经讲好了船票的价钱,等到了永节堡就交换情报。"

"你做了什么?"卡拉丁大步走过来,"你说什么?"

"我做了一个交易,'飓风恩护者'。"天青迎上他的目光,"一到他们的要塞,我就自由了。"

"我们不会去他们的要塞。"卡拉丁小声说,"我们要逃走。"

"我不是你的部下,甚至也不是阿多林的臣民。我要做能让我去垂贯点的事,除此之外,我还要搞清楚这些人对我要追捕的罪犯有多少了解。"

"你要为了赏金而丢掉荣誉?"

"我之所以在这儿,只是因为你们俩把我困住了,但我承认这不是你们自己的错。我不怪你们,但我也不欠你们的任务什么。"

"叛徒。"卡拉丁轻声说。

天青冷冷地看了他一眼。"卡尔,你早晚得承认,现在最好跟着这些灵体走。你可以在他们的要塞澄清误会,然后继续前进。"

"这会花上好几周的时间。"

"我不知道我们在赶时间。"

"达力拿有危险。你不关心吗?"

"关心一个我不认识的人?"天青说,"而这个人受到的威胁连你也说不清,事情发生的时间连你也不确定?"她抱起双臂。"原谅我无法分担你的焦虑。"

卡拉丁气得咬牙切齿,转身离开,径直走向通往高甲板的台阶。他们不该到那上面去,但有时规矩似乎并不适用于"飓风恩护者"卡拉丁。

天青摇摇头,转身抓住船的栏杆。

"他只是心情不好,天青。"沙兰说,"他之所以感到焦虑,我想是因为他的灵体还被关着。"

"或许吧。我当年也见过很多容易冲动的年轻人,而年轻的'飓风恩护者'感觉完全是另一种颜色。他这么急切想要证明的到底是什么?要是能知道就好了。"

沙兰点点头,又看了看天青的剑。"你是说……荣灵手上有你追逐的目标的情报?"

"是的。玻瑞亚觉得我追逐的武器几年前就路过了他们的要塞。"

"你的目标是……一件武器?"

"以及那个把它带到你们大陆的人。这件武器是一把能冒黑烟的碎瑛刃。"天青转向沙兰,"我不想冷酷无情,沙兰。我知道你们都渴望回到自己的土地。我甚至可以相信,'飓风恩护者'卡拉丁已经凭运气预见了危险。"

沙兰浑身颤抖。要警惕所有声称能预见未来的人。

"不过,"天青接着说,"即使他的使命很关键,这也不代表我的使命不关键。"

沙兰往高甲板一看,隐约听到了卡拉丁闹出的动静。天青转过身,两手交握,目视远方,似乎想要一个人待着,于是沙兰走回放东西的地方,坐下来,把盖在素描本上的桶挪开。素描本被风掀开,展现出她自己的各种版本,每一个版本都不对劲,不是把浣纱的脸画在光辉女士的身体上,就是正相反。

她又开始对着最新一桶珠子操练。她找到了一件衬衣和一口碗的灵魂,但下一颗珠子代表着一根落下的树枝,让她想起了上次沉入裂影界的经历,那时她在岸上差点冻死。

后来她为什么……为什么没有再碰塑魂术?她寻找过借口,避免去思考,把注意力都集中在织光术上。

她忽视塑魂术,因为她失败了。

因为她很害怕。她能创造不会害怕的人格吗?一个新的人格?自从在塔冠城的市场失败以后,浣纱就一蹶不振……

"沙兰?"阿多林来到她身边,"你没事吧?"

沙兰回过神来。她在原地坐了多久了?"没事。"她说,"只是……想起了什么。"

"好事还是坏事?"

"所有回忆都是坏事。"她不假思索地说道,别开眼睛,满脸潮红。

阿多林挨着她坐下。风杀的,他不加掩饰的关怀可真讨厌。她不希望阿多林为她担心。

"沙兰?"阿多林问。

"沙兰会没事的。"她说,"我一会儿就让她回来。我只要恢复……她的……"

阿多林瞧了瞧翻动的纸页,上面画着她的不同版本,伸手抱住她,什么也没说。此时无声胜有声。

她闭上眼睛,努力振作起来。"你最喜欢哪一幅?"她终于问道,"穿白衣服的是浣纱,可我现在跟她处得不太好,她偶尔会在我不愿意的时候出来,可等我需要她了,她又不出来了。练剑的是光辉女士,我把她画得比别人漂亮,你可以和她聊聊决斗。不过有时候,我必须做一个会织光术的人,我在想她应该成为谁……"

"阿什的瞎眼啊,沙兰!"

"沙兰崩溃了,我要把她藏起来。这就像对待一只裂开的花瓶,把完好的那一面朝向房间,遮住有缺陷的那一面。我不是故意的,但事情已经发生了,我不知道该怎么阻止。"

阿多林抱着她。

"没有建议吗?"她麻木地问,"大家似乎都有很多建议。"

"你比我聪明,我还能说什么呢?"

"能成为所有这些人,我很困扰。我觉得自己一直在呈现不同的面孔,对每个人撒谎,因为我的内心就是不同的。我……这说不通吧?"她又紧紧闭上眼睛,"我会重新振作起来的,我会成为……某一个人。"

"我……"阿多林在船颠簸的时候又搂紧她,"沙兰,我杀了撒迪亚斯。"

她眨眨眼,从阿多林怀里挣脱,直视他的双眸。"什么?"

"撒迪亚斯是我杀的。"阿多林小声说,"我们在塔城的走廊上相遇,他开始侮辱我父亲,说起他要对我们做的坏事,我听不下去了,实在受不了干站在那儿看着他那张自鸣得意的红脸,于是我就……袭击了他。"

"那么我们一直在追捕的凶手……"

"就是我。我是那个灵体第一次模仿的对象。我一直在思考自己是怎么对你、对我父亲以及对所有人撒谎的。正派人阿多林·寇林,不仅是决斗高手,还是杀手。而且,沙兰,我……我不觉得抱歉。

"撒迪亚斯是禽兽。他好几次都想害死我们。就因为他的背叛,我的许多伙伴都死了。等我正式向他发出决斗的挑战,他却蒙混过关。他比我精明,也比我父亲精明,总有一天他会取得胜利的,所以我杀了他。"

阿多林又搂住她,深吸一口气。

沙兰浑身发颤,低声说:"好样的。"

"沙兰!你是光辉骑士,不该容忍这种事!"

"我不知道该怎么做。我只知道托洛尔·撒迪亚斯死后,世界变得更美好了。"

"要是被我父亲知道了,他肯定不会高兴的。"

"你父亲是个伟大的人。"沙兰说,"或许他最好不要什么都知道,这也是为了他自己好。"

阿多林又吸了一口气。沙兰把头紧靠在他的胸口,空气进出肺部的声音清晰可闻,而他的嗓音变了,变得更加洪亮有力。"是啊。"

他说,"没错,大概吧。不管怎样,我想我都能体会对全世界撒谎的感受。所以,如果你想好了该怎么办,或许可以告诉我?"

沙兰依偎着他,听着他的心跳声和呼吸声,感受到了他的温暖。

"你从来没说过你更喜欢哪一个。"沙兰喃喃道。

"这还不明显?我更喜欢真实的你。"

"可哪一个才是真实的我?"

"就是正在跟我说话的那一个。你没必要躲藏,沙兰。你没必要压抑。花瓶也许裂开了,但这只表明它的内在可以显露出来了,而我喜欢内在。"

如此温暖舒适,却又陌生得出奇。这种平静、这种没有恐惧的所在,究竟是怎么回事?

上面传来的喧嚣破坏了这份安宁。她从阿多林怀里挣开,往上层甲板看去。"扛桥的小子在上面干吗?"

"阁下!"由雾气组成的水手灵体用蹩脚的阿勒斯卡语说,"阁下!别,请别这么做!"

卡拉丁没有理会,透过从附近船舱里拿走的望远镜看了起来。他站在高甲板的后段,在天空中搜寻。融族看着他们离开了祭兰城。敌人总会找到他们。

达力拿孤身一人,被九道影子包围……

卡拉丁终于把望远镜递给了焦急的雾灵。这时船长走了过来,他身上的紧身制服如果给人类穿,可能会不舒服。他把水手打发走,水手连忙跑开了。

"我还是希望你不要打扰我的船员。"诺图姆船长说。

"我还是希望你放了茜尔。"卡拉丁没好气地回应,通过他们之间的纽带感受到了她的焦虑,"我告诉过你,飓风之父宽恕了她的行为。她没有罪。"

矮个灵体把手背到身后。他们在这边接触过不少灵体,荣灵的习性似乎最像人类。

"我可以再把你关起来,"船长说,"甚至可以把你扔下船。"

"是吗?可这对茜尔有什么影响?她对我说过,失去已经建立纽带的光辉骑士,对灵体来说是很难受的。"

"没错,但她会恢复的,这样也许对大家都好。你和上古之女的关系……是不妥当的。"

"我们又不是私奔了。"

"比私奔还要糟糕,因为拿赫尔纽带是一种亲密得多的关系,是灵魂的连接,不该被随意对待。再说,上古之女还太年轻。"

"年轻?"卡拉丁说,"你刚才不是说,她是'上古之女'吗?"

"这很难向人类解释。"

"还是试试吧。"

船长叹了口气。"荣灵是荣誉在数千年前创造的。你们叫他全能之主,而他……恐怕已经死了。"

"还说得过去,因为我只会接受这个借口。"

"这不是闹着玩的,人类。"诺图姆说,"你们的神已经死了。"

"反正不是我的神。还请继续。"

"嗯……"诺图姆眉头一皱,显然认为卡拉丁更难接受荣誉已死的概念,"嗯,荣誉死前就不再创造荣灵了。他要求飓风之父代办,我们也不知道为什么。"

"他在安排继承人。我听说飓风之父就是全能之主的某种形象。"

"倒不如说是一道幽影。"诺图姆说,"你……你真的理解吗?"

"我不理解,但多半能跟上。"

"飓风之父只创造了少数孩子。除了茜芙蕊娜,所有孩子都在光辉变节之日被摧毁,成了亡眼灵。惨重的损失刺痛了飓风之父,害得他几百年内都没有再创造孩子。当他终于决定重新创造荣灵时,他只创造了十个。我的曾祖母就是其中之一,她创造了我的祖父。我的祖父创造了我的父亲,我的父亲最后创造了我。

"就算根据你们的计时方式,上古之女也是最近才被重新找到的,而那时她还沉睡着。所以,答案就是没错,茜芙蕊娜既古老又年轻:古老的是形态,年轻的却是思维。她没有准备好和人类打交道,当然也没有准备好与人类建立纽带。我自己也不放心这么做。"

"你觉得我们太善变了,对不对?善变得不能遵守誓言。"

"我不是轩灵。"船长啐了一口,"我看得出来,人类的多样性赋予了你们力量。你们能够改变自己的思想,并违抗曾经的想法,这是一个很大的优势,不过你们建立的纽带毫无荣誉可言,是很危险的。你们的能力无法受到足够的制约,可能会带来灾难。"

"怎么说?"

诺图姆摇摇头,扭头望向远方。"我无法回答。你怎么样都不该和茜芙蕊娜建立纽带。她对飓风之父来说太珍贵了。"

"算了,"卡拉丁说,"你迟了半年左右,所以还是接受吧。"

"还不算太迟。杀了你就能让她自由,但她会很痛苦。也有别的方法,至少在宣誓奉行最后的信条之前是这样。"

"我无法想象你会愿意为此杀一个人。"卡拉丁说,"老实告诉我,这有什么荣誉可言吗,诺图姆?"

诺图姆别过头,仿佛感到惭愧。

"你知道茜尔不该被这样关起来。"卡拉丁轻声说,"你也是荣灵,诺图姆。你一定明白她的感受。"

船长没有发话。

最后,卡拉丁咬咬牙,大步走开。船长没有要求卡拉丁到下面去,于是他来到高甲板的最前面,站在船头上方。

卡拉丁一手扶着旗杆，一脚蹬着靴子踩在较低的栏杆上，俯瞰晶珠海。他今天穿着制服，昨晚洗过了。"荣誉之道号"为人类提供了不错的住宿条件，包括一台能制造大量水的装置。这种设计如果不属于船本身，那也许可以追溯到几百年前，光辉骑士与他们的灵体一同在裂影界穿梭的时候。

水手改变航向，船在他脚下嘎吱作响。往左能看到陆地，他们在长眉海峡的另一边就能找到泰勒拿城，近在咫尺。

严格来说，他已经不是达力拿的护卫了。但风操的，他几乎在泣雨季期间抛弃了自己的职责。一想到达力拿正需要自己，而自己却被困在这里，无法伸出援手，他就感到一种几乎触及肉体的痛苦。他这一生辜负了太多人……

生先死，强护弱，行胜果。九字真言组成了风行骑士的第一信条，他已经念过了，但他不确定自己是否理解。

第二信条的意义更直接：我会保护那些无法自卫的人。直截了当，没错……但也势不可挡。世界上充满了苦难，他真的要去阻止这一切吗？

只要做法正确，我也会保护那些我恨的人。第三信条意味着在必要的时刻挺身而出，可谁来决定什么是"正确"？他应该保护哪一方？

他还不知道第四信条该怎么说，但他越是接近真相，就越是感到恐惧。第四信条对他有什么要求？

一丝光线拖着柔和的光迹，在他身边成形。不远处，一名雾灵水手倒吸一口气，轻推他的同伴。他的同伴敬畏地呢喃几句，两人慌忙跑开了。

我又做了什么？

又一丝光线旋转着出现在附近，与前面那道光芒协调一致，在空气中划出螺旋形的轨迹。他本想称它们为灵体，可它们不是他见过的种类。另外，这边的灵体似乎不会出现和消失——它们总是在这里，对不对？

卡……卡拉丁？他脑海里响起一个微弱的声音。

"茜尔？"他小声问。

你在干什么？他难得直接在脑海中听到茜尔的声音。

"站在甲板上。怎么了？"

没什么。我现在就能……感受到你的心境，这比以前更强烈了。他们放你出来了？

"是的。我还想让他们放了你呢。"

他们很固执。这是荣灵的特质，幸好我身上没有。

"茜尔，风行骑士的第四信条是什么？"

你知道你得自己去想，傻瓜。

"很难吧？"

对的，但你已经很接近了。

他身体前倾，看着漫灵漂浮在下面。一小群傲灵疾驰而过，没一会儿就飞上来，绕着他打转，然后向南飞去，速度比船还快。

那些古怪的光线继续围着他旋转。水手们聚集在后面，吵吵嚷嚷，后来船长也挤了过来，看得目瞪口呆。

"那都是什么？"卡拉丁朝那些光线点点头。

"是风灵。"

"哦。"他确实稍稍想起了风灵乘风飞翔的样子，"它们很常见的，为什么大家都这么不安？"

"它们在这边不常见。"船长说，"它们几乎完全生活在你们那边，我……我从没看到过。它们可真漂亮。"

或许我还是低估了诺图姆，卡拉丁心想，或许他会听从另一种请求。

"船长，"卡拉丁说，"作为一名风行骑士，我发誓要保护生命，而领导我们的铸契骑士正处于危险之中。"

"铸契骑士?"船长问,"哪一位?"

"达力拿·寇林。"

"不,我问的是三位之中的哪一位。"

"我不懂你的意思,"卡拉丁说,"可那一位的灵体是飓风之父。我都说了,我跟飓风之父有过对话。"

从船长惊诧的表情来看,卡拉丁或许应该早点提到这个事实。

"我必须遵守誓言。"卡拉丁说,"我希望你放了茜尔,然后带我们去一个可以在界域间进行传送的地方。"

"我自己也对荣誉、对我们信奉的真理发过誓。"船长说。

"荣誉已死,"卡拉丁说,"可那位铸契骑士还活着。你说你看得出人类的多样性是如何赋予我们力量的,那好,我要你也这么做。你必须明白,我对保护那位铸契骑士的渴望,比你对移交茜尔的渴望更重要,特别是因为飓风之父很清楚茜尔的位置。"

船长望了那些风灵一眼,它们仍旧围着卡拉丁旋转,在消失之前沿着船身划出一道道光轨。

"我会考虑的。"船长说。

阿多林在台阶顶端停下脚步,紧挨在沙兰身后。

风操的冲桥手卡拉丁立在船头,被道道光线环绕。光线照亮了他勇武的身躯,勾勒出坚定不移、无所畏惧的形象。他身穿利落挺括的守城卫队制服,一手扶住旗杆。船上的灵体注视着他,仿佛一位风操的令使前来宣告宁静园的光复。

就在前方,沙兰似乎变了,不仅是举止,还有姿势。她不再把重心放在单条腿上,而是稳稳地站着。

望着卡拉丁,她似乎变得更温柔了,嘴角上扬,满脸通红,露出深情乃至迫切的表情。

阿多林缓缓呼出一口气。他以前见过沙兰这样，也在她的本子里见过卡拉丁的素描，可现在他看着沙兰，却无法否认自己目睹的景象。沙兰的眼神满是挑逗。

"我得画下来。"虽然她这么说了，但她只是站在原地盯着卡拉丁看。

阿多林叹了口气，踏上高甲板，荣灵似乎不再禁止他们入内。他走到从另一段台阶上来的图腾身边，图腾正高兴地自言自语。

"跟他争可有点难。"阿多林指出。

"嗯。"图腾说。

"要知道我可从来没有过这种感觉。不只是卡拉丁的问题，还有这一切，以及发生在我们身上的事。"他摇摇头，"我们真是一群怪人。"

"是的。七个人都很怪。"

"我又不能怪他。他又不是自己想变成那样的。"

不远处，一个水手灵体放下望远镜，她是少数几个没有聚集在"飓风恩护者"和他那道光晕周围的船员之一。她一皱眉，又把望远镜举起来，开始用灵体的语言呼唤。

船员从卡拉丁身边散开，聚拢过来。阿多林后退几步，等着和卡拉丁及沙兰会合。天青登上了附近的台阶，表情关切。

"怎么了？"卡拉丁问。

"不知道。"阿多林说。

船长招呼雾灵和荣灵让道，接过望远镜。最后他放下望远镜，回望卡拉丁。"你说你们可能被跟踪的时候，还真没说错，人类。"船长招呼卡拉丁和阿多林上前，"看看水平线上两百一十度的位置。"

卡拉丁举起望远镜看了看，呼出一口气。他把望远镜递给阿多林，但沙兰先抢了过去。

"风杀的!"她说,"至少有六个。"

"斥候说有八个。"船长应道。

终于轮到阿多林了。由于天空一片漆黑,他过了很久才发现远处那些朝船只飞来的斑点。融族。

109

内书亚-卡达

> "子夜之母"瑞西法又是一个似乎在亚哈里提安期间被摧毁的灭者。
> ——摘自赫熹《秘辛考》第231页

达力拿伸手抚摸嵌在石墙上的一条红色晶体。这条细细的矿脉自顶上开始,沿着墙壁蜿蜒而下,直通地面,摸上去很光滑,质地与周围的岩石截然不同。

他用拇指沿着晶体摩挲。起伏的纹理从这根矿脉延伸开去,越变越宽。

"这表示什么?"他问纳瓦妮。他们俩站在塔顶附近的储藏室里。

"不知道。"纳瓦妮说,"但我们发现得越来越多了。你了解基要神学吗?"

"那是虔诚者和文书的事。"他说。

"也是塑魂者的事。这是石榴石。"

石榴石?让我想想……用绿宝石能变出粮食,这是最重要的来源,用金绿柱石能变出肉类。为了供应这两种宝石,他们饲养动物来获取琼心石。用钻石肯定能变出石英，而……风操的，其他的宝石他就不太清楚了。用黄玉能变出岩石，他们就需要这些在破碎平原上建造营堡。

"用石榴石能变出血。"纳瓦妮说，"我们没有用石榴石的塑魂者。"

"血？听起来毫无用处。"

"嗯，从科学的角度来看，我们认为塑魂者能够用石榴石制造任何可溶于水的非油类液体……你斜视了。"

"对不起。"达力拿摸了摸晶体，"又是一个谜。我们什么时候才能找到答案？"

"下面的记载声称，"纳瓦妮说，"这座高塔就像活物，有着绿宝石和红宝石构成的心脏，以及石榴石构成的血管。"

达力拿站起身，环顾昏暗的厅室。休会期间，君主的座椅都摆在这儿。达力拿放在门边石台上的润石照亮了四周。

"如果这座高塔是活物，"达力拿说，"那它现在已经死了。"

"或者在沉睡。即便如此，我也不知道该怎么唤醒它。我们试图像对待法器那样为它注入飓光，甚至让雷纳林把飓光推进去。都没用。"

达力拿抱起一把椅子，把门推开。他用脚抵着门，赶走了想要代劳的护卫，纳瓦妮则收起润石，和他一起走进会议室，来到那面正朝飓风之源的玻璃幕墙前。

达力拿把椅子放下，看了看戴在前臂上的钟表。他越来越依赖这个破玩意了。里面还有一枚止疼器，封装着以痛苦为食的灵体，可他从没有想到用它。

还有十二分钟刮飓风。假设艾瑟巴计算无误。对芦传来的消息已经确认，这场飓风在几个小时前就在东方登陆了，相关的计算只剩判断风速。

一名信使来到门口，当值的军士克里尔去应门了。克里尔是……第二十冲桥队的冲桥手吧？他和他的双胞胎兄弟都是护卫，不过克里尔戴着眼镜。

"长官，光明女士考尔来信。"克里尔把短函递给纳瓦妮。短函的页边有被夹子夹在写字板上的痕迹，密密麻麻的文字只写在中间，看着像是对芦的通笔记录。

"是芬恩发来的。"纳瓦妮说，"一艘商船在南之深渊消失了，就在玛拉特附近。船员上了岸，为了使用对芦，还指望保持安全距离。他们报告说，岸边有大量船只停靠。从附近城市升起的发光人影突然落到他们身边，通信便中断了。"

"这证实了敌人在建立海军。"达力拿说，"如果那支舰队不等他自己的船准备好就从玛拉特出发，或者他的舰队出发时风向不对……"

"让忒夏芙给泰勒拿人回信，"达力拿说，"向芬恩女王和我们的其他盟友建议，下一场会议在泰勒拿城举行。我们要检查要塞，加强地面防御。"

他让几名护卫在外面等候，然后走到窗边，看了看腕表。只剩几分钟了。他以为能看到下方的飓幕，但在这么高的地方很难断定。他不习惯俯视飓风。

"你确定要这么做吗？"纳瓦妮问。

"今天早上飓风之父也提过类似的问题。我问他知不知道战争的首要原则。"

"是关于地形的那条，还是关于乘虚出击的那条？"

达力拿辨认出了在下方的天空中翻涌的黑暗波纹。

"都不是。"达力拿回答。

"啊，也对。"纳瓦妮说，"我早该猜到的。"她有充分的理由感到紧张。这是达力拿在见过仇恨后第一次重新进入幻境。

但在这场战争中,达力拿觉得自己是盲目的。他不知道敌人有什么目标,也不知道他们打算如何扩张。

战争的首要原则是了解敌人。

他抬起下巴,飓风大概在第三段的高度撞向乌有斯麓。

周围变得一片空白。达力拿随即出现在古老的宫殿里,这座大厅有着砂岩柱和俯瞰古代塔冠城的阳台。诺哈东在立柱厅的中央大步穿行,他还年轻,不像达力拿最近那场梦中那么年迈。

达力拿取代了站在门边的卫兵。一名纤细的女性仆族智者出现在国王身边,占据了达力拿很久以前待过的位置。她留着橙红色的头发,皮肤上有着复杂的红白两色大理石纹理。她用红眼睛往下看,为自己的突然出现和身上的御前顾问长袍而惊讶。

诺哈东开始对她说话,好像她就是国王的朋友卡姆似的。"我不知该怎么办,老朋友。"

仇恨发现幻象开始了,飓风之父提醒达力拿,敌人正关注着我们。他来了。

"你能挡住他吗?"

我不过是神的影子,而他的力量远超于我。飓风之父的声音比达力拿习惯的要小。他就像典型的恶霸,不知道该如何面对比自己强大的人。

"你能挡住他吗?我需要时间来和她谈谈。"

我会……努力的。

这就够了。可惜的是,这意味着达力拿来不及让这名女性仆族智者完整地经历幻象了。他向女子和诺哈东走去。

温丽转过身。她在哪里?这里不是玛拉特。难道仇恨又召唤了她?

不,这不是那场风暴。他不会在飓风期间到来。

一名穿着长袍的年轻阿勒斯卡男子正对她喋喋不休。她没有理会,只是咬了咬自己的手,看看会不会疼。

原来还会疼。她晃了晃手,低头看着身上的长袍。这不可能是一场梦,场面太逼真了。

"朋友?"那名阿勒斯卡男子问,"你还好吧?我知道那些事对我们所有人都造成了损失,但——"

重重的脚步声在石地上响起,另一名阿勒斯卡男子走了过来。他穿着挺括的蓝色制服,两鬓斑白,脸不像其他人类那样⋯⋯圆。他的五官长得几乎和听者一样,哪怕鼻子歪斜,脸上的沟壑远比听者多。

等等⋯⋯她心想,调谐至好奇之韵,那不是⋯⋯

"战场上发生了骚动,长官。"年长者对她的同伴说,"您得马上赶过去。"

"怎么搞的?我没听说——"

"他们没透露,陛下,只说有急事找您。"

人类国王抿紧嘴巴,向门口走去,显然很恼火。"跟我来。"他对温丽说。

年长者抓住温丽的手肘。"别去。"他轻声说,"我们得谈谈。"

是阿勒斯卡的军队领袖。

"我叫达力拿·寇林,"那人说,"我领导着阿勒斯卡人。你现在看到的是过去事件的幻象,只有你的思想被传送了过来,而身体却没有。幻象中只有我们俩是真人。"

温丽把胳膊从他手里扯出来,调谐至恼怒之韵:"你怎么⋯⋯为什么把我带到这里?"

"我想谈谈。"

"那是当然。因为你们输了,而我们占领了你们的首都,现在你们倒想谈谈了。可是你们在破碎平原上屠杀我的族人的那些年呢?"这对他们来说只是游戏。听者间谍的报告显示,人类在破碎平原上很享受这项运动,将聚敛财富和夺去听者的生命作为大赛的一部分。"

"你们派出那位碎瑛武士使者后,我们就愿意谈。"达力拿说,"我现在愿意再谈一次。我想忘掉旧日的恩怨,哪怕是针对我的个人恩怨。"

温丽走开了,依然和着恼怒之韵说:"你怎么把我带到这个地方来了?这里是监狱吗?"仇恨,这是你的杰作吗?用敌人的假象来考验我的忠诚?

她运用的是旧的韵律。受到仇恨的关注时,她始终做不到这一点。

"我很快就会把你送回去。"寇林追上了温丽。虽然他在人类中不算矮,但温丽目前的形态却足足高了他六寸。"请听我把话说完。我想知道双方停战的代价。"

"停战?"温丽被逗乐了,在阳台附近停步,和着欢乐之韵问,"停战?"

"也就是和平,没有灭世、没有战争。代价是什么?"

"嗯,首先是你的王国。"

他蹙起眉头。他说话时就像所有人类那样死气沉沉,但他的感情都表现在脸上,充满激情。

所以灵体才会为了他们背叛我们?

"阿勒斯卡对你们有什么意义?"他说,"我可以协助你们在破碎平原上建立新的国家。我会提供劳力来兴建城市,也会提供虔诚者来传授你们所需的任何技能。不管是用来交换塔冠城和城内居民的财富,还是正式的道歉,你们有什么要求,我都可以满足。"

"我要求保留阿勒斯卡的控制权。"

他的脸变成了一张痛苦的面具,眉头紧锁。"你们为什么非得住在那儿？对你们来说，阿勒斯卡只是要征服的地方，可对我来说，那儿是我的祖国。"

温丽调谐至责备之韵："你还不明白吗？住在那儿的歌者是我的同胞，都来自阿勒斯卡。阿勒斯卡也是他们的祖国。他们和你唯一的区别是，他们生来就是奴隶，而你是他们的主人！"

他皱眉道："那也许还能通融。王国分封？设立一位仆族轩亲王？"他似乎为这个想法而震惊。

温丽调谐至决断之韵："听你的口气，你知道那是不可能的。没有通融的余地，人类。把我从这个地方送出去。我们可以在战场上见面。"

"不。"他又抓住温丽的手臂，"我不知道要怎么通融，但肯定能想办法。让我向你证明，我想谈判，而不是战斗。"

"那你可以从不攻击我开始。"温丽和着恼怒之韵说道，从他的掌控中挣脱。

说实在的，温丽不清楚自己能不能战胜他。他目前身材高大，但很脆弱。其实温丽从来都不擅长战斗，哪怕换上了合适的形态。

"至少让我们试着谈判吧，"他说，"求你了。"

他的口气不太恳切，神色愈发严峻，面部紧绷，怒目而视。只有跟着韵律说话，才能把自己想传达的心境注入到语气中，哪怕当下的情绪并不配合。人类没有这种手段。他们沉闷得就像最迟钝的奴隶态听者。

一声重击响彻幻境。温丽调谐至焦虑之韵，冲到阳台上。一座半毁的城市在下面延伸开来，那里发生过战斗，死者堆积如山。

重击声再次响起。空气……空气被打破了。云层和天空仿佛是一幅壁画，绘制在巨大的穹形天顶上。重击声不断传来，空中现出了一片网状裂缝。

裂缝之后闪耀着鲜艳的黄色光芒。

"他来了,"温丽低声说着,向光芒挥手,"所以不可能谈判,人类。你们想要得到和平?那就屈服吧。你们可以投降,指望他不毁灭你们。"

希望很渺茫,因为莱恩曾对她说过要消灭人类。

又是一声重击,天空裂开一个洞,强光照了进来,吸收了如镜子般破碎的空气。

一股力量从洞口涌出,城市剧烈地震颤着,把温丽抛到了阳台的地板上。寇林伸手扶她,却因为另一波冲击而跌倒。

大厅墙壁上的砖块彼此分离,开始飘散。构成阳台的木板渐渐抬起,钉子飘向天空。一名护卫跑到阳台上,却一个踉跄,皮肤分解为水和干枯的躯壳。

一切只是……分崩离析。

温丽周围起了一阵狂风,把碎石残屑卷入空中的洞口和后面那片可怕的亮光。木板裂成碎片,砖块从她头顶飘过,她怒吼一声,决断之韵在心中澎湃。她抓牢仍未分离的那部分地板。

如此炽热。她很熟悉这种剧痛,仇恨的热量灼烧着她的皮肤,烧得她的骨头都化为了灰烬,可她不知为何还能感觉到。每当仇恨对她下令时,都会发生同样的情况。如果仇恨发现她和敌人交好,又会做出什么更可怕的事?

她调谐至坚定之韵,从光芒中匍匐而出。快逃!她爬进连着阳台的大厅,猛地站起来,拔腿就跑,可狂风撕扯着她,让她举步维艰。

天顶轰地一声瓦解了,迸裂的砖块涌向虚空,那名不幸护卫的残骸也随之升起,仿佛一只干瘪的米袋、一个断线的木偶。

温丽又落到了地上。她继续匍匐前进,但石地却裂开了,带着她往上飘。没过多久,她就摇摇晃晃地从一块飘浮的石头上爬到另一块石头上。决断之韵仍在鸣响,她斗胆回头看了一眼。那个洞,光芒尽情享用着……

她背过身,急着想办法延缓自身的灼烧,却又停下脚步回望。达力拿·寇林站在阳台上,通体发亮。

内书亚-卡达——光辉骑士。

她无意中调谐至敬佩之韵。在寇林周围,阳台是稳固的。木板在他脚下颤动,却没有飞入空中。阳台栏杆已经在他两侧裂开,但他牢牢握着的部分依旧牢固。

他是温丽的敌人,然而……

很久以前,人类违抗了温丽的诸神。尽管她的歌者同胞被奴役的遭遇不容忽视,但人类还是斗争过,并取得了胜利。

对此,听者一族以一首歌来铭记。这首歌名叫《内书亚-卡达》,要和着敬佩之韵演唱。

平静柔和的光线从达力拿·寇林的手上扩散到栏杆上,再蔓延到地上。木板和石块从空中沉下来,重新组合,载着温丽的那块石头也回到了原位。整座城市的房屋都爆裂开来,迅速飞升,只有这座塔楼的墙壁逐渐归位。

温丽立刻向朝下的台阶走去。不管寇林在做什么,如果他停下了,温丽希望自己能站在坚实的岩地上。她迂回来到底楼,一上街就走到靠近阳台和达力拿影响范围的位置。

天上,仇恨的光芒熄灭了。

石块和碎片如雨点般落在城里,在她周围掉下。干枯的尸体像被丢弃的衣服那般坠落。她紧靠塔楼外墙,调谐至焦虑之韵,抬起手臂挡住灰尘。

那个洞还留在天上,但后方的光芒已经消失了。城市的废墟似乎……形同虚设,没有恐惧的呼喊,没有痛苦的呻吟,尸体只是躺在地上的空壳。

忽然,一声重击划破她身后的空气,另一个洞口打开了,位置较低,靠近城市的边缘。天空塌陷,那道可憎的光芒再次出现,吞噬了附近包括城墙和房屋在内的一切，就连地面也崩裂了，流进了那个无底洞。

一阵狂风裹挟着灰尘和残屑袭过温丽全身，她紧靠石墙，紧抓着阳台的支柱，从远处洞口传来的酷热彻底将她吞没。

她紧闭双眼，抓得更牢了。仇恨可以取她的命，但她决不放手。

宏大的目标呢？仇恨提供的力量呢？她还想拥有吗？还是说，这一切只是可以依附的东西，因为她导致了族人的灭亡？

她咬紧牙关，远远听到了一种平静的韵律。它盖过了风的呼啸声，盖过了灰尘和石块发出的啪嗒声。是焦虑之韵吗？

她睁开双眼，发现天音正顶着狂风，奋力朝她飞来，一道道光圈从小灵体身上进出。

沿街的房屋轰然倒塌。整座城市土崩瓦解，就连王宫也未能幸免，只有阳台附近的区域例外。

小灵体切换至失落之韵，逐渐向后滑去。

温丽大喊一声，松开支柱，立刻被风推起。尽管褪下了飓风态，但她依然处于强力形态，动作极其灵活。她侧过身子，在下落时控制着自己，双脚朝向那片光芒，在石面上滑行。到了离小灵体不远的地方，她用脚卡住街上的一条裂缝，伸手抓住一块碎石的缝隙，让自己停下，然后转过身，用另一只手从空中抓住天音。

天音的触感就像被风吹动的丝绸，温丽用左手拢住灵体，感到一阵阵温暖。她把天音捂在胸前，灵体发出赞赏之韵的脉动。

太好了，温丽心想，低头迎着风，脸颊紧贴地面，右手抓住石隙，**现在我们可以一同倒下了。**

她怀有一个希望。坚持下去，但愿最终……

酷热消退，狂风止息。碎屑哗啦啦地落回地面，这次没有那么嘈杂。不光是风一直在向侧面刮，而不是向上刮，就连碎屑也没有剩下多少。

温丽站起来,满身灰尘,脸上和手上都被石片划破了。天音在她手中轻轻脉动。

这座城市基本消失了,只留下了偶然可见的地基轮廓和风刃山的遗迹,就连这种古怪的地貌也被削成了只有五六尺高的小山包。城里仅存的建筑是寇林站立的塔楼的四分之一。

她身后有一个伸向虚无的漆黑裂口。

大地震颤。

糟了。

脚下的石地受到捶打,开始摇晃、崩塌。就在一切终于分崩离析的时候,她奔向了破败的王宫。地面、残余的地基乃至空气似乎都瓦解了。

一道缝隙在脚下裂开,温丽纵身一跃,想跳到另一边,但差了几寸,只能跌进洞里。她在半空中翻腾着落下,一手伸向崩塌的天空,一手紧抱着天音。

那个身穿蓝色制服的男子从上方跃入裂缝。

他挨着洞口边缘坠落,朝温丽伸出一只手,另一只手则碰擦着岩壁。几道闪光绕过他的手臂,将他全身覆盖。他的手指刮到石面后却没有流血。

温丽四周的岩石其实是空气本身,这时变得更坚固了。她不顾下方的高温,放慢速度,刚好让自己的手指碰到寇林的手指。

去吧。

她倒在玛拉特洞穴的地上,幻象消失了。她喘着粗气,浑身是汗,松开握着的拳头。天音飘了出来,发出迟疑的律动,这才让她放心下来。

※

达力拿陷入了纯粹的痛苦。

他感到自己被撕裂、被活剐、被粉碎，身上的每个部分都被移走，只得单独承受伤害。这是一种惩罚、一种报应、一种针对个人的折磨。

这一切可能会永远持续下去，所幸痛苦消失了，他苏醒过来。

他跪在一片无边无际、闪闪发光的白色石地上。光芒在他身边凝聚，化为一个穿着金白两色服装、手持短柄权杖的人形。

"你看到了什么？"仇恨好奇地问道，用权杖轻敲地面，仿佛那是一根拐杖。诺哈东的王宫——达力拿刚才还在的地方——从一旁的光芒中具现。"啊，又来了？从死者身上寻找答案？"

达力拿紧紧闭上眼睛。他真是个傻瓜。哪怕先前有谋求和平的希望，他也很可能亲手把机会破坏了，因为他把那名女性仆族智者带进了幻境，让她遭受仇恨的淫威。

"达力拿，达力拿，"仇恨在一个由光芒形成的宝座上坐下来，一手搭在达力拿肩上，"我了解痛苦的滋味。我是唯一做得到的神，也是唯一会在乎的神。"

"到底能否取得和平？"达力拿嗓音嘶哑地问。要说话很艰难，因为就在片刻前，他还在光芒中体会着被撕裂的感觉。

"能，达力拿。"仇恨说，"总能取得和平。"

"在你毁灭柔刹之后。"

"在你毁灭柔刹之后，达力拿。我会重建柔刹。"

"那就同意进行代理斗士的对决。"达力拿把这句话挤出口，"让我们……让我们想办法……"他渐渐失语。

他怎么能对抗这样的存在？

仇恨拍了拍达力拿的肩膀。"坚强点，达力拿。就算你对自己没信心，我也对你有信心。虽然会痛苦一阵子，但痛苦总会终结。和平就在未来等着你，撑过这段痛苦就是胜利，孩子。"

幻境消失了，达力拿发现自己回到了乌有斯麓高层的房间。他瘫坐在自己的座椅上,纳瓦妮挽着他的胳膊,一脸焦急。

透过纽带的联系,达力拿感到飓风之父在哭。飓风之父阻挡了仇恨,却风操的付出了代价。柔刹最具影响力的灵体——塑造一切生命的风暴的化身——像个孩子似的哭泣,低声诉说着仇恨有多强大。

110

漫天繁星

> 子夜之母模仿她见过或吞噬过的生物,创造了由阴影和油构成的黑暗怪物。在现代文学中,我找不到与它们的描述相符的灵体。
>
> ——摘自赫熹《秘辛考》第 252 页

诺图姆船长下达了命令,两名水手打开船体的一部分,露出外面湍急的晶珠海浪。

沙兰把闲手放在打开的货舱门的门框上,探出身子望着翻滚的晶珠海深处。阿多林试图把她拉回来,她却留在原地不动。

这天她决定穿浣纱的衣服,部分原因是浣纱的衣服有口袋。她带了三颗较大的宝石,而卡拉丁带了四颗。他们手头的布罗姆都已经耗尽飓光,就连这些未经切割的大颗宝石也快变暗了,但愿还能坚持一段时间,让他们抵达泰勒拿城和誓约之门。

在波涛的另一边——他们靠得很近,水手担心晶珠下面隐藏着礁石——一片黑压压的景观打破了海平面。那是长眉海峡在裂影界的反面,陆地上树木高耸,形成了黑色的玻璃植物丛林。

一名水手重重地走下台阶,进入货舱,高声对诺图姆船长说话。

"你们的敌人已经很接近了。"船长翻译道。

"荣誉之道号"在前几个小时全速行驶,漫灵拼命拉船,但这远远不够。融族的动作比不上卡拉丁,但仍然比这艘船快得多。

沙兰看着船长,他那张长满胡须的脸庞泛着柔和的幽光,没有流露出激烈心理斗争的迹象。是将俘虏交给敌人,或许还能拯救船员,还是放了他们,希望上古之女能逃脱?

货舱的后门打开了,卡拉丁领着茜尔走出了关押她的船舱。船长直到现在才允许释放她,仿佛想把决定推迟到最后一刻。茜尔脸色苍白,紧抓着卡拉丁的胳膊,连站立都很困难。她可以跟他们一起上岸吗?

她是灵体,不需要呼吸。她会好起来的。但愿如此。

"走吧,"船长说,"而且要尽快。我的船员被抓以后,我不保证他们能长久地守住这个秘密。"显然,要杀死灵体很困难,要伤害他们却很容易。

另一名水手把阿多林的剑灵从禁闭室里放了出来。她不像茜尔那样憔悴——对她来说,去哪儿似乎都一样。

卡拉丁领着茜尔走过来。

"上古之女。"船长低下头。

"不愿看我的眼睛吗,诺图姆?"茜尔说,"我想,把我关在这儿,就和你在故乡听候父亲的差遣四处奔波的日子没什么两样。"

船长没有回应,只是背过身。

茜尔和亡眼灵归队后,就只剩下一人了。天青穿戴着胸甲和斗篷,两臂交叉,懒洋洋地站在台阶旁。

"你确定不改变主意吗?"沙兰问。

天青摇摇头。

"天青,"卡拉丁说,"我原先把话说得太重了,这并不代表我——"

"不是因为这个。"天青说，"我只是有一条不同的线索要追寻。再说，我丢下了我的部下，让他们在塔冠城和那些怪物战斗。我觉得不该再做同样的事了。"她莞尔一笑。"别为我担心，'飓风恩护者'。如果我留在这里，你们和这些水手活下来的机会才更大。两个小伙子，等你们下次见到那个教你们晨练套路的剑客，记得提醒他，说我在找他。"

"扎赫尔？"阿多林问，"你认识扎赫尔？"

"我们是老相识了。"天青说，"诺图姆，水手们有没有把那几捆布裁成我要求的形状？"

"都裁了。"船长说，"可我不明白——"

"你很快就会明白的。"天青缓缓向卡拉丁行礼，卡拉丁向她回礼，动作更利落。她朝他们点过头，就往主甲板走去。

船驶过一大波晶珠，一些晶珠穿过敞开的货舱门涌了进来。拿着扫帚的水手开始把它们扫出去。

"你们走吗？"船长问沙兰，"你们每耽搁一秒，就会增加大家的危险。"他还是不愿看茜尔。

好吧，沙兰心想。总得有人打头。她一手牵住阿多林的手，一手牵住图腾的手。卡拉丁与图腾和茜尔手牵手，阿多林则抓住他的灵体。他们挤在货舱的门口，望着下方的晶珠海。晶珠海翻滚着，在遥远日光的照射下，如漫天繁星般闪耀……

"好了，"沙兰说，"跳！"

她和其他人一起跳下船，掉进了晶珠海，被晶珠海吞没。他们似乎很容易陷进去，就像之前那次一样，她感到有什么力量在把她往下拉。

她沉入了晶珠海。珠子在她的皮肤上滚动，树木和岩石的思想淹没了她的感官。她极力克制，不让自己挣扎得太厉害，一边紧抓着阿多林，但图腾的手松开了。

1271

不能这样！不能被珠子吞没，不能——

他们沉入了海底，但海岸附近的晶珠海很浅。沙兰终于允许自己吸入飓光。飓光赋予她能量，让她平静下来。她在口袋里摸索着先前从桶里挑出的珠子。

她把飓光注入这颗珠子，周围的珠子就颤动起来，向外退去，形成了一间斗室的四壁和天花板。幽幽的飓光从她的毛孔中袅袅升起，照亮了这个空间。阿多林松开手，跪了下来，又是咳嗽又是喘息。他的亡眼灵一如既往地站在原地。

"诅咒之地的，"阿多林喘着气说，"差点淹死在没有水的地方。应该没有这么困难吧？只要屏住呼吸……"

沙兰走到墙边，竖起耳朵。没错……她几乎能听到哗啦作响的珠子的低语声。她把手伸出墙壁，指尖碰到了布料。她手一抓，片刻后卡拉丁就拉住她的胳膊，挺身进入用珠子做成的房间，跟跟跄跄地跪倒在地。

他身上暗淡无光。

"你没有用宝石？"沙兰问。

"差点就得用了。"卡拉丁深吸几口气，站了起来，"可我们需要节约。"他转过头。"茜尔？"

房间另一侧传来动静，表示有人靠近。除非沙兰走过去，伸手打破晶珠墙的表面，否则谁也进不来。倒是图腾走到室内，环顾房间，高兴地哼哼着："嗯，很不错的图案，沙兰。"

"说到茜尔，"卡拉丁重复道，"我们是手牵手跳下来的，可她松手了。她去了哪里——"

"她不会有事的。"沙兰说。

"嗯，"图腾赞同道，"灵体不需要呼吸。"

卡拉丁深吸一口气，点了点头，还是踱起步来，沙兰便坐到地上等待，把背包放在腿上。他们都带着一件换洗衣服、三壶水和阿多林买的食物，但愿这些物资足够他们抵达泰勒拿城。

接着沙兰就得让誓约之门运作了。

他们尽量等待着，希望融族已经从附近飞过，还在追赶那艘船。最后沙兰站起来指了指："往那边走。"

"你确定吗？"卡拉丁问。

"我确定，就连这道斜坡也确定。"沙兰踢了踢坡度很缓的黑曜石地面。

"行。"阿多林说，"大家手拉手。"

他们照做了。沙兰回收了构成房间外层的飓光，心脏怦怦直跳。珠子扑面而来，将她包围。

他们逆着如潮的晶珠走上斜坡。这比她想象的要困难，流动的晶珠似乎决意阻挡他们，不过她还是有着飓光的支撑。他们很快就到了一个陡峭难走的地方，沙兰松开他的手，爬上斜坡。

她刚把脑袋探出表面，茜尔就出现在岸上，伸手拉着沙兰爬上最后几尺。珠子从沙兰身上滚落，哗啦啦地掉到地上，其他人也在这时爬上了岸。

"我看到敌人飞过去了。"茜尔说，"那时我藏在树丛里。"

在她的催促下，他们走进了玻璃树林，然后才坐下来，从刚才的逃脱中恢复。沙兰忽然很想拿素描本画画。看看这些树！树干是半透明的，树叶就像用玻璃吹出来的，色彩斑斓。丝丝缕缕的苔藓从一根树枝上垂下来，仿佛熔化的绿色玻璃，一被她碰到就断了。

天上的云层泛起珠光虹彩，标志着现实世界又起了飓风。沙兰几乎无法透过树冠看到，但图腾和茜尔立刻就受到了影响。他们站得更直了，茜尔惨白的脸色也改善了，变成了正常的苍蓝色。图腾的头部转变得更快了，短短几分钟内就旋转了十几周。

沙兰身上还在冒飓光。她吸入了大量飓光，但没有流失太多。她将剩余的飓光回收到宝石里。虽然她不太理解这个过程，同时却又觉

1273

得很自然。

不远处，茜尔用一种惆怅而恍惚的表情看着西南方向。"茜尔？"沙兰问。

"那边也起了风暴……"茜尔低声道，浑身发颤，似乎很难为情。

卡拉丁掏出两颗宝石。"好吧，"他说，"我们开始吧。"

他们决定用两颗宝石所含的飓光向腹地飞行，冒着风险为接下来的跋涉开个好头，但愿融族不会对荣灵太残忍。沙兰很担心他们，但她同样担心融族掉头回来搜寻他们这群人的后果。

经过短暂的飞行，他们应该能深入内陆，很难被找到。落地后，他们将花上几天时间徒步穿越裂影界的陆地，抵达呈现湖泊形态的泰勒拿本岛，而泰勒拿城和城内的誓约之门处在湖泊的边缘。

卡拉丁用风行术将他们一个一个往上甩，所幸他的技能也对灵体有效。他们升到空中，开始最后一段旅程。

III
伊埃拉碑铭

不用仔细阅读也能看出我只列了八个灭者。传闻认为灭者有九个，九是邪恶而不对称的数字，经常与敌人联系在一起。

——摘自赫熹《秘辛考》第 266 页

达力拿走出誓约之门的控制室，来到泰勒拿城，见到了他在全柔刹最想揍的人。

梅里达斯·亚马兰站得笔直。他穿着纽扣锃亮的撒迪亚斯家族制服，身材高大，姿态凌厉，举止规矩，长着瘦削的脸庞和方正的下巴，胡子剃得干干净净，是阿勒斯卡军官的完美形象。

"汇报。"达力拿说着，不想在语气中透出反感。

亚马兰——撒迪亚斯——跟上达力拿的脚步，两人走到誓约之门平台的边缘俯瞰城市，达力拿的几名护卫给他们让出了交谈的空间。

"全体人员为这座城市创造了奇迹，光明贵人。"亚马兰说，"我们把最初的注意力都集中在了城墙外的废墟上。那些废墟恐怕会给侵略军提供太多掩护，更不用说用碎石来建造坡道了。"

城墙前的平地确实已经彻底清空了，那里曾设有码头市场和仓库，如今却成了一片杀戮场，偶尔能看到断裂的地基轮廓。只有全能之主才知道泰勒拿军当初怎么会允许把建筑群放到城外，防守起来实在困难。

"我们加固了城墙上的薄弱位置，"亚马兰接着说道，伸手指了指，"以塔冠城的标准来看并不高，但也是了不起的防御工事。我们清理了城墙内侧的建筑，可以建立集结点和临时资源库，我的部队就在那里扎营。之后，我们援助了总体的重建。"

"市容规整多了。"达力拿说，"你的部下干得不错。"

"那么我们的忏悔也许可以结束了。"亚马兰直截了当地说道，不过怒灵还是从他右脚底下蔓延开来，犹如一摊沸腾的血浆。

"你在这儿的工作很重要，士兵。你不仅重建了一座城市，还树立了泰勒拿人民的信任。"

"当然了。"亚马兰压低声音补充道，"而且，了解敌方要塞的战略意义，我是明白的。"

你这个傻瓜。"泰勒拿人不是我们的敌人。"

"我失言了。"亚马兰说，"可我无法忽视的是，寇林军已经被部署到了我们的王国和雅克维德的边境。你的部下可以解放我们的祖国，而我的部下却只能整天在碎石瓦砾中挖掘。你知道这对他们的士气有多大的影响吧，尤其是他们之中的很多人还以为是你暗杀了他们的轩亲王。"

"但愿现任的领导已经努力打消了他们的错误观念。"

亚马兰终于扭头直视达力拿的双眼。那些怒灵还没有消失，不过亚马兰口齿清晰，换上了军事口吻。"光明贵人，我知道你是个务实的人，我的军戎生涯就是以你为榜样的。坦率地说，就算你真的杀了他——我知道你一定会否认——我也会尊重你的做法。托洛尔是这个国家的累赘。"

"让我证明给你看,我不是他那样的人。风杀的,达力拿!你心里该清楚,我是你最得力的前线将领。托洛尔把我荒废了这么多年,就因为我的名声吓住了他。不要重蹈覆辙,用我吧,让我为阿勒斯卡而战,而不是在泰勒拿商人脚下卑躬屈膝!我——"

"够了。"达力拿厉声道,"服从你的命令。这才是向我证明自己的方式。"

亚马兰后退几步,刻意顿了顿才抬手敬礼,之后转身向城里走去。

那家伙……达力拿心想。达力拿本想告诉亚马兰,这座岛屿将成为战争的前线,但他已经无心说起。不过,亚马兰也许很快就能遇上他渴望的战斗了,不久后他就会在计划会议上得知此事。

后方传来靴子踩在石地上的声音,一群穿着蓝色制服的士兵来到高地边缘,和达力拿站在一起。"请求捅他一下下,长官。"冲桥手的领导者泰夫特说。

"怎么才能'捅一下下',士兵?"

"让我来。"琳说,"我刚开始学矛术,可以说是不小心弄的。"

"不行,不行。"偻朋说,"想捅他一下下?让我亲戚胡伊奥上,长官。他对'一下下'的事特别在行。"

"你是嘲笑我长得矮吗?"胡伊奥用蹩脚的阿勒斯卡语说,"幸好不是嘲笑我脾气短。"

"我只是想让你参与进来,胡伊奥。我知道大多数人都能仰视你,这很容易,你瞧……"

"立正!"达力拿喝道,不由得笑了。那些冲桥手连忙站好队。卡拉丁果然教导有方。

"还有——"达力拿看了看臂表,"——三十七分钟开会,兄弟们——呃,和姑娘们。别迟到了。"

他们急忙走了,边走边聊。不久后,纳瓦妮、迦熙娜和雷纳林也来到达力拿身边。他夫人见他又在看臂表，便对他狡黠一笑。这个风杀的女人只是在他胳膊上绑了一个装置，他就开始提早到场赴约了。

等大家都集合了，芬恩的儿子登上誓约之门平台，热情地迎接了达力拿。"我们为您准备了房间，就在神殿会场的上面。我……嗯，我们知道您没有这个需要，因为您一下子就可以通过誓约之门返回……"

"我们非常乐意，孩子。"达力拿说，"我可以喝点什么，花点时间来思考。"

年轻人咧嘴一笑。达力拿怎么也习惯不了这种尖钩状的眉毛。

他们从平台上下来，一名泰勒拿卫兵示意一切正常。一名文书通过对芦传信，表示可以进行下一场传送。达力拿驻足观望。一分钟后，一道闪光在誓约之门周围亮起。他们最近几乎一直在使用誓约之门，今天这台设施由玛拉塔运作，这愈发频繁地成了她的职责。

见达力拿还逗留在原地，迦熙娜问："叔叔？"

"我只是好奇下一个来的是谁。"

"我可以帮您调出记录……"迦熙娜说。

刚抵达的原来是一群衣着浮夸的泰勒拿商人。他们在卫兵的簇拥下从宽斜坡上走下来，还有几个扛着大箱子的人随行。

"又是银行家。"芬恩的儿子说，"柔刹经济的悄然崩溃还在继续。"

"崩溃？"达力拿惊讶地问。

"整个大陆的银行家都在撤离城市。"迦熙娜伸手一指，"看到下面老城前方的堡垒了吗？那是泰勒拿的宝石储备行。"

"经济崩溃之后，地方政府将很难为军队筹措资金。"芬恩的儿子蹙眉道，"必须用授权的对芦传信，好让球币运过去，而这对远离誓约之门的人来说，无异于后勤的噩梦。"

达力拿眉头一皱。"就不能鼓励商人留下来支援他们所在的城市吗？"

"阁下！"芬恩的儿子回应，"阁下，这是要强迫商人服从军方？"

"就当我没问。"达力拿说着，与纳瓦妮和迦熙娜对视。纳瓦妮温柔地笑了笑，哪怕这可能是重大的外交失误，但迦熙娜估计不会反对。她大概会接管银行，为战争募集资金。

雷纳林在原地徘徊，望着那些商人问："他们带来的宝石有多大？"

"光明贵人？"芬恩的儿子朝达力拿看了一眼，寻求帮助，"他们带来的都是球币，普通的球币。"

"有大点的宝石吗？"雷纳林转向他们，"城里有吗？"

"当然有，有很多。"芬恩的儿子回答，"有一些相当不错的，每个城市都是如此。嗯……为什么这么问，光明贵人？"

"因为……"雷纳林没有多说。

达力拿用客房脸盆里的水洗了把脸。他在塔拉内拉塔神殿上方的一栋别墅下榻，别墅位于最顶层的王城。他用毛巾擦了擦脸，寻找飓风之父："感觉好点了吗？"

我没有人的感觉，不会像人那样生病。我是独立的存在。飓风之父隆隆道，**但我可以被摧毁，化为上千碎片。我之所以活着，只是因为敌人唯恐暴露在培养的打击之下。**

"那第三个神还活着？"

是的。你见过她。

"我……我见过她？"

你不记得了。但她通常会躲起来，真是胆小。

"也许是明智的。"达力拿说，"夜妖——"

不是她。

"你说过不是她。夜妖的身份就跟你差不多。但也有其他灵体吧?像你或夜妖那样,都是神的影子?"

还有第三个同胞。它不在我们身边。

"藏起来了?"

没有。它在沉睡。

"再跟我说说。"

不行。

"可——"

不行!不要打扰它。你们把它伤得够重了。

"好吧。"达力拿把毛巾放到一旁,靠在窗边。空气中弥漫着咸味,让他想起了一段依然模糊不清的经历。那是他记忆中最后一个漏洞,事关出海旅行。

事关拜访山谷。

他看了看脸盆边上的梳妆台,上面摆着一本写有陌生的泰勒拿铭文的书,一旁有一张小纸条,用阿勒斯卡铭文写着"王道"二字。芬恩给他留下了一份礼物,一本泰勒拿语版《王者之路》。

"我做到了。"达力拿说,"我把他们团结起来了,飓风之父。我遵守了'化散沙为众志'的誓言,把人们团结到了一起,而不是把他们分裂开来。这或许能稍稍弥补我造成的痛苦。"

飓风之父发出隆隆的响声作为回应。

"他……他在乎我们的感受吗?"达力拿问,"我是说荣誉,也就是全能之主。他真的在乎人的痛苦吗?"

他在乎。以前我不明白为什么,但现在我明白了。仇恨声称只有自己才能掌握激情,那是在撒谎。飓风之父顿了顿,我记得……到了最后……荣誉对誓言更痴迷了。有时候,誓言本身比誓言背后的意义还重要。但他不是冷血的怪物。他热爱人类。他誓死捍卫你们。

达力拿发现纳瓦妮正在别墅的客厅招待塔拉梵吉安。"陛下？"达力拿问。

"不介意的话，就叫我瓦尔格吧。"塔拉梵吉安踱着步子，没有看达力拿，"那是我年轻时的称呼……"

"怎么了？"达力拿问。

"我只是很担心。我的学者们……没什么，达力拿。没什么。愚蠢。今天我……我一点事也没有。"他停下脚步，紧紧闭上浅灰色的眼睛。

"那不是很好？"

"也对。可今天我不该无情，所以才担心。"

无情？他是什么意思？

"您要缺席会议吗？"纳瓦妮问。

塔拉梵吉安飞快摇头。"来吧，我们走。等我们开始了，我肯定会……好起来的。"

达力拿走进神殿正厅，不由得期待起这次会议。

真是出乎意料。在中青年时期，他常常害怕参与政治和无休无止的冗长会议，如今他却激动不已，能在会场上看出宏大事业的框架。亚泽尔代表团热情地迎接了芬恩女王，诺乌拉大臣甚至写了一首诗送给芬恩，感谢泰勒拿人的款待。芬恩的儿子特意坐在雷纳林旁边和他聊天。雅拿贡大帝坐在宝座上，显得很自在，周围都是盟友和朋友。

第四冲桥队在和轩亲王亚拉达的卫队打趣，缘舞骑士莉芙特则坐在附近的窗台上，歪着头听他们讲话。除了五名穿着制服的女斥候，还有两名穿着修身裙的女子加入了第四冲桥队的行列。她们带着笔记本和铅笔，袖子上部缝着第四冲桥队的臂章，那里通常是文员佩戴所

1281

属队伍标志的地方。

阿勒斯卡轩亲王、亚泽尔大臣、光辉骑士团和泰勒拿海军将领济济一堂。埃穆尔元首和亚拉达探讨着战术，后者一直在援助这个陷入困境的国家。考尔将军携夫人忒夏芙与伊泽尔的女亲王交谈，后者正打量着他们的长子哈拉姆·考尔，他穿着父亲的碎瑛甲，笔挺地站在门边。据说双方将要进行政治联姻。几百年来，这在阿勒斯卡和马卡巴克的公国之间尚属首次。

把他们团结起来。这几个字在达力拿脑海中轻轻响起，回荡着他几个月前初见幻象时听到的浑厚嗓音。

"我正在这么做。"达力拿低声回应。

把他们团结起来。

"飓风之父，是你吗？为什么一直对我说这句话？"

我什么也没说。

达力拿越来越难区分自己的想法和飓风之父的心思了，幻象和记忆在他头脑中争夺着空间。为了理清思绪，他大步走在神殿圆厅的墙边。那些壁画曾被达力拿的能力弥合，描绘了令使塔拉内拉塔决战虚渡的几个场面，而这样的经历他有过许许多多次。

一面墙上镶嵌着一幅大地图，描绘了塔拉特海及周边地区，上面标明了我方舰队的位置。达力拿走过去仔细查看，会场安静下来。他向神殿门外的海湾望了望，发现他们的舰队已经有几艘快船抵达了，扬起了卡哈巴兰斯和亚泽尔的旗帜。

"阁下，"达力拿对雅拿贡说，"能否透露亚泽尔军队的消息？"

大帝准许诺乌拉报告。亚泽尔的主舰队还有不到一天的航程，他们的先遣队——所谓侦察舰——没有发现敌人进犯的迹象。他们原来担心敌人会在风暴间隙行动，但到目前为止还没有任何端倪。

泰勒拿的海军将领开始讨论，如何以最佳的方式进行海上巡逻，同时保障泰勒拿城的安全。达力拿对此很满意，主要是因为这些将领似乎认为，泰勒拿城面临的真正威胁已经过去了。一名雅克维德轩亲王设法派斥候步行前往玛拉特附近，清点停泊在码头的船只。足有一百多艘船在各个海湾和港口待命，但不知为何都没有准备好下水，实属万幸。

会议继续进行，芬恩姗姗来迟地欢迎每一位与会者——达力拿这才发觉一开始就该让她负责。她描述了泰勒拿城的防御措施，提出了行会长对亚马兰部队的担忧，显然他们一直在寻欢作乐。

一听这话，亚马兰僵住了。尽管他有很多缺点，但他还是喜欢严格管理军队。

讨论临近尾声时，达力拿注意到雷纳林坐在座位上，不安地动了动。当亚泽尔文官开始解释联盟的准则和方针时，雷纳林嗓音嘶哑地告辞，随后退场。

达力拿看了看纳瓦妮，纳瓦妮似乎很苦恼。迦熙娜站起来，想要跟上，但一名文书打断了她，递给她一小叠文件。她接过文件，走到纳瓦妮身边，好和母亲一起查看。

要不要休息一下？达力拿心想，看了看臂表。会才开了一个小时，而亚泽尔人显然对他们的方针感到振奋。

飓风之父隆隆作响。

怎么了？达力拿心想。

一场……一场风暴即将来临。

达力拿起身环顾会场，还以为有刺客来袭。他突兀的举动引起了一名亚泽尔大臣的注意，后者长得很矮，戴着一顶大帽子。

大臣一声令下，翻译就问："光明贵人？"

"我……"达力拿感受到了，"情况有些不对劲。"

"达力拿？"芬恩问，"你在说什么？"

整个会场的对芦忽然开始闪烁，十几支笔上的红宝石闪闪发亮。达力拿的心一沉。期灵在他周围升起，犹如从地里冒出的饰带。各位文书从盒子里或皮带上抓起闪烁的对芦摆好,芦苇笔便书写起来。

迦熙娜没有注意到她那支对芦也在闪烁。她和纳瓦妮正在看的东西让她分神了。

"灭世风暴刚刚袭击了深国。"芬恩女王越过文书的肩膀阅读通笔记录,最后解释道。

"不可能!"雅莱·撒迪亚斯说,"距离上次才过了五天!灭世风暴每隔九天一次。"

"好吧,嗯,我想我们已经有足够的证据了。"芬恩朝那些对芦点点头。

"灭世风暴是新近出现的。"忒夏芙边阅读边紧了紧披肩,"我们对它还不够了解,无法准确地判断它的规律。斯提恩方面报告说,这次的灭世风暴特别猛烈,移动得比以前快。"

达力拿浑身发冷。

"还有多久到我们这儿?"芬恩问。

"还有几个小时。"忒夏芙说,"一般的飓风要花一整天时间才能从柔刹大陆的一端移动到另一端,而通常情况下,灭世风暴移动得更慢。"

"可这次的灭世风暴移动得更快了。"雅拿贡通过翻译说,"我们的船离这里还有多远?要怎么避风?"

"冷静,阁下。"芬恩说,"船离得不远,海岸几里之外的新码头在东西两个方向上都不受风暴侵扰。我们只要确保舰队直接驶过去,而不是停泊在这里。"

会场上一片嘈杂,各个小组都收到了塔石科情报员的报告,而塔石科情报员又会转达伊里、斯提恩乃至深国的联络员的情报。

"我们应该休息一会儿。"达力拿对众人说。他们同意了,放松心神,三三两两地待在会场里。达力拿往椅背上一靠,吐出了屏着的那口气。"还算不赖。我们解决得了。"

不是这样,飓风之父隆隆作响,还不止。

达力拿一跃而起,直觉促使他横出一只手,张开五指,召唤他不再拥有的碎瑛刃。第四冲桥队立刻做出反应,把食物丢在餐桌上,抓起矛。其他人似乎没有察觉。

但……又要察觉什么呢?没有袭击,各方的对话还在继续,迦熙娜和纳瓦妮依旧靠在一起阅读。纳瓦妮轻轻喘了口气,抬起禁手捂住嘴巴。迦熙娜看着达力拿,抿起了嘴巴。

她们收到的消息跟灭世风暴没关系,达力拿心想,把椅子拉到她们身边。"好吧,"他压低嗓门,不过他们离其他小组很远,不会被打扰,"出什么事了?"

"晨颂文的翻译取得了突破。"纳瓦妮小声说,"卡哈巴兰斯的团队和雅克维德的虔诚院利用我们通过幻象提供的线索,分别得出了这个消息。我们终于收到了译文。"

"那不是很好?"达力拿问。

迦熙娜叹了口气。"叔叔,历史学者迫切想要翻译的文献叫作《伊埃拉碑铭》。有消息称,《伊埃拉碑铭》由来已久,也许是最古老的成文记录,据说是令使亲笔写下的。从今天才收到的翻译来看,这块石碑似乎是什么人留下的记载,作者见证了虚渡的初次到来。这发生在很久很久以前,甚至比最初的灭世还早。"

"先祖之血啊。"达力拿说。比最初的灭世还早?最后的灭世发生在四千多年前。他们谈及的事件已经不可考了。"那么……我们能看懂吗?"

"'他们来自另一个世界',"纳瓦妮读起纸上的内容,"'运用着危险的禁忌之力,事关灵体和飓能。他们摧毁了母星,来向我们乞怜。

"'我们按照神意接纳了他们。我们还能做什么?他们孤苦无依,无家可归。怜悯毁了我们,他们的背叛甚至延及诸神,延及灵体、岩石和诸风。

"'要提防来自异界的叛徒,他们言语和善,但内心嗜血。不要接纳他们,不要救济他们。他们带来了吞噬情感的虚空,得名'虚渡'恰如其分。新的神降临了,他们的神。

"'虚渡不会歌唱,也听不到柔刹的歌声,所到之处皆是寂静。他们外表柔软,没有甲壳,却又无比坚韧。他们只有一颗心,而这颗心无法存活。'"

纳瓦妮放下纸页。

达力拿皱起眉头。胡说八道,他心想,第一批入侵柔刹的仆族居然不长壳?可作者怎么知道仆族应该长壳呢?里面提到的歌声又是什么……

灵光一现。"这不是人类写的。"达力拿低语。

"确实不是人类写的,叔叔,"迦熙娜轻声说,"是破晓歌者写的,他们是柔刹的原住民之一。神学上通常把他们称作'破晓圣灵',但他们并不是灵体,也不是令使,而是仆族。他们迎接的异界来客就是……"

"就是我们。"达力拿低声接上迦熙娜的话,浑身发冷,仿佛被浸到了冰水里,"他们把我们称作'虚渡'。"

迦熙娜叹道:"我早就怀疑过了。最初的灭世指的就是人类入侵柔刹。我们意外使用飓能术摧毁了原先的世界,然后来到柔刹,从仆族手中夺走了这块大陆。这也是摧毁光辉骑士团的真相。"

飓风之父在达力拿脑海中隆隆作响。达力拿盯着纳瓦妮手中那张纸。这个看似不起眼的小东西,却是如此钻心刺骨。

这是真的吧?他对着飓风之父想道,风操的……我们不是家园的捍卫者。

而是入侵者。

不远处,塔拉梵吉安与几名文员轻声争论了一番,终于站了起来。他清了清嗓子，各个小组便慢慢安静下来。亚泽尔代表团让侍从把椅子拉向人群，芬恩女王则回到原位，但没有坐下，只是抱着双臂站在那儿，面露不安。

"刚才，我从对芦上收到了一个令人为难的消息，"塔拉梵吉安说，"是关于光明贵人寇林的。我不想惹得气氛不愉快……"

"不必，"芬恩说，"我也听说了。我需要一个解释。"

"同意。"诺乌拉说。

达力拿站了起来。"我知道这很费解，我……我还没来得及适应。也许我们可以休会，先操心灭世风暴的事？日后再讨论这个问题。"

"也许吧。"塔拉梵吉安说，"嗯，也许吧。但这确实是一个问题。我们始终相信自己在打一场正义的战争，但这个关于人类起源的消息却让我心有难安。"

"你在说什么？"芬恩问。

"我在说雅克维德译员传来的消息。有古文献表示，人类来自另一个世界。"

"得了吧，"芬恩说，"故纸堆里的东西，留给哲学家去考虑。我想了解的是设立轩王的事！"

"轩王？"雅拿贡通过翻译问道。

"我收到了一篇文章，"芬恩将一沓纸拍在手上，"是'喉舌'泽塔写的，据说艾尔霍卡国王在前往阿勒斯卡之前，曾对达力拿宣誓，承认达力拿为帝王。"

诺乌拉大臣迅速起立。"什么？"

"说帝王是夸大了！"面对这出乎意料的非难，达力拿努力进行调整，"这是阿勒斯卡的内政。"

纳瓦妮站到他身边。"我儿子只是关心他与达力拿的政治关系。我们已经为各位准备了一个解释，我们的轩亲王也能证实，我们无意把影响力扩展到你们的国家。"

"那这个呢?"诺乌拉举起几页纸,"你们是不是也准备了一个解释?"

"这是什么?"达力拿问道,严阵以待。

"两场幻象的记录,"诺乌拉说,"但你没有和我们分享。据说你遇见了一个叫作'仇恨'的人,还和他称兄道弟。"

在达力拿身后,莉芙特倒吸一口冷气。达力拿向她瞥了一眼,又看了看正在交头接耳的第四冲桥队。

糟了,达力拿心想,势头来得太快、太猛,我控制不了。

迦熙娜霍地站起来。"这显然是一次蓄意破坏我们声誉的行动。有人故意同时发布了所有这些消息。"

"真的吗?"诺乌拉用阿勒斯卡语问,"达力拿·寇林,你见过我们的敌人吗?"

纳瓦妮抓紧他的手臂。迦熙娜微微摇头,仿佛在说:"不要回答。"

"见过。"达力拿说。

"他有没有说你会毁灭柔刹?"诺乌拉尖刻地问。

"那这份古文献呢?"塔拉梵吉安说,"作者声称光辉骑士团已经毁灭了一个世界,这不就是他们解散的原因吗?他们担心自身的力量不受控制!"

"我还在考虑设立轩王的荒唐事。"芬恩说,"如果你让别的国王向你起誓,那怎么能算是'阿勒斯卡内政'呢?"

众人立即炸开了锅。纳瓦妮和迦熙娜上前回应抨击,达力拿却只是瘫坐在座位上。一切都崩溃了。一把如兵刃般锋利的剑已经刺进了联盟的心脏。

这就是你所担心的,他想道,世界的运转不再依赖军事力量,而是依赖文人和官僚的利益。

在那样的世界,他刚刚被巧妙地包抄了。

112

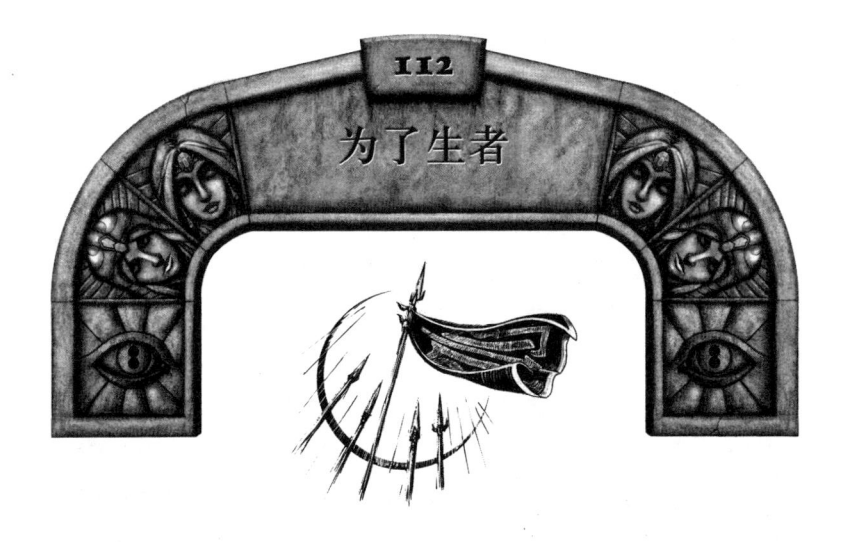

为了生者

> 我确信灭者有九个。我可能对不少传说和名称产生了误解，将两个灭者混为一谈。在下一节中，我会探讨相关的理论。
>
> ——摘自赫熹《秘辛考》第266页

卡拉丁回忆起了一名女子的吻。

苔拉是特别的。她是暗眼种，作为军需官助理的女儿，从小就协助父亲工作。尽管是个纯正的阿勒斯卡姑娘，她还是偏爱旧式的泰勒拿服装，用一条刚好过膝的背带裙搭配鲜艳的系扣衬衣。多数暗眼种买不起这么鲜艳的衬衣，苔拉很会精打细算。

那天，卡拉丁坐在树墩上，没穿上衣，浑身是汗。太阳落山后，晚上就变凉了。他沐浴着最后一抹暖意，腿上横放着矛，手里把玩着一颗白、棕、黑三色相间的石头。

忽然有人伸手从后颈搂住他，带来了一股阳光般的暖意。他抬起粗糙的手放在苔拉光滑的纤手上，陶醉在她的气息里，不禁想到了浆洗过的军装、新制的皮革和其他干净整洁的东西。

"收工真早啊。"卡拉丁说,"我还以为今天有新兵要试装呢。"

"剩下的活儿都叫新来的姑娘去干了。"

"真想不到。我明白你有多喜欢这活儿。"

"风杀的,"苔拉在卡拉丁面前漫步,"给他们量尺寸的时候,他们都尴尬得不得了。我只好说:'等一下,小伙子,我只是拿根卷尺量胸围,又不是要勾引你,我发誓……'"她提起卡拉丁的矛,打量了一眼。"我还希望你能让我去申请一根新的呢。"

"旧的这根我用得惯。我过了好久才找到足够长的。"

苔拉审视着矛杆,确保矛杆是直的。这根矛不是她亲自替卡拉丁申请的,所以她始终放心不下。今天她穿着绿色的衬衣,外面套着棕色的裙子,黑发束成马尾,身材略显丰满,脸蛋圆圆的,透出一种妙不可言的美,仿佛一枚璞玉,越是细看,就越是能发现天然的一面,所以别人才会愈发喜爱她。直到有一天,他们还会察觉,没有什么能和她媲美。

"新兵里有小男孩吗?"卡拉丁站起来,把提安的石头塞进兜里。

"没注意。"

卡拉丁闷哼一声,朝一个叫戈尔的小队长招手。"你知道的,我喜欢留意那些可能需要一点额外照顾的孩子。"

"我是知道,可我太忙了,今天刚接待了从塔冠城过来的商队。"苔拉凑了上来,"一个包裹里真有面粉,我托了点关系才买到的。你该清楚,我一直想让你尝尝我父亲做的泰勒拿面包,没准今晚就行。"

"你父亲不喜欢我。"

"他回心转意了。再说,有人夸他做的面包,他高兴还来不及。"

"我还有晚训。"

"不是结束了吗?"

"刚做完热身而已。"卡拉丁望着苔拉,扮了个鬼脸,"苔拉,晚训是我组织的,不能缺席。你整个晚上估计也会很忙。要不放在明天午饭的时候?"

他吻了苔拉的脸颊,拾起矛。苔拉说话的时候,他只退开了一步。

"我要走了,卡尔。"苔拉的声音从他背后传来。

他一个趔趄,连忙转过身。"什么?"

"我要调走了。"苔拉说,"我在哀伤城找到了一份文职工作,替轩亲王的家族办事。这是难得的机遇,尤其对我这样的人来说。"

"可你……"卡拉丁傻眼了,"你要走了?"

"我想在吃饭的时候跟你说的,而不是在这凉飕飕的外头。我必须这么做。我父亲年纪大了,总担心自己会被运到破碎平原上。要是我找到工作,他就能和我在一起。"

卡拉丁用手扶着脑袋。她总不能就这么走了吧?

苔拉走上前来,踮起脚尖,轻轻吻上卡拉丁的唇。

"你……你能不能别走?"他问。

苔拉摇摇头。

"也许我也可以调走?"他问,"去轩亲王的宅子里当护卫?"

"你会这么做吗?"

"我……"

不,他不会。

因为他兜里揣着提安的石头,弟弟惨死的画面让他记忆犹新,而那些光眼种权贵仍在小打小闹,把少年兵送上绝路。

"唉,卡尔。"苔拉轻声说道,捏了捏卡拉丁的胳膊,"也许有一天,你不仅能为死者而活,还能学会为生者而活。"

苔拉走后,卡拉丁收到过她的两封信,信中诉说了她在哀伤城的生活,卡拉丁还雇人读过。

但他从未回信,因为他天真懵懂,因为人在年轻气盛时总会犯错。

因为苔拉说得不假。

卡拉丁扛着鱼叉,带领同伴穿过那片奇怪的森林。他们已经飞越了一段路程,但还得节约所剩不多的飓光。

于是他们前两天都在步行。生灵在连绵的树木间浮动,偶有鱼类的灵魂上下起伏。茜尔总说他们很幸运,没有遇到任何怒灵或其他掠食者,而对她来说,森林安静得出奇、空旷得出奇。

茂密的树木渐渐变得更加高耸优美,树干是深红色的,树枝犹如砖红色的晶体,在末端绽出一簇簇细小的矿物。崎岖不平的黑曜石地貌布满深谷和无边无际的高山,卡拉丁不禁开始担心走错了方向,哪怕他们可以依靠静止不动的太阳来准确判断方向。

"风操的,扛桥的小子,"阿多林跟在卡拉丁后面攀上斜坡,"休息一会儿吧?"

"爬上去再说。"卡拉丁回应。

缺少了飓光的匡助,沙兰落在最后,一旁是图腾,形如肥鸡的疲灵在上空盘旋。沙兰努力想要推进,但她不是军人,通常最能限制他们的步伐。当然,如果不让她施展绘制地图的能力、不让她记忆泰勒拿城的具体位置,他们或许根本不知道该往哪里走。

所幸没有敌人在追赶的迹象,但卡拉丁还是忍不住担心起来,就怕他们走得太慢。

苔拉曾告诉他,要为生者而活。

他催促同伴登上山坡,经过了一个坎坷的地段,开裂的黑曜石就像一层层没有完全硬化的飓砂。他感到忧虑,只能一步一步不断前进。

他必须赶到誓约之门。他不会像在塔冠城那样失败。

他来到山顶，一只发光的风灵在一旁闪耀。他不禁俯瞰着一片灵魂的海洋。成千上万朵烛火飘浮在邻近的山谷中，在广阔的晶珠海上移动。

泰勒拿城。

阿多林站到他身边，沙兰和三个灵体也很快赶了上来。沙兰叹了口气，一屁股坐到地上，轻轻咳了一声，看来爬得很累。

有两个高大的灵体处在光海之中，就像他们在塔冠城见到的那些。其中一个泛着五光十色，另一个则泛着油亮的黑色。两者巍然挺立，举着一栋楼那么高的长矛。他们是誓约之门的哨兵，似乎没有被腐化。

在他们下方，誓约之门显出大石台的样子，有一座宽阔的白桥跨过晶珠海，通到岸边。

那座桥被一整支敌方灵体的军队把守着，灵体数量有好几百，甚至可能有好几千。

113 人最擅长的事

> 如果我的看法是对的、我的研究是正确的，那么问题依然存在。第九个灭者是谁？真的是达贡纳西斯吗？倘若如此，其行为是否真的彻底摧毁了艾米亚？
>
> ——摘自赫熹《秘辛考》第 307 页

达力拿独自站在芬恩女王提供的住所内，看着窗外，朝西望向远在地平线之外的深国。那里是马、鸡等珍禽异兽的国度，也是人类的国度。

他任由其他君主在下方的神殿里争论。不管他怎么说，似乎都会加深他们之间的分歧。他们不信任他。他们一向如此。而他欺骗众人的行为证明他们是对的。

风操的，他很生自己的气。他本该公布那些幻象的情况，立刻把艾尔霍卡的决定告诉别人。可是诸多麻烦接踵而至：恢复记忆、被教会革除教籍、担心阿多林和艾尔霍卡的安危……

他的一部分意识不禁佩服别人是多么技高一筹。芬恩女王就怕达力拿不是真心的，因为敌人发布了充分的证据，证明达力拿掩盖了政治动机。诺乌拉等亚泽尔人议论起光辉变节者，担心这种力量不安全。在他们看来，敌人指出达力拿正被邪恶的异象操纵着。而在时常谈论哲学的塔拉梵吉安看来，敌人认为他们发动战争的道德基础就是一场骗局。

又或者靶子就是达力拿自己。塔拉梵吉安曾说，王者有理由以国家的名义做坏事，但达力拿……

他一度以为自己的行为是正确的。

你们真的认为自己属于这里吗？ 飓风之父问，**你们真的认为自己是柔刹的原住民吗？**

"嗯，大概吧。"达力拿说，"我觉得……我们原先可能是从深国来的。"

那是你们得到的土地，飓风之父说，**你们带来的动植物可以在那里生长。**

"我们无法将自己局限在已经得到的东西上。"

什么时候有人对自己拥有的东西感到满足了？

"什么时候又有暴君对自己说过'够了'？"达力拿低声道，记起了迦维拉尔说过的话。

飓风之父隆隆作响。

"全能之主对光辉骑士团隐瞒了这一点。"达力拿说，"他们发现以后，就抛弃了誓言。"

不止如此。我对这一切的记忆……非常奇怪。首先，我只是飓风之灵，还没有完全觉醒；其次，我就像个孩子，在神死前的那段疯狂的日子才被改变成形。

可我确实记得。不仅仅是人类起源的真相导致了光辉变节，还有他们对毁灭这个世界，从而走上老路的强烈恐惧。他们因此抛弃了誓言，你们也会这样。

1295

"我不会。"达力拿说,"我决不会让我带领的光辉骑士团重蹈前人的覆辙。"

你不会吗?

达力拿的注意力被下方一群肃穆离场的人吸引了。第四冲桥队的成员都低着头,把矛扛在夯拉的肩膀上,静静地走下神殿的台阶。

达力拿匆忙走出别墅,跑下台阶拦住那些冲桥手,问:"你们要去哪儿?"

他们停下脚步,立正列队。

"长官,"泰夫特说,"我们要回乌有斯麓了。还有些人留在那儿没过来,他们应该了解古代光辉骑士的事。"

"我们的发现不会改变我们被侵略的事实。"达力拿说。

"被一群想要夺回家园的人侵略?"西格吉尔说,"风操的,换作是我,我也会生气的。"

"我们应该当好人,不是吗?"雷滕说,"活了风操的一辈子,至少要为正义战斗一次。"

这跟达力拿的想法很相似,他无法出言反驳。

"我们看看卡尔会怎么说。"泰夫特回应,"长官,恕我冒昧,我们还要看看他怎么说。他知道什么才是正确的,哪怕别人都不知道。"

如果他再也回不来了呢? 达力拿心想。*如果他们都回不来了呢?* 已经过了四周了。他一直假装阿多林和艾尔霍卡还活着,可他还能坚持多久?随之而来的痛苦隐藏在其他麻烦的背后,嘲弄着他。

那些冲桥手两臂交叉,朝达力拿行了独特的队礼,不等解散就离开了。

过去,荣誉能防止这种事发生,飓风之父告诉达力拿,*他让光辉骑士相信,他们是正义的,哪怕这片大陆原本不属于他们。敌人现在就想杀你的时候,谁会在乎你的祖先做了什么?*

光辉变节发生之前,荣誉就快死了。那一代骑士得知真相后,荣

誉没有给予支持。他咆哮着说起了晨瑛，那是用于摧毁宁静园的古代武器。荣誉……荣誉断定飓能者也会如此对待柔刹。

"仇恨也是这么说的。"

他能预见未来，但只有模糊的视野。不管怎样，以前不明白的事……我现在可算明白了。古代的光辉骑士之所以抛弃誓言，不是因为他们卑鄙，而是因为他们想要保护这个世界。我责怪他们的软弱和背信，但我也可以理解。你们人类的这种能力让我受到了折磨。

神殿里的会议似乎结束了。亚泽尔代表团走下台阶。

"我们的敌人没有改变。"达力拿对他们说，"结盟的需求和以往一样强烈。"

坐在轿子里的少年帝王没有看他。奇怪的是，亚泽尔人没有去誓约之门，而是走上了一条通往城市的路。

只有诺乌拉大臣闲来无事和达力拿说话。"迦熙娜·寇林也许是对的。"她用亚泽尔语说，"旧世界的毁灭、被你隐瞒的幻象，还有立你为轩王的事一下子都撞在一起，似乎太巧了。"

"所以我们显然被操纵了。"

"那也是被事实操纵，寇林。"诺乌拉迎上他的目光，"誓约之门很危险，你们的力量也很危险。别想否认。"

"我不否认。我不会靠谎言创立联盟。"

"你已经这么做了。"

达力拿猛吸一口气。

诺乌拉摇摇头。"我们将乘坐侦察舰加入运载我方士兵的舰队，等待这场风暴的到来，之后……再看吧。塔拉梵吉安说过，我们可以搭他的船返回帝国，不需要使用誓约之门。"

说完她避开等着抬她的轿子，跟在大帝后面走了。

其他人也在他身边慢慢走下台阶。雅克维德的轩亲王给出了借口，来自泰勒拿行会的光眼种则躲开了他。阿勒斯卡的轩亲王和文书向他表示支持，但阿勒斯卡无法。

芬恩女王是最后离开神殿的人之一。

"你也会丢下我吗？"达力拿问。

芬恩笑道："那么去哪儿呢，老狐犬？一支军队就要打过来了。我还是需要大名鼎鼎的阿勒斯卡步兵。我怎么能把你撵出去呢？"

"说得一股怨气。"

"哦，倒是听出怨气了？我正要去检查城市的防御工事，如果你决定加入我们，就去城墙下面找我们。"

"很抱歉，芬恩，"达力拿说，"背叛了你的信任。"

芬恩耸耸肩。"我不会真以为你打算征服我们，寇林。可奇怪的是……我忍不住会觉得，要是能担心就好了。我只知道你变成了好人，正巧可以勇敢地与船同归于尽。这是值得称赞的，我才想起来'黑荆棘'早就会杀死所有想要击沉他的人。"

芬恩和她丈夫上了轿子。人们陆续经过，最后只剩达力拿一人站在寂静的神殿前。

"对不起，达力拿。"塔拉梵吉安在后面轻声说。达力拿回过身，惊讶地发现老者就坐在台阶上。"我以为大家都得到了同样的情报，最好公之于众。没想到会是这样……"

"这不是你的错。"达力拿说。

"然而……"老者站起来，缓缓走下台阶，"对不起，达力拿。恐怕我以后不能在你身边战斗了。"

"为什么？"达力拿说，"塔拉梵吉安，你是我见过的最务实的统治者！你不是跟我说过要做在政治上有必要的事吗！"

"所以我现在必须这么做了，达力拿，要是能解释就好了。请原谅我。"

塔拉梵吉安没有理会达力拿的请求，一瘸一拐地走下台阶，动作僵硬地上了轿子，被抬走了。

达力拿瘫坐在台阶上。

我尽力隐瞒了,飓风之父说。

"好继续骗人?"

根据我的经验,这是人最擅长的事。

"别侮辱我们。"

什么,达力拿?这不是你六年来一直在做的事吗?假装你不是禽兽?假装你没有杀她?

达力拿眉间一皱,握紧拳头,但他已经无可反抗。于是他把手垂到身侧,肩膀耷拉下来,最终站起身,默默拖着沉重的脚步走上通往别墅的石阶。

(第四部分 · 完)

插曲

温丽莱丝 泰夫特

曲裁

I-12 离别之韵

在玛拉特的洞穴住了一周后,温丽不禁想念起了她在塔冠城外待过的石屋。她的新居更为简陋,只有一张睡觉时盖的毯子和一堆炊火,用来烹制听众带给她的鱼。

她变得不修边幅,成了一名生活在山野中的隐士,似乎正符合融族的期望。对他们带来的当地听众(多数曾是泰勒拿的奴隶)来说,这种形象显然更有说服力。她依照指示,更频繁地谈起了所谓的"激情"。

"我的族人都死了。"温丽和着毁灭之韵,重复熟悉的演说,"在最后的进攻中,他们倒下了,歌唱着引来了灭世风暴。只有我留下了,可我的族人已经完成了使命。"

这段话让她痛苦。她的族人不可能销声匿迹……是不是?

"世界属于你们的激情。"她继续和着命令之韵说,"我的族人自称'听者',因为我们聆听歌声,而歌声是你们的遗产,你们不仅要聆听,还要歌唱。紧跟先祖的韵律和激情吧!你们要扬帆出征,为未来和后代而战,也为我们而战!我们用牺牲换来了你们的生存。"

每次演说结束后,她都会按照指示转过身。自从她对歌者谈起族人的那段经历,她就不准再回答听众的问题。她不免疑惑:融族和虚灵即便利用她达成目标,也还是会害怕听者的遗产吗?要不然就是出于别的原因才不信任她?

她把手放到腰包上。仇恨似乎不知道她曾在幻象中与达力拿·寇林相会。后方有只虚灵领开了泰勒拿歌者,温丽正要朝洞穴中的居所走去,却迟疑不前。有名融族正坐在洞口上方的岩石上。

"上古尊者?"她问。

融族朝她咧开嘴,咯咯直笑。

又是一个疯子。

她正要进洞,那人忽然跳下来,手伸到她腋下,抱着她升入天空,她好不容易才没有把他打飞。除非收到命令,融族绝不会碰她,就算发疯了也不会。那人把她带上了港口诸多船只中的一艘,船头伫立着一名高大的融族,正是起初陪着她在阿勒斯卡布道的莱恩。她跌跌撞撞地落到甲板上,莱恩瞧了她一眼。

她哼起倨傲之韵,对自己的待遇很得意。

莱恩则哼起怨恨之韵,稍稍表示受到了不公的对待。没有比这更好的答复了,她哼起满足之韵作为回应。

"上古尊者?"她和着渴望之韵问。

"你要陪同我们航行。"莱恩和着命令之韵说,"如果你想洗澡,可以进船舱洗,那儿有水。"

温丽哼着渴望之韵,望向主船舱。一想到周围舰队的始发规模,她便换上羞愧之韵。数百艘船正从沿岸的海湾内驶出,势必载着数千听者,星罗棋布地分布在海上,宛如平原上的石壳木。

"现在吗?"她和着羞愧之韵问,"我没有准备好!我不知道!"

"不妨找东西抓好,风暴就要来了。"

她眺望西方。风暴?她又哼起渴望之韵。

"有问题就问。"莱恩和着命令之韵说。

"我们集结了大规模的突击部队,实力显而易见,不过……为什么需要这么多士兵?难道融族不够组成部队吗?"

"怎么,不敢了?"莱恩和着戏谑之韵问,"你不想战斗?"

"我只想弄明白。"

莱恩切换至她很少听到的新韵律——离别之韵,这种韵律节奏平缓,在新韵律中很罕见。"最强大、最善战的融族还没有觉醒,然而就算我们都觉醒了,我们也不会孤军奋战。世界不属于我们,我们上阵作战,是为了把它交给你们这些后代。等到胜利的那天,复仇成功、家园再无隐患,我们终将陷入沉睡。"

他指了指船舱:"去做准备吧。我们马上就要起航了,有仇恨带来的风暴指引我们。"

红色闪电在西方的天际划过,仿佛对他的话表示赞同。

莱丝

莱丝感到闷得慌。

想当初,她也在柔刹边陲和闭门自守的深族人做生意,还追随巴布斯坐船去冰水城跟海盗谈买卖,后来更是踏上雷希群岛,爬到了有如城镇那般大的巨壳生物头上。

而现在,她只能整理芬恩女王陛下的账目。

这份工作其实不错,可以在泰勒拿宝石储备行的办公室里坐班,是曾经带她的巴布斯介绍的。她已经出师,是个自由人了。

但也闷得慌。

她坐在椅子上,在一份里亚弗语字谜边上乱涂乱画。她坐着的时候还能保持平稳,但她的腿一直没有知觉,而且尴尬的是,她无法控制某些身体机能,非得让脚夫推着走。

她的商人生涯结束了。她失去了自由,这辈子算是完了。

她叹了口气,推开字谜。该回去工作了。她的职责包括:参考以往的文件标注待批的商贸合同、维护宝石储备行的女王金库、准备每周的支出报告、将女王的薪资作为国内外各大利益集团的应纳税收入的一部分进行核算。

唉！

今天要进行审计，她无法出席芬恩女王与多国君主的会议，否则她可能会很高兴见到"黑荆棘"和亚泽尔的大帝。也罢，散会之后会有人给她带话。眼下她正在为审计做准备，由于储备行里没有安窗户，她只能借着润石的光芒工作。

办公室四壁空空，原本挂着莱丝几年来在旅途中带回的纪念品，然而这些东西总让她回想起一去不返的生活。她的前景也曾一片光明，直到她犯了蠢，从一头巨壳生物的脑袋上摔落，最后成了残废，只能天天坐轮椅。

现在她还留着的纪念品只有那盆从深国挖来的草，和那个窝在草堆里睡觉的小东西。奇里奇里轻声呼吸，迟钝的草儿一起一伏，没有缩回去，而是扎根在一种叫土壤的物质里，而土壤就像永远干不了的飓砂。

奇里奇里的体形小巧玲珑，不超过一掌长，背上生着翅膀。它被雷希人唤作"飓甲蜂"，虽然体形和大点的飓虫差不多，构造却更为高等，不仅有喙，体表还布满甲片，叫它"有翼斧狐犬"也不为过。奇里奇里外貌凶狠，俨然是名空中杀手，可它就爱打瞌睡。

不等莱丝忙完，奇里奇里终于动了动，从草堆里向外张望，发出窸窸窣窣的叫声。它爬到桌上，望着莱丝用来取光的钻石马克。

"不行。"莱丝复核了一下账目中的数据。

奇里奇里又鸣了一声，悄悄地爬向润石。

"你才刚吃过。"莱丝挥手驱赶飓甲蜂，"我还要拿来照明呢。"

奇里奇里发出恼怒的嘶叫，迅速振翅飞起，停在了办公室的门楣上，那是它最喜欢待的地方之一。

不久后，外面响起了敲门声，打断了莱丝的烦闷。她说了句"请进"，探头进来的是她的助理兼脚夫维姆拉克。

"让我猜猜，"莱丝说，"审计员提前到了？"这帮人总是这样。

"是啊，但……"

维姆拉克背后现出一顶平顶锥筒帽，他后退几步，将一名穿着红蓝两色长袍的老者请上来。年逾七十的乌斯提姆腋下夹着一只小盒子，泰勒拿长眉梳到耳后，面貌矍铄，精明之中透着一股倔劲。

莱丝又惊又喜，但只能坐在原位呆望着乌斯提姆，无法像从前那样跳起来拥抱他。"您不是去新纳塔楠做买卖了嘛？"

"这些天海上不太平，"乌斯提姆说，"和阿勒斯卡人又谈僵了，女王陛下托我帮忙。起初我有点不情愿，结果还是回来接受任命了。"

任命……

"您要去政府？"莱丝问。

"对，我要担任贸易部长，兼任船运商会的皇家联络官。"

莱丝愈发惊诧，这可是国内最高的官职。"只是……巴布斯，这样您就得在泰勒拿城住下了！"

"没事，我也老了嘛。"

"胡说，您是老来少，不比我安分，"莱丝望了望自己的腿，"甚至比我还好动呢。"

"也没好动到不想找地方坐……"

莱丝这才发现乌斯提姆还站在办公室门口。就算好几个月过去了，她还是会下意识地张开手臂去搬椅子。

"快请坐！"莱丝朝屋里的另一把椅子挥了挥手。乌斯提姆躬身落座，把盒子放到桌上。为了招待他，莱丝摇摇晃晃地倾身去取茶壶，可惜茶已经凉了。奇里奇里吸走了驱动法器加热板的宝石里的飓光。

莱丝递给乌斯提姆一杯茶："真不敢相信！您同意留下了！"

"有些人会说机不可失。"

"风杀的，"莱丝说，"待在城里哪儿也不去，会很没劲的。成天做案头工作可无聊了。"

"莱丝，"乌斯提姆握住她的手，"孩子。"

莱丝别开头。奇里奇里从门楣上飞下来，停在她头顶，气呼呼地冲乌斯提姆叫了几声。

"我保证不动它。"老者笑着松开莱丝的手，"看我给你带了什么！"说着举起一片红宝石。

奇里奇里忖量了一会儿，悬停在乌斯提姆手上，没有去碰宝石，而是吸了一口气。宝石里流出一小缕飓光，它欢声鸣叫，"嗖"的一下飞到莱丝的那罐青草旁，一扭一扭地爬了进去，还探头出来望着乌斯提姆。

"还养着那盆草呢？"乌斯提姆说。

"是您叫我养的呀。"

"莱丝，你都成商主了！就别听一个连路都走不稳的老头使唤了。"

草儿沙沙作响，原来是奇里奇里在动。那罐东西其实装不下它，但它就是想钻进去。

"奇里奇里可喜欢了。"莱丝说，"大概是草不会动的缘故，跟我有点像……"

"你请过那位光辉骑士吗——"

"请过啊，但他治不好我的腿。那场事故已经过去太久了，没什么不妥的。那时我从巨壳生物身上爬了下去，等于是自愿签了一份合同，我要承担相应的后果，而这就是我付出的代价。"

"那也没必要连门都不出，莱丝。"

"这份工作很好，而且是您介绍的。"

"还不是因为你不想再出去经商了！"

"我这副样子又有什么用？商人就是要强势，可我再也办不到了。再说一个做外贸的，总不能连路都走不了。这里面的辛苦，您不可能不知道。"

乌斯提姆又握住莱丝的手。"我以为你心里害怕,想找个安稳的活儿,我都从哈玛卡嘴里听说了——"

"您找我上司谈过?"

"总有传言嘛。"

"我在工作上还是很出色的。"莱丝说。

"她担心的不是你的工作。"乌斯提姆转而摩挲草叶,将奇里奇里的注意力吸引到他手上。莱丝在一旁看着,眯起眼睛。"你挖这盆草的时候,我不是告诫过你几句吗?还记得不?"

"您要我照料这盆草,直到我不觉得它奇怪为止。"

"你总是一拍脑袋就做出假设,别人都没有你这样自怨自艾的。也许这东西会让你……喏,反正你就看看吧。"乌斯提姆递上那只盒子。

莱丝皱起眉头,掀开木盒盖。里面摆着一根缠绕起来的白绳,旁边是一张小纸片。她取出纸片读了起来。

"这是船的产权证?"她细声问。

"对,"乌斯提姆说,"全新的三桅护卫舰,是我拥有过的最大的船,装了抗风减摇法器,堪称泰勒拿制造的巅峰,原先是从克尔纳城出厂的,幸好没碰上前面两场风暴。我已经把余下的船移交给了女王,用来对抗侵略,只有这艘船我还留着。"

"'俳帆'。"莱丝念着船名,"巴布斯,您可太有情怀了。别跟我说您还相信那个老掉牙的故事!"

"一个人可以相信一个故事,但不用相信这个故事真的发生过。"乌斯提姆笑道,"莱丝,你又在守哪边的规矩?是谁逼你留下的?收下船,放手去吧!等你第一次出海做生意,我会赞助的,就当作投资。往后,你就要好好掌管这么大一艘船了!"

莱丝认出了眼前的白绳。这是一根长约二十尺的船长绳,作为泰勒拿传统的产权标志。她要用个人的代表色把绳子包起来，挂在船的索具上。

好一件价值不菲的礼物。

"我不能收。"她把盒子放到写字台上，"不好意思，我——"

乌斯提姆把绳结塞回她手里。"莱丝，你再考虑一下。我老啦，没法出远门了。看在我的面子上，收下好吗？"

她手捧白绳，眼里噙着泪花。"巴布斯，这又是何必呢，今天审计员要来！我得打点好自己，准备报账去！"

"幸好这个审计员就是你的老朋友，你身上什么事他没见过，流点眼泪算什么？"

"……可您是贸易部长！"

"本来我得去见老寇林和他的部下，跟他们开个无聊的会，"乌斯提姆凑近说，"结果还是赶到你这边来了。我一直都想亲眼见识一下女王金库。"

莱丝抹去眼泪，试图挽回一点姿态。"行，那我们走。您尽管放心，都准备妥当了。"

润石库外面的厚钢板门设置了三重开启密码，各自配备一只密码盘，需要在不同的地方输入。其中一重密码只有像莱丝这些文员知道，另一重由门卫保管，还有一重通常由女王或财政部长知会乌斯提姆那样的审计员。所有密码不定期更换。

不过莱丝心里明白，这主要是做给外人看的。如今碎瑛刃当道，要想维护润石库的安全，不仅离不开储备行周围层层的防卫力量，更需要细致的审计和核算。尽管库房被盗的案子在小说里屡见不鲜，但在现实中，顶多只是有人贪污罢了。

莱丝拨转密码，拉动屋内的拉手。"哐"的一声，钢板门终于打开了，莱丝匆匆放好密码盘，呼唤维姆拉克。脚夫进了屋，按下轮椅靠背上的把手，抬起前轮，把莱丝推进去见人。

乌斯提姆和几名士兵正站在敞开的门旁。当值的门卫提里克守着入口，瞄准十字弓。润石库内外可以通过一道窄缝传话，但门无法从内部打开。

"女王金库核算，已预约。"莱丝对提里克说，"今日口令：齐步走。"

提里克点点头，后退几步，放下十字弓。乌斯提姆手捧账册迈入库房，背后跟着一名粗壮的女王亲卫，那人剃了光头，留着剑眉。等他们都走了，维姆拉克推着莱丝进门，下了一小段楼梯，来到一间斗室，有个叫弗拉登的卫兵正等在那儿。

维姆拉克掸了掸双手，朝莱丝点过头便退下了。伴着一声闷响，提里克关好门。这名门卫不欢迎未经授权的闲人入内，莱丝的侍从也不例外。现在只能指望卫兵们搭把手了，然而她的轮椅比较大，来到库房的大厅，便无法在存放润石的架子之间通行。

于是她被人抱到一顶肩舆上，活像一麻袋树根，还当着前巴布斯的面，别提有多羞耻。要别人抬着走才是最让她犯窘的。

卫兵们把常用的轮椅留在斗室，靠近下楼的楼梯，随后提里克和不知名的女王亲卫架起肩舆的长杆，把莱丝抬进国库大厅。

不过，就算她到了这里，哪怕工作需要久坐，她这副无力的身躯还是带来了极大的不便。这时偏偏奇里奇里又跟来了，"嗡嗡嗡"地振翅疾飞，让她更难为情了。这个小家伙实际上是不能放进门的，它是怎么进来的？

提里克嗤笑了一声，但莱丝只是叹了口气。

大厅内满是金属搁架，像是放书用的，上面摆着一盒盒宝石，发出一股霉味。这些陈设永远不会更换，也没有人想要更换。

两名卫兵抬着莱丝来到一条比较窄的过道，他们腰带上系着的润石提供了室内唯一的照明。莱丝把玩着放在腿上的船长绳，认定自己不能收下它出海，因为这实在太危险、太荒唐。

而且对她来说太困难。

"这里面好黑！"乌斯提姆说，"放满了百万颗宝石，怎么还这么黑？"

"这儿的大部分宝石一般没人动。"莱丝说，"商人的金库在楼下，最近存入的球币倒还会发光。国库里的嘛……常年就放在原位。"

这些宝石时常易主，但颗颗都有数据在册。泰勒拿的承销贸易妙就妙在这里：只要保证宝石存入国库，大笔的资金就能顺利转手，不会产生被盗的风险。

每颗宝石都有详细的编号，铭牌就粘在底架上，表明买卖的情况。其实鲜少有人亲自来库房验货，莱丝觉得很吃惊。

"0013017-36号！"乌斯提姆叫道，"是本瓦尔钻石！这东西以前还是我的呢，编号我都记得。咦，比我想象中还小。"

莱丝和两名卫兵领着乌斯提姆站到墙边，那里有几扇小金属门。他们身后的大厅寂然无声，没有文员在工作，只有奇里奇里轻快地飞过，不一会儿就降下来，在女王亲卫跟前盘旋，望着那人腰带上的润石，随后却被莱丝一手抓住。

奇里奇里抱怨连连，冲莱丝的手扇动翅膀。莱丝脸一红，但没松手。"不好意思。"

"她飞到这儿就能随便吃了！"提里克说。

"徒有空盘子而已。"莱丝应道，"还是盯着你的腰带吧，提里克。"

两名卫兵把肩舆落在某个库房附近。莱丝把闲手伸进衣袋，掏出一把钥匙递给乌斯提姆，并说："往前走，去十三号库房。"

乌斯提姆解锁开门，前方的库中库空间更为窄小，约莫储藏室那么大。

里面涌出光芒。

搁架上摆满了润石和珠宝,还有一些像是信函和老式匕首的日常物件,但最为惊人的东西显然是那颗位于中央的红宝石,大得堪比孩童的脑袋,正在熠熠发光。

那就是御明珠。如此大的宝石并非没有先例,多数巨壳生物体内的琼心石都能与之媲美,但御明珠自有其独特之处,它在润石库里已经封存了两百多年,其间却璀璨不息。

乌斯提姆伸出一根手指碰了碰。库房内耀如白昼,但宝石的本色却给周围蒙上了一片猩红。

"真神奇。"乌斯提低语。

"就学者所知,"莱丝说,"御明珠内的飓光从不会流失。这么大的宝石应该在一个月后就褪光了,想必是晶体构造比较特殊,没有任何瑕疵和缺陷。"

"听说还是从十晓之石上掉下来的一块。"

"又来?"莱丝说,"您也太有情怀了。"

她以前的巴布斯微微一笑,用一块布遮住宝石,免得亮光太刺眼,妨碍他们的工作。他翻开账册:"先从小点的宝石开始吧,大的之后再说,好吗?"

莱丝点头同意。

女王亲卫就在这时杀了提里克。

提里克脖子被砍了一刀,无声无息地倒了下去,但女王亲卫拔刀的声音吓到了莱丝。那人已经叛变,又冲乌斯提姆砍去,一边还撞了一下莱丝的座位,让她翻倒在地。

造反的卫兵低估了老商人的精神劲。乌斯提姆闪身退回女王金库,放声喊道:"杀人啦!抢劫啦!发出警报!"

莱丝从掀翻的座位里挣脱出来,惊恐地展开双臂,拖着两条腿,使劲把自己往后挪。凶手去了女王金库对付莱丝的巴布斯，没一会儿那里就传来一声呻吟。

片刻后，叛徒走了出来，手里捧了个发着红光的大家伙，正是那颗御明珠，尽管外面包了黑布，却还是熠熠生辉。莱丝瞧见了乌斯提姆，老爷子瘫倒在女王金库的地上，按着自己的侧体。

叛徒一踹门，把年迈的商人关在里面，随后扭头望向莱丝。

一支弩箭射中了他。

弗拉登的吼声传来："库房有贼！全体戒备！"

莱丝把自己挪到一架宝石旁边，背后的匪徒又中了一箭，却毫不在意。怎么会……

匪徒上前捡起提里克的十字弓。外头传来呼喊和脚步声，说明在低层的几名卫兵已经听到了弗拉登的警告，正要上楼。匪徒冲附近的过道射了一箭，那边传来弗拉登的惨叫声，看来是中箭了。没一会儿，另一名卫兵赶到，挥剑朝匪徒砍去。

他真该去求救的！ 莱丝蜷缩在架子边上，思忖道。匪徒的脸被划了一刀，他把战利品放下，揪住卫兵的胳膊，和那人缠斗在一起。莱丝眼睁睁地看着匪徒脸上的伤口逐渐愈合。

他在自愈吗？这人……有没有可能是光辉骑士？

莱丝斜眼瞥向匪徒搁下的大颗红宝石。这时又有四名卫兵加入战斗，显然以为单凭几人就能拿下对手。

坐回去，让他们对付那个贼。

奇里奇里忽然飞过，没有理睬那些战斗正酣的人，而是冲着那颗发光的宝石。莱丝纵身去抓飓甲蜂，却扑了个空，动作笨拙得紧。奇里奇里落在了盖着黑布的大颗红宝石上。

不远处，匪徒捅了某个卫兵一刀。莱丝皱紧了眉头，不忍见到如此残酷的景象。在一片红光之下，她拖着两条腿往前爬，伸手握住宝石拖过转角。

奇里奇里见状，恼怒地鸣叫了起来。与此同时，周围传来了另一个卫兵的惨叫。

得想点办法，总不能干坐着，对不对？

莱丝紧抓着宝石，朝过道的尽头望去。眼下，她还差几百尺才能去到外面的走廊和出口。那边的门尽管锁了，但仍然可以通过传信缝求救。

但这有什么用呢？假如五个卫兵都拿不下那个贼，一个瘸腿的弱女子又能做什么？

我的巴布斯还被关在女王金库里，血流不止。

莱丝又望了望长长的过道，接着把乌斯提姆给她的绳结围着裹了布的宝石绕了一圈，再系到自己的脚踝上，把双手解放出来，然后沿着架子一点点往前挪。背后的奇里奇里停在宝石上，宝石的光芒逐渐暗淡。别人都在拼命，只有这只飓甲蜂在大快朵颐。

莱丝的动作比预想的快，但她的胳膊很快就开始疼了。后方的缠斗平息下来，卫兵的叫声戛然而止。

莱丝再使出一倍力气，把自己挪向出口，终于来到停着轮椅的斗室，血迹赫然在目。

弗拉登躺在通道口，身上中了一箭，旁边摆着他自己的十字弓。莱丝在几步开外瘫倒下来，肌肉火辣辣地疼。弗拉登腰带上的润石照亮了轮椅和下楼的阶梯，可那边不会再有援兵赶来了。

只要跨过弗拉登的尸体，前面就是通往出口的走廊。"救命啊！"莱丝喊道，"抢劫啦！"

透过传声缝，她好像听到了外面的动静，不过……要等卫兵开门，还得花上一阵子，因为密码有三重，卫兵不是每一重都知道。没准是好事呢，毕竟那个贼也出不去，不是吗？

然而这也意味着，莱丝自己也得和那家伙同处一室，更何况乌斯提姆还在淌血……

后方一片死寂，莱丝心惊肉跳，但还是坐起来，挪到弗拉登的尸体跟前，拿上那人的弓箭，再朝楼梯爬去。她翻了个身，把大颗的红宝石放到体侧，再挺起胸，背靠墙壁坐好。

她端起笨重的十字弓，奋力瞄准黑洞洞的库房，汗流浃背地等待猎物出现。库房里传来渐近的脚步声，她颤颤巍巍地反复翻动十字弓，寻找扳机，这才发现没有上箭。

她倒吸一口气，赶紧抽出一支箭，尽管眼睛看着武器，却一筹莫展。十字弓的操作虽然简单，只消用脚踩住弓镫就能开弓，但也得踏出这一步才行。

黑暗中现出一个人影，正是光头的女王亲卫。他的衣服扯破了，黝黑的手里握着的剑仍在滴血。

莱丝放下十字弓。现在射箭还有用吗？她难道以为，自己有勇一战？那可是受了伤都能自愈的人。

她孤立无援。

她在乎自己的死活吗？

我……

是的，我在乎！我想开自己的船！

忽然，黑暗中隐约窜出什么东西，绕着匪徒飞了几圈。奇里奇里盘桓在空中，动作迅猛，引起了那人的注意。

莱丝慌忙搭箭，随后解下缠着红宝石的绳结，把一头系在十字弓前面的弓镫上，再把另一头系住沉重的木轮椅的靠背。她望了奇里奇里一眼，不由得愣住了。

飓甲蜂正在摄取匪徒的能量。那人体内流出一缕奇异的深紫色光芒，奇里奇里在一旁飞来飞去，一并吸收。匪徒的面庞渐渐消失，露出底下的大理石花纹皮肤。

竟然是乔装的仆族？

不，是虚渡。匪徒发出一声咆哮，用某种陌生的语言嘟哝了几句,挥手去打奇里奇里。飓甲蜂振翅遁入黑暗之中。

莱丝一手紧抓十字弓,一手把轮椅推向长廊的尽头。

轮椅"哐"的一声落下楼梯,绳索渐渐放松。莱丝用双手握住握把,等轮椅掉到楼下,绳索抽紧的时候,再使出浑身的力气往后一拉。

"啪!"

她用腰刀切断绳索。匪徒朝她扑来,她发出一声惊叫,扭身扣动十字弓的扳机,尽管不会瞄准,可谁叫匪徒亲自送上了门。

箭矢正中下颌。

匪徒倒了下去,还好没有再动弹。他自愈的能力已被奇里奇里耗尽。

飓甲蜂挥翅飞来,落在莱丝的肚子上,开心得直叫。

莱丝悄悄道了三声谢,汗珠从两颊上淌下。之后她顿了顿,问奇里奇里:"你是不是……变大了?"

奇里奇里愉快地叫着。

莱丝心想:别忘了乌斯提姆,得去搞到第二重密钥。

还有那颗叫御明珠的红宝石,虚渡为什么想要偷它呢?

莱丝丢下十字弓,朝库房的门口挪去。

I-14 泰夫特

泰夫特还能应付。

人要学会应付。维持好正常的生活，就不会显得太靠不住，也免得旁人太操心。

有时他会犯错，旁人渐渐对他失去信任，他也没法强求自己。他心里明白，总有一天他又会孤身一人，第四冲桥队也不会再劳神把他从麻烦中解救出来。

但现在，泰夫特还能应付。他对正在操控誓约之门的玛拉塔点点头，带领手下穿过平台，走下坡道，前往乌有斯麓。队伍默不作声，没几个人理解他们得知的那件事的意义，但大家都察觉到了情况的变化。

泰夫特觉得很有道理。这不容易，对不对？在他风杀的人生中更是如此。

经过蜿蜒的通道，他们正要上楼回营房，一名大致和泰夫特同高、浑身散发苍蓝柔光的女子出现在他身边的走廊上。风操的灵体，泰夫特故意不去看她。

灵体在他脑海中说：泰夫特，你还有真言要念。

"吃风去。"他嘟哝道。

你已经走上了这条道路。你什么时候才能把你许下的誓言告诉别人?

"我哪里——"

灵体忽然转过身,望着通往第四冲桥队营房的走廊,神情戒备。

"怎么了?"泰夫特停下脚步,"有哪里不对劲吗?"

可不对劲了!快跑,泰夫特!

他冲到队伍最前面,别人都追着他直嚷嚷。他手忙脚乱地来到营房门口,猛地推开门。

血腥味扑鼻而来。第四冲桥队营房的前厅一片狼藉,地上血迹斑斑。泰夫特吼了一声,急忙跑进去,在靠后的位置找到了三个倒地的人。他立马丢下矛,跪在石头、比西格和亚斯身边。

还有气,泰夫特摸了摸石头的脖颈,还有气。别忘了卡拉丁的教导,你这傻瓜。

更多冲桥手靠了上来。"快去看看其他人怎么样!"泰夫特喊道,脱下外套捂在石头的伤口上。吃角族人似乎有五六处刀伤,真是够戗。

"比西格还活着。"皮特大声回答,"但……风操的,他被碎瑛刃砍了一刀!"

"亚斯……"偻朋挨着第三个人跪下,"风操的……"

泰夫特一怔。亚斯死了,今天正好轮到他保管荣刃。

他们是冲着这把剑来的,他意识到。

更擅长战场医护的胡伊奥换下泰夫特,开始料理石头的伤势。泰夫特跌跌撞撞地退了几步,满手是血。

"得找雷纳林!"皮特说,"不然石头凶多吉少!"

"可他人呢?"琳问,"他在会议上,后来走了。"她望了望动作最快的前传令兵拉兰。"快去岗哨!那边应该有对芦,可以联系誓约之门！"

拉兰飞也似的奔了出去。一旁的比西格扑闪着睁开眼睛，连连呻吟。他的手臂成了一团死灰，制服也被切穿了。

"比西格！"皮特问，"风操的，怎么回事！"

"好像……好像是队里的人干的。"比西格喃喃道，"我还没看清就被砍了。"他闭上眼睛，往后一靠，嘴里直叫苦。"那人穿着冲桥手的外套。"

"飓风之父啊！"雷滕说，"你看到那人的脸了吗？"

比西格点点头。"我不认识，长得很矮，估计是阿勒斯卡人，穿着第四冲桥队的外套，肩上有副官的绳结……"

一旁的偻朋皱起眉头，瞅了瞅泰夫特。

第四冲桥队的军官外套是一种伪装。这件外套是泰夫特的，几周前就在市场上卖掉了，换了几枚球币。

大伙都围在石头和比西格身边，泰夫特只能踉跄后退，灰溜溜地穿过一片宛如落雪的愧灵，来到外面的走廊上。

第五部分
新一统

光辉骑士团　阿什　纳瓦妮

阿多林　塔拉梵吉安　雅拿贡

帕萝娜　沃亚　知策

114 代价

五年半前

达力拿喘了口气,在一辆防风车的车厢里醒来。他心跳得厉害,扭了扭身子,用脚踢开空酒瓶,挥起拳头。外面下着飓雨,雨水冲刷着厢壁。

以全能之主的第十个名字的名义,到底是怎么回事?刚才他还躺在床上,紧接着就……好吧,他记不清了。他酒后又出了什么乱子?

有人敲了敲车门。

"什么事?"达力拿哑着嗓子问。

"车队准备出发了,光明贵人。"

"这么快?雨还没停呢。"

"他们大概……嗯,急着要摆脱我们,长官。"

达力拿推开车门。菲尔特站在门外,身材矫健,长长的八字胡垂荡下来,皮肤雪白。从他眼睛的形状来看,他一定具有深族血统。

虽然达力拿没有明说赫西之行的打算,但他的部队似乎心照不宣,得知他有意拜访夜妖,一下子便接受了。他不知道该为士兵的忠诚而自豪,还是替他们的做法而害臊。当然,在他们之中,菲尔特本人以前就来过。

车队的帮工在外面为红甲蟹套上挽具。他们同意达力拿搭顺风车,却不肯带他去山谷,行程到此为止。

"你能领我们走完余下的路吗?"达力拿问。

"当然,"菲尔特说,"只有一天不到的路了。"

"那就对好心的车主说,我们的几辆车就跟他到这里,按他说的给钱,再加一点。"

"都听您的,光明贵人。其实有个碎瑛武士随行,就够抵车钱了。"

"多少解释一下,这算封口费。"

等到雨快停了,达力拿才穿上外套下了车,与菲尔特一起走在车队的前头,原先烦闷的感觉一扫而空。

他原以为这片地区的景色会和阿勒斯卡的平原很像,毕竟赫西和他祖国的风蚀地貌并无二致,但怪就怪在这里见不到石壳木。地上布满了约莫两三寸深的沟壑,如同凝固的池塘涟漪,在迎风面形成硬壳,上面布满苔藓,而背风面却绿草如茵。

稀疏的树木瘦劲虬屈,长着刺状的蓟叶,低垂的树枝指向背风面,就快碰到地上了,仿佛有位令使走过,压弯了路边的一切。附近的山峦光秃枯槁,荒芜萧然。

"不远了,长官。"菲尔特说。这个矮个男子才刚够到达力拿胸前。

"你以前来的时候,"达力拿说,"都……都看到了什么?"

"老实说,我什么也没看到,长官。夜妖没来见我,她不是逢人就见的。"菲尔特拍拍手,往里哈了口气,近来已经入冬了,"天黑以后要一个人马上进去,长官,人多了她不会出来。"

"你知道她为什么不来见你吗?"

"嗯，八成是她不喜欢外来的人。"

"那我大概也很难见到她。"

"您没有那么像外来的人，长官。"

前方有一群密密麻麻的黑色小动物从一棵树的后面冲向空中，每一只都有一个拳头那么大。"都是鸡？"达力拿问。

菲尔特忍俊不禁："没错，这么东面的地方也会有野鸡，可我看不出它们要在山的这头干什么。"

那群鸡最后挑了另一棵折弯的树，停在了树枝上。

"长官，"菲尔特说，"请原谅我这么问，您确定要去吗？在那儿就是她做主，您要付出的代价是没得选的。"

达力拿一语不发，走在一片杂草地上，脚下嘎吱作响，草叶随着他的触碰窸窣颤动。赫西地域空旷，不像阿勒斯卡，走个一两天就能遇到农庄。他们跋涉了足足三小时，达力拿一边急着赶到终点，一边却不愿前进。近来，他算是找到了目标，尽管感到庆幸，但这番决定还是给他提供了借口：既然可以去拜访夜妖，那又何必戒酒？

抱着这个想法，他一路上几乎都醉醺醺的。现在他醉意渐消，死者的靡音似乎又追了上来。最严重的时候，他一想要入睡，就累得眼后隐隐作痛。

"长官？"菲尔特终于问，"看那儿。"他指着饱受风吹的山坡，山坡上现出一抹绿意。

他们继续前行，视野愈发清晰。山间有一道山谷，低凹处面朝东北，山麓阻挡了飓风的侵袭。

山谷内的植被欣欣向荣，丛生的藤蔓、蕨叶和花草位于一片矮树丛之中，上面长着盘根错节的大树，爬满了苔藓和藤条，许多生灵一起一伏地飘荡在周围，而这些树不是祖国那种苍劲耐久的墩树。

植被层层叠叠，枝条和芦苇七横八竖地探出头来，覆满藤蔓的蕨叶纷纷折腰。这让达力拿想到了战场，仿佛那是一大块织锦，描绘了殊死战斗者各自求存的情景。

"怎么进入?"达力拿问,"这叫我怎么穿过去?"

"有一些小路,仔细看的话是能找着的。"菲尔特说,"长官,我们要在原地过夜吗?您可以天亮了再去探路,到时候再做最后的决定。"

达力拿点头同意。他们在山谷的豁口边缘扎营,距离近得都能闻到里面传来的湿气,车子停在两棵树之间作为屏障,帐篷不久后就搭好了,火也马上生了起来。植物滋长的声音仿佛就在耳边回响,山谷轰然震颤,刮过的风带着燠热的气息。

太阳落山,夜幕低沉。不久后,达力拿动身进入山谷。山间的声音诱惑着他,他等不及了。藤蔓在小动物跑过时动了动,发出"沙沙"的响声,叶子卷了起来。士兵们都理解他的决定,所以没有人追着他大喊。

他走进潮湿陈腐的山谷,藤条掠过他的头顶。黑暗中几乎不见五指,但菲尔特说得对,在藤条和树枝不情不愿地让开道之后,就能看到小路了,仿佛一群卫兵让陌生的来客去觐见国王。

达力拿本希望能有激越感相助。这不就是一次挑战吗?可他没有一丝一毫的感受。

他在黑暗中蹒跚而行,忽然觉得自己傻透了。他来这儿干什么?其他轩亲王都已聚首,决心严惩刺杀迦维拉尔的凶手,只有他还在追逐异教迷信。他本该踏上破碎平原,改头换面,重现当年的峥嵘。对他来说,若想远离酒瘾,只消召唤渡誓投入战斗。

谁知道森林中都有什么?如果他是个盗匪,肯定会埋伏在这里,而人们一定会蜂拥而至。诅咒之地的!要是他最后发现这都是有人故意设计,就为了吸引毫无戒心的猎物,他也不会觉得意外。

等等,怎么回事?好像有什么动静传了过来,但不是草丛里的脚步声和藤条收缩的声音。他停在原地,凝神聆听。

是哭声。

噢，全能之主在上，不。

是一个男孩的哭声，呜呜求饶的口气还真像阿多林。达力拿置之不顾，在黑暗中搜寻。那些葬身火海的平民又开始惨叫、哀求，山谷中的声音愈发凄厉。

出于一时恐惧，达力拿赶紧掉头朝洞口飞奔，但立马就被草丛绊了一跤。

他瘫倒在朽木上，两手按着蜷曲的藤蔓，四周充斥着人们的尖叫和哀号，在近乎无垠的黑暗中回荡。

达力拿慌忙召唤渡誓，爬起来一阵挥砍，努力扫清障碍，可那些声音还是围绕着他！

他从一根树干旁边挤了过去，手指嵌进垂荡的苔藓和湿漉漉的树皮。这边就是入口吗？

忽然间，他眼前浮现出了身在无主山岭对抗仆族叛徒的自己，杀戮、劈砍、尽显战意。那个人双目圆睁，咬牙狞笑，犹如无血无肉的头颅。

他看到自己勒死了未曾拥有父辈威仪的艾尔霍卡，继而登基称王，掌握了本该属于自己的权力。

他依次率军挺进赫达孜和雅克维德，成为王中之王，同时也是骁勇强悍的征服者，所获成就远远超过了自己的兄长。他打造了统一的沃林帝国，覆盖了柔刹的半个版图，堪称无与伦比的盛世！

而他发现这一切都陷入了火海。

数百个村庄，还有千千万万的人民，都被烈火吞噬，这是唯一的征服之道。遇到负隅顽抗的城镇，就放一把火烧光；遇到胆敢反击的人，就夺走他们的性命，把他们亲人的尸体留给食腐动物。只要敌人还没有投降，就要如飓风一般扩散恐惧。

天堑只是一长串例子中的第一个。他看到自己狞笑着伫立在尸堆上。不错，他摆脱了酒瘾，成了伟大而骇人的存在。

这就是他的未来。

达力拿倒吸一口气，屈膝跪在黑暗的森林中，任由千言万语在身边萦绕。他听到了伊薇的声音，她哭着葬身烈火，无人发现、无人知晓。他任由渡誓从指间滑落，散作雾气。

哭声渐渐远去。

荣誉之子……风中传来一阵呢喃，宛如树叶晃动的沙沙声。

达力拿睁开眼睛，发现自己沐浴着星光，身下是一片狭小的空地。一道影子穿过树林后方的黑暗，伴着藤条缠结和风吹草叶的响动。

你好，人类，你身上散发着绝望的气息。一个女声幽幽地传来，如同上百条私语重叠齐鸣。那个纤长的身影在被树木环绕的空地上移动，像掠食者那般跟着他。

"都说……你能改变一个人。"达力拿萎靡不振地说。

夜妖从黑暗中出现，由一团墨绿色的雾气构成，隐约显出匍匐的人形。她飘浮在地上，伸开奇长无比的胳膊往前爬，拖长的本体就像一条尾巴，绕着树干蜿蜒穿梭，最后消失在森林中。

她的形体混沌不明，如河水一般涌动、如鳗鱼一般游走，那张光滑妩媚的脸庞是她身上唯一看得清的部位。她朝达力拿款款而来，与他面对面，两人鼻尖的距离不过几寸。她用炯炯的黑眼睛望着达力拿，雾蒙蒙的脑畔探出千百只冰冷的小手，伸过来轻抚达力拿的面部。

你想实现什么愿望？夜妖问，**是什么恩惠让你前来，荣誉之子、仇恨之子？**

夜妖开始围着他打转，黑色的小手一直捧着他的面部，但胳膊却舒展开来，变成了触须。

你想得到什么？她问，**声望？财富？本领？你想挥剑作战，永不**

疲倦吗？

"不想。"达力拿低声回答。

美貌？信徒？我能满足你的梦想，助你走向辉煌。

达力拿被丝丝缕缕的墨绿色雾气裹住，感觉皮肤怪痒的。夜妖又把脸凑到他面前：**你想得到什么恩惠？**

他眨眨眼，挤去泪水，听着远处濒死孩童的哭喊，嘴里只吐出了一个词：

"原谅。"

夜妖的触须从他面前散开，恍如张开的五指。她往后一仰，抿起了嘴。

不妨寻求物质性的恩惠，她说，**球币、宝石、碎瑛武器，哪一样都行。如果是一把会冒黑烟、战无不胜的瑛刃，我也能赐给你。**

"求你告诉我，"达力拿疲乏地吸进一口气，"我……我还能得到原谅吗？"

这不是他的本意。

只是他已经忘了原先的请求。

夜妖在他身边缭绕，有些着急地说：**原谅实在称不上恩惠。我该拿你怎么办？又该赐给你什么？说吧，人类，我——**

够了，孩子。

一个陌生的声音把他们都吓了一跳。如果说夜妖的声线就像风在呢喃，那么这个声线就像落石一般雄浑。夜妖立刻避开了达力拿。

达力拿忐忑地转头一看，发现空地边缘站着一名皮肤棕褐、颜色如暗木树皮的女子。女子体形雍容，一袭棕裙，裙裾拖曳在地上。

母亲？夜妖说，**母亲，他来见我了，我正要给他赏赐。**

多谢，孩子，女子说，**然而你并没有能力给他赏赐。**她着眼达力拿道：**请跟我来，达力拿·寇林。**

见到这离奇的一幕，达力拿惊呆了。他起身问："你是谁？"

你无权质疑我的身份,女子说罢大步走进森林,达力拿赶忙随行,落脚似乎更为轻松,不过周围的藤条和树枝都在朝那名古怪的女子靠拢,她的衣裙仿佛与之相融,棕色的衣料化作树皮和草叶。

夜妖在一旁蜷身前行,暗沉的雾气流过树丛的孔洞,着实叫人惴惴不安。

你要原谅我女儿,女子发话了,**几百年来,今天是我头一次亲自与人类对话。**

"所以你真的不是逢人就见?"

当然。我一般让女儿出面,女子轻抚夜妖雾气朦胧的发丝,**帮她理解你们。**

达力拿皱起眉,试图领会话意。"怎么……现在你怎么出面了?"

因为你备受关注。我刚才不是叫你别问了吗?

达力拿闭上了嘴。

你为何而来,人类?你不是忠心于荣誉吗?那就向他寻求原谅。

"我问过虔诚者了,结果没有得到理想的答案。"达力拿说。

该是你的,都已经是你的了。你编造了真相,聊以自慰。

"那我算是完了。"达力拿愣在原地,低声嘟叹,耳边仍在作响,"他们都在哭,母神。"

女子回头看着他。

"我一闭上眼,就能听到哭声。他们都围着我,求我救他们,都快把我逼疯了。"

女子凝望着他。夜妖接连盘绕在女子和达力拿的腿上,然后回到原位。

他难以看透这名女子。卷曲的藤条从她的衣裙上伸入大地,渗透万物。在那一刻,达力拿发觉自己见到的并不是她的实体,而只是她可供交流的一部分。

她达到了永恒。

这就是你的恩惠：我不会让你蜕变，不会赐给你才能或实力，也不会夺走你的冲动气焰。

但我会为你……进行修剪，精心地把问题切除，好让你生长。代价会很高昂。

"拜托了，"达力拿说，"怎么样都行。"

女子退回到他身边。我这么做等于是为他提供了一件武器。危险，实在危险。然而万物都需要培养，我从你身上拿走的东西，总有一天会长回来，这是一部分代价。

即使你终将被他控制，拥有你的一部分也对我有好处。你的造访是注定的，一切能够生长和养育的东西，都尽在我的掌握。

这其中就包括荆棘。

女子攥住达力拿，树枝和藤蔓纷纷落下。森林缠绕着他，钻进他的眼缝、指甲缝、嘴巴和耳朵，渗入他的每一个毛孔。

既然有了恩惠，那也应该有诅咒，母神说，我会消除你的一部分记忆，让你再也想不起那个女人。

"我……"就快被草木吞没的达力拿张口欲言，"等等！"

枝条居然静止了，达力拿悬在原处，浑身不知为何被藤蔓穿透。虽然没有痛感，但他觉得那些卷须正在他的血管中翻腾。

有话快说。

"你会……"达力拿吃力地说，"你会带走伊薇吗？"

我会带走你对她的全部记忆，作为代价。我该停手吗？

达力拿紧闭双眼。伊薇……

他配不上伊薇。

"动手吧。"他喃喃道。

藤蔓和树枝又涌了上来，开始撕扯他内心的记忆。

第二天早晨，达力拿摸爬滚打地走出森林。他的部下带着水和绷带赶到他身边，但奇怪的是，这两样东西他一样也不需要。

他只是累得快趴下了。

其他人支起他的身子，将他领到防风车的阴凉处，半空中有疲灵在打转。菲尔特的妻子玛莉立刻写了简报，通过对芦传回到船上。

达力拿摇摇头，记忆模糊不清。到底……到底发生了什么？他果真向夜妖请求原谅了吗？

他想不通，难道辜负那个人就如此让他愧疚？那个人是谁来着？他极力回忆……

风操的，那个人是他妻子。他就真的放不下自己辜负她、害她被暗杀的事？他在脑海中搜寻着，却还是记不起妻子的模样。他无法在脑海中勾勒她的面容，也无法回忆起两人共处的时光。

他的头脑一片空白。

可他还能记得这几年酗酒的日子，还有更早之前的征服岁月。他其实很清楚自己的过去，只是忘却了妻子的身影。

"您还好吧？"菲尔特在一旁跪下，"想必是……见着了？"

"对。"达力拿说。

"那有什么需要注意的吗？"菲尔特问，"据说有人去了之后，每个被他碰到的人都会往上坠落。"

"不用担心，我的诅咒只针对我一人。"达力拿觉得很不可思议，他明明记得妻子出现过的场景，可就是记不得……风操的……她的名字。

"我老婆叫什么？"达力拿问。

"□□□□？"菲尔特口齿含混地应了一句。

达力拿一怔。有关他妻子的记忆果真被消除得一干二净了？难道……难道这就是代价？没错……这几年他饱受悲痛的折磨。他失去了自己深爱的女子，整个人都崩溃了。

怪了，他以为自己爱过妻子。

可现在，他什么感觉也没有。

夜妖似乎取走了达力拿对他妻子的全部记忆，让他就此放下。但他依然有愧于迦维拉尔：他感到悲伤、歉疚，就算是夜妖的恩惠也无法根治。失去兄长之后，他依然想要借酒消愁。

可他决心改掉陋习。在他帐下，要处理酗酒的士兵，只能让他们干活，不能让他们品尝烈酒。以后，他也会如此要求自己，虽然并不容易，但他一定能做到。

达力拿松了口气，却觉得心中缺少了一部分，叫他无从分辨。他耳边传来了部下拆除营地的喧嚣，他们正在说笑，感叹终于能离开了。四周的树叶簌簌作响，除此之外只有一片寂静。可他不该听到那个声音吗……

达力拿摇摇头。全能之主在上，他究竟是有多蠢，还专门跑了一趟？他真的已经软弱到需要森林中的灵体为他排忧解难的地步了吗？

"得去跟国王通气了。"达力拿起身道，"叫待在码头的人联系军队，在我赶到之前，务必制定好讨伐仆族智者的计划，准备好作战地图。"

他不能再沉郁下去了。他本就不是最称职的弟弟，也不是最高尚的光眼种。他没有遵守法典，还让迦维拉尔丢了性命。

下不为例。

他正了正制服，望了玛莉一眼。"告诉水手们，到了港口就去找一本阿勒斯卡语的书，书名叫《王者之路》。我想再听人念一遍，上次我头脑不清醒。"

115 错误的激情

> 他们来自另一个世界,运用着危险的禁忌之力,事关灵体和飓能。他们摧毁了母星,来向我们乞怜。
>
> ——摘自《伊埃拉碑铭》

达力拿站在泰勒拿城的别墅里,一阵迅猛的海风从窗外吹进来,拂动着他的头发。冷冽清新的海风没有停留,而是从他身边刮过,沙沙地掀动书页。

这阵风是从灭世风暴中逃散的。

灭世风暴的云层从西方涌来,绯红、激烈、炽热。每一朵新的雷暴云都从后方的雷暴云中喷射而出,就像在水里翻滚的鲜血,迸出一道道闪电。风暴投下阴影,笼罩着遍布在汹涌波涛上的船只。

"船?"达力拿低语,"有船在风暴中航行?"

是他控制的,飓风之父发话了,声音轻得就像淅沥的雨声,**他利用灭世风暴,就像荣誉曾经利用我一样。**

别指望在海上阻截敌人了。达力拿新组建的舰队早就去避风了,敌人却畅通无阻地驶了过来。反正联盟已经崩溃,不会保卫这座城市了。

泰勒拿城前方的海湾变暗了,灭世风暴逐渐减速,好像停了下来,遮蔽了西边的天空,居然没有继续推进。敌舰在风暴投下的阴影中登陆,许多船直接撞上了海岸。

亚马兰的部队涌出城门,抢占了海湾和城市间的区域,因为城墙上没有足够的机动空间。作为野战军,阿勒斯卡军获胜的最佳机会是在仆族下船时进行攻击。后方,泰勒拿士兵登上了城墙,但他们的经验并不丰富。海军才是泰勒拿的强项。

达力拿隐约能听到考尔将军在下面的街道上喊话,让使者和文书向乌有斯麓传信,召集阿勒斯卡的援军。*太迟了*,达力拿心想。切实地部署军队要花上好几个小时,虽然亚马兰正在鼓动部下,但他们不会及时集结起来对敌舰发起全面攻击。

还有几十名融族从船上蹿升到空中。他想象着自己的部队在走出誓约之门后陷入瓶颈,在奋力穿过街道前往下城区的同时遭到空袭。

舰队前去避风,部队毫无准备,支援突然蒸发……这一切同时发生,透出一种恐怖的美感。

"他计划得很周全。"

这是他的风格。

"培养提醒过我,说我会恢复记忆,还说她要为我'进行修剪'。你知道她为什么要这么做吗?我非得记起来吗?"

不知道。这有关系吗?

"这取决于一个问题的答案。"达力拿小心翼翼地合上窗前梳妆台上的书,摸了摸封面上的符号,"人世间最重要的一步是哪一步?"

他正了正蓝色制服,从桌上拿起《王者之路》,舒服地揣在手里,走出门进了城。

"我们一路赶过来，"沙兰低声说，"他们却已经到了？"

卡拉丁和阿多林像雕像一样站在她的两边，面无表情。她能看清誓约之门了，桥边的那座圆台和控制室一样大。

成百上千个陌生的灵体站在代表泰勒拿城海岸的晶珠湖中，看上去有点像人，却长得扭曲怪异，仿佛闪烁的黑暗光芒，倒不如说是潦草的人形轮廓，就像她在发狂的状态下画出的图画。

岸边的黑曜石地上黑压压一片，涌动着一大团活生生的红色光芒，比那些灵体更可怕，她一看过去眼睛就疼。仿佛这还不够似的，五六名融族从空中飞过，落在通往誓约之门平台的桥上。

"他们都知道。"阿多林说，"他们用那场该死的幻象把我们引到了这儿。"

"要警惕所有声称能预见未来的人。"沙兰低声道。

"不，不，那不是他送来的！"卡拉丁慌张地看看他们俩，最后转向茜尔寻求支持，"就像飓风之父那时候……我是说……"

"天青警告过我们别走这条路。"阿多林说。

"那还能怎么办？"卡拉丁问道，然后压低声音，和其他人一同躲到树荫下，"我们不能像天青希望的那样去吃角族群峰。敌人也在那儿等着！人人都说他们的船在那儿巡逻。"卡拉丁摇摇头。"这是唯一的选择。"

"我们没有足够的食物回去……"阿多林说。

"就算有，"茜尔小声说，"我们又能去哪儿？他们掌管了祭兰城，又看守着这座誓约之门，可能还有其他几座……"

沙兰跌坐在黑曜石地上。图腾把手放到她的肩膀上，担忧地轻哼着。她的身体渴望飓光来洗去疲惫。她可以用飓光创造幻象，让世界变样,哪怕只有一小会儿,这样她就能假装……

"卡拉丁是对的。"茜尔说,"现在还不能退缩。剩下的宝石撑不了多久了。"

"我们得试试。"卡拉丁点头赞同。

"怎么试,卡尔?"阿多林说,"我们自己去对付虚渡的大军吗?"

"我不知道传送门的原理。"沙兰补充道,"我甚至不知道传送一次可能需要多少飓光。"

"总得……总得试试吧。"卡拉丁说,"我们不是没有飓光。不如用幻象迷惑敌人?我们可以带你去誓约之门,好让你……找到解救我们的办法。"他摇摇头。"能行的。我们必须做到。"

沙兰低下头,听着图腾的哼声。有些问题不是谎言能解决的。

迦熙娜小心翼翼地避开了一队奔向誓约之门的士兵。她通过对芦获悉,援军正在乌有斯麓集结。不幸的是,他们很快就必须承认她已经得知的事实。

泰勒拿城沦陷了。

敌人这手牌打得太妙了。她非常气愤,但她控制住了自己的情绪。最起码,她还盼着亚马兰手下那帮叛逆分子能拖住敌人,挡下飞来的箭和矛,好让泰勒拿的平民撤离。

灭世风暴裹挟的闪电将城市映照得通红。

专心。她必须专注于自己能做到的事,而不是没能做到的事。首先,她必须确保叔叔不会死于一场毫无意义的战斗;其次,她需要协助人们撤离泰勒拿城,之前她已经提醒乌有斯麓方面,让他们做好迎接难民的准备。

这两个目标还得稍微放一放,因为她要处理一件更紧迫的事。

"事实是一致的。"白牙说,"一直以来就存在的真相很快就会展现所有人面前。"他坐在迦熙娜的高领口上,用一只手扶着。"你说得没错。有叛徒存在。"

迦熙娜解开左袖的扣子,把袖管别起来,露出戴着手套的禁手。她在准备时还穿上了斥候的金黄两色短款修身裙,前部和侧边开衩,底下搭配长裤和结实的靴子。

她从另一队骂骂咧咧的士兵身前回过身,大步登上通往佩莱阿艾林神殿正门的台阶。正如消息所言,她发现雷纳林·寇林垂着头跪在地上,孤身一人。

一只鲜红的灵体从他背后升起,如同形成蜃景的热气一般闪烁,呈现雪花状的晶体结构,散发出的光芒却飘向天顶。她的口袋里揣着一张素描,上面画着正宗的识真骑士灵体的模样。

而这只灵体长得不一样。

迦熙娜横出手,深吸一口气,将白牙召唤为碎瑛刃。

温丽从船的简易舷梯上跳下来。她面前的城市又是一个奇迹,傍山而建,像是在岩石上开凿出来的,被塑造了破碎平原的风雨雕琢而成。

几百名歌者在她周围涌动。高大的融族走在他们当中,长着和碎瑛甲一样威风的壳甲。一些普通的歌者处在战斗态,但不像他们的阿勒斯卡同类那样接受过作战训练。

亚泽尔、泰勒拿、玛拉特……这些新近觉醒的歌者来自许多国家,他们都很害怕,而且没有把握。温丽调谐至痛苦之韵。他们会逼她上前线吗?她也没有接受过多少作战训练,就算处于强力形态,也会被砍成碎片。

就像我的族人，为了催生灭世风暴，都牺牲在了纳拉克高地。仇恨似乎很快就消耗了听者和歌者的生命。

天音在口袋里随着平和之韵脉动，温丽伸手按了上去。"安静。"她和着痛苦之韵小声说，"安静。你想让谁听到吗？"

天音不情不愿地缓和了脉动，温丽却还是感到口袋在微微震颤，而这……让她放松了下来，她耳边几乎响起了平和之韵。

一名高大的融族叫住了她："喂，听者女士！过来！"

温丽调谐至毁灭之韵。就算他们是神，她也不会被吓到。她昂首走上去。

融族递给她一把插在鞘中的剑。她伸手接过，调谐至恭顺之韵："我以前用过斧子，但没用过——"

"拿上。"融族说着，双眼散发出柔和的红光，"你可能需要自卫。"

温丽不再反对。在出于尊敬的自信和单纯的反抗之间，有着一条微妙的界线。她把剑别在纤长的身体上，希望体表能覆着壳甲。

"好了，"融族和着倨傲之韵说，大步向前走去，期望她能跟上，"告诉我这个小家伙在说什么。"

温丽跟着他来到一群握着矛的劳动态歌者身边。她一直在用古语跟融族说话，但这些歌者说的是泰勒拿语。

我是个翻译，她心想，松了口气，*所以他们才希望我上战场*。

"你们想对圣者说什么？"温丽和着戏谑之韵询问融族指定的歌者。

"我们……"歌者润了润嘴唇，"我们是渔民，不是士兵，女士。我们来这儿干吗？"虽然他的话语中掺杂着焦虑之韵，但他畏畏缩缩的身影和面容却更能说明问题。他的言行举止就像个人类。

温丽做了翻译。

"你们得按照要求去做。"融族借温丽之口对他们说，"作为回报，你们会获得进一步效力的机会。"他采用的是戏谑之韵，但他似乎并不生气，更像是……在教训一个孩子。

温丽也翻译了这番话，那些水手面面相觑，不自在地倒换双脚。

"他们想反对。"她对融族说，"我能从他们身上看出来。"

"让他们讲。"融族说。

温丽鼓励他们发言，领头的歌者低头看了看，和着焦虑之韵说："只是……目标是泰勒拿城？这里是我们的故乡，我们真要攻打吗？"

等温丽翻译完，融族说："是的。他们奴役了你们，拆散了你们的家庭，把你们当成愚蠢的牲畜。你们就不渴望复仇吗？"

"复仇？"水手望着同伴，寻求支持，"能获得自由，我们很高兴，可是……我是说……他们有些人对我们挺好的。我们就不能找个地方安顿下来，不去管泰勒拿人吗？"

"不能。"融族说完扬长而去，温丽做了翻译，立刻跟上了他。

"阁下？"温丽和着恭顺之韵问道。

"他们怀有错误的激情。"融族说，"袭击塔冠城的那些歌者倒是很乐意。"

"阁下，阿勒斯卡人是一个好战的民族，把这种特质传递到奴隶身上并不奇怪。也许他们的待遇更好呢？"

"他们当了太久的奴隶，我们得给出一个更好的选择。"

温丽紧挨着对方，庆幸自己找到了一名既理智又公道的融族。在看望那些有着类似抱怨的群体时，他没有冲他们大喊大叫，只是让温丽重复同一番话：

你们必须抓住复仇的机会，小家伙。你们必须赢得激情。

只要能胜任更高尚的事业，你们就会被提拔为华族，获得强力形态。

这片大陆很久以前就属于你们，后来却被他们偷走了。你们已经被驯化了，我们会教导你们重新变得强大。

融族一直保持冷静，却如闷火般凶狠，虽然克制，但随时都会爆发。他最终走到了一些同伴的行列中。歌者的军队笨拙地在周围列阵，覆盖了海湾东面的区域。阿勒斯卡人的军队则在狭窄的战场上集结，旗帜飘扬。他们配有弓箭手、重步兵和轻步兵，甚至还有骑兵。

温丽和着痛苦之韵轻轻哼唱。这将是一场屠杀。

她忽然有种奇怪的感觉。某种像是韵律，却显得压抑而无可抗拒的东西震荡着空气，她脚下的地面也颤抖起来，云层中的闪电似乎在随着这种节奏闪动。片刻间，她发现周围的区域充斥着阴森的灵体。

都是死者的灵魂，她意识到，都是没有附身的融族。它们大多扭曲得几乎认不出是歌者，其中两个的大小跟楼房差不多。

有一个生物甚至还要庞大，如山丘一般高，猛烈地盘旋着，似乎完全由红色的烟雾组成。她看到这一切与现实世界重叠在一起，但不知为何，她知道大多数人看不到。她有时能窥见另一个世界，就在这之后……

她背后透出一股酷热。

她强打起精神。她通常只能在风暴期间见到那个人，然而她眼前就是一场风暴，一动不动地盘旋在后方，搅动着海面。

光芒在一旁成形，化为一名古老的仆族，脸上有着金白相间的大理石花纹，手握华贵的权杖，仿佛那是一根拐杖。这一次，他的出现没有让温丽立刻蒸发。

温丽释然地松了口气。这与其说是他本尊，不如说是他留下的一种印象，但他身上还是散发着力量，仿佛花藤的卷须在风中摇曳，逐渐消失在茫茫远方。

仇恨亲自来监督这场战斗了。

※

泰夫特躲了起来。

他无法面对其他人,尤其是……在他做了那些事之后。

石头和比西格血流不止。亚斯死了。营房被毁,荣刃失窃。

他穿着……他穿着第四冲桥队的……制服……

泰夫特手忙脚乱地在石廊上穿行,经过一串串愧灵,寻找没人看得到的地方。他又这么对待了一群愿意信任他的人,就像他好心办坏事,结果出卖了自己的家人,就像他因为沉迷于搓火藓而抛弃了自己在撒迪亚斯军的小队,而现在……现在轮到第四冲桥队了?

在昏暗的走廊上,他被一块凹凸不平的石头绊倒了。他一声闷哼,手在地上刮了一下。他呻吟起来,躺在原地,脑袋磕着石面。

要是能找到一个隐蔽的地方,然后挤进去,再也不会被发现就好了。

他往上一看,只见那个女人就站在那儿,浑身由光和空气组成,卷发消散在雾气中。

"干吗跟着我?"泰夫特怒吼道,"选别人吧。克勒克!就是别选我。"

他站起来,从灵体身边挤过——她几乎没有实体——继续在走廊里前行。前方有亮光,表示他不小心走到了高塔的外圈,那里的窗户和阳台俯瞰着誓约之门平台。

他喘着粗气,在一扇石门前停下脚步,伸出一只手扶着,指关节还在流血。

"泰夫特。"

"你不会要我的,我已经崩溃了。选偻朋吧,选石头、西格吉尔也行。该下诅咒之地的,小姑娘,我……"

那是什么?

泰夫特被微弱的声音吸引,走进空荡荡的房间。是叫声吗?

他走到阳台上。有着大理石般皮肤的人影涌过了下方的一座誓约之门平台。那里本该是锁着的,无法使用。

下方的斥候和士兵惊慌失措地大喊起来。乌有斯麓遭到了攻击。

纳瓦妮跑得气喘吁吁,攀上泰勒拿城墙的最后几级台阶,终于找到了芬恩女王的随从。

她看了看臂表。要是能找到一种不只能控制疼痛、还能控制疲劳的法器就好了。那不是很了得吗?毕竟有疲灵……

纳瓦妮沿着城墙甬道向芬恩走去。下方的亚马兰军扬起了撒迪亚斯家族的新旗帜,森绿色的背景上有着一座白色的高塔和一把白色的斧子。期灵和惧灵在周围冒了出来,它们是战场上的常客。撒迪亚斯的部下还在涌出城门,但弓箭手阵已经向前移动起来。他们很快就会开始攻击杂乱无章的仆族军队。

然而那场灭世风暴……

"敌人只会源源不断。"芬恩在纳瓦妮走近时说,她的海军将领连忙让出空间,"很快我就能亲身评判你们大名鼎鼎的阿勒斯卡军了,因为他们打的是一场没有赢面的战争。"

"实际上,"纳瓦妮说,"我们的情况比看起来要好。新上任的撒迪亚斯是有名的战略家,他的部下精力充沛,即使缺乏纪律性,也以顽强著称。我们可以在敌人完成部署之前发动攻击。如果他们开始反攻,并以人数压倒我们,我们也能撤回城内,直到获得增援。"

芬恩的丈夫卡马克尔点点头。"还是能赢的,芬恩,也许还能夺回一些船。"

地面震颤起来,纳瓦妮一下子觉得自己站到了颠簸的船上。她放声大叫,抓住城垛,免得掉下去。

外面的战场上,敌军和阿勒斯卡军之间的区域碎裂了,岩地现出裂纹和豁口,一条巨大的石胳膊抬了起来,下面的裂缝勾勒出手部、前臂、肘部和上臂的形状。

一头足有三十尺高的怪物破石而出，撒下的碎屑和尘埃落到了军队头上。它的身躯宛如岩石构成的骨架，头部呈楔形，眼部是一对熔融的殷红圆点。

温丽目睹了雷岩兽苏醒的过程。

正在待命的亡灵有两大团能量，灵魂扭曲变形，面目全非。一团能量爬进石地栖居其中，就像灵体安身于琼心石一样。岩石逐渐变成雷岩兽的形态。

怪物摆脱了岩石的桎梏，温丽周围的仆族敬畏地踉跄后退，没想到自己居然引来了灵体。怪物居高临下地逼近人类军队，而它的同伴则爬进石地，但没有立刻挣脱。

还有一头更庞大的怪物浮出了海湾的水面，但当她窥向另一个世界时，却忍不住瞥了一眼。如果这么恐怖的石怪只是两个次等灵魂创造的，那么那一大片力量又是什么？

在实界域，融族向仇恨低头下跪，好让他们也看到他。温丽迅速跪下，膝盖磕到了石头。天音随着焦虑之韵脉动，温丽把手放在口袋上捏了捏。*安静，我们对付不了他。*

"图拉什，"仇恨伸手按住温丽跟随的那名融族的肩膀，"老朋友，这副新身体看起来不错。"

"多谢，主上。"图拉什说。

"你的思想很坚定，图拉什，我为你骄傲。"仇恨向泰勒拿城挥挥手，"我为今天的胜利准备了一支大军。你觉得我们的奖赏怎么样？"

"就算没有誓约之门，我们也处在极为有利的重要位置。"图拉什说,"但我放心不下我们的军队,主上。"

"哦,此话怎讲?"仇恨问。

"他们很软弱,没有受过训练,而且很害怕,许多人可能不想战斗。他们不渴望复仇,主上。即使动用了雷岩兽,我们也有可能战败。"

"你说他们?"仇恨回头看了看集结的歌者,"哦,图拉什。你的眼光太狭隘了,我的朋友!他们不是我的军队。我把他们领过来,是想让他们看看。"

"看什么?"温丽抬头问道,缩起脑袋,但仇恨没有理会。他张开双臂,身后涌动着金黄色的力量,犹如一阵清晰可见的风。那股在异地翻腾的红色力量变得更加真实,已经完全进入了这个界域,而海洋沸腾了。

一种温丽感受过、却从未真正了解的原始之物涌了出来。那是一团红色的迷雾,转瞬即逝,就像在阴天被错看成实物的影子,变换着不同的形状:愤怒的红马飞奔疾驰,厮杀的士兵流血牺牲,沉浸其中,在堆积成山的白骨上挣扎。

红雾从汹涌的波涛中升起,翻滚到沿海以北的一块空旷礁石上,让温丽产生了对战场的渴望。那是一个优美的界点,带来了战斗的激越感。

最庞大的灵体带着滚滚的红光从裂影界消失了。

卡拉丁倒吸一口气,向树丛的外围走去,感到那股力量撤出了这个地方,而……去了另一个地方?

"出了点状况。"他对还在想办法的阿多林和沙兰说,"我们可能有机会了!"

阿多林和沙兰来到他身边，那支古怪的灵体军队也开始在他们眼前陆续消失。

"誓约之门？"沙兰问，"也许他们在使用誓约之门？"

一瞬间只剩下六名融族把守着那座桥。

六个？卡拉丁心想，我能打败六个吗？

有这个必要吗？

"我可以过去挑衅，分散他们的注意力。"他对其他人说，"或许也能用上幻象？我们可以把他们引开，让沙兰悄悄接近，想办法让誓约之门运作。"

"我想我们别无选择了。"阿多林说，"但……"

"什么？"卡拉丁着急地问。

"你就不担心那支军队的去向吗？"

※

"激情，"仇恨说，"这里有着昂扬的激情。"

温丽浑身发冷。

"几十年过去了，我已经让他们准备好了。"仇恨说，"他们只想进行破坏，向杀害了他们轩亲王的人复仇。就让歌者观摩学习吧。今天我筹备了另一支军队为我们作战。"

前方的战场上，人类的阵列士气低迷，旗帜摇摇欲坠，一个穿着璀璨碎瑛甲的人骑着白马率领着他们。

头盔深处，有什么东西发出了红光。

黑暗的灵体飞向人类，寻找着心甘情愿的躯体和血肉。红雾让他们充满欲望，让他们敞开心扉。灵体与他们建立纽带，渗入敞开的灵魂。

"主人，您学会依附在人类身上了吗？"图拉什和着恭顺之韵问道。

"灵体一直都能和他们建立纽带,图拉什,"仇恨说,"只要心态正确,环境适宜。"

上万名穿着绿色制服的阿勒斯卡士兵紧握武器,双眼发出危险的深红色光芒。

"去吧。"仇恨低声说,"寇林会舍弃你们的!表现出你们的愤怒!把谋害你们轩亲王的'黑荆棘'杀死。释放你们的激情吧!把你们的痛苦献给我,以我的名义夺取这座城市!"

军队转过身,在一位身穿闪亮碎瑛甲的碎瑛武士的带领下,对泰勒拿城发起进攻。

上岸

116 孤身一人

我们按照神意接纳了他们。我们还能做什么？他们孤苦无依，无家可归。怜悯毁了我们，他们的背叛甚至延及诸神，延及灵体、岩石和诸风。

——摘自《伊埃拉碑铭》

卡拉丁从黑曜石树下走出来，似乎能听到风声。虽然茜尔说这个地方不刮风，但那是玻璃树叶颤动时发出的叮当声吗？是凉爽清新的空气拂过时发出的叹息声吗？

这半年来，他取得了很大的进展。他似乎与那个扛着桥抵挡仆族智者箭矢的人相去甚远。那个曾经能欣然赴死的人，现在却想与死神对抗，哪怕遇到心情低落的日子，哪怕一切都被灰暗笼罩。死神不能夺走他的生命，因为生命既痛苦又甜蜜。

他拥有茜尔，也拥有第四冲桥队，而最重要的是，他拥有目标。

这天，卡拉丁要保护达力拿·寇林。

他大步走向灵魂之海，那里表示另一边是泰勒拿城。那些灵魂的火焰排列整齐，忽然变成了红色，他想到这意味着什么，不寒而栗。他走上那座桥，下面是翻滚的晶珠，来到桥拱的最高处，敌人这才注意到他。

六名融族转身升到空中，列队打量着他。他们举起长矛，左顾右盼，好像很震惊。

孤身一人？

卡拉丁一脚后移，靴尖轻轻刮擦着白色大理石桥面，摆出战斗姿势，单手握住鱼叉夹在腋下，长长吐出一口气。

他吸入了自己携带的全部飓光，浑身发亮。

在力量的怀抱中，他一生中的时光仿佛环环相扣：在雨中将盖兹打倒在地，在桥头冲锋时发出无畏的呐喊，在泣雨季期间的训练场上醒来，在飓幕前迎战白衣刺客。

融族朝他扑来，长袍和长斗篷拖拽在身后。他直接往上施放风行术，许久之后首次飞上天空。

※

地面又开始晃动起来，达力拿的脚步跌跌撞撞。城外再次传来一连串爆裂声，他处在地势很低的位置，无法看到城墙外的情况，但他恐怕知道开裂的石头意味着什么：又有一头雷岩兽。

平民吓得大喊大叫，紫色的惧灵从四周的街道上冒出来。达力拿一路穿过位于中心区域的老城，刚刚进入最靠近城墙的下城，身后的台阶上挤满了逃往誓约之门的人。

达力拿抓住一位正在疯狂敲打房门的年轻母亲的手臂，叫她抱着孩子奔上台阶。他得让平民远离街道，最好让他们在乌有斯麓避难，以免被交战的军队夹击。

达力拿腋下夹着《王者之路》，从下一排房屋前小跑而过，感到自己老了。由于一时疏忽，他身上几乎没有润石，可他也没有碎瑛甲或碎瑛刃。这将是他多年来第一场不使用碎瑛武器的战斗。之前他执意隐退，只让亚马兰或其他碎瑛武士指挥。

亚马兰情况如何？达力拿上次发现轩亲王在安排弓箭手，但现在地势这么低，达力拿看不到城外的军队。

某种感觉忽然袭来。

那代表着关注和激情，是一种迫切的能量、一种温暖和一种对力量的承诺。

荣耀。

生命。

在达力拿眼里，这种对战斗的渴望就像一个早已被拒绝的恋人的关爱。激越感——他亲爱的老朋友——又回来了。

"不。"他低声说着，靠墙瘫坐下来，这种情绪对他的冲击比地震还大，"不。"

这种滋味是如此诱人，它低声诉说着达力拿可以凭借一己之力拯救城市。只要接纳激越感，"黑荆棘"就能重新出马。他不需要碎瑛武器，只需要这份比任何美酒都香甜的激情。

不。

他推开激越感，跟跟跄跄地站起来，这时却有一道影子在城墙外移动。那是一头石怪，就是他在幻境中见过的怪兽，大约有三十尺高，赫然出现在二十尺高的城墙外。雷岩兽双手交握往下一挥，砸穿了城墙，抛撒出一块块碎石。

达力拿纵身闪躲，但一块落石砸到他身上，把他压向了一堵墙。

黑暗。

跌倒。

力量。

他猛一吸气，飓光便涌到他体内。他晃晃身子，苏醒过来，发现自己的手臂被巨石压住了，石块和尘埃落在前方一条布满瓦砾的街道上，而那里不止有瓦砾。他咳嗽几声，意识到有些隆起的东西其实是满身灰尘的尸体，躺在原地纹丝不动。

他奋力从巨石底下拽出手臂。不远处，雷岩兽冲着开裂的城墙踹了一脚，破开一个窟窿，然后穿了过去，脚步震颤着地面，走向构成老城前部的岩架。

一只岩石大脚踩在达力拿身旁的地上。风操！达力拿拖着手臂，不顾疼痛和身体的损伤，终于把手臂拔了出来。他爬到一边，受的伤被飓光治好了。怪物掀翻了老城前部一幢房子的屋顶，瓦砾如雨点般落下，他赶紧躲闪。

那是宝石储备行？怪物把屋顶抛到一边，几名骑在它肩上的融族滑落到楼内，达力拿先前都没看到他们。他左右为难，不知该去城外的战场，还是就地调查情况。

你知道他们的目的吗？达力拿问飓风之父。

不知道。他们的行为很奇怪。

一念之间，达力拿把《王者之路》从附近的瓦砾下面抽出来，沿着空荡荡的台阶跑回老城，雷岩兽近在咫尺。

怪物忽然发出雷鸣般的刺耳咆哮，达力拿差点又被冲击波推倒。巨兽一怒之下袭击了宝石储备行，撕碎了外墙和内里，把碎屑向后抛去，无数映着阳光的闪亮玻璃片撒落在城市里、城墙上和其他地方。

球币和宝石，达力拿意识到，泰勒拿的全部财富，像落叶一样撒得到处都是。

怪物砸向储备行周围的区域，似乎愈发愤怒。达力拿背靠墙壁，望着两名融族飞奔而过，领头的似乎是一只发光的黄色灵体。他们好像不会飞，但动作优雅得出奇，毫不吃力地沿着石板路滑行，仿佛地上抹了一层油。

达力拿追了上去，挤过一群围聚在街上的文书，但不等他追上，融族就冲着许多在人群中奋力穿行的轿子而去，袭击了其中一顶。他们把轿子踹翻，推开轿夫，在轿厢里搜寻。

融族没有理会达力拿的叫喊，很快就跑开了，一人还把一个大物件塞到腋下。达力拿从一些奔逃的商人身上吸取飓光，跑到轿子旁边。在残破的轿厢里，他发现一个年轻的泰勒拿女子和一个老人坐在一起，后者身上缠着绷带，看来之前受了伤。

达力拿扶着一脸茫然的年轻女子坐起来。"他们想要什么？"

"光明贵人？"女子用泰勒拿语问道，眨了眨眼，抓住达力拿的手臂，"他们想要御明珠……那是一颗红宝石。他们以前就想得到，所以现在把它偷走了！"

红宝石？就一颗宝石？轿夫照顾着神志不清的老人。

达力拿回头看着正在后撤的雷岩兽。敌人无视了宝石储备行的财富，他们为什么要取走一颗红宝石？他正想追问更多细节，但另一件事却引起了他的注意。从这个地势较高的角度，他可以透过雷岩兽在城墙上砸出的窟窿看到城外的情况。

双眼泛着红光的身影在战场上摆出阵形，但他们不是仆族。

他们都穿着撒迪亚斯军的制服。

迦熙娜紧握碎瑛刃，轻手轻脚地走进神殿。从雷纳林背后升起的红色灵体仿佛一片雪花，由晶体和光线构成。它似乎察觉到了迦熙娜的存在，顿时惊慌失措，飞也似的消失在雷纳林体内。

有一个灵体在，白牙说，**但不该如此。**

雷纳林·寇林撒了谎。他不是识真骑士。

那是属于仇恨的灵体，白牙说，**它已经被腐化了。但是……人类和这样的灵体建立纽带？不存在的。**

"可确实存在，"迦熙娜低声说，"不知为何。"

眼下她离得很近，能听到雷纳林在低语："不……不能是父亲。不，请别这样……"

沙兰施展织光术。

她创造出一个简单的幻象，唤醒了素描本里那几页画作：军中的士兵、乌有斯麓的居民、在旅途中绘制的灵体，总共约有二十个人物。

"塔恩的指甲啊！"阿多林感叹道，看着卡拉丁冲向天空，"扛桥的小子可真起劲。"

卡拉丁引开了四名融族，但还有两人留在原地。沙兰把天青的幻象加上去，接着是她画过的导灵的幻象。她不愿用掉这么多飓光，如果余量不够通过誓约之门呢？

"祝你好运。"她小声对阿多林说，"要记住，我不会直接控制这些幻象，它们只会做基础的动作。"

"我们不会有事的。"阿多林瞧了瞧图腾、茜尔和剑灵，"你们说对不对？"

"嗯，"图腾说，"我不想被刺到。"

"说得好，朋友。说得好。"阿多林给了沙兰一个吻，他们便拔腿向桥上跑去。茜尔、图腾和亡眼灵跟在后面，那些依附于阿多林的幻象也是如此。

这股势力吸引了剩下两名融族的注意。趁他们分心的时候，沙兰溜到桥底，慢慢滑入晶珠海，悄无声息地从桥下穿过，拿出一颗她在"荣誉之道"号上找到的珠子，利用宝贵的飓光为自己打造了一座安全的步行平台。

她一路走到在这边代表誓约之门的小岛平台上。两个巨大的灵体屹立在上空。

从桥上传来的喊声来看，阿多林等人也在行动。可沙兰能做到吗？她走到两名哨兵下方，他们像楼房一样高，使人想起披着盔甲的雕像。

一个灵体浑身泛着珠光，另一个灵体则浑身漆黑，泛着斑斓的油光。他们是在守卫誓约之门，还是在以某种方式推动誓约之门的运作？

沙兰不知道还能怎么办，只是挥了挥手。"嗯，你们好？"

两颗脑袋渐渐朝她转过来。

温丽周围的空气曾经满是亡灵，现在却空荡荡的，只有一个由袅袅烟雾组成的黑色身影。这个身影和正常人差不多大，温丽一开始都没有注意到。它站在仇恨附近，但温丽不明白它象征着什么。

第二头雷岩兽拖着和身体一样长的手臂，双手像钩子一样。它穿过战场，向东边的城墙和叛变的人类军队走去。就在温丽身后，普通的歌者在靠西的船只前站队，远离覆盖着战场北侧的红雾，那其实是一个灭者。

仇恨站在温丽身边，形成一股炽热的金色光芒。第一头雷岩兽走出城市，将两名融族放到地上。他们是神，肢体柔韧，几乎不长壳甲，以极其优雅的姿态在岩地上滑行，避开了叛军。

"他们带着什么？"温丽问，"宝石？所以我们才来这儿？就为了一块石头？"

"不，"仇恨说，"这只是我在最后一刻加上去的，以防不测。今天的战利品要伟大得多，甚至比这座城市还伟大。那是让我解脱的渠道,也是柔刹的祸患。往前走吧,孩子,到城墙的缺口那儿去,我可能需要你代言。"

温丽咽了口口水,迈步向城市走去。那个由翻腾的迷雾组成的恶灵跟了上来,只有它还没有附身。

黑色的天幕上飘着阴森的云层,太阳遥不可及,卡拉丁在空中翱翔,但只有四名融族决定跟着他起飞,另外两个得让阿多林去对付了。

在飞行时,那四名融族手法精准,也像卡拉丁那样运用风行术,但他们似乎不会变速,需要花上更长时间增强风行术的效力,所以卡拉丁应该很容易保持在前方。

然而风操的,他们的姿态优雅极了,没有随处乱晃,而是轻盈地变换动作,用整个身体来雕琢气流,控制飞行,就连白衣刺客的表现也没有这么流畅如风。

卡拉丁也曾主宰天空,但风操的,眼下他似乎进入了他人优先的领域。

我不必和他们战斗,他心想,我只需要尽量拖住他们,让沙兰想办法启动传送门。

卡拉丁朝上施放风行术,把自己甩向那些无比平整的奇怪云层。他在空中翻腾,发现一名融族就快扑上来了,那个男子苍白的皮肤上只有一道蜿蜒的红色大理石花纹,就像拂过脸颊的烟气。融族挺矛刺向卡拉丁,但卡拉丁及时用风行术把自己甩到了一边。

风行术并不是飞行,而这正是风行术力量的一部分。卡拉丁不需要面朝任何方向就能在空中移动。他落向上方略微偏北的位置,面朝下方战斗,用鱼叉挡开敌人的长枪。融族的武器要长得多,侧边开刃,而不是只有一个尖头,卡拉丁的鱼叉处于严重的劣势。

没错,是时候扭转局面了。

融族又把长枪往上捅,卡拉丁伸出双手握住鱼叉柄,将其侧放,让敌人的长枪穿过他的胳膊、胸口和鱼叉之间的空隙。

他施放多次风行术,把自己的武器往下甩,让它掉下去。

鱼叉沿着长枪杆下滑,扎进融族的手臂。那人痛得大叫一声,松开了武器。与此同时,卡拉丁取消所有向上的风行术,束缚自己向下俯冲。

方向骤然改变,他胃里翻江倒海,眼前一片漆黑,就算体内存有飓光,也还是无比难受。他咬牙忍受着短暂的失明,耳边嗡嗡作响,所幸后来视力恢复了。他在空中旋转,然后停下来,在长枪从身边落下时抓住了它。

四名融族跟着他俯冲而下,变得更加谨慎。刚才他差点晕厥,满脸是汗,被拂过的风吹得一阵阵发冷。

别再……那么做了,卡拉丁心想,掂了掂新武器。他曾在枪阵中用类似的武器操练过,但它们一般太长,不适用于一对一的战斗,在飞行中起不了作用。

被缴械的融族俯冲下来夺取鱼叉。卡拉丁手掌朝上,向其他人招手,然后飞往附近的黑曜石山,山坡上覆盖着树林,正是他们一行人前来的方向。他在下方看到沙兰创造的幻象正在桥上与剩下的两名融族交战。

另外四名融族追逐着卡拉丁。**往前看,**他心想。和这些生物一样,他属于天空。

是时候去证明了。

阿卡希克斯大帝雅拿贡一世——马卡巴克地区的君主在船舱中

踱步。

他其实开始觉得自己像个帝王了。跟大臣和宗卿说话时,他再也不会难为情,也能大致理解他们探讨的内容,而有人叫他"陛下"时,他也不会吓一跳。出乎意料的是,他渐渐忘了自己当过窃贼、战战兢兢地溜进宫殿的事。

不过,就连帝王的权力也是有限的。

他踱步往回走,身穿带有亚泽尔式纹样的沉重华袍。同样沉重的还有元纳齐辛冠,那是一种精致的宽边帽,他已经取了下来,但他觉得在和地位最高的三位谋臣谈话时,还是需要借此彰显权威。

"莉芙特认为我们应该留下来。"他说,"泰勒拿城即将迎来战争。"

"我们只是在保护舰队不受风暴侵袭。"诺乌拉说。

"请见谅,大臣,可你知道那是一派胡言。由于你担心寇林被敌人操纵,我们才会离开。"

"这不是唯一的原因。"大腹便便的年迈宗卿乌诺库阿说,"我们一直对光辉变节者持怀疑态度。达力拿·寇林想要驾驭的力量是极其危险的,目前古文献的译文也证实了这一点!"

"莉芙特说——"雅拿贡开口道。

"莉芙特?"诺乌拉说,"您太听她的话了,陛下。"

"她很聪明。"

"她有一次还想把您的腹带吃了。"

"她……她觉得这个词听上去像某种甜点。"雅拿贡深吸一口气,"再说她也不是那种聪明,而是另一种聪明。"

"另一种聪明又是哪一种,陛下?"达尔克希大臣问道,雪白的发丝从朝冠底下探出来。

"就是知道什么时候不该背叛朋友的那种聪明。我觉得我们应该回去。我还是不是大帝?"

"当然是。"诺乌拉说,"不过,陛下,还请铭记教训。我们与东方的专制国家以及他们所遭遇的混乱是有区别的,因为大帝的实权受到了制约。亚泽尔能够并且愿意经受朝代的更迭。您的权力是绝对的,但您没有行使全部权力。那是万万不可的。"

"杰泽尔选中您来领导——"乌诺库阿说。

"那是因为,"雅拿贡说,"如果白衣刺客来杀我,没有人会流一滴眼泪!我们别耍花样了,好吗?"

"您创造了奇迹。"乌诺库阿说。

"那是莉芙特创造的,可你们现在却说她使用的力量太危险,不值得信任!"

那三人面面相觑,两人是大臣,一人是宗卿。尽管乌诺库阿是宗教领袖,但按照入朝做官的年份来算,三人中资历最深的还是诺乌拉,她十二岁就通过了测试。

雅拿贡在舷窗边止步。外面海浪翻涌,摇晃着船只。雅拿贡乘坐的小船已经与主舰队会合,在泰勒拿沿岸的维特拉湾避风,但他们收到了对芦发来的报告,据说灭世风暴停在了泰勒拿城附近。

敲门声传来,雅拿贡让达尔克希准许访客入内。达尔克希年事已高,资历却是最浅的。雅拿贡刚在宝座上坐下,一个生着浅褐色皮肤的卫兵就走了进来,用布捂着脸颊,向大帝行正式的觐见礼,眉头拧成一团。雅拿贡觉得自己认识他。

"沃诺?"诺乌拉问,"你看管的人怎么了?你不是不能让她闲下来吗?"

"没错,大人。"沃诺说,"后来她踢了我的裤裆,把我塞到了床底下。嗯,大人,我不太清楚她怎么推得动。她个头又不大……"

莉芙特? 雅拿贡心想,差点叫出声来,要求卫兵给出回应,但这么做会让那人蒙羞。雅拿贡好不容易才忍住,诺乌拉朝他点点头,感谢他吸取了教训。

"什么时候的事?"诺乌拉问。

"就在我们离开之前。"卫兵说,"抱歉,大人,从那时起我就一直倒在那儿,到现在才恢复过来。"

雅拿贡转向诺乌拉,现在她肯定会明白返回的重要性了。趁着风暴还没有推进,他们可以回去,如果……

又一个身影走近舱门。一名穿着七部二品文官朝服的女子进了门,正式向雅拿贡鞠躬行礼,动作十分匆忙,忘了表示服从的第三个手势。

"大人们,"女子依次向他们鞠躬,再向乌诺库阿鞠躬,"泰勒拿城有消息了!"

"好消息?"诺乌拉满怀希望地问。

"阿勒斯卡人背叛了泰勒拿人,现在想要征服他们!阿勒斯卡人一直同仆族勾结在一起。大人,还好我们逃走了,勉强躲过了陷阱!"

"快点,"诺乌拉说,"让我们的船驶离所有载着阿勒斯卡军队的船,千万不要被偷袭。"

几位大臣告辞了,把雅拿贡丢给了十几名等待求见的年轻文官。他坐到宝座上,又担心又害怕,胃里一阵恶心。阿勒斯卡人是叛徒?

莉芙特看错了。他也看错了。

愿杰泽尔保佑他们。世界末日真的来临了。

✦

我们是守门灵,那两个巨型灵体对沙兰说,声音重叠如一,虽然嘴巴没动,声音却在沙兰耳畔回响,**织光骑士,你不得使用这座传送门。**

"可我需要通过!"沙兰对他们喊道,"我有飓光可以付!"

恕不接受。我们被锁住了,这是长辈的命令。

"你们的长辈？是谁？"

长辈已经不活动了。

"那么……"

我们被锁住了。在长辈最后的日子里，是禁止进出裂影界的。我们理应服从。

在沙兰身后的桥上，阿多林想出一个妙计，把自己扮成了幻象。

沙兰创造的人形幻象奉命做出战斗动作——然而，如果没有她的直接关照，他们就只能干站着对空气乱砍。阿多林决定有样学样，用鱼叉乱劈一气，以免暴露。图腾和茜尔也是如此，而那两名融族就在上空盘旋，一人扶着被刺中的胳膊，但她的伤口似乎在愈合。他们知道那堆幻象里混有真人，但又不确定是谁。

时间很紧，沙兰回看守门灵，说："求求你们。另一座在塔冠城的誓约之门就让我通过了。"

不可能，他们说，我们受荣誉约束，也受灵体不能违反的规则约束。这座传送门已经关闭了。

"那你们为什么让别人通过？之前站在这里的军队就出去了。"

那些亡灵吗？他们不需要传送门。他们受到敌人的召唤，沿着古老的通道进入待命的宿主体内，这是活人做不到的，你们必须找到垂贯点来进行传送。两个巨型灵体齐齐侧过头。**抱歉，我们已经……孤独了太久。我们乐意再次为人类放行，但我们不能打破禁忌。**

✦

隶属破天骑士团的泽斯高高盘旋在战场上空。

"安博氏，阿勒斯卡人叛变了？"泽斯问。

"他们认清了真相。"盘旋在一旁的宁说。破天骑士团中只有他们两人前来观战，泽斯不知道其他人去了哪里。

灭世风暴在不远处发出不满的隆隆声，红色闪电在海面上穿梭，划过一道道云层。

"一直以来，"泽斯说，"这个世界都属于仆族。我的族人提防的不是侵略者的回归，而是一家之主的回归。"

"是的。"宁说。

"而您想要阻止他们。"

"我知道他们回归的必然后果。"宁面向泽斯，"内茶罗之子泽斯，谁有权管辖这片大陆？一个人可以统领家族，直到城主要他交税。城主可以掌管领地，直到轩领主来收费，但公国爆发战争后，轩领主也得向轩亲王交代。而国王呢？国王必须向神交代。"

"您说过神已经死了。"

"一个神是死了，而另一个神则通过征服取得了胜利。你作的比喻恰如其分，这片大陆原来的主人已经揣着门钥匙回来了。内茶罗之子泽斯，你即将宣誓恪守第三信条，那么请你告诉我，破天骑士应该遵循谁制定的规则？是人类还是这片大陆真正的主人？"

似乎别无选择。宁的逻辑合情合理，根本别无选择……

别傻了，那把剑说，**我们去和那些家伙打一场。**

"和仆族吗？可他们是这片大陆真正的统治者。"泽斯说。

真正的统治者？谁有权统治一块地？人类总是在索取，但没有谁质疑吧？反正我不属于任何人，这是薇雯娜告诉我的，我是一把能自己做主的剑。

"我别无选择。"

真的吗？你不是对我说过，你有一千年的时间都在听从一块石头的命令吗？

"只有七年多的时间，剑兄。我听从的不是一块石头的命令，而是这块石头的主人的命令。我……"

……**别无选择？**

可那向来只是一块石头。

卡拉丁向下俯冲，掠过树梢，碰得玻璃树叶叮叮作响，碎屑在他身后四处飞溅。他顺着山坡转向上方，接连施放风行术加速。

经过树丛时，他用风行术让自己更贴近黑曜石，脸部在飞掠过程中离石面只有几寸之遥。他用两臂塑造风向，转向两座山的交界处，那里光滑的黑色岩石上有一条缝隙。

他体内充盈着飓光，时刻有风儿为伴，他根本不在乎融族会不会追上来。

让他们看着吧。

由于角度偏了，卡拉丁无法通过缝隙，于是他划了一大圈，把自己甩离山坡，同时连续变换风行术。他在空中转了一圈，从融族身边扑过，径直穿越缝隙。石壁离得很近，他能感到石壁从两旁掠过。

他兴奋地从另一边冲出来。飓光是不是应该耗尽了？他没有像早前操练时那么快用完。

卡拉丁沿着山坡疾驰，三名融族从缝隙中窜出来，跟在他身后。他带着他们绕过黑曜石山的山脚，再绕回誓约之门，查看沙兰等人的状况。当他接近时，他落在树丛中，仍以极快的速度移动。他找准方向，就像要一头扎进深渊一样，而避开这些树也差不多有同样的感觉。

他在树丛中穿梭，主要利用身体而不是风行术来控制方向。当他经过时，被他弄碎的玻璃汇成旋律。他冲出森林，发现握着他的鱼叉的第四名融族正等着他。对方发动攻击，但卡拉丁躲开了，在地面上飞驰，直到越过晶珠海。

他飞快地瞥了一眼，发现沙兰站在平台上，高举双手挥舞着。这是事先安排好的信号，表示她需要更多时间。

卡拉丁继续在海上前行，晶珠对飓光起了反应，如波浪一般在他身后翻涌。最后一名融族放慢速度，在原位盘旋，另外三人慢慢从森林中现身。

卡拉丁又转了一圈，晶珠在他身后腾空而起，宛如水柱。他划出一道弧线，向那名握着鱼叉的融族扑过去，格挡对方的武器，抡起枪尾扫向鱼叉柄，一脚踹向敌人的胸口。

鱼叉往上一飞，融族向后退去。

敌人用风行术悬停在空中，低头看着自己的双手，惊呆了。卡拉丁趁机用另一只手接住鱼叉。被缴械的敌人咆哮几句，摇摇头，拿出了剑，随即向后滑行，与三名长袍飘扬、正在靠近的同伴会合。

那名苍白的脸上只有一道红色花纹的融族独自上前，用长枪指着卡拉丁，张嘴说了点什么。

"我不会讲你们的语言，"卡拉丁高声回应，"但如果这表示你想和我决斗，我求之不得。"

就在那一刻，飓光耗尽了。

纳瓦妮总算撬开石头，把它推到了残缺的门口外面。另一些石头在周围落下，开出了一条上到城墙的路。

至少是残余的城墙。

十五尺开外，城墙的一头有一个犬牙交错的缺口。纳瓦妮咳嗽几声，把一缕从发髻中散开的头发掖回去。先前，他们跑到城墙上的石质哨塔内躲避，但哨塔的一侧被震塌了。

塔壁砸到了三名前来保护女王的士兵身上，他们都是可怜人。芬恩领着她丈夫走过废墟，后者正料理着头皮上的割伤。还有两名文书与纳瓦妮和女王一同避难，但大多数海军将领都逃往了反方向，躲在相邻的哨塔内。

那座哨塔不见了，已经被怪物扫落。那头石兽正重重地走在城外的平原上，但纳瓦妮看不出是什么吸引了它的注意力。

"楼梯好像保留下来了。"芬恩伸手一指。

那是一条完全封闭的石梯，通往墙脚的小哨所，他们也许可以找士兵来救助伤员，并在废墟中搜寻幸存者。纳瓦妮打开门，让芬恩和卡马克尔先下去。她刚要跟上，却有些犹豫。

该下诅咒之地的，城外是一派慑人的景象，除了红色的雷暴和两头石怪，还有右岸那团沸腾翻滚的红雾。红雾没有明显的形状，但不知为何给人一种感觉，仿佛那是一群被剥去血肉的奔马。

这无疑是某个灭者。它是隶属仇恨的古老灵体，也是超越时间和历史的存在。它已经来到此地。

一队士兵刚刚从城墙的缺口处涌入泰勒拿城，另一队士兵则在城外列队，准备进城。纳瓦妮看着他们，感到一阵愈发强烈的寒意。

通红的双眼。

纳瓦妮轻抽一口气，走下楼梯，沿着城墙跟跟跄跄地来到石窟窿的边缘。**全能之主啊，不……**

城外的阵列退到两边，为一名女性仆族让路。纳瓦妮眯起眼睛，想看看她有什么特别之处。是融族吗？在她身后，那团红雾涌动着，伸出触须在士兵之间来回摆动，而有一人身披碎瑛甲，骑着一匹威武的白牡马。亚马兰投敌了。

他加入了一支由各式各样的虚渡组成的大军，这支大军气势逼人，他们怎么能与之抗衡？

又有谁能与之抗衡？

纳瓦妮跪倒在断墙的边缘，看到了不协调的一幕，起初她的意识还不肯接受。一个穿着蓝色制服的孤独身影设法绕过了已经进城的军队，正在废墟上穿行，腋下夹着一本书。

达力拿·寇林走到断墙的缺口处，手无寸铁，孤身一人面对噩梦。

117

九影斗士

> 要提防来自异界的叛徒，他们言语和善，但内心嗜血。不要接纳他们，不要救济他们。他们带来了吞噬情感的虚空，得名"虚渡"恰如其分。新的神降临了，他们的神。
>
> ——摘自《伊埃拉碑铭》

达力拿走上废墟，靴底刮擦着碎石。红色风暴附近的空气无比平静，停滞不前。空气怎么会静止不动？

在缺口之外，亚马兰军犹豫不决，有些士兵已经进城了，但大部队还在列阵等待时机。冲向这样的城市，得注意不要让部队推进得过猛，免得把他们压向敌人。

亚马兰军列着歪斜的队形，龇牙咧嘴，双眼通红。更能说明问题的是，他们忽略了脚边的财富。无光的球币和宝石撒了一地，都是被那头毁坏了储备行的雷岩兽扔过来的。

亚马兰军想要血债血偿，达力拿能体会他们对战斗和挑战的渴望。是什么阻碍了他们？

两头雷岩兽踏着重步地走向城墙，一团红雾在士兵之间飘荡。战争和死亡的画面掠过，达力拿独自面对一场致命的风暴。他孤身一人，这是梦碎之后所剩的一切。

"所以……"右边忽然传来一个声音，"有啥打算吗？"

达力拿皱皱眉，低头一看，发现有个雷希女孩。她留着长发，穿着朴素的衬衫长裤。

"莉芙特？"达力拿用亚泽尔语问，"你不是跑了吗？"

"是啊。你的部队怎么了？"

"已经受他指挥了。"

"你忘了养他们吗？"

达力拿瞧了瞧那些士兵，他们成群结队地站在一起，没有形成真正的战斗阵形。"也许我还不够努力。"

"你……你以为你能一个人对付他们？"莉芙特说，"就凭一本书？"

"我要对付的是别人。"

"……就凭一本书？"

"对。"

莉芙特摇摇头。"行，好吧，干吗不呢？你想让我做什么？"

这个女孩并不符合光辉骑士的传统形象。她还不到五尺高，长得精瘦结实，看起来更像顽童，而不是战士。

可她也是达力拿唯一的依靠。

"你有武器吗？"他问。

"没有。我不识字。"

"不识字……"达力拿低头看了看自己的书，"我是问你有没有真正的武器，莉芙特。"

"哦！有的，我有根这个。"她横出一只手，一把璀璨的短碎瑛刃从雾气中显形。

……抑或只是一柄带有简易护手的银杆。

莉芙特耸耸肩。"温达不喜欢伤人。"

不喜欢……达力拿眨眨眼。这是什么世道,竟然有剑不喜欢伤人?

"不久前,有个融族从城里逃了出去,"达力拿说,"身上带着一大颗红宝石。我不知道他们有什么目的,我也不想知道。你能把它偷回来吗?"

"当然能,小菜一碟。"

"你要去一个女性融族身上找,她拥有和你差不多的力量,可以滑行。"

"我都说了,小菜一碟。"

"小菜一碟?我觉得你可能会发现——"

"放松,大爷,偷块石头我还是做得到的。"莉芙特深吸一口气,身上绽出飓光,双眼变成了亮莹莹的珠白色,"所以只有我们俩吗?"

"对。"

"好嘞,祝你打倒那支军队。"

达力拿回望那些士兵,一个一身金衣的人影在队列中出现,握着一根拐杖似的权杖。

"我担心的不是那支军队。"达力拿说,可莉芙特已经跑开了,她紧贴城墙,迅速绕过军队的外围。

仇恨信步走到达力拿面前,身后跟着若干融族,外加曾被达力拿带入幻境的女子,以及一个由扭曲的烟雾组成的黑暗灵体。那是什么?

仇恨一开始没有对达力拿说话,而是转向融族道:"告诉尤斯哈,我希望她留下来守着那个牢笼。凯伽尼斯破坏了城墙,表现出色,叫她回城去,往誓约之门那边攀登,如果提萨克别动队没有保住誓约之门,她就得毁掉装置,取回宝石。只要不危及灵体,我们就可以进行重建。"

两名融族领命而去,分别奔向一头高大的雷岩兽。仇恨双手拄着权杖,冲达力拿微笑道:"我的朋友,我们又见面了。时机已到,你准备好了吗?"

"准备好了。"达力拿说。

"很好,很好,让我们开始吧。"

两名融族盘旋在附近不易触及的位置,欣赏着沙兰创造的幻象。阿多林尽力融入其中,疯狂地挥动鱼叉。他不清楚茜尔去了哪里,但图腾摇晃着一根玻璃树枝,发出愉快的哼声,似乎自得其乐。

一名融族用手肘推推同伴,指向沙兰。他们刚刚发现她的身影,但好像不担心她会开启誓约之门,而那不是个好兆头。他们对这台装置的了解,有什么是阿多林一行人不知道的?

两名融族回过身,继续用阿多林听不懂的语言交谈。一人逐一指向幻象,挺矛戳刺,而另一人摇摇头,阿多林几乎能理解她的回应:我们每一个都想刺,可它们一直混在一起,很难搞清楚。

女性融族拿出匕首划破自己的手,朝幻象一甩。橙色的血液落下来,穿透幻象,没有留下污渍,却溅到了阿多林的脸颊上。阿多林心里扑通扑通直跳,想要暗暗擦掉血迹,但那个女性融族朝他一指,露出满意的笑容。男性融族伸出一根手指抵住头部,向同伴致敬,随即放低长枪,径直朝阿多林飞来。

该下诅咒之地的。

阿多林慌忙逃开,穿透了诺图姆船长的幻象,幻象消散后又结合成形,没一会儿却被飞来的融族捅得粉碎。

阿多林扭身用鱼叉拨开枪头,但融族还是撞了上来。阿多林被抛到后方，重重地摔在石桥上，还磕到了脑袋，眼冒金星。

他一阵眩晕，伸手去摸鱼叉，融族却用枪尾把武器拍开。那人轻盈地落在桥上，飘扬的长袍垂荡下来。

阿多林拔出腰间的匕首，硬逼自己站起来，身子摇摇晃晃的。融族放低长枪，双手不过肩地握枪等待。

匕首对矛。阿多林吸气、呼气，担心另一个去找沙兰的融族。他努力回想扎赫尔的教导，记起了在训练场上交战的时光。雅卡马夫拒绝接受这种训练，对碎瑛武士要用匕首迎击矛的想法嗤之以鼻。

阿多林翻转匕首，让刀尖朝下，再把匕首往前举，以便拨开刺来的矛。他脑海中响起扎赫尔的叮嘱：*等敌人刺出矛再格挡或闪避，用左手抓住矛，抢上前把刀扎进敌人的脖颈。*

很好，他能做到。

当然，在和扎赫尔对战时，他十次里"死"了七次。

风也会保佑你，你这头老斧狐犬，阿多林心想，上前试探，等敌人的矛刺来。当敌人刺出长枪时，他用匕首拨开枪头，抓住——

敌人飞快地以不自然的动作向后飘去，而常人不可能像这样移动。阿多林一个踉跄，努力调整姿势。融族漫不经心地抡圆枪柄，敏捷地刺穿了阿多林的腹部。

一阵剧痛袭来，阿多林喘着气，弯下腰，手上沾满鲜血。融族面露倦意，拔出长枪，枪头被阿多林的鲜血染红。那人丢掉武器，落了下来，从鞘中抽出一把杀气腾腾的剑，步步逼近。阿多林有气无力地试图阻挡，融族一一挡开，举剑攻击。

就在这个关头，有人从后面跳到了融族身上。

那是一个穿着破衣烂衫的女子，正愤怒地在融族背上抓挠，她的皮肤被棕色的藤条取代，眼珠已被剜去。阿多林目瞪口呆地看着这一幕，亡眼灵用长长的指甲在融族的脸上划来划去，融族踉跄后退，嘴里骂骂咧咧的，把剑捅进灵体的胸口，但灵体丝毫不慌张，只是发出一声尖叫,就像她在阿多林召唤瑛刃时冲他发出的声音那样,还在不停攻击。

阿多林回过神来。快逃,笨蛋!

他捂着受伤的腹部,跌跌撞撞地过桥向沙兰走去,每迈出一步都会引发一阵剧痛。

织光骑士,耍花招骗不了我们,也动摇不了我们的决心,守门灵齐声说,**因为这不是我们可以决定的,而是天意。通道依然封闭。**

沙兰让身边的幻象消解,疲惫不堪地瘫坐下来。她试过求情、哄骗、呼喊,还施展了织光术,但都是徒劳。她失败了。桥上的幻象摇曳着,渐渐消失,飓光快耗尽了。

一个拖拽着黑暗能量的融族穿过幻象猛扑过来,举起长枪正对着沙兰。沙兰往边上一跃,堪堪躲开,融族嗖的一下飞过去,随后慢了下来,转身又要戳刺。

沙兰首先跳起来,高喊图腾的名字,本能地推出双手,想要召唤瑛刃。她的一部分意识佩服她的反应,阿多林也会感到骄傲。

召唤自然没有生效。图腾在桥上大声致歉,惊慌失措。但就在这一刻,面对逼近的敌人,长枪直指她的心脏,沙兰感受到了某种宛若图腾、却无法企及的东西,就在另一头,如果她能牵动并激活那东西……

她惊声尖叫,飓光涌入她体内,在血管中肆虐,流向她裤袋里的物件。

她面前现出一堵墙。

沙兰倒吸一口凉气。墙的另一侧传来令人作呕的砰咚声,表明融族撞到了墙上。

那是一堵风杀的两边断裂的石墙。沙兰低头一看,发现自己还穿着浣纱的白裤,但裤袋却和这堵古怪的墙连在一起。

到底是怎么回事?她抽出小刀锯开裤袋,脚步蹒跚地往回走。墙的中央有一颗与石头融为一体的小珠子。

那是我在桥下过海时用的珠子,沙兰心想。她刚才的做法像是塑魂术,却和塑魂术有差别。

图腾跑到她身边,哼哼着下了桥。阿多林和茜尔呢?

"我取用了那堵墙的灵魂,"沙兰说,"让它的实体出现在了这一边。"

"嗯,我觉得这些珠子代表的与其说是灵魂,不如说是思想,可你让那堵墙实体化了。干得不错,但还不熟练。嗯,那堵墙不会维持很久。"

墙体的边缘已经开始解体冒烟,而另一侧传来刮擦声,表明融族并没有落败,只是惊呆了。沙兰背过身,匆匆从桥上跑过,远离那两个高大的哨兵。她经过了一些幻象,从中回收了少量飓光。去哪里找——

阿多林在流血!

沙兰奔过去抓住他的胳膊,看他脚步踉跄,想扶他站直。

"只是点小伤。"他捂着肚脐下方,鲜血从指间渗出,制服背后也是血迹斑斑。

"只是点小伤?阿多林!你——"

"没时间了。"他倚靠着沙兰,朝那个跟沙兰较量过的融族点点头,后者升到了那堵墙的上空,"另一个就在我后头,随时会找上我们。"

"卡拉丁呢——"沙兰说。

"嗯……"图腾伸手一指,"他飓光用完了,掉进了那边的晶珠海里。"

这下可好。

"深呼吸。"沙兰对阿多林说,拉着他一起下桥,扑向晶珠海。

莉芙特施展神力。

她的能力表现为不用实际接触就可以在物体表面滑行。她身上可以变得非常光滑,而这好用得很,因为她绕过阿勒斯卡军时,那些士兵都想逮住她。他们朝她没扣纽扣的衬衣和她的手臂和头发伸出手,却抓不住她。她只是滑了过去,仿佛他们想抓住一首歌似的。

她从阵列中冲出来,跪倒在地。她的膝盖滑溜溜的,这表示她能跪着继续滑行,远离那些眼睛红得发亮的士兵。她身边那根又短又蜿蜒的绿色线条是温达,而她几乎可以肯定温达不是虚渡了。他看起来就像一根迅速生长的藤条,到处都有细小的晶体探出来。

"噢,我不喜欢干这个。"他说。

"你啥也不喜欢。"

"哎,这就不对了,主人。我挺喜欢我们在亚泽尔经过的那个小镇,那里好美。"

"那个废弃的小镇?"

"多宁静呀。"

找到了,莉芙特心想,辨认出了一个真正的虚渡。这种虚渡长得很像仆族,但块头很大,还很吓人。那家伙是女的,稳稳地在石地上前行,好像也有神力。

"我一直搞不明白。"莉芙特说,"你觉得他们身上每一个部位都是大理石的颜色吗?"

"主人?这要紧吗?"

"现在大概不要紧了。"莉芙特承认道,瞄了瞧那股红色的风暴。

她让双腿保持光滑，却没有让双手保持光滑，因为她要靠摆动双手来控制方向。跪着滑行看起来不如站着滑行来得顺溜，但她想要站着施展神通时，通常都会屁股朝天地撞上石头。

那个融族好像是用一只手拿着什么大物件。莉芙特往那个方向划过去，虚渡大军和他们的舰队就近在咫尺，可她还是在女性虚渡转身发现之前靠到了很近的地方。

莉芙特滑步停下，飓光耗尽了。她的肚子咕咕直叫，于是她掏出自己在卫兵口袋里找到的肉干，咬了一口。

虚渡用抑扬顿挫的嗓音说了些什么，举起那颗巨大的红宝石。宝石里没有飓光，倒也不坏，因为这么大的东西要是发出飓光，肯定会很亮，比莉芙特告诉高克斯怎么生孩子时，高克斯的那张脸还红、还亮。高克斯应该知道那种事的。他可是个活该饿死的小偷！就不认识妓女之类的吗？

话说回来……怎么才能弄到那颗红宝石？虚渡又开始说话了，虽然莉芙特听不懂，但她不禁觉得虚渡好像很开心。那女的踢了一脚，另一只脚一个滑步，轻松得就像站在油上一样。她滑行了一会儿，回头看了看，咧嘴大笑，又踢了一脚，往左边滑去，动作随性优雅，让莉芙特显得蠢毙了。

"饿死我算了，"莉芙特说，"她比我更神。"

"你就非得用这个说法吗？"温达问，"不错，她似乎可以运用飓能——"

"闭嘴。"莉芙特说，"你能跟踪她吗？"

"我可能会把你落下。"

"我会跟上的。"大概吧。"你去跟踪她，我跟在你后面。"

温达叹了口气，但还是服从了，跟着虚渡飞驰而去。莉芙特紧随其后，觉得自己就像一头想要模仿专业舞者的猪。

"内萨罗之子泽斯,你必须做出选择。"宁说,"破天骑士团誓要忠于破晓歌者,恪守他们的法则。你是否愿意加入我们?"

泽斯的衣服随风起伏。多年前,他就没有说错。虚渡回归了。

而现在……他却只能接受他们的统治?

"我没有信心,安博氏。"泽斯低声道,"我再也分辨不了是非了。我做出的决定并不可靠。"

"倒也是。"宁点头赞同,两手背到身后,"人的头脑难免会犯错,所以我们必须选择外物来追随。只有严格遵守规范,才能接近正义。"

泽斯打量着下方的战场。

我们什么时候才能跟人好好打一场? 他背上的剑问道,**你果然喜欢讲话,比瓦西尔还喜欢,而瓦西尔可以滔滔不绝……**

"安博氏,"泽斯说,"等我念出第三信条真言,我可以不选择律法,而是选择个人来服从吗?"

"可以。一些破天骑士决定追随我,他们想必更容易过渡到遵从破晓歌者。但我不建议你这么做。我的状态……好像……越来越糟糕了……"

一个一身蓝衣的人挡住了进城的道路,他面对的是……另一种存在。那是一股泽斯勉强才能感受到的力量,一团隐匿的火焰。

"你追随过个人。"宁续道,"他们给你造成了痛苦,内萨罗之子泽斯。你之所以感到痛苦,是因为你没有追随亘古不变的纯粹之物。你选择了个人,而不是信条。"

"或者,"泽斯说,"也许我只是被迫追随了不值得追随的人。"

卡拉丁在晶珠海中挣扎，透不过气来，咳嗽不止。他没有陷得那么深，可哪里……哪里才是出路？

他发狂似的游向海面，但晶珠不像水一样流动，导致他无法推进。晶珠钻进他嘴里，硌着他的皮肤，如一只无形的手那般拽着他，想要把他拖下深渊。

远离光明，远离风。

他的手指在晶珠间拂过了某种又温暖又柔软的东西。他扑腾着，想要再找到那东西，这时却有一只手抓住了他的胳膊。他挥起另一条胳膊，攥住了那条细细的手腕。另一只手捏住他的衣襟，把他从黑暗中拉了出来。他跟跟跄跄地在海底站住了脚。

他一步步跟上，肺部火烧火燎地疼，终于从晶珠海里钻了出来，发现茜尔正捏着他的衣襟。茜尔领着他上了岸，他瘫倒在地，吐出嘴里的润石，喘着粗气。先前和他战斗的融族落在誓约之门平台上，被他们留下的两人就在不远处。

卡拉丁正恢复呼吸时，附近的晶珠散开了，沙兰、阿多林和图腾借着沙兰创造的某种通道穿过海底，走了出来。深海中的走廊？沙兰操纵晶珠的本领越来越强了。

见阿多林受了伤，卡拉丁咬紧牙关，勉强站起来，跌跌撞撞地走过去，协助沙兰扶王子上岸。王子仰面躺下，轻声咒骂，用血淋淋的双手捂着腹部。

"让我看看。"卡拉丁把阿多林的手指拨开。

"有血——"沙兰开口道。

"那是最不用担心的。"卡拉丁伸手碰了碰伤口，"他腹部受了伤，短期内不会因为失血过多而死，但发生感染就是另一回事了。如果内脏受损……"

"你们走吧。"阿多林咳嗽道。

"那你去哪儿?"卡拉丁挪动手指,在伤口里摸索。风操的,肠子都被割破了。"我飓光用完了。"

沙兰身上的光芒逐渐淡去。"这是我剩下的最后一点。"

茜尔抓住卡拉丁的肩膀,看着融族跃入空中,高举长枪朝他们飞来。图腾轻哼几声,紧张万分。

"那怎么办?"沙兰问。

不……卡拉丁心想。

"把你的匕首给我。"阿多林奋力坐起。

决不能就这么完蛋。

"阿多林,别这样。歇会儿。我们也许可以投降。"

我决不能辜负他!

卡拉丁回望茜尔,茜尔轻轻地挽着他的手臂。

她点点头。"真言,卡拉丁。"

亚马兰军的士兵在达力拿周围散开,涌进城里,对他毫不理会。可惜,他也无法理会他们。

"那么,孩子……"仇恨向城市点点头,按住达力拿的肩膀,"你建立了多国联盟,成就了一番事业,理应感到骄傲。我自然也为你骄傲。"

仇恨想到了各种可能,也为各种结果做了打算,达力拿怎么能与之抗衡?他又怎么能面对如此浩瀚和非凡的存在?触碰仇恨后,达力拿能感到仇恨是无穷无尽的,渗透大陆、居民、天空和岩石。

如果他想理解这个存在,一定会崩溃、发疯,而他又得设法击败对方?

使他相信自己或为输家,全能之主曾在幻境中告诫道,并且指名一人担当代理斗士。他不会放过这一机会……以上便是我能给出的最佳忠告。

荣誉就是在抵御仇恨时被杀的。

达力拿润了润嘴唇。"进行代理斗士的对决,"他对仇恨说,"我要求我们展开较量,争夺这个世界。"

"凭什么?"仇恨问。

"就算杀了我们,你也得不到解脱,对不对?"达力拿问,"你可以统治我们,也可以消灭我们,但不管怎样,你还是会被困在这里。"

不远处,一头雷岩兽跨过城墙进城,另一头雷岩兽则留在后方,踏着重步在后卫部队附近走动。

"进行对决。"达力拿对仇恨说,"如果你赢了,你就能得到解脱;如果人类赢了,你就得放我们一条生路。"

"提要求时要注意,达力拿·寇林。你是铸契骑士,可以开出这个条件,但你真的希望我这么做吗?"

"我……"

他真的希望吗?

温达一路尾随虚渡,身后跟着莉芙特。他们溜回了人类军队。阵线的前列涌进城里,但城墙的缺口不够大,队伍无法一下子通过,大多数人都在城外等着轮到自己,嘴里骂骂咧咧的,抱怨耽误了时间。

莉芙特努力循着温达留下的痕迹前进,士兵一看到她经过就朝她挥起武器。幸好莉芙特个子小,避开了他们。她喜欢当小个子。个子小的人能挤进别人挤不进的地方,而且不会被发觉。她不该长大,夜妖答应过的。

可夜妖撒了谎，就像活该饿死的人类一样。莉芙特摇摇头，从一个士兵的胯下滑了过去。个子小固然不是坏事，但很难不觉得人人都是一座高山。士兵挥起武器朝她砸来，声音粗嘎地说着阿勒斯卡脏话。

一剑差点砍中她的衬衣，她心想：我不能跪着滑，我得像她那样自由自在。

莉芙特跃过一小块凸岩，做到了双脚着地。她跑了一会儿，让脚底变滑，开始滑行。

女虚渡在前方经过，没有滑倒，却做着那个奇怪的行走动作，好让自己平稳地滑动。

莉芙特依样画瓢。她相信自己的神力，只要身体里有飓光，不呼吸也支撑得住。她为自己盖上一层飓光，周围士兵的咒骂声渐渐消失。

就连风也无法触及她。以前她进入过这种状态。在一次次横冲直撞中，有那么美好的一瞬间，她自如地赤脚滑行，不受干扰，仿佛处在世界之间。她做得到，她可以——

有个东西重重地落在附近的地上，压死了若干士兵。莉芙特失去平衡，摔成一团，滑了一会儿才停下。她翻了个身，看着一头巨大的石兽。这个瘦骨嶙峋的怪物抬起锋利的爪子，猛地往下一砸。

莉芙特纵身躲开，但随着撞击而来的震动又让她摔得四脚朝天。附近的士兵看到同伴被砸死，好像一点也不在乎。他们瞪着发光的红眼睛，争先恐后地冲向她，仿佛在进行比赛，看谁能先杀死她。

她唯一的选择就是往石怪的方向闪躲，也许她可以靠得足够近，然后——

怪物又挥下一拳，砸中了三个士兵，但也砸中了莉芙特，转眼间就打折了她的双腿，碾碎了她的下半身。她痛得大叫，泪眼婆娑地在地上蜷成一团。

快治好，快治好。

只能忍忍痛，只能……

岩石在莉芙特头顶上相互摩擦，她眨掉泪水，抬头望着怪物把利爪高举到空中，朝着太阳的方向，而太阳正隐没在致命风暴的云层后。

"主人！"一身藤蔓的温达爬到她身上，仿佛想抱住她，"噢，主人，把我召唤成剑吧！"

她腿上的伤痛渐渐消退，可速度太慢了。她肚子又开始饿了，飓光也快用完了。她把温达召唤成棍子，顾不上疼痛，转身把棍子指向怪物，难受得直流眼泪。

天上突然现出一颗不断扩大的璀璨光球，一个亮如辰星的物体从中坠落，拽着黑白两色的烟雾。

"母神啊！"温达说，"怎么回——"

怪物扬起拳头准备砸向莉芙特时，那道如梭的光芒击中了怪物的头部，直接将巨兽一劈为二，冒出了滚滚黑烟。怪物的半边身子各自倒向一边，轰然落在岩地上，随后蒸腾而去，消散在黑暗中。

士兵一边咒骂一边咳嗽，纷纷后退，而风暴的中心有什么东西分解了。烟雾中有一个浑身发着白光的人影，手握一把漆黑的碎瑛刃。碎瑛刃似乎以烟雾为食，吸入烟雾后再让其化作黑色的液体，倾泻而下。

那人是黑与白的化身。他剃了光头，双眼冒着浅灰色的光芒，皮肤上腾起飓光。他直起腰板，大步穿过烟雾，留下一道残影。莉芙特见过他。他是白衣刺客，杀人无数。

而他显然也是救星。

刺客在莉芙特身边停步。"'黑荆棘'交给了你一项任务？"

"呃……是的。"莉芙特说着，晃了晃脚趾，脚趾似乎又能动了，

"有个虚渡偷了一大颗红宝石,我要把它弄回来。"

"那就站起来吧。"刺客举起那把古怪的碎瑛刃,指向敌军,"主人交给了我们一项任务,我们要确保完成这项任务。"

※

纳瓦妮独自在墙头蹒跚前行,周围只有被碾碎的尸体。

达力拿,不准牺牲! 纳瓦妮心想,来到楼梯口,打开顶端的门,走下昏暗的台阶。他究竟在想什么?一个人面对一整支军队?他已经不是风华正茂的年轻人了,也没有穿碎瑛甲!

纳瓦妮在禁袋中摸索润石,最终还是解开臂表的搭扣,借着法器发出的光下了台阶,走进墙脚的哨所。芬恩和她丈夫去哪里了——

一只手忽然抓住她,把她拉到一边,砰的一声往墙上一摔。芬恩和卡马克尔就躺在屋里,身子被牢牢绑着,嘴巴被塞住了。两名穿着森绿色制服、双眼发红的士兵拿刀抵着他们。还有一人佩戴着军尉的绳结,把纳瓦妮死死地按在墙上。

"你带给我的奖赏可真是丰厚。"那人对纳瓦妮嘶吼道,"有了两位女王,光明贵人亚马兰会喜欢这份礼物的。这几乎弥补了没能亲手杀死你的遗憾,也好为你丈夫对光明贵人撒迪亚斯做出的事讨个公道。"

※

阿什跌跌撞撞地在一个火盆前停下脚步。火盆边缘镶有精致的金属装饰,在这么普通的地方应该找不到更华美的东西了。

这座临时营地是阿勒斯卡军在修城时露宿的地方,把下城区的街道和广场挤得满满当当。那个挡住阿什去路的火盆放在一顶帐篷前,没有点燃,可能是在泰勒拿的寒夜里用来取暖的。见盆沿列着十个人物,她手痒了。不管她的使命有多紧迫,如果不做那件事,她就走不动路。

她抓住火盆转了转,找到了自己的形象。上面饰有画笔和面具,象征着创造力,简直荒唐至极。她掏出刀子对着金属锯了起来,剜出了那张脸。

这就够了,这就够了。

她丢下火盆,继续前进。穆里兹透露的事最好是真的。如果他撒了谎……

城墙附近的大帐篷无人把守,但不久前还有士兵从她身边跑过,双眼冒出腐化神能的光芒。*仇恨已经学会附身了。*他总能引诱人类为他而战,但派出灵体与人类建立纽带?真是糟透了。

他又是怎么掀起属于自己的风暴的?

也罢,这片大陆终究注定要灭亡,而阿什……阿什心中再无波澜。她挤进帐篷,极力不去看地毯,以防上面有令使的画像。

她发现那个男人独自坐在昏暗的光线下,目不转睛地盯着前方。他体格壮硕,皮肤比阿什还黑。他是无冕之王,本不该背负其余九人的重担。

可他还是承受得最久。

"塔恩。"阿什低声唤道。

雷纳林·寇林知道自己其实不是光辉骑士。格里斯曾是另一种灵体,但某样东西改变了他,将他腐化了。这发生在纽带建立之前,格里斯记得不太清楚。

目前,他们谁也不知道自己变成了什么。雷纳林能感到灵体躲在他体内颤抖,低声诉说着他们的处境有多危险。迦熙娜发现了他们。

雷纳林已经预见到了。

他跪倒在伊什神殿里,眼前五彩斑斓。墙上冒出上千片彩绘玻璃,它们组合相融,形成一幅全景图。他看到了自己早些时候来到泰勒拿城的一幕,还看到了达力拿与各位君主交谈的场面,然后是他们与他反目的场面。

她会伤害我们!她会伤害我们!

"我知道,格里斯。"雷纳林低声说着,转向某一块彩绘玻璃,上面显示了他跪在神殿地上的景象。在一连串彩绘玻璃片的画面上,迦熙娜举剑从后面接近他。

随后……将他击倒……

雷纳林无法控制他看到的画面,也无法控制他看到这些画面的时间。他已经学会认字,以便读懂在某些画面下方出现的数字和文字。这些信息一度呈现了灭世风暴降临的时间,以及寻找乌有斯麓暗室的方法,此刻却呈现了他的死亡。

未来。雷纳林能洞悉禁忌。

他把目光从那面显示着他自己和迦熙娜的玻璃片上移开,转向场景更严峻的玻璃片。画面上,他父亲跪倒在一个呈现金白两色的神面前。

"不,父亲。"雷纳林低语,"求您了,不要那么做……"

他是不可抗拒的,格里斯说,**我很难过,雷纳林,我为你难过。**

两只金色光球般的傲灵从天上垂荡下来,围着达力拿飘浮、打转,灿烂得如同滴落的阳光。

"是的,"达力拿说,"这正是我所希望的。"

"你希望进行代理斗士的对决？"仇恨重复道,"这是你真正的愿望,而不是因为被逼无奈？你没有受到任何欺骗或隐瞒？"

"我希望进行代理斗士的对决,为柔刹的命运而战。"

"好吧。"仇恨轻叹一声,"我同意。"

"这么轻松？"

"哦,我向你保证,这可不会轻松。"仇恨抬起眉毛坦率邀约,神情关切,"我的代理斗士已经选好了。我过了许久才让他做好准备。"

"亚马兰。"

"就凭他？他确实富有激情,但他不适合履行这项使命。不,我需要一位能像太阳主宰天空那样主宰战场的人选。"

激越感忽然回到达力拿体内,逐渐消逝的红雾咆哮着恢复了生机。他的脑海中浮现出一个个画面,都是他年轻时作战的回忆。

"我需要一位比亚马兰更强大的人选。"仇恨低语。

"不。"

"一位不惜一切代价都要取胜的人选。"

激越感淹没了达力拿,令他窒息。

"一位终身侍奉我的人选,一位我信任的人选。我想我提醒过你,我知道你会做出正确的抉择。现在我们终于走到了这一步。"

"不。"

"深呼吸,朋友。"仇恨低语,"恐怕会很痛。"

118 重担

> 虚渡不会歌唱,也听不到柔刹的歌声,所到之处皆是寂静。他们外表柔软,没有甲壳,却又无比坚韧。他们只有一颗心,而这颗心无法存活。
>
> ——摘自《伊埃拉碑铭》

"不。"达力拿用粗哑的嗓音低声重复道,激越感在体内震荡,"不,你错了。"

仇恨抓住达力拿的肩膀。"那女人是怎么说的?"

那女人?

达力拿听到了伊薇的哭声和惨叫声,还听到了她被烈火吞噬时的求救声。

"不要自责。"见达力拿皱起眉头,仇恨说,"是我让你杀她的,达力拿。这一切都是我引起的。你还记得吗?我可以帮你。来吧。"

回忆涌入达力拿的脑海,一幕幕画面猛烈地冲击着他,让他应接不暇。他细细体会,而这一切又莫名压缩成了一个个瞬间,激越感在他体内肆虐。

他看到自己在一个可怜的士兵背后捅了一刀,还看到一个年轻人试图爬到安全的地方,一边哭爹喊娘……

"那时我就和你在一起。"仇恨说。

他杀死了一个比自己强得多的人,那是一位对泰莱布忠心耿耿的轩领主。他将那人打倒在地,挥起战斧砸向那人的胸口。

"那时我就和你在一起。"

他在一块怪石上战斗,面对的是另一个了解激越感的人。他将那人打翻在地,让那人双眼冒火,还称其为"慈悲"。

"那时我就和你在一起。"

他对迦维拉尔大发雷霆,怒气和欲望双双腾起;他在酒馆打伤了人,却因为无法尽兴而懊丧;他在雅克维德的边境战斗,纵情欢笑,周围尸横遍野。他记得自己大肆屠戮的每一刻,感到每一次死亡都像钉子般直刺他的灵魂。他开始为这些破坏行径而哭泣。

"达力拿,这才是你该做的!"仇恨说,"你打造了一座更美好的王国!"

"如此……痛苦。"

"达力拿,要怪就怪我吧,不怪你!你做那些事的时候,只能看到一片血红!那是我的错。接受事实吧。你不必痛苦。"

达力拿眨眨眼,迎上仇恨的目光。

"达力拿,把你的痛苦献给我,"仇恨说,"再也不要感到愧疚了。"

"不,"达力拿紧抱着《王者之路》,"不,我做不到。"

"噢,达力拿,那女人是怎么说的?"

不……

"你忘了吗?来,我帮你。"

达力拿又回到了他害死伊薇的那天。

泽斯找到了使用那把剑的目的。

它高喊着要泽斯摧毁邪恶,哪怕邪恶显然是它无法理解的概念。它的视野是闭塞的,一如泽斯。那只是比喻而已。

像泽斯这样灵魂扭曲的人怎么能决定谁应该死?真是荒唐。所以他宁愿信任另一个人,而对方的人性光芒能够穿透阴暗。

达力拿·寇林是光辉骑士,他一定明白。

这个选择并不完美,但是……亵渎之石啊……他想不到更好的办法了。当他横扫敌军时,这让他获得了些许安宁。

那把剑冲他吼道:**摧毁!**

被碰到的人都立刻化成了黑烟。泽斯杀死了一个个红眼士兵,他们纷至沓来,毫无惧色,发出的喊声透着对死亡的渴望。

而泽斯最擅长播撒死亡。

他一手运用飕光,把过于接近的敌人甩到空中或是推向同伴,另一手挥剑扫过敌阵,脚步敏捷,向上施放的风行术刚好能减轻体重。破天骑士无法操控全部三种风行术,但他依然掌握了最实用也最致命的一种。

别忘了那颗宝石。

幻觉呼唤着他,要他继续杀戮,要他沉醉其中。泽斯予以回绝,感到一阵恶心。他从来没有享受过,也永远无法享受。

带着宝石的虚渡脚程飞快,已经溜走了。泽斯举剑一指,心里有些害怕,因为那把剑正在迅速消耗他体内的飕光。他施放风行术跟了上去,在阵列中穿行,寻找着那个虚渡,沿途的士兵纷纷化为黑烟。

虚渡在最后一刻转过身,从泽斯剑下跳开。泽斯用风行术把自己往下甩,翻身划出一道大弧线,消灭了一大圈敌人,剑身带出近乎液态的黑烟。

邪恶！那把剑喊道。

泽斯扑向女性虚渡，但她落到地上，开始沿着石地滑行，仿佛上面抹了油。泽斯的剑从她头顶挥过，她拼命朝泽斯后退，恰好从他腿边滑过，优雅地起身拉扯泽斯绑在背上保管的剑鞘。

剑鞘脱落了。泽斯扭身攻击，虚渡却用剑鞘格挡。她是怎么做到的？这种银色金属有什么泽斯不知道的属性？

虚渡又挡下几剑，避开了泽斯施放的风行术。

那把剑越来越失落：**摧毁！摧毁！摧毁！**黑色的脉络冒了出来，绕着泽斯的手向他的上臂蔓延。

他再次出击，但虚渡只是沿着地面滑走了，仿佛自然法则对她不起作用。其他士兵一拥而上，泽斯把他们送上绝路，手臂阵阵作痛。

迦熙娜走到雷纳林身后一步开外，他的低语声清晰可闻："父亲！噢，父亲……"年轻人左顾右盼，望着不存在的景象。

"他看到的不是现在，而是未来。"白牙说，"那是仇恨的力量，迦熙娜。"

"塔恩，"阿什挨着他跪下，低声道，"噢，塔恩……"

令使的黑眼睛盯着前方。"我是司掌战事的令使塔拉内拉塔艾林。虚渡即将回归，灭世即将来临……"

"塔恩？"阿什握住他的手，"是我，阿什。"

"我们必须做好准备。你们一定会忘记许多……"

"求求你,塔恩。"

"卡拉克会教你们铸造青铜……"

他只是不停地往下说,一遍又一遍地重复同样的话。

卡拉丁跪倒在裂影界冰凉的黑曜石地上。

六名融族在周围降落,鲜亮的服装簌簌生风。

只有一线希望:每念出一句真言,他都会迸发出强大的力量。他润润嘴唇,试着低声说:"我……我会……"

他想起了死去的伙伴:马洛普、亚克斯、贝尔德和派丁。

快说,风操的!

"我……"

他想起了罗德和马特,还有他辜负的那些冲桥手,以及早前他想要拯救的奴隶:戈舍尔、如困兽般落入陷阱的纳尔马。

一只形如光线的风灵出现在不远处,接着又是一只。

只有一线希望。

真言,快念出真言!

"母神哪!培养啊!"温达喊道,看着刺客在战场上杀出一条路,"我们都做了什么?"

"我们让他跑远了。"莉芙特坐在一块巨石上,眼睛睁得大大的,"你宁愿他在旁边?"

温达不停呜咽,莉芙特有点明白了。刺客杀了好多人,虽然那些红眼士兵身上已经不见光明,但还是……风操的。

莉芙特跟丢了那个揣着宝石的女虚渡,但敌军起码从泽斯身边退了开来,能杀的人变少了。他跌跌撞撞地停下脚步,跪倒在地。

"糟了。"莉芙特召唤温达,使其化为棍棒形态,以防刺客失去仅存的理智,转而攻击她。她从石头上滑下来,跑了过去。

刺客将那把古怪的碎瑛刃握在身前,剑身不断冒出黑色液体,在流向地面的过程中化为乌有。刺客的手已经全黑了。

"剑鞘……"泽斯说,"剑鞘丢了……"

"那就把剑放下!"

"我……办不到……"泽斯咬牙切齿地说,"它紧紧贴着我,贪婪地吸食着……我身上的飓光,马上就会把我吞噬的。"

风操的风操的风操的。"行,行,嗯……"莉芙特环顾四周。军队正涌向城里,而第二头雷岩兽正踩踏着建筑,咚咚有声地穿过老城区。达力拿·寇林仍然站在城墙的缺口前。也许……也许他能帮忙?

"来吧。"莉芙特说。

※

"杀了那个人。"摁着纳瓦妮的军尉朝芬恩年迈的丈夫卡马克尔一挥手,"我们不需要他。"

芬恩不顾嘴里塞了布团,失声尖叫,却被守得牢牢的。纳瓦妮小心翼翼地将手褪出手套,摸到另一条手臂和绑在上面的法器,扳动插销。小型凸起从装置前部探了出来,就在手腕上方。

卡马克尔挣扎着站起来,似乎想要带着尊严迎接死亡,但另外两名士兵没有给他面子,立即把他推到墙上,其中一人掏出了匕首。

纳瓦妮抓住摁着她的军尉的胳膊,将致痛器的凸起揿在他的皮肤上。他惨叫着瘫倒下去,痛苦地扭动着。另一人朝她转过身,她便把装置往那人抬起的手上按去。她自然在自己身上试验过这件法器,知道那是什么感觉，就如同千根针齐齐扎入皮肤、指甲底下和双眼。

第二个人也瘫倒在地，吓得尿了裤子。

最后一人在她胳膊上划了一刀，随后就被她放倒，在地上抽搐着。真烦人。她打开止疼器的开关，祛除伤口的痛感，再拿起匕首，飞快割断了芬恩的绑索。在女王解救卡马克尔的同时，纳瓦妮包扎了丝毫不痛的伤口。

"这帮人很快就会复原。"纳瓦妮说，"我们可能要趁早干掉他们。"

卡马克尔踹了踹那个差点割开他喉咙的士兵，把通往城市的门打开一条缝。只见一队眼睛发着红光的士兵匆匆跑过，在整片区域横行霸道。

"看来这帮人是最不需要担心的。"上了年纪的男子说着，关上了门。

"那就回到城墙上头。"芬恩说，"我们也许能从那个位置发现友军。"

纳瓦妮点点头，让芬恩领路。登顶后，他们闩住了门。这扇门两面都有门闩，既要能阻挡攻占城墙的敌人，也要能阻挡冲破城门的敌人。

纳瓦妮审慎抉择，一眼就看出街道确实被亚马兰军守着。几队泰勒拿士兵守着远处的阵地，却迅速溃败。

"以克勒克、飓风和激神的名义，"卡马克尔说，"那是什么？"

他注意到了战场北侧的红雾。恐怖的画面组合成形，随即分解消散。幢幢的暗影勾勒出死去的士兵、嶙峋的骨骸和奔腾的马匹的形态，好一派令人生畏的壮观景象。

然而……纳瓦妮的目光却被达力拿吸引了。他独自屹立在敌兵的包围中，面对着纳瓦妮几乎察觉不到的存在。那是一种不可思议的浩瀚之物。

而且散发着怒气。

达力拿身处两个地方。

他看到自己走在昏暗的大地上,背后拖着碎瑛刃。他既处在泰勒拿城的战场上,与仇恨为伴,又处在过去,步步靠近拉萨拉斯。他受到激越感的驱使,怒气冲冲,眼前一片通红。他回到营地,令部下大吃一惊。他如同死亡之灵,浑身是血,双眼放光。

红得发亮。

他叫人把油取来,转身面对一座城市,而伊薇就被囚禁在那里。孩子们在那里酣睡着,无辜的人们则躲在那里祈祷,一边焚烧铭守符,呜呜哭泣。

"求求你……"达力拿在泰勒拿城低语,"不要让我重来一次。"

"噢,达力拿,"仇恨说,"你会不断重来,直到放手。你无法背负这个重担,请把它交给我吧。是我让你这么做的,不怪你。"

达力拿把《王者之路》紧抱在胸前,就像孩童在夜里捂着毯子。可一道光忽然在他面前闪过,伴着震耳欲聋的爆裂声。

达力拿踉跄后退。刚才有闪电划过,他被击中了吗?

他没有被击中,而是那本书被击中了,从他手中飞了出去。烧焦的书页冒着烟,漫天飘散。

仇恨摇摇头。"一个早已死去、早已失败的人写下的字句。"

太阳终于隐没在风暴云之后,一切陷入黑暗。蚕食书页的火焰缓缓熄灭。

泰夫特蜷缩在暗处。

也许黑暗会掩盖他的罪过,可他听到了远处传来的吼声和交战声。

还有第四冲桥队濒死的呐喊。

※

卡拉丁支支吾吾,难以说出真言。

他想起了自己在亚马兰军的部下。戴立特和他的小队被屠杀殆尽,凶手不是沙兰的兄长就是亚马兰。好伙伴都倒下了。

他自然也想起了提安。

※

达力拿跪倒在地。几只傲灵绕着他打转,可仇恨将它们拍开,它们便消失了。

在他意识深处,飓风之父哭了。

他看到自己走向那座关押伊薇的石冢,极力别开视线,但幻象无处不在,他不仅能目睹,还能亲历。他下令处死伊薇,耳边传来她的惨叫声。

"求求你……"

仇恨没有放过他。达力拿只得望着城市陷入火海,听着被活活烧死的孩子放声号哭。他咬紧牙关,痛苦地呻吟着。从前,他一感到痛苦就酗酒,可现在没有酒可喝,只有激越感在涌动。

从前,他总是渴望感受激越。他为此而活,否则……他早就没命了……

他颓然低下头,听着一个相信过他的女人失声痛哭。他根本配不上她。仇恨设法推开飓风之父,将他与达力拿分离,灵体的哭声渐渐消逝。

只剩下达力拿一个人了。

"孤身一人……"

"你并不是孤身一人,达力拿。"仇恨挨着他单膝跪下,"有我在呢。我一直都陪在你身边。"

激越感在心中翻腾,而达力拿明白了:他自始至终都是伪君子,与亚马兰如出一辙。他为人正直,但嗜杀成性。他是毁灭者,是杀害孩童的凶手。

"放手吧。"仇恨低语。

达力拿紧闭双眼,颤抖着俯下身子,用紧绷的双手抓挠地面。得知自己辜负了纳瓦妮、阿多林、艾尔霍卡和迦维拉尔,他痛苦不堪。

他无法忍受她的眼泪!

"献给我吧。"仇恨恳求道。

达力拿扯掉了自己的指甲,但肉体的痛楚无法令他分心。他只能感受到灵魂的痛楚。

因为他看清了自己的本质。

泽斯奋力走向达力拿。黑脉已经蔓延到了他的手臂上,那把剑吸走了他体内最后一丝飓光。

他总能学到什么,对吗?毫无疑问。宁……宁希望他学会……

他跌倒在地,没有松开那把剑,而那把剑无知无觉地尖叫着:

摧毁邪恶。

光辉骑士女孩急忙跑到他身边,抬头看着天上的太阳消失在云层之后,握住他的手。

"不……"他张开嘴巴,声音沙哑地说。*你也会受罪……*

女孩设法为他注入生息,但生息却被那把剑恣意吸收。她瞪大了双眼,看着一道道黑脉在手指和手上蔓延开来。

雷纳林不想死,可他竟欣然等待迦熙娜发落。

他宁死也不要看到父亲出事,因为他预见了未来:父亲穿着一身黑甲,在大陆上肆虐;"黑荆棘"带着九道影子重新现身,祸害四方。

父亲是仇恨的代理斗士。

"他快崩溃了。"雷纳林低声道,"他已经崩溃了。现在他属于敌人了。达力拿·寇林……已经不复存在了。"

温丽在平原上瑟瑟发抖,离仇恨不远。天音先前一直随着平和之韵脉动,现在却安静了下来。二三十码开外,一个穿着白衣的人影瘫倒在地,身边是一个小女孩。

在离她更近的地方,反抗者达力拿·寇林垂着头,重重地向前倒下,一手捂着胸口,浑身发颤。

仇恨后退一步,呈现出仆族的外貌,一身金色壳甲。"结束了。"他望着温丽和群聚的融族,"你们有了一位领袖。"

"我们非得服从一个人类的命令吗?"图拉什问。

这番话不带一丝敬意,温丽听得连大气也不敢喘。

仇恨笑了。"图拉什,你必须服从我的命令,否则我将收回令你永生的躯壳。我不在乎工具的形状,只在乎工具的效用。"

图拉什低下头。

石头嘎吱作响,一个穿着璀璨碎瑛甲的人影走了过来,一手提着碎瑛刃，一手抓着一根空空的剑鞘，煞是奇怪。人类抬起面罩，露出通红的眼睛，把银鞘扔到地上。"我奉命把这个交给您。"

"干得好，梅里达斯。"仇恨说，"亚巴雷，你能给这个人类提供一个适合耶利拿的栖身之处吗？"

一名融族上前一步，把一颗未经切割的紫晶递给人类梅里达斯。

"这是要干什么？"梅里达斯问。

"实现我对你的承诺。"仇恨说，"吞下去。"

"什么？"

"如果你想得到说好的力量，那就把宝石咽下去，尽力控制随之而来的灭者。但请注意，塔冠城的王后也尝试过，但她最终还是被力量吞噬了。"

梅里达斯举起宝石仔细观察，又瞧了达力拿·寇林一眼。"所以，您也一直在和他对话？"

"比和你对话的时间还长。"

"我能杀他吗？"

"以后再看吧，如果我没有让他杀你的话。"仇恨把手放在蜷成一团的达力拿·寇林肩上，"结束了，达力拿。痛苦已经过去了。站起来，获取你与生俱来的地位吧。"

卡拉丁终于想起了达力拿。

卡拉丁能办到吗？他真能念出真言吗？他是诚心的吗？

融族赫然逼近。阿多林血流不止。

"我……"

你知道该怎么做。

"我……我办不到。"卡拉丁终于低声说，泪水顺着脸颊淌下，

"我不能失去他,但是……噢,全能之主啊……我拯救不了他。"卡拉丁垂着头,颓然俯下身子,不住地发抖。

他无法念出真言。

他还不够强大。

茜尔伸出胳膊从后面抱住他,触感柔软的脸蛋贴着他的后颈,在他潸然泪下的时候紧紧搂着他,为他的失败而哭泣。

迦熙娜把瑛刃高举到雷纳林头顶。

利索点,痛快点。

王朝面临的威胁大多来自内部。

雷纳林显然遭到了腐化。一获悉他预测了灭世风暴,迦熙娜就知道有哪里不对劲。此刻,她必须坚强,必须不畏艰难,去做正确的事。

她准备挥剑,雷纳林却扭头看着她,泪流满面地迎上她的目光,点了点头。

忽然间,他们又回到了年轻的时候。雷纳林还是个孩子,哆哆嗦嗦地趴在她的肩头,为了一位不懂爱的父亲而哭泣。小雷纳林总是一本正经,总是被人误解、嘲笑、责备,而那些人也会在背后这么议论迦熙娜。

迦熙娜浑身一凛,仿佛站在悬崖边上。风吹过神殿,两只形如金色光球的傲灵随风起伏。

迦熙娜让剑消失。

"迦熙娜?"白牙变回男性形态,紧紧抓着她的衣领。

迦熙娜跪下拥抱雷纳林,而他号啕大哭,像小时候那样把头埋在她的肩膀上。

"我到底怎么了？"雷纳林问，"我怎么会看到这些景象？我以为我和格里斯在做正确的事，可不知道为什么，情况太不正常了……"

"不哭。"迦熙娜小声说，"我们会找到出路的，雷纳林。不管怎样，我们都会把事情解决。我们会想办法熬过去的。"

风杀的，他对达力拿的言论……

"迦熙娜，"白牙从她的领口走下来，变成常人大小，俯身道，"迦熙娜，这没有错，我也不知道为什么。"他似乎大为惊诧。"这说不通，但并没有错。怎么会？怎么会这样？"

雷纳林挣开身子，瞪大了布满泪痕的双眼。"我看到你杀了我。"

"没关系，雷纳林。我决不会杀你。"

"可你没发现吗？你难道不明白这意味着什么吗？"

迦熙娜摇摇头。

"迦熙娜，"雷纳林说，"那些关于你的景象是错的。我看到的东西……可能会出错。"

孤身一人。

达力拿一手握拳放在胸前。

孤立无援。

他难受得无法呼吸、无法思考，可他手中有什么东西在动。他张开血淋淋的手指。

人世间……最重要的……

不知为何，他在手中发现了一颗金色的光球。那是一只孤零零的傲灵。

人世间最重要的一步不是第一步，对不对？

而是下一步。永远是下一步，达力拿。

达力拿浑身发颤,鲜血直流。他强忍着痛楚,猛地吸了一口气,磕磕绊绊地说出一句话:

"你不能夺走我的痛苦。"

119

团　结

当我踏上行程时，有人质问我为什么要独自前行，还说这是推卸和逃避责任的举动。

说这话的人会这么想，其实犯了个大错。

——摘自《王者之路》跋

仇恨退开一步。"达力拿？这是什么话？"

"你不能夺走我的痛苦。"

"达力拿——"

达力拿强迫自己站起来。"你——不——能——夺——走——我——的——痛——苦！"

"放理智一点。"

"是我杀了那些孩子。"达力拿说。

"不，是——"

"是我放火烧死了拉萨拉斯的居民。"

"是我在那儿影响了你——"

"你不能夺走我的痛苦！"达力拿怒吼道，走向仇恨。神皱起眉头，他的融族同伴纷纷退避，而亚马兰抬手挡在眼前，眯起眼睛。

围着达力拿打转的是傲灵吗？

"拉萨拉斯的居民确实是我杀的。"达力拿吼道，"或许你去了那儿，但做出选择的是我。是我决定的！"他平静下来。"那个女人也是我杀的，我很痛心，可我确实那么做了。你别想得到她，你不能再把她从我身边夺走。"

"达力拿，"仇恨说，"你扛着这个重担不放，又是为了什么？"

达力拿对神冷笑道："如果我假装……如果我假装没有做过这些事，那就意味着我不可能长成另一个人。"

"失败者。"

一道和煦宁静的光在达力拿心中激荡，带着熟悉的暖意。

把他们团结起来。

"行胜果。"达力拿说，"不踏出第一步，就无法成行。"

他的脑海中响起雷鸣声，意识忽然回涌。远方的飓风之父感到恐惧，却也感到惊讶。

达力拿？

"我会为我过往的行为负责。"达力拿低声道，"如果我必须倒下，那我每次都会以更好的姿态重新站起来。"

※

雷纳林跟着迦熙娜跑过上城区。人们把路堵得水泄不通，但她没有往那边走，而是从楼房上跳下，落到下层的屋顶上，一一穿过屋顶再跳到下一条街上。

雷纳林怕自己体弱，但还是拼命跟上，不明白自己究竟看到了什么。他落到一个屋顶上，忽然觉得疼，却被飓光治好了。他等到痛意退去才一瘸一拐地追赶迦熙娜。

"迦熙娜!"雷纳林喊道,"迦熙娜,我跟不上了!"

迦熙娜在屋顶边缘停下脚步。雷纳林来到她跟前,她便拉住雷纳林的胳膊。"你能跟上的,雷纳林。你可是光辉骑士。"

"我恐怕不是光辉骑士,迦熙娜。我也不知道我是谁。"

成百上千只傲灵陆续从他们身边飞过,蜿蜒向城市底部横扫而去。那里透出光亮,如同昏暗城市中的烽火。

"可我知道你是谁。"迦熙娜说,"你是我的堂弟,我们是一家人,雷纳林。牵着我的手,跟我一起跑吧。"

雷纳林点点头。迦熙娜拉着他从屋顶上跳下去,没有理会在附近攀登的怪兽。

迦熙娜似乎只想追逐那道光亮。

※

把他们团结起来!

傲灵在达力拿周围飘荡,如同千万颗金色光球,他从没见过这么多灵体聚集在一处。它们绕着他打转,形成一道金色光柱。

光柱之外,仇恨踉跄后退。

太渺小了,达力拿心想,*他看起来一直都是这么渺小吗?*

※

茜尔抬起头。

卡拉丁扭头去看是什么吸引了她的注意力。她的目光越过着陆攻击的融族,落向那片晶珠海,以及在海面上颤动的灵魂之光。

"茜尔?"

她搂紧卡拉丁,说:"你可能不用拯救任何人,卡拉丁。也许该让别人来拯救你了。"

把他们团结起来!

达力拿横出左手伸入界域的间隙,攥住生存的本质。那是意识界、思想域。

他把右手伸向另一侧,触到了某种巨物。那不是空间,而是空间的集成。当仇恨让他窥视灵界域时,他就目睹过。

今天,他将其握在手中。

融族仓惶逃开。亚马兰推下面甲,但这远远不够,他只能抬起手臂踉跄退后。唯有一名年轻的仆族女子留在原地,达力拿曾在幻境中拜访过她。

"你是谁?"她低声问道,而达力拿巍然伫立,张开双臂紧紧攥住意识和灵魂的领域。

他闭上双眼,呼出一口气,耳边骤然变得寂静。一个质朴的女声轻轻传来,如此熟悉。

我原谅你。

达力拿睁开双眼,知道仆族女子从他身上看出了什么。翻涌的云层、四溢的光辉,电闪和雷鸣。

"我是团结。"

他猛地并拢双手,将三界合而为一。

裂影界爆发出强光。

融族尖叫着被风刮走,可卡拉丁毫无感受。晶珠相互碰撞,轰然作响。

卡拉丁抬手遮着眼睛。光芒逐渐淡去,在海中央留下了一道璀璨的光柱,晶珠在底下紧紧相扣,变成玻璃步道。

卡拉丁眨眨眼,握住沙兰的手,让沙兰扶他起立。阿多林勉强坐起,捂着血淋淋的腹部。"这是……这是什么?"

"荣誉的垂贯点,"茜尔低语,"穿透三界的力量之源。"她望着卡拉丁。"一条回去的路。"

※

塔恩握住阿什的手。

阿什看着他布满老茧的粗厚手指。数千年过去了,她可以耗费几生几世陷入迷梦,但这双手……她永远不会忘记。

"阿什。"塔恩说。

她抬头看着塔恩,倒吸一口凉气,扬起手捂住嘴巴。

"多久了?"他问。

"塔恩。"阿什用双手握住他的手,"对不起,实在是对不起。"

"多久了?"

"据说已经过了四千年了。我不是每次都能……注意到时间的流逝……"

"四千年?"

阿什把他的手握得更紧了。"对不起,对不起。"

他抽出手,起身在帐篷里走动。阿什跟了上去,再次道歉,可道歉又有什么用?他们背叛了他。

塔恩拂开帐帘走了出去,仰望着在上方绵延的城市,以及天空和城墙。穿着胸甲和锁子甲的士兵飞奔而过,加入远处的战斗。

"四千年?"塔恩又问,"阿什……"

"我们不能再继续了——我……我们以为……"

"阿什,"塔恩又握住她的手,"太好了。"

好什么?"是我们抛弃了你,塔恩。"

"但这又是何等的恩赐!他们难得能在灭世的间隙复苏和发展。他们从没有机会,可这次……不错,这次他们也许有机会了。"

"不,塔恩。你不能这样下去。"

"真是太好了,阿什。"

"你不能这样下去,塔恩。你得恨我!求求你恨我。"

塔恩回过身去,但依然握着她的手,拉着她往前走。"来吧,他在等着。"

"谁?"她问。

"我也不知道。"

泰夫特在黑暗中喘息。

"你能看出来吗,泰夫特?"灵体低语,"你能体会到真言吗?"

"我已经崩溃了。"

"谁不是呢?生活总让我们崩溃,泰夫特。既然如此,我们就用更强大的东西去弥合裂痕。"

"我自己都讨厌自己。"

"泰夫特,"灵体说着,宛如黑暗中的发光幻影,"这就是真言的意义。"

噢,克勒克。喊声。战斗。他的伙伴。

"我……"

风操的!至少拿出一次勇气来!

泰夫特润润嘴唇,开口道:

"我会保护那些我恨的人,哪怕……哪怕我最恨的人……是……我自己。"

雷纳林落到位于城市最底层的下城区,跟跟跄跄地收住脚步,他的手从迦熙娜手中挣了出来。目光如余烬的士兵在街道上行进。

"迦熙娜!"他叫道,"亚马兰军叛变了,现在为仇恨效力了!我在幻象里见到过!"

迦熙娜径直向他们跑去。

"迦熙娜!"

第一个士兵向她挥剑,她躲闪开来,伸手把那人推开。那人向后飞去,在空中冻结,撞到另一人身上,而后者像染病般经历了同样的转化,也撞得别人连连后退,仿佛迦熙娜那一掌的全部力量传递到了他身上。片刻后他也冻结了。

迦熙娜一转身,碎瑛刃在戴着手套的手中成形。她一剑劈过六个士兵,便让剑消失,一掌拍在身后楼房的外墙上,外墙瞬间化为青烟,屋顶轰然倒塌,堵塞了屋舍间的小巷,挡住了其他士兵的去路。

她向上一挥手,空气便凝聚成石块,形成台阶。她马不停蹄地登上了屋顶。

雷纳林看得目瞪口呆。那是——怎么——

这会是……伟大……广阔……而绝妙的! 格里斯在雷纳林心中说,**这会是美好的,雷纳林!瞧!**

他体内不断绽放出卓绝而巨大的力量,那是他从未体验过的。飓光取之不尽、用之不竭,而它的源头广阔得令人诧异。

"迦熙娜?"他喊道,这才跑上迦熙娜创造的台阶,神气得想要起舞。那样会不会很荒唐?雷纳林·寇林在屋顶上跳舞,而……

他放慢脚步,透过墙壁的缺口看到了一道光柱,顿时又目瞪口呆。那道光柱越升越高,直插云端。

芬恩和丈夫向后退去,避开强光。

纳瓦妮欢欣鼓舞,傻笑着从墙边探出身子。傲灵在她周围飘荡,轻拂她的头发,涌向在达力拿身边流动的同伴。它们多得不可思议,形成一道光柱,伸向几百尺的高空。

光芒冒了出来,如潮水般扫过战场、墙顶和下方的街道。从破败的银行中散落的宝石无人问津,吸收着达力拿放射的飓光,透出斑斓的色彩,星星点点地照亮了地面。

"不!"仇恨大叫道,上前一步,"不,我们把你杀了!我们把你杀了!"

达力拿站在光柱中,被旋转的傲灵包围。他向两侧伸出手,抓紧构成现实的界域。

他得到了原谅。他最近执意承受的痛苦开始自行消退。

*真言……有效,*飓风之父震惊地说,*这是怎么发生的?你做了什么?*

仇恨踉跄后退。"杀了他!攻击他!"

那名仆族女子纹丝不动,而亚马兰却缓缓把挡在面前的手放下,走上前召唤碎瑛刃。

达力拿从光柱里抓住他的手,递了出去。"你可以改变,"达力拿说,"你可以像我这样进步。行胜果。"

"不,"亚马兰说,"不,他绝不会原谅我。"

"那位冲桥手?"

"不是那个他,"亚马兰拍拍胸口,"而是这个他。抱歉,达力拿。"

亚马兰举起一把熟悉的碎瑛刃。那曾是达力拿的碎瑛刃——渡誓,由暴君代代相传。

一束光从光柱上分离出来。

亚马兰怒吼着挥动渡誓,但那束光迎上碎瑛刃,猛地迸出火花,将亚马兰抛向后方,仿佛碎瑛甲的力量单薄得就像个孩童。那束光化为一名男子,他留着齐肩卷发,身穿蓝色制服,手握银光闪闪的矛。

又一束光化为沙兰·达瓦,亮丽的红发随风飘扬,一把略微弯曲的细长碎瑛刃在她手中成形。

随后,谢天谢地,阿多林现身了。

"主人!"温达说,"噢,主人!"

莉芙特难得一次没想叫他闭嘴。她一心看着那些触须爬到她的手臂上,而它们就像黑乎乎的藤条。

刺客躺在地上凝望天空,几乎被那些藤条覆盖。莉芙特咬牙阻挡,毅然对抗黑暗,直到……

光芒涌现。

一股光明的力量掠过战场,仿佛突然爆裂开来。地上的宝石吸收了飓光,顿时熠熠生辉。刺客放声呼喊,吸入光雾般的飓光。

飓光缓解了那把剑的饥渴,藤条便枯萎了。莉芙特躺倒在石地上,把手从泽斯头上挪开。

我就知道我喜欢你，一个声音在莉芙特脑海中响起。

是那把剑！所以它是灵体？"你差点把他吃了，"莉芙特说，"你也差点把我吃了！真是个饿死鬼！"

噢，我不会那样做的，那把剑似乎大惑不解，她说得越来越慢，好像困了，**不过……我可能只是饿坏了……**

好吧，莉芙特也怪不了谁。

刺客摇摇晃晃地站了起来，脸上被藤条缠绕过的地方有着纵横交错的线条，在皮肤上留下了一道道岩灰色的纹路，而莉芙特的胳膊上也有。咦？

泽斯走向光柱，身后留下一道残影。"来吧。"他说。

艾尔霍卡呢？达力拿心想，可没有别人穿过光柱。他不知为何明白了，国王不会回来了。

他闭上双眼，由衷地为国王哀悼。他在许多方面都辜负了国王。

站出来，他心想，再努一把力。

他睁开双眼，由傲灵组成的光柱慢慢暗淡下来。体内的力量逐渐消退，他感到疲惫不堪，所幸战场上布满了闪闪发光的宝石，飓光的储量十分充足。

这是一条直通灵界域的道路，飓风之父说，**达力拿，你为润石充了光吗？**

"我们联结在了一起。"

我以前也和人类建立过纽带，但这种事从没发生过。

"那时荣誉还活着，而我们的情况不一样。这是他的残余、你的灵魂，再加上我的意志的结果。"

"飓风恩护者"卡拉丁来到达力拿旁边，身后是残垣断壁，沙兰·达瓦则站在另一侧。迦熙娜从城里走出来,审视着战场。雷纳林从她背后冒出来,大喊着奔向阿多林,一把抱住哥哥,惊得倒吸一口冷气。阿多林受伤了?

雷纳林马上着手为哥哥治疗。**好样的**,达力拿心想。

又有两人穿过战场。莉芙特尚在意料之中,但那个刺客呢?泽斯从地上拾起银色的剑鞘,将黑色的碎瑛刃插进去,然后走到达力拿身边。

破天骑士,达力拿心想,点了点人数,**缘舞骑士**。已经有七人了。

他本以为还有三人。

在那儿,飓风之父说,**在你侄女身后**。

又有一男一女出现在城墙的阴影里,男子高大强壮,女子一头长长的黑发。两人都生着黑皮肤,表明有马卡巴克或亚泽尔血统,但他们的眼睛有些异样。

我认识他们,飓风之父语带惊讶地说,**我很久很久以前就认识他们,那时候我还没有完全复活。**

达力拿,你就站在诸神的面前。

"我已经习惯了。"达力拿转身面对战场。仇恨消失不见了,但融族和大多数敌军还没有撤退,那个黑烟般的古怪灵体也不例外。远处的激越感自然还笼罩着北岸。

亚马兰手握一万兵力,目前可能有一半人进了城。见达力拿亮相,他们一度畏缩不前,可现在……

慢着。

那两人加入后,只有九人,他在脑海中对飓风之父说。他冥冥之中觉得应该还有一人。

**我不清楚,也许那人还没被找到。但不管怎样,就算建立了纽带,你也只是一介凡人。光辉骑士并不是不死之身。你要怎么面对这

1413

支军队?

"达力拿?"卡拉丁问,"长官,有何指示?"

敌阵正在恢复,士兵举起武器,双眼放出殷红的光芒。二十尺开外,亚马兰也采取了行动。不过,达力拿最担心的还是激越感。他了解激越感的效力。

他低头看了看自己的胳膊,发现早前击中他的闪电不仅撕碎了《王者之路》,还劈坏了绑在胳膊上的法器,纳瓦妮放进去驱动法器的小粒宝石清晰可见。

"长官?"卡拉丁又问。

"敌人正想摧毁这座城市,军尉。"达力拿放下手臂,"我们要挡住他的军队。"

"只凭七名光辉骑士?"迦熙娜表示怀疑,"叔叔,这似乎是一项艰巨的任务,哪怕有一人显然是白衣刺客。"

"我为达力拿·寇林效劳。"瓦拉诺之孙泽斯低声道,脸上不知为何带着灰色的纹路,"我无法了解真理,所以我追随了解真理的人。"

"不管要做什么,"沙兰说,"都应该尽快,免得那些士兵——"

"雷纳林!"达力拿喝道。

"到!"雷纳林连忙上前。

"我们必须坚持住,等乌有斯麓的援军抵达。芬恩手下兵力不多,无法单独作战。你赶到誓约之门去,阻止那头雷岩兽,不要让它破坏那里,并把传送门打开。"

"遵命,长官!"雷纳林敬了个礼。

"沙兰,我们暂时没有兵力,"达力拿说,"请你用织光术为我们创造一支军队,不要让这些士兵闲着。他们心里充满杀意,估计更容易分心。迦熙娜,我们要防御的这座城市,城墙上刚好有一个风操的大洞,你能守着那里,拦住任何想要通过的人吗?"

迦熙娜若有所思地点点头。

"那我呢?"卡拉丁问。

达力拿指了指亚马兰,后者身披碎瑛甲,正在起身。"他一旦知道我接下来要做什么,就会来杀我,我希望有人保护我。如果我没记错的话,你和那个轩领主有账要算。"

"可以这么说吧。"

"莉芙特,我想我已经给你下达了命令。带上刺客,把那颗红宝石弄来。在雷纳林领着援军返回之前,我们要一起守住这座城市。还有问题吗?"

"嗯……"莉芙特说,"你能不能……告诉我,哪里有吃的?"

达力拿瞥了她一眼。吃的?"进城后……应该就有一个补给站。"

"谢谢!"

达力拿叹了口气,迈步走向海边。

"长官!"卡拉丁喊道,"您要去哪里?"

"敌人为战斗带来了一个巨大的威胁,军尉。我要去解除这个威胁。"

泰勒拿城区图

120

坚不可摧的矛

> 如果过程而非结果才是重中之重,那么我的举动就不是逃避责任,而是寻求责任。
>
> ——摘自《王者之路》跋

卡拉丁升入空中,浑身洋溢着飓光。

下方,达力拿向那团红雾走去。虽然它的触须在亚马兰军的士兵之间摆动,但它的一大部分都盘旋着靠近了岸边,离海湾和破损码头的右侧不远。

风操的,回到现实世界的感觉可真好。就算灭世风暴遮蔽了日光,这里感觉也比裂影界明亮多了。一群风灵从他身边闪过,只是周围没怎么刮风。它们可能是另一边的灵体,前来追随他,却被他辜负了。

卡拉丁,茜尔说,你不用另外找理由来自责。

她说得没错。风操的,卡拉丁有时是会对自己失望。是不是碍于这个缺点,他才没有念出第四信条真言?

茜尔不知为何叹了口气：唉，卡拉丁。

"以后再谈吧。"他说。

眼下，他得到了保护达力拿·寇林的第二次机会。飓光在他体内肆虐，而他自在地握着茜尔化成的矛，感觉沉甸甸的。他施放风行术把自己往下甩，砰然落到亚马兰身旁的石地上。

轩领主却跪倒在地。

什么？卡阿拉丁心想。亚马兰在咳嗽。他把头往后一仰，抬起面罩，不住地呻吟。

他刚才是不是吞下了什么东西？

阿多林摸了摸自己的腹部。在血迹斑斑的裂口之下，他只摸到了新长出来的光滑皮肤，甚至一点也不觉得疼。

他一度以为自己死定了。

他有过这样的经历，几个月前他就感受过。那是在破碎平原上，撒迪亚斯擅自撤退，单独撇下了寇林军，使他们被敌人包围。然而这次不一样：他仰望着黑色的天幕和怪异的云层，忽然觉得自己脆弱得可怕……

随后，他迎来了光明。他的父亲——他无法比拟的伟人——设法再现了全能之主的形象。阿多林不禁觉得自己不配步入那片光明。

可他还是赶到了。

几位光辉骑士听到达力拿的吩咐便分头行动，但沙兰还是跪下来看了看阿多林的情况。"感觉怎么样？"

"你知道我有多喜欢这件外套吗？"

"唉，阿多林。"

"说真的，沙兰，手术师在裁衣服时真该小心点。如果一个人想活下去，就会要那件衬衣的。如果他死了……嗯，至少在死前应该穿得像模像样。"

沙兰笑了笑，回望眼睛通红的敌兵。

"去吧，"阿多林说，"我不会有事的。挽救这座城市，履行光辉骑士的职责吧，沙兰。"

她吻了阿多林就转身起立，体表腾起飓光。她的衣服白得发亮，一头红发明灿夺目。图腾化为碎瑛刃，剑身隐约现出一段格纹。她施展织光术，一支军队便从四周的地上冒了出来。

在乌有斯麓，她创造过二十人左右的军队引开灭者，而现在，数以百计的幻象在她周围升起，有士兵、店主、洗衣女工和文员的形象，全都出自她的画作。他们流光四溢，仿佛人人都是光辉骑士。

阿多林站起来，与自己的幻象面对面。幻象穿着寇林制服，浑身散发飓光，飘浮在离地几寸的高度。沙兰将他变成了风行骑士。

*我……我担待不起。*他转身面向城市。他父亲一直把心思放在光辉骑士身上，忘了给阿多林安排具体的任务。也许他可以援助城里的守军。

阿多林小心翼翼地在废墟上前进，穿过破损的城墙，发现迦熙娜就站在城里，两手叉腰，仿佛在打量横冲直撞的孩童留下的烂摊子。城墙上的缺口正对着不起眼的城市广场，那里主要被营房和仓库占据。阵亡的士兵要么穿着泰勒拿军的制服，要么穿着撒迪亚斯军的制服，表明这里最近发生过战斗，但大部分敌人似乎已经转移了。附近的街上传来了吼声和武器的铿锵声。

阿多林看到一把被丢弃的剑便伸手去捡，随后他打住了，觉得自己很傻。他转而召唤碎瑛刃，准备承受随之而来的惨叫，但他什么也没听到。瑛刃在十下心跳之后落入他手中。

"对不起，"他举起闪闪发光的武器，"但还是谢谢你。"

他前往附近发生交战的地点，那里正有人高声呼救。

身为破天骑士的泽斯十分羡慕卡拉丁。卡拉丁被称为"飓风恩护者",有幸保护达力拿·寇林。不过泽斯当然不会抱怨。誓言已经选定。

他会执行主人的要求。

那名红发女子利用飓光生成的幻景显现出来,宛如黑暗中的影子,在他耳畔悄声诉说他的杀戮行径,但他不知道女子是怎么激活它们的。他落在雷希飓能者莉芙特身边。

"所以怎么才能找到那颗红宝石呢?"莉芙特问他。

泽斯用入鞘的碎瑛刃指了指泊在港湾内的船只。"带着它的家伙跑到那边去了。"仆族仍旧聚集在灭世风暴带来的阴霾深处。

"我就知道。"莉芙特瞟了泽斯一眼,"你不会又想吃了我吧?"

别傻了,泽斯握着的剑说,**你一点也不邪恶,反倒很善良,而且我从不吃人。**

"我决不会拔剑的,"泽斯说,"除非你死了,而我也决定等死。"

"棒极了。"莉芙特说。

我说我从不吃人时,你应该反驳的,泽斯。那把剑说,瓦西尔总是这样。我觉得他是在开玩笑。总之,作为背过我的人,你不是很擅长这方面。

"不,"泽斯说,"我根本不擅长做人。这是……我的缺点之一。"

没事!放开心点。今天好像能摧毁很多邪恶!那不是很棒吗?

剑开始发出哼声。

卡拉丁扑向亚马兰,额头上的烙印似乎又痛了起来,但亚马兰很

快恢复了正常,啪的一声拉下面罩,抬起覆甲的前臂阻挡卡拉丁的攻击。

那双赤色的眼睛透过头盔的缝隙投出猩红的光芒。"你应该感谢我,孩子。"

"感谢你?"卡拉丁反问,"感谢你什么?难道要感谢你让我看清了一个人怎么能比统治我家乡的光眼种小人还可恶?"

"矛兵,是我塑造了你、锤炼了你。"亚马兰用那把剑尖弯如鱼钩的宽碎瑛刃指着卡拉丁,伸出左手召唤另一把碎瑛刃。后者的剑身长而蜿蜒,如涌动的波浪般起伏。

卡拉丁对这把碎瑛刃再熟悉不过。当时他救了亚马兰一命,赢下了瑛刃,事后却不愿收下,因为他只能在银色金属剑身的倒影中看到被杀的伙伴。这把蜿蜒起伏的碎瑛刃造成了大量死亡和痛苦。

它似乎象征着卡拉丁失去的一切,而它偏偏被那个欺骗了卡拉丁,还夺走了提安的人握在手里。

亚马兰架起剑姿,手持两把碎瑛刃:一把是以卡拉丁的部下为代价,靠屠杀夺取的,而另一把则是换取第四冲桥队自由之身的渡誓。

别怕! 茜尔在卡拉丁脑海中低语,**虽然你们之间有过节,但他只是个普通人,而你是堂堂的光辉骑士。**

亚马兰的上臂护甲忽然震了震,仿佛底下受到了推挤。从头盔里冒出的红光颜色越来越深,卡拉丁明显感到有东西罩住了亚马兰。

那是一股黑烟,卡拉丁在逃离塔冠城王宫时就见过,颐淑丹王后最终被包围了。亚马兰身上的其余甲片也开始作响或跳动,而他猛地加快速度,接连挥动碎瑛刃。

※

达力拿走近激越感的中心,渐渐放慢脚步。翻腾的红雾几乎凝固，映出熟悉的脸庞。他看着老轩亲王卡拉诺尔从石峰上坠落；他看着自己在山崩过后的岩地上孤军奋战，在破碎平原上接住深渊恶魔的巨爪。

他能听到激越感的响动，热烈、持续不断，犹如击鼓声。

"你好，老朋友。"达力拿低声道，踏入红雾。

沙兰站在原地，张开双臂。飓光从她身上扩散到地上，汇成一汪流光，上面盘旋着璀璨的薄雾。这股飓光变成一个门户，她的收藏从门后走了出来。

从父亲宅邸里的女佣到囚禁茜尔的荣灵，她描绘过的每一个人物都从飓光中萌生出来，其中有男有女，有老有少，有母亲也有斥候，有君王也有奴隶。

嗯……已经化为碎瑛刃的图腾在她手中说，嗯……

"这些我都丢了！"沙兰看着水手么伯从雾中爬出来，朝她招手，并从半空中抽出一柄闪亮的碎瑛矛，"这些画儿我都丢了！"

你已经接近了，图腾说，**你已经接近思想的界域了……甚至是更远的地方。这些年来与你联结的人都来了……**

沙兰的几位兄长出现了。她一直把自己对他们的担忧埋藏在心底。他们被鬼血会控制，杳无音信，不管她用对芦联系了多少次……

她父亲也从光雾中走了出来，接着是她母亲。

众多幻象骤然消解为飓光，随后有人抓住了她的左手。

沙兰倒抽一口气。从雾中显形的是……浣纱？她留着一头长长的黑色直发，身穿白衣，长着棕色的眼睛。她比沙兰高明，精神也更集中，能在沙兰被大量工作压垮时处理细节和琐事。

另一只手握住了沙兰的右手。"光辉女士"穿着璀璨耀眼的石榴红碎瑛甲,身材高挑,头发盘起,为人矜持审慎。她朝沙兰点点头,神情稳重而坚决。

沙兰的其他形象在她脚边翻腾,试图从飓光中爬出来,她们发光的手抓住了她的腿。

"……不。"沙兰低语。

为了让自己在软弱时变得坚强,她已经创造了浣纱和"光辉女士"的人格,这就够了。她紧紧握住她俩的手,咬着牙缓缓吐出一口气,她的其他形象便散作飓光。

数以百计的身影很快从远处的地面涌出,举起武器对准敌人。

※

阿多林在下城区的街道上飞奔,眼下有二十几名士兵陪同。

"在那儿!"某个部下用浓重的泰勒拿口音喊道,"光明贵人!"他指向一队敌兵。敌兵朝着城墙前进,消失在了一条巷子里。

"诅咒之地的,"阿多林奋起直追,招呼他的队伍跟上。迦熙娜就在那个方向,正独守着城墙的缺口。他冲进巷子,想要——

一个眼睛通红的敌兵忽然在空中疾驰而过,阿多林伏身躲开,唯恐融族来犯,但那不过是个普通的士兵,不幸地撞到了屋顶上。这到底是怎么回事?

等他们靠近巷尾,又有一具尸体砸中了缺口旁的墙体。阿多林握紧碎瑛刃,在拐角处探头张望,还以为会发现另一头石兽,而之前就有一头爬进了老城区。

可他只发现了一脸诧异的迦熙娜·寇林。她周身有一片光芒渐渐淡去,不同于丝丝缕缕的飓光,倒像几何图形……

那就没事了,迦熙娜不需要帮助。阿多林转而招呼部下循着战吼声往右行进,并在那儿发现了一小队受困的泰勒拿士兵。泰勒拿士兵背靠着墙基,面前是一支规模大得多的部队,敌兵都穿着绿色制服。

就交给阿多林解决吧。

他招呼部下后退,架起烟姿剑冲向敌人,用碎瑛刃劈扫。敌人已经挤到前面,试图接近他们的猎物,难以招架从背后袭来的微型风暴。

阿多林使出一连串横扫,步步紧逼,内心感到无比满足,因为他终于出了一份力。等他砍倒最后一批敌人,泰勒拿士兵便发出一阵欢呼。敌人通红的眼睛灼烧冒烟,逐渐变黑。他低头看了看那些尸体,吃惊地发现他们都长着人类的模样,他的满足感顿时不见了。

他曾耗费多年与仆族智者作战,可他已经很久没杀过阿勒斯卡人了,上一次还是在……也罢,他不记得了。

不要忘了撒迪亚斯。

五十人死在他的脚下,还有大概三十几人在他集结其他部队时被杀。风操的……他在裂影界还觉得自己一无是处,现在却来了这一出。他的名声有多少是他自己挣来的,又有多少一直是他的剑挣来的?

"阿多林王子?"有人用阿勒斯卡语喊道,"殿下!"

一个身影从泰勒拿士兵的行列中走了出来。"喀德拉克?"阿多林招呼道。女王的儿子显得更狼狈,一道伤口贯穿前额,眉毛血迹斑斑,制服被撕破了,上臂还缠着绷带。

"我的父母被困在城墙上了,"喀德拉克说,"就在稍微远点的地方。我们本想攻过去,却被逼到了绝路。"

"知道了,那我们行动吧。"

迦熙娜跨过一具尸体。她的碎瑛刃化作一团飓光,白牙随即出现在她身边，抬起漆黑油亮的面庞望着天空。"这里还是三个地方，"他说，"几乎是。"

"或者说三个地方几乎融为一体了。"迦熙娜应道。这时又有一群荣灵飘过，她能看到它们在知界域的样子：如同翅膀很长的鸟类，头部被一颗金球取代。好吧，无需努力就能窥见裂影界，这是目前最不伤神的事。

大量飓光在她体内涌动，而她从没有吸入过这么多飓光。又有一队士兵攻破沙兰的幻象，穿过城墙的缺口，在废墟上飞奔。迦熙娜不经意地抬起手向他们一挥。这要是在以前，他们的灵魂会极力抵抗。对活物施放塑魂术是很困难的，不仅需要谨慎和专注，还需要相关的知识和程序。

但在这天，她想都没想，那些士兵就化成了烟雾，轻易得让她心生恐惧。

她觉得自己所向无敌，这本身就很危险，毕竟人体不该注满飓光。袅袅的光雾从她身上腾起，就像篝火的烟气。然而达力拿已经闭合了垂贯点。他曾化身为风暴，并设法为润石充光，但他也像风暴一般，影响正在流逝。

"三个世界又慢慢分开了，"白牙说，"但现在仍然靠得很近。"

"那就趁着效力还没有消失，把它利用起来，好吗？"

迦熙娜走到被撕裂的墙体前，那儿的缺口就跟城里的小街区一样宽。

她举起了双手。

※

隶属破天骑士团的泽斯带头走向仆族的军队，那个小小的缘舞骑士跟在后面。

泽斯不怕疼，因为任何肉体上的痛苦都比不上他已经承受的痛苦。他也不怕死。这份美妙的奖赏早就被夺走了。他只怕做出了错误的选择。

泽斯打消了惧意。宁说得没错。人不可能在每个关头都做出决定。

站在海湾岸边的仆族眼睛没有发光，看起来很像那些利用他刺杀迦维拉尔国王的仆族智者。当他靠近时，几名仆族跑开了，登上了一艘船。

"看，"他说，"他们大概是去提醒我们要找的人了。"

"我去追吧，大花脸。"莉芙特说，"听好，剑，不要吃任何人，除非有人想先吃你。"她跪下来，伸出双手在地上拍打，傻乎乎地滑走了。她在仆族之间穿行，来到船边，不知怎么的就爬了上去，钻进了一扇小舷窗。

那些仆族似乎并不好斗。他们躲开泽斯，议论纷纷。泽斯望了望天上，发现宁变成了一个小黑点，仍在观望着。泽斯无法指责令使的决定。这些生物的律法现在就是这片大陆的律法。

不过……律法是群众的产物。泽斯之所以遭到流放，就是因为群众的共识。他为一个又一个主人效命，但大多数主人都利用他来达到可怕的目的，或者至少是自私的目的。以这类人的平均水平，是无法实现卓越的。卓越是个人的追求，而不是群体的努力。

一个会飞的仆族智者——莉芙特称之为"融族"——从船上蹿了出去，带着达力拿要找的大颗红宝石，而红宝石已经暗淡无光。莉芙特跟着融族来到外面，但她不会飞，只能爬上船头，大声骂出一串脏话。

哇，那把剑说，小小年纪却有这么大的词汇量，真佩服。她知道最后一句话是什么意思吗？

泽斯用风行术把自己甩到空中，追赶那个融族。

如果她真的知道那是什么意思, 那把剑补充道,**你觉得她会告诉我吗?**

敌人俯冲下来穿过战场,泽斯跟在后面,离岩地只有寸许。他们很快就从那些战士的幻象之间经过,有些幻象以敌兵的造型出现,进一步增添了混乱,真是一手妙招。敌人如果以为大部分同伴还在战斗,就不太可能撤退,而且这让战斗变得真实多了,只有在泽斯追赶的目标呼啸而过时,她飘动的长袍才会扰乱幻象的形状。

泽斯紧随在后,从两个战士之间穿过,发现他们都是幻象。这名融族很有天分,胜过那些破天骑士,不过泽斯一直没有见过他们之中的高手。

他绕了个大圈子,最终转回到达力拿穿过红雾边缘的位置。他耳边的惨叫声越来越响,他只能一边飞一边捂住耳朵。

融族保持着平稳而优雅的体态,但加速和减速时都比泽斯慢。他利用这一点预判敌人的举动,在对方转身时闪到一侧。泽斯撞上敌人,他们在空中翻腾,融族一手拿着宝石,一手用充满杀气的匕首刺向泽斯。

多亏了飓光,这一刀除了造成痛苦,没有起到任何作用。

泽斯紧抓不放,用风行术把他们双双往下甩。两人摔到石地上,融族发出呻吟,红宝石滚了出去。泽斯借助风行术优雅地站起来,沿着石地滑行,一手抄起红宝石,一手握着入鞘的剑。

哇, 那把剑说。

"多谢,剑兄。"泽斯从掉落在附近的球币和宝石中重新吸取飓光。

我不是说着玩的,看你右边。

又有三名融族朝他俯冲过来。他似乎引起了敌人的注意。

阿多林率领部下来到一处楼道，楼道通往墙头，纳瓦妮伯母就在上面招手，急切地指了指。阿多林连忙上楼，在楼道顶端发现了一些撒迪亚斯军的士兵，他们乱作一团，正用手斧劈砍那扇门。

"我大概可以轻松点通过。"阿多林在他们身后说。

不久后，他走上城墙的甬道，在台阶上留下了五具尸体，可他并不是很悲伤。他们再过几分钟就能见到纳瓦妮伯母了。

纳瓦妮抱住了他，紧张地问："艾尔霍卡呢？"

阿多林摇摇头。"请节哀。"

她把阿多林抱紧，阿多林便让碎瑛刃消失，在她浑身发颤的时候搂着她，看着她默默流泪。风操的……他知道那是什么感受。艾尔霍卡死后，他还真没抽空来思考，只是感到责任沉重，可他为堂兄伤心过吗？

他把伯母搂得更紧了，体会着她的悲痛，而这也是他自己心情的写照。那头石怪在城里大肆破坏，士兵的呼喊声从四面八方传来，但此时此刻，阿多林尽力抚慰着一位失去儿子的母亲。

最终他们分开了。纳瓦妮用手帕擦干眼泪，一见阿多林血迹斑斑的侧体就抽了一口气。

"我没事。"他解释道，"雷纳林把我治好了。"

"我在下面看到你的未婚妻和那个冲桥手了。"纳瓦妮说，"所以……只有他没回来？"

"很抱歉，伯母。我只是……我们辜负了他。我们不仅辜负了艾尔霍卡，还辜负了塔冠城。"纳瓦妮擦干眼泪，下定决心道："来吧。我们当前的重点只能是不让这座城市遭受同样的命运。"

他们来到芬恩女王身边，后者正在墙头观战。"怪物袭击时，埃斯特纳提尔就在城墙上，和我们在一起。"她对儿子说，"他被抛下去了，很可能已经死了，但还有一把碎瑛刃留在废墟里。我没见过沙德尔。他可能在宅子里待着？如果他在高层的城区集结军队，我也不会意外。"

芬恩在清点碎瑛武士。泰勒拿拥有三套碎瑛甲和五把碎瑛刃，对这样一个王国来说，数量是相当可观的。这些武器在八个家族父子相传，人人都以侍卫的身份效忠于王室。

阿多林望着城市，评估防守的形势。在街道上战斗非常艰难，士兵会分成几路，容易被包抄或包围。所幸撒迪亚斯军似乎遗忘了作战训练的要求，没有牢牢守住阵地，而是像一条条斧狐犬似的，三五成群地在城里游窜，找人较量。

"你们要加入军队，"阿多林对泰勒拿人说，"堵住下面的一条街道进行抵抗，然后——"

一阵嗖嗖的风声突然打断了他的话。

他踉跄后退，城墙摇晃着，上面的缺口被修复了。金属在呼啸的狂风中涌现出来，如水晶般生长着，填补了空洞。

最终，一块精美锃亮的抛光青铜与石墙融为一体，彻底封住了缺口。

"塔恩的黑掌啊。"芬恩说。她和丈夫走近甬道边缘，低头看着迦熙娜。迦熙娜掸了掸手，心满意足地把手插在腰上。

"那么……战术就改变了。"阿多林说，"缺口填满后，让弓箭手就位，命令他们打击城外的军队，守住城里的广场。在这里设立一间指挥所，清理下面的街道，不惜一切代价守住这堵城墙。"

下方，迦熙娜从她创造的奇迹前走开，跪倒在一堆碎石旁，侧耳谛听。她把手按在碎石上，碎石随即化为烟雾，露出底下的尸体和一旁的璀璨碎瑛刃。

"喀德拉克，"阿多林说，"你的碎瑛刃剑法如何？"

"我……我跟人操练过，就像别的军官一样，而且——我是说——"

"很好。那就带上十名士兵去取那把碎瑛刃，然后去营救老城区底层的部队，再去营救在台阶上战斗的部队。尽量把所有弓箭手都安插在城墙上，让余下的士兵守着街道。"阿多林回头看了看，沙兰发起的干扰目前很有效，"不要太苛求自己，但救出更多人后，你们要齐心协力地守住整片下城区。"

"可阿多林王子，"芬恩说，"你要做什么？"

阿多林召唤出碎瑛刃指向老城区的后方，那头巨大的石怪从那儿的一处屋顶上扫落了一队士兵。其他士兵试图用绳索绊倒它，却无济于事。

"他们似乎需要一种专门用来切割石头的武器的帮助。"

亚马兰展开猛攻，动作狂暴却不失协调。他以优美的剑姿交织挥舞着两把碎瑛刃，卡拉丁用茜尔变作的矛挡开一剑，两人相持片刻。

一根尖锐的紫色晶体从亚马兰的肘部冒出来，砸裂了碎瑛甲，内部散发出柔和的光芒。风操的！卡拉丁在亚马兰挥起另一把瑛刃时往后一退，差点中招。

卡拉丁闪开了。他只接受过短期的剑术训练，从没见过有人同时使用两把瑛刃。他觉得这种手法很难掌握，但亚马兰的姿态却优雅迷人。

亚马兰头盔内的光芒红得发黑，透出血腥，不知为何变得更加邪恶。卡拉丁又挡开一剑，却被推得脚下打滑，在石地上后退。为了战斗，他让自己变得更加轻盈，但在面对身穿碎瑛甲的人时，这种效果会受到影响。

卡拉丁喘着气跃上半空,远离亚马兰。碎瑛甲让他无法对亚马兰使用风行术,还挡下了茜尔化成的碎瑛矛的攻击。然而,如果亚马兰一剑命中,卡拉丁就会失去活动能力。碎瑛刃造成的伤口可以愈合,但过程缓慢,他会处于严重的弱势。

让事态变得更加复杂的是,亚马兰可以只专注于决斗,而卡拉丁必须一直盯着达力拿,以防——

该下诅咒之地的!

卡拉丁用风行术把自己甩向一边,在空中飞驰而过,去对付一个开始在达力拿附近盘旋的融族。融族朝卡拉丁扑来,但他只是让茜尔变成挥到半空的碎瑛刃,把融族的长矛劈成两半。那名女子愤怒地哼着歌,往后飘去,拔剑出鞘。在下方不断变幻的深红色云雾中,达力拿只是一道影子。一张张面孔浮现出来,愤怒而嗜血地尖叫着,仿佛汹涌的雷暴云的前部。

卡拉丁来到红雾附近,感到一阵恶心,幸好敌人似乎也不急着进去。他们悬浮在外面,望着达力拿。有些融族凑得更近了,但卡拉丁将他们赶了回去。

他利用变成矛的茜尔,凭借自身的优势压制当前的敌人。虽然融族动作灵活,但卡拉丁也拥有充足的飓光,他脚下的战场依然布满了一大笔发光的球币。

他冲上前给了融族一击,切断了长袍。融族迅速窜开,加入了一群直盯着泽斯的同伴。但愿刺客能保持领先的势头。

至于亚马兰去哪儿了……卡拉丁回头一看,随即大叫一声,用风行术把自己往后甩,嘴里呼出的一团飓光正好被一支粗大的黑箭击穿,很快消散而去。

亚马兰站在他的战马附近,拉动巨大的碎瑛弓,射出的箭矢有矛杆那般粗。亚马兰再次放箭,一排晶体沿着他的胳膊伸出来,砸裂了碎瑛甲。风操的,那人到底怎么了?

卡拉丁飞快地避开了箭矢。他可以从箭伤中恢复，但这会让他分心，可能还会让某些融族逮住他。如果他们只是把他绑起来，对他砍来砍去，直到他的伤口无法愈合，那连再多的飓光也救不了他。

亚马兰又射了一箭，卡拉丁手握茜尔变成的盾格挡，再用风行术向下俯冲，将茜尔召唤为长枪。他向亚马兰猛扑过去，亚马兰把碎瑛弓挂回到马背上，迅速闪到一边。

亚马兰在卡拉丁俯冲而过时抓住茜尔变成的长枪，将卡拉丁抛到一侧。卡拉丁只得让茜尔消失，放慢自己的速度，在地上旋转滑动，等风行术失效才坐下来。

卡拉丁咬紧牙关，将茜尔召唤为短矛。他冲向亚马兰，决心在融族回身攻击达力拿之前打倒轩领主。

激越感很高兴见到达力拿。

他曾把激越感想象成一股邪恶的力量，就如仇恨或撒迪亚斯那般阴险狠毒。可他大错特错了。

达力拿走在迷雾中，每迈出一步，就有一场战斗重演。青年时，他为捍卫阿勒斯卡而战；中年时，他为维护名誉而战，也为满足斗争欲而战。他还看到了激越感消退的时刻，比如第一次抱起阿多林的时刻，或是在破碎平原的石峰上与艾尔霍卡相视而笑的时刻。

在看待这些事件时，激越感透出一种遭到遗弃、充满困惑的伤感，却不带一丝憎意。尽管某些灵体能够做出决定，其他灵体也还是像动物那样原始，只受到一种指令的驱策：生存、燃烧、欢笑。

而在这种情况下，则是斗争。

迦熙娜半处在知界域，一切都化为缭绕的模糊阴影，化为灵魂之光和晶珠海。上千种灵体在裂影界的海洋中搅动翻滚、互相攀附，大多没有在现实世界中显形。

她集中意念，用塑魂术在脚下变出台阶。空气中由基子[①]构成的各个成分紧紧排列在一起，通过塑魂术化为岩石。哪怕界域彼此相连，要实现这一过程也非常困难。空气没有固定的形状，甚至没有固定的概念。人们认为空气就是天空，或者是呼吸，或者是一阵风，或者是风暴，又或者只是空气。空气喜爱自由，难以定义。

然而，凭借确凿的指令和对目标的概念，迦熙娜还是在脚下造出了台阶。她来到墙顶，发现她母亲正和芬恩女王以及一些士兵待在一起。他们在原先岗哨的位置设立了一间指挥所。士兵们挤在外面，用长矛指着空中的两名融族。

真棘手。迦熙娜沿着城墙大步前进，望着城外那场幻象与真人间的混战。沙兰站在后方，四周的润石大多已经变暗。她在急速消耗飓光。

"情况不妙？"她问白牙。

"是的，"白牙的声音从她的领口传来，"是的。"

"母亲，"迦熙娜喊道，走近站在岗哨边上的芬恩和纳瓦妮，"你们需要集结本地的军队，消灭城里的敌人。"

"我们正在努力。"纳瓦妮说，"但——迦熙娜！天上——"

迦熙娜看也不看就抬起一只手，造出了一堵由黑色的沥青组成的墙。一名融族砸穿了墙体，迦熙娜便用塑魂术投出一团火，烧得那人

[①]基子（axon）：三界宙中不可再分的最小微粒。

又是惨叫又是挣扎,身上冒出滚滚黑烟。

迦熙娜用塑魂术将墙上剩余的沥青化为烟雾,继续前进。"我们必须利用光辉骑士沙兰造成的干扰,肃清泰勒拿城内的残敌。否则,当袭击再次来自城外时,我们的注意力就会分散。"

"来自城外?"芬恩说,"可城墙已经修好了,而——风杀的!光明女士!"

又一名融族俯冲下来,迦熙娜看也不看就侧跨一步。裂影界中灵体的反应让她判断出了敌人的方位。她转过身,朝那人一挥手。白牙马上显形,在融族经过时劈开了他的脑袋。融族双眼冒火,旋转着飞了出去,在墙头翻滚着。

"敌人不会被城墙拦住。"迦熙娜说,"光明女士沙兰几乎耗尽了达力拿叔叔为润石充的飓光,我身上的飓光也快没有了。我们必须做好准备,一旦力量消失,就用常规的手段守住这个阵地。"

"敌军的人数肯定不够……"芬恩的丈夫话说到一半就打住了。白牙再次贴心地化为碎瑛刃,迦熙娜举起白牙指着还在待命的仆族军队。不管是那团盘旋的红雾,还是风暴带来的划破天际的闪电,都不足以淹没仆族眼中渐渐亮起的红光。

"我们必须做好准备,把这段城墙守住,直到乌有斯麓的援军抵达。"迦熙娜说,"雷纳林呢?他不是去对付那头雷岩兽了吗?"

"有个士兵报告说看到他了。"芬恩回应道,"他被人群拖慢了脚步。阿多林王子表示要去帮忙。"

"好极了,我会把这个任务托付给我的两位堂弟。我倒要看看,有什么办法能让我的学徒不至于送命。"

※

泽斯遭到了五名融族的攻击。他在敌人之间穿梭闪避,左手抱着那一大颗暗淡无光的红宝石，右手握着入鞘的黑剑。他试图接近身在红雾中的达力拿，却被敌人截住，只能转向东面。

他掠过已被修复的城墙，横越城市，最终从石怪身边飞过。石怪将几名士兵抛到空中，一时间，他们和泽斯一同翱翔。

泽斯用风行术把自己往下甩，冲向城市的街道。在他身后，融族绕过石怪，蜂拥而至。他穿过一道门，进了一间小屋，听到上方传来咚的一声，原来是一名士兵的尸体掉到了屋顶上。他冲出后门，用风行术把自己往上甩，差点撞到旁边的楼房。

"剑兄，我应该去救那些士兵吗？"泽斯问，"我现在是光辉骑士了。"

如果他们想要得救，大概就会像你一样飞起来，而不是掉下来。

这句话含义深奥，泽斯理解不了。那些融族动作灵巧，比他娴熟。他在街道间躲闪，但他们紧追不舍。他转身离开老城，奔向城墙，想要回到达力拿身边，可惜被一大群敌人拦住了，而其他敌人把他团团包围。

看来我们走投无路了，那把剑说，**该战斗了吧？接受死亡，死也要杀个痛快。我准备好了，我们动手吧。我准备好光荣牺牲了。**

不，他不是靠死亡取胜的。

泽斯极力把宝石抛远。

融族追了上去，泽斯趁机逃脱。他落向地面，地上的润石如星辰般闪耀。他深吸一口飓光，发现莉芙特正等在战场上，夹在幻象战士和待命的仆族之间。

泽斯轻盈地挨着她坐下。"我没能扛起这个重担。"

"没关系，你这张花脸就已经是个重担了。"

"这话很明智。"泽斯点点头。

莉芙特翻了个白眼。"剑，你是对的。他这人可没多大意思，是不是？"

但我还是觉得他玩得很溜。

泽斯不懂"溜"这个词的意思,莉芙特却乐得哈哈大笑,惹得那把剑也学了起来。

"我们还没有完成'黑荆棘'的要求。"泽斯厉声提醒他们,口中涌出飓光,"我没办法长时间抢在那些融族前头,更别提把宝石交给主人了。"

"是啊,我也发现了。"莉芙特说,"不过我有个主意。人们总是在追求某样东西,可他们并不是真的喜欢这样东西。他们只是喜欢拥有这样东西的感觉。"

"这话就……不太明智了。你是什么意思?"

"很简单,打劫时最好就是让被抢的人觉得啥事也没有……"

沙兰紧紧抓着浣纱和"光辉女士"的手。

她早已跪倒在地,咬紧了牙关,双眼凝视着前方,泪水夺眶而出。她已经创造了成千上万个幻象,每一个……每一个都是她自己。

她意识的一部分。

她灵魂的一部分。

仇恨犯了个错,给这些士兵灌输了如此强烈的杀意。他们只想战斗,不介意沙兰抛出幻象。沙兰就顺着他们,而她创造的幻象竟在敌人攻击时奋起反抗。她认为自己也许把塑魂术和织光术结合在了一起。

敌人在战斗中号叫高歌,欣喜若狂。她把地面涂成红色,把血迹洒到敌人身上,让他们发出惨叫和垂死的悲鸣,还有刀剑碰撞和骨头断裂的声音。

她把敌人纳入虚假的现实,他们陶醉其中,尽情享受。

而每一个死亡的幻象都会给她带来些许冲击,仿佛是她经历了一次小小的死亡。

她又让这些幻象跃动起来,她们便获得了重生。敌方的融族大吼着,要求旁人遵守秩序,努力集结着军队,但沙兰却用尖叫声和铿锵声盖过了他们的嗓音。

幻象彻底吞噬了她,而她把其他的一切都忘了,仿佛回到了画画的时候。数以百计的艺灵在她周围绽放,形如被遗弃的物体。

飓风啊,真美。她把浣纱和"光辉女士"的手抓得更紧了。她们低着头跪倒在她身边,处在她绘制的暴力画卷当中,而她的——

"喂,"一个女孩的声音传了过来,"你能不能,呃,先别抱着自己了?我需要你帮忙。"

卡拉丁伏身冲向亚马兰,单手挺矛刺了过去。要对付又穿盔甲又拿剑的人,这通常是绝妙的招数。他的矛正中目标,本该扎进常人的腋窝,可惜在碰到盔甲后就滑开了。碎瑛甲没有传统意义上的弱点,除了头盔上的观察缝,所以必须反复攻击,像敲碎蟹壳一样将那里打破。

亚马兰发出极其由衷的欢笑。"状态不错,矛兵!你还记得你头一次来找我的时候吗?就是在那个村子里,你求我带你走的时候?当年你还是个哭哭啼啼的孩子,非常向往当兵。战斗的荣光啊!我能在你眼里看到那种欲望,孩子。"

卡拉丁瞥了融族一眼。后者怯怯地绕过云雾,寻找着达力拿。

亚马兰咯咯直笑。看着他深红色的双眼和身上长出的怪异晶体,卡拉丁没想到他能发出原本的声音。不管这是什么混血怪物,它依然拥有梅里达斯·亚马兰的心智。

卡拉丁退开几步，不情不愿地将茜尔转变成更适合砸开瑛甲的瑛刃，摆出屡试不爽的风姿。亚马兰又笑了笑，向前猛冲，第二把瑛刃出现在久候的手中。卡拉丁闪身躲过一剑，对着亚马兰背后重重一砍，劈碎了瑛甲。他举起瑛刃再度攻击。

亚马兰一脚踩在地上，把铠靴踩碎，熔融的金属碎屑四散飞溅，底下撕破的袜子里露出一只长满甲壳和深紫色晶体的脚。

亚马兰在卡拉丁进攻时跺了跺脚，脚下的石地瞬间变成了液体。卡拉丁一个趔趄，往下沉了几寸，仿佛岩石化为了飓砂浆。液体一下子凝固了，卡住了卡拉丁的靴子。

卡拉丁！ 茜尔在他脑海中大叫。亚马兰平挥两把碎瑛刃，茜尔在卡拉丁手中变成战戟，卡拉丁借此挡开攻击，但攻击的力道让他摔到地上，摔断了脚踝。

卡拉丁咬着牙，把疼痛的双脚从靴子里拔出来，挣脱了束缚。亚马兰的武器划过后方的地面，差点砍到他。亚马兰的另一只铠靴也被里面的晶体挤碎，炸了开来。轩领主一脚在前，飞快地沿着地面滑行，挥着剑朝卡拉丁逼近。

茜尔变成一面巨盾，卡拉丁把她举起来，堪堪挡下攻击。他用风行术把自己往后甩，离开碎瑛刃的攻击范围，受伤的脚踝也被飓光治好了。风操的，风操的！

注意那个融族！ 茜尔说，**她和达力拿离得很近。**

卡拉丁咒骂几句，捡起一大块石头，复合多重风行术把它掷到空中。石头嗖地砸向融族的脑袋，那名女子痛得大叫一声，退了回去。

卡拉丁又捡起一块石头，用风行术把它甩向亚马兰的战马。

"打不过我，就打我的坐骑？"亚马兰问。他似乎没注意到，那匹马受惊逃跑时带走了碎瑛弓。

我以前杀过穿碎瑛甲的人， 卡拉丁心想，**我可以再杀一次。**

只不过他面对的不仅仅是一名碎瑛武士。紫色晶体戳破了亚马兰整条手臂的护甲。不管这是什么生物，卡拉丁要怎么击败它？

刺它的脸？ 茜尔提议道。

值得一试。他和亚马兰在红雾附近的战场上战斗。这块区域位于西海岸，夹在主力部队和待命的仆族之间，除了一些破损的建筑地基，基本是平地。卡拉丁用风行术飞升几寸，不让自己陷进地里，免得亚马兰再度施展那个怪招。他小心翼翼地向后移动，站到某个位置，而亚马兰可能要跃过一块破损的地基才可以够到他。

亚马兰轻笑着走了过来。卡拉丁举起碎瑛刃形态的茜尔，准备在她变成细矛的时刻，用矛头刺穿亚马兰的面罩——

卡拉丁！ 茜尔喊道。

有个像是落石的东西击中了卡拉丁，把他抛到一边。他的身体垮了，只觉得天旋地转。

出于本能，卡拉丁施放了向上和向前的风行术，与他飞出去的方向正相反。他放慢速度，在动力耗尽时解除风行术。他落了下去，滑步停在石地上，肩膀和侧体的疼痛消散了。

一名壮硕的融族丢下了一根对付过卡拉丁的碎木棍。他比穿着碎瑛甲的亚马兰还高大，身上的甲壳是石头的颜色，先前一定蹲在地基附近，而卡拉丁只把他当成了岩地的一部分。

卡拉丁看着融族棕色的甲壳裹在胳膊上，像头盔一样遮住面部，片刻间就长成了厚实的盔甲。他一举起双臂，手心手背就冒出了甲质棘刺。

这下可好。

阿多林翻身越过破损的屋顶边缘，爬到两栋楼房之间的巷子里。他已经来到了老城区上方的上城区，这里的建筑几乎是层层**叠叠**地造

起来的。

左侧的楼房已经完全被夷为平地。阿多林蹑手蹑脚地在废墟上前行。右侧有一条通往王城和誓约之门的城市主干道，但上面挤满了从山下敌军那儿逃离的人们。本地的商人卫队和泰勒拿军的队伍奋力逆着人潮推进，让路况变得更加糟糕。

在街上行走的速度极其缓慢，但阿多林发现了一条空荡荡的走廊。雷岩兽已经穿过了老城区，它踢倒建筑踩在屋顶上，爬到了上城区。它造成的大片破坏几乎形成了一条道路，阿多林把废墟当做楼梯，设法跟了上去。

现在他正好站在怪物的阴影下。一名泰勒拿士兵的尸体缠着绳索，倒吊在附近的屋顶上，他的眉毛垂了下来，轻拂着地面。阿多林快步走了过去，从房屋间探出头来，踏上一条更宽的街道。

有几个泰勒拿人在这里战斗，想要把雷岩兽击倒。他们抛出了绳索，这是个好主意，但怪物显然很强壮，不会就这样绊倒。不远处的街上，一名士兵来到怪物身边，试图用锤子去砸它的腿，可它的腿就像硬化已久的飓砂岩一样，把武器弹开了。那名勇敢的士兵最终还是被怪物踩在脚下。

阿多林咬紧牙关，召唤碎瑛刃。没有碎瑛甲的保护，他也一样会被踩扁。他必须多加小心，随机应变。

"这就是你被设计出来的目的吧？"阿多林在瑛刃落入手中时轻声说，"为了对抗这种怪物。碎瑛刃太长了，在决斗中不实用。至于碎瑛甲，就算穿到战场上，也是大材小用。但要对付一头石兽……"

他感受到了随风而来的骚动。

"你想和它战斗，对吗？"阿多林问，"你想起了自己还活着的时候。"

某样东西拨动着他的心弦，非常微弱，犹如一声叹息。那是一个词：玛雅拉兰。一个……名字？

"好了，玛雅，"阿多林说，"我们去把那头怪物打倒吧。"

等到雷岩兽转向那一小队守军，阿多林就沿着布满碎石的街道冲了出去，直奔怪物的方向，而他只有怪物的小腿那么高。

阿多林没有摆出任何剑姿，只是砍来砍去，沿着怪物脚踝的顶端切割，仿佛他攻击的是一堵墙。

上方忽然传来一阵巨响，仿佛两块石头相撞，而怪物发出大叫。一股气浪袭过阿多林，怪物转身一掌拍下来。阿多林闪到一边，但怪物的手掌重重地砸在地上，阿多林的靴底一时离开了地面。他让玛雅消失，自己则摔了下去，打了个滚。

他气喘吁吁地直起身子，单膝跪地，伸出一只手再次召唤玛雅。风操的，他就像一只在啃红甲蟹脚趾的老鼠。

石兽看着他，脸上的两个圆点仿佛熔融的岩石，嵌在表皮之下。在父亲的幻象记录中，他听说过对这种怪物的描述，但真的抬头望去，他还是被怪物脸部和头部的形状镇住了。

深渊恶魔，他心想，**长得很像深渊恶魔**。至少头部如此。肢体有点像厚实的人类骨架。

"阿多林王子！"少数活着的士兵中有人喊道，"是'黑荆棘'的儿子！"

"保护王子！把怪物引开，不要让它靠近碎瑛武士。这是我们唯一的机会——"

阿多林没听到后话，因为怪物挥手扫过了地面。他堪堪躲开，穿过一栋矮楼的门口，跳过几张小床，冲进隔壁房间，举起玛雅对着砖墙飞快地砍了四下。他扭肩往墙上一撞，破开一个窟窿钻了出去。

就在这时，他身后传来一阵呜咽。

阿多林咬紧牙关，心想：**现在正需要一位风操的光辉骑士**。

他弯腰回到楼房里，把一张桌子翻过来，发现有个小男孩蜷缩在下面。阿多林在这栋楼里还没见过别人。他刚把男孩拉出来，雷岩兽就一拳砸穿了屋顶。滚滚灰尘在他身后落下,他把孩子塞进一名士兵的怀抱,指示他们去朝南的街道,而他却转到楼房的一侧,往东跑去。也许他可以爬到上城区的下一层,绕过怪物。

虽然士兵们都在大呼小叫地分散怪物的注意力,但它显然知道应该盯着谁。它跨过破败的楼宇,冲阿多林挥了一拳。阿多林从一扇窗户蹿进另一间屋子,越过一张桌子,从对面敞开的窗户跳了出去。

轰隆一声,屋子在他身后倒塌。怪物在攻击时把自己的手弄伤了,手腕和手指上留下了白色的刮痕。它似乎并不在意,而它为什么要在意?它是直接从地上挣脱的,才拥有了这副身体。

除了碎瑛刃,阿多林唯一的优势就是他的反应比怪物快。怪物把手挥向他身旁的另一栋房屋,想要把房屋砸碎,不让他躲进去,但他已经掉头返回。他在怪物的挥击下跑过,脚底在碎屑和灰尘上打滑,头顶险些碰到怪物的拳头。

这样他就可以在雷岩兽胯下奔跑。他劈向之前砍过一次的脚踝,把瑛刃深深扎进岩石,往另一侧扫过去。*就像对付深渊恶魔一样*,他心想,*先砍腿*。

怪物又迈出一步,它的脚踝发出尖锐的响声,随后一只脚脱落了。

上方传来雷鸣般的惨叫,阿多林已有心理准备,却还是被冲击波震得皱眉蹙额。可惜的是,怪物很容易就用残腿稳住了身子,虽然动作比以前笨拙了一点,但并没有摔倒的风险。然而,泰勒拿士兵已经重新集结,也许——

一只覆着碎瑛甲的手从附近一栋楼房里伸出来,抓住阿多林就把他拉了进去。

※

达力拿张开双臂,被激越感笼罩。激越感唤回了每一份让他对自己恨之入骨的记忆。他经历过战争和冲突，经历过怒吼着要伊薇屈服的时刻，经历过差点把自己逼疯的怒火。这些无一不是他的耻辱。

虽然他曾在夜妖面前卑躬屈膝，乞求解脱，但他再也不想忘却。"我诚心接受你。"他说，"我接受我的过去。"

激越感将他的视线染红，带来了对斗争、冲突和挑战的深切渴望。如果他拒不接受，就能驱走激越感。

"感谢你在我需要的时候给予我力量。"达力拿说。

激越感发出喜悦的轰鸣，朝他靠过来。红雾中的面庞兴奋地露出欢颜，奔腾的马匹嘶鸣着死去，士兵大笑着被砍倒。

达力拿再次脚踏岩地前往天堑，决心杀光城里的居民。他感到盛怒，强烈的渴望让他痛苦不已。

"这个人就是我。"达力拿说，"我理解你。"

⁂

温丽悄悄离开战场，任由人类在愤怒和欲望的混乱中与阴影斗争。在属于仇恨的风暴之下，她向黑暗深处走去，感到恶心得出奇。

她体内的韵律失去了协调，相互融合、相互斗争，渴望之韵融入了愤怒之韵，又融入了嘲讽之韵。

当她路过时，那些融族正在讨论仇恨撤退后的对策。他们派仆族作战了吗？他们无法控制人类，人类也像他们一样被灭者吞噬了。

韵律声声相叠。

痛苦之韵、倨傲之韵、毁灭之韵，再是失落之韵——

*这就对了！*温丽心想，*抓住这段韵律！*

她调谐至失落之韵，紧跟着肃穆的节拍。这是一种用来铭记思念之人和逝者的韵律。

天音随着同一种韵律发出响动。为什么感觉和以前不同？天音震荡着温丽的身心。

失落。温丽失落了什么?

温丽怀念不关心权力的感觉。知识、宠爱、形态和财富,这些对她来说都一样。她究竟是怎么了?

天音脉动着。温丽跪倒在地。冰冷的岩石映着空中红艳的闪电。可她自己的眼睛……她在平滑潮湿的石面上看到了自己的眼睛。其中没有掺杂一丝红色。

"生……"她低语。

阿勒斯卡人的国王接触过她。达力拿·寇林——他的兄长是他们杀的,可他还是从荣灵组成的光柱中伸出手,对她说话。

你可以改变。

"生先死。"

你可以进步。

"强……护弱……"

像我一样。

"行——"

有个融族粗暴地抓住温丽,将她转过来摔在地上。那人长着碎瑛甲一般的壳甲,上上下下地打量温丽。温丽一下子慌了神,以为他一定会杀了自己。

融族攥住温丽的腰包,天音就藏在里面。温丽惊声尖叫,死死抓住那人的手,但那人把她推了回去,扯开腰包,把内里翻了出来。

"我敢肯定……"他用他们的语言说,把腰包丢到一边,"你没有遵守激情的旨意。你没有奉命攻击敌人。"

"我……我很害怕,"温丽说,"而且我很软弱。"

"为了侍奉他,你不能软弱。你必须选择为谁效力。"

"我做了选择!"她说,"我做了选择!"

融族点点头,显然被她的激情打动,随即走回战场。

温丽站起来，向一艘船走去。她跌跌撞撞地登上舷梯，却感觉比长久以来的状态更清醒。

她的脑海中响起喜悦之韵。这是旧日的一种韵律，她的族人早在驱逐诸神之后就学会了。

天音在她体内的琼心石中跳动。

"我依然处在他们的某种形态。"温丽说，"我的琼心石里有一只虚灵，怎么会这样？"

天音随着决断之韵而脉动。

"你做了什么？"温丽嘶声问道，在甲板上止步。

又是决断之韵。

"可你怎么能……"温丽渐渐失语。她弯下腰，压低声音问："你是怎么捕获虚灵的？"

天音和着胜利之韵在她体内跳动。温丽冲向船舱，一名仆族想要拦住她，但她瞪了一眼，那人便屈服了。她从仆族的提灯里拿出红宝石润石，走进船舱，猛地把门一关，然后上了锁。

她举起润石汲取其中的能量，心怦怦直跳。她的皮肤马上泛起了柔和的白光。

"行胜果。"

阿多林面前的身影穿着闪亮的黑色碎瑛甲，背上绑着一把大锤，头盔上有着如同倒竖匕首的抽象眉毛图案，裙甲由彼此交扣的甲片按三角形排列而成。是"科瓦德伦"，他心想，记起了自己看过的泰勒拿碎瑛武器的清单。这个词的大意是"科瓦之壳"。

"你是沙德尔吗？"阿多林推测道。

"不是，我是赫达姆。"碎瑛武士带着浓重的泰勒拿口音说，"沙德尔守在宫廷广场。我是来除掉怪物的。"

阿多林点点头。石兽在室外怒嚎,与泰勒拿军的残兵对峙。

"我们得出去援助他们。"阿多林说,"你可以吸引怪物吗?我能用碎瑛刃劈砍,而你能扛住打击。"

"是这样。"赫达姆说,"行,好的。"

阿多林迅速帮赫达姆解下锤子,赫达姆举起锤子指着窗口:"那边。"

阿多林点点头,等在窗边。赫达姆冲到门外,发出泰勒拿人的战吼,直奔雷岩兽而去。怪物一转向赫达姆,阿多林就跳出窗口,跑过楼房的另一侧。

两名融族飞扑到赫达姆身后,把矛扎向他的背部。他被抛到前方,一头栽倒,瑛甲刮擦着石地。阿多林奔向雷岩兽的腿,但怪物没有理会赫达姆,而是盯上了阿多林。它一掌砸在附近的地上,阿多林被迫往后一跳。

赫达姆站了起来,但一名融族俯冲而下,将他踹翻在地。另一名融族落在他的胸口上,开始用锤子敲打头盔,把头盔敲碎。赫达姆想要抓住她,把她丢出去,另一名融族却猛扑下来,用矛把他的手钉住。下诅咒之地吧!

"好了,玛雅,"阿多林说,"我们操练过的。"

他扭身抡起碎瑛刃,划出一道弧光,扎进落在赫达姆胸口上的融族,将她刺穿。融族双眼烧尽,冒出黑烟。

赫达姆坐起来,借助瑛甲的强化效力,一拳扫开另一名融族。他转向那名死去的融族,又回头看了看阿多林,姿势莫名透着惊讶。

雷岩兽发出号叫,在街上掀起一股声浪,震得石屑沙沙作响。阿多林咽了口口水,马上跑开,一边跑一边数着心跳。怪物重重地走在后方的街道上,但阿多林很快就在一大片挡路的废墟前停下脚步。风操的,他跑错方向了。

他喊了一声,转身数到十,玛雅又回到了他手中。

雷岩兽赫然出现在头顶,一掌拍了下来。阿多林判断着阴影的位置,躲进两根手指的间隙。当怪物的手掌砸到地上时,他纵身一跃,不想被撞翻。他伸出左手抓住一根巨大的手指,拼命用右手把玛雅举在一侧。

雷岩兽照常开始在石地上摩擦手掌,试图把阿多林碾碎。他吊在那根手指上,脚底离地面几寸。怪物发出的声响十分可怕,仿佛阿多林被困在了崩落的石堆里。

雷岩兽一停手,阿多林就落到地上,用双手握住玛雅,举剑砍穿了怪物的手指。怪物发出雷鸣般的怒吼,把手缩了回去。一根没有断的手指的指尖砸中阿多林,把他甩向后方。

好痛!

疼痛如闪电般袭来。他跌倒在地,打着滚,然而疼痛十分剧烈,他几乎没有觉察到。等他停下来,他又是咳嗽又是发抖,身子也僵住了。

风操的,风操的风操的风操的……他疼得紧紧闭上双眼。他……他已经太习惯瑛甲战无不胜的特性了。可他那套瑛甲还留在乌有斯麓,或者穿在候补碎瑛武士伽瓦尔身上,他希望伽瓦尔能快点赶到。

阿多林设法站起来,每动一下,胸口就一阵作痛。肋骨断了?也罢,至少胳膊和双腿还能用。

快走。怪物还在他身后。

一。

前方的道路堆满了一栋倒塌房屋的废墟。

二。

他一瘸一拐地往右转,走向通往下层房屋的山崖。

三。

四。

雷岩兽号叫着跟了上来，脚步震颤着地面。

五。

六。

岩石刮擦的声响就从后方传来。

他跪倒在地。

七。

玛雅！他无比绝望地想道，**拜托了！**

谢天谢地，他刚抬起手，瑛刃就显形了。他把剑扎进岩壁，刃面朝向一侧，而不是朝下，然后握住剑柄滚下山崖。雷岩兽的拳头又落了下来，砸在岩石上。阿多林抓着玛雅的剑柄荡在悬崖边，离下面的屋顶约有十尺。

阿多林咬紧牙关，他的手肘疼得他直掉泪。然而，等雷岩兽把手往旁边一抹，阿多林就用一只手抓住悬崖边，从岩壁里拔出玛雅，伸手把剑插进下方的石面，然后松开手，在新的抓手上荡了一会儿，再放开瑛刃，一路落到屋顶上。

他的腿疼痛难忍。他瘫倒在屋顶上，眼里满是泪水。他痛苦地躺在那儿，隐隐感到一股随风而来的恐惧。他强行滚到一边，而一名融族从旁掠过，手中的长枪差点击中他。

需要……一件武器……

他又开始计数，一边摇摇晃晃地爬了起来，但雷岩兽赫然出现在头顶那层城区，它抬起残腿，猛地踩向阿多林所在石屋顶的中心。

阿多林随着一团碎石和灰尘掉进了屋里，重重地摔在地板上，石块在他周围哐啷作响。

一切陷入黑暗。他奋力喘息，可他的肌肉无法动弹。他只能浑身僵直地躺在原地，轻声呻吟，而他的一部分意识察觉到了些许动静，原来是雷岩兽把残腿从破屋中拔了出来。他等着怪物把自己踩扁，但视线逐渐清晰后，他却发现怪物从上一层城区走到了外面的街道上。

至少……至少它没有继续前往誓约之门。

阿多林晃了晃身子,屋顶的碎屑从他身上滑落下来。他的脸上和手上有上百处擦伤,血流不止。他恢复了呼吸,疼得直喘气。他想要活动身子,可他的腿……诅咒之地的,他的腿疼极了。

玛雅拂过他的脑海。

"我正想站起来呢。"他咬牙切齿地说,"稍等,风杀的剑。"他又咳嗽了一阵,终于翻下废墟,爬到街上,还以为斯卡和德雷赫会把他拉起来。风操的,他真想念那些冲桥手。

四周的街道空荡荡的,但在二十尺开外,人们却挤在一起,想要从主干道逃往安全的地方。他们非常害怕,急得大喊大叫。如果阿多林往那边跑,雷岩兽就会跟过去。怪物似乎决意要把他打倒。

他对居高临下的怪物发出嗤笑,靠着小屋的墙壁,奋力站了起来。玛雅落入他的手中。尽管他满身灰尘,瑛刃依然闪闪发光。

他稳住身子,用被血沾湿的双手握住玛雅,摆出不可撼动的石姿。

"来砸我啊,畜生。"他低声道。

"阿多林?"背后响起一个熟悉的声音,"风操的,阿多林!你在干什么!"

阿多林一惊,回头一望。一个发光的身影挤过人群,来到了街道上。雷纳林提着碎瑛刃,蓝色的第四冲桥队制服滴血不沾。

你可终于来了。

见雷纳林走近,雷岩兽居然后退了一步,仿佛感到恐惧。不错,这可能管用。阿多林咬紧牙关,极力忍住痛苦,一个趔趄后才站稳。"好了,让我们——"

"别傻了,阿多林!"雷纳林抓住他的胳膊,一股疗效如冷水般灌进他的身子,在血管里涌动,驱走了他的痛楚。

"可——"

"快逃！"雷纳林说，"你没穿盔甲，和这头怪物战斗不是送死吗！"

"可——"

"我能对付它，阿多林。走吧！求你了。"

阿多林踉跄后退，头一次听到雷纳林用这么强硬的口气说话，而这几乎比那头怪物还令人惊讶。雷纳林竟然向雷岩兽冲了过去。

只听锵的一声，赫达姆从上面爬了下来。他的头盔裂开了，但瑛甲的其他部位仍然完好。他的大锤弄丢了，但他握着一柄从融族手中夺来的长枪，包着护甲的拳头上全是血。

雷纳林！他身无寸甲，怎么才能——

雷岩兽的手掌砸到雷纳林身上，阿多林大叫起来，但他弟弟的碎瑛刃却划破手掌，把手和手腕分开了。

雷岩兽发出怒吼。它的手掌化为瓦砾，雷纳林从中爬出来，恢复得似乎比卡拉丁和沙兰快，仿佛遭到碾压根本不成问题。

"太棒了！"赫达姆隔着头盔笑道，"你歇会儿，好吗？"

阿多林点点头，想要叫苦，但硬是咽了回去。多亏了雷纳林的治疗，他的内脏不疼了，把重心压在腿上也不再难受，但他的胳膊仍在作痛，身上的一些伤口还没有愈合。

赫达姆走向战场，阿多林拉住他的胳膊，抬起玛雅。

暂时跟着他吧，玛雅，阿多林心想。

他简直希望玛雅反对，但他隐隐感到玛雅认命了。

赫达姆放下长枪，毕恭毕敬地接过瑛刃。"真是莫大的光荣，阿多林王子。"他说，"这份援助给了我莫大的激情。"

"去吧。"阿多林说，"我看看能不能帮着守住街道。"

赫达姆冲了出去。阿多林从废墟里捡起一根步兵矛，走向后方的道路。

隶属破天骑士团的泽斯很幸运,他接受过全部十种飓能的训练。

融族将巨大的红宝石交给了一名会操纵"摩动"飓能的同伴,那名女子可以像莉芙特一样在地上滑行。她为红宝石注入能量,用术法让红宝石发光。这会让物体变得极其光滑,除了那名女子,谁都难以携带。

她似乎认为敌人没有相关的经验,可惜泽斯不仅携带过能够赋予这种力量的荣刃,还接受过有些模仿缘舞骑士动作的滑冰训练。

所以,在追逐宝石的过程中,他给了那名融族很多机会来低估自己。他任由对方躲闪,迟迟没有调整方向,还在对方来回滑动时装出非常惊讶的样子。

一等融族相信自己控制了这场较量的局势,泽斯就出手了。女子从石崖上跳下,在空中翱翔了一会儿。泽斯忽然使出一连串风行术,猛地扑了过去,就在女子落地时撞到她身上,并在脸部碰到她的壳甲时用风行术把她往上甩。

她尖叫着飞到半空。泽斯落下来,准备跟上。见融族笨拙地翻弄着宝石,他咒骂一声,在宝石坠下时脱掉外套。一名融族飞掠过来,想要抓住红宝石,但红宝石还是从他指间滑落。

泽斯用外套兜住了红宝石。真是时来运转,他本以为自己还要发起攻击,才能从那名女子手中夺走红宝石。

现在,真正的考验到了。他向东边施放风行术,把自己往城市的方向甩。一群士兵正在多彩的战场上战斗,局面混乱无序。那位织光骑士的本领相当过人,就连尸体也像是真的。

一名融族开始集结双眼发光的真人士兵,命令他们背对城墙。他们排成战列,矛头指向外面,大喊着让其他士兵入列,但一有人靠近,他们就碰他一下。那些试图闯入的幻象被打乱了,敌人很快就能忽略这种干扰,重整旗鼓,集中精力穿过城墙。

"照达力拿说的做,将这颗宝石交给他。"

红宝石终于暗淡下来,表面也不再光滑。上方的许多融族冲了过来,想要拦住泽斯。只要宝石还在转手,没有送到达力拿手中,他们就乐意比拼下去。

第一个融族扑了过来,泽斯翻身躲闪,撤除了向上的风行术。他撞在一块岩石上,佯装糊涂,然后摇摇头,兜着外套再次跃向空中。

八个融族追了过来,尽管泽斯反复躲闪,最终还是有一人凑上前,从他手中夺走了外套。他们成群结队地飞走了,泽斯缓缓飘荡下来,落在莉芙特身边。莉芙特走出岩石的幻象,捧着一个缠着衣服的包裹,里面才是真正的宝石,那是她在泽斯假装撞到岩石时从外套里拿出来的。融族夺走的是假的红宝石,只是一块用碎瑛刃切割成大致形状、被幻象覆盖的石头。

"来吧。"泽斯一把抓住女孩,用风行术把她往上甩,让她跟着自己前往平原的北端。这个最靠近红雾的地方已经陷入黑暗,地上的宝石所含的飓光都被那位风行骑士耗尽了,他正在不远处和几个敌人交战。

一片阴暗。低语声传来。泽斯缓缓停下脚步。

"怎么了,大花脸?"莉芙特问。

"我……"泽斯浑身发抖,脚下的地面涌出惧灵,"我不能进到雾里,我必须远离这个地方。"

低语声。

"我知道了。"莉芙特说,"你回去帮那个红头发吧。"

泽斯让莉芙特落到地上,自己则后退了几步。那团红雾翻滚着,生出的面孔消解、重组,尖叫不止。达力拿还在里面的某个地方吗?

留着长发的小女孩停在红雾边缘,然后走了进去。

亚马兰痛苦地号叫着。

卡拉丁正和浑身长满奇异壳甲的融族对战，没有去看亚马兰。他利用亚马兰的叫声判断，自己离得足够远，不会立刻遭到袭击。

可风操的，这还是让人分心。

卡拉丁挥起茜尔变成的瑛刃，划过融族的前臂，彻底削掉上面的棘刺，融族的双手便残废了。融族往后一退，轻声哼出表示愤怒的韵律。

亚马兰的叫声渐渐逼近，茜尔预见卡拉丁的需求，变成了一面盾。卡拉丁把盾举到身侧，挡住了尖叫连连的轩领主发起的一连串挥击。

飓风之父啊！亚马兰的脸颊上长出了尖利狰狞的紫晶，把头盔都砸裂了。他的眼眸深处仍在发光，而岩地莫名在他那双被晶体覆盖的脚下燃烧，留下了焦痕。

轩亲王双持碎瑛刃猛击茜尔变成的盾，茜尔在外侧生出网格，网格上有一些形如三叉戟尖刺的隆起。

"你在干什么？"卡拉丁问。

随机应变。

亚马兰再次出击，赫拉兰的剑被尖刺缠住，卡拉丁转动盾牌，将剑从亚马兰手中扯出来。剑立刻化为烟雾。

赶紧乘胜追击。

卡拉丁！

那个高大的融族朝他冲了过来，被砍断的手臂复原了，甚至在挥动双手时，身上的壳甲就组成了一根大棍子，卡拉丁勉强才举起茜尔变成的盾格挡，但没什么用。

卡拉丁被袭向身侧的棍子打飞，撞上了一堵残破的墙。他低吼一声，向上施放风行术，把自己往空中甩，而他身上的伤口也渐渐被飓光治愈。诅咒之地的。周围的战场变得一片阴暗，宝石都褪尽了华彩。他真的消耗了这么多飓光？

不好了，茜尔化作光带绕着他飞舞，**达力拿！**

红雾翻涌起伏，在幽暗中透着不祥。那是黑色之上的一抹红色，达力拿身处其中，就像一道影子，被两名飞翔的融族围攻。

卡拉丁又是一声低吼。亚马兰走去寻找碎瑛弓了，那把弓从马背上掉了下去，离这里还有一段距离。诅咒之地的，他无法击败他们所有人。

卡拉丁冲向地面，那个高大的融族追了过来，卡拉丁没有躲闪，而是让对方把棘刺扎进他的腹部。

他痛得闷哼一声，嘴里泛起血腥味，但他没有退缩。他抓住融族的手，向上施放风行术，把融族往红雾那边甩。融族在空中掠过几个同伴，一边高声呼救，他们便蹿了上去。

卡拉丁跌跌撞撞地走在亚马兰后面，随着伤口的愈合，脚步也变稳当了。他从先前遗漏的宝石中吸取少量飓光，飞上天空。茜尔变成长枪后，卡拉丁俯冲而下，惹得亚马兰回头追捕，而那把弓离他还有一小段距离。他胳膊和后背的护甲都被晶体戳穿了。

卡拉丁冲了过去，可他不习惯握着长枪飞行。亚马兰用碎瑛刃挡开茜尔，卡拉丁在另一边飞升，考虑下一步行动。

亚马兰腾空而起。

他纵身一跃，飞得又高又远，甚至超过了碎瑛甲允许的程度。悬空片刻后，他欹近卡拉丁，卡拉丁连忙向后闪避。

"茜尔，"卡拉丁在亚马兰落地时嘶声道，"茜尔，他会风行术。他到底是什么人？"

我也不知道，可融族就快回来了。

卡拉丁急冲下落，将茜尔的形态缩短为戟。亚马兰转身面对卡拉丁，头盔内的双眼拽出红光。"你体会到战斗的美感了吗？"他质问卡拉丁。

卡拉丁躬身躲闪，将茜尔扎进亚马兰破裂的胸甲。

"本来可以很光荣的，"亚马兰击开卡拉丁的攻势，"你、我、达力拿，三人站在同一边。"

"站在错的一边。"

"想要协助真正拥有这片大陆的人，难道就错了吗？难道不光荣吗？"

"跟我说话的人已经不是原来的亚马兰了，对吧？你究竟是谁？"

"噢，我还是原来的我。"亚马兰让一把瑛刃消失，一手按住头盔使劲一拽，头盔终于爆裂开来，露出底下的脸庞。梅里达斯·亚马兰的面部被紫色晶体环绕，散发出某种阴暗的柔光。

他咧嘴狞笑："仇恨答应要重赏我。他兑现了自己的诺言，不失荣誉。"

"你还假惺惺地谈荣誉？"

"我所做的一切都是为了荣誉。"亚马兰用单把瑛刃劈扫，卡拉丁赶紧躲闪，"荣誉驱使我去追求令使、法力和神的回归。"

"这样你就可以倒戈了？"

闪电在亚马兰背后划过，投下红色的光芒和长长的影子。他重新召唤第二把瑛刃。"仇恨向我展示了令使的状况。我们花了好几年想让他们回来，可他们并没有离去，只是抛弃了我们，矛兵。"

亚马兰双持碎瑛刃，小心翼翼地在卡拉丁身边盘旋。

卡拉丁心想：*他在等待融族来帮忙，所以才变得这么审慎。*

"我也痛苦过。"亚马兰说。"你知道吗？我不得已才杀光了你的小队，我觉得……很痛苦。后来我才发现，那不是我的错。"他眼中的光芒逐渐增强，成了两抹浓烈的猩红，"全然不是我的错。"

卡拉丁发起进攻，只可惜他几乎不知道自己面对的是什么人。地面起伏涌动，变成了液体，差点又将他困住。亚马兰挥舞两把碎瑛刃，拽出道道火焰，不知为何暂时引燃了空气。

卡拉丁挡开一把瑛刃，然后是另一把，却无法发动攻击。亚马兰的动作又快又猛，卡拉丁不敢触碰地面，唯恐双脚被液化的岩石冻住。几次交手后，卡拉丁只得后退。

"矛兵，你的实力远在我之下。"亚马兰说，"认输吧，说服城市投降。这样再好不过，免得再出人命。我可以手下留情。"

"好像你对我的伙伴手下留情了似的？你给我打上烙印，好像手下留情了似的？"

"我饶了你一命。"

"你只是想让自己心安，"卡拉丁与轩亲王交锋，"可没用。"

"是我造就了你，卡拉丁！"亚马兰的红眼睛照亮了环绕脸部的晶体，"你钢铁般的意志，还有你战士的气魄，都是我教的！没有我，就没有今天的你！"

"非要拿所有我爱的人去换吗？"

"你在乎什么？变强的人是你！你的手下以战斗的名义死去，让强者赢得武器。别人都会像我这么做，哪怕是达力拿自己。"

"你不是说，你已经放下了吗？"

"对！我问心无愧！"

"那你为什么还觉得痛苦？"

亚马兰退缩了。

"杀人犯。"卡拉丁说，"亚马兰，你叛变投敌，想要寻找安宁，可你永远也得不到安宁，他绝不会给你的。"

亚马兰咆哮着，举起两把碎瑛刃劈了过来。卡拉丁向上施放风行术，一等亚马兰从下方经过就扭身下落，双手握拳挥了起来。茜尔回应了无声的指令，变成战锤，砸在亚马兰的背甲上。

亚马兰的一体式胸甲炸开了,卡拉丁被一股意想不到的力量推了一下,在石地上后退。闪电在头顶隆隆作响,他们完全被灭世风暴的阴霾笼罩,亚马兰身上的变化显得更加可怖。

轩亲王的整个胸膛向内塌陷,没有肋骨或内脏的痕迹,胸腔里只有一大块紫色晶体在跳动,上面长满了黑色血管。如果他事先穿着制服或盔甲的衬垫,这些衣物也已经被蚕食殆尽。

他转向卡拉丁,心肺被一颗宝石取代,闪耀着属于仇恨的黑暗之光。

"我所做的一切,"亚马兰眨了眨红眼睛,"都是为了阿勒斯卡。我很爱国!"

"如果真是这样,"卡拉丁低声道,"那你为什么还觉得痛苦?"

亚马兰大叫着冲了上来。

卡拉丁举起茜尔化作的瑛刃,说:"今天,我所做的一切,都是为了你杀害的那些人。没有他们,就没有现在的我。"

"什么话!是我造就了你!是我锤炼了你!"亚马兰纵身跃向卡拉丁,双脚离地悬在空中。

就这样,他进入了卡拉丁的领域。

卡拉丁朝亚马兰扑过去。轩亲王挥起碎瑛刃,但卡拉丁被风缠绕,料到那人会攻击,于是向一侧施放风行术,堪堪躲过一剑。风灵从旁掠过,他又以毫厘之差躲过一剑。

茜尔在他手中变成矛,天衣无缝地配合他的动作。他转身把矛头砸向亚马兰心口的宝石。紫晶裂开了,亚马兰在空中摇摆,然后掉了下去。

两把碎瑛刃散作雾气,轩亲王从大约二十尺高的空中摔到了地上。

卡拉丁朝着亚马兰的方向飘落。"十根矛作战,"卡拉丁低语,"九根矛粉碎。是战争铸就了余下的那根矛吗?不,亚马兰,战争只认那根坚不可摧的矛!"

亚马兰直起上身,发出野兽般的号叫,紧紧抓着在胸前闪烁的宝石。宝石中的光芒熄灭了,周围陷入黑暗。

卡拉丁! 茜尔在卡拉丁脑海中喊道。

两名融族疾驰而过,卡拉丁堪堪躲开,胸口险些被长枪击中。又有两名融族从左侧飞来,外加一人从右侧飞来,而第六人则把那个大块头融族从卡拉丁的风行术中解救出来,背了回去。

他们去叫同伴了。看来融族已经意识到,要想阻止达力拿,最好还是先把卡拉丁从战场上铲除。

雷纳林喘着粗气,而雷岩兽轰然倒下,不仅砸碎了房屋,还折断了一条胳膊。它抬起剩下的那条胳膊,发出哀嚎。雷纳林和陪同他的泰勒拿碎瑛武士已经在雷岩兽的膝盖处砍断了它的双腿。

泰勒拿人大踏步走过来,小心地用覆着护甲的手拍了拍雷纳林的后背。"打得很好。"

"我只是引开了它,而你却把它的腿砍掉了几大块。"

"你表现得不错了。"泰勒拿人冲雷岩兽点点头,巨兽刚直起身子就打了个滑,"怎么解决?"

它怕你! 格里斯在雷纳林体内说,**它会走。让它走。**

"我会想办法的。"雷纳林对泰勒拿人说,小心地向街道走去。他来到上一层城区,以便把雷岩兽的头部看得更清楚。

"那么……格里斯?"他问,"怎么办?"

用光让它走。

怪物在房屋的废墟上爬了起来,石头相互刮擦,而它巨大的楔形脑袋转向雷纳林,凹陷的眼睛如同熔岩,像飞溅的火焰般扑闪着。

它很痛苦，可能会伤人。

它会走的！格里斯承诺道，兴奋如常。

雷纳林抬起拳头召唤飓光。他的拳头耀如灿烂的烽火，而……

在亮光之前，那双熔融般的红眼睛渐渐暗淡，怪物瘫倒下来，发出最后一声绝命的叹息。

雷纳林的泰勒拿人同伴走了过来，瑛甲轻轻作响。"很好，好极了！"

"去帮忙打仗吧。"雷纳林说，"我需要亲自开启誓约之门。"泰勒拿人毫不迟疑地服从命令，奔向通往老城区的主干道。

雷纳林在那具石尸旁徘徊，感到困惑：我本来应该死了，我都看到自己死了……

他摇摇头，向城市的上侧走去。

沙兰、浣纱和"光辉女士"站成一圈，手拉着手。三人不停流转，面容变换、身份交融。她们共同组建了一支军队。

现在，这支军队却奄奄一息。

一种体形高大的融族把敌人组织起来，不肯受到干扰。虽然沙兰、浣纱和"光辉女士"创造了自己的分身，以免真身遭遇攻击，但这些分身也消亡了。

军队动摇，飓光即将耗尽。

我们太拼命了，三人心想。

三名融族劈开快要解体的幻象，穿过消散的飓光走了过来。人们跪倒在地，化为雾气。

"嗯……"图腾说。

"好累。"沙兰说着，倦眼蒙眬。

"好满足。""光辉女士"骄傲地说。

"好担心。"浣纱说着,看了看融族。

她们想要行动,也必须行动,可看着军队化为乌有,她们还是很伤心。

只有一个女性的身影没有随着别人而消融,她有一头乌黑的头发,没有像平常那样盘起。一走到敌人和沙兰、浣纱及"光辉女士"之间,她就散去了。地面变得光滑起来,岩石表面被塑魂术转化成了油,沙兰、浣纱和"光辉女士"能够在知界域看到这一幕。转化过程非常轻易,迦熙娜是怎么做到的?

迦熙娜施放塑魂术,从空气中变出一团火花,引燃那层油,地上顿时腾起一大片火焰。融族纷纷抬手遮住脸部,踉跄后退。

"这应该能为我们争取一些时间。"迦熙娜转向沙兰、浣纱和"光辉女士",抓住沙兰的手臂,可沙兰抖了抖,散作雾气。迦熙娜一愣,转向浣纱。

"我在这儿。""光辉女士"疲惫地说着,踉踉跄跄地站起来,迦熙娜只能触碰到这一个人格。她眨眨眼,挤去泪水,问:"你是……真人吗?"

"我是,沙兰。你表现得很好。"她摸了摸"光辉女士"的手臂,看了融族一眼,他们不顾炎热,还在冒险踏进火焰,"该下诅咒之地的,也许我应该在他们脚下开一个坑的。"

当军队的最后一批幻象如夕阳余晖般消失时,沙兰皱起了眉。迦熙娜递上一颗宝石,"光辉女士"连忙从中汲取能量。

亚马兰军又开始列队了。

"来吧。"迦熙娜把浣纱拉回到城墙边,那儿的石面生出了台阶。

"是塑魂术变出来的?"沙兰问。

"对。"迦熙娜踏上第一级台阶,但沙兰没有跟上。

"我们不该忽略这种能力。""光辉女士"说,"我们真该练习一下的。"她在片刻间瞥见了裂影界,晶珠在她身下翻滚。

"别跑远。"迦熙娜提醒道,"你不能像我曾经假设的那样,把肉身带进这个界域,不过这里也有能以你的头脑为食的东西。"

"如果我想对空气使用塑魂术,该怎么做?"

"在进一步练习之前,不要碰空气。"迦熙娜说,"对空气使用塑魂术是很方便,但很难掌控。为什么不试着像我一样,先把石头变成油?我们可以在登上台阶的时候把它点燃,进一步阻碍敌人。"

"我……"大量晶珠和灵体在代表泰勒拿城的湖中翻滚,规模惊人。

"城墙附近的废墟比地面更容易施放塑魂术,"迦熙娜说,"因为你可以把碎石当作不同的个体,而地面则把自己看成一个整体。"

"信息量太大了,"沙兰说着,疲灵在她周围打转,"我消化不了,迦熙娜,对不起。"

"没关系,沙兰。"迦熙娜说,"我只是想看看,因为你好像在用塑魂术给幻象增加重量。不过,集中的飓光的确具有微小的质量。不管怎样,上楼吧,孩子。"

"光辉女士"走上石阶,迦熙娜在她身后向靠近的融族挥了挥手,石块从空气中出现,完全包围了他们。

真是了不起。光是在实界域目睹这种场面,就让人佩服,但"光辉女士"看到的远不止这些。迦熙娜给出绝对指令,信心十足。飓光立即贯彻了她的意志。空气在回应她的时候,就像在回应神的旨意。

沙兰惊讶地吸了一口气。"空气听从了你的召唤,实现了转化。而我呢,我想让一根小小的柴做出改变,都被它拒绝了。"

"塑魂术是一门熟能生巧的技艺。"迦熙娜说,"上去,上去,继续走。"她边走边削除台阶。"记住,你不能对石头下达命令,因为它比人类顽固。你要对它施加压力,谈论自由和运动。不过,要想把气体变成固体,你必须施加约束和意志。作为塑魂术的基质,每一种精华都是不同的,都有优势和劣势。"

迦熙娜回头看了看集结的军队。"也许……在这时候讲课不太明智。我经常抱怨不想收学徒,所以在不恰当的时候,我也会忍住不去指导别人。继续走。"

沙兰、浣纱和"光辉女士"感到精疲力尽,她们步履蹒跚地往上爬,终于来到了墙头。

雷纳林好不容易才站出来迎击雷岩兽,后来又在人群中待了很久。他本以为通往誓约之门的最后一段路会很难走,但眼下行人移动得更快了,上面的人一定清理了街道,躲在王城的众多神殿和房屋里。

他随着人潮前行,在靠近顶层的地方躲进一间屋子,走到后面,经过了一些靠在一起的商人。这里的建筑大多是平房,他便用格里斯在房顶上开了一个洞,然后在岩壁上剜出抓手,爬到顶层。

这下他就能走上通往誓约之门平台的街道了。他……他还不习惯做这类事。他不仅不习惯使用碎瑛刃,还不习惯亲自上阵。他总是害怕自己的病发作,总是害怕一时的力量会立刻失效。

过着那样的生活,人就学会了避风头。他的病已经很久没有发作了。他不知道这是否只是巧合,因为发作是不规律的。他也不知道自己的病有没有痊愈,就像他糟糕的视力一样。其实,他看待世界的方式还是和别人不同。跟别人说话时,他还是会紧张,也不喜欢被别人触碰。别人在彼此身上看到的东西,他永远无法理解。周围充斥着喧嚣和破坏,充斥着人们的谈话声、呼救声、抽气声和低语声,在他耳畔嗡嗡作响。

至少在誓约之门附近的这条街道上,人群已经减少了。为什么会这样?他们不是会挤在这儿,希望能逃出去吗?为什么……

噢!

十几名融族盘旋在誓约之门上空,郑重其事地把长枪举在身前,衣摆垂荡下来,随风飘扬。

有十二个,十二个!

这下糟了,格里斯说。

有什么动静引起了雷纳林的注意,原来是一个小女孩站在某栋屋子的门口,正朝他招手。他走过去,担心自己会遭到融族的袭击,但愿他身上冒出的飓光不会亮得激怒他们。他的储备在对抗雷岩兽的时候就用得差不多了。

他走进那栋屋子,屋子又是单层的,前方有一间开阔的大厅,几十名文书和虔诚者就在那儿,许多人正围着一支对芦。他没有看到挤在里屋的孩子,但听到了他们的哭声。他还听到了芦苇笔在纸面上刮擦的沙沙声。

"噢,赞美全能之主。"光明女士忒夏芙从人群中走出来,把雷纳林拉到大厅深处,"有什么消息吗?"

"我父亲派我过来帮忙。"雷纳林说,"光明女士,考尔将军和您儿子在哪里?"

"在乌有斯麓。"忒夏芙说,"他们转移回去集结兵力,但后来……光明贵人,乌有斯麓遭到了袭击。我们一直想通过对芦获取情报。某支突击队似乎在灭世风暴来临之际抵达了。"

"光明女士!"卡达什喊道,"对芦接通了,塞巴里尔的文员组又传来了回复。她们为长时间的拖延表示歉意。塞巴里尔依照亚拉达的命令撤回了塔城的高层,并确认了袭击者是仆族。"

"那誓约之门呢?"雷纳林满怀希望地问,"他们能到达誓约之门,开启传送的通道吗?"

"不太可能。敌人正守在平台上。"

"我们的部队在乌有斯麓占据优势,雷纳林王子。"忒夏芙说,"报告一致认为,敌人的突击队不足以战胜我们。这显然是一种拖延战术,意在阻止我们启动誓约之门,增援泰勒拿城。"

卡达什点点头。"就算外头的石怪倒下了,那些守着誓约之门的融族也没有罢手。他们很明确自己得到的命令:防止设施被激活。"

"光辉骑士玛拉塔是我们的部队通过誓约之门前来的唯一途径。"忒夏芙说,"可我们联系不上她,也联系不上任何卡哈巴兰斯的代表。敌人首先对他们发起了打击。敌人很清楚要怎么做才能把我们击垮。"

雷纳林深吸一口气,从忒夏芙携带的润石中吸取飓光。他身上泛出的光芒照亮了大厅,在场人员纷纷抬头望着他,不再关注对芦。

"必须开启传送门。"雷纳林说。

"殿下……"忒夏芙说,"您对付不了所有敌人。"

"除了我没有别人了。"雷纳林转身要走。

竟然没有人叫他停下。

从前他们一直是这么说的:不行,雷纳林;不用你管;别这么做;你体质弱,雷纳林;理智点,雷纳林。

从前他一直很理智,也一直很听话。得知今天没有人这么说,他既高兴又害怕。芦苇笔仍在自动书写,对这一刻浑然不觉。

雷纳林来到屋外。

他惊恐地走在街道上,召唤碎瑛刃形态的格里斯。当他靠近通往誓约之门的斜坡时,融族落到他面前的斜坡上,向他做了一个类似敬礼的手势,哼着他从没听过的激昂曲调。

雷纳林害怕极了,他担心自己会尿裤子。他现在说不上高尚,也说不上勇敢吧?

啊……现在会怎么样呢?格里斯的声音在雷纳林体内回响,**会出现什么呢?**

他又发作了一次。

但这不是他的病在发作，而是新产生的反应，他和格里斯都无法控制。在他眼里，玻璃从地上冒出来，如晶体般四下蔓延，形成网格、图像、含义和路径，呈现在一片又一片彩绘玻璃的画面上。

这些画面向来是正确的，直到今天，直到它们表示迦熙娜·寇林的爱会失败。

雷纳林解读了最新一组彩绘玻璃画面，心里的恐惧消失了。他笑了笑。融族似乎感到困惑，纷纷放下了行礼的手。

"你们不明白我为什么要笑。"雷纳林说。

他们没有回答。

"别担心。"雷纳林说，"你们没有错过什么趣事。你们……嗯，你们恐怕不会觉得有趣。"

光芒如潮水般从誓约之门平台上绽开。融族用一门奇怪的语言呼喊着，蹿入空中。誓约之门平台上升起一圈明亮的光墙，向四周扩散。

光芒淡去后，一整支阿勒斯卡部队正站在誓约之门平台上，人人都穿着寇林家族的蓝色制服。

有一人升到部队上空，恍如传说中的令使。这名一把胡子的男子浑身闪耀着白色的飓光，手持一柄银色的碎瑛矛，矛尖后面带有古怪的护手结构。

泰夫特。

光辉骑士。

沙兰背靠城垛而坐，听着士兵高声下令。纳瓦妮给她补充了飓光和水分，目前正在专心阅读发自乌有斯麓的报告。

图腾在浣纱外套的一侧哼道："沙兰？干得漂亮，沙兰，非常漂亮。"

"这是一次光荣的抵抗。""光辉女士"赞同道,"我们以一敌众,坚守住了阵地。"

"我们本来撑不了这么久。"浣纱说,"我们都已经累坏了。"

"可我们还是忽略了太多东西。"沙兰说,"我们变得太会伪装了。"当初是沙兰自己决定要师从迦熙娜的,可当那名女子死而复生后,沙兰非但没有虚心求学,还立刻逃走了。她到底在想什么?

她什么也没想。她一直都是这样,总想隐藏自己不愿面对的事。

"嗯……"图腾哼了一声,有些忧虑。

"我累了。"沙兰小声说,"你不用担心。等我休息好了,我就会恢复过来,安安心心只做一个人。其实……其实我觉得自己已经不像以前那么迷茫了。"

迦熙娜、纳瓦妮和芬恩女王正在远处轻声交谈。几位泰勒拿将领来到她们中间,四周聚集着惧灵。在他们看来,防守的形势很不利。浣纱硬是站起来,打量着战场。亚马兰军正在弓箭的射程外集结。

"我们拖延了敌人的时间,""光辉女士"说,"但没有打败他们。我们还有一支极为强大的军队要面对……"

"嗯……"图腾焦急地高声说,"沙兰,快看远处。"

在靠近海湾的地方,成千上万新召集的仆族士兵已经开始从船上搬下梯子,准备用于全面进攻。

※

"叫大家不要去追那些融族。"雷纳林对偻朋说,"我们首先要守住誓约之门。"

"行,没问题。"偻朋纵身跃入空中,去向泰夫特传达命令了。

融族在城市上空与第四冲桥队交锋。这群敌人似乎比雷纳林在下面见到的那些敌人更老练，但他们并没有战斗，只是在自卫。他们逐渐将冲突的地点转移到城市上空的远处，雷纳林担心他们是在故意将第四冲桥队从誓约之门附近引开。

阿勒斯卡部队进了城，周围的人群发出欢呼。如果城外的仆族也加入战斗，区区两千名士兵起不了什么作用，但这好歹是一个开始，而且考尔将军带来了不止一位碎瑛武士，而是三位。雷纳林尽力说明了城里的情形，但又不好意思告诉考尔父子，自己并不清楚父亲的状况。

他们与忒夏芙会合——后者将文员工作的场地转变成了指挥所——石头和琳在雷纳林身边降落。

"哈！"石头说，"你的制服怎么了？需要我来缝一缝了。"

雷纳林低头看了看自己破破烂烂的衣服。"我被一大块石头砸中了，有二十次……反正轮不到你抱怨。你制服上的血是你自己的吗？"

"没事！"

"我们不得不把他一路背到誓约之门。"琳说，"我们正想把他带到你身边，可他一到这里就开始吸取飓光了。"

"卡拉丁就快到了。"石头赞同道，"哈！以前是我拿吃的喂他，可今天，换他在这里用飓光喂我了！"

琳看了石头一眼。"风杀的吃角族人，重得跟一头红甲蟹似的……"她摇摇头，"卡拉会和别人一同战斗。这个小骗子，她从小就在练矛术，你们可别说出去。只是石头不肯打仗，而我练矛术也没几周。你想好让我们干什么了吗？"

"现在……嗯……其实不是我在指挥……"

"真的吗？"琳问，"这就是光辉骑士的底气吗？"

"哈！"石头说。

"我想我一天的底气已经用完了。"雷纳林说，"嗯，我会操作誓约之门，把更多部队带过来。你们俩也许可以下去，到城墙上帮忙，把伤员从前线上救回来?"

"好主意。"石头说。琳点点头,飞走了,但石头留了下来,给了雷纳林一个意想不到的热烈拥抱,把他压得喘不过气来。

雷纳林尽量没有挣扎。这不是他第一次经历石头的拥抱,然而……风操的,这么搂着一个人是不行的。

"为什么抱我?"雷纳林在拥抱之后问。

"你看起来就像需要抱的人。"

"我向你保证,我看起来可不是这样。不过,嗯,幸好你们都来了,我真的太高兴了。"

"第四冲桥队。"石头说完便升入空中。

雷纳林在附近的台阶上坐下来,虽然浑身发抖,但还是笑了。

达力拿在激越感的怀抱中飘荡。

他一度认为自己当过四个人,但他到现在才发现自己严重低估了实情。他没有以两个人,或者四个人,或者六个人的身份活着,而是以成千上万人的身份活着,因为他每一天都会变成一个略有不同的人。

他不是在一大步中改变的,而是通过无数个小步改变的。

最重要的永远是下一步,他心想,飘荡在红雾中。激越感急于取悦他,要赋予他某种危险之物却不自知,仿佛要控制他、撕碎他的肉体和灵魂。

一只小手忽然抓住了达力拿的手。

他吓了一跳,低头看了看。"莉……莉芙特?你不该进来。"

"可我最擅长去不该去的地方。"莉芙特把一样东西塞到他手里。

是那一大颗红宝石。

感谢你。

"这是什么?"莉芙特问,"你为什么要这块石头?"

达力拿眯起眼睛看着红雾。达力拿,你知道如何为法器捕捉灵体吗?塔拉梵吉安曾对他说,用灵体喜欢的东西去引诱它,给它一些熟悉的东西……

给它一些它深知的东西,把它吸引进来……

"沙兰在塔城里见过一个灭者。"达力拿低声道,"当她靠近时,灭者很害怕,可我觉得激越感不会拥有同样的理解。你瞧,只有深刻、真心理解它的人才能战胜它。"

达力拿把宝石举过头顶,最后一次迎接激越感。

战争。

胜利。

较量。

达力拿的一生就是比拼输赢,就是从一次征服到下一次征服的斗争。他接受自己所做的一切,这将永远是他的一部分。虽然他决心反抗,但他不会抛弃自己学到的东西。对斗争、作战和胜利的渴望也让他做好了拒绝仇恨的准备。

"感谢你在我需要的时候给予我力量。"达力拿再次对激越感低语。

激越感在他身边翻腾、呢喃,为他的赞美而欢欣。

"老朋友,该休息了。"

别停下。

卡拉丁迂回躲闪,避开一些攻击,并从另一些攻击中恢复。

把他们引开。

他想要飞到空中,但八个融族围着他,把他打倒了。他撞上石地,然后横向施放风行术,远离刺来的长枪或砸来的棍棒。

真的不能逃。

他必须一直吸引他们的注意力。如果他脱身了,他们都会转而攻击达力拿。

不必打败他们,只须坚持得够久。

他往右躲闪,在地上掠过几寸。眼下正有四个大块头融族在和他战斗,其中一名女子抓住他的一只脚,把他往下一摔,甲壳沿着女子的手臂长出来,眼看就要把卡拉丁绑在地上。

他把女子踹开,可又有一名融族抓住他的手臂,将其甩到一边。飞翔在空中的融族落了下来,他用茜尔变成的盾格挡长枪,身侧却抽痛不已。他的伤口现在愈合得更慢了。

另外两名融族飞掠而过,捞起附近的宝石,环绕卡拉丁的黑暗逐渐扩大。

争取时间就行。达力拿需要时间。

茜尔在他脑海中歌唱,他一转身,一根矛在手中成形,刺穿了一名大块头融族的胸口。这种伤势可以痊愈,除非矛头精准地刺在胸骨的正确位置,而他恰恰没刺中,于是他让依然扎在那名女子胸口的茜尔变成剑,然后把剑往上一扫,劈穿了她的脑袋,烧尽了她的眼睛。另一名大块头融族挥起属于身体一部分的棍子,当棍子落下时,卡拉丁用剩余的大部分飓光施放风行术,把那人往上甩,撞到了一名融族。

卡拉丁的身侧遭到另一名融族痛击,他打了个滚,仰面躺在地上,红色闪电在头顶划过。他立刻召唤茜尔,用茜尔变成的矛直指上方,刺中了落下来袭击的融族。那人的胸骨被劈开了,双眼冒出火来。

又有一名融族抓住卡拉丁的脚,把他提了起来,再把他脸朝下砸在地上，砸得他喘不过气来。这名高大狰狞的融族抬起覆有甲壳的脚，重重地踩在卡拉丁背上，压碎了他的肋骨，疼得他嗷嗷直叫。虽然体内的飓光尽力治愈了伤口，但最后一丝飓光还是耗尽了。

卡拉丁身后忽然响起呼啸的风声，伴随着痛苦的哀号声。融族踉跄后退，和着一种焦虑的快节奏韵律喃喃自语，竟然转身就跑。

卡拉丁扭身回望，再也看不清达力拿的身影，但红雾已经开始摇晃，又是翻涌又是跳动，仿佛被强风吹拂着。

又有一些融族逃走了。哀号声越来越响，红雾似乎在咆哮，上千副面孔从里面探了出来，痛苦地张着嘴巴，很快又被吸了回去，就像被揪住尾巴的老鼠。

红雾消散而去，一切陷入黑暗，头顶的风暴也平静下来。

卡拉丁发现自己颓唐地躺在地上。出于飓光的疗效，他的身体机能已经恢复，器官可能也完好无损，但他的骨头还是断的，他刚想坐起来，就疼得直抽气。四周一片漆黑，润石暗淡无光，他看不清达力拿是否还活着。

红雾完全消失了，这似乎是个好兆头。在黑暗中，卡拉丁看到有什么东西从城里飞驰而出。一道耀眼的白光在空中飞舞。

附近传来一阵刮擦声，黑暗中闪过一道紫色光芒。一个人影跌跌撞撞地站起来，暗紫色的光线在只有一颗宝石的胸腔里跳动。

亚马兰红得发光的双眼照亮了一张扭曲的脸庞，紫晶以怪异的角度在脸颊处隆起，摔断的下巴耷拉着，口水从侧面流了出来。他步履蹒跚地朝卡拉丁走来，宝石心脏闪着光，手中现出一把碎瑛刃。这把碎瑛刃在很久以前杀害了卡拉丁的伙伴。

"亚马兰，"卡拉丁低语，"我看清你了，你就没变过。"

亚马兰想要说话，可他耷拉的下巴只能喷出唾液，并发出叽里咕噜的声音。卡拉丁回想起了初次在赫斯通遇见轩领主的光景，那时的亚马兰是那么高大勇猛，似乎完美无缺。

"你的眼神告诉了我一切,亚马兰。"卡拉丁轻声道,看着那具躯壳磕磕绊绊地朝他走来,"那天你杀了科瑞布和哈布,还有我的其他伙伴,我在你眼中见到了一丝愧疚。"他润润嘴唇,"你把我贬成奴隶,想把我打垮,可你失败了。是他们拯救了我。"

也许该让别人来拯救你了,茜尔曾在裂影界这么说过,可已经有人拯救过他了。

亚马兰把碎瑛刃高高举起。

"是第四冲桥队拯救了我。"卡拉丁低声道。

一支箭从后面射进亚马兰的头部,直接穿过头骨,从那张畸形的嘴里伸了出来。亚马兰跌跌撞撞地往前走,丢下碎瑛刃,头上插着一支箭。他发出一声喘息,刚转过身,另一支箭就射了过去,正中他的胸口,刺穿了那颗闪烁的宝石心脏。

紫晶炸裂开来,亚马兰跌倒在卡拉丁身边的碎石堆里。

一个浑身发光的身影站在远处的废墟上,端着亚马兰那把巨大的碎瑛弓。这件武器似乎和石头很相配,他显得高大璀璨,如同黑暗中的烽火。

随着亚马兰的死去,他的红眼睛渐渐变暗,卡拉丁明显感到尸体冒出了一股黑烟。两把碎瑛刃在亚马兰身旁出现,锵的一声落在石地上。

士兵在城墙上为"光辉女士"腾了一个位子,正准备迎接敌人的进攻。亚马兰军结成突击队形,而仆族则扛起梯子,准备冲锋。

走在城墙上,很难不踩到惧灵。泰勒拿人低声诉说着阿勒斯卡人的作战威力,回顾着哈玛丁和五十名部下抵抗一万雅克维德人的事迹。这是一代泰勒拿人经历的第一场战争,但亚马兰的部队在破碎平原身经百战。

士兵望着沙兰,好像她能拯救他们似的。光辉骑士团是这座城市唯一的优势,也是他们活下去的最大希望。

这让她恐惧。

敌军开始冲向城墙,毫无停顿,毫无喘息的机会。只要能攻破泰勒拿城,仇恨就会一直让军队向城墙推进。士兵遭到控制,嗜血成性……

他们眼中的光芒开始熄灭。

阴霾的天空下,沙兰看得清清楚楚:在整片战场上,亚马兰军眼中的红色渐渐暗淡,许多人立刻跪了下去,在地上干呕;另一些人腿脚不稳,只能颓然拄着矛,把身子撑起来,仿佛生气被吸走了。一切来得很突然,大大出乎沙兰的意料,她眨了好几次眼睛才相信这是真的。

融族不知为何在向他们的船撤退,城墙上爆发出一片欢呼声。仆族赶紧跟上,亚马兰军的不少士兵也照做了,但还有一些人只是躺在碎石上。

黑沉沉的风暴缓缓退去,变成一个阴晦的污点,裹挟着朦胧暗淡的红色闪电,终于失去了风势,委顿地越过岛屿,消失在东方。

卡拉丁从偻朋带来的宝石里汲取飓光。

"哥,吃角族人去找你,算你走运。"偻朋说,"别人都以为只要战斗就行,知道吗?"

卡拉丁瞥了石头一眼。石头站在亚马兰的尸体跟前,低头看了看,一手绵软无力地握着巨弓。他是怎么把弓拉开的?飓光是能赋予强大的耐力,却无法大幅提升体力。

"哇!"偻朋说,"黑发哥!快看!"

阴云渐渐散去,倾洒而下的阳光照亮了石地,达力拿·寇林跪在不远处,紧抱着一大颗红宝石。红宝石散发着奇异的幽光,和融族一样。雷希女孩站在一旁,一只小手放在他肩上。

"黑荆棘"抱着红宝石在哭。

"达力拿?"卡拉丁担心地问道,小跑过去,"发生了什么?"

"都结束了,军尉。"达力拿说罢笑了笑。这是喜极而泣吗?为什么他显得如此悲伤?"都结束了。"

121 信条

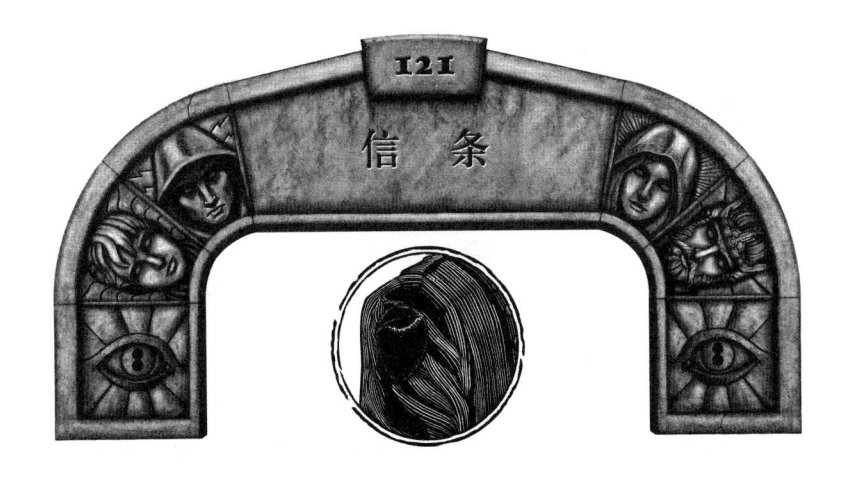

> 缺乏真理的意识一旦出现,寻求真理就成了每个人的责任。
> ——摘自《王者之路》跋

莫阿什发现,从杀人很容易演变到砸碎废墟。

在塔冠城王宫原本的东翼,他用镐头劈开落石的碎片、击碎倒塌的立柱,好让其他劳工搬走。不远处的地板上还残留着干涸的血迹,他就是在那里杀了艾尔霍卡。他的新主人下令不清洗血迹,他们声称国王的死是一件值得尊敬的事。

莫阿什不该感到高兴,或者至少感到满意吗?可杀了艾尔霍卡后,他只感到……消沉,就像跟着笨重的红甲蟹牵拉的车队走遍了半个柔刹,终于来到最后一座山顶,却并不满足,只是觉得疲惫,兴许还有一丝解脱。

他把镐头刨在一根倒塌的立柱上。在塔冠城的战斗接近尾声时,雷岩兽击倒了东宫的很大一部分。现在,人类奴隶正在努力清理废墟。他们经常崩溃得痛哭,或者缩着肩膀干活。

莫阿什摇摇头,享受着刨石头的平和韵律。

一名融族大步走过，浑身的壳甲如碎瑛甲般璀璨而狰狞。他们有九种类别，为什么不是十种？

"去那儿，"融族通过翻译说，指着一面墙，"把墙推倒。"

其他奴隶着手在那儿干活，莫阿什擦了擦额头，皱起了眉头。为什么要推倒那面墙？重建的时候难道不需要吗？

"好奇吗，人类？"

莫阿什吓了一跳，惊讶地发现有个裹着黑衣的身影从破损的天顶盘旋下来。莱什维女士还在拜访杀过她一次的莫阿什。她在歌者当中地位很高，但她不是轩亲王式的人物，倒更像一位战地指挥官。

"我想我很好奇，上古歌者。"莫阿什说，"你们不仅要清理废墟，还要把王宫的这个区域拆掉，这里面有原因吗？"

"有，可你没必要知道。"

莫阿什点点头，继续干活。

莱什维哼起一种表达喜悦的韵律。"你的激情值得称赞。"

"我没有激情，只有麻木。"

"人类，你把痛苦献给了他，必要时他会返还给你。"

无所谓，只要他能忘记自己在卡拉丁眼里看到的被背叛的神情就行。

"哈纳南希望和你谈谈。"那个上古之人说。"哈纳南"这个名字不完全是一个词，倒更像一种带有特定节拍的哼唱声。"到楼上见我们。"

莱什维飞走了，莫阿什则搁下镐头，以更平常的方式跟了上去，绕到王宫前面。一旦远离了镐头和岩石的碰撞声，他就能听到人们的啜泣声和呜咽声了。只有最穷困的人才在王宫附近的破屋里避难。

这些人最后都会被赶去务农，但眼下，偌大的城里弥漫着泪水和悲伤，人们以为世界毁灭了，但他们仅仅猜对了一半：只是他们的世界毁灭了而已。

莫阿什不受阻拦地进入王宫,走上楼梯。融族不需要护卫。他们很难被杀死,就算被杀死了,只要能找到一个自愿承担的仆族,他们也会在下一场灭世风暴中重生。

在国王的寝宫附近,莫阿什路过了两名正在藏书室看书的融族。他们脱去了长袍,飘浮在半空中,光着的双脚从宽松飘逸的裤子里伸出来,脚尖朝下。莫阿什终于在阳台的外面找到了哈纳南。哈纳南盘旋在空中,长长的衣摆随风飞扬。

"上古歌者。"莫阿什在阳台上招呼道。虽然哈纳南的身份等同于轩亲王,但他们并没有要求莫阿什向她鞠躬。显然,通过击杀一名优秀的融族战士,他已经获得了一定程度的尊重。

"你表现出色。"哈纳南操着口音浓重的阿勒斯卡语说,"你在这座宫殿里打倒了一位国王。"

"不管他是国王还是奴隶,他都是我的敌人。"

"我觉得自己是明智的。"哈纳南说,"我为莱什维选中了你而自豪。在以后的好几年里,我和我的兄弟姐妹都会引以为傲。"她望着莫阿什:"仇恨对你下达了指示,这对人类来说是很罕见的。"

"说吧,是什么指示?"

"你杀了一位国王,"哈纳南从长袍里的刀鞘中抽出一把古怪的匕首,刀身由金得发白的锃亮金属制成,刀柄上镶嵌着一颗蓝宝石,"你能再杀一个神吗?"

纳瓦妮从城墙的突击口走出泰勒拿城,穿过满目疮痍的战场,全然不顾身后士兵的呼唤。她等了足够长时间,直到敌军撤退。

达力拿在偻朋和卡拉丁军尉的搀扶下行走,身后拖着一股股虫群般的疲灵,但纳瓦妮还是紧紧抱住了他。他可是"黑荆棘",被用力抱一下又不会死。

卡拉丁和偻朋在附近徘徊。"他归我照顾了。"纳瓦妮对他们说。

他们点点头,但没有行动。

"城里的人需要你们的帮助。"纳瓦妮说,"我能照顾好他,小伙子们。"

他们终于飞走了。纳瓦妮想把手伸到达力拿腋下,扶他起来,但他摇摇头,依然抱着她,一手攥着一块裹在外套里的大石头,按在她的背上。那是什么?

"我想我知道记忆恢复的原因了,"达力拿小声说,"仇恨本打算等我面对他的时候再让我记住。我要重新学着站起来。这两个月来,我如此痛苦,也算因祸得福。"

纳瓦妮搂着他,脚下是一片被雷岩兽毁坏的开阔岩地,到处都是对着空荡荡的天空哀号的士兵。他们哭诉着自己的行径,要求得知自己被抛弃的原因。

纳瓦妮想把达力拿往城墙那边拽,达力拿却拒绝了。他含泪吻了她:"感谢你点醒了我。"

"点醒了你?"

达力拿放开纳瓦妮,举起手臂,上面还绑着纳瓦妮给他的兼具计时和止疼功能的装置。装置已经裂开,露出了里面的宝石。"这让我想起了制作法器的方法。"

他缓缓地把包在那一大颗红宝石外面的制服外套解开。红宝石泛着深邃而黑暗的奇异光泽,似乎想把四周的光线吸收进去,不知为何。

"我希望由你来替我保管。"达力拿说,"好好研究,查清这颗宝石专门能容纳一个灭者的原因。可别打碎了,谅我们也不敢再放出里面的东西。"

纳瓦妮咬了咬嘴唇。"达力拿,我以前见过类似的东西。那东西要小得多，就像润石一样。"她抬头望着他，"是迦维拉尔做的。"

达力拿用一根手指碰了碰宝石，宝石深处似乎有什么在搅动。他真的收服了一整个灭者吗？

"好好研究。"达力拿重复道，"与此同时，还有件事我想让你去做，亲爱的。这件事其实不合礼数，可能还会让人不舒服。"

"请便。"纳瓦妮说，"是什么事？"

达力拿迎上她的目光。"我想让你教我认字。"

众人开始庆祝。沙兰、浣纱和"光辉女士"在城墙的甬道上坐下，背靠石壁。

"光辉女士"担心大家沉浸在狂欢中，会让城市毫无防备。那些一直在街道上战斗的敌人呢？守军必须确保这不是一次精心设计的佯攻。

浣纱担心有人抢劫，陷入混乱的城市往往会变得动荡。浣纱想上街寻找可能遭到抢劫的人，确保他们得到照顾。

沙兰只想睡觉。她比另外两人更虚弱，也更疲劳。

迦熙娜沿着甬道走过来，挨着她俯下身子。"沙兰？你没事吧？"

"就是累了。"浣纱撒谎道，"你不知道那有多费力气，光明女士。我要喝点烈酒。"

"估计没什么用。"迦熙娜起身道，"先在这里休息一会儿吧。我绝对要确保敌人不再回来。"

"我一定会改进的，光明女士。""光辉女士"抓住迦熙娜的手，"我希望能完成学业。我会不断研究和学习，直到你认可我。我不会再逃避了。我发现自己还有很长的路要走。"

"那就好，沙兰。"迦熙娜说完便走开了。

迦熙娜叫她"沙兰"。哪一个人……哪一个人才是我？她坚称自己很快就会好起来，但事实并非如此。她凝望着虚无，冥思苦想，直到纳瓦妮走过来，跪在她身边。芬恩女王毕恭毕敬地在她们身后向达力拿行礼，达力拿欣然接受，也回了个礼。

"飓风啊，沙兰，"纳瓦妮说，"你好像连眼睛都睁不开了。我给你弄一顶轿子来，让轿夫把你抬到上面去。"

"誓约之门那儿可能挤满了人。""光辉女士"说，"我不想抢走别人的名额，他们可能有更大的需求。"

"别傻了，孩子。"纳瓦妮给了她一个拥抱，"你肯定吃了很多苦。德芙默，你能为光明女士达瓦叫一顶轿子来吗？"

被点名的文员迅速服从纳瓦妮的吩咐。浣纱瞪了那人一眼，说："我自己走就够了。我没有您想象的那么文弱，光明女士，您别介意。"

纳瓦妮抿起嘴唇，随后却被达力拿和芬恩的对话吸引，抽开了身。达力拿和芬恩打算给亚泽尔方面写信解释情况。浣纱觉得他的担心很有道理，今天发生的事流传出去，别人想必会以为阿勒斯卡人叛变了。风杀的，要不是沙兰亲自来到现场，她也会听信谣言。整支军队的叛变可不是常有的事。

"光辉女士"决定让她们休息十分钟。沙兰同意了，把头靠在墙上，浮想联翩……

"沙兰？"

是那个声音。沙兰睁开眼睛，发现阿多林匆忙穿过甬道跑了过来。他在沙兰旁边跪下，脚下有点打滑。他抬起双手，却有些犹豫，仿佛面前是一件非常脆弱的东西。

"别这样看着我。"浣纱说，"我又不是什么易碎的水晶。"

阿多林眯起眼睛。

"真的，""光辉女士"说，"我和城墙上的士兵都是军人，请你不要区别对待，除非是在很明显的方面。"

"沙兰……"阿多林牵住沙兰的手。

"干吗？"浣纱问。

"有哪里不对劲。"

"那是当然。""光辉女士"说，"打完仗，大家都累趴下了。"

阿多林在她眼中寻找着什么。她从一个人格切换到另一个人格，再切换回来。她一会儿是浣纱，一会儿是"光辉女士"，随后沙兰的人格渐渐浮现——

阿多林的手一紧。

沙兰急得喘不过气来。没错，她心想，就是这个人。这个人才是我。

他都明白。

阿多林松了口气，沙兰这才发现他的衣服有多破，于是抬起禁手捂住嘴。"阿多林，你还好吧？"

"噢！"他低头瞧了瞧褴褛的制服和满是擦伤的手，"没有看上去这么糟糕，沙兰，大部分血都不是我的——嗯，其实大概是我的，可我感觉好多了。"

沙兰用闲手捧起他的脸。"你最好别留太多疤。你要知道，我希望你一直都这么帅。"

"我几乎没落下什么伤，沙兰。雷纳林来救我了。"

"那我这么做就可以喽？"沙兰抱住了他。他回应着沙兰，也把她搂紧。他身上散发着汗味和血腥味，虽然不是最温柔的气息，却也是实实在在的气息，而他怀里的人正是沙兰本人。

"你到底感觉怎么样？"他问。

"好累。"沙兰低声回答。

"得找一顶轿子……"

"大家怎么都是一样的要求……"

"我可以背你上去。"阿多林从她怀里挣脱,笑着说,"当然,你是光辉骑士,换你背我好不好?我已经一路走到顶上,又一路走下来了……"

沙兰笑了笑。远处有一个穿着蓝衣的明亮身影落在城垛上。卡拉丁坐下来,蓝色的眼睛闪闪发光,石头和偻朋陪在他左右,沿途的士兵都向他转过身。就算与多位光辉骑士并肩作战,卡拉丁飞行和走路的姿态也与众不同。

浣纱马上占据主动,一看到卡拉丁沿着城墙走去见达力拿,就站了起来。他的靴子怎么了?

"沙兰?"阿多林问。

"来一顶轿子是不错。"浣纱说,"谢了。"

阿多林脸一红,然后点点头,向一条通往城里的楼梯走去。

"嗯……"图腾说,"我搞不懂。"

"我们需要从合乎逻辑的立场来处理这个问题。""光辉女士"说,"我们跟'飓风恩护者'在深渊里相处了一阵子,这之后我们已经有好几个月没做决定了。我渐渐开始觉得,两位光辉骑士之间的关系可能会促成更公平的婚姻。"

"还有,"浣纱补充道,"看看那双眼睛,真有种桀骜不驯的热情。"她笑着向卡拉丁走去,却放慢了脚步。

只有阿多林理解我。

她到底在干什么?

她一把推开浣纱和"光辉女士"。她们反抗起来,她便把她们抛到了脑后。她们不是她。虽然她偶尔会成为她们,但她们终究不是沙兰本人。

卡拉丁在甬道上一愣,但沙兰只是对他挥挥手,就往反方向走去。她非常疲惫,但心意已决。

温丽搭船逃走了,眼下正站在船栏旁。

融族在船长舱里侃侃而谈,讨论着下一次计划,承诺会采取措施,设法获胜。他们说到了过去的胜利,巧妙地暗示了他们失败的原因。目前觉醒者太少了,他们不习惯拥有身体。

用这种方式对待失败是非常奇怪的做法,但温丽还是调谐至往日的欣赏之韵。她喜欢能够随心所欲地听到这些韵律的感觉。她可以在新旧韵律之间切换,还可以让眼睛变红,除非她吸入的是飓光。天音把那只虚灵捕获到她体内,就赋予了她这种能力。

这意味着她可以把这种能力隐藏起来,不让融族和仇恨发现。她出了舱门,沿着船舷走去。船只顶着汹涌的波涛前进,驶回玛拉特。

"这种纽带本来是不可能建立的。"温丽小声对天音说。

天音随着平和之韵脉动。

"我也很高兴。"温丽低语,"可为什么选我?为什么不选人类?"

天音随着恼怒之韵脉动,再随着失落之韵脉动。

"有那么多?我不知道人类的背叛让你们那么多同胞失去了生命。还有你的亲外公?"

天音再次随着恼怒之韵脉动。

"我也不清楚自己有多相信人类,但伊舒娜很相信。"

水手在不远处调整绳索,轻声用泰勒拿语交谈。他们确实是仆族,但也是泰勒拿裔。"我说不清,薇尔德根。"一名仆族说,"有些人是不坏,可他们对我们做的事……"

"所以我们就得杀了他们?"他的女性同伴问,接住一根抛来的绳索,"这好像不对劲。"

"他们剥夺了我们的文化,薇尔德根。"那名男性仆族说,"他们风杀的剥夺了我们的整个身份,也绝不会让一群仆族保持自由。等着瞧吧,他们会找我们算账的。"

"那我就跟他们拼了。"薇尔德根说,"只是……我也说不清。我们就不能单纯地享受思考和存在的感觉吗?"她摇摇头,把绳索捆牢。"我只想知道我们是谁。"

天音随着称赞之韵脉动。

"听者呢?"温丽低声对灵体说,"我们很难抗拒仇恨。才得到一点力量,我们就投奔他了。"都是温丽的错,都是她指使族人去获取新的情报和力量。她总是对新鲜事物充满渴望。

天音随着慰藉之韵脉动,随后融合曲调,再次切换为决断之韵。

温丽也跟着转变曲调。

这曲调亦新亦旧。

温丽走到两名水手身边,他们赶紧立正,向船上唯一一名处在强力形态的华族行礼。"我知道你们是谁。"她对他们俩说。

"您……您知道?"女性仆族问。

"嗯。"温丽伸手一指,"你们继续忙吧,我可以跟你们说说听者的事。"

泽斯升到泰勒拿城上空,他手里的剑对他说:**泽斯,我觉得你打得很好。你没有摧毁很多人,你只需要多练练!**

"多谢,剑兄。"泽斯来到宁身边。那位令使脚尖朝下悬浮在空中,两手背在身后,目送着渐渐消失在远处的仆族船只。

"抱歉,大人。"泽斯终于说,"我惹怒了您。"

"我不是你的大人。"宁说,"你也没有惹怒我。我为什么要生气?"

"毕竟您已经认定仆族才是这片大陆的真正主人,而破天骑士应当遵守他们的律法。"

"我们之所以对外物起誓,是因为我们承认自身做出的判断并不完美,就连我也不例外。"宁眯起眼睛,"我有过感情,内荼罗之子泽斯。我记得那时候自己还能体谅别人,直到……"

"直到开始受折磨?"泽斯问。

宁点点头。"在那颗被你们叫作诅咒之地的庇雷星,数百年的折磨夺走了我的感情。其实我们都有办法应付,但只有艾沙头脑清醒地熬了过来。不多说了,你真的希望发誓追随某个人吗?"

"人不如律法完美,"泽斯说,"但这么做感觉上是对的。"

"律法是人制定的,所以并不完美。完美是不可能达到的,我们追求的不是完美,而是一致。你念过真言了吗?"

"还没有。现在我发誓,我要遵从达力拿·寇林的意志,这就是我的真言。"话音刚落,空中便结出片片冰花,飘落在泽斯周围。他感到一阵激荡,难道是那只仍旧深藏不露的灵体向他表达了赞同?

"我认为真言有效。你选好下一信条的追求了吗?"

"只要征得达力拿·寇林的同意,我将前去肃清深国的假领袖。"

"那得看了。你可能会发觉,他是个苛刻的主子。"

"他是个好人,神之子宁。"

"正是这个缘故,我才有顾虑。"宁默默向泽斯行礼,凌空离去。见泽斯跟了上来,他摇摇头,伸手一指:"内荼罗之子泽斯,你必须保护你以前要杀的人。"

"如果我们在战场上相遇怎么办?"

"既然我们都明白自己恪守了誓言的准则,那就拿出信心作战。再会,内荼罗之子泽斯。下次我会再来看你,监督你操练'朽化'飓能。这是我们的第二种技能,现在可以让你使用了,不过它很危险,你千万要小心。"

说完，宁飞走了。泽斯独自在空中握着那把自鸣得意的剑，剑坦白地告诉他，自己从一开始就没有真正喜欢过宁。

<pre>   ✤   </pre>

沙兰发现，无论事情变得多糟糕，都会有人在泡茶。

今天轮到忒夏芙了。沙兰感激地接过一杯茶，透过城头的指挥所观望着，还在寻找阿多林。既然她在活动身子，那就可以忘掉疲劳。这股冲劲可真强。

阿多林不在这里，但一名传令兵不久前才见过他，所以沙兰没走错路。她回到主干道，路过了一些抬着满是伤员的担架的士兵。除了他们，街上基本是空荡荡的，民众都被送进了避风所和住宅。芬恩女王的士兵收拢储备的宝石，围剿了亚马兰军的残余，确保没有人抢劫。

沙兰在巷口闲逛。那杯茶很苦，但有效。既然是忒夏芙泡的，那她大概在里面加了点东西，好让沙兰保持清醒。文员总是知道怎么泡才是最好。

沙兰观察着行人。过了一会儿，她抬起头，瞥见卡拉丁落在附近的屋顶上，他正要去接替雷纳林操作誓约之门。

风行骑士打量着城市，像哨兵般挺立。他喜欢这样吗？总是站在高处？他看着融族的时候，别提有多羡慕了，他们穿着飘逸的长袍，行动如风一般潇洒。

一个熟悉的声音传了过来，沙兰朝大路看去。阿多林走在街上，领路的传令兵指了指沙兰。终于找到了。传令兵鞠了一躬就向指挥所跑去。

阿多林走上前，捋了捋金黑交杂的乱发。尽管他的制服被撕破了，脸上有一些擦伤，但他的发型还是很棒。这也许就是顶着一头乱发的好处,怎么搭配都行,但沙兰不知道他的制服怎么沾上了这么多灰尘。难道他捶过沙袋了?

她在巷口把阿多林拉近,再转过身让他搂住自己。"你去哪儿了?"

"父亲叫我挨个去查看泰勒拿的碎瑛武士,然后上报。我给你留了一顶轿子。"

"谢谢。"沙兰说,"我一直在调查战后的情况。我觉得我们的表现还是不错的,只有半座城市被毁,这比我们在塔冠城的成绩有了很大的进步。如果我们继续保持,可能真会有人会熬过世界末日。"

阿多林哼了一声。"你的精神好像比以前好。"

"忒夏芙给我泡了茶。"沙兰说,"我可能很快就要亢奋得上蹿下跳了。别逗我笑,我亢奋时会发出小斧狐犬的声音。"

"沙兰……"阿多林说。

沙兰抬头看着他的眼睛,循着他的视线望去。在他们上方,卡拉丁升到空中,审视着他们见不到的东西。

"我先前不是有意要丢下你。"沙兰说,"真对不起,我就不该让你跑掉。"

阿多林深吸一口气,挪开搂着她的手臂。

搞砸了! 沙兰马上想道,飓风之父啊,这下玩完了。

"我决定了,"阿多林说,"我退出。"

"阿多林,我不是有意——"

"我必须把话说出来,沙兰,求你了。"他兀然僵立在原地,"你要跟他在一起。"

沙兰眨眨眼。"你让我跟他在一起?"

"我一直都在扯你的后腿。"阿多林说,"你们看对方的眼神我也注意到了。我不希望你因为同情我就勉强自己跟我交往。"

风操的,这下换他自乱阵脚了! "不行。"沙兰说,"首先,别把我当成某种战利品。谁能得到我，由不得你决定。"

"我又不是要……"阿多林又深吸一口气，"沙兰，你也知道，这对我来说很难办。我不想做错事，你也别再添麻烦了。"

"我就没有选择吗？"

"你已经做出了选择。我很清楚你看他是什么眼神。"

"我可是画画的，阿多林。看到一幅漂亮的图，我就不能去欣赏吗？我又不是要把这幅图取下来，跟它亲热。"

卡拉丁落在远处的屋顶上，仍在眺望相反的方向。阿多林朝他挥挥手："沙兰，他真的会飞。"

"哦？这就是女人该有的择偶标准吗？是不是写在贝克娜版的《淑女的恋爱与持家手册》里，说什么'女士们，不要嫁给不会飞的男人'？不管另一个人是不是帅得一塌糊涂，是不是对大家一视同仁，是不是把热情放在自己的本领上，是不是会用最奇怪、最自信的方式来展现自己的谦逊，只要他不会飞，那就算了！不管另一个人是不是真的理解你，是不是会倾听你的难处，鼓励你做好自己，叫你不要隐藏自己，只要他不会飞，那就算了！不管另一个人靠近你的时候，你有没有想扯掉他的衬衣，把他推进一旁的巷子，吻到他无法呼吸，只要他不会飞，那就算了！"

沙兰停下来喘了口气。

"这个人……"阿多林说，"这个人……是我？"

"你真是个大笨蛋。"沙兰抓着阿多林破烂的外套，吻住了他。晶莹剔透的激灵从空中飘落，把他们包围。这个吻的温热比茶水更管用，让她热血沸腾。飓光的功效是不错，但……但跟这种能量比起来，还是相形见绌。

飓风在上，她爱这个男人。

她刚放开阿多林，阿多林就抓住她，把她搂紧，重重地喘息着。

"你……你确定吗？"他问，"我只是……别瞪着我，沙兰。说白了,这个世界现在到处都是神和令使。你正好是其中之一,可我谁也不是。我不习惯那种感觉。"

"那么这可能是你遇到过的最幸福的事,阿多林·寇林——嗯,除了我。"她依偎着阿多林,"我就实话实说了,浣纱确实有讨好'飓风恩护者'卡拉丁的倾向。她对男人的品味很差,我已经叫她配合了。"

"是个麻烦,沙兰。"

"我不会让她发展下去的,我保证。"

"我指的不是这个。"阿多林说,"我指的是……你变成别人的事,沙兰。"

"人在不同时期是会变的,记得吗?"

"你的情况不一样。"

"我知道。"沙兰说,"可我……我想我不会冒出新的人格了,目前就三个。"她转过身,对依然搂着她腰的阿多林笑了笑。"如何?你一下子拥有了三个未婚妻,而不是一个。有些男人满脑子都是这种淫荡的念头。只要你愿意,我可以变成任何人。"

"但问题就出在这儿,沙兰。我不想要任何人,我只想要你。"

"这可能是最困难的,阿多林,但我大概做得到,只是需要些帮助?"

他傻乎乎地咧嘴一笑。风操的,他的头发里都是石子,怎么还这么有型?"所以……"他说,"你刚才说要吻到我无法呼吸,可我还一点都不喘呢——"

他话还没说完就被打断了,沙兰又吻住了他。

✦

卡拉丁坐在屋檐上,身处泰勒拿城顶层城区的高处。

这座城市反复遭受灭世风暴的侵袭，真是多灾多难。泰勒拿人才刚开始想办法重建，眼下又要处理更多损毁的建筑。废墟一路通往雷岩兽的尸体，它躺在那儿，就像一尊被推倒的雕像。

我们能赢，他心想，但每一次胜利都会给我们留下更多创伤。

他把一块小石头攥在手里，用拇指摩挲着。下方，一个红发飘飘的女人在紧邻大路的小巷里亲吻一个穿着破烂制服的男人。有些人是可以抛下创伤来庆祝，卡拉丁并不反对，他只想知道他们是怎么做到的。

"卡拉丁？"茜尔化作光缎绕着他打转，"别难过。真言该来的时候就会来，你会没事的。"

"我一直都没事啊。"

他眯起眼睛望着下面的沙兰和阿多林，发现自己恨不起来了。他也不觉得无奈，只是觉得……能够认同了？

"哦，是他们呀。"茜尔说，"我知道你在战斗时不会退缩。这轮是你输了，但——"

"免了。"他说，"她已经做出了选择，你也能看出来。"

"是吗？"

"应该吧。"他用手指摩挲石块，"茜尔，我想我并不爱她。每当我靠近她的时候，我只会有种……如释重负的感觉。她让我想起了一个人。"

"谁呀？"

他摊开手掌，让茜尔落在上面。茜尔化为长发飞扬、裙袂飘飘的少女形态，弯腰观察他掌心上的石块，发出一阵柔声细语。她依然天真得出奇，睁大了眼睛，对这个世界兴致勃勃。

"真是颗漂亮的石头。"她一本正经地说。

"谢谢。"

"你从哪里捡来的？"

"在下面的战场上找到的,弄湿了还会变颜色。它看上去是棕色的,沾了水就能看到黑色、白色和灰色。"

"哇!"

他又让茜尔看了一会儿,最后说:"那么关于仆族的事都是真的?在我们到来之前,这里确实是他们的地盘、他们的世界,而我们……我们才是虚渡?"

茜尔点点头:"仇恨就是虚空,卡拉丁。他会把情感都吸走,而且不会放手。是你们……是你们把他带了过来。那时我还没出生,但我知道事实。他是你们第一个神,后来你们才转投了荣誉。"

卡拉丁缓缓吐出一口气,闭上眼睛。

第四冲桥队的队员对此感到苦恼,而他们完全有理由这样。军中的其他人并不在乎,但他的部下……他们都清楚。

一个人是可以保护自己的家,是可以靠杀戮来保护家人,但如果这个家一开始就是偷来的呢?如果被杀死的人只是想要夺回他们应得的东西呢?

发自阿勒斯卡的报告显示,仆族的军队正向北推进,而本地的阿勒斯卡部队已经进入了赫达孜。赫斯通会发生什么?他的家人又会有什么命运?外敌当前,他自然可以说服父亲搬到乌有斯麓,但接下来怎么办?

事态变得非常复杂。人类在这片大陆上生存了几千年,不管古人做出了多不光彩的事,真有人会因为他们的行为而放手吗?

他在跟谁战斗?他又在保护谁?

他是捍卫者还是侵略者?

他是受人尊敬的骑士还是借势作恶的打手?

"我一直以为光辉变节是单一的事件,"他对茜尔说,"骑士在那一天放弃了瑛刃瑛甲,跟达力拿在幻境中看到的差不多,但我认为其实不是那样的。"

"那是什么样的?"茜尔问。

"像这样,"卡拉丁眯起眼睛,望着落日余晖在海面上荡漾,"他们发现了一些没法忽略的事,最后只好自己去面对。"

"他们做出了错误的选择。"

卡拉丁把石块放进口袋。"誓言是观念上的问题,茜尔,你确认过这一点。唯一重要的是,我们是不是有把握遵守自己的原则。如果我们失去了把握,那么丢弃盔甲和武器就只是走形式而已。"

"卡尔——"

"我不会做同样的事。"他说,"我想,第四冲桥队经历了那样的过去,我们会比古代的光辉骑士更务实。我们不会抛弃你们,但要搞明白接下来该做什么,结果可能会一团糟。"

卡拉丁从屋顶上走下来,施放风行术。他划出一大道弧线,飞过城市上空,落在一间屋子的屋顶上。第四冲桥队正在那儿吃面饼,一边蘸着库玛粉,里面混的是捣碎的瓜谷和香料。他们本可以索要比行军粮更好吃的东西,但他们似乎没有这个意识。

泰夫特站在一旁,身上微微发着光。卡拉丁向其他人挥挥手,来到泰夫特身边,和他一同站在屋檐上,眺望远处的大海。

"差不多该让大伙回去干活了。"泰夫特说,"塔拉梵吉安国王要我们把伤员从医疗站带到誓约之门去。大伙想歇一会儿,吃点东西,倒不是因为他们风操的干了多少事。我们还没过来的时候,你就打赢了,卡尔。"

"如果不是你启动了誓约之门,我就死定了。"卡拉丁轻声说,"不知怎么的,我知道你会这么做,泰夫特。我知道你会来救我。"

"那你知道得比我清楚。"泰夫特松了一口气。

卡拉丁把手放在泰夫特肩上。"我明白那是什么心情。"

"嗯,"泰夫特说,"我想你明白,但感觉不会好点吗?我风操的还是想要搓火藓。"

"这并没有改变我们，泰夫特。我们还是我们。"

"诅咒之地的。"

卡拉丁回头看了看其他人。偻朋在讲述自己断胳膊的经历，想要讨琳和拉兰的欢心。这是卡拉丁听到的第七个版本，每一个版本都略有差异。

卡拉丁想到了"大胡子"，失落感油然而生，仿佛身侧被捅了一刀。"大胡子"和偻朋一定合得来。

"不会变容易的，泰夫特。"他说，"对真言越是了解，我想难度就越大，幸好有人帮你一把。在我有需要的时候，你帮了我，现在轮到我帮你了。"

泰夫特点点头，随后却伸手一指："那他怎么办？"

卡拉丁才发现石头没有和队友待在一起。那个高大的吃角族人正低着头坐在下方一座神殿的台阶上，腿上摆着碎瑛弓，浑身散发的飓光已经熄灭。他显然认为自己的行为违背了誓言，哪怕卡拉丁因此得救。

"泰夫特，这座桥我们要一起抬起来，"卡拉丁说，"而且要一起扛。"

达力拿不愿立即离开泰勒拿城，但他拗不过纳瓦妮，只好同意返回王城的别墅，在那儿休息。半路上，他先去了塔拉内拉塔神庙。神庙已被清场，给将领们预留了开会的空间。

趁着还没有人到场，达力拿稍稍看了看供奉令使的浮雕。他明知道自己应当上山就寝，至少也得等到亚泽尔方面的大使抵达，但塔拉内拉塔艾林伫立在千军万马之前的浮雕像忽然让他有所感触……

在决一死战的关头，他是否也对付过人类？ 达力拿心想，**或者更**

糟，他是否考虑过自己犯下的罪行，是否考虑过我们为夺取这个世界所做的一切？

当一个人影挡在神殿的入口时，达力拿仍旧站着没动。"我带来了手术师。"塔拉梵吉安的声音回荡在偌大的石室里，"他们已经开始救助城里的伤者。"

"多谢。"达力拿说。

塔拉梵吉安没有走进神殿，而是在原地等待。达力拿终于轻叹一声。"你弃我于不顾，"他说，"又把这座城市抛在身后。"

"我认为你会失败，"塔拉梵吉安说，"这样我就能得到联盟的控制权。"

达力拿一怔，转身面朝那个站在入口的老者的人影。"你说什么？"

"我认为，让联盟从你的错误中恢复的唯一办法就是让我掌权。朋友，我无法与你站成一线。为了柔刹的利益，我要脱离出去。"

就算已经和塔拉梵吉安经过了商议、就算知道了那人对自身义务的看法，达力拿依然惊骇不已。这是多么残酷的功利主义政治手段。

塔拉梵吉安终于走进神殿，抬起干枯的手抚过浮雕。他来到达力拿身边，和他一起看着一幅雕刻。雕刻上有一个强壮的男子伫立在两根石柱之间，挡在人类和怪物之间。

"你……你不是碰巧才当上雅克维德的国王的，对吗？"达力拿问。

塔拉梵吉安摇摇头。很显然，不明真相的人会以为塔拉梵吉安头脑迟钝，往往不把他放在眼里，可一旦真相水落石出，其他谜团也就渐渐有了眉目。

"你是怎么做到的？"达力拿问。

"卡哈巴兰斯有位女子名叫多瓦，"塔拉梵吉安说，"可我们都觉得她是令使巴忒阿艾林。她告诉我们，灭世即将来临。"他瞧了达力拿一眼。"我跟你兄长的身亡没有关系，可等我听说了那个刺客的奇能异术，我就开始找他，花了好几年才找到。我给他下达了明确的指示……"

莫阿什离开塔冠城王宫，走进似乎姗姗来迟的夜色。

人们都挤在御花园里。他们被逐出了家园，给仆族让位。有些难民把油布扎在页岩皮木的硬皮上，搭出仅有几尺高的矮帐篷。生灵在帐篷和花木之间起伏跃动。

莫阿什的目标是一个坐在花园后面的黑暗中傻笑的男人。那人已经疯了，双眸在夜色中失去了光彩。

莫阿什在他跟前跪下。他问："你看到我了？"

"没有。"莫阿什将那把古怪的金匕首捅进疯人的肚腹。疯人轻哼一声，傻乎乎地笑了笑，然后闭上了眼睛。

"你真是他们的一员吗？"莫阿什问，"你真是全能之主的令使吗？"

"是，是，是……"疯人双目圆睁，猛地颤抖起来，"是……不是。不，这是什么死法？这是什么死法！"

挤在周围的人影动了动，聪明点的赶紧跑开了。

"我要死了！"疯人惊叫道，低头看了看莫阿什手里的匕首，"这是什么？"

又颤抖了片刻，疯人忽然一阵抽搐，紧接着就一动不动。莫阿什把金得发白的匕首拔出来，匕首拽着青烟，留下一道漆黑的伤口，嵌在剑柄顶端的大颗蓝宝石发出柔和的光芒。

莫阿什回望悬在王宫后方夜空中的融族。他们似乎不敢亲自对令使下手。为什么？他们在害怕什么？

莫阿什朝他们举高匕首，但他们没有喝彩，只有想要入睡的难民说了几句胡话。除了这些潦倒的奴隶，没有别人目击这一刻。

令使之王杰兹雷恩终于死了。他又叫杰泽尔和杰泽雷泽艾林，在神话传说中被公认为史上最伟大的人。

倭朋跳到一块岩石后面，咧嘴一笑，发现了藏在那儿的叶片状的小灵体。"可给我找到了，小不点。"

卢亚变成任性小男孩的形态，看着大概有九岁或十岁。"小不点"自然是倭朋对他的称呼，不是他的真名。

卢亚化为光缎掠向半空。第四冲桥队站在泰勒拿城区底部（也就是下城区）的帐篷附近，正好处在城墙的荫蔽下，那里有一座庞大的医疗站。

"倭朋！"泰夫特喊道，"别耍疯了，快来帮忙。"

"我又不疯！"倭朋回喊，"我可是这帮人里最不疯的！没人不知道！"

泰夫特叹了口气，向皮特和雷滕招招手。三名冲桥手一起小心翼翼地将一座足有二十尺见方的大平台甩到半空，使其飞向城市的高处，平台上挤满了正在康复的伤员。

卢亚蹲到倭朋的肩膀上，化为少年形态，向那些冲桥手伸出手，试着比了比倭朋教他的手势。

"不错嘛，"倭朋说，"但你的手指比错了。不是这个！也不是这个。小不点，那是你的脚。"

灵体于是朝倭朋比了那个手势。

"这就对了。"倭朋说，"感谢我吧，小不点，是我让你学得这么快的。靠近倭无双的人不经常这样才怪，凭空蹦出来的小东西也是一样。"

他转身走进安置伤员的帐篷,帐篷的另一端系在一段精致锃亮的青铜城墙上。但愿泰勒拿人能欣赏它的美。哪个国家有金属做的城墙?哪天偻朋造了宫殿,他也会在上面弄一堵这样的城墙来。只是泰勒拿人很古怪,对一个喜欢在寒冷的南方生活的民族,他还能说什么呢?当地的语言讲起来简直就像牙齿在打颤。

帐篷里都是伤员,他们的身体状况没有那么差,不需要雷纳林或莉芙特治疗,但还需要手术师照料。当然,他们现在还没死,没准以后会死,但所有人没准以后都会死,所以放着他们不理,只顾着内脏被搅乱的人,可能也没关系。

他们不停呻吟、不停呜咽。看来,他们没有马上死掉,也算一个小小的安慰。虔诚者尽了全力,但真正的手术师大多去了城市的高层。塔拉梵吉安的军队终于决定加入战斗,因为所有好做的事——比如没什么技术含量的死亡——都已经完成了。

偻朋拿来自己的背包,从德鲁身旁经过,后者正在折叠刚煮好的绷带。就算过了几百年,他们也还是遵循着令使的嘱咐。煮沸的东西能杀死腐灵。

偻朋拍了拍德鲁的肩膀。这个纤细的阿勒斯卡人抬头一看,朝偻朋点点头,露出一对红肿的眼睛。爱上军人可不容易,既然卡拉丁一个人从阿勒斯卡回来了……

偻朋继续往前走,终于挨着一个伤员坐到床铺上。伤员是泰勒拿人,长眉耷拉下来,头上缠着绷带,眼睛一眨不眨地直视着前方。

"想看我变戏法吗?"偻朋问士兵。

那人耸耸肩。

偻朋抬起脚,把靴子放在伤员的床铺上。靴带已经解开了,偻朋一手背在身后,熟练地抓住绳子绕在手上,扭了扭再拉紧,用另一只脚压住一端。他打了一个漂亮的蝴蝶结,形状还是对称的,也许他可以找虔诚者写一首诗。

士兵毫无反应。偻朋往后一靠，拉过自己的背包，背包叮当作响。"别这样嘛，又不是世界末日。"

士兵疑惑地歪过头。

"嗯，当然了，严格来说可能是吧，但对世界末日来说，也不算太坏，对不对？我还以为我们会沉到臭烘烘的脓液和厄运里，痛苦地呼吸着周围的空气，而周围的空气一定会烧化，我们扯着嗓子发出最后一声惨叫，回味着还有女人爱的时光。"偻朋拍了拍床铺，"闷哥，我不知道你怎么样，可我的肺没有火辣辣地疼，空气好像也没怎么烧化。这种感觉本来是很难受的，你应该心存感激，记住了？"

"我……"那人眨眨眼。

"我是叫你记住我的话，可以讲给你泡的女人听，非常有用。"偻朋在背包里摸了摸，掏出一瓶他搜刮来的泰勒拿谷啤。在帐篷顶上穿梭已久的卢亚飘了下来，打量着酒瓶。

"想看我变戏法吗？"偻朋问。

"又来？"那人问。

"我一般只用一片指甲就能把瓶盖撬开。我有赫达孜人的神奇指甲，特别硬。你的指甲就跟大多数人差不多，没那么硬。看我的！"

偻朋一手卷起裤腿，把酒瓶朝下按在腿上，然后飞快地一甩手，扭开了瓶盖。他冲那人举起酒瓶。

那人伸出缠着绷带的右臂，这条手臂只剩下了手肘以上的部分。他看了看，皱起眉头，改用左手。

"如果你想听笑话，"偻朋说，"我有几个不能再讲的。"

士兵默默地喝着酒，瞟了帐篷前面一眼。卡拉丁走了进来，浑身微微泛光。他正和一些手术师交谈着，以他的性格，他可能在指导他们。

"你也是他们的一员，"士兵说，"你是光辉骑士。"

"当然。"偻朋说,"其实还不算。我正想弄清楚下一步该怎么做。"

"下一步?"

"我已经会飞了,"偻朋说,"我也有灵体了,可我还不知道自己是不是擅长救人。"

士兵看着那瓶酒。"我……我觉得你大概没问题吧。"

"那是啤酒,不是人,别搞混了。这挺尴尬的,但我不会说出去。"

"所以……"那人说,"怎么才能加入呢?据说……据说可以把自己治好?"

"当然,但就是治不好你脖子上的那颗石壳木。对我来说再好不过了,我是这帮人里唯一正常的,这可能是个麻烦。"

"为什么?"

"据说你得崩溃才行。"偻朋瞧了瞧自己的灵体,卢亚兴奋地转了几圈,又一下子躲了起来。偻朋待会儿要去找这个小家伙,他很喜欢捉迷藏。"你认识国王的姐姐吗?就那个长得很高、眼神能弄断碎瑛刃的猛女?她说这种力量得以什么方式进入你的灵魂,所以我一直想哇哇大哭,抱怨生活糟糕透顶,但我觉得飓风之父知道我在撒谎。偻无双很难装悲伤。"

"我可能崩溃了。"士兵轻声说。

"好啊,好啊!还没有泰勒拿人呢。最近我们好像哪儿都招人,连仆族也有!"

"我就问问。"士兵喝了口酒。

"行,问吧,跟着我们好了,琳就是这样的,可你得念真言。"

"真言?"

"这个简单,'生先死,强护弱,行胜饼',难点是'我会保护那些不能自卫的人',然后——"

忽然一阵凉意袭来,帐篷里的宝石闪了闪,光芒熄灭了。风行骑士团的古老符号在偻朋周围结成冰霜,消失在床铺底下。

"啥?"偻朋站起来,"啥?怎么现在才来?"

他听到远处传来雷鸣般的隆隆声。

"怎么现在才来?"偻朋朝天挥舞拳头,"我还想等到激动人心的时刻呢,你这浑蛋!为什么不早点听进去?我们这不是都快死了吗!"

他明显感到有个声音从非常遥远的地方传来:

你还没有完全准备好。

"风操的!"偻朋朝天比了个倍加下流的手势,他等了很久才有机会好好比一次。卢亚有样学样,还多长出两条胳膊,增强侮辱性。

"真不赖。"偻朋说,"喂,黑发哥!我现在是正式的光辉骑士了,来夸我吧。"卡拉丁好像都没注意到。"等一下。"偻朋对独臂的士兵说,走到卡拉丁身边。卡拉丁正在和一名信使交谈。

"你确定?"卡拉丁对文书说,"达力拿知道吗?"

"是他派我来的,长官。"女子说,"这里有一张地图,上面标明了对芦列出的位置。"

"黑发哥,"偻朋说,"喂,你有没有——"

"恭喜你,偻朋,干得好。在我回来之前,你就当泰夫特的副手。"

卡拉丁一阵风似的冲出帐篷,帐帘沙沙作响。他用飞行术把自己甩到天上,很快飞走了。

偻朋两手叉腰,卢亚落到他脑袋上,轻轻发出又喜又怒的叫声,向卡拉丁比了一个倍加粗鲁的手势。

"别滥用,小不点。"偻朋说。

※

"来吧。"阿什牵着塔恩的手,领他走上最后几级台阶。

可他只是呆望着阿什。

"塔恩,"阿什轻声说,"求求你。"

塔恩眼中失去了最后的神采。从前,当别人战死的时候,也没有什么能阻挡他。如今,他却在战斗中东躲西藏,发出哀号,现在还像个傻瓜似的跟着她。

塔拉内艾林已经像其他令使一样崩溃了。

还有艾沙,阿什心想,*艾沙总有办法*。她强忍泪水。看着塔恩失去活力,就像看着太阳失去光辉。这些年来,她一直还指望着,或许……或许……

或许怎样?指望塔恩能带来救赎?

一旁有人用她的名讳诅咒,她只想一巴掌扇过去。*不要以我们的名义骂人,不要绘制我们的画像,不要崇拜我们的塑像*。她会抹除这一切,她会毁掉所有作品,她……

阿什吸气、呼气,又牵住塔恩的手,把他拖进离城的难民队伍。眼下只有外国人可以出去,以防誓约之门超负荷运作。她要回亚泽尔去,他们的肤色在那里不会很突出。

这又是何等的恩赐!他曾说过,他们难得能在灭世的间隙复苏和发展。

噢,塔恩。他就不能恨她吗?他就不能让她——

她愣在原地,心中有什么东西被撕裂了。

神哪!阿多拿西啊!

怎么回事?究竟是怎么回事?

塔恩发出哀叫,如断线木偶般瘫倒在地。阿什一个踉跄,也跪了下去。她环抱双臂,浑身发抖。这并非出于痛苦,而是出于更深重的原因。她怅然若失,心中仿佛裂开了一个洞。她的一部分灵魂已被切除。

"小姐?"一名士兵问道,小跑上来,"小姐,您还好吧?来人哪，快叫医护人员！小姐，您怎么了？"

"他们……他们设法杀了他……"

"您说谁？"

阿什抬头看着士兵，泪水模糊了视线。这是一种恐怖的死法，跟他们以往的死法不同。她根本感受不到塔恩的存在。

他们对杰兹雷恩的灵魂采取了行动。

"我父亲……"阿什说，"他死了。"

他们在难民中引起了一阵骚动，有个穿着深紫色服装的女子抽身离开了前方那群文书。此人正是"黑荆棘"的侄女，她依次望了望阿什和塔恩，再去核对她拿在手里的纸。那上面是阿什和塔恩的素描，画得异常准确，而且不是宗教画像中的模样，而是写实的描绘。到底是谁画的？有什么理由吗？

是米狄厄斯的画风，阿什隐约发现，他为什么要分发我们的图？

那种撕裂感终于结束了。这来得非常突然，阿什数千年来头一次失去了知觉。

122 还 债

不错,我独自上路,也独自抵达终点,但这一路上我并不是孤身一人。

——摘自《王者之路》跋

卡拉丁飞过翻涌的大海。达力拿已能召唤出力量,为他注入满溢的飓光,但这么做显然很辛苦。

卡拉丁飞到卡哈巴兰斯就耗尽了这批飓光,于是就地睡了一宿。即便有飓光相助,他的身体也吃不消。经过第二天的长途飞行,他抵达了塔拉特海。

飞行时,他用的是从卡哈巴兰斯府库征得的宝石。阿勒斯卡沿岸的几处地点冒着黑烟,仍有城市在抵抗仆族的侵略。地图在卡拉丁指间飘动,他观察着海岸,寻找文员画给他的岩石地貌。

发现目标后,他担心自己没有充足的飓光返回安全地带,便在原地降落,按照指示继续步行。他穿过了一片冰凉崎岖的石地,不由得想起了破碎平原。

在某条干涸的河流沿岸，他发现石洞旁挤着一小群难民。微小的火堆冒出袅袅烟气，照亮了十个穿着棕色斗篷的人。他们毫不起眼，就像他在搜寻过程中路过的许多人一样，唯一的区别是钉在营地前方两根柱子之间的旧油布，上面画着一个小符号。

第四冲桥队的符号。

有两人从火堆边起身，拉下兜帽。是两名男子，一个高高瘦瘦，一个矮小落魄，两鬓斑白。

德雷赫和斯卡。

他们双双向卡拉丁敬礼，动作利落。德雷赫脸上还有旧伤，而斯卡像是几周没睡觉了。为了遮住文身，他们只能把灰烬抹在额头上。这种做法基本等于给自己打上了逃奴的印记，平日里是行不通的。

茜尔发出由衷的笑声，嗖地飞到他们面前，而从他们的反应来判断，她好像让他们看到了自己。沙兰的三名侍从也现身了。卡拉丁不认识其他人，但其中一人应该就是他们找到的商人，手里依然掌握着一支对芦。

卡拉丁拍了拍斯卡的后背，斯卡便说："卡尔，有件事我们没有用对芦提到。"

卡拉丁一听，皱起了眉头。德雷赫回身走到火堆边，抱起了一个衣衫褴褛的人。是个孩子？没错，是个一脸惊恐的小男孩，大概三四岁，嘴唇皲裂，眼神空洞。

艾尔霍卡的儿子。

"我们保护那些无法自卫的人。"德雷赫说。

这天，塔拉梵吉安连第一页的题目都解不出。

读风者杜卡接过试卷看了看，摇了摇头。头脑愚钝的日子到了。

塔拉梵吉安往乌有斯麓的座位上一靠。变笨的情况好像越来越频繁了,也许这是他自己的看法。

泰勒拿之战已经过去了八天,他不确定达力拿还会不会信任他,但透露真相的风险是可控的。塔拉梵吉安目前仍是联盟的一员,这是好事,哪怕……

风杀的,要想理清糊涂的思维……还真是麻烦。

"今天他智力低下,"杜卡向胳膊粗壮的护卫穆拉尔报告道,"可以进行交流,但不应做出重要的决策。我们不能相信他对《谶记》的解释。"

"瓦尔格?"阿德罗塔吉娅问,"你想怎么度过这天?去雅克维德的庭园逛逛如何?"

塔拉梵吉安睁开眼睛,望着他忠实的伙伴:杜卡、穆拉尔和阿德罗塔吉娅。阿德罗塔吉娅如今也这么苍老了。她是否和塔拉梵吉安一样,每次照镜子时都会感到惊讶,想要知道岁月都去了哪里?他们年轻时还想征服世界呢。

抑或是拯救世界。

"陛下?"阿德罗塔吉娅问。

哦,对了,他有时是会神游。"灭世风暴不过去,我们什么也不能做,对吧?"

阿德罗塔吉娅点点头,递上计算结果。"快到了。"战斗结束后的八天里,人们一直徒劳地盼望着灭世风暴能永远消失。"虽然没有上一轮那么猛烈,但灭世风暴还是降临了,目前已经刮到亚泽尔,一个小时之内就会抵达乌有斯麓。"

"那就等着吧。"

阿德罗塔吉娅给了他几封信,都是他在卡哈巴兰斯的孙辈寄来的。就算到了头脑不灵活的时候,他也能读书,但要花上更长时间才能辨认一些字。大孙女格沃丽被读风学校录取了,这所学校为所有学者提供进入帕拉奈图书馆的资格。二孙女卡拉梵妮迦已经拜入师门，这次送来了她们三个孙女的画像，小鲁莉在中间咧嘴欢笑，缺了颗牙。她画了一幅花朵的图送给塔拉梵吉安。

塔拉梵吉安读完信，摸到了脸上的泪水。三个孙女都对《谶记》一无所知，他决定维持现状。

阿德罗塔吉娅和杜卡在屋角轻声交谈，弄不明白《谶记》的某些段落，没有理会屋里的侍从梅本。塔拉梵吉安最近老是咳嗽，梅本摸了摸他的额头。

我们真是愚蠢，塔拉梵吉安心念道，指尖在画着花朵的图上抚过，我们可没有想象中那么博学。也许就这一点而言，更聪明的那个我却总是更笨。

阿德罗塔吉娅的钟表发出叮的一声，他才得知灭世风暴的到来。这件考究的小玩意是纳瓦妮·寇林送的。

"《谶记》出错的次数太多了。"穆拉尔对阿德罗塔吉娅和杜卡说，"它预言达力拿·寇林会迫于压力而失败，还会成为敌人的代理斗士。"

"也许格雷夫斯是对的。"杜卡不安地搓着双手，朝窗户看了一眼。尽管灭世风暴刮不到这么高的地方，窗板还是关上了。"'黑荆棘'可以成为盟友，这就是《谶记》的意思。"

"不，"塔拉梵吉安说，"这不是《谶记》的意思。"

他们望着他。"瓦尔格？"阿德罗塔吉娅问。

他想找理由解释，可这就像握住一杯油一样。

"我们的处境很危险。"杜卡说，"陛下向达力拿透露了太多信息，我们眼下会受到监视。"

……窗户……

"达力拿不知道《谶记》的存在。"阿德罗塔吉娅接着说，"他也不知道我们把歌者带到了乌有斯麓。他只知道刺客是卡哈巴兰斯方面操控的，还认为是那个令使发疯了，才促使我们采取行动。我们依然处在有利的位置。"

把窗户……打开…… 其他人都没有听到这个声音。

"《谶记》错漏百出。"穆拉尔坚持道。虽然他不是学者，但他充分参与了他们的计划。"我们已经大大偏离了它的承诺。计划需要改变。"

"太迟了。"阿德罗塔吉娅说，"对峙就快发生了。"

把窗户打开！

塔拉梵吉安颤颤巍巍地站起来。阿德罗塔吉娅说得没错，《谶记》预言的对峙就快发生了。

甚至比她想象的还要快。

"我们必须相信《谶记》。"塔拉梵吉安从他们身边走过，低声道，"我们必须相信心中有数的那个我。我们必须有信心。"

阿德罗塔吉娅摇摇头。她不喜欢听到他们说出"信心"之类的词。塔拉梵吉安努力记住这一点，而他在头脑精明的时候确实能做到。

夜妖，叫你被飓风吃了才好，他心想，*仇恨胜利后，你也会死。你就不能只给恩惠，不下诅咒吗？*

他请夜妖赐予他拯救臣民的能力。他还恳求夜妖让他成为富有同情心和智慧的人，结果他真的得到了这两种特质，只是从来没有同时拥有过。

他碰了碰窗板。

"瓦尔格？"阿德罗塔吉娅问，"要透点新鲜空气吗？"

"可惜不用。我有别的事。"

他打开窗板，忽然来到了一个充满无限光明的地方。

他脚下的大地发出光芒，在附近淌过的河流是由某种熔融的物质构成的，呈现金色和橙色。在他眼中，仇恨是一个二十尺高的人类，长着深族人的眼睛,手握权杖,胡须不像塔拉梵吉安那般稀疏,但也不浓密,几乎就像虔诚者的样式。

"唔,"仇恨说,"你是塔拉梵吉安,对吧?"他眯起眼睛,像是头一次见到塔拉梵吉安似的。"小家伙,为什么要给吾写信?为什么要命令飓能者解锁誓约之门,让吾①的军队进攻乌有斯麓?"

"我只想为您效劳,伟大的神。"塔拉梵吉安屈膝跪下。

"不要下跪。"神笑着说,"我看得出你不喜欢讨好别人,我也不会被你看似讨好的举动骗过去。"

塔拉梵吉安深吸一口气,仍旧跪在地上。仇恨偏偏选在这天亲自和他接触?"我今天身子不好,伟大的神。我……嗯……我得了病,状况很差。等我身子好了,我还能见您吗?"

"可怜!"仇恨说。

塔拉梵吉安身后的金色大地上冒出了一把椅子。仇恨走过来,忽然变小了,变得更像人了。他轻轻地把塔拉梵吉安推到椅子上。"坐吧。感觉好点了吗?"

"好点了……谢谢。"塔拉梵吉安蹙起眉头。这不是他想象中的对话方式。

"行了,"仇恨轻轻地把权杖放在塔拉梵吉安肩上,"你觉得等你身子好了,我还会见你吗?"

"我……"

"塔拉梵吉安,你难道不知道吗?我特意选了这天,就是因为你得了病。你真的以为你有权和我谈条件吗?"

塔拉梵吉安润润嘴唇。"万万不敢。"

"很好,很好,我们互相理解了。那么你一直在捣鼓什么呢……"仇恨走到一边,一个金色的高台便出现了,上面有一本

---

① 在这一段,仇恨使用尊严复数"we"来称呼自己,因此译为"吾"。

《谶记》。他开始翻阅,金色的景象随即变成了一间摆放着精美木制家具的卧室,从地板到天花板再到床头板,每一个表面上都布满了潦草的字迹。塔拉梵吉安认出了这个地方。

"塔拉梵吉安!"仇恨说,"了不起。"墙壁和家具渐渐消失,只留下了那些字迹。它们悬浮在空中,开始散发金光。"你没有借助运气或灵界域就做到了?真是不可思议。"

"谢……谢谢?"

"请允许我展示一下我的眼界。"

金色的词语从塔拉梵吉安写在《谶记》里的内容中迸发出来,千千万万个金色的字母烙印在空中,无限延伸,每一个字母都取出塔拉梵吉安写下的一个小元素,并在其基础上扩展出大量信息。

一瞬间,塔拉梵吉安看到了永恒,不禁屏住了呼吸。

仇恨审视着塔拉梵吉安写在梳妆台一侧的文字。"我明白了。占领阿勒斯卡?勇气可嘉,勇气可嘉。但为什么要请我攻打乌有斯麓?"

"我们——"

"没必要!我明白了。放弃泰勒拿城,确保'黑荆棘'落败,铲除对手。这种主动向我示好的行为显然起作用了。"仇恨转向他,露出会心而自信的笑容。

你真的以为你有权和我谈条件吗?

那些字迹笼罩着塔拉梵吉安,百万个词语遮盖了周围的景象。那个更聪明的他会试着去解读,但这个更愚笨的他却只是感到恐惧。这真的是为了他好吗?如果进行解读,他只会迷失其中。

我的孙辈,他心想,卡哈巴兰斯的人民,还有世上的好人。一想到他们可能的遭遇,他就不寒而栗。

必须有人做出艰难的决定。他从金色的座位上滑下来,而仇恨还在细看《谶记》的另一段内容。在床的后面,有一部分文字已经从金色变成了黑色。这是怎么回事?他靠了过去,发现那些文字从墙上的这个位置开始就被抹去了，变成了一团绵延不绝的漆黑，仿佛发生过什么事，仿佛仇恨的眼界泛起了波澜……

底部有一个名字：雷纳林·寇林。

"达力拿不该升华。"仇恨走到塔拉梵吉安身后。

"您需要我。"塔拉梵吉安低语。

"我谁都不需要。"

塔拉梵吉安抬起头，看到面前有一串闪闪发光的文字，正是过去的他传来的信息。难以置信！他竟然连这一幕都预见到了？

谢谢。

他大声朗读："您已经同意进行代理斗士的对决。您必须抽身而退，不让这场对决发生。您也不能再与达力拿·寇林见面，否则他会逼迫你作战。也就是说，您必须让手下代劳。您需要我。"

仇恨走过来，看到了塔拉梵吉安朗读的文字。他冲着塔拉梵吉安脸上的泪水皱起眉头。

"你的激情值得称赞。"仇恨说，"在这场交易中，你有什么要求？"

"保护我的臣民。"

"亲爱的塔拉梵吉安，你以为我看不出来你有什么打算吗？"仇恨指了指原先写在天花板上的文字，"你想成为全人类的国王，那我就得保护他们所有人，这不可能。倘若你协助我，我会拯救你两代以内的亲人。"

"还不够。"

"那就没得谈了。"

四周的文字逐渐淡去，只留下他一人，孤独又愚蠢。他眨眨眼，挤去眼角的泪花。"卡哈巴兰斯，"他说，"就保护卡哈巴兰斯吧。您可以摧毁其余国家，但请放过我的城邦。求求您了。"

世界注定毁灭，人类在劫难逃。

他们打算守护的东西要多得多，然而……现在他才发现他们所知甚少。还有一座城邦可以直面风暴，还有一片土地可以得到庇护，哪怕其他的一切都必须被舍弃。

"我会放过卡哈巴兰斯这座城邦，"仇恨说，"以及出生在那里的人类和他们的配偶。你是否同意？"

"我们要……签订契约吗？"

"我们的话就是契约。我可不是荣誉的什么灵体，只想遵守最严格的承诺。如果你取得了我的同意，我会记在心里，而不只是嘴上说说。"

还能怎么办？"成交。"塔拉梵吉安低语，"谶记社为您效劳。作为交换，请您保护我的臣民。不过我还要提醒一句，刺客加入了达力拿·寇林的阵营，我只能披露自己跟他的关系。

"我知道。"仇恨说，"可你依然派得上用场。首先，我要得到你妙手偷来的那把荣刃；接着，你要替我查出阿勒斯卡人对这座高塔的发现……"

※

沙兰呼出飓光，塑造只有当她和达力拿相遇时才可能出现的幻象。袅袅雾气扩散开来，形成海洋和山峰，乃至整片柔剎大陆，透着鲜艳的色彩。

轩亲王亚拉达和哈萨姆招呼将领和文员绕着地图走一圈。地图填满了整个大厅，飘浮在大概齐腰高的位置。达力拿站在地图的正中央，身处乌有斯麓周边的群山中，触及制服的那部分幻象荡漾消散。

阿多林从后面搂住沙兰。"看起来很美。"

"你看起来也很美。"沙兰回应。

"你也很美。"

"只因为你在我身边。没有你,我黯然失色。"

光明女士忒夏芙站在附近,尽管这名女子平日里保持着沉稳克制的专业态度,但沙兰还是隐隐觉得她翻了个白眼。也罢,忒夏芙上了年纪,大多数时候可能已经忘了呼吸是什么感觉,更别提爱一个人是什么感觉了。

阿多林让沙兰难以自持。他的温存近在眼前,她都很难维持幻象地图的运作。她觉得自己很傻,毕竟他们订婚有几个月了,她已经习惯和他相处了,但他们的关系还是起了不可思议的变化。

终于到时候了。婚期已经定好,还剩一周的时间。一旦阿勒斯卡人决心要做事,他们就会行动,这一点还是不错。沙兰不想在一段没有誓言的关系中走得太远,可风杀的,一周的时间也开始显得漫长了。

她还需要向阿多林做一些解释,最主要是鬼血会的那些糟心事。最近她根本没往那边想,但现在总算有了能倾诉的人了,倒也是一种解脱。可以让浣纱出面谈,阿多林逐渐习惯她了,但不愿意和她亲近,只把她当作酒友,其实这对他们俩来说还挺管用的。

达力拿穿过幻象,抬手按住伊里、里拉和巴巴萨那姆所在的区域。"把这块地区变成亮金色。"

沙兰过了一会儿才意识到达力拿在跟她说话。臭阿多林,谁叫他用强壮的手臂轻轻地搂着她,正好压在她的胸部下面……

对,对,幻象要紧。

她依照达力拿的吩咐去做,那些将领和文员对她和阿多林视而不见的样子让她觉得好笑。有人低声议论着阿多林的西域血统,说他就是因此才敢这么公开自己的感情。在大多数情况下,他混血儿的身份似乎不会让阿勒斯卡人不安。阿勒斯卡人是一个务实的民族,他们把他的发色看作其他民族被征服、被他们的优越文化同化的标志,但他们也会找借口解释,为什么他的表现不总是符合他们的设想。

根据对芦传来的报告，淳湖周围的小国大都被伊里占领了。为了得到世代觊觎的地盘，他们在融族的陪同下行动，总共到手了三座誓约之门。应达力拿的要求，沙兰把地图上那些国家涂成了亮金色。

她为亚泽尔和它的保护国画上蓝色和栗色的图案，这是亚泽尔的文官为国家间的联盟所挑选的标识。亚泽尔的帝王同意继续进行谈判。该国并没有完全加入联盟，他们希望得到达力拿能够管控麾下军队的承诺。

应达力拿的要求，她继续为地形着色。玛拉特和周边国家都变成了金色，阿勒斯卡也不幸如此，而深国和图卡这样的国家还没有表态，她就变成了绿色，结果呈现出一片压抑的大陆图景，蒙上多国联盟颜色的区域少之又少。

将领开始讨论战术。他们希望入侵图拜拉，那是连接雅克维德和淳湖的大国。他们的观点是，如果敌人占领了图拜拉，就会把联盟一分为二。人们可以通过誓约之门迅速抵达各国的首都，但许多城市远离权力中心。

达力拿走到大厅的另一端，沿途的幻象起伏荡漾。他停在沙兰和阿多林站着的地方附近，一旁是赫达孜和阿勒斯卡。

"让我看看塔冠城。"他轻声说。

"不是这样操作的，光明贵人。"沙兰说，"我得先画下来，然后……"

达力拿摸了摸她的肩膀，她的脑海里便闪现出一个念头：又是一个图案。

"这是飓风之父看到的情景。"达力拿说，"情景并不具体，我们不能依赖其中的细节，但应该能得到一个印象。麻烦你了。"

沙兰转身朝墙壁一挥手，把飓光抹上去。幻象成形后，墙壁似乎消失了，他们仿佛站在空中的阳台上，向外眺望塔冠城。

距离最近的城门依然破败，露出里面的废墟，但清理工作已经取得了一定的进展。仆族走在街上,在没有损坏的城墙上巡逻,融族则在空中飞驰,长衣在身后猎猎飞扬。楼宇上飘扬着一面旗帜,黑色的底子上用红色的线条画着一个外来的标识。

"卡拉丁说他们不是来搞破坏的,"阿多林说,"而是来占领地盘的。"

"他们想要夺回自己的世界。"沙兰紧靠着阿多林,"我们……就不能把东西让给他们吗?"

"不能。"达力拿说,"只要仇恨还领导着敌人,他们就会想方设法把我们从这片大陆上清除出去,让灭世不必再发生,因为我们都会消失。"

三人仿佛站在悬崖边,俯瞰着城市。人类在城外劳作,准备耕种。城内冒出道道黑烟,光眼种的堡垒也曾试图抵抗外敌的入侵。这些场面让沙兰心惊胆战,她完全能想象阿多林和达力拿的感受。他们保护了泰勒拿,却失去了自己的祖国。

"我们当中有一个叛徒。"达力拿低声道,"有人袭击了第四冲桥队的队员,就是为了得到那把荣刃,因为他们需要那把荣刃来解锁誓约之门,让敌人进入乌有斯麓。"

"否则誓约之门就是被倒戈的光辉骑士解锁的。"沙兰低声道。

不知为何,白衣刺客也加入了他们的阵营。他当上了达力拿的新任贴身护卫,眼下正坐在外面守着大门。他曾毫无顾忌地解释说,破天骑士团的大部分成员都做出了效忠仇恨的决定。沙兰本以为这是不可能的,然而先前又发生了雷纳林和腐化的灵体建立纽带的事,看来他们不能仅仅因为一个人念出了真言就放下戒心。

"您觉不觉得是塔拉梵吉安干的?"阿多林问。

"不觉得。"达力拿说,"他凭什么和敌人合作?他迄今为止所做的一切都是为了保障柔刹的安全,哪怕他采取的是残酷的手段,可我还是忍不住怀疑起来。我不能轻信别人。但愿经过撒迪亚斯的教训,我已经学聪明了。"

"黑荆棘"摇摇头，望着沙兰和阿多林。"不管怎样，阿勒斯卡需要一位国王，目前更是如此。"

"继承人——"阿多林开口道。

"继承人年纪太小了，现在不是摄政的时候。迦维诺尔可以被指定为你的继承人，阿多林，但我们必须见证你们俩结婚，巩固阿勒斯卡的君威。这是为了阿勒斯卡好，也是为了全世界好。"达力拿眯起眼睛，"多国联盟的需求远不是我一个人能提供的。我将继续领导这个联盟，但我向来不擅长外交。我需要一个能够激励阿勒斯卡并赢得君主尊敬的人登上王位。"

阿多林紧张起来，沙兰紧紧握住他的手。如果你愿意，这个人可以是你，沙兰默默对他说，但你不必成为父亲心目中的样子。

"我会让联盟准备迎接你的加冕。"达力拿说，"就放在婚礼前一天吧。"他转身离去。达力拿·寇林势如飓风，直接就把别人吹跑了，还以为别人原本就想躺倒认输。

阿多林看了看沙兰，咬牙抓住父亲的手臂，小声说："撒迪亚斯是我杀的，父亲。"

达力拿僵在原地。

"凶手是我。"阿多林接着说，"我违反了战争法典，在走廊上杀了他，因为他讲了我们家族的坏话，还一次次背叛我们。我阻止了他，因为这是必须的，而且我知道您永远做不到。"

达力拿转过身，压低嗓门厉声问："什么？儿子，为什么瞒着我？"

"因为您就是您。"

达力拿深吸一口气。"我们可以解决这个问题，"他说，"一定可以赎罪，只是我们的名声会受损。风操的，这不是我现在需要的，但我们会补救的。"

"问题已经解决了。我不后悔,现在我也会这么做。"

"等加冕之后再谈吧——"

"我不会当国王,父亲。"阿多林看了看沙兰,沙兰向他一点头,又捏了捏他的手,"您没有听到我刚才说的话吗?我违反了法典。"

"在这个风操的国家,没有人不违反法典。"达力拿高声道,回头望了望。他压低声音,继续说:"我违反法典都有几百次了。你不必做到尽善尽美,只须尽职尽责。"

"不,我要当轩亲王,而不是国王。我只是……不,我不想背负这个重任。即便您不抱怨没人有这个担当,我也做不了好国王。您以为那些君主会听我的吗?"

"我也不能当阿勒斯卡的国王。"达力拿轻声说,"我必须领导光辉骑士团,摆脱阿勒斯卡的实权,远离轩王那档子事。阿勒斯卡需要一位不会被推翻,但也能用外交手腕和使节打交道的统治者。"

"反正不是我。"阿多林重申。

"那还有谁?"达力拿问。

沙兰侧过头。"嘿,你们这些男人有没有考虑过……"

帕萝娜浏览着塔石科最新的八卦报道,寻找精彩的内容。

乌有斯麓的大会议厅里,王公贵族在她周围争论不休,有些人抱怨自己无法上楼参加达力拿和将领之间的会议。纳坦人依然认为自己应该得到破碎平原上那座誓约之门的控制权,而亚泽尔人又在讨论他们的神显然预言过飓能者会毁灭世界的事。

人人都固执己见,嗓门也都很大,就连那些不会讲阿勒斯卡语的人也不例外,毕竟只有一个劲地发牢骚才能等到翻译。

塞巴里尔(也就是图里)在帕萝娜身边轻轻打着鼾,这是演戏。

每当她把最近读的小说讲给他听时,他总会假装打鼾,可等她不说了,他又会生气。他似乎很喜欢听故事,只要他能评论那些故事是多么老套和女性化就行。

帕萝娜推了图里一肘,把一份八卦报道转过去给他看,指了指上面的一幅画。"有人在泰勒拿城见到了埃穆尔的亲王和伊泽尔的女亲王,"她低语,"他们在护卫清理废墟时有过亲密的交谈。"

图里哼了一声。

"大家都以为他们旧情复燃了,但他们没有表态,因为不经过帝王的同意,亚泽尔的元首是禁止结婚的。不过传言有误,我觉得她在和碎瑛武士哈拉姆·考尔交往。"

"你直接去问她好了。"图里懒洋洋地指着伊泽尔的女亲王,陪同的翻译正在抱怨飓能术的危险性,语气很强硬。

"唉,图里,"帕萝娜说,"你不能一上来就问别人八卦,所以你才无药可救。"

"我还以为是我对女人品味太差的缘故。"

房门砰的一声打开了,大厅里一片震动,抱怨声戛然而止,就连图里也坐了起来,发现迦熙娜·寇林站在门口。

她戴着一顶小而显眼的王冠。寇林家族似乎选出了新任君主。

在场的不少人都露出愁容,图里却看得咧嘴一笑。"天哪,"他小声对帕萝娜说,"这下应该有意思了。"

<hr>

莫阿什又举起镐头刨了下去。

两周的工夫,他还在这儿清理废墟。就算杀了一个神,他也得回来干活。

可他并不介意。要把阿勒斯卡的废墟都清理干净,会花上好几个月,乃至好几年。

这周的大部分时候,只有他一个人在王宫里干活。城市的局面慢慢得到扭转,人类被运走了,歌者搬了进来,可他们还是让他独自刨石头,周围不见一个监工或守卫。

所以,当他身后传来镐头落下的声音时,他吃了一惊,转身问:"肯恩?"

那名壮硕的仆族女子开始刨石头。

"肯恩,你的奴役已经解除了。"莫阿什说,"你对王宫发起攻击,赢得了慈悲之情的垂青。"

肯恩继续干活。拿姆和帕尔走了过来,他们处在战斗态,是另外两个和他一起活下来的仆族。最后活下来的仆族没几个。

他们扬起镐头,也开始刨石头。

"帕尔,"莫阿什说,"你——"

"他们要我们种地,"她说,"我厌倦了。"

"我也不是端茶送水的家仆。"肯恩附和道。他们开始像真正的歌者那样和着韵律说话了。

"所以你们情愿刨石头?"莫阿什问。

"我们听说了一些事,就想待在你身边。"

莫阿什愣了愣,却受到麻木感的驱使,继续忙活起来,听着金属落在石面上的均匀敲击声,消磨时光。

大概一小时后,他们来找他了。九名飞翔的融族在莫阿什周围降落,起伏如波的衣袍堆积在脚下。

"莱什维?"他问,"上古尊者?"

莱什维将一件细长的武器举在身前。那是一把略微弯曲的长碎瑛刃,金属剑身基本没有修饰,显得很优雅,但又莫名低调。莫阿什早就知道它是白衣刺客的剑,现在却另当别论:它其实是杰泽雷泽的荣刃。

莫阿什伸手去拿，有些犹豫。莱什维哼起韵律以示警告："收下它，你就等于死了，莫阿什也就不复存在了。"

"莫阿什的世界已经不复存在了，"他握住刀柄，"不如把莫阿什这个人也带去坟墓算了。"

"沃亚，"莱什维说，"跟我们飞上天吧，你有活儿干了。"说完就和别人一起施放向上的风行术。

*跟我们飞上天吧。*格雷夫斯告诉过他，任何持有荣刃的人都会得到相应的能力。

莫阿什有些犹豫地接过肯恩递来的润石。"她说什么？沃亚？"发音像是"火焰"。

"这是他们的一个名字，"肯恩说，"据说是'静默者'的意思。"

"静默者"沃亚吸入润石中的光芒。

光芒甜美宜人，如约带来了激情。他紧紧把握住，用风行术把自己甩到空中。

尽管沙兰有几个月的时间来适应，但到了婚礼那天，她还是觉得没有准备好。

结婚真是又麻烦又难熬。

经过达力拿和纳瓦妮那场仓促的婚礼，大家决心要把这一次办好。沙兰只能坐在原位，接受阿勒斯卡皇家化妆师的精心打扮。她们簇拥着她，为她化妆、盘发。谁知道还有这种事呢？

沙兰应付了过去，被带到宝座上，文员排队送来了一**叠叠**回文诗和铭文。诺乌拉呈上了亚泽尔帝王赠送的一盒香，还有莉芙特赠送的鱼干。芬恩女王送来了产自玛拉特的地毯，另外有人送来了干果和香水。

还有一双靴子。阿卡打开鞋盒，露出卡拉丁和第四冲桥队送来的礼物，似乎很不好意思，但沙兰只是笑了笑。她非常需要借此缓解一天的压力。

她收到了来自专业组织和家族成员的礼物，而轩亲王也各送了她一份礼物，除了已经灰溜溜地离开乌有斯麓的雅莱。尽管沙兰很感激，但她还是忍不住想要消失。她不想面对这么多事，尤其不想得到这么多人的注意。

呃，你要嫁给阿勒斯卡的轩亲王了，她心想，在宝座上扭了扭身子，你还指望什么呢？至少她不会成为王后了。

虔诚者前来祝福、抹油和祈祷后，沙兰终于被带进一间斗室。室内有一扇窗、一面镜子和一个火盆，桌上摆着绘制最后一张祈祷符的画具，可以让她冥想。阿多林正在别处收取男性赠送的礼物，可能有许许多多的宝剑。

门关上了，沙兰站在镜子前照了照。她穿着古代款式的宝蓝色婚服，两边垂荡的袖子比手长出不少，编在金色刺绣中的小粒红宝石莹莹发亮，与衣料相得益彰，金色的披肩则与华丽的簪饰搭配。

她真不愿意这样见人。

"嗯……"图腾说，"造型还不错，沙兰。"

造型还不错？沙兰呼出一口气。浣纱在墙边显形，慵懒地倚着墙，"光辉女士"则出现在桌子旁，用一根手指敲着桌面。沙兰突然想起自己真该写祈祷符了——别的不说，传统还是要遵守的。

"就这么决定了。"沙兰说。

"值得嫁。""光辉女士"说。

"我觉得他跟你挺合适，"浣纱说，"而且他懂酒。我们可能还没那么懂呢。"

"但他也懂不到哪里去。""光辉女士"冷冷地看了浣纱一眼，"这是好事，沙兰。"

"祝贺，"浣纱说，"祝贺你。"

"享受一下没事，"沙兰如获至宝地说，"庆祝一下也没事。就算世道再糟糕，都没事。"她莞尔一笑。"值……值。"

浣纱和"光辉女士"逐渐隐去。沙兰又照了照镜子，不再因为备受关注而尴尬。没事了。

开心就好。

她画完铭守符，刚要烧符纸，却被一阵敲门声打断。怎么回事？时候还没到。

她笑着转过头，说了声"请进"。没准是阿多林借故来偷亲她了……

门开了。

门外站着三个穿着破旧衣服的小伙子：长得最高、有着一张圆脸的是巴拉特，依旧清瘦、皮肤跟沙兰一样白的则是维吉姆，有点发福的就是尤术了，只是他已经不复当年的臃肿。不知为何，三人看起来都比沙兰印象中稚嫩，哪怕她已经有一年多没见过他们了。

她的兄长们来了。

沙兰开心得叫出了声，赶紧穿过一串形如蓝色花瓣的欢灵，扑了过去，想要一下子搂住三个人，她才不管这身精心打理的华服会怎么样呢。"你们是怎么过来的？哪天到的？发生了什么？"

"沙兰，我们大老远从雅克维德过来。"长子巴拉特说，"没过传送门之前，我们什么也没听说。你要和'黑荆棘'的儿子结婚了？"

说来话长。风杀的，她哭得妆也快花了，得重新化。

她不知所措，无法开口、无法解释，只好又把兄长们紧紧抱住。维吉姆甚至嫌她太肉麻，他总是这样。他们都多久没见了，他还抱怨？沙兰莫名觉得更激动了。

这时，纳瓦妮出现在他们身后，视线越过巴拉特的肩膀，看着沙兰。"婚礼晚点办吧，我去跟他们说。"

"不用!"沙兰说。

不用,她要好好享受。"说来话长,婚礼之后再解释。"她依次和兄长们拥抱。

巴拉特在轮到自己时递给她一张纸片。"那人说把这个给你。"

"谁?"

"他说你知道。"巴拉特依然带着挥之不去的空洞表情,"你是怎么搞的?怎么会认识那种人?"

沙兰展开纸条。

正是穆里兹送的。

"光明女士,"沙兰对纳瓦妮说,"劳烦安排我的几个哥哥坐上座。"

"当然。"

纳瓦妮把三个小伙子带走,来到一直在等候的艾丽塔身边。沙兰的兄长们回来了,而且都还活着。

穆里兹在纸条上写道:

为答谢你完成的工作,我把这份新婚贺礼送给你。你会发现我并没有食言,抱歉耽误了。

刀儿,对你即将到来的婚礼,我表示祝贺。你表现出色,吓退了塔城里的灭者。作为回报,我们免除了你因损坏我们提供的魂器而欠下的部分债务。

你的下一个任务同样重要。某个灭者似乎有意摆脱仇恨,我们的利益与你光辉骑士伙伴的利益是一致的。你要找到这个灭者,说服它为鬼血会效力,否则就把它抓来交给我们。

详情稍后告知。

沙兰放下纸条,丢进焚符的火盆烧了。所以穆里兹知道撒南式的事,是吗?他知不知道雷纳林不小心和撒南式的灵体建立纽带的事?还是说,沙兰其实有了一个鬼血会不清楚的秘密?

算了，以后再烦心穆里兹的事吧，今天她还有一场婚礼要参加。她打开门，大步走出去参加庆典，庆祝她做回了自己。

　　达力拿在婚宴上饱餐了一顿，走进住处，很高兴终于能在庆典过后得到些许安宁。刺客在门外坐下等待，这渐渐成了他的习惯。泽斯是达力拿目前唯一的贴身护卫，因为莱尔等人都在第十三冲桥队，这个队伍的全体成员已经荣升为泰夫特的扈从。

　　达力拿自顾自地笑了笑，走到桌前坐下。对面的墙上挂着一把碎瑛刃，位置是临时的，他会找地方放好这把碎瑛刃。只是现在，他想把剑留在身边。时间到了。

　　他提笔开始写作。

　　三周以来，他进步很大，但一笔一画地书写时，他还是没有把握。整整一小时后，纳瓦妮回来了，轻手轻脚地进到屋里，快步从他身边走过，打开阳台门，让落日余晖洒进来。

　　一个儿子结婚了。阿多林并不是达力拿设想的样子，但他就不能原谅别人吗？他蘸了蘸墨水，继续往下写。纳瓦妮走了过来，把手放在他肩膀上，看着他的纸。

　　"喏，"达力拿把纸递给她，"说说你的想法。我遇到了一个问题。"

　　她捧起纸看了起来，达力拿忍住冲动，没有紧张地扭来扭去。看完后，她点点头，似乎明白了。她对达力拿一笑，提笔蘸了蘸墨水，在纸上做了几个记号，解释他犯的错误。"什么问题？"

　　"我不会写'我'这个词。"

　　"我示范过了呀，你忘了吗？"纳瓦妮写下几个字母，"不对，等等，你在这篇文章里用过好几次'我'了，你显然会写。"

"你说代词在正规的女性书写体中是有词性的，而我发现你教我的'我'是阴性词。"

纳瓦妮顿了顿，手里拿着笔。"哦，没错，我想……我是说……呃，'我'这个词没有阳性表达，你可以像虔诚者那样用中性表达，或者……不对，我真蠢。"她写下一些字母，"这是书写男性话语的第一人称用法。"

达力拿摸了摸下巴。书面语的写法基本和口语相同，却有不需要念出来的小附注改变语境，而这还不算作者隐藏的脚注。纳瓦妮有些尴尬地解释道，她们从来没有把这种内容念给要求听人朗读的男性。

我们夺走了女性使用碎瑛刃的权利，他心想，抬头看了一眼挂在墙上的碎瑛刃，而女性夺走了我们读写的权利。

"你有没有想过，"纳瓦妮说，"卡达什和其他虔诚者会对你识字的事有什么反应？"

"我已经被逐出教会了，他们也无能为力。"

"他们可以离你而去。"

"不会的。"达力拿说，"我觉得他们不会离我而去。其实……我想我可能快说动卡达什了。你在婚礼上见到他了吗？他一直在读古代神学家的作品，想要为现代沃林教正名。他不想相信我，但他很快就会忍不住了。"

纳瓦妮似乎持怀疑态度。

"还有，"达力拿说，"怎么强调一个词？"

"在词的上方和下方添加着重号。"

达力拿点头致谢，蘸了蘸墨水，重写给纳瓦妮看过的段落，做了适当的改动。

人世间最重要的真言是"我会更努力"，但这不是人人都敢说的。作为一个人，我自然要表决心。

光辉骑士团的古训是"生先死"。有人可能会说这不过是老生常谈，但其中自有深意。人生路上总会有痛苦和失败，我们不仅要向前，还要正视坎坷和考验，明白自己不是常胜将军，也会伤害身边的人。

然而，如果我们停下脚步、纵容自己沦落，这条路也就走到了终点，真可谓"行又止，败为果"。

要享受人生路，就不该接受这样的结局。我吃尽苦头才发现，人世间最重要的一步永远是下一步。

肯定会有人害怕这份记录，没准也会有人感到解脱，但多数人只会认为它不应该存在。

不管怎样，我还是要写下来。

他得意地把身子往后一靠。打开这道门后，他似乎进入了一个新世界。他能读懂《王者之路》，也能读懂他侄女为迦维拉尔所写的传记，还能亲自写下命令让部下去执行。

最重要的是，他能够记录自己的思想、痛苦和人生。他扭头一看，一旁放着纳瓦妮应他的要求带来的一小沓白纸。白纸实在是太少了，少得可怜。

他又蘸了蘸笔。"你能不能再把阳台门关上，琼心？"他问纳瓦妮，"阳光会分散我的注意力，这样我就看不到别的光了。"

"别的光？"

达力拿心不在焉地点点头。接下来怎么办？他又抬头看了看那把熟悉的碎瑛刃：宽大的剑身和他很像，厚实的刃面有时也和他很像，剑尖呈钩形，是他荣耀与耻辱的最好写照。

它本该属于那个叫石头的吃角族冲桥手，他杀了亚马兰，赢得了这把碎瑛刃和另外两件碎瑛武器。他坚持要达力拿把渡誓带回去，说是还债。达力拿勉强收下了，只隔着一层布拿着碎瑛刃。

纳瓦妮关上阳台门后，达力拿闭上眼睛，感受着远处看不见的光芒传来的暖意。他笑了笑，手在发抖，就像孩童学步时迈出的双腿一

样,又取出一页纸写下书名:

《渡誓——我的荣耀与耻辱》

达力拿·寇林 著

尾声
伟大的艺术

"一切伟大的艺术都遭人讨厌。"知策说。

他和几百人排着队,有气无力地往前挪了一步。

"要做没人讨厌的东西,即便能做出来,也是极其困难的。"知策接着说,"相反,要做没人喜欢的东西,即便没什么期待,也是极其简单的。"

塔冠城沦陷几周后,这个地方依旧弥漫着烟味。尽管城市的新主人把数万人类赶去务农了,但重新安置的工作还需要几个月乃至几年的时间才能完成。

知策戳了戳排在他前面的人的肩膀。"如果你仔细想想,这还是很有道理的。艺术就是一种情感和一种检验,艺术就是去人们没去过的地方发现和调研新事物。要创造没人讨厌的东西,只能确保它不受欢迎。没有调味的汤,剩下的就是水了。"

站在他前面的粗人瞪了他一眼,回过头继续排队。

"人的品味就像指纹那般多变。"知策说,"人不可能样样东西都喜欢,总会有讨厌的东西,而那些东西自然也有人喜欢。不过,有人讨厌总比没人讨厌要好。我斗胆举个例子：宏大的画作往往对比鲜明，用的是最亮和最暗的色调，不会是灰蒙蒙的一片。一个东西有人讨厌，不能证明它是伟大的艺术，但如果没人讨厌它，就一定能证明它不是伟大的艺术。"

队伍又往前挪了一步。

他又戳了戳那人的肩膀。"所以，亲爱的先生，说你是丑恶的化身，我也只是想提高自己的艺术素养。你长得这么难看，脸上的瘤子好像被砂纸使劲刮过，但却没有被刮掉。与其说你是人，倒不如说你是一坨还算有抱负的屎。谁要是拿根棍子反复抽打你，那也只会让你变得更好看。

"你的容貌难以形容，那只是因为诗人都觉得恶心。为了让孩子听话，父亲还会用你去吓唬他们。我建议你往头上套一个麻袋，但想想这个可怜麻袋的遭遇吧！神学家把你当做神存在的证据，因为这种奇丑无比的长相只可能是神的旨意。"

那人不置可否。知策又捅了他一下，他只是用泰勒拿语嘀咕了几句。

"你……不会说阿勒斯卡语吧？"知策问，"那是当然的。"就知道。

算了，将刚才的话再用泰勒拿语说一遍就太单调了。知策插到那人前面，终于引起了反应。壮汉一把揪住知策，把他身子扭过来，冲他脸上就是一拳。

知策往后一倒，摔在石地上。队伍还在缓缓移动，排队的人连看都不看他一眼。他小心翼翼地摸了摸嘴巴。没错……好像……

他掉了一颗牙齿。"成功了！"他用泰勒拿语说道，发音有点含混不清，"谢谢你，老兄。我插到你前面演戏，你还这么给我面子，我真高兴。"

知策把掉下的牙齿拂到一边，起身掸了掸衣服上的灰尘，可没掸几下他就消停了，毕竟这灰尘也是他费了很大力气才放好的。他把两手插进破烂棕色外套的口袋，懒洋洋地穿过一条小巷，经过了不少哭哭啼啼的人。那些人哀求侵略者饶他们一命，放他们自由。知策领会了眼前的景象，让它反映在自己身上。

那些人的哀伤和痛苦发自内心，并不是伪装。知策走进毗邻王宫的城区，四周回荡着呜呜的哭声。只有最绝望或是最沉沦的人才敢留在这里，离入侵者和他们日益壮大的权力中心最近。

知策绕进王宫台阶前的广场。到他大显身手的时候了吗？可他居然不太情愿。一旦踏上台阶，他就得离开了。

他发现，比起阿勒斯卡的光眼种，塔冠城的穷人是更好的听众，他在这里过得很愉快。另一方面，如果雷瑟获悉知策在塔冠城，他就会指使军队将城市夷为平地。哪怕只有一线希望能结果知策，他也不会认为这是高昂的代价。

知策在原地逗留了一会儿，穿过广场，走去跟几个近几周才认识的人轻声交谈，最后挨着肯妮蹲下。肯妮失神地望着广场，一边摇晃着那个空荡荡的摇篮。

"于是问题就变成了这样，"知策悄悄对肯妮说，"一件艺术品，究竟得有多少人喜欢，才算有价值？如果它注定要招人讨厌，那又得唤起多少乐趣，才能抵消风险？"

肯妮没有应答。她丈夫照例在附近徘徊。

"我的发型怎么样？"知策问肯妮，"还是连头发都没有几根？"

肯妮还是一声不吭。

"我掉的这颗牙齿是新的，"知策戳了戳牙齿上的窟窿，"我觉得别有风味。"

由于他抑制了自愈能力①,那颗牙齿还要过几天才能长回来。他服下的特效药②也让他的头发成片脱落。

"那我应该把一只眼睛挖出来吗?"

肯妮难以置信地望着他。

原来你听进去了,他拍拍肯妮的肩膀,再让我帮一次,帮完了我就走。

"待在这儿。"他吩咐肯妮,旋即沿着往北的巷子前进。路上,他捡起一些碎布条,那是市民假扮灵体用的,现在已不常见了。他从衣兜里取出一根线绳,绕在碎布条上。

不远处的几栋房子已经被雷岩兽压塌。他感到一间破屋里还有生息,便走过去。一张脏兮兮的小脸蛋从瓦砾里探了出来。

他对小女孩莞尔一笑。

"今天你的牙齿好滑稽。"女孩对他说。

"我不同意,因为滑稽的不是我的牙齿,而是我缺了牙齿。"他朝女孩伸出手,女孩却缩了回去。

"我不能丢下妈妈。"女孩嘟哝道。

"我明白。"知策掏出刚绕好的碎布条,扎成小人的形状,"那个问题的答案已经困扰我很久了。"

女孩又探出小脸蛋,看着那个娃娃。"问题?"

"是我以前问的,"知策说,"你听不到。那么你能回答吗?"

"你好怪。"

"回答正确,但问题是错的。"他牵着娃娃走上残破的街道。

"给我的吗?"女孩小声问。

"我要出城了。"他说,"这娃娃我没法带走,得有人照看。"

---

①须空拥有自愈能力,并且能以某种方式抑制自愈能力,以防受到的损伤立刻愈合。

②参见《伊岚翠》第27章。

一只布满污垢的小手伸了过来，却被知策按了回去。"娃娃怕黑，你要让她待在光明中。"

小手没入瓦砾的阴影。"我不能丢下妈妈。"

"太遗憾了。"知策把娃娃举到唇边，轻声念了一串语词。

他把娃娃放下，娃娃便自己走了起来。阴影中传来轻轻的惊叹。娃娃一步一摇地向街上走去……

约莫四岁的女孩终于从阴影中冒出来，跑去拿娃娃。知策起身掸了掸已经变成灰色的外套，抱起那个搂着拼布娃娃的女孩，从那栋残破的屋子和伸出废墟的腿骨前转过身。

抱着女孩回到广场后，知策默默地把空摇篮从肯妮跟前推开，在一旁跪下。"我先前问你，有多少人喜欢的艺术品才算有价值。我想，只要有一个人喜欢就行了。"

肯妮眨眨眼，目光落向了知策怀里的孩子。

"我真得出城了。"知策说，"这丫头要人照顾。"

等待良久，肯妮终于敞开怀抱。知策把孩子递过去，站起身。肯妮的丈夫抓住他的胳膊，微笑着问："你就不能多留一会儿吗？"

"科布，你还是第一个这么求我的人，"知策说，"着实把我吓了一跳。"他犹豫再三，还是俯身摸了摸孩子手里的娃娃。"忘了我以前的话吧，"他耳语道，"好好照顾她。"

说完他便转身登上台阶前往王宫。

他边走边演戏，一边拖长脚步，一边装疯卖傻。他眯起一只眼睛，弯腰驼背，让呼吸变得粗重，还不时地猛抽一口气。他喃喃自语着，露出牙齿——但不是掉的那颗，因为这是不可能的。

他走到宫殿的荫蔽之下，融族哨兵在附近的空中盘旋，长衣随风起伏。她名叫法忒瓦，几千年前曾与知策共舞，后来也像其他族人那样，学会了留意知策的举动。

只是她的水平还不够精进。知策从她身下经过，她几乎没有转过来看一眼。知策觉得这不是不敬的表现,因为这就是他的目的,他要的就是清汤寡水。真叫人犯难,他的艺术在不被理会时才能达到巅峰。

或许他得修改自己的人生哲学了。

他从岗哨旁边走过,有些纳闷。融族长时间都守着王宫坍塌的区域,就没人觉得不寻常吗?他们大费周折清理路障、推倒墙壁,有人想过这是为什么吗?

在表演时,知策发现自己的心还会怦怦直跳,很是欣慰。他弓着身子靠近施工区域,两个普通的歌者恶狠狠地叫他去花园里跟别的乞丐作伴。他鞠了几躬,想把衣兜里的小饰品卖给他们。

一名歌者把他推开,他装作惊慌失措地跑上通往工地的斜坡。正在附近施工的歌者敲碎石块,地面被一摊血迹染红。两名歌者卫兵大声叫知策出去,他摆出惊吓的表情,连忙服从,还故意绊倒自己,撞到了一片没被推倒的宫墙上。

"瞧,"他轻声对宫墙说,"现在你没几个选择了。"

位于上方的融族转头望着他。

"我知道你宁愿找别人,"知策说,"可现在不是挑挑拣拣的时候。我想通了,我进城就是为了找你。"

两名歌者卫兵靠了过来,一人向空中的融族欠身致歉。他们还不知道这种举动根本不会打动远古的歌者。

"你要么现在就跟我走,"知策对宫墙说,"要么等着被抓吧。说实话,我都不清楚你有没有心思听,但如果你有的话,那就听好了:我会告诉你真相,而我恰好知道几个有趣的。"

卫兵赶到。知策推搡着他们,又重重地撞在墙上。

墙缝里钻出一个图案,在石面上形成涡纹。它移到知策手上,被他掖进了破衣烂衫。卫兵夹住他的胳膊,把他拽到花园里,让他跟那儿的乞丐待在一起。

卫兵走后,知策翻了个身,看着盖在手掌上的图案,它似乎在颤抖。

"生先死,小家伙。"知策低声道。

(本卷完)

尾注

　　统一，新起源咏唱："去伪存真，爱。真存，伪去！"唱咏源起，新一统。

　　——迦熙娜·寇林在与梭沙兰·达瓦新婚之际所作的回文诗

秘典

十元素及其历史渊源

数	对应令使	宝石	元素	对应体征	擅长塑魂术	主/从神性
一	杰兹雷恩	蓝宝石	天风	吸气	轻烟，空气	保护/领导
二	纳尔	烟晶石	水烟	呼气	浓烟，雾气	公正/自信
三	恰娜兰奇	红宝石	火花	灵魂	火焰	勇敢/服从
四	维德尔	钻石	光晶	眼睛	石英，玻璃，水晶	爱/治疗
五	帕莱阿	绿宝石	木纤	头发	木头，植物，苔藓	学识/给予
六	莎拉什	石榴石	青血	血液	血，一切非油类液体	创意/诚实
七	巴塔	锆石	膏脂	油脂	所有油类	智慧/谨慎
八	卡拉克	紫晶	金箔	指甲	金属	决心/建设
九	塔拉内	黄玉	地骨	骨骼	岩石	可靠/机智
十	艾沙	金绿柱石	肉筋	皮肉	皮肉	虔诚/指引

　　以上列表罗列了沃林教的传统符号与十元素的关联，并不详尽。这些符号组合起来，即构成全能之主的双瞳眼，这是一只有两个瞳孔的眼睛，是全能之主创造动植物的象征。经常与光辉骑士联系到一起的沙漏也是这种形状。

　　古代学者还在该表中加入十个光辉骑士团以及十令使，让他们分别对应相应的数字和元素。

我目前还不能确定，共分十级的虚魂术、或者它的近亲古魔法，是否也可纳入这张表格，以及该如何纳入。我的研究表明，应该还存在另一种比虚魂术更玄奥的魔法体系，也许那就是古魔法。但我开始怀疑，那是一种截然不同的魔法。

请注意，我目前认为，"对应体征"的概念与其说是哲学解读的问题，不如说是这种神能①及其表现形式的实际属性。

十飓能

作为对驰名柔刹的古典十元素的补充，十飓能应运而生。十飓能被认为是世界运行的基本力，更准确地代表了十种基本能力，提供给令使以及光辉骑士，而后者需要与灵体建立纽带。

束缚：压力与真空飓能
趋引：重力飓能
朽化：破坏与衰变飓能
摩动：摩擦飓能
演化：生长、治疗或重生飓能
光化：声、光与各类波形飓能
转化：塑魂飓能
传送：运动与界移飓能
形变：强基子互联飓能
抗变：弱基子互联飓能

---

①神能（Investiture）：三界宙的魔法能量，所有魔法体系的基础。施行魔法的过程称为"授能"（Invest），而任一魔法体系（如飓能术）都属于"授能术"（Invested Art，或通称 Investiture）的范畴。

关于法器的制造

迄今为止，已知的法器共有五类。法器团体牢牢把守着有关其制造方法的秘密，但看起来它们都是现代科学家心血的结晶，而非古代光辉骑士所使用的、更加神秘的飓能术。我愈发笃信法器的制造与当地团体所言的"灵体"息息相关，它们是人类意识的具现，将灵体困于法器中就可以驱动其运作。

变化类法器

增幅型：这类法器可以增强某种事物，例如生成热量、疼痛乃至微风。和所有法器一样，它们靠飓光提供能量。增幅型法器的效力似乎对力量、情绪和感官最为明显。

雅克维德人发明的所谓半瑛甲就是用这类法器制成的。他们在金属板后附上增幅型法器，以增强其牢固程度。我见过多种使用不同宝石的此类法器，我猜想，安装十种宝石中的任何一种都可以。

衰减型：这类法器的效果与增幅型相反，适用范围和后者类似。愿意与我分享秘密的法器学者相信，法器科技还有极大的潜力可挖，尤其在增幅型和衰减型法器的领域。

配对类法器

联动型：为红宝石注入飓光，将其一分为二，通过某种我目前还不清楚（但有所猜想）的方法，可以创造一对联动的宝石，两部分宝石具备远距离同步联动功能。对芦是最常见的联动型法器之一。

联动型法器能维持同样的效力。例如，如果其中一件附在一块沉重的石头上，扛起这块石头需要多少力气，扛起另一件联动的法器也需要多少力气。至于两部分能在多远的距离下保持联动，似乎取决于制作过程和工艺。

反联动型：用紫晶替代红宝石，能制造出反联动型法器，其联动作用是相反的。例如，抬起其中一件，另一件就会被往下压。

该型法器问世不久，学者已开始发掘其各种可能的用途。它们似乎存在一些预料之外的局限，但我尚未发现那究竟是什么。

警示类法器

这类法器只有一种，俗称"警示器"。警示器可以在附近出现某种物体、感觉、感官或现象时发出警示。这些法器的内核为金绿柱石。我不知道其他宝石是否可用，也不知道为何要使用金绿柱石。

这类法器的有效警示范围取决于你可以注入的飓光量。所以作为内核的宝石的大小至关重要。

风行骑士和风行术

通过白衣刺客所具备的一些奇能异术的报告，我顺藤摸瓜，找到一些资料，我相信这些资料基本不为人知。风行骑士乃是光辉骑士团的一支，他们使用两大类别的飓能。这些飓能的效用被该骑士团成员划分为三种风行术。

基础风行术：改变重力

这是该骑士团成员最常用的风行术，但并非最易施放（最易施放的是下文要介绍的捆缚风行术）。基础风行术可以撤消施法对象与脚下大地之间的重力灵缚，暂时将之与其他物体或方向束缚在一起。

这种风行术能有效改变重力方向，扭曲大地的能量场。透过基础风行术，风行骑士可以飞檐走壁、将其他物体或人甩上半空，或者制造类似的效果。风行骑士对该法术的进阶用法是将自己的一部分质量束缚到上方，从而达到身轻如燕的效果（从纯数学角度讲，向上束缚四分之一的质量即可减少一半的体重，向上束缚一半的质量即可创造失重）。

多重基础风行术可以使物体或人体受到两倍、三倍乃至更多倍的重力牵引。

捆缚风行术：将物体捆缚在一起

捆缚风行术也许看起来和基础风行术非常相似，但作用原理截然不同。后者操纵重力，而前者操纵束缚力（光辉骑士称之为束缚飓能）。我相信，该种飓能也许和大气压力有关。

为施放捆缚风行术，风行骑士需要将飓光注入到施法对象中，然后将其与另一个物体按在一起。两个物体会紧紧粘贴，其结合力极大，几乎不可能分开。事实上，大部分材质的强度都低于这种结合力，哪怕物体本身断裂，结合也不会被打破。

逆转风行术：使对象成为重力源

我相信，这实际上是基础风行术的一种特殊形式，它消耗的飓光在三种风行术中是最少的。施放这种风行术时，风行骑士对某个物体注入飓光，并用意念指挥它，使其产生引力，吸引其他物体。

这种风行术会在施法对象周围创造一个界域，模拟物体与地面的重力灵缚，正因如此，该风行术对接触地面的物体很难起效，因为在那种情况下，其与大地的灵缚力最强；另一方面，在下坠或飞行中的物体最易受其影响。当然，其他物体可以受该法术影响，只是需要风行骑士使用更多的飓光和掌握更高的技巧。

织光术

飓能术的另一种形式涉及在三界宙很常见的幻术中对光与声的操控。然而，与盛行在瑟尔①的幻术②不同，这种方法具有强大的灵元素，不仅需要在脑海中勾勒出想要创造的对象的完整印象，还需要与之产生一定程度的联系。幻象不但基于织光骑士的想象，而且基于他们想要创造的对象。

柔刹织光术在许多方面都是与原始尤伦③织光术④最相似的能力，这让我欢欣鼓舞。我想更深入地研究这种能力，希望能充分理解它与认知属性和灵魂属性的关系。

塑魂术

塑魂术对柔刹的经济至关重要。通过改变物质的灵性，塑魂术可以直接将其转化为另一种形态。这一过程在柔刹可以通过魂器来实现。这些装置（主要功能似乎集中在将石头转化为粮食或肉类）被用来为军队提供移动补给，或是扩充本地市镇食品店的货源，这使得

---

①瑟尔（Sel）：三界宙中的一颗星球，《伊岚翠》和《皇帝魂》的世界。
②指《伊岚翠》中描画艾欧符文的法术。
③尤伦（Yolen）：三界宙中的一颗星球，人类起源之地，阿多拿西粉碎之地，须空的故乡。
④三界宙中纯粹的幻象魔法统称织光术（Lightweaving）。尤伦的原始织光术诞生于阿多拿西粉碎之前，而柔刹的织光术是后期的变体，有更多限制。

柔刹各国能以别处无法想象的方式来部署军队。由于飓风会带来降雨，淡水很少成为问题。

不过，塑魂术最让我感兴趣的地方是，我们可以从中推断出这个世界的情况和其所具备的神能的情况。例如，某些宝石是产生某些效果的必要条件——要想制造粮食，就必须将魂器调至相应的转化模式，并装上一颗绿宝石，而非别的宝石。这创建了一种基于宝石所能创造的相对价值、而不是其稀有度的经济。事实上，由于好几种宝石的化学结构是相同的，除了微量的杂质之外，最重要的部分就是宝石的成色，而不是实际的基子构成。你一定会发现这种色调上的关联相当有趣，特别是它和其他形式的神能的关系。

这种关系在上文所附表格的制定中是至关重要的，虽然缺乏一定科学价值，但它本身就与围绕塑魂术的民俗相关。绿宝石可以用来制造食物，所以历来都与一种相似的元素联系在一起。的确，柔刹公认有十种元素，而不是一般的四种或十六种——这取决于当地的传统。

奇怪的是，这些宝石似乎与那些隶属于某一支光辉骑士团的塑魂者的原始能力有关，但在现存的光辉骑士操控神能时，这些宝石似乎又不是实际操作所必需的。我不知道这其中的联系，但它意味着一些有价值的信息。

魂器旨在模拟"塑魂"飓能（或称"转化"飓能）的功效。这又是一种对事物的机械模仿，一度只在授能术的范畴中为少数人士所运用。柔刹的荣刃确实可能是首例，而这要追溯到数千年前。我相信，这与司卡德瑞尔[1]的发现以及镕金术和藏金术的商品化有关。

---

[1] 司卡德瑞尔（Scadrial）：三界宙中的一颗星球，《迷雾之子》的世界。

飓光志
[卷三]

渡誓
Oathbringer